# 驼
# 庵

顾随
《驼庵诗话》
解评

赵鲲 著

社会科学文献出版社
SOCIAL SCIENCES ACADEMIC PRESS (CHINA)

# 纪念我的老师清河顾随羡季先生

叶嘉莹

顾师羡季先生本名顾宝随，河北省清河县人，生于 1897 年 2 月 13 日（农历丁酉年正月十二）。父金墀公为前清秀才，课子甚严。先生幼承庭训，自童年即诵习唐人绝句以代儿歌，5 岁入家塾，金墀公自为塾师，每日为先生及塾中诸儿讲授"四书"、"五经"、唐宋八家文、唐宋诗及先秦诸子中之寓言故事。1907 年先生 11 岁始入清河县城之高等小学堂，三年后考入广平府（永年区）之中学堂，1915 年先生 18 岁时至天津求学，考入北洋大学，两年后赴北京转入北京大学之英文系，改以顾随为名，取字羡季，盖用《论语·微子》篇"周有八士"中"季随"之义；又自号苦水，则取其发音与英文拼音中"顾随"二字声音之相近也。1920 年先生自北大之英文系毕业后，即投身于教育工作。其初在河北及山东各地之中学教授英语及国文等课，未几应聘赴天津，在河北女师学院任教。其后又转赴北京，曾先后在燕京大学及辅仁大学任教，并曾在北京师范大学、北平大学、女子文理学院、中法大学及中国大学等校兼课。新中国成立后一度担任辅仁大学中文系系主任。1953 年转赴天津，在河北大学前身之天津师范学院中文系任教，于 1960 年 9 月 6 日在天津病逝，享年仅 64 岁。先生终生尽瘁于教学工作，新中国成立前在各校所开设之课程，计有《诗经》、《楚辞》、《文选》、唐宋诗、词选、曲选、《文赋》、《论语》、《中庸》及中国文学批评等多种科目。在天津任教时又曾开有毛主席诗词、中国古典戏曲、中国小说史及佛典翻译文学等课。先生所遗留之著作，就嘉莹今日所收集保存者言之，计共有词集 8 种（共收词 500 余首），剧集 2 种（共收杂剧 5 本），诗集 1 种（共收古、近体诗 84 首），词说 3 种（《东坡词说》、《稼轩词说》以及《毛主席诗词笺释》），佛典翻译文学讲义 1 册，讲演稿 2 篇，看书札记 2 篇，未收入剧集之杂剧 1 种，及其他零散之杂文、讲义、讲稿等多篇，此外尚有短篇小说多篇曾发表于 20 世纪 20 年代中期之《浅草》及《沉钟》等刊物上，又有《揣龠录》一种曾连载于《世间解》杂志中，及未经发表刊印之手稿多篇，分别保存于先生之友人及学生手中。

我之从先生受业，盖开始于 1942 年之秋季，当时甫升入辅大中文系二年级，先生来担任唐宋诗一课之教学。先生对于诗词具有极敏锐之感受与极深刻之理解，更加之先生又兼有中国古典与西方文学两方面之学识及修养，所以先生之讲课往往旁征博引，兴会淋漓，触绪发挥，皆具妙义，可以予听者极深之感受与启迪。我自己虽自幼即在家中诵读古典诗词，然而从来未曾聆听过像先生这样生动而深入的讲解，因此自上过先生之课以后，恍如一只被困在暗室之内的飞蝇，蓦见门窗之开启，始脱然得睹明朗之天光，辨万物之形态。于是自此以后，凡先生所开授之课程，我都无不选修，甚至在毕业以后，我已经在中学任教之时，仍经常赶往辅大及中国大学旁听先生之课程。如此直至 1948 年春我离平南下结婚时为止，在此一段时间内，我从先生处所获得的启发、勉励和教导是述说不尽的。

先生的才学和兴趣，方面甚广，无论是诗、词、曲、散文、小说、诗歌评论，甚至佛教、禅学，都曾留下了值得人们重视的著作，足供后人之研读景仰。但作为一个曾经听过先生讲课有五年以上时间之久的学生而言，我以为先生平生最大之成就，实在还并不在其各方面之著述，而更在其对古典诗词之教学讲授。因为先生在其他方面之成就，往往尚有踪迹及规范的限制，而唯有先生之讲课则是纯以感发为主，全任神行，一空依傍。是我平生所接触过的讲授诗词最能得其神髓，而且也最富于启发性的一位非常难得的好教师。先生之讲课重在感发而不重在拘狭死板的解释说明，所以有时在一小时的教学中，往往竟然连一句诗也不讲，自表面看来也许有人会以为先生所讲者都是闲话，然而事实上先生所讲的却原来正是最具启迪性的诗词中之精论妙义。昔禅宗说法有所谓"不立文字，见性成佛"之言，诗人论诗亦有所谓"不涉理路，不落言筌"之语。先生之说诗，其风格亦颇有类乎是。所以凡是在书本中可以查考到的属于所谓记问之学的知识，先生一向都极少讲到，先生所讲授的乃是他自己以其博学、锐感、深思，以及从其丰富的阅读和创作之经验中所体会和掌握到的诗词中真正的精华妙义之所在，并且更能将之用多种之譬解，做最为细致和最为深入的传达。除此以外，先生讲诗词还有一个特色，就是常把学文与学道以及作诗与做人相并立论。先生一向都主张修辞当"以立诚为本",以为"不诚则无物"。所以凡是从先生受业的学生往往不仅在学文作诗方面可以得到很大的启发,而且在立身为人方面也可以得到很大的激励。

凡是上过先生课的同学一定都会记得,每次先生步上讲台,常是先拈举一个他当时有所感发的话头,然后就此引申发挥,有时层层深入,可以接连讲授好几个小时甚至好几周而不止。举例来说,有一次先生来上课,步上讲台后便转身在黑板上写了三行字:"自觉,觉人;自利,利他;自渡,渡人。"初看起来,这三句话好像与学诗并无重要之关系,而只是讲为人与学道之方法,但先生却由此而引发出了不少论诗的妙义。先生所首先阐明的,就是诗词之主要作用在于使人感动,所以写诗之人便首先需要有推己及人与推己及物之心。先生以为必先具有民胞物与之同心,然后方能具有多情锐感之诗心。于是先生便又提出,伟大的诗人必须有将小我化而为大我之精神,而自我扩大之途径或方法有二端:一则是对广大的人世的关怀,另一则是对大自然的融入。于是先生遂又举引出杜甫《登楼》一诗之"花近高楼伤客心,万方多难此登临"为前者之代表,陶渊明《饮酒》诗中之"采菊东篱下,悠然见南山"为后者之代表;先生由此遂又推论及杜甫与陆游及辛弃疾之比较,以及陶渊明与谢灵运及王维之比较;由于论及诸诗人之风格意境的差别,遂又论及诗词中之用字遣词和造句与传达之效果的种种关系,甚且将中国文字之特色与西洋文字之特色做相互之比较,更由此而论及诗词中之所谓"锤炼"和"酝酿"的种种功夫,如此可以层层深入地带领同学们对诗词中最细微的差别做最深入的探讨,而且绝不凭借或袭取任何人云亦云之既有的成说,先生总是以他自己多年来亲自研读和创作之心得与体验,为同学们委婉深曲地做多方之譬说。昔元遗山论诗绝句曾有句云:"奇外无奇更出奇,一波才动万波随。"先生在讲课时,其联想及引喻之丰富生动,就也正有类乎是。所以先生之讲课,真可说是飞扬变化、一片神行。

先生曾经把自己之讲诗比作谈禅,还写过两句诗说:"禅机说到无言处,空里游丝百尺长。"这种讲授方法,如果就一般浅识者而言,也许会以为没有世俗常法可以依循,未免难于把握,然而正是这种深造自得、左右逢源之富于启发性的讲诗的方法,才使得跟随先生学诗的人学到了最可珍贵的评赏诗词的妙理。而且当学生们学而有得以后,再一回顾先生所讲的话，便会发现先生对诗词之评析实在是根源深厚、脉络分明。就仍以前面所举过的三句话头而言，先生从此而发挥引申出来的内容，实在相当广泛，其中既有涉及诗词本质的本体论，也有涉及诗词创作之方法论，更有涉及诗词之品评的鉴赏论。因此谈到先生之教学，如果只如浅见者之以为其无途径可以依循，固然是一种错误，而如果只欣赏其当时讲课之生动活泼之情趣，或者也还不免有买椟还珠之憾。先生所讲的有关诗词之精微妙理是要既有能"入"的深心体会，又有能"出"的通观妙解，才能真正有所证悟的。我自己既自惭愚拙，又加以本文体例及字数之限制，因此现在所写下来的实在仅是极粗浅、极概略的一点介绍而已。

如我在前文所言，我聆听羡季先生讲授古典诗词，前后曾将近六年之久，我所得之于先生的教导、启发和勉励，都是述说不尽的。关于先生讲课之详细内容，我多年来保存有笔记多册，现已请先生之幼女顾之京君代为誊录整理，编入先生之遗集，可供读者研读参考之用。

# 序

我们知道，顾随（1897~1960）的学术作品，目前可见者，大部分是从叶嘉莹的听课笔记中整理出来的。顾随著述颇丰，可惜很多都毁于动乱或风流云散了。因而，叶嘉莹的笔记真是弥足珍贵。其笔记涉及顾随讲诗、词、文、曲、文论、《论语》、《中庸》等课程，贯通古今，涵盖中西，议论骏发，读之令人神旺。顾随先生女儿顾之京教授的整理之功，亦不可没。顾之京和她的弟子高献红经过多年持之不懈的整理——加之河北大学赵林涛教授对顾随著作的文献发掘，让叶嘉莹的笔记变成了一篇篇眉清目楚、条理井然的文章，委委佗佗，如山如河。其中最具编选意识的，是20世纪80年代就编排出来的《驼庵诗话》。2001年，我读硕士时，在西北师范大学文学院资料室里借到一本上海古籍出版社1986年版的《顾随文集》。读后，喜出望外——没想到竟有一位文学见解如此高超，我却从未知晓的现代学人（中学时，我在张中行的《负暄琐话》里就读过《顾羡季》一文，但因未见顾随著作，故不知其深浅）。那时，我还有记笔记的习惯，我至今还保存着当时从《驼庵诗话》中摘录的警句。

2005年，工作后的第三年，我在天水的天一书店见到河北教育出版社2000年出版的《顾随全集》（四卷本），毫不犹豫地买下。通读之后，顾随在我心目中的分量更重了几分。而起意写"《驼庵诗话》解评"，是在2009年春节期间——我突然冒出了这个想法。《驼庵诗话》是当时整理出的顾随课堂讲录中内容最广、最有分量的诗学"著作"，其所讲包含诗、词、文论，从"诗三百"、《楚辞》，一直到王国维的词，精见迭出，要言不烦。然而，对于古典文学修养不深的读者来说，这部诗话读起来未必能得其要领。我一是想到王国维的《人间词话》——这部篇幅不长的词话，后之解说、研究者不知几几，而分量实远超《人间词话》的《驼庵诗话》却无人解释——认为它需要一部解释之作。再则，因为我2007

年读过李零的《丧家狗——我读〈论语〉》，颇喜其严谨而又恣肆的解说风格，于是下意识里也想用李零那样的作风来解评《驼庵诗话》。我的目标有二：一、解释《驼庵诗话》原文的意思；二、对顾随的观点加以评论，即自作发挥。因此，我将拙著题名为《顾随〈驼庵诗话〉解评》。解释，依据我对顾随著作的整体阅读和了解。只读过《驼庵诗话》的读者有时会误以为顾随的文学评论多是片段，或是多断语而少论证。其实不然。《驼庵诗话》是顾之京从叶嘉莹的笔记中摘录、编排出来的"诗话"，倘若阅读叶嘉莹完整的笔记，会发现顾随在课堂上讲得很细、很全面。可是笔记肯定跟不上口述，顾随原本所讲当比叶嘉莹的笔记更丰富。譬如，顾随讲韩愈诗，说到韩诗的"锤炼"作风，便进而发挥道，中国诗可表现三种作风：夷犹、氤氲、锤炼。于是旁征博引，对夷犹、氤氲、锤炼三种作风进行了详尽深入的阐释，乃至比较，兴会淋漓，令人眼界大开。叶嘉莹的笔记中，此部分讲论在万字以上，而在《驼庵诗话》中，"夷犹、氤氲、锤炼"部分则不足千字。是故，不了解《驼庵诗话》中那一则一则的"短论"、断语的本初语境，不通读顾随著作，仅管中窥豹，便无法真正理解其意涵，甚至会对顾随产生误判。我对《驼庵诗话》的"解释"就是试图在全面了解顾随的基础上理解其话语。但仅解释是不够的。冯友兰说他对中国哲学是"照着讲，接着讲"。我以为这也应是我们对一切经典的态度，既要尽量去理解，亦当有所批评、发挥。我对《驼庵诗话》即想在"照着讲"的基础上"接着讲"。顾随的很多观点都极富启发性，读之令人神思飞越。有时，我会把顾随所讲的议题、观点再向前推进一步，或者做进一步的补充、联系。毕竟顾随的讲录是一时所讲，而我的"解评"是从容思索的结果。所以，有时我索性放开议论，有点"六经注我，我注六经"的味道。当然，我不可能像李零那样嬉笑怒骂，但我希望这部"解评"既是学术著作，也是性情之书。

2009年10月的某天晚上，我和河北大学顾之京教授取得了电话联系。记得我给顾老师做了自我介绍之后，兴奋地、滔滔不绝地讲了一番我对顾随的总体"看法"，顾老师很高兴，对我的见解颇示赞同。关于顾随，我们好像可以一直说下去似的。而当我们畅聊完毕，挂掉电话，我一看通话时间——竟然说了50多分钟！我这才为让一个七十多岁的老人受了50多分钟的电话辐射而感到些许惭愧。顾老师得知我想研究顾随，便把我没有的台湾桂冠图书公司 1992 年出版的《顾随诗词讲记》，顾随友人、弟子、家人回忆顾随的文集《顾随和他的世界》①两本书寄给了我。

2010 年，我去西北师范大学读博士。因博士论文选择研究古文运动的阐释问题，写了几万字的《驼庵诗话》解评就基本搁置了。而就在 2010 年至 2013 年这几年，顾之京和高献红搜集、整理的顾随的佚文、课堂讲录不断增多，除了叶嘉莹的笔记外，叶嘉莹的大学同学刘在昭提供给顾之京的课堂笔记数量亦不少，质量也很高；顾随弟子耿文辉 20 世纪 50 年代的听课笔记也使"顾随讲录"增添了新的内容。2014 年，十卷本《顾随全集》由河北教育出版社出版。顾老师总是第一时间把她手写的整理文稿复印一份寄给我，殷殷之心，令人感动。

2015 年秋，我继续书写《驼庵诗话》解评。断断续续，直到 2019 年底才终于写完。生活·读书·新知三联书店 2018 年版的《驼庵诗话》约 12 万字，我的"解评"逾 42 万字。从 2009 年动笔，至 2019 年杀青，这本书恰好写了 10 年。写作过程中，我的学生余莉、骆诚、任丹在原文核对，注释文献查寻、核对等方面，提供了真诚的帮助，在此谨致谢忱。

这里，须交代一下《驼庵诗话》的版本情况。

《驼庵诗话》最早的版本，是 1986 年上海古籍出版社出版的《顾随文集》中的《驼庵诗话》，依据叶嘉莹的笔记，顾之京整理。

1992 年，台湾桂冠图书公司出版了《顾随诗词讲记》，收入《驼庵诗话》。

1995 年，天津人民出版社出版了《顾随：诗文丛论》。此书未收上海古籍出版社出版的《驼庵诗话》，而是增加了"驼庵诗话 续编（一）（二）（三）"。其中，续编（一）（二）是叶嘉莹的笔记；续编（三）是依顾随 1959 年在河北大学为青年教师讲授古典诗词时，听课者萧雨声的笔记整理而成。

2000 年，河北教育出版社出版了四卷本《顾随全集》，其中"卷三 讲录"，收录了《驼庵诗话》。此版第 3~154 页为《驼庵诗话》，但与上海古籍出版社的《驼庵诗话》在编排上有很大不同：《顾随：诗文丛论》中的"《驼庵诗话》续编（一）"被置入了此版《驼庵诗话》的"总论之部"

---

① 孙绳武编《顾随和他的世界》，作家出版社，2007。

"分论之部"；《顾随：诗文丛论》中的"《驼庵诗话》续编（二）"变为此版"《驼庵诗话》补编"；《顾随：诗文丛论》中的"《驼庵诗话》续编（三）"变为此版"《驼庵诗话》续编"。

2005年，中国人民大学出版社出版的《顾随诗词讲记》也收入了《驼庵诗话》。此版从内容到编排依河北教育出版社四卷本《顾随全集》中的《驼庵诗话》，有少许文字增减。最大的变化，是删除了河北教育出版社版的"《驼庵诗话》续编"。

2007年，天津人民出版社又出版了一本名为《驼庵诗话》的书。但此书并不是《驼庵诗话》的单行本。它以《驼庵诗话》为主［将《顾随：诗文丛论》中的"《驼庵诗话》续编（一）（二）"置入了正文，将原来的"续编（三）"改为"续编"］，同时包括《驼庵论诗语录》《驼庵文话》《驼庵论学语录》。其中《驼庵诗话》依据中国人民大学出版社2005年版《驼庵诗话》。

2013年，生活·读书·新知三联书店出版了《驼庵诗话》单行本。这是《驼庵诗话》的第一个单行本。此版整体编排遵循"总论之部""分论之部""补编"的体例，但内容有适当调整，同时，舍弃了据萧雨声的笔记整理而成的"《驼庵诗话》续编"。

2018年，生活·读书·新知三联书店出版了《驼庵诗话》的修订本。我的这部《顾随〈驼庵诗话〉解评》的原文即依此版本。实际上，无论哪一版《驼庵诗话》都是对叶嘉莹笔记的摘录。随着时间的流逝和整理工作的推进，应该说《驼庵诗话》不断趋于完善。叶嘉莹的全部笔记整理完毕，《驼庵诗话》也最终定稿。

显然，《驼庵诗话》不同于《人间词话》，顾随并无意写一部传统体裁的"诗话"。顾随曾有意写一部系统的诗学著作，即《韵文普说》，他在致周汝昌书中说过，可惜后来因故未果。另外，他还拟写一部诗学理论著作《孔门诗案》，已写出了一部分（见《顾随致周汝昌书》），后亦作罢。之所以想多做少，力不从心，许多无奈，亦可想见。

现代以来，作为课堂笔记（讲录）保留下来的学术著作不少（对于此现象可加以研究），但广为流传、成为经典的并不多。文学课笔记，如今看来，可能成为经典的有两部：一是以《驼庵诗话》为代表的顾随的一系列诗文讲录（叶嘉莹、刘在昭的笔记）；二是木心的《文学回忆录》（陈丹青笔记)。二者各有千秋。

　　顾随是一位文化大家。他是诗人、词人、剧曲家、文学批评家、哲人，又是书法家、禅学家，而且据说顾随的课堂讲授具有倾倒众生的魅力。可惜对于顾随的课堂讲授，我们只能"读其书，想见其为人"了——这仍是我们的幸运。在我看来，顾随最大的成就是其文学批评，顾随是中国文学史上一位大批评家。我不认为顾随弟子们所记顾随课堂笔记的学术价值、魅力，逊色于那些通常的讲章式的学术著作。事实上，很多文学学术著作的价值都不如顾随的"讲录"。学术思想的系统性、深度，并不在学术八股之类的表面，而在内涵。我在《闲聊顾随》一文中曾这样说：

　　　　我认为顾随是中国现代以来唯一可以和西方的文学理论家相提并论的一位世界级的文学理论家。文学批评且不说，文学批评是以评论具体的文学作品为建构方式的学问，中外批评家各有擅场，不好比较。而无论哪种文学批评，都有普遍意义上的文学理论在其中，这是可以统而论之的。衡量一个学者是不是文学理论家、是不是杰出的文学理论家，关键要看他是否有自己独创性的理论——包括概念、术语以及观念，其理论的真理性如何。我读顾随，发现他的很多话语、观念都很独特，比如他用"言内之物、物外之言"来代替"内容/形式"这一组概念；他认为文学是"重生"；一切文学都是"心的探讨"；他提出"诗心"说，谓"诗心"相当于科学家所谓宇宙、宗教家所谓"道"；他认为"诗法即世法，世法即诗法"，"文心"/"道心"是一个；他认为诗有三种成分：觉、情、思；他提倡"力的文学"及"韵"的文学——"韵"即是停留在心上不走；他认为创作要"物格"，即"物来心上"；针对中国文学，他提出了一种发前人所未发的美学概念——"夷犹"……诸如此类，涉及文学的本体论、创作论、风格论、欣赏论等等方面，我无法一一例举，我们是聊天，也不可能详细阐释。总之，我觉得顾随是那种无意做文学理论家，但却因其天才的悟性，由文学批评而生发出了极有价值的文学理论的理论家。虽然，他自己很少系统地总结其理论，但他的理论蕴含在他的言说中，我们可以整理和阐释，甚至发展。我们中国不是没有好的理论，问题是我们不重视，而且没有让它们发光。①

以上提及的顾随的文学理论，都可以在《驼庵诗话》里见其一斑。因此，我希望拙著成为系统研究顾随文论的一个开端。

还有一点，尚须注意，即虽然顾随的课堂讲授以古典文学为主，但他其实是深富现代意识的一个人，如他说："古人弄诗词，因他有闲情逸致；而现在世界，不允许我们如此了。"② 何出此言呢？因为顾随是一个悲天悯人的人。他的人生哲学是"自觉，觉人；自利，利他；自渡，渡人"（叶嘉莹记）。虽然把中国诗词的精妙讲得那么动人，可顾随非常清楚：在现代世界，诗词并不具备太大的意义了，我们有意义更大的事情需要去做、去探寻。顾随的文化立场完全是现代的文化立场。即便就讲诗词而言，顾随也提醒我们："余之讲'诗'，乃合天地而为诗，讲文亦如此。"③ 又说："余讲词取第一义。"④ 其所谓"第一义"指什么呢？大约指诗心、文心、道心吧。

很多学者都太像学者，顾随当然是学者，但他给人最深的感觉还是文人、哲人，其学问是从他的"文心""诗心"中"自内而外"生发出来的。他在讲《文赋》时曾说，今日之所讲，皆是为创作做准备。顾随的学术理想，是为中国文学继往开来。

五四一代的文化大家，其理想、才学、教养、境界，时常让我感慨系之。顾随，其实是中国文化托命之人——我相信他有这样的心理，只不过未曾以此标榜，如梁漱溟、陈寅恪等。试观顾随之讲录，有时感慨淋漓、议论横生，实是借他人酒杯浇自己块垒。吾辈后学，不可不察。

呜呼！前修往矣，来日大难；不有斯著，薪火何传？

是为自序。

赵鲲　2020 年 3 月 1 日写于平凉

---

① 赵鲲：《素瓷静递》，长江文艺出版社，2017，第 158~159 页。
② 顾随：《稼轩词心解》，载《顾随全集》卷六，河北教育出版社，2014，第 84 页。
③ 顾随：《散文漫议》，载《顾随全集》卷七，第 303 页。
④ 顾随：《说竹山词》，载《顾随全集》卷六，第 105 页。

# 目　录

## 三 补编

# 总论之部

# （一）诗之根本

文学是人生的反映，吾人乃为人生而艺术。若仅为文学而文学，则力量薄弱。

**解评**：这不是给文学下定义，而是讲文学与人生的关系。文学、艺术和人生之间的关系，是世界性的话题，从 19 世纪末到 20 世纪前半期，学者们争得不亦乐乎。作为正式的争论，是从西方兴起的。其实，对于艺术与人生、社会之间关系的讨论，古已有之，但古代不是"为人生""为艺术"这样的说法。中国文学中，"新文学运动"之后，所谓艺术和人生之间的关系，变得空前紧张、重大。为人生而艺术，是大气候。这是由整个社会的大危机决定的。

顾随文学观的基点是"为人生的艺术"，但并非抹杀艺术性，而是强调人生之于艺术的根本性。

关于文学与人生的关系，其实很少有将两者对立者。"仅为文学而文学"，即属于"为艺术而艺术"。"为艺术而艺术"这一口号源自西方，"常指的是带有贵族气味、特别注重形式美的这一系列"[1]。其实中国古代文学中早就有这种文学作品及写作观念，如汉大赋、南朝宫体诗、五代词、北宋西昆体诗歌，以及大多数帝王的御制诗篇等。现代以来，中国也有提倡"为艺术而艺术"者，但他们其实是反对社会、政治对艺术的过分干预，而不是，也不可能否定艺术和人生的关联。

顾随所谓"文学是人生的反映"不是机械的反映论，而是说文学从人生中来，文学的旨归是人生。因为没有人生，便无艺术，"为人生"即包含了"为艺术"。按照徐复观的见解，孔子和庄子都是为人生而艺术的，只不

---

[1] 徐复观：《中国艺术精神》，华东师范大学出版社，2001，第 81 页。

过其开辟出的是两种人生，表现为两种形态。为人生而艺术，是中国艺术的正统。① 故可以说，顾随的文学观是中国艺术观的正统。但顾随所谓"人生"已是现代的人生观，而非孔子所谓"仁者"的人生，也不是庄子以追求心灵解放为目的的人生观。顾随的人生观，体现于他的很多言行中，如他常说："以无生之觉悟为有生之事业，以悲观之心情过乐观之生活"，又如"人生没有闲，闲是临阵脱逃""有操守固然好，而现在要紧是有所作为"——这和孔子、庄子的人生观都不同。

"若仅为文学而文学"，并非不可成文学，但一定"力量薄弱"，因为缺少了人生的根基。顾随说："诗之好，在于有力。"② "力"是一种打动人心的精神力量，其中包含两种元素：一是人生的根基，二是表现力。打动人心者，或是情感，或为理智，或是纯粹的美，关键是让人的心灵颤动起来。

顾随如何看"为艺术而艺术"这一观念呢？他说：

> 车尔尼雪夫斯基说，就是唯美派的文人，也不能不表达他的思想；鲁迅也说过，没有无所谓而为的作品。而对于曹丕，鲁迅又说他"为艺术而艺术"。此一点我不能同意，不能说曹丕是"唯美派"。任何作品都要表达思想，由思想而产生逻辑推理。③

所谓"为艺术而艺术"是比"为文学而文学"更加理想化的观念。在顾随看来，"为艺术而艺术"根本不可能，他赞同鲁迅的见解——任何作品都是"有所谓而为"的，其"所谓"即生活、人生。

那么，认定"为人生而艺术"之后，如何达成这一目标呢？顾随说：

> 要进行为人生的艺术改革，必先在人生中达到理想境界。中国旧诗多只是"为艺术而艺术"；西洋有诗是"为人生而艺术"。由"为艺术"转向"为人生"，不容易。一个人的思想变化若果真是由甲变到乙也好，而不能是思想上的分裂——技术上为艺术而艺术，内容上为人

---

① 徐复观：《中国艺术精神》，第一章、第二章。
② 顾随：《闲叙〈樵歌〉》，载《顾随全集》卷六，河北教育出版社，2014，第63页。
③ 顾随：《魏晋南北朝文学批评选读》，载《顾随全集》卷四，第71页。

生而艺术。这二者，在诗人往往前者（为艺术）是无意的，后者（为人生）是有意的。如柳永《八声甘州》（对潇潇暮雨）一首之："渐霜风凄紧，关河冷落，残照当楼。"

　　柳三变何尝不有身世之感？（身，身体；世，生路。）读者若真能了解其意，便取之不尽，用之不竭。本质是为人生而艺术，但他把人生一转而为艺术，为艺术而艺术。①

　　可见，"为人生"和"为艺术"在艺术创作中，有时真可以达到相得无间的浑融境界。顾随谓："余虽说为人生而艺术，但当创作、欣赏到极得意处，便忘了人生，只想它是文艺不是？是美不是？"② ——"把人生一转而为艺术，为艺术而艺术"的当口，即此种状态。故而，为艺术而艺术的"状态"是存在的、合理的，它和"为人生"并不矛盾。

　　关于人生和艺术之间的关系，容我引用一些木心的见解，他说："为人生而艺术，为艺术而艺术，都是莫须有的。哪种艺术与人生无关？哪种艺术不靠艺术存在。"③ "鲁迅真的是为人生而艺术吗？"④ 是啊，屈原是为人生而艺术，还是为艺术而艺术？事实是：人生和艺术在屈原的诗中都达到了极致。"穷年忧黎元，叹息肠内热""为人性僻耽佳句，语不惊人死不休"这样的话语皆出自杜甫。杜子美绝对没有想过他是为人生，还是为艺术。"一个文学家，人生都看透了，艺术成熟了，还有什么为人生而艺术？都是人生，都是艺术。"⑤ 木心认为："艺术、人类，是意味着的关系，即本来艺术与人类没有关系，但人类如果要好，则与艺术可以有关系——这就是我所谓'意味着的关系'。"⑥ 此说通达。既然是"意味着的关系"，那么"人生和艺术，要捏得拢，要分得开。能捏拢、分开，人生、艺术，两者就成熟了"⑦。

　　回到顾随。前云顾随所谓"文学是人生的反映"不是机械的反映论，

---

① 顾随：《闲叙〈樵歌〉》，载《顾随全集》卷六，第62~63页。
② 顾随：《说陶诗》，载《顾随全集》卷五，第225页。
③ 木心讲述，陈丹青笔录《文学回忆录》下册，广西师范大学出版社，2013，第546页。
④ 木心讲述，陈丹青笔录《文学回忆录》下册，第546页。
⑤ 木心讲述，陈丹青笔录《文学回忆录》下册，第546页。
⑥ 木心讲述，陈丹青笔录《文学回忆录》下册，第645页。
⑦ 木心讲述，陈丹青笔录《文学回忆录》下册，第565页。

那么他所说"反映"是何意思？顾随说："文学是人生的镜像。文学照人生之镜，而比照相活。文学比镜子高，能显影且能留影。"① 所谓机械的反映论，即作品类似镜子般的对现实的再现（其实就文学而言，这是一个悬想），显然顾随所说"文学是人生的反映"不是将文学与生活视为简单对应的关系。

"文学是人生的反映，吾人乃为人生而艺术。若仅为文学而文学，则力量薄弱"，此言看似平常，但若深入顾随文论，便可发现：将作文与做人、为文与为道打成一片，是顾随作为文论家最突出的特质之一。因此，读顾随论学文字，在领略其学识的同时，我们时常觉得有种高远的人生境界自纸上拂拂然而出。观其书，既可学文学，也可悟人生。

自时代背景看，顾随是北大毕业的五四一代人，其文学观必然受到五四新文学观念的影响。所谓"文学是人生的反映，吾人乃为人生而艺术"，显然与文学研究会"为人生"的文学观一致（顾随曾加入沉钟社，沉钟社的基本精神与文学研究会相同，但顾随没有像文学研究会诸人那样强调"平民文学""人道主义"等思想——或许他认为此类说法陷于局部？）；若再将顾随的诗、词、杂剧、散文、小说等作品统而观之，则其文学世界中"为人生"的色彩真是很浓重的。但顾随终其一生非学派中人，也非"运动"中人。② 单独看顾随"文学是人生的反映，吾人乃为人生而艺术"一语，似乎只是传统与现代文学转型之际的平常话语——重要的是：我们要观察顾随此观念的独特性何在？此观念在他的文学批评、文学创作中占据何种地位？产生了怎样的效应？

凡艺术作品中皆有作者之生命与精神，否则不能成功。人创作时将生命精神注入，作品即作者之表现。

凡诗可以代表一诗人整个人格者，始可称之为代表作。诗所

---

① 顾随：《太白古体诗散论》，载《顾随全集》卷五，第305页。
② 顾随说："一种学问，总要和人之生命、生活（life）发生关系。凡讲学的若成为一种口号（或一集团），则即变为一种偶像，失去其原有之意义与生命。"（顾随：《〈中庸〉说解》，载《顾随全集》卷七，第41页。）由此言，我们即不难明白顾随终身远离纷扰的现代学林文坛、特立独行的原因。牟宗三说哲学是"生命的学问"，文学恐怕更是如此。现代的文学研究，仍以考据为主流，远离生命与生活，且学者拉帮结派、口号纷纷，故而顾随宁可保持独立。

表现是整个人格的活动。

解评：艺术创作，虽不能脱离物质载体，但本质上是作者生命精神的体现。若徒有形式，而无生命与精神——借用禅宗语，则是"干屎橛"。须有"生气灌注"，方谈得上成功。顾随认为"作品即作者之表现"。法国博物学家、作家布封说："风格即人格"。此一论断，聚讼纷纭。

首先，何为"风格"？"风格"如何而来？这就夹缠不清。在艺术作品中，"风格"与"人格"在多大程度上可以确切地对应？顾随的意思大约与布封同，但他说得更涵容、周延。"作品即作者之表现"，"作品"是整体的，"风格"是作品整体呈现的面貌，但不是作品全部。"人格"也不是"作者"的全部。作者的肉体也会影响作品，如虚弱多病或者强健有力的体质，都会使作品呈现不同的气质。顾随的意思是：有什么样的作者，就有什么样的作品。中国传统说法是"文如其人"。顾随相信此点，我也相信。凡举出"文不如其人"之例的，都是没把"文"看透。"文"可以掩饰"人"，将读者迷惑，其实你若把文读透了，那文仍是"似是而非"。"文过饰非"，或自相矛盾，也是一种"如其人"的表现。文于人，非如镜子的直接映照，而是一种复杂的折射。以文观人，确非易事。但我们须注意两个原则：一、大处着眼，在总体了解的基础上评判，小者出入，无关大局；二、不能仅依内容判断，更重要的是观其辞气、格调，文之内容可做作，而辞气、格调则无以遁形。文如其人，在此而不在彼也，钱锺书《谈艺录》即持此观点。[1] 这好比看一个人真诚与否，且勿论其所说者何，听其语气，便可觉察。这是观辞气。格调，即品格。知识、观点可以伪装，品格伪装不了。

博尔赫斯说："依我看，一个作家与作品不能没有联系，否则作品便成了词汇的集成、纯粹的游戏。"[2] 再退一步，从生命学的角度看，一个人的作品怎么能不携带其生命信息呢？这信息，不是 DNA 信息，而是心理信息。

① 钱锺书：《谈艺录》（补订本）云："所言之物，可以饰伪：巨奸为忧国语，热中人作冰雪文，是也。其言之格调，则往往流露本相；狷急人之作风，不能尽变为澄澹，豪迈人之笔性，不能尽变为谨严。文如其人，在此不在彼也。……所言之物，实而可征；言之辞气，虚而难castable。世人遂多顾此而忽彼耳。"（中华书局，1984，第163页。）
② 〔美〕巴恩斯通编《博尔赫斯八十忆旧》，西川译，作家出版社，2004，第117页。

不过，作品和作者之间的关系在现象层面更为复杂。金克木说："文如其人，人不如文。"① 什么意思呢？文如其人，如前所讲；人不如文，也是事实。两句话中"如"的意思不同。"文如其人"的"如"指文和人的对应关系；"人不如文"的"如"，意思大约是作者没有作品那么美——因为"文"是经过人的提炼、修饰，去芜存菁之后的形态，而人则是精、粗并存的。"人"若是河水，"文"就是从河水中提纯后的纯净水，"人不如文"可作如是观。金克木的观点更周全。不过，在文与人二者之间，还有一种现象，即"文不如人"——作品不及作者精彩。但是，"人不如文"和"文不如人"两种情形都不能脱离文和人的对应，与"文如其人"并不矛盾。

要之，顾随是在强调作者精神与作品的对应关系。英国艺术理论家贡布里希说"没有艺术，只有艺术家"，也是此意，但话说得有些极端。也有人认为没有艺术家，只有艺术。这也失之偏颇了。

顾随此语，是讲作者精神与作品的对应关系，同时也是强调生命、精神对作品的先决作用，这是中国传统观点。唐代名将、书法家裴行俭说："士之致远者，当先器识而后文艺。"古人常云作品自作者"胸襟"流出，所谓"胸襟"即人格精神。李叔同常说："应使文艺以人传，不可人以文艺传。"也是先器识而后文艺之意。中国所谓"文以载道"，其"道"的内涵无论如何演变，终不离人生及作者人格精神这一端。孔子曰："人能弘道，非道弘人。"所载之道，无论如何广大，必须有载道之人的表现，才能有道的展现。

一个诗人的作品可以成百上千，但不是每篇皆可称为"代表作"。若是能代表一个诗人整个人格的诗，则可称为"代表作"矣。最典型者，如屈原《离骚》、曹操《短歌行》、陶渊明《饮酒》《归园田居》、陈子昂《登幽州台歌》、杜甫《登高》等，皆是其人格精神的高度浓缩，往往寥寥数句，就会映射出作者的生命底蕴。因为"诗所表现是整个人格的活动"，故"代表作"就应当是最能体现作者人格的作品。最能体现作者人格的作品，也必是作者最高艺术的代表，如影随形。

各种艺术家都有"代表作"，如米开朗琪罗的《最后的审判》、王羲之的《兰亭集序》、黄公望的《富春山居图》、贝多芬的《第九交响曲》、罗丹的《思想者》等。这些作品是否都是其作者人格的代表呢？

---

① 《金克木集》第六卷，生活·读书·新知三联书店，2011，第371页。

顾随这一观点，大体是古典的文学观，现代文学则越来越淡化作者，而突出作品。如福楼拜即声称"呈现艺术，退隐艺术家"；福克纳对"作者"更不在乎，他说："如果我并不存在，某个人就会取而代之，替我、海明威、陀思妥耶夫斯基，替我们所有人写作。……艺术家是无足轻重的，重要的是他的创作，因为他并没有什么新东西可说。"[①] 有道理吗？有道理。艺术家不能在作品中过于夸显自己，文学作品中表现的很多东西，甚至作家的某种个性，一定程度上是可被替换的。但福克纳之言未免偏激——艺术家绝非无足轻重，也没有哪个真正的艺术家可以被他人替代，一代代的艺术家创作不息，谁替代了谁？罗兰·巴特提倡所谓"零度写作"，对于浪漫主义的虚浮之弊有纠偏意义，但也只是一个虚幻的理想——真的文学，不可能不掺杂作者的主观意识，不可能不包含作者独特的个性气质。返观顾随所谓"凡艺术作品中皆有作者之生命与精神，否则不能成功"，还是言之成理的。作者在作品中的存在，既可以是显性的，也可以是"深藏不露"的——不露，不等于不在，深藏而已。

中国后世少伟大作品，便因小我色彩过重，只知有己，不知有人。一个诗人，特别是一个伟大天才的诗人，应有圣佛不度众生誓不成佛、我不入地狱谁入地狱之精神。出发点是小我、小己，而发展到最高便是替全民族、全人类说话了。正如王国维《人间词话》所说"有释迦、基督担荷人类罪恶之意"。

**解评**：这里所谓"后世"，从何时算起？大约指宋以后吧。宋以后很少出伟大诗人。原因何在呢？非关才华，非关技巧。顾随以为是"小我色彩过重，只知有己，不知有人"，即人格萎缩，少伟大精神。一个伟大的诗人，当然要有足够的才华，但倘无博爱众生的"大我"精神，绝不能伟大。小我、大我，是现代的概念。"大我"是从"小我、一己"出发，推己及人，上升到担荷人类的精神，如屈原、杜甫、但丁等。诗人唯到此境界，方可称伟大。在顾随看来，伟大的人格是伟大文学的必要条件。他主张

---

① 〔美〕福克纳：《创作源泉与作家的生命》（访谈录），载何尚主编《窥探魔桶内的秘密》，广东经济出版社，2000，第66页。

"自觉，觉人；自利，利他；自度，度人"。①

英国诗人济慈在《海披里安之亡》一诗中借女神之口说：

> 谁也达不到这个顶峰，
>
> 除了那些把世界的苦难
>
> 当作苦难，而且日夜不安的人。

这便是对伟大诗人的要求。

不过，"后世少伟大作品"似也不能全归咎于小我色彩过重。宋以后诗文不如前代，也有事物盛极而衰的必然性。

再者，文学的伟大不是刻意追求来的，不是诗的直线目标。诗人写诗的动机，非为求伟大也。伟大的诗人只是写他/她的切身之痛，这是第一念。伟大，是因为他的所感、所思、所痛中有人类心灵的大波动。照顾随《诗与酒》一文的意思，诗与酒一样，在人类发明它们之初，都是为了麻醉，忘掉人生的劳苦与悲哀，好比"古人造酒，必是自制自饮，或出以饷知交"②。我们试看《诗经》、《楚辞》、陶潜的诗，恐不难有此同感。

固然人无自己不能成为生活，但不能只知自己，至少为大众，为人类，甚至只为一个人也好。

人在恋爱的时候，最有诗味。从"三百篇"、楚骚③及西洋《圣经·雅歌》、希腊的古诗直到现在，对恋爱还在赞美、实行。何以两性恋爱在古今中外的诗中占此一大部分？便因恋爱是不自私的，自私的人没有恋爱，有的只是兽性的冲动。何以说恋爱时不自私？便因在恋爱时都有为对方牺牲自己的准备。自私的人无论谁死都行，只要我不死。唐明皇在政治上、文学上是天才，但在恋爱上绝非天才，否则不能牺牲贵妃而独生。《长恨歌》《长恨

---

① 叶嘉莹：《谈羡季先生对古典诗歌之教学与创作》，载赵林涛、顾之京编《顾随与叶嘉莹》，河北教育出版社，2009，第 60 页。

② 顾随：《论诗》，载《顾随全集》卷三，第 242 页。

③ 原书此处为"楚、骚"，似不妥，乃删去顿号。

歌传》写唐明皇至紧要时期却牺牲了爱人，保全了自己。这是不对的。恋爱是牺牲自己为了保全别人，故恋爱是给予而非取得，是义务不是权利。

恋爱如此，整个人生亦然，要准备为别人牺牲自己，这才是最伟大的诗人。

解评：讲"为己"与"为人"的关系。人不可能不为己，但不能只为己，也要为大众，为人类。不是在数量上照顾到每一个人，而是要有博爱的情怀，推己及人，即有"仁"的精神。至少为一个旁人也好，起码还有人味，否则太可怕了。由自爱而爱人，最典型的例子是恋爱，故顾随举恋爱为例。爱情与亲情不同，亲情是天然的，不是推己及人。男女之爱，不仅是善、仁，还包含审美、美化、理想化，恋爱的诗味，即来自男女之间相互激发出的真、善、美。

顾随所讲道理没错，"恋爱是牺牲自己为了保全别人，故恋爱是给予而非取得，是义务不是权利"。他不是为讲恋爱，而是讲人生与文学都要有牺牲自己的精神，才能有大爱，方能成为伟大诗人。我以为屈原就是牺牲自己，以成就大爱精神。

诗根本不是教训人的，只是在感动人，是"推"、是"化"。《花间集》有句：

换我心为你心，始知相忆深。（顾夐《诉衷情》）

实则"换他心为我心""换天下心为我心"始可。人、我之间，常人只知有我，不知有人；物、我之间，只知有物，忘记有我，皆不能"推"。道理、意思不足以征服人。

解评：这是讲诗的作用。"诗根本不是教训人的，只是在感动人，是'推'、是'化'。"所有诗的"教训说"，都被否定了。诗可能会有"教训"

的效果，但它不是从教训出发的，因为教训是企图让人在理智上接受，它是功利的。诗是"感动人"的，它首先触动的是我们的情。诗的作用是在读者被动的感动中发生的。所以说是"推"、是"化"，像水和空气渗透进物体里一样，而非强加的。顾随把"换我心为你心"倒过来，认为诗的作用是"换他心为我心""换天下心为我心"，即你写的东西里也要包括他人的感觉，这样才会感动他人。凡文学不动人者，皆因其中未包括他人。写物，没有"我"的感觉，也不行，不动人。

叶嘉莹论诗时，喜用"兴发感动的作用"作为好文学的标准，或来自顾随所谓"推"和"化"。


一切文学的创作皆是"心的探讨"。吾国多只注意事情的演进，而不注意办事人之心的探讨，故无心的表演。其次，吾国文学中缺少"生的色彩"。生可分为生命和生活二者，吾国文学缺少活的表现、力的表现。

如何始能有"心的探讨""生的色彩"？此则需要有"物的认识"。既曰心的探讨，岂非自心？既曰力的表现，岂非自力？既为自心、自力，如何是物？此处最好利用佛家语"即心即物"。自己分析自己、探讨自己的心时，则"心"便成为"物"，即今所谓"对象"。

天下没有不知道自己怎样活着而知道别人怎样活着的人。不知自心，何以能知人心？能认识自己，才能了解人生。老杜的诗是有我，然不是小我，不专指自己，自我扩大，故谓之大我。


**解评**：一切文学创作皆是"心的探讨"，这是顾随对文学本质的看法。钱穆《略论中国文学》一文开首便说："中国文学亦可称之为心学。"① 可谓直截了当。这与顾随意思同，只不过，钱穆直接用"心学"概括了文学。

"心学"是中国哲学名词。钱穆所谓"心学"，不是哲学中的心学，而是指"有关心灵的学问"。他谓中国文学是心学，是评论中国文学；顾随说

---

① 钱穆：《现代中国学术论衡》，生活·读书·新知三联书店，2001，第245页。

一切文学皆是"心的探讨"，是讲文学的基本原理，更大。不过，钱穆接下来又引了孔子语"辞达而已矣"，并说："不仅外交辞令，即一切辞，亦皆以达此心。心统性情，性则通天人，情则合内外。不仅身家国天下，与吾心皆有合，即宇宙万物，于吾心亦有合。合内外，是即通天人。言与辞，皆以达此心。"① 可见，钱穆仍是就文学本质而言的。而他用中国心性之学来解释文学，虽不甚精确，也未尝不可。其实，清代刘熙载早就说："文，心学也。"②

顾随也曾说：

> 禅家有所谓"万法唯心"，"心生、神生、法生，心灭、神灭、法灭"。尤其我们治文学的更是如此，一切创作皆然。③

此仍谓文学是"心的探讨"。所谓一切创作皆是"心的探讨"，比"文学是心学"更明白、更准确些，毕竟"心学"是一哲学术语，"文学是心学"在表述上易含混。顾随说他这一理论是"新唯心论"④，即暗示这不是哲学上的唯心论。

在传统文论中，《文心雕龙·序志》云："文果载心，余心有寄。"《原道》曰："心生而言立，言立而文明。"可知刘勰以为文生于心。《原道》又云："夫以无识之物，郁然有彩，有心之器，其无文欤？""无识之物"当指自然，"有心之器"当指艺术。文学乃"有心之器"，即人的心的作用的结果。

顾随不仅指出一切文学皆是"心的探讨"，还进一步据此来看中国文学的缺点。"吾国多只注意事情的演进，而不注意办事人之心的探讨，故无心的表演。"这显然是在对比中西文学之后的断语。

《左传》《史记》《水浒传》《红楼梦》等是一流文学，相对而言，更注重事情的演进和外在形态的描绘，作家写作时虽未尝不注意人物心理，却不会如西方很多作品一样有专门的细致入微的心理描写，这会使文本显

---

① 钱穆：《现代中国学术论衡》，第 245 页。
② （清）刘熙载：《游艺约言》，载《刘熙载集》，华东师范大学出版社，1993，第 571 页。
③ 顾随：《〈文赋〉十一讲》，载《顾随全集》卷七，第 101 页。
④ 顾随：《〈文赋〉十一讲》，载《顾随全集》卷七，第 101 页。

得更清明单纯，但也会损失精神深度。"没有心的表演"，即对人的内心世界开掘不够深。西方文学开掘内心世界最极端的作品是意识流文学，《尤利西斯》《追忆逝水年华》等几乎全是"心的表演"，"外在事情"已相当次要。

"吾国文学中缺少'生的色彩'。生可分为生命和生活二者，吾国文学缺少活的表现、力的表现。"这也是批评之辞。为什么这样说？盖因中国文学偏于虚静及和谐之美，西方文学偏于动荡与悲剧之美。"万物静观皆自得""意与境谐""天人合一"，固乃文学高境，但这种观照以及表现方式会遮蔽生活与生命的另一面——冲突、挣扎、抗斗以及失败等。因为自得、和谐是取消了失败感的，是平衡，而生活与生命不全是平衡。只有在活动、挣扎中，才更能显出"力"以及悲剧。中国悲剧文学不发达，即缘于此。当然，此种说法只是大致而言，中国文学也有富于生之色彩、充满力感的，如屈原、曹操、辛弃疾的诗、词就有一股子不肯干休的劲。

"如何始能有'心的探讨''生的色彩'？"真是层层深入。"此则需要有'物的认识'。既曰心的探讨，岂非自心？既曰力的表现，岂非自力？既为自心、自力，如何是物？此处最好利用佛家语'即心即物'。自己分析自己、探讨自己的心时，则'心'便成为'物'，即今所谓'对象'。"心的探讨、生的色彩，非一事也，但都需要有"物"的认识。此物是何物？外物乎？内心乎？若看字面，则"心的探讨"，易被认为"自心"，自家之心；"力的表现"，则易被认为"自力"，自家之力。"自心""自力"皆是佛家语，似与"物"不相容。于是顾随又引佛家语解说——所谓"物"的认识，实乃"即心即物"。当你分析自己、探讨自己的心时，"心"便成为"物"，即观照对象。这是文学当中非常重要、深刻的问题——就作家与世界的关系而言，文学的高境是如何得来的？文学的高境就在于：它把外在世界以及人的内心世界都变成了观照、玩味的对象，使人的存在具备了自觉性，文学根本就是自觉的，不存在"自动写作"。唯有自觉，才能真实、深刻。而对人的认识，首须自我了解。不了解自我，而欲了解人类，有如未曾站立而欲行走。诗歌有有我、无我之分，相对而言，确乎如此，但二者无高下之别。有我，只要不是"只是我""小我"，而能扩大为"大我"，则照样伟大，老杜诗即如此。

要在诗中表现"生的色彩"。

中国自六朝以后，诗人此色彩多淡薄，近人写诗只是文辞技术功夫，不能打动人心，生的色彩才能动人。

如何能使"生的色彩"浓厚？

第一须有"生的享乐"。此非世人所谓享乐，乃施为，生的力量的活跃。生命力最活跃，心最专一。

第二须有"生的憎恨"。憎恨是不满，没有一个文学艺术家是满意于眼前的现实的，唯其不满，故有创造；创造乃生于不满，生于理想。憎恨与享乐不是两回事，最能有生的享乐，憎恨也愈大，生的色彩也愈强。有憎就有爱，没有憎的人也没有爱。

此外还要有"生的欣赏"。前二种是生活中的实行者，仅此二种未必能成为诗人，诗人在前二者外更要有生的欣赏。太实了，便写不出。不能钻入不行，能钻入不能撤出也不行。在人生战场上要七进七出。

**解评**：顾随说："除缺少心的探讨外，中国文学缺少'生的色彩'。生可分为生命与生活二者。"（生命是因，生活是缘。）① 为什么叫"生的色彩"呢？顾随说：

> 曰生之"色彩"而不曰形状者，色彩虽是外表，而此外表乃内外交融而透出的，色彩是活的，如花之红、柳之绿，是内在生气、生命力之放射，不是从外涂上的。②

简而言之，"生的色彩"即作品由内而外散发出来的生命活力，色彩是比喻。顾随所谓中国文学缺少"生的色彩"，是与西方文学比较而言的。西方文学，从《荷马史诗》、古希腊戏剧，到18世纪、19世纪包罗万象的小说，到现代诗歌，如惠特曼、马雅可夫斯基（苏俄文学大体可归于西方文

---

① 顾随：《王维诗品论》，载《顾随全集》卷五，第275页。
② 顾随：《杜甫诗讲论》，载《顾随全集》卷五，第318～319页。

学）的诗，充满生活、生命的活力，力量感以及阳刚之气。中国文学当然
有生的色彩，但多平和、柔弱之感，缺少雄强的、激情四射的作品。缘故
何在？顾随说："缺少生的色彩，或因中国太温柔敦厚、太保险、太中庸
（简直不中而庸了），缺少活的表现、力的表现。"① 这是中国文学的不足。
《诗经》富于生的色彩，而气息是温柔敦厚的。屈原伟大，即因他不受中庸
思想限制。《史记》富于生的色彩，雄健壮美，司马迁是伟大的叛逆者。但
"中国自上古至两汉是生与力的表现，六朝是文采风流"②，中国文学至六朝
就变得格外文人化了。文人气息是中国艺术的优点，其缺点则是与现实，
尤其是粗粝的现实距离较远，对现实的包容度不够，艺术风格追求含蓄淡
远，于是不免缺失了雄强的力度。

故此，顾随认为要改造中国文学，就须追求"生的色彩"。关于追求
"生的色彩"，他认为有三种途径。

第一，须有"生的享乐"。"此非世人所谓享乐，乃施为，生的力量的
活跃。"世俗所谓享乐，是满足一己的欲望，是攫取、占有。"生的享乐"
是生命的活跃。游山玩水、唱歌跳舞、体育运动、读书交友，凡能激发人
的生命活力并使人乐在其中的事情，都是"生的享乐"。生命的本质在于活
力、热情，艺术要以酒神精神为根底。

第二，须有"生的憎恨"。憎恨不是仇恨，而是不满。不满源于更高的
理想，现实不符合理想，故不满。"没有一个文学艺术家是满意于眼前的现
实的，唯其不满，故有创造；创造乃生于不满，生于理想。"这是艺术创造
的真理。艺术起源于两种情感：一为欣赏，一为不满。由欣赏与不满，再
产生思考。文学更多地来自不满。倘若只是欣赏，则没有更高的理想，也
不会有深刻的反思。文学要有批判性、理想性。中国文学与西方文学相比，
批判性、反抗性不足。这与中国文化的中庸精神、逍遥精神有关。

第三，"生的欣赏"。生的享乐，是投入生命力。生的欣赏，则是用审
美的眼光观察事物。照顾随的意思，若只有"生的享乐"和"生的憎恨"，
未必能成为艺术，因为享乐和憎恨首先是生活中的行为，成为艺术还须从
享乐和憎恨中抽离开来，加以欣赏，即观照。这其实就是西方美学理论中

---

① 顾随：《王维诗品论》，载《顾随全集》卷五，第 275 页。
② 顾随：《王维诗品论》，载《顾随全集》卷五，第 280 页。

"审美距离"的意思。艺术的欣赏，是情理交融的。

"生的色彩"是顾随文论中独特、重要的理论之一。他认为中国文学相对缺少"生的色彩"，"生的色彩"是理想文学的一种特质。试将其与德国美学家本雅明的美学概念"aura"比较之。

美术理论家、评论家水天中说：

> 本雅明曾经探究过传统艺术创作特有的魅力，拈出"生命的呼吸"这一说辞，来形容诸如绘画、雕塑等传统形态的艺术作品所具有的特殊感染力，它"冲破自身而出，又将自身包围"。用中国文化中习惯的说法，就是艺术创作中"元气"、"意象"和"意境"的综合。①

我以为水天中用中国艺术理论中"元气""意象""意境"的综合来参比本雅明所谓"生命的呼吸"，颇有道理。本雅明的美学概念，德文是aura②，此术语的中文翻译至今仍有争论。有研究者指出：对于本雅明所谓aura，之前流传较广的翻译有"灵光""灵韵""光晕"，而他认为aura一词的本意是"气"，实意是一种有"光彩"甚至有"色彩"的气，或可译为"霞气"。③ 到底该如何翻译aura这个术语，作为翻译外行，我无法定夺。但由aura所具有的色彩之意，再加之本雅明赋予它艺术品的魅力特质之意，我以为aura这一概念与顾随所谓"生的色彩"有相通之处。首先，它们都指艺术品的魅力；其次，这种魅力都根植于艺术品独特的生命气息；再次，它们都用色彩、光芒来比喻这种艺术魅力。Aura也罢，"生的色彩"也罢，都和陈陈相因的艺术不同。本雅明之所以把传统艺术作为aura的体现者，是针对所谓"文化工业时代机械复制的艺术"，而顾随所谓缺乏"生的色彩"的文学（虽论文学，但可以适用于所有艺术），则是那种只有文辞技术，而不能打动人的作品，其实他们所批判的是同一种艺术——没有生命活力的艺术。所谓"机械复制的艺术"，不是文化工业时代的独特产物，而

---

① 参见水天中评画家段正渠文《北方大地的"生命呼吸"》，载水天中《当代画家集评》，湖南美术出版社，2014，第228页。
② 参见〔德〕本雅明《机械复制时代的艺术作品》，载〔德〕汉娜·阿伦特编《启迪：本雅明文选》，张旭东、王斑译，生活·读书·新知三联书店，2008，第236页。
③ 参见杨俊杰《也谈本雅明的aura》，《美育学刊》2014年第4期。

是古已有之的，比如，中国明清时期大量的缺乏个性和生命活力的诗、文、书、画作品。只不过，进入工业化的资本主义时代之后，"机械复制的艺术"因现代技术和传播的发达而更加泛滥。然而，顾随所谓"生的色彩"与本雅明所谓 aura 并不同。顾随所谓"生的色彩"更强调"活的表现、力的表现"——一种有力的、跃动的生命感，即水天中认为的与 aura 相通的"元气"。

诗之好，在于有力。有力，然：一、不可勉强（勉强便成叫嚣），不勉强即非外来的；二、不可计较。不勉强不是没力，不计较不是糊涂。一般人享权利唯恐其不多，尽义务唯恐其不少。所谓不计较只是不计算权利、义务。栽树的人不是乘凉的人，但栽树的人不计较这些，是"傻"，但是伟大。有力而不勉强、不计较，这样不但是自我扩大，而且是自我消灭。

文人是自我中心，由自我中心至自我扩大至自我消灭，这就是美，这就是诗。否则但写风花雪月、美丽字眼，仍不是诗。

**解评：**有力，是顾随评判好文学的标准之一，他常用"有力"二字为文学叫好。譬如，顾随说陶渊明"种豆南山下"虽写俗事，但好，好在有力。有力，非阳刚之意。凡好诗，皆是有力，不分刚柔雅俗。顾随所谓"有力"，当指其中有种生命意志，有股子劲，或者说有种"生命感"。陶渊明之"高"，即在他能肯定自己的生活，任何艰难与虚无都能承当，"纵浪大化中，不喜亦不惧"，有此精神，自然有力。"老骥伏枥，志在千里；烈士暮年，壮心不已"（曹操《龟虽寿》），有力；"起舞不辞无气力，爱君吹玉笛"（冯延巳《谒金门》），缠绵至极，但亦是有力，即因其中有可贵的生命意志在。

顾随又提醒我们在追求"有力"时须避免的毛病。一是"不可勉强（勉强便成叫嚣），不勉强即非外来的"。因为想有力，便难免刻意使劲，反而会无力、造作。譬如打太极拳，若刻意发力，反而无力、乱套；又如唱歌，需用气力，但声之大小刚柔当恰如其分，才是有力，而不是嗓门大，嗓门大是叫嚣。稼轩词有力，其后学刘克庄等人刻意大声镗嗒，有时便不免流于叫嚣。所以，不可勉强就是要自然，自然的东西有根，有根则有力。

二是不计较。"栽树的人不是乘凉的人，但栽树的人不计较这些，是'傻'，但是伟大。有力而不勉强、不计较，这样不但是自我扩大，而且是自我消灭。"不计较，意思是不可把自己看得太重。你栽树，有人乘凉、受惠于你，与不栽树者比，你的影响扩大了不少；而且你只栽树，不在乎自己乘不乘凉，这就堪称伟大了。自我消灭，由自我扩大而来。

人生以及文人的最高境界是自我消灭，而顾随又认定文人是"自我中心"的——这岂不矛盾？其实无妨，只要"由自我中心至自我扩大至自我消灭"，就"超越自我"了，诗意与美，由此而生。但"由自我中心至自我扩大至自我消灭"的境界到底是什么？何以就伟大呢？其实那就是"爱"。由自我出发推己及人，以至于无己无私，即爱的不断扩大。顾随很少用"爱"这个字眼，但其所推崇之人格其实就是"大爱"。无爱，则无诗。"风花雪月、美丽字眼"是诗之"毛"，皮之不存，毛将焉附？

自我消灭即无我。爱就是无限包容，故诗人要无我。


文人，特别是诗人，自我中心。人说话总是三句话不离本行，一个诗人写诗也有个范围，只是这个范围并非别人给他划出。试将其全集所用名词录出来，如夕阳、残阳、斜日、晚日……可见其不说什么，爱说什么，其所用词语范围之大小，其中皆不离"我"。黄山谷不好说女性，工部、退之、山谷，一系统；义山、韩偓便不然。义山、韩偓，唐代唯美派诗人，不但写女性写得好，即其诗的精神也近女性。杜、韩、黄便适当其反，是男性的。美的花，山谷也不以美女比，而比美男子。由此归纳可考察其生活范围，他只在范围中活动，还有一个 center，自我中心。


解评：见下。


自我中心的路径有两种：一、吸纳的，二、放射的。如厅堂中悬一盏灯，光彩照到处即为光明，光所不及处便是黑暗，愈近愈明，愈远愈暗。

吸纳——静；放射——动。

一个诗人的诗也有时是吸纳，有时是放射。王摩诘五律《秋夜独坐》是吸纳的：

> 独坐悲双鬓，空堂欲二更。
> 雨中山果落，灯下草虫鸣。
> 白发终难变，黄金不可成。
> 欲知除老病，唯有学无生。

所闻所见岂非外物？但诗是向内的，老杜没这种感受。而王维《观猎》一首像老杜，是向外的，好：

> 风劲角弓鸣，将军猎渭城。
> 草枯鹰眼疾，雪尽马蹄轻。
> 忽过新丰市，还归细柳营。
> 回看射雕处，千里暮云平。

岂止不弱，简直壮极了。此诗"横"得像老杜，但老杜的音节不能像摩诘这么调和，老杜放射，向外，而有时生硬。老杜写得了这么"横"，写不了这么调和；别人能写得调和，写不了这么"横"。老杜诗偏于放射，义山学杜最有功夫，但又绝不相同者，杜的自我中心是放射的，动的；义山的自我中心是吸纳的，静的。老杜，向外，壮美；义山，向内，优美。

**解评：**前面说到"文人是自我中心"，这里再讲，并强调诗人更是如此。为什么呢？假如把诗人和小说家加以对比，此义更为显豁。小说更多的是呈现自我以外的他人，较客观，而诗本身不具备小说那样的对自我以外世界的表现力，诗更多的是表现自我，故诗人更自我中心，小说家更自我隐匿。至于散文，则介于诗与小说之间。诗人、小说家都是文人。而文人就一定比非文人更自我中心吗？未必。很多非文人都自我中心得很。文人是喜欢琢磨自己的内心，文人的自我更丰富。

何以说诗人更自我中心？顾随推荐了一个检验方法，即看一个诗人的全集，你会发现，他所用的名词不是无所不包，而是说什么、不说什么总有个范围，任何人也不例外。只不过，不同诗人的"意象群"不同而已。且不说一个诗人所使用的全部名词，凡有特色的诗人，总有其爱写、常写的"意象"，如屈原多写"香草、美人"，李白多写"月、山、水、酒"，杜甫多写"风、雨、泪"，李贺多写"鬼、血、死、坟"，许浑诗喜用"水"字（"许浑千首湿"），晏殊多写"斜阳"（夕阳），晏几道多写"梦"，王安石多写"春"，海子多写"水、麦子、麦地"等，这便是"三句话不离本行"。不管其所喜意象是什么，都是诗人"自我"的投射——不离我。

继而举例，说黄山谷不好说女性，跟工部、退之一系统。大体看来，的确如此，这几位的诗都很少写风花雪月，偏于男性气质。义山、韩偓则偏于女性气质。并非刻意如此，乃天性使然，盖由诗人的"自我"决定。再博大的诗人都有其活动范围，还有个 center，就像卫星信号，可以覆盖很大的区域，但总有限，而且总是从某个卫星发射基地，即其"中心"放射出来的。

顾随以为自我中心的路径有两种，一是吸纳的，二是放射的。

至此，我们应注意，顾随是把诗人都看成"自我中心"的，即"有我"的，这是他和王国维"有我、无我"之说所不同者。他认为"无我之境"根本不成立，文学上客观之境根本不成立。

顾随《论王静安》辨析王国维所谓"有我之境""无我之境"甚详，兹摘录如下：

> 静安先生云"有我之境"、"无我之境"，此语余不赞成。若认为"假名"尚无不可，若执为"实有"则大错。心是自我而非外在，自我为有我之境，而无我之境如何能成立？盖必心转物始成诗，心转物则有我矣。
>
> 王先生讲无我之境，举陶诗"采菊东篱下，悠然见南山"（《饮酒》二十首其五）。不然。采谁采？见谁见？曰"采"、曰"见"，则有我

矣。又举元遗山"寒波澹澹起，白鸟悠悠下"（《颍亭留别》），此二句似较前二句无我，然尚不能谓无我，"寒波"、"白鸟"，谁写？诗人写，诗人写则经心转矣，不然何以他人不写成诗？即曰无我，而谁见？即见则有我，无我则无诗。而若为"假名"则允许。

王先生之立此二名义者，以其觉得境界确分为心、物二者。故其所谓有我乃主观，无我即客观，故王先生讲无我，说：

> 以物观物，故不知何者为我，何者为物。

然此语矛盾。禅宗好说"败阙"，静安先生此处是大大的败阙。既曰"不知何者为我"，可见仍有我，惟不"知"而已。有而不知，非无也。自己矛盾。充其量言之不过客观而已，而纯粹客观绝不成立，亦"假名"，盖无"无我"何来"客"？王先生好学深思，法尔如然，是学者，惟此语不圆满。以物观物，绝非客观。盖客观虽非个体，而根本不在全体中。客观但观察，而诗人应观察后还须下场进入其中，不可立于其外。客观亦非无我，无我何观？王先生所说"无我"绝非客观之意，乃庄子"忘我"、"丧我"之意。

……

王静安先生"有我之境"、"无我之境"不能成立，故不能自圆其说。盖王先生总以为心是心，物是物，故有"有我"，有"无我"。余则以为是心即物，是物即心，即心即物，亦即非心非物，必将心与物混合为一，非单一之物与心。余颇不以其无我之境为然，亦犹余之对新文学反对所谓"客观"者。文学上客观的描写是不可能的，终有"我"在。无我之境不能成立，无我，谁写出的作品？

然"无我"二字亦可用，惟很难。

im-personality　非我的
non-personality　无我的

诗人所写必与自己思想感情有关，何能无我？惟所写时，"非我"耳，不是我而非"无我"。老子"吾所以有大患者为吾有身"（《老子》

十三章）——此为反面。庄子"吾丧我"（《庄子·齐物论》）——此为正面。如此讲，则"采菊东篱下，悠然见南山"虽是有我，而真是无我境界，是"非我"，我与大自然合而为一，我成为大自然的一分子。如中国山水画中之人，是"非我"，不画眉目，画人物确须与画山画水同，将人物自然化了。"无个性"，即是"无我"。孟浩然诗即"非我"，李白对孟真佩服，李白不成，一写"我"便出来了。"李白乘舟将欲行"，"我"的意识甚强。王维亦有"我"，而此"我"与自然同化。①

我完全赞同顾随的观点——"诗人所写必与自己思想感情有关，何能无我？"

---

① 顾随：《论王静安》，载《顾随全集》卷六，第 141~143 页。

# （二）诗人之根本

三 W：what、why、how（什么、为什么、怎么办）。

诗人只有前两个 W，故诗人多是懦弱无能的。后一个 W，如何办，是哲人的责任。第三个 W，非说理不可，此最是破坏诗之美。如：

> 人生如归云，空行杂徐疾。
> 薄暮俱到山，各不见踪迹。（陈简斋《晚晴》）

此在宋诗可为代表，而已不似诗矣，近于哲人之说理。现在生活中所要的不是 what、why，而是 how，不必说食为民天，要的是食。

我们读《离骚》，不要只看其伤感，要看其烦懑。此即因没有办法，找不到出路——how，故强者感到烦懑，而弱者则感到颓丧。如此不得不说老杜伟大，其表现有中国传统诗人以外的东西：

> 南使宜天马，由来万匹强。
> 浮云连阵没，秋草遍山长。
> 闻说真龙种，仍残老骕骦。
> 哀鸣思战斗，迥立向苍苍。（《秦州杂诗二十首》其五）

曹公诗云：

老骥伏枥，志在千里。

烈士暮年，壮心不已。（曹操《步出夏门行·龟虽寿》）

老杜盖曾受孟德影响，无论有意无意。"老骥伏枥"不过壮心未已而已，至"哀鸣思战斗"，简直站不住了，真是发皇①。而古人诗多含蓄。

诗人不能想办法。老杜"思战斗"、"哀鸣"也只是"迥立向苍苍"而已，曹孟德是有办法，如其诗中所表现的：

山不厌高，水不厌深。

周公吐哺，天下归心。（《短歌行》）

**解评：** 诗人先是描写其所见，即"什么"；其次是"为什么"，表达感慨、困惑、不平、无可奈何，如"独坐空堂上，谁可与欢者？"（阮籍《咏怀》）、"郴江幸自绕郴山，为谁流下潇湘去？"（秦观《踏莎行》）、"这次第，怎一个愁字了得？"（李清照《声声慢》）等，虽止于感叹和无奈，但无可厚非——文学的本性是提出问题，而非解决问题。所有艺术，都不是用来解决问题的，虽然，艺术可以安慰人心。

这里，顾随强调的是"办法"。要有办法，否则多愁善感，而懦弱无能。顾随这些话讲于抗战时期，国难当头，人生多艰，文人急需的是解决困苦的办法。

"我们读《离骚》，不要只看其伤感，要看其烦懑。"伤感与烦懑不同。伤感是自怜，只觉得苦，烦懑是不服气、反抗。故烦懑属于强者，伤感乃弱者表现。

于是联想到老杜"哀鸣思战斗，迥立向苍苍"之句。此非伤感，亦非烦懑，而是一种浩大的不屈。这便是顾随所谓"生的色彩"，充满一种悲剧性的昂扬之致，昂扬到发皇。发皇者，力量与光彩不可抑制地放射——"简直站不住了"。也可说是"轩昂"，老杜此句乃"字向纸上皆轩昂"（韩

---

① 原书为"发煌"，但这一词疑为误用，本书均改为"发皇"。

愈《卢郎中云夫寄示送盘谷子诗两章，歌以和之》），有海立云垂之概。

顾随又指出，杜甫这几句或曾受曹操"老骥伏枥"的影响。而杜甫写得气象发皇。但老杜止于表达姿态，孟德"山不厌高，水不厌深，周公吐哺，天下归心"则是有办法，治理天下的办法。办法只能平平端出。

陶渊明是有办法的。渊明是平凡的伟大，其《闲情赋》所写是陶之烦懑。其文表面似颓丧，实非颓丧，连表面也不颓丧。"种豆南山下"（《归园田居五首》其三），有一分心，专一分心；有一分力，尽一分力。学做人便当是此办法。故：

> 曹，英雄中的诗人；
> 杜，诗人中的英雄；
> 陶，诗人中的哲人。

英雄的办法是特殊的，不可学。哲人不然，哲人所想办法，皆人人可行的办法，其中无特殊，谁都会，而不易办到。

将办法写入诗而还成为诗，即如"种豆南山下"。此因渊明天才过人，学力亦不可及，老杜学不甚深，精神可佩服，有力。

**解评：**顾随曾说："中国文学可以四字概括之，曰'无可奈何'。"寻常诗人总是和外界抵触，抵触了又无可如何。陶渊明与外物也抵触，也有不平、愤懑，但他之所以高，在于他能肯定自己的生活，能找到解脱之道。他的办法是精神上超脱，说白了，就是放下、不计较。同时，他将此精神落实到一种简单的生活中——躬耕田园，安身立命。"种豆南山下"便是此种生活的象征。我们在陶渊明身上看不到怨天尤人。他深知，人只能尽力而为。这是一种平实而可取的人生态度，"有一分心，专一分心；有一分力，尽一分力"，放之四海而皆宜。渊明的办法是哲人的办法。为什么说"谁都会，而不易办到"呢？因为人多在妄念里打转，不见自性，便不能尽己之性。

顾随又云"曹，英雄中的诗人；杜，诗人中的英雄；陶，诗人中的哲人"，极精辟。曹操首先是英雄，大英雄。其事功，为中国其他诗人所不及。其次为诗人，真诗人。杜甫为纯粹之诗人，且胆力过人，气魄雄大，有英雄气。陶渊明为诗人中哲人，无人能及。另，稼轩较特殊。他既是诗人中英雄，亦可谓英雄中诗人。陈廷焯说："稼轩词仿佛魏武诗，自是有大本领大作用人语。"①

"英雄的办法是特殊的，不可学。"如曹操挟天子以令诸侯，便是特殊办法，常人怎么学他？辛弃疾带领五十人突入五万金兵军营中，活捉叛徒张安国，大灭敌人气焰，也是出奇之道。非常之人，必有非常之事。此种人写诗作文，必有奇气。

陶渊明以"种豆南山下"五字写出其人生态度，且形象动人，此乃天才之表现。顾先生以为渊明学力亦不可及，老杜学不如陶，然。从表面看，杜甫诗歌中的语词、典故必比陶渊明多得多，老杜亦曾说自己"读书破万卷"，但他学力其实不如渊明。什么是"学力"呢？学力绝不是知识多寡的问题，学力的高低最终表现为由知识升华出的思想境界。大诗人、大学问家的文字必有醇厚之气息。"学识"二字，学低而识高。显高下的是见识，见识即学力的"力"。杜甫的思想不及陶渊明广大深刻。渊明必读书甚多，只不过他把书本知识化成不露痕迹的智慧了。佛家谓，转识成智，转智成悲。在识与智之上，还有悲悯。以此衡量，真正高深的诗人和学人实在不多。

诗中真实才是真正真实。花之实物若不入诗不能为真正真实。真实有二义：一为世俗之真实，一为诗之真实。且平常所谓真实多为由"见"而来，见亦由肉眼，所见非真正真实，是浮浅的见，如黑板上字，一擦即去。只有诗人所见是真正真实，如"月黑杀人地，风高放火天"。在诗法上、文学上是真的真实，转"无常"成"不灭"。

世上都是无常，都是灭，而诗是不灭，能与天地造化争一日

① （清）陈廷焯：《白雨斋词话》，杜维沫点校，人民文学出版社，1983，第22页。

之短长。万物皆有坏，而诗是不坏。俗曰"真花暂落，画树常春"（庾信《至仁山铭》）。然画仍有坏，诗写出来不坏。太白已死，其诗亦非手写，集亦非唐本，而诗仍在，即是不灭，是常。纵无文字而其诗意仍在人心。

佛所谓"常"是不灭，人无思想等于不存在。诗骚、曹陶、李杜，其作品今日仍存在，其作品不灭，作风（作风乃情；风，精神之表现于外者）不断。后世作伪诗之诗匠其作品不能"常"，精神不能不断。

**解评：**这是讲"诗"的生命力。顾随论诗，每当其大而言之者，"诗"之所指即"文学"，我们当以文学理论视之。

顾随用佛家"常"与"无常"、"灭"与"不灭"等概念来论文学及万物生命之久暂。他认为"世上都是无常"，而诗是"不灭"的。诗的生命力来自哪里？来自"真实"。顾随以为"诗中真实才是真正真实"，诗中真实不同于世俗之"真实"。世俗之真实如梦幻泡影，转瞬即灭，而文学上的"真实"从世俗真实来，却超越世俗真实，转"无常"成"不灭"。这种不灭直与天地造化同其不朽，即曹丕所谓"文章者，不朽之盛事"也。中国文论史上，引佛禅论诗者，严羽最著名，但他没有用"不灭"这一佛学概念来阐释诗的本体。

金克木说："我们中国人经常将假和真对立，却很少把诗和真并列。"关于诗与真的关系，他认为：

> 我们可以把真作为一个不变数，不论是指真理还是指真实。那么，假便是负号的真。但是诗却是正负号的，又真又假，又假又真。那就是太虚幻境的对联："假作真时真亦假，无为有处有还无。"真就是有，欧洲哲学家叫做存在。假也是无，印度哲学家说是空。诗和这些都不一样。[①]

---

① 金克木：《诗与真》，载《金克木集》第四卷，第361页。

诗又真又假，又假又真。其所谓"假"指艺术的虚构。而"真"是什么？金克木认为诗之"真"不等于欧洲哲学家所谓"存在"，诗之"假"也不等于印度哲学家所谓"无"。诗又真又假，即顾随所谓"艺术就是说谎"，但"说谎"是手段，目的、结果是真。真真假假，假假真真，重点是真。金克木说真是"不变数"，即佛学所谓"不灭"之意。关于诗之真，金克木与顾随的说法可相发明。

诗人情感要热烈，感觉要锐敏，此乃余前数年之思想，因情不热、感不敏则成常人矣。近日则觉得除此之外，诗人尚应有"诗心"。"诗心"二字含义甚宽，如科学家之谓宇宙，佛家之谓道。有诗心亦有二条件：一要恬静（恬静与热烈非二事，尽管热烈，同时也尽管恬静），一要宽裕。这样写出作品才能活泼泼的。感觉敏锐故能使诗心活泼泼的，而又必须恬静、宽裕，才能"心"转"物"成诗。

老杜诗好而有的躁，即因感觉太锐敏（不让蚊子踢一脚）。陶渊明则不然。二人皆写贫病，杜写得热烈敏锐，陶则恬静中热烈，如其《拟古九首》其三：

> 仲春遘时雨，始雷发东隅。
> 众蛰各潜骇，草木纵横舒。
> 翩翩新来燕，双双入我庐。
> 先巢固尚在，相将还旧居。
> 自从分别来，门庭日荒芜。
> 我心固匪石，君情定何如。

欢喜与凄凉并成一个，在此心境中写出的诗。陶写诗总不失其平衡，恬静中极热烈。末二句"我心固匪石，君情定何如"，与燕子谈心，凄凉已极而不失其恬静者，即因音节关系。音节与诗之情绪甚相关。陶诗音节和平中正，老杜绝不成。至如"暗飞萤自照，水宿鸟相呼"（《倦夜》）二句，乃杜诗中最好的，不多见，虽不能说老杜诗之神品，而亦为极精致者。若心躁不但不能"神"，连"精"都做不到。

心若慌乱绝不能成诗，即作亦绝不深厚，绝不动人。宽裕然后能"容"，诗心能容则境界自广，材料自富，内容自然充实，并非仅风雅而已。恬静然后能"会"。流水不能照影，必静水始可，亦可说恬静然后能观。一方面说活泼泼的，一方面说恬静，而二者非二事。若但为恬静、宽裕而不活泼，则成为死人，麻木不仁。必须二者打成一片。

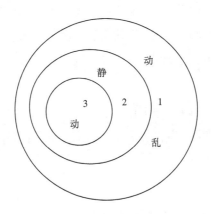

老杜身经天宝之乱，非静，而乱后写出的诗仍是静。如"万事干戈里，空悲清夜徂"（《倦夜》），虽在乱中写，而有"暗飞萤自照，水宿鸟相呼"二句，其静乃是动中之静。老杜之生活在乱中能保持静，在静中又能生动而成诗。

动中之静，是诗的功夫；静中有动，是诗的成因。在"万事干戈里，空悲清夜徂"二句的境遇里不能写出诗来。"暗飞"二句真好，眼之所见即耳之所闻，好像天地之间只有"萤"和"鸟"，但一切痛苦皆在其中。

**解评：** 顾随说诗要有"一知；二觉；三情"①。此处说"诗人情感要热烈，感觉要锐敏"，说到"情"和"觉"，没有说"知"。因为这段话重点不在此，这段是讲"诗心"。

古人并不特别讲"诗心"，正式地讲"诗心"，是在现代。何谓"诗心"呢？诗心是诗情、诗思在心中将发未发的状态。顾随极重诗心，常讲诗心。他说："'诗心'二字含义甚宽，如科学家之谓宇宙，佛家之谓道。"诗心是诗的本源，有如老子所谓万物的"牝牡"——道。顾随说：

> 人人有诗心，在智不增，在愚不减。凡身心健康，除白痴、疯癫之外，俱有诗心。吾人日常喝不为解渴的茶，吃不为充饥的糖果，凡此多余的、不必需的东西便是诗心。人生到只有必需没有多余，则距禽兽不远矣，其可怜已极矣。禽兽日谋食而归栖，人亦如此，其不为禽兽也几希？其为万物之灵者安在？人要在必需之外有"敷余"、"富裕"，才有诗；到了无"敷余"、"富裕"的地步，吾辈凡人恐怕百分之百是没有诗了。孔子说：

> "行有余力，则以学文。"（《论语·学而》）

> 吾人衣食除保护饥寒之外，尚求色味之美，美便是诗。②

此段话即谓不仅诗人要有诗心，凡人皆有诗心，如同佛家讲人人皆有佛性，王阳明谓人皆有良知良能。诗心，可以周遍万物，至极广大。因为，"诗心"是人之所以为人的东西。顾随说："大凡吾辈今日生活所最要保持者为诗心。诗之或作与否，及作得成熟与否尚在其次。"③又云："人可以不为诗人，但不可无诗心。"莎乐美说："在我们每个人的内心深处，诗性的成分要多于理性的成分；在最深的意义上，我们在创作诗歌时的身份比我

---

① 顾随：《知·觉·情·思》，载《顾随全集》卷六，第172页。
② 顾随：《论王静安》，载《顾随全集》卷六，第135页。
③ 参见顾随1943年3月18日致滕茂椿书，载《顾随全集》卷九，第48页。

们现实的身份更有价值。"① 可见，诗意的心灵，对人来说是最根本的。否则，人之异于禽兽者几何？

那么，究竟何为"诗心"？顾随曾打算写一篇文章《诗心篇》，大纲已有②，可惜未果。不过，顾随 1947 年 8 月 14 日在北平青年军夏令营有一演讲，题目为《关于诗》③，讲稿保留下来了，主要讲诗心。他从《毛诗·大序》所谓"诗者，志之所之也。在心为志，发言为诗"说起，认为"心是体，志是用。又：如果说心是喜怒哀乐之未发；而志便是已发了也。亦即是佛家所谓'心生种种法生'之'心生'"④。这是从哲学上认识诗心。诗心的本质是什么呢？顾随认为诗心即"修辞立其诚"的那个"诚"字。"诚有二义，一者无伪，一者专一。中外古今底诗人更无一个不是具有如是诗心。若不如此，那人便非诗人，那人的心便非诗心，写出来的作品无论如何字句精巧，音节和谐，也一定不成其为诗的作品。倘若说诚字未免太陈旧，又是诚，又是无伪，又是专一，未免有些儿三心二意，于此，我再传给你一个法门：诗心只是个单纯。"⑤

如何做到"单纯""诚"呢？顾随认为："只需要一个无计较心……佛家好说第一义，者个与我们今日无干，诗心并非第一义，而是第一念。"⑥第一念没有杂念，因而诗心是绝对的。⑦"只要你做到诚的境界，自然无计较、无利害、无是非、无善恶，更无丝毫走作。步步踏着，句句道着，处处光明磊落，只此一团诗心作用着，说什么佛法儒教，要且没干涉。"⑧按顾随的解释，他所谓"诗心"与李贽所谓"童心"的意思相同，其本质为毫不掺假的真心。⑨

---

① 〔德〕莎乐美：《在性与爱之间挣扎——莎乐美回忆录》，北塔、匡咏梅译，上海人民出版社，2003，第 25 页。
② 参见顾随 1943 年 10 月 24 日致周汝昌书，载《顾随致周汝昌书》，河北教育出版社，2010，第 39 页。
③ 顾随：《关于诗》，载《顾随全集》卷三，第 260~265 页。
④ 顾随：《关于诗》，载《顾随全集》卷三，第 261 页。
⑤ 顾随：《关于诗》，载《顾随全集》卷三，第 261~262 页。
⑥ 顾随：《关于诗》，载《顾随全集》卷三，第 263 页。
⑦ 顾随：《关于诗》，载《顾随全集》卷三，第 263 页。
⑧ 顾随：《关于诗》，载《顾随全集》卷三，第 263 页。
⑨ 李贽曰："夫童心者，真心也。若以童心为不可，是以真心为不可也。夫童心者，绝假纯真，最初一念之本心也。若失却童心，便失却真心；失却真心，便失却真人。人而非真，全不复有初矣。"（李贽：《焚书》卷三"杂述"，张建业译注，中华书局，2018，第 585 页。）

　　单纯、第一念、诚，可谓诗心的理想状态。在心为志，发言为诗，就写诗而论，顾随进一步讲了"诗心"须具备的条件："一要恬静（恬静与热烈非二事，尽管热烈，同时也尽管恬静），一要宽裕。"艺术创作都从人心境中来，人之心，无非静与动两端。就写诗而言，首须恬静。华兹华斯说，诗是起于沉静时的回忆。生活本身是动的，但写作之时，动已远逝，远逝便会沉静下来，沉静了才会有观照的距离。写作时的恬静不是单纯的静，而是以静观动，以静体静，所以说"恬静与热烈非二事"，"必须二者打成一片"。

　　"宽裕"，其实就是西方美学家所说的"审美距离"，用词不同而已。为何要"宽裕"呢？顾随说："宽裕然后能'容'，诗心能容则境界自广，材料自富，内容自然充实，并非仅风雅而已。"如此微妙的道理，只一个"容"字点透。宽容宽容，宽则容，容则心大，所见开阔，内容不充实也难。绝不空洞，文学不空洞，才立得住。"并非仅风雅而已"，风雅是品相好，内容充实则有力，什么都有了。

　　为什么要"恬静"？"恬静然后能'会'。流水不能照影，必静水始可，亦可说恬静然后能观。""活泼泼的"，是禅宗的说法。"会"与"观"二概念，也来自佛学。这个"观"，比孔子所谓"兴、观、群、怨"的"观"更深刻。孔子所谓"观"较外在，而顾随所谓"观"是"会"，即"领会"的意思，这是"内观"，陆机所谓"收视返听"也。"内观"必包含"外观"，没有"内观"就没有文学创作。现代文论所谓"内视境"，类似于"内观"。

　　诗心是一种心境，非"诗"；要成诗，还得以"心"转"物"。这一"转"字用得好，"转"即"转化"，从一种状态到另一种状态。从诗心转到诗，要有文学功夫。

　　"欢喜与凄凉并成一个，在此心境中写出的诗。"这句真好。沉痛而不失美丽之心，这是最诗意的境界、真正的诗心。譬如晏几道"当时明月在，曾照彩云归"，便是"欢喜与凄凉并成一个"。此境界极难形容，所谓"悲欣交集"，却可以表现之。沈从文的《边城》《长河》之所以美、动人，就是因为"欢喜与凄凉并成一个"。

　　再回到"诗心"。顾随认为诗心的作用、意义甚为重大。他说：

诸君不要以为诗心只是诗人们自己的事，与非诗人无干；亦不可以为诗心只是作诗用得着，不作诗时便可抛掉：苟非如此，大错，大错。诗心的健康，关系诗人作品的健康，亦即关系整个民族与全人类的健康；一个民族的诗心不健康，一个民族的衰弱灭亡随之；全人类的诗心不健康，全人类的毁灭亦即为期不远。宋儒有言，我虽不识一个字，也要堂堂地做一个人。我只要说：我们虽不识一个字，不能吟一句诗，也要保持及长养一颗健康的诗心。①

这段话与李贽所谓没有童心就失去做人本源的意思相同，而顾随更将诗心推及全人类的存在与毁灭，读来让人神魄为之一振。

要之，诗心说是顾随诗论中的一个重点。

另，顾随不仅讲诗心，也讲文心。在他看来，诗心与文心是一个。② 顾随说："余之讲'诗'，合天地而为诗，讲文亦如此。"③

元遗山《论诗三十首》其二十云：

朱弦一拂遗音在，却是当年寂寞心。

不论派别、时代、体裁，只要其诗尚成一诗，其诗心必为寂寞心。最会说笑话的人是最不爱笑的人，如鲁迅先生最会说笑话，而说时脸上可刮下霜来。抱有一颗寂寞心的人，并不是事事冷淡，并不是不能写富有热情的作品。

德歌德（Goethe）的《浮士德》，意但丁（Dante）的《神曲》，真是"上穷碧落下黄泉"（白居易《长恨歌》），然此二诗乃两位大诗人晚年作品，其心已是寂寞心了。必如此，然后可写出伟大的热闹的作品来。吾国《水浒传》也是作家晚年的作品；

---

① 顾随：《关于诗》，载《顾随全集》卷三，第 265 页。
② 顾随说："道心、诗心、文心是一个，都不能'断'、一'断'便完了。"（顾随：《说陶诗》，载《顾随全集》卷五，第 198 页。）
③ 顾随：《〈文选〉选讲》，载《顾随全集》卷七，第 303 页。

《红楼梦》亦然，乃曹雪芹晚年极穷时写，岂不有寂寞心？必须热闹过去到冷漠，热烈过去到冷静，才能写出热闹、热烈的作品。

若认为一个大诗人抱有寂寞心只能写枯寂的作品，乃大错。只能写枯寂作品必非大诗人。如孟东野，虽有寂寞心，然非大诗人。宋陈后山亦抱有寂寞心，诗虽不似东野之枯寂，然亦不发皇，其亦非大诗人。

寂寞心盖生于对现实之不满，然而对现实之不满并不就是牢骚。改良自己的生活，常欲向上、向前发展，是对现实的不满。然而叹老悲穷的牢骚不可取，就是说牢骚不可生于嫉妒心。纯洁的牢骚是诗人的牢骚，可发。

**解评**：关于"诗心"。顾随以为凡"诗心"，必是"寂寞心"。鲁迅便是抱有寂寞心者，其幽默即从此来。真的讽刺，皆来自寂寞心。钱钟书也好讽刺，但缺乏理想性，其寂寞心与鲁迅不能比。大作家、伟大作品必有寂寞心。顾随举《浮士德》《神曲》《水浒传》《红楼梦》为例，甚是。这些作品皆是作者晚年之作。大作家晚年更寂寞。许多伟大作品皆出自作家晚年——"豪华落尽见真淳"。晚年的寂寞，最深刻。倘不失爱心、赤子之心，则具寂寞心。寂寞心非自怜之心，而是爱与理想不得圆满的心情。真的寂寞心并不弱。爱心不泯，理想不灭，就不会枯寂、衰飒，虽是晚年之音，照样生气勃勃，甚至发皇、强有力，木心就是典型例子。所以，真的寂寞心，当有爱心和理想心为底子。有此二者，就会对现实不满，但这不满不是怨天尤人的自私的牢骚，而是别有幽怀。

顾随词《临江仙》中有句："处处追求寂寞，时时厌恶聪明。"

诗人是寂寞的，哲人也是寂寞的；诗人情真，哲人理真，二者皆出于寂寞，结果是真。诗人是欣赏寂寞，哲人是处理寂寞；诗人无法，哲人有法；诗人放纵，哲人约束。故在中国，诗人与哲人势同水火。但大哲人也是诗人，大诗人也是哲人，此乃就其极致言之，普通是格格不入的。

**解评：**李白诗曰"古来圣贤皆寂寞"，这"圣贤"大约就包括诗人与哲人，统而称之，即"文人"。"文人"本是程度很高的褒词，可惜被后世弄坏了。

诗人寂寞，哲人也寂寞。诗人与哲人最相通，一是情之代表，一为理之代表。人之精神，无非情、理二端。此二端到达某种极致，必是寂寞的，落落寡合。诗人与哲人的寂寞来自"真"，世上真少伪多，故真就会寂寞。诗人更自我，容易"欣赏寂寞"，不是以寂寞为美，而是多观察寂寞；哲人思考的是如何面对、处理寂寞。人很难同时是诗人和哲人，因为情与理会冲突。王国维不就感叹文学可爱而不可信，哲学可信而不可爱吗？这种人的寂寞更了不得，是寂寞乘以寂寞，如尼采，满世界找不到一个知音似的。到了精微广大的极致，哲人与诗人合一，如庄子、陶渊明、莎士比亚。普通人不行的，普通人偏，偏是因为小。

# （三）诗之欣赏

读文学作品，应先心有戥秤，体认。体认是感觉上的问题，此为第一步功夫。第二步为体会，"会"是以心会。"会"，除"了解"及"能"二义之外，尚作"会合"解。第三步要体验，必须亲自经验，非人云亦云。体认是识，体会是学，体验是行。所谓学问、道理、生活皆须用此三种功夫始不空虚。三者实为一个。

佛经说"如亲眼见"佛，又说"必须亲见始得"，极重"见"字。舜之崇拜尧，坐则见尧于墙，食则见尧于羹。此"见"比对面之见更真实、更切实。想之极，不见之见，是为"真见"，是"心眼之见"，肉眼之见不真切。如听谭叫天唱《碰碑》，一唱令人如见塞外风沙，此乃用心眼见。

读诗必须以心眼见。诗中具体描写可使人如见，如读老杜之《对雪》：

> 乱云低薄暮，急雪舞回风。

亦须心眼见，虽夏日读之亦觉见雪，始真懂此诗。

用心眼见，亦可说用诗眼见。作者不能使人见是作者之责，写得能见而读者不能见是读者对不起作者。

**解评**：讲如何读懂文学作品。分为三步，体认、体会和体验。这三步由表及里，由浅入深。体认是"识"，感觉上的问题，大概就是直觉上的感觉，心理上的反应。接下来是体会，体会是"学"，学即理性的渗入，从感性到理性的扩大，不离感性。顾随说"会"是"会合"，何为"会合"？感性和理性的会合。非理性也非感性，而是二者的综合。阅读文学作品至此，才是懂的开始。第三步：体验。纸上得来终觉浅。"行"之后再来读，就会更深入，这就到阅读的高级境界了。

话锋一转，"所谓学问、道理、生活皆须用此三种功夫始不空虚。三者实为一个"。顾随时常有此种腾跃——讲文学的当儿，忽地一下就提起来，从文学上升到为学、为道和生活的普遍道理。不是牵强附会，而是学问、道理、生活"三者实为一个"。

再引佛家语讲"见"之重要。因为读文学与悟道相通，都是理解活动，都须"见"。这一"见"字，把体认、体会、体验三者收束到一起了。艺术欣赏的"见"不是肉眼的看见，而是"心眼之见"，即自己的心跟作者的心，跟作品的精神碰到一块儿了，共鸣了。孔子曰："他人有心，予忖度之。"艺术欣赏即当如此——将心比心。首先，作者的作品要能使人有所"见"，这是前提。若连这个都做不到，那一切白搭；若作品有"可见之物"而读者不见，则是读者不够格。

古人写下几句好诗使后人读，实是对得起后人，后人亦应不辜负他。然其间有好坏之分，取舍之别。古人费心写，吾人读时亦应费心读。吾国多抒情诗，其中亦有好坏去取，不辜负亦不可盲从，盲从才是真的对不起。

读之不受感动的诗，必非真正好诗；好的抒情诗都如伤风病，善传染。如宋玉：

悲哉！秋之为气也。（《九辩》）

此一句，千载下还活着。而人读之受其传染，春夏读之亦觉秋之悲。有魔力，能动人。然我们还须更进一步。宋玉把他要说的话说出来，他的责任已尽。写者成功，而读者也不可忘了自己。读

"悲哉"一句若使我们忘了自己，在宋玉是成功了，而在我们是失败了。如泰山压卵，泰山成功，置卵于何地？又如老杜：

> 无边落木萧萧下，不尽长江滚滚来。（《登高》）

老杜写此诗对得起我们，他是成功了，而我们受他传染，置自身于何地？

　　**解评**：这仍是顾随的"阅读理论"。
　　首先讲作者和读者的关系。作者与读者关系之密不可分，在于"责任"。第一责任人是作者。任何作者，都应对读者负责。倘写得好，用顾随的话说，就"对得起"读者，也即负了责任；第二责任人是读者。读者的责任没作者那么大，对其要求没作者那么严格。读者不必对所有作品负责，但假如是好作品，读者不识货，那就有失读者之责。"古人费心写，吾人读时亦应费心读。吾国多抒情诗，其中亦有好坏去取，不辜负亦不可盲从，盲从才是真的对不起。"阅读也有境界问题。我们看到好作品，就应当以同等的心力去体会作者的"费心"，唯如此才能真欣赏，不但自己受用，对作者也可称得上"义气"了。顾随也提醒我们对古人作品要判别好坏、取舍拣择，不但要诚，且须冷静。譬如，你把坏作品当好作品读，那等于对不起好作品的作者。好坏不分，或因辨识力不足，或因盲从，总之都是不诚，虽读而不能"见"。凡不诚者，辜负的首先是自己。
　　那么如何读才算不辜负作者呢？顾随举宋玉"悲哉！秋之为气也"和杜甫"无边落木萧萧下，不尽长江滚滚来"为例，说这样的句子真是有魔力，任何人读罢都会被感动。通常，我们以为这就是好的阅读效果，但顾随说——不，在你完全被感动的时候，其实你也就把自己忘了，你被吞没了，"阅读主体"消失了，这不是阅读的最佳境界。艺术作品使我们"忘我""沉醉"，诚然可喜，但这不是"艺术欣赏"。艺术欣赏和艺术创作一样，都要和自己的情绪保持一些距离，欣赏者和作者应是平等甚至俯视的关系。二者应当"不离不弃"，如此方能与作者"会"，与作者并存。
　　金克木对阅读理论别有会心。他将信息论、系统论，甚至物理学中

"场"的概念引入阅读理论中，颇有道理，可与顾随的这番阅读理论相参证。

顾随认为作者的作品要使人能"见"，读者读他人作品，也要能"见"。金克木认为，诗人写诗，这诗便是他通过语言符号向外界发出的信号，而读者读诗则像猜谜，"自以为破解了，越读越有味，实际上自己在做解说，也就是参加了创作"①。"作品本身既是一个有意义的均衡的整体形态，又要求鉴赏者加入共同组成一个可变的'场'。发讯者几乎无不把收讯者预先计算在内。"② 金克木所谓"场"，实际就是以作者/读者为主体的意义场、心理场。诗作为有意义的符号，必然发出信息，哪怕读者就是作者自己，它仍然构成了"作者—读者"场。顾随所说"读者与作者混合一起"、与古人"会"，当此之时，即金克木所谓"场"的形成。

严羽《沧浪诗话》所谓"兴趣"，虽不甚洽，而意思是对。意思对，"名"不对。"言有尽而意无穷"，"无迹可求"，诗最高应如此，并不是传染我们或抹杀我们。读者与作者混合一起，并非以大压小。我们读古人诗，体会古人诗，与之混融，是谓之"会"，会心之会。与古人混合而并存，即水乳交融，即严氏所谓"无迹可求""言有尽而意无穷"（《沧浪诗话·诗辩》）。若读了不受感动，是作者失败了；若读了太感动，我们就不存在了，如此还到不了水乳交融——无上的境界。

**解评：**严羽讲诗的"无迹可求"是从诗的效果而言的。何谓"无迹可求"？是诗"无迹可求"，还是读者觉得诗"无迹可求"？前人解释此说，多局限于诗歌文本，顾随则能从读者角度看。没有读者的感受，诗的"无迹可求"又从何谈起呢？顾随大概没有接触到西方的阐释学、接受美学等理论，但他的"阅读理论"与西方"接受美学"相通。顾随认为读者和作品的关系，应当是"无迹可求"，"言有尽而意无穷"，即读者不被作品吞没，

① 金克木：《古诗三解》，见氏著《旧学新知集》，载《金克木集》第四卷，第154页。
② 金克木：《古诗三解》，见氏著《旧学新知集》，载《金克木集》第四卷，第160页。

读完作品，感动了，还有些东西在心上不走（意无穷），却找不到"迹"，这才是读者与作品的"水乳交融"。

金克木说："诗的信息传达对接收者也有同样要求，但和知识不一样，不是加上去，而是打进去。打得进去，可以引起突变。打不进去，不起风波。变化是内部的，不是外加的。"① 顾随所谓读古人诗、与古人"会"，即"打进去"。但"打进去"只是第一步，倘若读了太受感动，完全被作品的意境、情绪吞没，失去自我了，那还不是阅读的最高境界。最高境界是和作品"水乳交融"——水乳交融，是水与乳的融合，同时含有水和乳两种质素，即金克木所谓读者打进诗里去了，而又引起突变，引起风波，故读者的自我不会消泯。

矛盾——调和；

丑恶——美丽；

虚伪——真实；

无常——不灭；

不要以为矛盾外另有调和，丑恶外另有美丽，虚伪外另有真实，无常外另有不灭。所谓矛盾即调和，丑恶即美丽，虚伪即真实，无常即不灭，一而二，二而一。在人世间何处可求调和、美丽、真实、不灭？而调和、美丽、真实、不灭即在矛盾、丑恶、虚伪、无常之中。

唐以后诗人常以为诗有不可言。所谓风花雪月、才子佳人的诗人，所写太狭窄，不是真的诗。彼亦知调和、美丽、真实、不灭之好，而不知调和、美丽、真实、不灭即出于矛盾、丑恶、虚伪、无常。"三百篇"、"十九首"、魏武帝、陶渊明、杜工部，古往今来只此数人为真诗人。陶有《乞食》诗，而吾人读之只觉其美，不觉其丑。

凡天地间所有景物皆可融入诗之境界。鲁迅先生说，读阿尔

---

① 金克木：《古诗三解》，见氏著《旧学新知集》，载《金克木集》第四卷，第216页。

志跋绥夫（Artsybashev）的作品《幸福》，"这一篇，写雪地上沦落的妓女和色情狂的仆人，几乎美丑泯绝，如看罗丹（Rodin）的雕刻"（《现代小说译丛·幸福》译者附记）。此乃最大的调和、最上的美丽、最真的真实、永久的不灭。

**解评：**这段与其说在讲文学，毋宁说在讲哲学。顾随讲的是一种世界观：调和、美丽、真实、不灭，即在矛盾、丑恶、虚伪、无常中。凡不明此理者，等于不知这世界怎么回事。

文学与世界观有大关系。世界观是总枢纽。世界观决定人生观，人生观决定艺术观，艺术观直接影响创作。总之，这几个"观"是一环套一环。世界观不行，不会写出好东西。顾随说："作家的世界观关系着他的作品的各个方面。内容思想自不必说。此外如题材、修辞、语法以至风格等等无不有关。可以说，世界观是根本，其余是枝叶。陆机《文赋》所谓'理扶质以立干，文垂条而结繁'，断章取义，正是这个道理。"①

大体而言，唐以后诗歌不入顾随法眼。唐以后诗人气象减窄。文学只写风花雪月，不真实；反过来，若只看到、只写丑恶，那也不真实。因为真的世界不是那样的。"'三百篇'、'十九首'、魏武帝、陶渊明、杜工部"，顾随最推崇的诗人（诗作）也就这些而已。此数人（诗作）之所以伟大，就因其能同时看到美和丑。"恬淡、冲和从来都是中国文人欣羡的境界，他们欣羡了几千年，是因为这种境界在实际生活中常常是可望不可即的。"②

又引鲁迅评价阿尔志跋绥夫小说《幸福》的话"美丑泯绝"云云，以为这才是最大的调和、最上的美丽、最真的真实和永久的不灭。这里所说"调和、美丽、真实、不灭"和通常所谓"调和、美丽、真实、不灭"又不同了。不是单纯的，而是各种相异相反的东西搁一块儿，符合世界的本真面貌，最大的"和谐"即毕达哥拉斯学派所谓"和谐是杂多的统一，不协调因素的协调"。《中庸》说："万物并育而不相害，道并行而不悖。小德川流，大德敦化。此天地之所以为大也。"文学至此境，"调和、美丽、真实、

---

① 顾随：《毛主席诗词笺释》，载《顾随全集》卷四，第261页。
② 水天中：《杨佴旻的绘画境界》，载氏著《当代画家集评》，第273页。

不灭"都是一个意思。济慈所说诗"什么都是，又什么都不是"也是此意。苏联作家巴别尔的作品最能把美丑、真实虚伪、无常不灭等矛盾元素相混合，因而格外真实、有力；他对世界"见得亲"，其过人之处绝不只是文学技巧。

屈原、庄子、左氏的成就一般人难以达到，但不能不会欣赏。人可以不为诗人，但不可无诗心。此不仅与文学修养有关，与人格修养亦有关系。读这些作品，使人高尚，是真"雅"。

**解评**：佛家认为人皆有佛性，儒家以为"人皆可成尧舜"。照此种逻辑，我们也可说"人皆有诗心"。其实，这都是理想，是就人潜在的"良知良能"而言的。在现实中，要成佛、成圣、成诗人，皆非易事。文学，不是谁都能弄得好的，尤其是达到像屈原、庄子、左丘明那样的一流境界。

"人可以不为诗人，但不可无诗心"，这是强调"诗心"的重要性。"此不仅与文学修养有关，与人格修养亦有关系。"人没文学修养无甚要紧，要紧的是，一个人若一点诗心都没有，不仅无文学修养，连人格都会有问题。诗心，是健全人格的核心之一。李贽讲人要有"童心"，童心即纯真之心，是诗心的一部分。诗心，其实就是真、善、美之心。所以，顾随说诗心其义甚广，如科学家之谓宇宙，佛家之谓道。宇宙、道，皆广大根本。诗心，于人而言，即广大根本之物。人无诗心，便不存在——诗外无人。钱穆说："但我们只该喜欢文学就够了，不必定要自己去做一文学家。不要空想必做一诗人，诗应是到了非写不可时才该写。若内心不觉有这要求，能读人家诗就很够。我们不必每人自己要做一个文学家，可是不能不懂文学，不通文学，那总是一大缺憾。这一缺憾，似乎比不懂历史，不懂哲学还更大。"①这段话，还是强调"诗""文学"之于"人"的重要性，已非学问范围内之事。而且，钱穆认为文学对于人的心灵，比历史和哲学还重要。在我看来，文学——更确切地说是"艺术"，对于一个人的存在也比科学重要。说到底，文学、艺术的本源就在于"诗心"，一个人若无诗心，便不健全。博

---

① 钱穆：《谈诗》，载氏著《中国文学论丛》，生活·读书·新知三联书店，2002，第126页。

尔赫斯说："诗歌或许是生活最本质的部分。"①

我们写不出屈原、庄子所写的作品，但未必不能欣赏。欣赏，是比写作更本源的事。再引钱穆的一段话，他说："大人物，大诗人，大作家，都该有一个来源，我们且把他来源处欣赏。自己心胸境界自会日进高明，当下即是一满足，便何论成就与其他。"② 钱穆此处所谓"欣赏"，主要指欣赏作品背后的人物的境界，当然，欣赏不止于此，还有技艺等层面。顾随所谓"欣赏"，是欣赏万事万物。钱穆的话，深刻性在于"当下即是一满足，便何论成就与其他"——这便是欣赏的本质，欣赏是一种圆明的心灵境界——或许，它还高于创作。创作，毋宁说是欣赏的延伸。没有欣赏，何来创作？

诗心与天性有关，与人格修养也有关。人皆有诗心，欣赏之心、创造之心，但诗心的由粗狭到深广，则有赖人格的修养。

后人心中常存有雅、俗之见，且认为只有看花饮酒是雅，分得太清楚，太可怜，这样不但诗走入歧途，人也走入穷途。

杨柳招人不待媒，蜻蜓近马忽相猜。

如何得与凉风约，不共尘沙一并来。（陈简斋《中牟道中二首》其二）

此诗以浅近的代表深层的悲哀，后两句好，表现得沉痛。何能只要诗法不要世法？只要琴棋书画，不要柴米油盐，须不是人方可。有风无土乃不可能！

**解评**：世间事物虽有雅、俗之异，但雅与俗本是浑然一体的，雅不可去俗，俗不能离雅。万事万物，俗（非"低俗"，而是"通俗"）是底子，雅是从俗中发展进益而来，所谓"脱俗"是也。而且，艺术中的"雅"，有

---

① 〔美〕巴恩斯通编《博尔赫斯八十忆旧》，第116页。
② 钱穆：《谈诗》，载氏著《中国文学论丛》，第130页。

的只是理想（"理想"不一定不真实，理想可以是人心中的真实）。"如何得与凉风约，不共尘沙一并来。"就世法言，乃不可能之事；就文学言，表达理想，未尝不可。但终究不是有力的文学。诗法与世法不可分。此则所讲道理，于生活层面更显紧要。

或曰：披阅文章注意言中之物、物外之言。

言中之物，质言之即作品的内容。无论诗或散文，既"言"当然就有"物"，浅可以，无聊可以，没意义不成。但还要有"文"，即物外之言。

**解评**："言中之物""物外之言"是顾随文学构成观的两个基本概念，是他最具创造性的理论之一。兹再引顾随的相关论述如下：

言中之物——实，内容；物外之言——文章美。

凡事物皆有美观、实用二义。由实用生出美观，即文化、文明。没有美观也成，然而非有不可。……故天地间事物，实用中必有美观，美观中必有实用，美观、实用得其中庸之道即生活最高标准。[1]

不作言之无物的文章。[2]

适之先生有一口号：

不作言之无物的文字。（《建设的文学革命论》）

胡先生乐观，然有时易陷于武断。说"言中之物"，而什么是"物"呢？[3]

[1]　顾随：《〈文选〉选讲》，载《顾随全集》卷七，第 147 页。
[2]　顾随：《驼庵文话》，载《顾随全集》卷三，第 320 页。
[3]　顾随：《稼轩词心解》，载《顾随全集》卷六，第 71 页。

> 言中之物，人所说，多不能得其真；而物外之言，禅宗大师说得，十个之中倒有五双不知……
>
> 言中之物，直言之，即作品的内容……物外之言，文也……言中之物，鱼；物外之言，熊掌，要取熊掌。
>
> ……言中之物，内容：一觉、二情、三思，非是非善恶之谓。"一弦一柱思华年"一句，觉、情、思都有了，无所谓是非善恶。要"参"，真好，一唱三叹。一唱三叹，简言之，是韵。"勿忘，务助长"（《孟子·公孙丑上》）不求不得，求之不见得必得。①

虽引用胡适"不作言之无物的文字"一语，但何为"言中有物"的"物"，顾随嫌胡适说得不清楚。他说"言中之物"质言之即"内容"（所指），内容则包括"觉、情、思"，这完全是从创作者心理层面着眼。

顾随说"物外之言"即"文章美"，简言之，即"韵"。"韵"是中国古典文论术语，带有神秘性；顾随所谓"文章美"也非笼统言之，而是细分为"音节美"与"文字美"两种，且认为文章美中"音节美"最重要。②"文章美""韵"皆有助于理解"物外之言"，但不能替代"物外之言"这一术语。因为顾随"言中之物""物外之言"是两个以"言"和"物"为基本质素的相对而又勾连的概念。而顾随既将"言中之物"和"内容"等同，为何不径直说"内容"？盖因此二语所暗示者不同。"言中之物"的"物"就是"内容"，但前面还有一个限定语"言中"——"物"是透过"言"表现或存在的，"物"与"言"是相互依存的关系；反之，"物外之言"是"文章美""韵"，但它们不能显示文学本体中"言"与"物"两种基本质素。所谓"言中之物""物外之言"其实是我们观察"文学本体"的两种角度，只不过一侧重"内"（中），一侧重"外"。

至于"物外之言"，跟所谓"形式"就更不能相提并论了。这种"勾连"显示出文学的"内容"与"形式"的不可分（涵容），或曰相互依存。故此，就术语而言，"言中之物""物外之言"这一理论，比所谓"内容"与"形式"说以及"材料"（material）与"结构"（structure）说都来得圆

---

① 顾随：《杂谭诗之特质》，载《顾随全集》卷六，第217~218页。
② 顾随：《〈文选〉选讲》，载《顾随全集》卷七，第218页。

融，原因有二：一、彰显了文学本体中"言"与"物"两种基本质素，及其相互涵容的关系；二、避免了将艺术作品一分为二的弊端。

关于文学本体，西方文论中的"内容"与"形式"说，由来已久。文学理论家韦勒克和沃伦在 1949 年出版的《文学理论》中提出了"材料"与"结构"说。"材料"与"结构"的区别，在于是否具备美学因素，且它们不是像"内容"与"形式"那样被机械地二分的，而是相互融涵的关系。中国现代文论中，刘咸炘（1896—1932）提出的文学的"内实"与"外形"说、顾随所谓文学的"言内之物"和"物外之言"说，都以"内""外"两种概念来架构文学本体。此二种学说也颇为独到，且其提出时间早于韦勒克、沃伦的"材料"与"结构"说，值得学人注意。拙文《现代中国的文学"内、外"说》① 对此问题进行了梳理，可参看之。

文学作品不能只是字句内有东西，须字句外有东西。王维《终南别业》：

> 行到水穷处，坐看云起时。

有字外之意。有韵，韵即味。合尺寸板眼不见得就有味，味于尺寸板眼、声之大小高低之外。《三字经》亦叶韵，道理很深，而非诗。宋人说作诗"言有尽而意无穷"（严羽《沧浪诗话·诗辩》），此语实不甚对。意还有无穷的？无论意多深亦有尽，不尽者乃韵味。最好改为"言有尽而韵无穷"。在心上不走，不是意，而是韵。

诗无无意者，而不可有意用意。宋人诗好用意、重新（新者，前人所未发者也）。然若必认为有意跳出古人范围方为好诗，则用力易"左"。

诗以美为先，意乃次要。（此就诗之表现而言。）屈子《离骚》：

---

① 赵鲲：《现代中国的文学"内、外"说》，《天水师范学院学报》2016 年第 3 期。

吾令羲和弭节兮，望崦嵫而勿迫。

路曼曼其修远兮，吾将上下而求索。

意固然有，而说得美。说得美，虽无意亦为好诗。如孟浩然之诗句：

微云淡河汉，疏雨滴梧桐。

然有时读一首写悲哀的诗，读后并不令读者悲哀，岂非失败？盖凡有所作，必希望有读者看；真有话要写，写完总愿意人读，且愿意引起人同感，如此才有价值。然如李白之《乌夜啼》，读后并不使人悲哀，岂其技术不高，抑情感不真？此皆非主因，主因乃其写得太美。

解评：此节讲韵、意、美与诗之关系。

"韵"是顾随诗学理论中很重要的一个概念，他提倡"韵的文学"（见后文）。何为"韵"？后文将做细致探讨，但这里既已涉及，且给出了精辟的解释，故略说之。

先从字外之意说起。"须字句外有东西"，梅尧臣所谓"含不尽之意见于言外"也。如王维"行到水穷处，坐看云起时"，是写水与云，"行到"与"坐看"，又暗示着一种随缘任运的理趣，这种理趣是在字句之外的。顾随以为，如此之句，则可谓有韵，通俗地说，即有味道。韵味不在字句，也不在所谓"肌理"，也不是"格调"，它是一种心理感觉，是有限而又无限的东西。就暗示性、有限又无限而言，此言有理；但顾随以为那"无穷"的，不是意，而是韵。意，是明确的，无论多高、多深，都有尽。韵，是更加微茫的感觉，不尽者乃韵味。所以，"言有尽而意无穷"不甚对，最好改为"言有尽而韵无穷"。请记住：韵，便是"在心上不走"。

继之从宋诗重"意"来说"意"。唐诗重情，宋诗尚意，此乃历来公论。所谓"意"，即意思，意即思，意偏于理。顾随以为"诗无无意者，而不可有意用意"。凡一首诗，必有某种"意思"在里面，兹所谓"意思"大约相当于"意绪"。但刻意在诗中表现"意"，往往会主题先行、不自然，反将诗破坏——"意"应当是被带出来的，而不是放进去的。顾随说"诗以美为先，意乃次要"。最好当然是有意、有美，如元稹"曾经沧海难为水，除却巫山不是云"。其次，即使无意，只要美，也可成好诗，如"明月松间照，清泉石上流"（王维《山居秋暝》）。美是诗的底线。顾随举孟浩然"微云淡河汉，疏雨滴梧桐"句为例，无意义，纯美（此即西方所谓"纯诗"）。孟浩然确为写"纯诗"的顶尖诗人。

有些人只注重字面的美，没注意诗的音乐美——此乃物外之言的大障。老杜的好诗便是他抓住了诗的音乐美。如《哀江头》：

少陵野老吞声哭，

下泪，诗味；放声一哭便完了，既难看又难听，虽然还不像哭喊（cry）那样刺耳。

春日潜行曲江曲。

散文而已，也不高。

江头宫殿锁千门，

渐起，虽有气象，诗味还不够。

细柳新蒲为谁绿？

真好，伤感，言中之物，物外之言。老杜费了半天事挤出这么一句来。可有时也挤不出，后面又不成了。至：

清渭东流剑阁深，去住彼此无消息。

人生有情泪沾臆，江水江花岂终极。
· · · · · · ·

最后挤出来的这句真好，水日日长流，花年年常开，而人死不复生。言中之物，物外之言。

**解评：**顾随认为文章美包括音节美和文字美。音节美在文字美之前。"文章美中音节美最重要，故学文需朗读、背诵。念的好坏可代表懂的深浅。"（《驼庵文话》）通常读者顶多注意文字美，"没注意诗的音乐美——此乃物外之言的大障"。因音乐美是无形的，首先，很难表现；其次，即使表现出了，缺乏乐感的人也感受不到；再次，即使感受到了，也未必把音乐美看得比文字美更重要。其实，文字美很复杂。顾随说文字美是字形的问题。我以为字形是一方面，文字美的内涵似比字形更宽，音调也是文字的一部分。写诗当注意字形，但字形与意义、音调是一同运转的，对字形的讲究受制于意义与音调。也许，顾随是从狭义的"字形"意义上来指文字美的。他知道除了声调、字形，还有"意义"，所以又说："声调——音节美，用口念，是口耳之学；字形——文字美，用目视，是眼目之学。合口与目更须以心思之，然后言创作欣赏。""以心思之"者，即意义也。

顾随并不认为杜甫《哀江头》句句都好，而是以为其中也有弱句。末句"江水江花岂终极"最好——好在意味，以江水江花的永恒来反衬人生之虚幻、无可奈何，思之沉痛。王安石的诗句"春风日日吹香草，山北山南路欲无"（《悟真院》）比老杜这句更好。老杜此句是直说，荆公句则婉曲；老杜是伤感，荆公是苍茫，苍茫比伤感更深微、广大。

顾随有一个非常可贵的优点，即他对任何杰出作家都没有膜拜腔，一律平视，批评作家、作品的缺点，也从不盛气凌人。顾随的批评话语，你怎么读，也觉其是文学批评，不是骂人，其姿态有如朋友。知识要知止，批评也要知止。能在知识上知止，是智慧；能在批评上知止，是人格境界，也是智慧。

孔子所谓"兴"，近世所谓象征，即此物非此物。如"十"

有神圣之意，"卍"有佛之意（善、德、全）。此即为象征，其意甚深且多，包罗万有，一言难尽。看诗应如此看。清人黄仲则非大诗人，而有诗之天才，其诗有：

> 寒甚更无修竹倚，愁多思买白杨栽。
> 全家都在风声里，九月衣裳未剪裁。（《都门秋思》）

> 收拾铅华归少作，屏除丝竹入中年。
> 茫茫来日愁如海，寄语羲和快着鞭。（《绮怀十六首》其十六）

前首之"修竹""白杨"皆象征，此即非以世眼看；次首之"铅华""丝竹"亦象征，乃去兴奋而入平静。

　　**解评：**"兴"，就其原始以及后起意义言，涵义甚多。在中国诗学乃至文学中，"兴"是具有核心作用与价值的文学批评概念，此已为常识。就我所见，陈世骧的《原兴：兼论中国文学特质》[1]一文，从字源学出发，结合诗三百的历史起源，对"兴"的本义及其诗学意义，做出了详密而雄辩的解释，他认为"兴"是初民在劳动、祭祀或者歌舞等群体活动中"上举欢舞"（陈世骧认定"兴"的本义为"上举欢舞"时发出的声音，是综合商承祚和郭沫若对"兴"的训诂研究结论而来的）时发出声音、旋转舞蹈，神采飞逸的抒情方式。顾随此处不是从语源学角度讲"兴"，而是讲"兴"的文学功用，他认为"兴"即西方文论所谓"象征"。"象征"在西方诗学中是很重要的观念。象征或"兴"其实是人类古老的一种思维方式，顾随举基督教的"十"，佛教的"卍"来比诗之"象征"，以示其包罗万有。
　　以"象征"来释"兴"，是具眼。梁宗岱早在 1934 年撰写的《象征主

---

① 原文为英文，题为 The Shih-Ching: Tis Generic Singnifecance in Chinaese Literary and Poetics，见《"中央"研究院史语所期刊》第 39 本，1969 年正月刊。由陈世骧的学生王靖献译成中文，原刊台湾《中国文化研究所学报》第 3 卷，1970。见陈世骧：《中国文学的抒情传统：陈世骧古典文学论集》，张晖编，生活·读书·新知三联书店，2015。

义》一文中即说象征和《诗经》里的"兴"颇相近,但他并未对"兴"做深入解析。① 数十年后,学者余虹在其《中国文论与西方诗学》一书中,即将"兴"视为中国诗学的核心观念,并认为"与中国抒情诗论之'兴象'论相近的"是"西方浪漫派表现论的'象征'(symbol)说"。② 他侧重于阐发"兴"的表现功能。

顾随除对"兴"的文学涵义做出了阐释外,更强调超越于文本的心学意义上的"兴"的意义与功用。他在讲孔子所谓"诗可以兴"时说:

> 夫子说"诗可以兴",又说"兴于诗",特别注重"兴"字。夫子所谓诗绝非死于句下的,而是活的,对于含义并不抹杀,却也不是到含义为止。吾人读诗只解字面固然不可,而要千载之下的人能体会千载而上之人的诗心。然而这也还不够,必须要从此中有生发。天下万事如果没有生发早已经灭亡。前说"因缘"二字,种子是因,借扶助而发生,这就是生发,就是兴。吾人读了古人的诗,仅能了解古人的诗心又管什么事?必须有生发,才得发挥而光大之……可以说吾人的心帮助古人的作品有所生发,也可以说古人的作品帮助吾人的心有所生发。③

即作诗之前要有"兴"——内心的感动,诗心即来自"兴","兴"是"物格";诗成之后,读诗者也要"兴",即有所感动,这样就可以在了解古人诗心的基础上,创造新的生命境界。此种境界近于古人所谓"大化流行""生生不息"。至于所生发者为何物,则没有限定,可以是文学的,也可以不是文学的,总之"兴"是让心活起来,活起来的心是创造性生命的源泉,这便是诗最大的功用。顾随说:"《论语·阳货》有言:'诗可以兴。'岂但诗,现在一切事皆有待于兴。兴,是唤醒;兴,起来了。一种是心中有思想了,一种是在形体上有了作为、行为。譬如作诗,不是该不该的问题,

---

① 李振声编《梁宗岱文集》,珠海出版社,1998,第54页。
② 余虹:《中国文论与西方诗学》,生活·读书·新知三联书店,1999,第195页。
③ 顾随讲,刘在昭笔记:《中国经典原境界》卷二《文选》,北京大学出版社,2016,第26~27页。

是兴不兴的问题。"① 可见，顾随把"兴"推到了涵盖一切的文化哲学的高度。在 20 世纪的现代中国，一切都有待于唤醒、生发、创造。不仅是精神上的唤醒，而且由精神的兴起催动行为上的作为。兴发感动之际，无论是古代作品抑或当下现实，在我们的身心当中都能产生出充盈的生命活力。至此，我们或许就可以理解顾随所谓"世上都是无常，都是灭，而诗是不灭，能与天地造化争一日之短长。万物皆有坏，而诗是不坏"这句话的哲学含义了。因为没有"兴"，天下万事早已灭亡。生发者，生长、发展也。"兴"是向前、向上的状态。顾随说："余为理想派，不是不注重现实；鲁迅是写实派。"② "兴"即是有理想精神的。一个"兴"字包含了从作诗方法到文化哲学等如此广大的涵义，真是神奇。顾随说："兴，妙不可言也。"③ 顾随对"兴"的阐发，可以说是对孔子所谓"诗可以兴"的发挥和扩大，是对传统"兴"观的升华。

---

① 顾随：《〈论语〉六讲》，载《顾随文集》卷七，第 21 页
② 顾随讲，刘在昭笔记：《中国经典原境界》卷二《文选》，第 195 页。
③ 顾随讲，刘在昭笔记：《中国经典原境界》卷二《文选》，第 35 页。

# （四）创作论其一

作诗最要紧的是"感"：一、肉体的——感觉，二[1]、精神的——情感。把无论精神的、肉体的亲身所感用诗的形式表出，不管是深浅、大小、厚薄。

**解评：** 一切艺术都偏于感性，"感字"当头，文学自不例外，尤其是诗。宋以后诗"感"渐钝，理智渐重，于是诗为之衰。当今诗歌，远离中国传统，多以西方诗歌为鹄的，越来越偏于"智性"，其中利弊，值得深察。诗不是不可容纳"知"，但终究以"感"为主，无论何时、何地，这是诗的本性。理性太强的人不宜作诗。

顾随把"感"分为"感觉"和"情感"，很准确。电脑可以下棋，但无论如何作不了诗，即因其无感觉、无情感。小孩子无多理智，却时常说出诗一般的话语，盖因其感性发达。

作诗需因缘相应。欲使因缘相应（相合、呼应），须"会"。"会"有三义：

一、聚合。既[2]曰聚合，当非一个，故必心与物聚合，不能有此无彼。如"甜"怎么成立的？若曰甜在舌，而但为舌不甜；若曰甜在糖，而但观之不甜，必二者相会，然后甜成立。诗心与笔合，然后有彼诗，即因借缘生，缘助因成。

二、体会。心与笔虽遇，无体会亦不成。糖遇舌，甜之味始

---

① 原书此处为"一"，改为"二"更恰。

② 原书此处为"即"，似为误字，故改为"既"。

成立；然若无味觉（佛曰味识），甜亦不能成立，等于未遇。故聚合后必须有体会。白居易"野火烧不尽，春风吹又生。远芳侵古道，晴翠接荒城"（《赋得古原草送别》）四句，必体会到此，然后能写出。

三、能。能者，本能之意，本能不可解释。有体会而不"能"，亦不成。如木头吃糖，体会不出什么；人吃木头，也体会不出什么，此即"能"。能有二义：一为学习之能，一为本有之能。

由此三义成"会"，由"会"始能相应。不能轻视物，亦不能轻视心，二者缺一不能成诗。

**解评**：此节是在诗之"因缘相应"说的基础上进一步讲"会"，故我们先须了解顾随的"因缘相应"说：

因：是种子（谷粒是米的种子），是内心；

缘：是扶助（下谷粒于土未必长稻，必假之雨露、人的耕种、土地的滋养，方能发生滋长。凡此土地、人力、雨露皆"缘"也），是外物。

"因"是内在的，"缘"是外在的。只有外在的"缘"，是不能发生的，只有内在的"因"而无外在的"缘"，也不能发生滋长。诗人之自命风雅者，其"因"既不深，"缘"亦甚狭，故其发生滋长亦不会茂盛。往古来今之大诗人，盖其"因"甚深，其"缘"甚广，其根甚深，故能成就大。试观老杜，凡世界万物万事无不可入诗。一般诗人既轻且单，轻则贱，单则弱，其何能成为诗？古称"骨重神寒"，人要凝重、博大，诗亦如此。一般所谓风雅，大都是单弱，犹之盆景，甚雅致而单弱，不如山中枫林、松林之伟大也。

诗之境界不但不能摆脱外缘，恐怕一切有缘。然而有缘无因则不可。"因"是什么？就是"诗心"。

人人有诗心，在智不增，在愚不减。凡身心健康，除白痴、疯癫之外，俱有诗心。吾人日常喝不为解渴的茶，吃不为充饥的糖果，凡此多余的、不必需的东西便是诗心。人生到只有必需没有多余，则距离禽兽不远矣，其可怜已极矣。禽兽日谋食而归栖，人亦如此，其不为禽兽也几希？其为万物之灵者安在？人要在爱必需之外有"敷余"、"富裕"，才有诗；到了无"敷余"、"富裕"的地步，吾辈凡人恐怕百分之百是没有诗了。孔子说：

> 行有余力，则以学文。（《论语·学而》）

吾人衣食除保护饥寒之外，尚求色味之美，美便是诗。

……

诗心是本有，本有不借缘，不能发生。如眼是因，能见而无象（缘），则不能显。无缘则不显因，诗心本有而要假之万缘。如此，境界之由来：

因，本，种子；缘，扶助。若没有"因"、"缘"，境界根本不能成立。①

因、缘，是佛家语。为事物生起或坏灭的主要条件的，叫作"因"，为其辅助条件的叫作"缘"。佛家以为万事万物莫非因缘之间的生、起变化。顾随此段话是在肯定王国维境界为诗之本体的观点上再下一转语，以"因缘相应"解释"境界"的生成。冯友兰说他于中国先哲是"接着讲"，顾随于传统文论即常"接着讲"——而且他还时常"改着讲"，甚至自创新说。

以上所引诗之"因缘相应"说，已将文学的发生机制讲得相当透辟了，但此段在"因缘相应"说的基础上，以一"会"字为关键，又透过一层分析了因缘如何相应的问题。

所谓"会"，有三义。

其一，聚合。既心与物的聚合，二者缺一不可。否则，就无所谓

---

① 顾随：《论王静安》，载《顾随全集》卷六，第134~136页。

"会"。何为心？何为物？心、物如何聚合而成诗？顾随对此亦有专门阐述，此不详叙。要之，顾随以为心与物并非对举，而是心为主，物为辅，心物相遇，心转物而成诗。先生举了舌头与糖之甜味的关系来说明。甜味在糖乎？在舌头乎？在舌与糖之相遇也。这和苏轼"若言琴上有琴声，放在匣中何不鸣？若言声在指头上，何不于君指上听？"（《琴诗》）同一思致。

其二，体会。"心与笔虽遇，无体会亦不成。糖遇舌，甜之味始成立；然若无味觉（佛曰味识），甜亦不能成立，等于未遇。"顾随所举糖、舌与甜味之例，真是恰切而易会。所谓体会，就是有感觉。即如人与人之间，甲与乙朝夕相处却相知甚少，丙与乙乍一相会而有若故朋，这便是有没有感觉的问题。"故聚合后必须有体会。"更深层次的问题是：聚合之后，为什么会有体会？

其三，能。"能者，本能之意。"若说聚合与体会是"因缘"的小前提，"能"则为大前提。诗是人作的，倘不是个人，非活人，聚合、体会都无从谈起。

从因缘相应，到"会"之三义，剥洋葱般地揭开文学发生之谜，煞是精彩。顾随说自己不善说理，实乃谦辞，其实他颇具哲学头脑，说理深透，真是情理兼胜之人。


"会"自然不是"离"，离心、离物皆不可。不离而"执"亦不可（执即执着）。如宋陈无己（师道）诗真有功夫，黄庭坚谓其"闭门觅句陈无己"（《病起荆江亭即事》），如此则是执心。元遗山诗曰：

> 传语闭门陈正字，可怜无补费精神。（《论诗三十首》其廿九）

元氏之话对，即因其执心，故"无补费精神"，不成。"执心"之外，又有执物，亦不可。普通觅句多为此种，如《秋林觅句图》，简直受罪，是执物。

离不可，执亦不成。

**解评**：不但要"会"，"会"还有火候、分寸的问题。从反面说，"会"自然不是"离"。会，即入乎其内；离，即出乎其外。王国维说："诗人对宇宙，须入乎其内，又须出乎其外。……入乎其内，故有生气；出乎其外，故有高致。"[1] 作家对心、物首先要入乎其内，才有根。如果只是离，触不到真实。顾随说李白有高致，即因入人生不深，思想不深，感情亦不甚亲切。

不离而"执"亦不可（执即执着）。此则主要讲这个意思。举陈师道"闭门觅句"为例。这是就写作态度而言。闭门觅句，即太把写作当回事，太执着，挖空心思写。写作须用力开掘，但不可过头，挖空心思是糟蹋写作、糟蹋自己。挖空心思，说明你已"力竭"。凡事都应"战术上重视它，战略上藐视它"，才能不离不执，恰到好处。

有人提倡性灵、趣味，此太不可靠。性灵太空，把不住；于是提倡趣味，更不可靠。应提倡"韵的文学"。提倡性灵、趣味，不如提倡韵。

韵人太难得；才人是天生。王摩诘真有时露才气，如《观猎》一首真见才，气概好：

> 风劲角弓鸣，将军猎渭城。
> 草枯鹰眼疾，雪尽马蹄轻。
> 忽过新丰市，还归细柳营。
> 回看射雕处，千里暮云平。

伟大雄壮。然写此必有此才，否则不能有此句。

韵最玄妙，难讲，而最能用功。后天的功夫有时可弥补先天的缺陷。韵可用功得之，可自后天修养得之。韵与有闲、余裕关系甚大。宋理学家常说"孔颜乐处"，孔子"疏食饮水"，颜子

---

① 许文雨编著《人间词话讲疏》，当代中国出版社，2015，第41页。

"箪食瓢饮"，所谓有闲、余裕，即孔颜之乐。孔、颜言行虽非诗，而有一派诗情，诗情即从余裕、"乐"来。如此才有诗情，诗才能有韵。

韵是修养来的，非勉强而来。修养需要努力，最后消泯去努力的痕迹，使之成为自然，此即韵。努力之后泯去痕迹，则人力成为自然。如王羲之作字，先有努力，最后泯去痕迹而有韵。

**解评：**提倡"性灵、趣味"的，是晚明公安"三袁"以至现代林语堂、周作人、废名、梁实秋等人。顾随不赞同这种主张。他以为性灵太空，把不住，不可靠。至于"趣味"，和性灵一样空，且显得小气——文学难道是为趣味而设？不是说文学不要性灵、趣味，而是不能把它们当作文学的根本。

顾随说："不如提倡韵。"在否定了性灵文学、趣味文学之后，提出"韵的文学"，应当说这是一个大的议题，可惜未展开来说，而吾人不可轻忽过去。

韵，在中国文艺中虽然是一个基本的美学范畴，但把"韵"当作文学的理想境界来提倡的，以我之陋见，顾随是唯一的一个。其所谓文学的"韵"是什么呢？

举王维《观猎》一首，说真好，真是有才气。这首诗可为有"韵"的代表。为什么呢？顾随未明说。他说"才人是天生。王摩诘真有时露才气"，"真见才，气概好"，"写此必有此才"。"韵"不可能用"韵"本身来解释，只能用别的概念。我们发现，围绕《观猎》一诗，顾随主要用"才"和"气"来评价。我们抓住这两个概念，有助于理解"韵"。

首先，"韵"与"气"有关，在中国文艺中"气、韵"并举，无论诗、书、画、音乐皆以"气韵生动"为佳，尤其是中国绘画，南朝谢赫之"六法"首重"气韵"。中国哲学认为"气"是构成宇宙万物的基本质素，天地之间，无非阴阳之气。而作为艺术作品构成部分的"气韵"则更加玄妙，无形无味，可意会而不可言传。一幅画的"气韵"是什么？一首诗的"气韵"又是什么呢？气、韵并举，说明气、韵相近；二者分名，说明气、韵不尽相同。何为艺术作品的"气"与"韵"？应当说，气、韵皆是玄虚抽象之物，而"韵"比"气"更抽象。"气韵生动"，说明"气"是"生气"。"韵"是什么？顾随说："在心上不走，不是意，而是韵。"又说："韵即味。"可文艺评论中的"味"仍是抽象的比喻。最透彻的解释就是"在心上不走"。此五字把"韵"说透了。其实"韵"仍是比喻性的。"韵"本指声音。音韵、声韵、格律中的韵，跟艺术感觉之"韵"不同。艺术感觉中的"韵"是一种魔力，是盘桓在你的心上不走的东西。好的艺术作品都有"韵"，那是超越视觉、听觉的微妙的心理感受，是艺术作品的时间魔法，是一种在有限时空中不会消逝的东西——"言有尽而韵无穷"（顾随语）。所以，也可说"韵"是一种"远意"，但终不如"在心上不走"说得透彻明白。

与"气"相比，"韵"偏于阴柔。气是生气勃勃、生机流荡，韵是含蓄隽永、绵延不绝。二者都是"力"，动人之力，只不过"韵"更阴柔深长。

那何谓"才气"的"才"？这也很难讲。与气、韵相比，"才"更是天生的。才是一种创造力、表现力。"蓝田日暖玉生烟"，才大概就如那"玉"，"气"则是"烟"。才之所至，气随之生，如龙行而云从。才是天赋，气可后天修养。古人曰"养气"。有才气，则韵不难矣。

"韵最玄妙，难讲，而最能用功。""韵可用功得之"，此点不好理解。"韵"是作品完成之后的效果。作品的完成，与作者先天之才、后天努力皆有关，所以"韵"的达成可以后天修养弥补之。而"韵"是含蓄隽永的，力不使尽，唯有余裕、有闲，才可力不使尽，才可"悠游"。顾随以为宋理学家所谓"孔颜乐处"，即有闲、余裕。人无不在某种情境中，能不为其束缚，则是有余裕，而余裕说到底是一种精神力量。艺术不是智力优越性的体现，而是精神蓬勃的表征，比智力复杂得多。人有余裕，才能反观、欣赏，才能有诗，有"韵"。韵，是一种高级精神产品。

顾随说："韵：玄妙不可言传。弦外余韵，先天不成，后天也不成，乃无心的。王渔洋论诗主神韵，太玄妙，而且非常有危险。神韵必须水到渠成，瓜熟蒂落，莫知为而为所得始可。神韵发自内心，不可自外敷粉。神韵应如修行证果，不可有一点勉强，故又可说是自然的（非大自然之自然），无心的。"①

---

① 顾随：《杂谭诗之特质》，载《顾随全集》卷六，第 220 页。

韵，要靠修养。"修养需要努力，最后消泯去努力的痕迹，使之成为自然，此即韵。"凡先天才气之作为，都显得轻松自然。艺术虽是人为，但其最高目标仍是自然，而非刻意、吃力，故要尽力泯去努力的痕迹。（当代先锋艺术，如行为艺术、装置艺术等则不以自然为目标，而完全是人为的，刻意的。"自然"是传统艺术的一个审美理想。现代艺术不以此为鹄的了。）陶渊明诗"微雨从东来，好风与之俱"何其自然！其实是泯去了人力。人力成为自然，即韵，是理解"韵"之关键。中国艺术最高追求即"人力成为自然"，所谓"妙造自然"也。因之，"韵"是体现艺术本质的东西。

书圣王羲之的字俊逸飘洒，韵致高妙，绝不只是天才，其后天功夫亦了得。曾巩《墨池记》即言右军用功之深。陶潜之诗、巴赫之音乐皆可作如是观。

古人写诗非无感情、思想，而主要还是感觉。从感触中自然生出情来，带出思想来。只要感触、感觉真实，写出后自有感情、思想。若没有感触、感觉，虽有思想、感情也写不出太好的诗。如江淹《别赋》：

> 春草碧色，春水绿波，送君南浦，伤如之何。

四句所以能感人者，虽皆因感情、思想真实，其实还赖其真实感觉为媒介。

**解评**：思想、感觉、感情，即顾随所谓文学的"知、觉、情"。诗包括此三者。顾随以为古人诗主要是感觉。感觉即"感触"。感触是诗人"灵机一动"的那一刻，犹如火引子；感触既发，则生感情与思想，犹如火苗与热度。感触的关键是感性、直觉。顾随说："作诗最要紧的是'感'，一是肉体的——感觉，一是精神的——情感。"单说"感"，就包括感觉与感情。就诗而言，"感"比"知"重要。若再细分，则感觉比感情重要。"人生自古谁无死，留取丹心照汗青"，思想好，但只是格言，诗味不浓。"烽火连三月，家书抵万金"，思想一般，而感觉、感情好，真是好诗。

顾随说：

> "力"与"韵"皆非思想，然"韵"盖与"感"有关。"感"有二种：一为感情，心灵的（灵、心）；一为感觉，肉体的（肉、物）。佛说"六根（六触）"：眼、耳、鼻、舌、身、意。前五根属于肉，后一根属于灵。"韵"与感觉、感情有关。[1]

读书是为的锻炼字句、句法，最要紧还是实际生活上用功。宋以后文字功夫深，而实际生活的功夫浅了，所以觉得它总不像诗。学诗至少要有一半精神用于生活，否则文字部分好，作来也不新鲜。不过，解决生活、分析生活固然伟大，也不是说文字就可以抛弃。

要写诗必先从脑中泛出来一点什么，应能抓住，找就不行了。古人所写盖即脑中一泛抓住写出。我们能写诗，因为是读书人；而写不好，亦因是读书人。因一写时，古人的字句先到脑中来了。江文通写《别赋》脑中泛出的真是"春草碧色，春水绿波"，我们写离别泛出的是《别赋》的四句。

古人是表现（expression），吾人是再现（re-expression）。

古人画山水，脑中泛出是真山真水，吾人画山水，泛出的是古人的画。写诗亦然。弄好是再现，弄坏了连再现都够不上，只是把古人字重新排列（re-arrange）。古人是本号自造，吾人是假冒。弄好是假古董，弄不好连假古董都够不上。近代作家之诗已无生气，盖即此故。

世家子弟也许其祖辈或父辈给他留下许多财产，但其人多不能自立，不是没有天才，多是坐吃山空。有的作品，后人觉得太浮、太粗心，便因古人留下东西太多。周秦诸子因祖上无所遗留，

---

[1] 顾随：《〈文选〉选讲》，载《顾随全集》卷七，第211页。

故须自己思想，自己感觉、酝酿。托尔斯泰（Tolstoy）、但丁、歌德，其伟大作品皆经若干年始能完成。"水之积也不厚，则其负大舟也无力。"（《庄子·逍遥游》）

**解评**：陆游说："汝果欲学诗，功夫在诗外。"朱熹说："读书已是第二义。"顾随说："诗人必须多方面地深入生活，不'入'不行。在现在的历史阶段上，生活中不可能有旁观者，而且坐在屋里念'游泳学'讲义，也决学不会凫水，必须跳进水里去泡一泡，乃至淹一淹。不'深'不行。走马观花不如下马看花，更不用说比不上亲手栽花。不是'多方面'也不行。"①

古人是"表现"，吾人是"再现"。这是一个大问题。

所谓"表现"，指古人作品是与世界打第一照面的印象、感觉。那是新鲜的、自然的、生气灌注的。李白说"小时不识月，呼作白玉盘"。我儿时看见月亮，也觉得像白玉盘，而不知李白之诗；望见月亮上树影绰绰，却不知月中桂树的传说。有一次，我甚至把傍晚从东方升起的红红的大月亮当成了太阳。儿时的这种感觉，便是表现性的。后来，看见月亮，描写月亮，头脑中便会泛起"小时不识月，呼作白玉盘""海上生明月，天涯共此时"等诗句，心中不复有儿时对月亮的那种新鲜感。卞之琳诗《断章》云："你在楼上看风景，看风景的人在桥上看你；明月装饰了你的窗子，你装饰了别人的梦。"意思虽新，但其中仍飘着古人"明月照高楼""可怜楼上月徘徊""转朱阁，低绮户，照无眠"等诗句的影子——此即"再现"。不是不好，而是没有古人那种鲜味。不新，则不真。表现的，是一手货；再现的，是二手货。

古代画论讲"外师造化，中得心源"。绘画与文学比，更是形相性的，故更需"外师造化"。现代绘画，追求内心精神的自由暗示，可是"向内转"之后，最终会把绘画的形相性逼至绝境，绘画也就"无立足境"了。"古人画山水，脑中泛出是真山真水，吾人画山水，泛出的是古人的画。写诗亦然。"元好问《论诗》绝句三十首中说："眼处心生句自神，暗中摸索总非真。画图临出秦川景，亲到长安有几人？"诗画一理，再现不如表现。

---

① 顾随：《毛主席诗词笺释》，载《顾随全集》卷四，第242页。

创作出的东西，要感同身受。

更可怕的，是连再现都算不上的东西——假古董，完全没有生命。诗画且不论，最典型者为今日一般之仿古建筑，什么都不是，直是亵渎艺术，糟蹋古人。

顾随说："近代作家之诗已无生气，盖即此故。"古人说："生气灌注。"生气，即生命感，即顾随所谓"生命与精神"。若无生气，艺术无以成立。因为艺术的本质就是生命精神的外化。所谓"近代"，当指宋以后。明清人诗文，类多古人文字的重新排列。"文必秦汉，诗必盛唐"，宗唐也罢，宗宋也好，都是在祖宗留下的产业里坐吃山空。非乏天才，实在是古人基业太丰富、太成熟，跳不出去了。

故"近代作家之诗已无生气"亦有其不得不然的命数。一切有生命的艺术、文化产品皆是创新的产物。但大的文化种类如同一个生命体，也有其生、长、熟、衰的必然规律。人类发展至今，许多艺术、思想都已高度成熟。自20世纪以来，人类普遍进入现代，对几千年的文明进行了反思、革新，文化发展至新的高度。譬如文学、绘画、音乐、哲学，我看已经把能玩的新花样都玩得差不多了。在内涵上，尚未触及的人的可能性似乎也不多了——我们现在还能有多大创新？不是说，吾人已不可为，而是说对自己的历史处境要有清醒的认识。一定要创新，但这创新与传统应是怎样的关系，创新的空间有多大，前后都要看清楚，才能作为。

一个作者有太多的文化，有时会遏制创造力。除非自身有大神力，像太上老君的炼丹炉，什么东西都能容纳并熔炼了。故欲有所创造，必须有依自不依他的精神，自己要使劲与古人抗衡。创作伟大作品好比炼丹，蕴蓄的时间越长越好。但丁、歌德、托尔斯泰、曹雪芹的伟大作品皆是经久而成的。孙悟空的火眼金睛不也是在太上老君炼丹炉里经过七七四十九天才炼成的吗？

创作贵在酝酿，然而苏东坡又说："兔起鹘落，稍纵即逝"（《文与可画筼筜谷偃竹记》），日人鹤见祐辅《思想·山水·人物》（鲁迅译）其书亦曾言："思想是小鸟似的东西。"此岂非与酝酿冲突？

我们要用两方面的功夫。写散文、写大著作，必须要有酝酿功夫；至如写抒情诗，还须一触即发。《水浒传》中的鲁智深是即兴诗人。即兴诗即抒情诗，但即兴诗绝不宜于长，绝不宜于多。如唐之即兴诗人（抒情诗人）王、孟、韦、柳，其诗集多为薄薄一本。孟浩然诗集最薄，但几乎每首都是好诗。即兴诗要作得快，不宜多，多则重复；不宜长，长则松懈。放翁便是如此。

**解评：**"创作贵在酝酿"，然而并非所有创作都需长久的蕴蓄、酝酿。顾随说："写散文、写大著作，必须要有酝酿功夫；至如写抒情诗，还须一触即发。"有经验的作者都知道，有些思想、情绪和灵感是倏然而来、飘忽而去的，像小鸟一样。有些作品只需表现一种即兴的灵感，就够了。中国的绝句、日本之俳句，便是典型的即兴式作品。

顾随说王、孟、韦、柳的诗都是即兴的。即兴，是一种更任乎灵感的创作方式。即兴只能是短制。陆游好写即兴诗，但写得太多，易重复。作家要能控制住自己的创作欲，写一篇是一篇。

作五言古最好是酝酿。素常有酝酿，有机趣，偶适于此时一发之耳。人看到的是此时"发之"的作品，而看不见其机缘。凡事皆有机缘，机缘触处，可成为作品。若机缘后没有东西，则中气不足。朱熹曰：

问渠那得清如许，为有源头活水来。（《观书有感》）

机缘后没东西，则无源头活水，诗就薄。

陶诗"采菊东篱下，悠然见南山"（《饮酒二十首》其五），人或以为此句乃抬头而见南山即写出来。其实绝不然，绝非偶然兴到、机缘凑泊之作。人与南山平日已物我两忘，精神融洽，有平日酝酿的功夫，适于此时一发之耳。素日已得其神理，偶然一发，此盖其酝酿之功也。

今人偶游公园便写牡丹诗，定好不了，盖其未能得牡丹之神理，所写亦只牡丹之皮毛而已。

**解评**：这里所说"酝酿"，与"学诗至少要一半精神用于生活"相关。体验生活，便是素常的酝酿。有所酝酿的心灵如活水，因缘相应时便会风生水起，产生机趣。机趣生，则诗生。好比潜于水底的鱼儿忽然跃出水面——诗，出来了。

这里强调的不是机趣，而是素常之酝酿。缺乏酝酿的机趣浅薄，无根底。陶渊明"采菊东篱下，悠然见南山"句绝非从天而降的灵感，而是因他平素就有采菊东篱的生活，悠然之情潜伏于胸，忽然因缘际会，"池塘生春草"般涌出了这样的句子。这样的诗"厚"。中国人喜用"厚、薄"来形容诗画等艺术。艺术的"厚、薄"取决于作者精神的深浅大小。中国古诗，五言与七言比，更需深厚停蓄之味，故更需酝酿。七言有时可以是灵机一点，当下性更强；而五言，乃是一种缓慢的力。俗语说"磨刀不误砍柴工"，酝酿之于作诗，正如磨刀之于砍柴。

"采菊东篱下，悠然见南山"是大家最津津乐道的陶公名句。在写出这两句诗之前，"采菊"这一动作在渊明的生活中定已重复多次了，悠然心会，也早在胸中。只不过，这一次他将这种感觉郑重地写了下来。所以，说到底是"我"与"南山"的那种物我两浑的心灵状态在先，而诗句在后，且诗句特其粗者也。平素那生而未发的心灵状态，便是酝酿期。但说"酝酿"，还显刻意——很多诗感的种子是无意间撒在心田里的，而其在胸中的酝酿也是无意的。无论有意、无意，酝酿是产生好诗的前提。顾随批评苏轼的诗成于机趣，而少酝酿，即谓诗不是灵机一动，而是蕴蓄。

关于渊明因不愿"为五斗米折腰向乡里小儿"而辞官归去的故事，还有张翰因秋风起而思念故乡莼羹鲈鱼毅然辞官的传说，人们津津乐道得很，觉得好潇洒，像行为艺术似的。其实，他们这种行为绝非偶然兴到，而是平日早就在仕与隐之间徘徊良久了，此亦所谓"酝酿"也。

此段也是讲诗需酝酿。无论外物，还是内心感觉，只有经过一定时间的酝酿，才能见得深。认识总有个由表及里、由浅入深的过程。其实，这个过程本身就是有趣的。

作诗之酝酿功夫是"闲时置下忙时用",速写是"兔起鹘落,稍纵即逝"。这要个"劲"还得要个"巧"。劲与巧还是平时练好的本领,要养成此种眼光、手段。

解评:磨刀不误砍柴工,便是"闲时置下忙时用",此即酝酿之本质。写字、画画,都可当机立断,而文学创作则更依赖酝酿。这里所说"酝酿"不是指创作前的运思过程,而是平时的一种有意无意的涵养,譬如看见某种风景、某种人事,或泛出某种思绪,却不急于写成文字,而是放在心里,由它去。待这种记忆再次被某种外物或心绪所唤醒,而更为强烈、更为丰富时,便迅速将其转换成文字。顾随用一"劲"字形容这种迸发的力量——"劲"是能抓住自己感觉的灵智;还要"巧","巧"是能将此感觉成功转换成文字的手段。兔起鹘落,手到擒来,猎人的眼明手快是平素练就的本领。

作短诗应有经济手腕。诗短而有余味,所谓"美酒饮教微醉后,好花看到半开时"(宋邵雍《安乐窝中吟》)。

凡事留有余味是中国人之常情。

解评:"有余味"即"含蓄"。"含蓄"指表现形式,"有余味"是就内容言,前者其实不及后者明白。美酒,饮到微醉恰好;好花,开到半时最美。人亦然——十八九岁时的少女最楚楚动人。凡事到了满的程度,就无余味了。

为何人喜欢"余味"呢?余味,就是那将至未至,将发未发的东西。它介于有无之间。人之心理,凡已拥有者,便即刻厌倦。人之欲望的本质,便是对不曾拥有的事物的向往。欲望是朝向未来的。但一事物若完全不被感知,也不可能成为向往对象。所以,最撩拨人的便是那已经拥有却未完全拥有的事物。那未完全拥有者便是"余味"。余味,是宽绰有余。顾随说,宽绰有余是中国艺术文学的灵魂。①

---

① 顾随:《真实诗人陆放翁》,载《顾随全集》卷六,第26页。

中国人不仅在艺术上追求余味，日常言行也注重留有余味。日常言行留有余味，是一种伦理的美，一种喜好中庸（恰到好处）的心理习惯。

诗原是入乐的，后世诗离音乐而独立，故其音乐性便减少了。词亦然。现代白话诗完全离开了音乐，故少音乐美。盖一切文学皆有音乐性、音乐美，其实不但文学，即语言亦须有音乐性，始能增加其力量。

诗之美与音节、字句皆有关。

近体诗有平仄，古诗无平仄，亦有音节之美。格律乃有法之法，追求诗之美乃无法之法。如余有词云：

篆香不断凉先到，蜡泪成堆梦未回。（《鹧鸪天》）

原稿"先"字为"初"字，而"初"字发暗、发哑，改为"先"字。余作诗词主张色彩要鲜明，声调要响亮。此为目的，至于方法如何则识机而变。"初"字不冷不热，用在此处不好。而若小杜之"豆蔻梢头二月初"（《赠别》）之"初"字，鲜嫩，用得好。"梦未回"之"未"字原稿为"欲"字，"未"是去声，"欲"字亦读去声。或谓"未"字深，"欲"字浅，此尚非主因。主因亦在鲜明、响亮，故"未"字较"欲"字好。用字、句如良医用药。一种药别人吃得，此人吃不得。用字亦然。用的时、地不对，岂但不好，反而更坏。如在人前称自家兄弟为家兄、舍弟，若说"舍兄""家第"便不行。

**解评**：诗与乐的关系，是一大问题。诗原是入乐的，亦为常识。中西方学者对诗、乐的关系有很多论述。中国学者中，朱光潜《诗论》第六章"诗与乐——节奏"对诗、乐关系的分析，颇为深入。

这里，我们须注意一个词：音乐性。诗中的"乐"是一种不同于纯音乐的"音乐性"。另外，顾随顺带说到现代诗的少音乐性。此点，在中国新诗发展了一百年的今天更为明显。西方诗歌也是如此——音乐性越来越少了，这似乎是与诗的"现代化"必然相伴的趋势。为什么呢？就我所了解的中国的现代诗而言，我们其实至今都没有很认真地对待诗的"音乐性"问题。好的现代诗，往往在韵律、节奏方面能给人以阅读的快感，如海子的诗，即如此。道理在于"一切文学皆有音乐性、音乐美"。音乐性是诗乃至一切文学的必然属性。散文亦须有音乐性。音乐性附着在文学语言上。若无一点音乐性，则不成其为文学。文学的音乐美，日常语言的美感、力量，"与音节、字句皆有关"。

顾随所举自己词句中用字的音节之微，甚好——写诗、弄文字，只有敏感、精细到如此地步，才是真艺术。"音乐美"是一现代概念，其内涵比古典诗学所谓"格律"来得更宽广。格律主要指平仄、韵脚，而诗的音乐美不仅包括格律，韵脚，字音的轻重、清浊、响亮与喑哑等，还包含句子的长短错落、节奏感（有显性的，有隐性的）等因素。文学语言的音乐性主要来自"音节之美"，而音节之美不关平仄。① 那种格律法则之外的内在的韵律感，恐怕才是诗的"音乐美"的高级形式。比如，李白和杜甫的诗，杜诗格律谨严，可是李白的诗读来更富音乐感。太白诗有种内在的、浑然天成的音乐感，明显较他人更强。这是一种错落、起伏、变荡倏忽、带有节奏感的音乐性，尤其存在于那些古诗和乐府中，格律诗反不易表现出音乐美。《诗经》《楚辞》都不讲平仄格律，却富有音乐美。

现代诗不再讲究平仄、押韵等格律技巧，让其音乐美失去了外在的凭借。因此，现代诗要富有音乐美，就更须展现出内在的音乐性。海子诗的音乐美，就是一种内在的音乐美。这是"无法可依"的更加自由的音乐美，有赖于与音乐天赋类似的"乐感"。古代许多诗人、词人都爱好歌舞，雅善音乐，如李白，即能弹琴、喜啸歌，其乐感自然会带入文字中去。

诗中有时用譬喻。譬喻最富艺术性。如歇后语"小葱拌豆

---

① 顾随是诗词大家，但它对平仄格律并不持死守态度，而是持开放态度，他说："对诗只要了解音乐性之美，不懂平仄都没关系。""四声（平上去入）、平仄并不是用来限制我们、束缚我们的。一个有音乐天才的人作出诗来，自然好听；没有音乐天才的人按平仄作去，也可悦耳。""平仄格律是助我们完成音乐美的，而诗的音乐美还不尽在平仄。"（顾随：《杜甫诗讲论》，载《顾随全集》卷五，第333～334页。）我对诗词格律的看法，与顾随同。

腐——一清二白",说得如令人亲见其清楚。但言"一清二白",知而未见;曰"小葱拌豆腐",则令人如见。譬喻即为使人如见,加强读者感觉。诗更须如此。

**解评:**譬喻是文学语言中不可少的,尤其是诗,因为诗的叙事、议论比其他文体少,只能更依赖譬喻。譬喻,来源于联想,而联想是想象的一种,所以,譬喻富于艺术性。但也不能认为诗是譬喻的艺术。诗之"三义"——赋、比、兴中,兴最重要,因为兴是感发、感动,是诗之核心。而譬喻,则是一种机智。机智并不是诗。机智可以借用,但不是诗的必需。如王安石《题西太一宫壁二首》其一:"柳叶鸣蜩绿暗,荷花落日红酣。三十六陂春水,白头想见江南。"此诗中没有譬喻,但极为动人,因为其中有兴发感动。诗无"兴"不成立,无譬喻,则未尝不可。

开合在诗里最重要,诗最忌平铺直叙。不仅诗,文亦忌平铺直叙。鲁迅先生白话文上下左右,龙跳虎卧,声东击西,指南打北;他人之文则如虫之蠕动。叙事文除《史记》外推《水浒传》,他小说叙事亦如虫之蠕动。

**解评:**诗、文,皆需开合,诗尤其如此,因为诗短,又需容量,非开合不可。所谓"开合",指诗文意脉的伸缩转换。大而言之,是章法的问题;小而言之,句与句之间其实也需开合,尤其是诗,句子之间需有跳跃。总之,好的文字要有跳脱之感,是有弹性的走、跑、跳,甚至飞行,否则即成蠕动、爬行。

顾随对鲁迅的文章评价甚高,此处说"鲁迅先生白话文上下左右,龙跳虎卧,声东击西,指南打北",即谓鲁迅文章曲折顿挫,有开合。用一个字来概括,就是擅长"转"。"鲁迅先生一字一转,一句一转,没有一个转处不是活蹦的。"① 好的文字是"活蹦"的。借用西方文论术语——"开合"实乃"张力"之表现。顾随所谓"活蹦",与作者的精神活力有关,蓄

---

① 顾随:《〈文赋〉十一讲》,载《顾随全集》卷七,第101页。

养深厚，则跳动自如——当然，这也关乎驾驭文字的技巧。

叙事文，顾随最推崇《史记》和《水浒传》。《史记》之高明，自不待言。中国小说中，顾随以为《水浒传》文章最好，在《红楼梦》之上。他曾说《红楼梦》有蠕动之感，他不甚喜。这并非卓见，而只是一句真话，读过《水浒传》《红楼梦》的人当不难理解。就文章而言，《红楼梦》的确没有《水浒传》那么龙跳虎卧，富有弹性。

其实，顾随的论学文字也是龙跳虎卧，活蹦得很。

# （五）诗法与世法

一切世法皆是诗法。诗法离开世法站不住。人在社会上要不踩泥、不吃苦、不流汗，不成。此种诗人即使不讨厌也是豆芽菜诗人。粪土中生长的才能开花结籽，否则是空虚而已。在水里长出来的漂漂亮亮的豆芽菜，没前程。

解评：文学与人生密不可分，这是顾随的基本观点，也是所有文论中的普遍观点，顾随的独特之处在于他将文学与人生的关系归结为"诗法"与"世法"的关系。

诗法，即文学。世法，佛教名词，也称"世间法"，指世间一切生灭无常之法，对出世法而言。首先，开宗明义，一切"世法"皆是"诗法"，是说一切世法都与诗法相通，都可成诗，诗广大至极。反之，一切"诗法"都是"世法"吗？非也。而是"诗法"离开"世法"站不住，"诗法"中必有"世法"。要之，诗法与世法不可分。

顾随所谓"世法"指什么呢？即一切社会生活，尤指在社会上踩泥、吃苦，经受磨练。要脚踏实地，这个"地"，即严酷的社会与生活。否则便如水里泡出的豆芽菜，不沾粪土，空虚脆弱，无力得很。

"后人以'世法'为俗，以为'诗法'是雅的，二者不并立。"这便是不通，既不懂诗，也不懂生活。"世上困苦、艰难、丑陋，甚至卑污，皆是诗。常人只认为看花饮酒是诗，岂不大错！""如何得与凉风约，不共尘沙一并来！"（陈简斋《中牟道中二首》其二）"只要琴棋书画，不要柴米油盐，须不是人方可。有风无土乃不可能。""雪满山中高士卧，月明林下美人来"（高启《梅花九首》其一），雅，是诗；"晨兴理荒秽，带月荷锄归"（陶渊明《归园田居》其三），所写俗事也，照样是诗。诗之好坏，与所写事情的雅俗本就无关。而且，有时雅、俗也不在表面字句。"自以为雅而雅的俗，更要不得，不但俗，且酸且臭。俗尚可原，酸臭不可耐。"自以为雅的"雅"，其实是俗，而且是既酸且臭的"恶俗"。俗，尚且是本色，酸臭是极度做作，连雅都一起糟蹋了。所以，"雅不足以救俗，当以力救之"。再次举渊明"种豆南山下"一首为例，所写乃俗事，但何等有力！生活困苦，怎么办？"种豆南山下"，迎接困难，解决问题——"力"从此来。无论雅、俗，无力，便不成。

杜甫是中国诗人中所写内容最广泛的诗人，人事、自然，皆能接触之，深入之。虽然他无渊明、王维那样的平和，但真能将"世法"写入"诗法"。与其说杜甫是现实主义，不如说他是将"世法"与"诗法"打成一片。老杜诗中多愁苦，无论家国，还是自己，"把不调和写成诗"，盖因"世上困苦、艰难、丑陋，甚至卑污，皆是诗"，端看你能不能写成诗。因此诗人要能打入生活——一切生活。

陶渊明比老杜更高明，因为老杜是看出"世法"与"诗法"的不调和而能写成诗，渊明则根本将"诗法"与"世法"看成调和，写出自然调和。失志、饥饿、寒冷、穷困、死亡，他将这些都看作生活的本然，于是也就安然了——"纵浪大化中，不喜亦不惧"。渊明是达生，老杜是写生。

顾随极重视"世法"。他说：

> 极美丽的花朵，其肥料是极污秽之物。近代青年不肯实际踏上人生之路，不肯亲历民间生活，而在大都市中梦想乡民生活，故近代文学难以发展。……吾人必先于实际生活中确实锻炼，好好生活一下。[1]

但"世法"毕竟有世俗之意，顾随说：

> 要在平凡中发现神奇，又要在神奇中发现平凡。无论何种学问，皆当如此做，始非"世法"。在我身上发现人，在人身上发现我；而"世法"，人、我分别太清。[2]

---

[1]　顾随：《李贺三题》，载《顾随全集》卷五，第 375 页。
[2]　顾随：《〈文选〉选讲》，载《顾随全集》卷七，第 187 页。

世法并非终极目的，而是手段。世法的局限性是其分别心。没有世法，诗不能成立。没有诗法，只有世法呢？法国诗人兰波将"诗法"都弃绝了（放弃写作），完全融入"世法"。不过，我想他内心中的通灵、感悟，情感的沸腾是永不止息的，那是诗人天性中无法摒除的"诗法"——诗法与世法在此一层面更深刻地联系在一起。其实，没有诗法，不但一切学艺不能成立，人类也会灭亡，因为诗法是人能够成其为人的"灵魂"。故诗法离不开世法，但还要超越世法。

后人以"世法"为俗，以为"诗法"是雅的，二者不并立。自以为雅而雅的俗，更要不得，不但俗，且酸且臭。俗尚可原，酸臭不可耐。

雅不足以救俗，当以力救之。陶渊明"种豆南山下"（《归园田居五首》其三）一首，是何等力，虽俗亦不俗矣。唯力可以去俗，雅不足以救俗，去俗亦不足成雅，雅要有力。

杜甫虽感到世法与诗法抵触，而仍能将世法写入诗法，且能成为诗。他看出二者不调和，而把不调和写成诗。陶渊明则根本将诗法与世法看为调和，写出自然调和。

王渔洋所谓"神韵"是排出了世法，单剩诗法。余以为"神韵"不能排出世法，写世法亦能表现"神韵"，这种"神韵"才是脚踏实地的。而王渔洋则是"空中楼阁"。

后人将世法排出诗外，单去写诗。世上困苦、艰难、丑陋，甚至卑污，皆是诗。常人只认为看花饮酒是诗，岂不大错！只写看花饮酒、吟风弄月，人人如此，代代如此，屋下架屋。此诗之所以走入歧途。我们现在要脚踏实地，将"世法"融入"诗法"！

**解评：**见上。

抒情诗人是自我中心，然范围要扩大。抒情诗人第一要多接触社会上人物，人事的磨练对做人及作文皆有帮助。另一方面是对大自然的欣赏。此则中国诗人多能做到。然欣赏要不只限于心旷神怡、兴高采烈之时，要在悲哀愁苦中仍能欣赏大自然。

大自然是美丽的，愁苦悲哀是痛苦的。二者是冲突的，又是调和的。能将二者调和的是诗人。

平常人写凄凉多用暗淡颜色，不用鲜明颜色。能用鲜明的调子去写暗淡的情绪是以天地之心为心。——只有天地能以鲜明的调子写暗淡情绪，如秋色红黄。以天地之心为心，自然小我扩大，自然能以鲜明色彩写凄凉。

**解评**："抒情诗人是自我中心"，前文已说及，并且讲到要扩大自我，从小我到大我。此段具体论扩大之途径。一是多接触社会上的人物。因为文学与社会生活不可分。书呆子绝不会成真文人。真文人必洞达世情人性，胜于常人。"世事洞明皆学问，人情练达即文章"即此理。二是欣赏大自然。只关心人事者绝不会成真诗人。由于中国人重自然的宇宙观，中国诗人多具备欣赏大自然的情怀，这是中国文学的优长。但欣赏大自然，于心旷神怡时易，于悲哀愁苦中难。杜甫所谓"星垂平野阔，月涌大江流"（《旅夜书怀》）是在漂泊悲愁中对大自然的欣赏，柳宗元山水游记亦然，王禹偁《黄冈新建小竹楼记》、范仲淹《岳阳楼记》、苏轼《赤壁赋》等皆然。在悲哀愁苦中仍能欣赏大自然，是更大的包容心，更真、更深的诗情，中国文人多此种情怀与修养。

"用鲜明的调子去写暗淡的情绪"，如晏几道"当时明月在，曾照彩云归"、姜夔"念桥边红药，年年知为谁生？"、陆游"伤心桥下春波绿，曾是惊鸿照影来"等。景物越是明丽，情绪越是显得暗淡可怜。其妙处在反衬。不是心情灰暗，天地也就一片灰暗，而是花照样红，树照样绿，明月总是辉光皎洁。诗人没有用自己狭小的心眼去看天地，而是用天地之眼去看，在这黯淡明丽参差交错的世界里，诗人心怀凄凉之情，在伤感的情绪中亦能看到天地间明艳的美景，这样的抒情者就不是一个简单的"小我"。沈从文写景就有这样的调子和境界。

张爱玲曾讲到她写小说注重用"参差对照"的写法，其所对照者即人的悲喜、美丑等。因为人的生活本身就是参差对照的。自然界亦如是，人与自然皆如是。参差对照，可作为文学创作的基本法则。顾随所讲"用鲜明的调子去写暗淡的情绪"乃参差对照之一种，与王夫之所谓"以乐景写哀，一倍增其哀乐"意思同。

　　常人甚至写诗时都没有诗，其次则写诗时始有诗，此亦不佳：必须本身是诗。
　　唐代初、盛、中、晚大大小小的诗人，多为本身是诗；宋人则写诗时始有诗，不能与生活融会贯通，故不及唐人诗之深厚。杜甫多用方言俗语，而写出来就是诗。客观上讲，"胸有锤炉"仍是皮相看法，未看到真处；盖诗人本身是诗，故何语皆成诗。

　　**解评：**"常人甚至写诗时都没有诗，其次则写诗时始有诗，此亦不佳：必须本身是诗。"顾随这里所谓"诗"，已是超乎形相的，本源意义、最高意义，或者说第一义的"诗"。
　　写出来的未必是诗，没写出来的未必不是诗——我常给学生这样讲，与顾随意思同。我们常说某些"文学作品"不是"文学"，就因文学绝不是徒有形式的文字堆积。在文学创作中，大多是"写诗时始有诗"一类。很多人生活中做一套，写作时说另一套，此下焉者；较高者则是写作时比平时更纯粹、更有灵性一些，一离开写作，则又文心稀薄，非不愿也，力有不逮也。顾随以为，宋人便是"写诗时始有诗"，原因在于不能与生活融会贯通。此等文学，终不深厚。最理想的境界是：诗人自身就是诗，其日常生活本身即散发诗情、诗性、诗意，故其所写之诗如瓜熟蒂落。唐代诗人多本身就是诗。杜甫写诗多用方言俗语，而不妨其为诗，因为诗是深入杜甫骨髓里的东西，老杜是真格的，诗在他身上想跑都跑不掉。本乎此理，则"胸有锤炉"仍非创作之真，"胸有锤炉"尚隔一关——须本身就是诗，才能写出诗。其实，这便是顾随所谓"诗心"，有诗心，才能有诗。诗心是一种心灵状态。"文学作品"要依附于物质性的文字，但"文学"最本源的东西恐怕还是一种心灵状态。朱熹说："当其不应事时，平淡自摄，岂不胜如思量诗句？至如真味发溢，又却与寻常好吟者不同。"①　此语可参之。

格物。《礼记·大学》："格物在致知。"朱注：格，至也；格物，穷极事物之理。

文人也要穷极事物之理，说话才能通，思想不通比字句不通还要不得。

杜诗：

种竹交加翠，栽桃烂漫红。（《春日江村五首》其三）

如此诗者，是真能格物也。"竹翠""桃红"人人知，不算格物。"穷极事物之理"，理，文理、条理、道理。"交加""烂漫"是老杜格物也。"交加"便是"翠"的"理"，"烂漫"便是红的"理"。

解评："格物"一语，出自《大学》，朱熹释为"穷尽事物之理"，属于认识论术语，顾随将其引入文学创作论，意思非新而词语新。刘勰《文心雕龙·物色》云："写气图貌，既随物以宛转。"即"格物"之义。创作虽有想象，但也须对事物有真实的认识，否则无从写起。顾随举杜甫"种竹交加翠，栽桃烂漫红"二句为例，以为"交加""烂漫"二词真是得物之理——竹叶形状的交叠、桃花颜色的烂漫，甚是。所以，文学创作离不开对事物的真知。见之愈切，言之愈明。

不过，更妙的是，顾随说文学还要有"物格"。此语甚罕见，出自《五灯会元》载大慧宗杲禅师事："（张九成）至径山，与冯给事诸公议格物。慧曰：'公只知有格物，不知有物格。'公茫然，慧大笑。公曰：'师能开谕否？'慧曰：'不见小说载唐人有与安禄山谋叛者，其人先为阆守，有画像在焉。明皇幸蜀，见之怒，令侍臣以剑击其像首。时阆守居陕西，首忽堕地。'公闻顿领深旨，题不动轩壁曰：'子韶格物，妙喜物格。欲识一贯，

---

①　（宋）黎靖德编《朱子语类》八，中华书局，1986，第 3333 页。

两个五百。'"① 张九成，字子韶，号无垢居士。大慧禅师，号妙喜。"物格"何义？顾随说，"物来心上是'物格'"；"'物格'是向内的，然后再向外，其'物'给我们一种灵感（不是刺激、印象，刺激、印象仍只是物），能'格物'且能'物格'，这样看东西、作诗，才能活起来"。大慧禅师举历史故事，令张九成恍然心动，由"物"至"心"，便是"物格"。顾随灵机一动，将其引入文学创作，并与"格物"相对待。人与物之间，既要"格物"，也须"物格"，心才能活起来，"即心即物，即物即心，心物一如，此为诗前之功夫，如此方能开始写诗"。

顾随举鲁迅引《离骚》"朝发轫于苍梧兮……吾将上下而求索"等八句为《彷徨》题词为例，说这就是"物格"，即由某种事物引起心中一种东西来，即"兴"，"物格"即"兴"。顾随说"兴"即 inspiration（灵感）。关于"兴"的阐释越说越复杂，其实就是灵感，简单明了。

禅宗语录："公只知有格物，而不知有物格。"

诗有六义：赋、比、兴、风、雅、颂。"物格"者，兴之义。作诗时要有心的兴发，否则不会好。兴，即 inspiration（灵感）。

鲁迅先生《彷徨》扉页题屈原《离骚》：

朝发轫于苍梧兮，夕余至乎县圃。

欲少留此灵琐兮，日忽忽其将暮。

吾令羲和弭节兮，望崦嵫而勿迫。

路曼曼其修远兮，吾将上下而求索。

这是物格。鲁迅先生受了此八句的启发，由此八句而在自己心中生出一种东西，是兴，是物格，用以象征近代人生观之进取、努力，而非哀乐、颓废。我们今天这样讲解，则又是"格物"了。

---

① （宋）普济：《五灯会元》卷二十，苏渊雷点校，中华书局，1984，第1351页。

**解评**：见上。

"格物"是向外的，"种竹交加翠"，见竹而说；"栽桃烂漫红"，见桃而说。"物格"是向内的，然后再向外，其"物"给我们一种灵感（不是刺激、印象，刺激、印象仍只是物），能"格物"且能"物格"，这样看东西、作诗，才能活起来。

诗要有心有物，心到物边是"格物"，物来心上是"物格"。即心即物，即物即心，心物一如，此为诗前之功夫，如此方能开始写诗。

《文心雕龙·物色》："物色之动，心亦摇焉。"此"物色之动"，是生发之意，如草之绿、花之红、树木发芽。诗人所以写，不仅写花、写草，"心亦摇焉"。若仅有"格物"，没有"物格"，不能活动。

吾人读书，也当如此，否则是读死书。鲁迅先生读《离骚》，以其中八句题《彷徨》扉页上，立即《离骚》便活起来了。这样才不是读死书。

**解评**：见上。

心——内、精神，物——外、物质。平常心与物总是不合，所谓不满意，皆由内心与外物不调和。大诗人最痛苦的是内心与外物不调和，在这种情形下出来的是真正的力。外国诗人好写此种"力"，中国诗人好写"心物一如"之作，不是力，是趣。一是生之力，一是生之趣，然此与生之色彩非三个，乃一个。生之力与生之趣亦二而一，无力便无趣，唯在心、物一如时多生"趣"，心、物矛盾时则生"力"。

"风与水搏，海水壁立，如银墙然。"是矛盾，是力，也是趣。

由苦而得是力，由乐而得是趣，然在苦中用力最大，所得趣也最深。坐致、坐享都不好，真正的乐是由苦奋斗而得。

**解评：**何谓"力"？何谓"趣"？顾随说，"由苦而得是力，由乐而得是趣"；"平常心与物总是不合，所谓不满意，皆由内心与外物不调和。大诗人最痛苦的是内心与外物不调和，在这种情形下出来的是真正的力"。如屈原、杜甫、辛弃疾，皆是。心物不调和，挣扎、努力，于是力涌现出来。"外国诗人好写此种'力'，中国诗人好写'心物一如'之作，不是力，是趣。"外国诗歌富于力的表现者甚多，从《荷马史诗》到马雅可夫斯基，几乎可以说是西方诗歌的主流。顾随说："每读稼轩词与马雅可夫斯基诗，未尝不感慨系之。"[1] 古人且勿论，现代中国诗人，极少有人能写出马雅可夫斯基那种像炮弹一样有力且富有美感的诗。马雅可夫斯基的诗，非常值得中国诗人学习。

中国诗人、文人更重"趣"。这在中国文学、绘画、书法、园林等艺术中都有所体现，曰"趣味""情趣""兴趣"等。趣，有"好玩"之意。"力"不以"乐"为目标，"趣"以"乐"为目标。明清以后文人更推崇趣味，如文人画、小品文、清代李渔的艺术理论。当代诗人海子说他不喜欢中国文人的趣味主义，他说："因为我恨东方诗人的文人气质。他们把一切都变成趣味。他们苍白孱弱，自以为是。他们隐藏和陶醉于自己的趣味之中。他们把一切都变成了趣味。这是最令我难以忍受的。比如说，陶渊明和梭罗同时归隐山水，陶重趣味，梭罗却要对自己的生命和存在本身表示极大的珍惜和关注。这就是我的诗歌理想，应抛弃文人趣味，直接关注生命存在本身。"[2] 应当说，海子对东方诗人趣味主义的批评不无道理。趣味，是生机，但易流于孱弱、小气。但海子对陶渊明的认识不准确——渊明岂可以"趣味"概之？陶渊明也"对自己的生命和存在本身表示极大的珍惜和关注"，否则渊明就不是渊明了。

趣，其实是可上可下的东西。顾随说"然在苦中用力最大，所得趣也最深"，这里所谓"趣"已非传统之"趣味"，而是西方所谓"悲剧精神的升华"。力与趣，可相辅相成。

---

① 参见顾随1957年3月3日至7日致周汝昌书，载氏著《顾随致周汝昌书》，第188页。

② 海子：《诗学：一份提纲》，载西川编《海子诗全编》，上海三联书店，1997，第897页。

# （六）诗之本性

中国诗可以气、格、韵分，诗至少要于三者中占一样。

气：如太白，才气纵横，是气。但须真实具有，不可虚矫、浮夸。如不是铁，无论如何炼不成钢。

格：盖即字句上的功夫，"锤炼"。老杜"晚节渐于诗律细"（《遣闷戏呈路十九曹长》），必胸有锤炉始能锤炼。

韵：玄妙不可言传。弦外余韵，先天也不成，后天也不成，乃无心的。必须水到渠成，瓜熟蒂落。神韵必发自内，不可自外敷粉，应如修行证果，不可有一点勉强，故又可说是自然的（非大自然之自然）。

**解评**：气、格、韵几种概念，在中国文论中使用很普遍，越说越缠绕，而我们要抓住其基本意思。

气，与艺术相连，最常见的即"才气""气势"。刘勰《文心雕龙·养气》之"气"，韩愈"气盛则言之短长与声之高下者皆宜"之说，其意相通，皆"气机"也。气是一种由灵性而来的精神力量。顾随举李白为例，气者，才气也。但仅有才气还不够，尚须有胸襟、学识、思想充实其中。

格，即"锤炼"。古人讲"格物"，"格"有用力之义。如"格斗"，是用身体之力；"格物"，是用精神之力。诗之"格"是锤炼字句，代表诗人是杜甫。顾随说"格""可以人力为之，不过仍以天才成就快。如老杜'星垂平野阔，月涌大江流'（《旅夜书怀》），'竹批双耳峻，风入四蹄轻'（《房兵曹胡马》）"①。锤炼也需要才力。

---

① 顾随：《杂谭诗之特质》，载《顾随全集》卷六，第220页。

韵，是整个中国古代艺术理论中的核心观念之一。诗、书、画、音乐，无不有"韵"之一境。韵是"玄妙不可言传。弦外余韵，先天也不成，后天也不成，乃无心的。必须水到渠成，瓜熟蒂落"。"气"多来自先天，"格"乃后天作为，"韵"则天赋、修养缺一不可，故"韵"很难得。韵是玄妙的，故有"神韵"之说。清代王士禛提倡"神韵"，自己却做不到。顾随说："王渔洋乃故意造作，作诗时心中先有'神韵'二字，故不好。"①因为"神韵必发自内，不可自外敷粉，应如修行证果，不可有一点勉强"。"韵是后天用功可得，而又有用一世功不得者。如老杜，诗十篇中九篇无韵。"②顾随又说："李白、杜甫、韩愈及李贺，对诗是革命，故其诗有点像西洋之复杂变化，虽不及西洋，而已超出中国古代之诗。而四人皆苦于意尽于言，即缺乏弦外之余韵。王、孟、韦、柳，单纯而神秘（单纯而不简单，单纯、简单，相近而实不同，单纯有神秘性），是中国诗真正传统者，而又不及李、杜。盖李、杜乃革命家，故出力、出奇，故复杂变化；王、孟则不革命，乃自然发展，无心的，故能得韵。"③最能代表中国诗歌作风的是"韵"诗，顾随说："中国诗可意会不可言传，无西洋光怪陆离作品。"④

那么，"韵"如何得来？顾随认为"韵"可用功得之。"性灵后天很难修得，而韵可自后天修养得之。"⑤"诗兴之来非奇迹，发源于余裕。孔、颜之乐即心之有闲，心之余裕，其乐即在于'韵'。韵，向内说是境界，向外说是现象。韵可以修养得之。天才有高下，性灵有深浅，后天之修养当可能为力？而韵是修养来的，非勉强而来。修养需要努力，最后消泯去努力的痕迹，使之成为自然，此即韵。'勿以善小而不为，勿以恶小而为之'，这还只是来源，要做到自然才成，带出一丝一毫勉强做作，便不成。好的不全有，坏的没去净，这韵便不成。从勉强到自然，在勉强时要极严格，只要勉强到极自然，韵自然就出来了。然如何用'力'？练习。力用左了不成：巧劲是真力气，用巧了，用得得当合适。（治学、做人别讨巧。）努力

①　顾随：《杂谭诗之特质》，载《顾随全集》卷六，第220页。
②　顾随：《杂谭诗之特质》，载《顾随全集》卷六，第220页。
③　顾随：《杂谭诗之特质》，载《顾随全集》卷六，第220页。
④　顾随：《杂谭诗之特质》，载《顾随全集》卷六，第220页。
⑤　顾随：《杂谭诗之特质》，载《顾随全集》卷六，第217页。

之后泯去痕迹，则人力成为自然。如王羲之之作字，先有努力，最后泯去痕迹而有韵。"①

要之，顾随极重视"韵"，他提倡"韵的文学"。他说："有人提倡性灵、趣味，此太不可靠。性灵太空，把不住；于是提倡趣味，更不可靠。应提倡'韵的文学'。提倡性灵、趣味，不如提倡韵，即使无益，亦无害，而弄懂了真受用不尽。"②论"韵"者多矣，但没有人像顾随这样把"韵"推至如此高度。然而，古代尚有此一说，现代中国诗歌、艺术，韵者何在？光怪陆离、复杂变化者何在？

中国诗最讲诗品、诗格。中国人好讲品格。西洋有言曰：我们需要更脏的手，我们需要更干净的心。更脏的手什么事都能做。中国人讲究品格是白手，可是白得什么事全不做，以为这是有品格，非也。所以中国知识分子变成身不能挑担，手不能提篮。现在人只管手，手很干净，他心都脏了、烂了，而只要身上、脸上、手上干净。我们讲品格，可是要讲心的品格，不是手的干净。

书亦有书的品格，好书"天""地"都宽，宽绰有余。此是中国艺术文学的灵魂。

**解评**：此处所讲"诗品"之"品"，既不同于钟嵘《诗品》之"品"，也不同于司空图《二十四诗品》之"品"。钟嵘《诗品》之"品"指等级，司空表圣之所谓"品"指美学意义上的"流品"。南朝谢赫之《古画品录》、庾肩吾之《书品》，亦皆"流品"之意。而顾随所说之"品"乃是人的精神品格。中国人好讲品格，这很好。可中国人之所谓"品"有些虚浮。"白手"，不能，也不愿干粗活，一味追求脱俗，结果变成豆芽菜，无用。所谓"万般皆下品，唯有读书高"，以读书为高固是好事，但不能将其他都看成下品，那是走火入魔。从前有很多豆芽菜式的文人，现在我们决不能如此，文人也要能踩泥、吃苦。

---

① 顾随：《杂谭诗之特质》，载《顾随全集》卷六，第217页。
② 顾随：《杂谭诗之特质》，载《顾随全集》卷六，第216页。

诗的成分：觉、情、思。

诗中最要紧的是情，直觉直感的情，无委曲相。

一切有情，若无情便无诗了。河无水曰干河、枯河，实不成其为河。有水始可行船润物；然若泛滥而无归，则不但不能行船润物，且可翻船害物。诗中之情亦犹河中之水。

思，思想，不是构成文学之唯一要素，而是要素之一。思想是生活经验的反响，生活经验是向内的，反响是向外的。诗的思想不是格言，格言是凝固的，是化石，不是诗。思想要经过感情的渗透、过滤，故思想中皆要有感情色彩，否则只是化石的格言而已。陶渊明"种豆南山下"（《归园田居五首》其三）一诗的思想，真经过感情的渗透。陈后山《丞相温公挽词》（其二）云"时方随日化，身已要人扶"，这是思想，但不可为诗之内容，以其未经过感情之渗透，是凝固的化石。

若但凭感觉、无思想，易写得浮浅，流于鄙俗，故"觉"亦要经过感情的渗透、过滤。

以情为主，以觉、思为辅，皆要经过情的渗透、过滤。否则，虽格律形式是诗，而不能承认其为诗。

**解评**：诗的成分：觉、情、思。这是顾随的重要观点。其实任何文学作品皆可以此三要素来评判。好作品，至少要占三者中的一项。如李白、苏轼，主要是"觉"（感觉）好。陶渊明、辛弃疾，觉、情、思皆佳。现代作家中，鲁迅思、情、觉皆好；沈从文情、觉好，思不及鲁迅，而美丽过之；张爱玲主要是觉好；萧红情、觉皆好。觉，更是直觉的东西。所以"但凭感觉、无思想，易写得浮浅，流于鄙俗，故'觉'亦要经过感情的渗透、过滤"。如李白诗"孤帆远影碧空尽，唯见长江天际流"（《送孟浩然之广陵》），谈不上思想，感情不很深，但感觉好。张爱玲所谓"生命是一袭华美的袍，爬满了虱子"（《天才梦》），思想不深，感情也不新鲜，有点感觉而已。

于诗而言，情最根本。情，应当是直感的情。直感的即自然的。情动于衷，而不能矫情。钟嵘《诗品》说诗当以"直寻"，就是强调直感，情与觉都应是直感。

无情则无诗，但情亦不能泛滥。滥情比无情更糟糕。中国现代以来多滥情之作。盖因其动机不纯。

思想比情难得。多数人有情而无思想。"思想是生活经验的反响，生活经验是向内的，反响是向外的。""生活经验是向内的"，是因生活经验是针对具体的人；"反响是向外的"，是因经验经反响而成为思想时则成为普遍。诗可以包含思想，但不能成为格言，格言只是理，如"人不能两次踏进同一条河流"是格言，而"浮生恰似冰底水，日夜东流人不知"（杜牧《汴河阻冻》）便是有思想的诗，因其经过了感情（怅惘之感）的渗透。

要之，顾随主张："以情为主，以觉、思为辅，皆要经过情的渗透、过滤。否则，虽格律形式是诗，而不能承认其为诗。"写诗如煲汤，情是水，觉与思则是汤料。若格律形式是诗，而无诗情、无感觉、无意味，格律再谨严也不是诗，因为诗说到底是一种无形的精神。当代人写格律诗，已很难合律，但我以为无妨，有诗情便可。

陀思妥耶夫斯基说："我能感觉到思想。""思"与人的"觉"有关。

人有感觉、思想，必加以感情的催动，又有成熟的技术，然后写为诗。

人无不受外界感动，而表现有优劣。技术之厚薄尚乃浅而言之，深求之则有诗眼问题。

**解评：**这里提及感觉、情感、思想，不是随便说说，顾随认为写诗须具备"知、觉、情、思"几种因素。知、觉、情、思是何意思？它们之间是何关系？顾随有清晰的解说。

他说："诗要有：一知；二觉；三情。"① "小孩拿诗念，然写不出诗。可见不知不成，仅知亦不成。宋有诗学（知），而不见得有诗。花本身是诗，然无知写不出诗。人有知故能写花，然但有知不成，须有知且有觉。

---

① 顾随：《知·觉·情·思》，载《顾随全集》卷六，第172页。

知是理智的,觉是感官。"① 由此可见,顾随所讲知是记忆,乃至理性分析。能背诗,且能知其字词意思、相关背景,甚至能分析者,却未必能写诗。有很多背诗如滚瓜的儿童、讲诗振振有词的教授都写不出诗,即可见于诗而言,仅有"知"不成,还须有觉。

觉即感觉,感觉是感官的。诗都建立在感觉的基础之上。"必须有感,始能成诗。"② "可见只有知,不能成诗;能成诗,亦须觉动之。但有觉倒能成好诗。"③ "觉动之","动之"二字好,觉动之即感,感就是动,感官之动、心灵之动——触动。有感觉,无意义,也可以成好诗,顾随举韩偓"手香江橘嫩,齿软越梅酸"句为例。

觉只是诗的基础,并非关键,最关键的是情。顾随说:"理智是冷静的,感觉是纤细的,情是温馨或热烈的。"④ 仅有觉也不成,觉有觉的局限。顾随说:"觉的结果常易流于欣赏。欣赏原是置身物外,而又与物为缘。矛盾中得到调和即是欣赏,其根在觉。……而但注意纤细的感觉又常流入浮而不实,出而不入。……后人诗学、诗才都有,而往往没有诗情。"⑤

人皆有情。可是情有大小、深浅之别。情之境界不同。顾随说:"情莫切于自己,然而一大诗人最能说别人,说别人即说自己,说自己即说别人。"⑥ 感情要深厚、博大。

顾随认为知、觉、情是诗前功夫、诗的来源,有此三者,方能写诗。他列了一个公式:

成诗前——诗的来源:知、觉、情
成诗后——诗的成分:觉、情、思

觉→情←思⑦

① 顾随:《知·觉·情·思》,载《顾随全集》卷六,第172页。
② 顾随:《知·觉·情·思》,载《顾随全集》卷六,第172页。
③ 顾随:《知·觉·情·思》,载《顾随全集》卷六,第172页。
④ 顾随:《知·觉·情·思》,载《顾随全集》卷六,第173页。
⑤ 顾随:《知·觉·情·思》,载《顾随全集》卷六,第173页。
⑥ 顾随:《知·觉·情·思》,载《顾随全集》卷六,第173页。
⑦ 顾随:《知·觉·情·思》,载《顾随全集》卷六,第174页。

可见，顾随以觉为诗之基础，以情为诗之中心。他说："诗中最要紧的是情，直觉直感的情，无委曲相。无论何情，皆然。学禅的人要想多情少，理智胜过情感。佛讲慈悲，基督讲爱，孔子讲仁，若谓无情，何有慈悲仁爱？是学道亦由情而发，菩萨，觉有情。可见学道亦以情为本，何况学文、学诗？"① 人终究是情感动物。论感官，人比不上很多动物；论理智，人比不上人工智能（AI）。情感作为人的根本，愈来愈明显了。至于文学、艺术之以情为本，更是不可磨灭之理。"一切有情，若无情便无诗了。"② "一切有情"是佛教用语，指具有生命的一切众生。植物，甚至地狱的饿鬼、畜生，都是有情者。这是佛教对情之广大的洞察。无情，便无生命。而诗，来自生命。

那么，"思"是什么？文学中的思想是什么？顾随说："思，思想。思想不是构成文学的惟一要素，而是要素之一。若义山'成由勤俭败由奢'句，不是思想，是格言。思想是生活经验的反响（回声），生活经验是向内的，反响是向外的。义山二句是化石的、凝固的、死的，没有生活经验的回响。思想要经过一番发酵，生出一种东西，否则只是因袭传统。诗的思想不是格言，格言只是格言，是凝固的，是化石，不是诗。……经过感情的发酵，有反响，如此思想方为诗中思想，方可成为文学内容，而发酵一半在人，一半在己。而生活经验的发酵与凝固的化石，究竟有何区别？思想要经过感情的渗透、过滤，其渣滓是化石，故思想皆要有感情的色彩，否则只是化石的传统格言而已。"③ 顾随对"思想要经过感情的渗透"的观点，实则不仅适用于诗，也适用于哲学，哲学中的思想也经过感情渗透。情与理，理与情，究不可分。而诗中的思想，须经感情渗透，更不待言。"若但凭感觉、无思想，易写得浮浅，流于鄙俗，故'觉'亦要经过感情的渗透、过滤。"④

由上所言，顾随的结论便是："以情为主，以觉、思为辅，皆要经过情的渗透、过滤。否则，虽格律形式是诗，而不承认其为诗。人有感觉、思

① 顾随：《知·觉·情·思》，载《顾随全集》卷六，第174页。
② 顾随：《知·觉·情·思》，载《顾随全集》卷六，第175页。
③ 顾随：《知·觉·情·思》，载《顾随全集》卷六，第175~176页。
④ 顾随：《知·觉·情·思》，载《顾随全集》卷六，第176页。

想，必加以感情的催动，又有成熟的技术，然后写为诗。"①

凡作品包括：一、情感；二、思想；三、精神。前二者打成一片而在诗中表现出来的作风即作者之精神。情感加思想等于作风，而作者精神从作风中表现出来。

曹、陶、杜各有其作风，三人各有其苦痛。

**解评：**文学作品主要由情感与思想构成，二者水乳交融，形成一种整体之物——精神。"在诗中表现出来的作风即作者之精神。情感加思想等于作风。"作风，略等于"风貌"。顾随为什么不说"风格"？"风格"一词的类型意味似乎强了些，不如"作风"来得具体，"作风"是一对一的。"精神"则比"作风"更宽广、更立体，它可以包括情感、思想与作风。

顾随说曹操、陶渊明、杜甫三人各有其作风，有一个隐含的前提，即曹、陶、杜三人都有吃苦、奋斗精神。此泛而观之也，细究起来，则会发现——曹、陶、杜各有其苦痛，以及对待苦痛的态度。这就说明，所谓"作风"是就作家的具体表现而言的。

欣赏别人的痛苦是变态、残忍；还有一种是白痴，毫无心肝。文学上变态固可怕，但白痴更可怕。这种人便毫无心肝，不要说思想，根本便没感觉。欣赏田家乐者盖皆此种人。

人摔倒把他扶起来，只要出于本心，不求名利，这是好人；若有他心，便不成。若有见人摔倒解恨，这也是汉子。若见人摔倒光看着，是白痴。而中国人写田家、渔家，只看着，是麻木不仁。

**解评：**激烈抨击欣赏田家乐之诗人。顾随情怀悲悯，且他有乡村生活背景，知道田家苦。农业生活是苦，还是乐呢？就农民而言，当然是苦。李绅的《悯农》便是能了解田家苦的好诗。可中国古代文人多喜好乡村的

---

① 顾随：《知·觉·情·思》，载《顾随全集》卷六，第176~177页。

淳朴风情，他们站在一旁观看农民劳作，真还会生出"好一派田园风光！"的诗情来，如杨万里就有首七绝《田家乐》，曰："稻穗堆场谷满车，家家鸡犬更桑麻。漫栽木槿成篱落，已得清阴又得花。"不知顾随如何看杨万里此等诗？诚斋此诗当然不坏，他也绝非不知苍生疾苦之人——恰恰相反，诚斋的爱国、爱民不在放翁之下，可是他这首诗写得有点无聊——诚斋的诗缺乏重量，也许是其"习气"使然。

其实顾随批写"田家乐"的诗人的话语，未免有点激愤。农业生活，以苦为主，亦不乏其乐，未必完全不能欣赏，范成大的《四时田园杂兴》就既有务农之苦，也有收获之喜，以及乡村之美。陶渊明是个亲自务农的文人，他笔下的农业生活也是苦乐相寻。不过，总体而言，顾随说"中国人写田家、渔家，只看着，是麻木不仁"，也确是实情。

有趣的是顾随对"见人摔倒光看着"的白痴的批评。此等人即梁启超、鲁迅最厌恶的"看客"。看客，是姿态；白痴，则是实质——顾随骂得痛快！

诗中非不能表现理智，唯须经感情之渗透。文学中之理智是感情的节制，感情是诗，感情的节制是艺术。普通人不是过，便是不及。

李商隐《蝉》：

五更疏欲断，一树碧无情。

上句尚不过写实，下句真好，是感情的节制，诗之中庸。

陶渊明诗有丰富热烈的感情，而又有节制，但又自然而不勉强。大晏词感情外有思力：

满目山河空念远，落花风雨更伤春。不如怜取眼前人。（《浣溪沙》）

三句可为大晏之代表，理智明快，感情是节制的，词句是美丽的。

解评：顾随所说"诗中非不能表现理智，唯须经感情之渗透"，简而言之，则是"以情化理"。宋人多此类作品，如苏轼《和子由渑池怀旧》。宋诗的好处在于理智的感情化，即"以情化理"；也在于感情的节制，所谓"以理化情"，如王安石的绝句《午枕》："午枕花前簟欲流，日催红影上帘钩。窥人鸟唤悠扬梦，隔水山供宛转愁。"诗人的心中显然盘旋着挥之不去的愁绪，却以相当节制的方式出之，更显出此愁绪难以言说的深厚。"以理化情"是以情为主，"以情化理"是以理为主。要之，在诗中，情与理不可分，二者须相互牵制、调和，如此便是"诗的中庸"。中庸者，恰到好处也。苏轼词《水调歌头·明月几时有》便是"情理融合"的好例子。

宋诗的这种理性、节制色彩与中国现代诗颇有相通处。中国现代诗历经了长期的放纵感情的浪漫主义之后（就主流而言），在 20 世纪 90 年代以后逐渐走向了节制感情的"智性写作"（也是就某种比较普遍的趋向而言），这主要与当代诗人对浪漫主义（包括伪浪漫主义）的反拨以及西方现代诗人（如艾略特、奥登、史蒂文森、博尔赫斯等）的影响有关，却很少有人与宋诗的理性化主动呼应。其实，我们早就有可供借鉴的传统。但当代诗歌普遍的智性化也未免过了头，很多被许为优秀诗人的诗理智得如同玄学——玄学尚好，有的直如诗迷，读后不能给人以情感上的感动，所谓"理过其辞，淡乎寡味"，而其所说之"理"，其实也无甚意思，唯样子吓人尔。当然，这种诗人有自己的理论。我对此存疑。东晋时，玄言诗盛极一时，人皆以此为正宗，时过境迁之后，人们才知那是一段错误。宋诗的理智化有其成就，也有很大的弊病，而当时人未必自觉。艺术家的一大难处，就在于不被时代潮流迷惑、裹挟。思想家、艺术家都应不惮成为时代的逆子。

"满目山河空念远，落花风雨更伤春"，真伤感，纯是感情。但笔锋一转——"不如怜取眼前人"，说明诗人并未沉溺于伤感，而是认识到与其一味伤感，不如珍惜眼前，及时行乐。之前很重的痛苦得到了某种解脱。这便是思力，转悲为智。大晏词之所以高，就在于他既能深感人生的悲哀，又能以理智的态度将其转化为生存的智慧，故而境界高、深厚。东坡词也善以旷达化解悲哀，但与大晏比，似略逊自然。

吴梅说"满目山河空念远，落花风雨更伤春。不如怜取眼前人"比"无可奈何花落去，似曾相识燕归来"好十倍①，吴先生有眼力，但好在哪里，没说清楚。盖因前者重、拙、大兼而有之，后者伤之绵软、尖巧。陈永正以为晏殊这几句，及"春光一去如流电。当歌对酒莫沉吟，人生有限情无限"（《踏莎行》）、"不如怜取眼前人，免更劳魂兼役梦"（《木兰花》）等词所表现的思想"颇类似于近世风靡了法国乃至欧美的存在主义"②，应当说不无所见。存在主义就是看穿了人生的虚无，从而鼓起抉择的勇气。然而，晏殊没有存在主义那种严峻感，也没有完全视人生为虚无。存在主义是深广的哲学思潮，而晏殊"不如怜取眼前人"只是个人的生活态度。

在生活有余裕时才能产生艺术，文学亦然。余裕即时间和余力，与闲情逸致不同。闲情逸致是没感情、没力量的，今说"余裕"是真掏出点感情来。

**解评：**艺术需要余裕，这可以说是艺术的公理。然关键是何为"余裕"？余裕是时间和余力，余、裕同义，都是"多出来"的意思。而汉语中有个词——"闲情逸致"，指轻松、悠闲、安逸的状态。四川方言有句话："好安逸呦！"即指一种没有负累的舒适状态。闲情逸致的本义也是如此。而文人们又将此词拿来形容把玩艺术的情致、心态，如咏诗、习字、作画、弹琴、啸歌，乃至赏花、赏月、赏雪之类的行为，皆属"闲情逸致"。表面上看，这些事没什么不好——"游于艺"也。但说实话，这些都属于生活的奢侈品，而非必需品。艺术有游戏性质，是精神的安慰，同时，艺术也有实用价值，需予人以教化——艺术是从沉重的生活土壤中生出的美丽花朵。生活的真实内涵应该顺着艺术的根茎直通花蕊。"闲情逸致"显得轻飘了，"没感情、没力量"。陶渊明、杜甫的诗，都是在空闲时写下的，他们有大量的空闲，但其诗绝非"闲情逸致"，而是掏出了真感情。顾随说稼轩

---

① 吴梅：《词学通论》，复旦大学出版社，2005，第51页。
② 参见《唐宋词鉴赏辞典》，上海辞书出版社，1988，第411页。

"什么都是真格的"，稼轩给人的印象是纵横捭阖之人，其实他长期被迫赋闲，"余裕"多得是，其作品却感情浓挚，毫无"闲情逸致"之感。人都有空闲、余裕，但余裕这个外壳内的东西不一样，有人闲时吃喝、下棋、打麻将，有人四处游览，有的人读书、研究、创作。周有光和爱因斯坦聊天时，爱因斯坦说："人和人的差别主要在业余时间。"余裕是时间保证，关键是我们有余裕时的精神处于何种状态。而这其实和我们忙碌时的精神取向是一致的，只不过分工有所不同。说到底，你是一个什么样的人，你有怎样的情志，是决定性的。孔子说："志于道，据于德，依于仁，游于艺。"即把精神品质的优良作为艺术的前提。

诗本是抒情的。但近来我觉得诗与情几乎又是不两立的。诗是抒情的，但情太真了往往破坏诗之美；反之，诗太美了也往往遮掩住诗情之真，故情深与辞美几不两立。必求情真与诗美之调和，在古今若干诗人中很少有人能做到此点之完全成功。

**解评**："诗与情几乎又是不两立的"，此说令人耸动。

诗，尤其小诗，本是抒情的，"但情太真了往往破坏诗之美"。因为情太真，则容易切，太切，就少回旋之地。写诗毕竟不同于生活中的倾诉，诗要有美，美必须经过修饰。但，"诗太美了也往往遮掩住诗情之真"。譬如，屈原的作品即因文辞太美而多少遮掩了诗情之真。曹植、李白、李商隐也有此病。不过，这几位还算高明。反面教材是宋初"西昆体"，其文辞华美已极，而情感空洞浮浅。文学不可华而不实。华而不实的"实"不是土、不修饰，而是说修辞要落到实处。华丽本无不好，但容易虚浮，跟真实感受脱离，"故情深与辞美几不两立"。真是难办，有点二律背反。苏轼评陶渊明诗"质而实绮"，便是说陶诗表面质朴，其实光华。所以，理解什么叫"华"很重要。

西晋文论家挚虞说："靡丽过美，则与情相悖。"①

---

① （西晋）挚虞：《文章流别论》，载郭绍虞主编《中国历代文论选》第一册，上海古籍出版社，2001，第191页。

普通都以为韵文表现感情，余近以为韵文乃表现思想。余之所谓思想，乃是从生活得来的智慧，意即对生活所取得的态度。既不能禁止思想，就要使思想"转"出点东西来，不使之成为胡思乱想。

曹、陶、杜各有思想，即对人生取何态度，如何活下去。中国后来诗人之所以贫弱，便因思想贫弱。

一切议论、批评不见得全是思想，因为不是他那个人在说话，往往是他身上"鬼"在说话。"鬼"——传统精神，不是思想，是鬼在作祟。

**解评：**韵文，指诗、词、曲。中国韵文主要是抒情的，这是最普遍的看法。梁启超《中国韵文里头所表现的情感》一文即说中国之韵文以表现情感为主，顾随却说："余近以为韵文乃表现思想。"真乃截断众流。

韵文是在表现情感，但不止于情感，还有思想。中国的韵文，在唐以后为何渐渐衰落了呢？后世韵文，情感照样有，但大体总不如前，何故？顾随以为："中国后来诗人之所以贫弱，便因思想贫弱。"顾随最推崇的三位诗人——曹操、陶渊明和杜甫，其作品固然情感丰富，但最终使其与众不同、使其伟大的还是"思想"。此思想，非思想家之思想，而是一种人生态度，"乃是从生活得来的智慧，意即对生活所取得的态度"。德国文学批评家温格尔（R. Unger）也认为，文学不是把哲学知识转换一下塞进意象和诗行中，而是要表达一种对生活的一般态度。① 且这种思想应是独具一格的，而非陈陈相因的。曹操是做英雄事业，陶渊明是济世不得而安贫乐道，杜甫是忠君爱民、泛爱众物，正是这些人生态度支撑着他们活下去，这些思想造就了他们坚韧、自爱、诚挚的情感。因此，韵文中最深层的东西是思想，大约近于所谓"人生观"。

可是，这岂不与顾随所讲"诗中最要紧的是情"的观点矛盾了吗？其实不矛盾。"诗中最要紧的是情"，因为诗中思想必须透过情感来表现。情

① 转引自〔美〕勒内·韦勒克、〔美〕奥斯汀·沃伦《文学理论》，刘象愚译，江苏教育出版社，2005，第129页。

感是显性的，思想是隐性的。诗是情、思合一之物，情与思相互依存。另，就具体作品而言，情更要紧，而"韵文乃表现思想"主要就作家作品的整体而言。

情见、知解，情见就是情，知解就是知。

诗人有两种：一、情见，二、知解。中国诗人走的不是知解的路，而是情见的路。陶公之诗与众不同，便因其有知解。

**解评**：诗大体即"情"与"知"二端，因而"诗人有两种：一、情见，二、知解"。当然不是截然分为两个阵营，所谓"情见"与"知解"乃就其偏向而言。重要的是下面这句话："中国诗人走的不是知解的路，而是情见的路。"这是对中国诗歌的大判断。中国诗以抒情诗为主。史诗、哲理诗皆不发达。这是与西方诗歌比较而言。并非中国诗歌中知解少，而是与西方诗歌相比，中国诗歌不在知解上用力。中国诗歌追求的是情韵，并以此自足。而"情见""知解"终不可分，顾随说："然任何一伟大诗人即使作抒情诗时亦仍有其知解。"①

情见、知解，实为一哲学问题。顾随说："宗教对情见与知解二者，盖兼而有之。宗教家之写诗，如但丁（Dante）之《神曲》。这样的作品是宗教的诗，而且这么伟大，只有西洋会有。他本身是虔诚教徒，而又是一个有情见、知解的人。"②诗人者，皆有情，难得的是把高深广大的知解渗入情中，此"情"方得为广大深厚之情。"陶公之诗与众不同，便因其有知解。"陶公之独特何在？顾随意谓陶公除了情见之外，还有比别人丰富深刻得多的"知解"。"陶诗中有知解，其知解便是我的认识。他不是一个狂妄、夸大、糊涂的人，所以清清楚楚认识了自己的渺小。"③陶公是个智慧的人，他对宇宙、人生、历史皆有很深的了悟，此"了悟"便是其知解。然而，有知解，而无深情，也不能成真诗人。

---

① 顾随：《说陶诗》，载《顾随全集》卷五，第 205 页。
② 顾随：《说陶诗》，载《顾随全集》卷五，第 206 页。
③ 顾随：《说陶诗》，载《顾随全集》卷五，第 208 页。

"向阳门第春常在，积善人家庆有余。"这之中有哲理而不是诗，便因其知解太多。

**解评：**诗有知解当然好，但须与情韵同在，否则就成教训，而不是诗。人说教训的话很容易，但写诗不易。陶诗好在有知解，其知解与情韵融合无间，如"众鸟欣有托，吾亦爱吾庐"，有鸟儿的欢欣，有人的欢喜，同时也有能肯定自己生活的态度。

"向阳门第春常在，积善人家庆有余。"这不是诗，而是格言。格言仅有哲理。"宝剑锋从磨砺出，梅花香自苦寒来"是诗的形式，而非诗，因其只是知解。

宗教家之写诗，如但丁之《神曲》。这样的作品是宗教的诗，而且这么伟大，只有西洋会有。他本身是虔诚的教徒，而又是一个有情见、有知解的诗人。

**解评：**顾随说《神曲》这样伟大的诗只有西洋会有，因其是宗教的诗。话很简单，而我们要读出并思考其中的观点。

中国因何没有《神曲》这样伟大的诗？这是一个大问题。根本原因，当在于中国人宗教意识的淡薄。关于此问题，许思园在《中国诗之特色》一文中有精辟的论述。他说：

> 从西方诗可窥见欧洲民族之宗教虔诚，玄学倾向，热情幻想，忏悔与内心矛盾，神秘感与悲剧感，对无限之向往与惆怅，对光明圣洁之渴慕，对自由与个性解放的追求。[1]

> 一言蔽之，其精神所倾注者为"无限"。[2]

---

[1] 许思园：《中国诗之特色》，载氏著《中西文化回眸》，华东师范大学出版社，1997，第 90 页。

[2] 许思园：《中国诗之特色》，载氏著《中西文化回眸》，第 91 页。

西方诗与艺术（主要为音乐）之美有两大来源：①悲剧感；②理想光辉所引起之"兴奋、陶醉"（此处"陶醉、兴奋"在英文为rapture，强为意译未必恰当。理想之光辉显现于神性之圣洁、大自然之瑰丽、英雄性格、不朽事业、女性之温柔等，不一一列举）。①

西方诗人所向往而歌颂者为神祇，为勇士，为美人，为理想境界，为宇宙精神，为个性自由。其心灵往往充满冲突、矛盾、激动与惆怅。中国诗人心意不离人群与自然，以和谐、宁静、万物得所为其终极理想。中国古人即欠缺宗教热忱，幻想不丰，悲情不深。②

中国古人过于偏重现实世界，值衰乱时诗人不免萌生"行乐须及时"、"不如饮美酒"一类感慨，虽出于愤激者多，然此类颓废思想在西方诗中实罕见。理想性不丰，毕竟为中国诗人一大弱点。即如太白千古人豪，亦每有虚无思想。宋代诗人，除欧、王及理学家之国遗民外，题材大都以身边琐事为主。虽云英华内敛，能于小中见大，显其涵养，然而即景即事之作琐碎已甚，局于传统，鲜能创新。至今吟诗为日课，为社交工具，此诚诗道之厄运，而中国诗卒以不振。故欲复兴中国诗，必先开拓理想境界，超脱凡近，虚心向希腊、西欧求益，而诗歌固有之风格亦有待于重新发扬。③

顾随以为但丁"是一个有情见、有知解的诗人"。诚然。美国批评家哈罗德·布鲁姆对《神曲》的评论更为透辟：

作为真知的研究者，不论是诗学真知还是宗教真知，我都判定这部作品既非真理又非虚构，它只是但丁的"知"，而他把这一知命名为贝亚特丽丝。当你的知极为精深时，你不必在意它是真理还是虚构；

---

① 许思园：《中国诗之特色》，载氏著《中西文化回眸》，第91页。
② 许思园：《中国诗之特色》，载氏著《中西文化回眸》，第91页。
③ 许思园：《中国诗之特色》，载氏著《中西文化回眸》，第94~96页。

你主要要知道的是这一知真正是你自己的。①

诗中不仅可以说理，而且还可以写出很可贵的作品、不朽之作，使人千百年后读之尚有生气。不过，诗中说理不是哲学论文的说理。其实，高的哲学论文中也有一派诗情，不但有深厚哲理，且含有深厚诗情。如《论语》及《庄子》之《逍遥游》《养生主》《秋水》等篇。"子在川上曰：'逝者如斯夫，不舍昼夜。'"（《论语·子罕》）不但意味无穷（具有深刻哲理），而且韵味无穷（富有深厚诗情）。

诗中可以说理，然必须使哲理、诗情打成一片，不但是调和，而且是成为"一"，虽说理绝不妨害诗的美。

**解评**：中国诗歌以抒情为主，但自宋诗出，诗中说理之风凸现。后世对此作风争论不已。有人认为宋诗不及唐诗，即因说理过多。这涉及对诗歌本质的认识。

顾随以为，诗尽可以说理。"不仅可以说理，而且还可以写出很可贵的作品。"理（思想），在诗中是应然的存在。顾随说："若道之出发点为思想，若诗之出发点为情感，则此二者正如鸟之两翅不可偏废。天下岂有有思想无情感的人或有情感而无思想的人？二者相轻是'我执'，'我执'太深。人既有思想与情感，其无论表现于道或表现于文，皆相济而不相害。"②

关键在于诗中的说理不同于哲学论文中的说理。哲学中的说理与诗中说理的差异在于表现形式。哲学中的理貌似纯理智的，其实背后仍有不可泯除的"情"（逻辑哲学除外），而且"高的哲学论文中也有一派诗情"。"诗人达到最高境界是哲人，哲人达到最高境界是诗人，即因哲学与诗情最高境界是一。"③盖因诗人与哲人的最高境界便是人的最高境界，而人的最高境界即人的情与理的完满状态，故最高境界的诗与哲学的统一乃势所

① 〔美〕哈罗德·布鲁姆：《西方正典：伟大作家和不朽作品》，江宁康译，译林出版社，2011，第77页。
② 顾随：《宋诗说略》，载《顾随全集》卷六，第3页。
③ 顾随：《宋诗说略》，载《顾随全集》卷六，第4页。

必至。

中国诗人中陶渊明之所以被许为最高境界者，即因其达到了诗情与哲学的统一。中国哲人中孔子与庄周皆深富诗情，直可目为诗人。说到底，那最高的融合在一起的情和理，就是人的一片"深心"。

顾随说：

> 有人以为文学中不可说理，不然。天下没有没理的东西，天下岂有无理的诗？不过说理真难。平常说理是想征服人，使人理屈词穷，这是最大的错误。因为别人不能心服，最不可使被教者有被征服的心理，故说理绝不可是征服人。以力服人，非心服也；即以理服人，也非心服也。如读《韩非子》，尽管理充足，不叫人爱。说理不该是征服，该是感化、感动；是说理，而理中要有情。一受感动，有时没理也干，舍命陪君子，交情够。没理有情尚能动人，况情理兼至，必是心悦诚服。①

前人论诗常用"意"字——诗意、用意。今所谓"意"，与古不同，彼所谓"意"皆是区别"人我是非"。

世俗所谓理，都是区别人我是非，是相对的。诗所讲"意"，应是绝对的，无是非长短。

"意"等于"理"。诗可以说理，然不可说世俗相对之理。凡最大的真实皆无是非、善恶、好坏之可言。真实与真理不同，真实未必是真理，而真理必是真实，说理应说如此之理。

**解评**：缪钺论唐宋诗之异时说："唐诗以韵胜，故浑雅，而贵蕴藉空灵；宋诗以意胜，故精能，而贵深折透辟。"② 可见，以"意"评诗乃中国传统。除"诗意""用意"之外，还有"意韵""意味""意趣""言有尽而意无穷"等。缪钺所谓宋诗以意胜，此"意"即"理"也——我们常说

---

① 顾随：《太白古体诗散论》，载《顾随全集》卷五，第312页。
② 缪钺：《论宋诗》，载氏著《诗词散论》，上海古籍出版社，1982，第31页。

宋诗富于理趣。顾随说："世俗所谓理，都是区别人我是非，是相对的。诗所讲'意'，应是绝对的，无是非长短。"此说令人警醒，似未经人道。世俗相对之理，相当于佛法所谓"世谛"。世谛即平常之见，非真实见解。世俗之理是不真实的，而诗是真实，"凡最大的真实皆无是非、善恶、好坏之可言"。"诗中思想绝非判断是非善恶的。"（《宋诗说略》）诗之"意"，乃是"真谛"。此即亚里士多德所谓"诗的真理比历史的真理更普遍"。

在顾随看来，诗与道乃同体之大。

"真实与真理不同。"真实是客观存在，真理不等于客观存在。黑格尔说："存在即合理。"此合理亦非真理。

诗宁可不伟大，虽无歌德《浮士德》式之作品，而中国有中国的诗。因其真实，诗虽小而站得住。中国有的小诗绝句甚好，二十八字，不必伟大，而不害其为诗，即因其真实。

现在作品多是浮光掠影，不禁拂拭，使人感觉不真实、不真切。不真实还不要紧，主要使人感觉真切。如变戏法，不真实而真切，变"露"了倒很真实，可那不成。

文学上是允许人说假话的，电影、小说、戏曲是假的，但那是艺术。读小说令人如见，便因其写得真实。但不要忘了，我们说"假话"是为了真。如诸子寓言，如佛法讲道，都说小故事，但都是为了表现真。

**解评**：这里首先有个大判断——论伟大，中国诗不如西方诗。朱光潜也曾言："中国诗达到幽美的境界而没有达到伟大的境界。"[1]

关于此点，许思园在《中国诗之特色》一文中的见解颇为精到，他说就题材言，中国诗主要是抒情小诗，长篇、诗史、悲剧缺乏成就；论题材，中国诗歌以写人间现实为主，乏"世外之音"，即宗教题材和对理想的无限追求；于是，造成面目上的差异——中国诗单纯、空灵、蕴藉、淡远；西方诗歌则气魄雄大，更有力度。故而西方诗歌伟大胜于中国诗，中国诗之

---

[1]　朱光潜：《诗论》，生活·读书·新知三联书店，1998，第92页。

幽美则为西方所不及。西方伟大诗歌的典型是《荷马史诗》《神曲》《失乐园》及莎士比亚悲剧。另外，西方诗发源于希腊诗歌，而希腊诗歌自始就融合多种异质文学与音乐之优长，处于不断扩大、发展中，中国诗歌成熟甚早，但迄东汉以前，几未受外来影响，发展迟缓。宋以后，则几乎无所增益。时至近代，中国诗歌的停滞与西方诗歌的发展反差更大，"近代欧洲诗则直是古今十数民族信仰、理想、智慧、才情之总汇。故西方诗规模宏大，波澜壮阔，格律变化层出不穷，此诚中国诗所不逮"[1]。

但是，顾随以为，中国诗自有中国诗站得住的根据，那就是真实、真切。哪怕不伟大，只要真实、真切，照样可以是极好的诗，如那些绝佳的绝句。

这里重点是"真实、真切"，此二者是文学存在的底线。从通常层面讲，真实就是科学意义上的真，即所谓"客观"，但文学之真实不同于科学之真实。真切，是让人"觉得"真。所以，文学常常"无理而真"，如"飞流直下三千尺，疑是银河落九天"，不"真实"，是幻觉，但让人觉得真切——真切，意味着使人觉得亲近，不是理智，而是感觉、感情。

所以，就手法言，文学是说谎的艺术，是"真实的谎言"。一切艺术压根都是人为的、造作的，但能幻化出另一种"真实"（非科学意义的真实）。顾随说："诗中真实才是真正真实。……真实有二义：一为世俗之真实，一为诗之真实。……在诗法上、文学上是真的真实，转'无常'成'不灭'。世上都是无常，都是灭，而诗是不灭，能与天地造化争一日之短长。万物皆有坏，而诗是不坏。"世俗之真实，即科学上的真实；诗之真实，便是艺术的真实，其实就是"真切"。二者到底孰真孰假？我以为都是真实。只不过万物之真实"无常"，而艺术之真实"不灭"。但这只是相对而言。从终极处看，艺术之真实，最终也要灭、坏，宇宙间没有不灭。

诗人之幻想亦颇关紧要，无一诗人而无幻想者。老杜虽似写实派诗人，其实幻想颇多。

但诗人的幻想非与实际的人生联合起来不可，如此才能成永

---

① 许思园：《中国诗之特色》，载氏著《中西文化回眸》，第90页。

久不磨灭的幻想；否则是空洞，是 castles in air，空中楼阁。

德国歌德《浮士德》中之妖魔，虽是其幻想，乃其人生哲学、人生经验；但丁《神曲》游地狱、上天堂，亦其人生哲学、人生经验，故成为伟大。

**解评：**此处讲"幻想"问题。

"无一诗人而无幻想者"，可见幻想何等重要。理论家虽将文学分为"浪漫"与"现实"、"造境"与"写境"等别，但此等分殊是相对的——没有无幻想的文学，也没有不现实的文学。譬如杜甫，多写实色彩，其实幻想也很丰富，如"感时花溅泪"（《春望》）、"织女机丝虚夜月，石鲸鳞甲动秋风"（《秋兴八首》其七）等。

那么，什么是幻想呢？幻想属于想象，但又与一般所谓"想象"不同。"想佳人，妆楼颙望，误几回天际识归舟"（柳永《八声甘州》），想象也；"狂风吹我心，西挂咸阳树"（李白《金乡送韦八之西京》），则为幻想。想象是从现实生发的，如大地上升腾的雾气；幻想则是更不依赖现实的飘渺之想，如垂天之云，如流星，如闪电。顾随说："幻想无阶段，是跳跃的。"幻想比想象更虚、更远。想象是与现实的脱离，但具备或然性；幻想则是不可能。就思维方式言，幻想仍是想象，只不过它是更高次元的想象，幻想是想象的最高级。幻想和想象可以同时存在于一个诗人的脑海里，最好的诗人便是如此，如屈原、李白、但丁。

文学的幻想不能空洞，而应立足于人生的大地上。幻想要有"所指"。《离骚》《神曲》《浮士德》极幻想之能事，然其思绪飘得再远，也终究是实际人生土壤中开出的奇葩。幻想不真实，却可以真切。艺术家的幻想，必须是可以被他人再现的，否则无意义，不成立。

"长吉幻想虽丰富，但偶见奇丽而无长味。"所言极是。其原因即在于李贺的幻想未与实际人生结合起来。幻想指向天空（地狱是天空的变体。人之幻想，首先指向天界，其次才是地狱），实际人生则是大地，好的诗歌应是"顶天立地"。

当代诗人海子也极富幻想力，与李贺类似，而其不足亦似之——未能与实际人生结合（不过，海子诗歌中的人生意味和文化内涵比李贺丰富）。

海子的理想是"大诗",但"大诗"既要有世外之音,也要有现实之形,缺一不可——诗应当极充实而又极空灵。

出淤泥而不染才可贵,豆芽菜根本不在泥中,可怜淡而无味。长吉幻想虽丰富,但偶见奇丽而无长味。必植根于泥土中(即实际人生),所开幻想之花才能永久美丽。

极美丽之花朵,其肥料是极污秽之物。近代青年不肯实际踏上人生之路,不肯亲历民间生活,而在大都市中梦想乡民生活,故近代文学难以发展。

**解评:**见上。

象征非幻想,但必须有幻想、有联想的作家,才能有象征的作品。象征多是幻想;譬喻多是联想,如"眉似远山山似眉",眉与远山,二者皆实有,唯诗能将不相干之二者联而为一耳。至于象征、幻想,则是根本无此事物。《离骚》"制芰荷以为衣兮,集芙蓉以为裳",乃现实所不能有,而诗人笔下有,且是真实的有。

幻想又非理想。理想是推论,有阶段性;幻想无阶段,是跳跃的,非理想,而其中又未尝无理想。否则不会成为象征,诗人笔下之幻想若无象征,则不成其为诗。

**解评:**前说"象征非幻想",后又说"象征多是幻想",这并不矛盾。"象征非幻想",意谓象征不等于幻想;"象征多是幻想",意谓象征多属于幻想。象征与幻想是辩证的关系。象征非幻想,但必须有幻想、联想,才能有象征。幻想纯是想,象征则在想的背后还有"意"。顾随以为"象征多是幻想",我倒觉得象征多是联想,只不过不说明,如"岁寒,然后知松柏之后凋也"(《论语》)、"万族各有托,孤云独无依"(陶渊明《咏贫士》其一)、"驿外断桥边,寂寞开无主"(陆游《卜算子·咏梅》)是象征,也都是联想,由物联想到人,物是真实的物。像《离骚》"制芰荷以为衣兮,集芙蓉以为裳"这样的幻想性的象征，是少数。而譬喻多是联想，无疑，如"人生到处知何似？应似飞鸿踏雪泥"（苏轼《和子由渑池怀旧》）。

譬喻是智性的，象征则兼具知与情，象征比譬喻更复杂、更高级。

幻想、理想皆属于未来，但二者不同。幻想无中间阶段，如幻想人在天上飞，能飞就是能飞，不能飞就是不能飞，没有中间状态；理想有中间阶段，如欲实现大同社会，必先实现小康社会。理想可以是实现不了的，也可以是能实现的。理想比幻想更有理性，因而更具可能性，幻想多是空想，但理想的尽头，就是幻想了。有时，幻想也可以实现，如古人幻想到月亮上去，后来人果然登上了月球。但嫦娥啊，吴刚啊，玉兔啊，仍是幻想，稼轩的"斫去桂婆娑，人道是、清光更多"（《太常引·建康中秋夜，为吕叔潜赋》）也是幻想。

幻想非理想，"而其中又未尝无理想"，二者是辩证关系。前之所谓"理想"，是指思维，后之所谓"理想"，是指寄托。有寄托的幻想，则成为象征。诗人的幻想背后必须有"意味"，不能是无厘头，这意味便是寄托、象征。

西方文学有所谓"象征主义"，肇端于 19 世纪 70 至 90 年代的法国，绵延至 20 世纪 20 至 40 年代，波及世界，是西方现代派文学中影响最久且最广的一个文学流派，其主要载体即诗歌。其实，象征作为一种艺术思维，早在原始人的图腾、文身和饰物中就已使用。而它作为文学，尤其是诗歌的表现手法，无论中西，更是古已有之。象征派，是对本已存在的诗歌的象征手法的刻意强化。诗不可无幻想，凡幻想，必有所象征，否则不成其为诗。象征，其实不只是诗的关键，也是文学的本质之一，顾随说："一切文学都是象征，用几句话象征一切。"①

屈原之所象征，司马迁能懂，《史记·屈原列传》："其志洁，故其称物芳。"此二句互为因果。作者：志洁→物芳；读者：物芳→志洁。所象征的是洁，即不同乎流俗，高出于尘世。

**解评**：《史记·屈原列传》云："其文约，其辞微，其志洁，其行廉。

---

① 　顾随：《稼轩词心解》，载《顾随全集》卷六，第 68 页。

其称文小而其指极大，举类迩而见义远。其志洁，故其称物芳；其行廉，故死而不容。自疏濯淖污泥之中，蝉蜕于浊秽，以浮游尘埃之外，不获世之滋垢，皭然泥而不滓者也。推此志也，虽与日月争光可也。"幸哉！屈原。可以说，在某种程度上，是司马迁"发明"了屈原。因为司马迁的评论，我们一次性地就认识到了屈原的伟大——他的文学之高超、人格之高洁。司马迁评价屈原时，简直是情不能已，他很自然地把屈原置于古代最光辉的人物的神殿中。玩味司马迁评价屈原的措辞用语，如果我们对司马迁也比较了解，不难有一种感受——司马迁评价屈原的话语似乎也可以用在他自己身上。尤其是司马迁对屈原《离骚》含义的解释，他说："'离骚'者，犹离忧也。夫天者，人之始也；父母者，人之本也。人穷则反本，故劳苦倦极，未尝不呼天也；疾痛惨怛，未尝不呼父母也。屈平正道直行，竭忠尽智，以事其君，谗人间之，可谓穷矣。信而见疑，忠而被谤，能无怨乎？屈平之作《离骚》，盖自怨生也。"信而见疑，忠而被谤，疾痛惨怛，怨愤深重，这不也是司马迁的遭遇和痛苦吗？正因司马迁和屈原有类似的悲惨遭遇、类似的奇才芳志，所以他才对屈原那么同情、那么理解。木心说："自己没有悲哀过的人，不会为别人悲哀。"[①] 诚然。

不过，屈原表达自己的心情，多用象征类比手法，尤其是多用"香草""美人"以自比。此即象征，象征着他芳洁的人格。"其志洁，故其称物芳"，司马迁懂屈原这个人，所以他懂得屈原的文学。

---

① 木心讲述，陈丹青笔录《文学回忆录》下册，第 594 页。

# （七）作者论

古代诗人的人生有五种境界：

一、出世。获得精神的自由。

二、入世。强有力，奋斗，挑战。屈原《离骚》有奋斗精神，而为伤感色彩所掩；老杜奋斗中亦有伤感气氛。反常必贵，物稀为贵。在寂寞中得大自在，在困苦中得奋斗力，是反常，所以可贵。但反常有时又可为妖，反常而不可为妖，要归于正。

三、蜕化。既非出世的一丝不挂，又非入世的挑战、奋斗，是"结庐在人境，而无车马喧"（陶渊明《饮酒二十首》其五）。这种境界是欢喜还是苦恼？这种是人情味的，然亦非常人所能，如陶公之将入世、出世打成一片。

四、寂寞。此中又有两种不同者：一为寂寞；一为能欣赏寂寞的，如唐李涉之《题鹤林寺僧舍》：

> 终日昏昏醉梦间，忽闻春尽强登山。
> 因过竹院逢僧话，又得浮生半日闲。

五、悲伤。五种诗人中，前四种都有点勉强做作，后一种最有人情味。寂寞中感到孤独的悲哀，而此种也是最不振作、最没出息的。孤独之极，是强有力还是悲哀？

**解评**：这五类是就诗人的处世态度或心态而言。

第一类，出世。譬如诗僧、诗道。中国僧人、道士中虽无大诗人，却不乏好诗人，如南朝之陶弘景，唐之寒山、拾得、吕洞宾、鱼玄机，五代之王梵志，宋之陈抟，近代之八指头陀、李叔同等。出世是为获得精神的自由，不与世事，但此"自由"是相对的，尤其近代以来出世之诗人。说到底，所谓"世"是出不了的。

第二类，入世。大多数诗人是入世的，在社会中主动或被动地奋斗着。最典型者为屈原。《离骚》是中国最富奋斗精神的作品。此种奋斗精神是可贵的，因其充满生之力。但顾随以为《离骚》美中不足者是伤感色彩过重。他不赞成伤感。伤感是浮浅的。老杜与屈原相似，有奋斗不屈之精神，但亦嫌伤感。曹操倒是奋斗而不甚伤感，不伤感乃是更大气，真是难得，顾随之所以推崇曹操者，盖因此种精神。整个中国诗歌富伤感气息。如若统计一下含"泪"字的作品，一部诗史简直是一把辛酸泪。这不只因为诗人多"穷"，其与中国文人、文学之传统也甚有关。在文人的创作心态中，甚至在遣词造句中，一经形成一种伤感的"集体无意识"，"伤感"就会不自觉地被放大、强化。因而，我们读古人伤感作品，不可太受感染、心灰意冷，否则会被蒙蔽。譬如，古人一写秋天就悲秋，一写春天就伤春，你不能全当真，否则怎见得秋高气爽、春光明媚？

人在奋斗、挣扎中容易伤感、消沉，所以是"常"；在奋斗中得力则是"反常"，难能可贵。在困苦奋斗中能得力的诗人如曹操、辛弃疾、关汉卿，痛苦而不消沉。但顾随又机敏地注意到"反常"的限度问题——"但反常有时又可为妖，反常而不可为妖，要归于正"。譬如李贺，困厄压抑，又不愿屈服，乃步入鬼怪僻涩，终未能在思想和艺术上成熟。这便是反常而为妖，未能"归于正"。总之，"归于正"很重要，也很难，一流人物能归于正。《西游记》中所写妖怪手段都很厉害，但一遇天界神仙，便失效了，即因"妖不敌正"。妖是小家数。正，是如其所是。所谓"堂堂之阵，正正之旗"，任何技艺，最高境界必是如此。"正"之由来，一是天性正，再则是自觉，善于自我扶正。木心说得好——"大师是正而葩"。

木心有一段关于"常"与"反常"关系的议论，他说：

> "常"是大宿命、无由失，或者可以"反常"，可以"非常"，反常非常乞求更高更新的"常"——"失常"则尚未意识到有更高更新

的 "常" 的存在可能，此时贸然否定 "常"，亦就自绝于 "反常——非常" 的祝福。①

顾随所谓 "妖"，大约即木心所谓 "反常"。

第三类，蜕化。入乎其内，出乎其外。将入世与出世打成一片。最典型的是陶渊明。物物而不物于物，此乃中国哲人的最高追求。说到底，这是一种理想，陶渊明也未必至。很多诗人在某个阶段、某种程度上达到过这种境界，如白居易、王安石、苏轼等。"这种境界是欢喜还是苦恼？" 都是，也都不是。

第四类，寂寞。中国诗歌表现寂寞者甚多，不再举例。除表现寂寞外，还有欣赏寂寞者。"因过竹院逢僧话，又得浮生半日闲。" 这便与单纯的寂寞不同了。寂寞，在主人公的欣赏下，变成了一种可品尝的人生之味，多了一份淡然与宽解。试看陆游的《剑门道中遇微雨》："衣上征尘杂酒痕，远游无处不消魂。此身合是诗人未？细雨骑驴入剑门。"

第五类，悲伤。如《诗经·东山》，《诗经·采薇》，杜甫《登高》，李煜《虞美人》（春花秋月何时了）、《破阵子》（四十年来家国），蒋捷《虞美人》（少年听雨歌楼上）等。注意，顾随说："五种诗人中，前四种都有点勉强做作，后一种最有人情味。" 出世与寂寞多勉强做作者，不必多言。蜕化，亦如是。白居易自号 "乐天"，而他真的乐天知命了吗？悲伤不易做作，人到真悲伤时顾不上做作，所以顾随说悲伤 "最人情味"。孟德斯鸠说："人在悲哀中，才像个人。" 悲哀显得不振作，但真。另，悲哀不同于寂寞。悲哀比寂寞更大、更深。与中国人多表现悲哀比，西方人更喜表现孤独中的强有力，如海明威小说《老人与海》。易卜生说："世界上最孤立的人是最强有力的人。" 尼采精神，即如是。

伤感是暂时的刺激，悲哀是长期的积蓄，故一轻一重。诗里表现悲哀，是伟大的；诗里表现伤感，是浮浅的。如屈子、老杜所表现之悲哀，右丞是没有的。

---

① 参见木心评论兰波的散文《醉舟之覆》，载木心《即兴判断》，广西师范大学出版社，2006，第 158 页。

　　渭城朝雨浥轻尘，客舍青青柳色新。

　　劝君更尽一杯酒，西出阳关无故人。（王维《送元二使安西》）

　　以纯诗而论，以为艺术而艺术而论，前两句真是唐诗中最高境界。而人易受感动的是后两句，西出阳关，荒草白沙，没有人迹，其能动人即因其伤感性打动人的心弦。

　　伤感最没用。诗中之伤感便如嗜好中之大烟，最害人而最不容易去掉。

　　平常写诗都是伤感、悲哀、牢骚，若有人能去此而写成好诗真不容易，如烟中之毒素，提出后味便减少；若仍能成为诗，那是最高的境界。文艺将来要发展成为没有伤感、悲哀、牢骚而仍能成为好的文学作品。

　　不好的作品坏人心术、堕人志气。坏人心术，以意义言；堕人志气，以气象言。

　　人要做事，便当努力去做事，有理说理，有力办事，何必伤感？何必愤慨？见花落而哭，于花何补？于人何益？

　　**解评**：写诗多为抒情，而人抒情，好抒伤感、悲哀、牢骚之情。就文学史看，其例不胜枚举。顾随甚至说："中国诗史上，所有人的作品可以四字括之——无可奈何。"无可奈何，即感伤。感伤是中国诗歌主调。不信你从《诗经》《离骚》往晚清诗读读看。真是别有一番感伤在心头，似乎是无涯的宿命。顾随说伤感像破伤风，会传染。此说有理。历代诗人的感伤作品，并非皆有其必要，其所以如此者，乃由乎"传染机制"、集体无意识。当然，很多好诗，即因其写感伤写得好。而顾随说伤感是中国诗歌弱点，是就其泛滥虚浮而言。

　　表现伤感既是人之习惯，似乎诗情有赖于伤感，故若能去伤感而写成好诗真不容易——我们能不能写伤感之外的情绪？

　　为何要去除伤感呢？顾随说："伤感最没用。诗中之伤感便如嗜好中之大烟，最害人而最不容易去掉。""人要做事，便当努力去做事，有理说理，有力办事，何必伤感？何必愤慨？见花落而哭，于花何补？于人何益？"可见，顾随反对伤感主要是从做人角度言的。这道理要紧，尤其对于年轻人。人在青春期极易被伤感笼罩，本属自然现象，而我们不能任其发展，因伤感实在于人无益。写诗而当青春之时，更易将伤感放大，自己不觉而实不利于心理健康。且人在伤感中，自以为深沉，其实反而浅薄、狭隘，只有出离伤感，人才能真实、阔大、有力。

伤感是刺激性的，人皆好刺激，如烟有毒素而易使人上瘾。韩愈说："欢愉之词难工，而穷苦之言易好。"（《荆潭唱和诗序》）"穷苦之言易好"是因为人易被穷苦之言打动。作品的效果与读者接受心理有关，而不仅是作品的问题。但世上也尽有平和不伤感的好诗。平和是更大气，更有力。

"文艺将来要发展成为没有伤感、悲哀、牢骚而仍能成为好的文学作品。"这句话不可轻易放过。这是顾随对文艺的理想。一个大理论家不仅要有对传统文艺的评论，还要有对更高境界的文艺的理想，如卡尔维诺《未来千年文学备忘录》就提出了对未来文学的理想。

文艺作品若没有伤感、没有悲哀，其情感的丰富性会不会损失呢？不会。所谓没有伤感、没有悲哀，其实是把伤感、悲哀化掉了，化掉之后成为广大劲健的情感的一部分。平和从伤感、悲哀中来。

"不好的作品坏人心术、堕人志气。坏人心术，以意义言；堕人志气，以气象言。"坏人心术之坏作品较明显，是伦理性的；堕人志气之坏作品则需更高的辨别力。有的作品内容意义似并不坏，而坏在气象太狭、太低。美学上的坏仍然于人有害无益。

作家、批评家都需有责任感，使人朝着更美好的境地发展。

诗最好不要伤感，但可以表现悲哀。悲哀与伤感不同。"伤感是暂时的刺激，悲哀是长期的积蓄。"前者轻、浅、小，后者重、深、大。"执手相看泪眼，竟无语凝噎"（柳永《雨霖铃》），这是伤感；"春未绿，鬓光丝，人间别久不成悲"（姜夔《鹧鸪天·元夕有所梦》），这是悲哀；"梦断香销四十年，沈园柳老不吹绵"（陆游《沈园》），这也是悲哀。姜夔、陆游思慕的是一辈子的情人，柳永不是。有个人的悲哀，有家国的悲哀，亦有普遍的人类的悲哀，如"人生天地间，忽如远行客"（《古诗十九首》）、"大江流日夜，客心悲未央"（谢朓《暂使下都夜发新林至京邑赠西府同僚》）。

孟德斯鸠说："人在悲哀中，才像个人。"意为：悲哀是最有人情味的。悲哀与伤感的区别在于：伤感是小我的、狭隘的，悲哀具有人的命运的普遍意味。即便是怀念一个情人，若苦思苦恋了一辈子，那就具有了一种深刻的命运感，命运感是对人的普遍性的感受。悲哀，接近于悲剧感，而不及悲剧感深。伤感、悲哀都是无奈，而悲剧是被毁灭。

话虽如此，顾随做人、作文也够劲道，但先生之诗词也不免带有伤感气息。钟情我辈，伤感之情，实诗人之所难免；再加之中国诗词传统，一下笔，便易入此情境。甚至，有些美感，非伤感之情无以表现，如"满目山河空念远，落花风雨更伤春"，此所谓"凄美"也。


一个大思想家、宗教家之伟大，都有其苦痛，而与常人不同者便是他不借外力来打破。

禅宗语录有言：或问赵州和尚："佛有烦恼么？"曰："有。"曰："如何免得？"曰："用免作吗？"这真厉害。

平常人总想免。

人对烦恼苦痛，可分三等：

第一等人，不去苦痛，不免烦恼，"不断烦恼而入菩提"（《维摩诘经》）。烦恼是人的境界，菩提是佛的境界，唯佛能之。烦恼、苦痛在这种人身上，不是一种负担，而是一种力量、动机。

第二等人，能借外来事物减少或免除苦痛烦恼。如波特来尔（Baudelaire）有一篇散文诗《你醉吧》，不只是酒，或景致，或道德，或诗，不论什么，总之是醉。

第三等人，终天生活于苦痛烦恼之中，整个人被这种洪流所淹没。

诗人不是宗教家，很难不断烦恼入菩提；而又非凡人，苦恼实不可免。于是要解除，所以多逃之于酒。

《庄子·养生主》：技也，近乎道矣。

如王羲之写字，一肚子牢骚不平之气、失败的悲哀，都集中在写字上了；八大山人的画亦然。在别的方面都失败了，然而在这方面得到极大成功。假如分析其心理，这就是一种"报复"心理。在哲学、伦理学上讲，报复不见得好；但若善于利用，则不但可"一艺成名"，甚且"近乎道矣"。

右军一生苦痛得很，他事业失败了，而写字成功了。曹孟德若事业上失败，其诗一定更成功。

"文章尤忌数悲哀。"（王安石《李璋下第》）文忌悲哀，是否因悲哀不祥？我以为，不是写这样的文章倒霉，其实是倒霉之人才写悲哀文章。而我之立意并不在此。一个有为的人是不发牢骚的，不是挣扎便是蓄锐养精，何暇牢骚？

解评：顾随以为，人对烦恼苦痛有三种态度，或三等境界。

第一种是不去苦痛，不免烦恼。佛经说此理最透彻。"不断烦恼而入菩提。""烦恼即菩提"，更直截。顾随引赵州和尚言："用免作吗？"并说："这真厉害。"为何？因为看透了。人根本不可能免除烦恼。赵州和尚还说："平常心是道。"平常心也是不断烦恼的。烦恼是真实状况，平常心就是面对真相。《维摩诘经》的主角维摩诘就是苦痛之身，不去苦痛、不免烦恼而最有智慧神通。智慧即力量。凡人皆不免烦恼，大思想家、宗教家亦然，皆有其苦痛。区别在于第一等人不借外力来打破它。因为那是妄念。苦痛只能自己对付。

第二种是借外力来打破苦痛烦恼。此种人占多数。有人借酒消愁，有人寻找安慰，有人去做自己的爱好之事来忘却痛苦，但最终都不奏效。因为那只是暂时的脱离，是逃避，痛苦还在你身上，你并没有打破它。当它与你反复纠缠时，你会更加痛苦（借酒消愁愁更愁）。痛苦是内在的，你只能内在地（即靠你自己的力量）打破它。如何打破呢？当你观察你的痛苦，看到它的真相时，它就会消失。因为它成了你的纯然观看之物，与你的自我意识分离了。而我们的痛苦就源于自我感。

第三种是整个人被苦痛淹没。不足道矣。

顾随以为王羲之书法上的成功与其事业上的失败有关。王羲之一生的苦痛是什么呢？举两件事：其一，王羲之洞彻时事，本不欲出仕，不得已被征为右军将军、会稽内史，他在殷浩北伐前曾致书殷浩，极言北伐不宜，但殷浩不从，果然被姚襄所败，使东晋遭遇重创，王羲之对此事一再悲慨浩叹；其二，王羲之对王述的为人极为不屑，可王述后来偏偏成了羲之的上级，羲之深以为耻，于是称病去郡，在父母墓前发毒誓再不为官。"一肚子牢骚不平之气、失败的悲哀，都集中在写字上了。"此即欧阳修所谓"穷而后工"。"世上一切给人掣肘、破坏，而这方面你们无从掣肘、无从破坏。不用说学右军学不好，你没有他那种愤慨。"① 这比"穷而后工"有劲多了。顾随以为王右军、八大山人、太史公都是如此（按：齐白石崇拜徐青藤，我以为白石不及青藤，他没有青藤那样的愤慨。辛弃疾为何全力作词，传词六百多首，也与其壮志难酬的愤慨有关）。所言甚是。你看太史公《报任安书》《悲士不遇赋》《太史公自序》，"一肚子愤恨，不但苦痛悲哀，简直是仇恨"②。你们不是要摧毁我吗？好，只要我还有一口气，就发愤著书，写到极致，写到不可摧毁。现代文人中，木心也是如此——失败于家庭、爱情、政治，而极力追求艺术的高境。失败于此，而极力成功于彼，顾随以为这是一种"报复心理"。但"报复心理"一词，尚不全面。我以为是"报复心理"加"补偿心理"。奥地利心理学家阿德勒的"自卑与超越"说对"补偿心理"有深刻揭示。其实，不单在艺术创作中，很多有成就者的内心都潜藏着某种"补偿缺陷"的心理。这种心理的出发点，某种程度上是病态的，但若利用得好，则可激发人的潜能。木心说他是"反抗"，整体的反抗。用他的话说，即"你要我毁灭，我不！"——此说法也好，但反抗的心理，要体会。报复、补偿、反抗，"不但可'一艺成名'，甚且'近乎道矣'"。当某一方面达到极高境地时，人的整体境界也会提升。此时，你收获的是道，而不仅是某种技艺，此即"道也，进乎技矣"的意味。

"文章尤忌数悲哀"是王安石七律《李璋下第》颈联第二句，前句为"意气未宜轻感慨"。王安石劝下第的李璋不要轻率地感慨牢骚，数落悲哀。为何？没说。顾随说："一个有为的人是不发牢骚的，不是挣扎便是蓄锐养精，何暇牢骚？"王安石应即此意。

"去昏散病，绝断常坑"——佛教话头。佛教所谓"话头"

---

① 顾随：《说陶诗》，载《顾随全集》卷五，第222页。
② 顾随：《说陶诗》，载《顾随全集》卷五，第222页。

是"格言",唯句法与我们常用的不同。

去"昏"方有聪明,去"散"方能集中。

与"断"相对的是"长",此与句中"断常"之"常"不同,乃长久之意。道心、诗心、文心是一个,都不能"断",一"断"便完了。要长、久、恒,那便是"非断"。"断常"之"常"乃"俗"之意。世俗的感情是传统的,传统的便不是真的,自己没有真知灼见,只是人云亦云。自己运用自己的思想,便是"非常"。故学道之人要"去昏散病,绝断常坑"。

陶渊明对这八个字算做到了。但佛家如此是要成佛做祖,而陶公之如此并非要成佛做祖,是想做人。其实要想做一个像样的、不含糊的人,便须如此。

**解评:**"去昏散病,绝断常坑"①,八个字,四层意思,包括四种"病"(坑),为道、为文须去掉这四种病。首先要去"昏",去昏则聪明。凡修为之事,聪明为先,无聪明,什么都谈不到。聪明还得使用得当。首先要集中精力。三心二意,如奕秋学棋,则一事无成。聪明、专心之后,还需持之以恒,不能"断",玄奘取经,便是聪明、专心,再加持之以恒。凡有所作为者,皆有恒心。具以上三点,足可成事矣。而更高级、更难能可贵的是绝"常","常"即平常、俗、人云亦云。只有"非常"才能有突破、创造。鲁迅说《红楼梦》一出来,传统的写法便被打破了。这便是"非常"。若不打破传统的大团圆、人物脸谱化等写法,便无《红楼梦》的成就。凡大"立"必包含大"反"。

陶渊明,首先看得透、聪明,且能有所守、特立独行,因而说他对这八个字算做到了。但他只是为做人——做个像样的人,其为文亦一如也。"道心、诗心、文心是一个。"读顾随文论,并不觉其是单纯的文论,也随时有人生哲学的启迪,既是文学批评,也是人生哲学。

---

① 罗大经的《鹤林玉露》乙编卷六袁和叔语云:"禅家去昏散病,绝断常坑,盖昏与断,则如木如石矣;散与常,则妄思妄为矣。"〔(宋)罗大经:《鹤林玉露》,王瑞来点校,中华书局,1997,第224页。〕

# （八） 创作论其二

做诗人是苦行，一起感情须紧张（诗感），又须低落沉静下去，停在一点；然后再起来，才能发而为诗。诗感是诗的种子，佳种；沉落下去是酝酿时期；然后才有表现。

诗的表现：一、诗感，二、酝酿，三、表现。诗是表现，不是重现。事、生活（酵母）→酝酿→文（作品），"事"的"真"不是文学的真，作品不是事的重现，是表现。

表现不是暴露，表现是自然的，作者"无心"地（自然）流露，读者有意地领会。诗人见花想到美人，禅师见花悟到禅机，皆此类也。陆机《文赋》云："石韫玉而山辉，水怀珠而川媚。"韫、怀，正是表现的反面，韫、怀是作者无心流露，山辉、川媚是读者有意领会。山本无意于辉，水本无意于媚。

解评：苏轼曾说："某平生无快意事，唯做文章，意之所到，笔力曲折，无不尽意，自谓世间乐事，无逾此者。"此言道出了写作的快乐。此快乐有两种成分：一是把自己内心想表达的东西展现出来了；二是因艺术地使用语言而有所创造的满足感。这种快感，在写作完成之后尤其显豁。不过，在写作过程中，其实更多的是艰辛。因为你得让模糊的、无序的思绪、言语变得清晰、有序，这便需要紧张的思维活动，以及情绪的调动。你还得让你的意志保持不松懈，直至完成。总之，你得劳神。这难道不是一种苦行吗？巴别尔说他每写完一篇小说，就仿佛老了几岁。李贺母亲说李贺写诗把心都呕出来了。当然，"苦吟"是极端的例子。尽管写作有快慢之别，但写作过程中的"苦"其实是普遍的滋味，只不过，不同的人浓度不同罢了。创作，是一件苦乐相寻的事情。

　　顾随把写诗的过程分为三个阶段。首先是触发。有所触发之后，感情紧张，这便有了诗感。但诗感只是一种混沌的感觉，有如一点火星，要使之成诗，还须进一步加工，这便须"酝酿"。酝酿是"低落沉静下去，停在一点"。等酝酿得差不多了，"然后再起来"，加一把力，"才能发而为诗"，这便是诗的完成，即表现。这三个阶段不是机械的，而是一种自然而然的转换。而且，此"三步曲"并不是一个不可更改的一、二、三的过程，在酝酿和表现之间，常有穿插与颠倒，甚至所谓"诗感"，在酝酿和表现当中也常有生发。有创作经验的人应当知道，创作过程其实是万端复杂的。

　　接上讲诗之生成的第三点"表现"（最重要的一环）。诗的表现，不是重现，即照相机式的照搬、复制。文学追求真，但这个"真"与生活的原生态的"真"不同。文学中的"真"常与生活之"真"相背离。如苏轼咏杨花词《水龙吟》末句："细看来，不是杨花，点点是离人泪。"分明是杨花，他偏说不是，是离人泪，如此方更动人。再如辛弃疾《菩萨蛮》（书江西造口壁）："青山遮不住，毕竟东流去。"此词本写清江水，即赣江，赣江是往北流的，这里说"东流去"是习惯性的说法。中国的江河大多往东流，故说水之东流已成为表达"必然趋势"的代用语。以上二句，皆不合理，却合乎情，貌似说谎。文学是一种"说谎"的艺术。它说谎是为打动人，且让人见到真理、真相。文学是真实的谎言、美丽的谎言。艺术不是对现实的复制，也不是背离，而是偏离。在现实中不合理的，往往在艺术中合情合理，如"白发三千丈，缘愁似个长"。文学往往"无理有情"。即使在现实生活中，合理与合情也常不能统一。文学偏离于现实的部分，正是表现。

　　人或谓文学是重现，我以为文学当是重生。无论情、物、事，皆复活，重生。看时是物，写时非物，活于心中；或见物未必即写，而可保留心中，写时再重生。故但为客观，尔为尔，我为我，互不相干，则难描写好。

　　**解评**："文学当是重生"，这是顾随非常重要的一个观点，因为这是对文学本质的看法，即所谓"文学本体论"。

在"重生说"之前，顾随提及了"重现"和"表现"。顾随认为文学不是重现，而是表现。

所谓文学的"重现"，即西方自柏拉图始的所谓"模仿说"和"再现说"。这种文学观喜欢把文学的作用比喻成镜子。柏拉图所谓文学的模仿是对作为世界本源的"理式"的模仿，后人所谓"再现"指对现实的再现，这两种文学观都基于"本质—映合"的世界观。这是一种机械的映合理论。它忽视了文学的创造性，或者说生成性。

"表现"是与"重现"截然相反的观念。表现说认为，艺术是对人类主观世界的表现。这在中西文学理论中都有。但顾随所谓"表现"与传统文论中的"表现"有所不同。无论是中国的"诗言志""诗缘情"，还是华兹华斯所谓"诗是强烈感情的自然流露"，都指向对"诗"这一结果的认识，而且是对作者主观世界的显露。而顾随说："表现不是暴露，表现是自然的，作者'无心'地（自然）流露，读者有意地领会。"他强调的是作品从作者到读者之间的生成过程。他说："'石韫玉而山辉，水怀珠而川媚。'韫、怀，正是表现的反面，韫、怀是作者无心流露，山辉、川媚是读者有意领会。山本无意于辉，水本无意于媚。"仔细体味，顾随所言"表现"与传统所谓"表现"确有不同。传统文论之"表现"有"给予"的意思，仿佛一切在我，而顾随所谓"表现"强调的是自然无心的流露，用先生的话说，就是"引起"。

而"重生"这一概念，正是对作品作为结果及文学生成过程这二者的统摄。"重生"，意谓文学作品是一个新的世界，而不是对客观现实、主观世界，或超越客观与主观的"理念"的反映。从现实角度言，文学绝对再现现实是不可能的；从主观角度言，文学也不可能完全是主观的表现。无论是可见的物，还是抽象的事、情，经文学表现之后，就不再是其本然，而是重新激发（复活）之后的新的物、事、情，甚至连具象和抽象都会相互逆转，这便是"重生"。刘若愚认为文学（艺术）是"创境"，是现实的扩展，① 与顾随所谓"重生说"类似。歌德说："文学要通过一个完整体向

---

① 参见刘若愚《中国文学理论》之《附录：中西文学理论综合初探》，江苏教育出版社，2006。

世界说话。"①"完整体"就是文学中的不同于现实也不同于主观的新的事物；"向世界说话"，即说明它生成了新的东西。

但丁的《神曲》、歌德的《浮士德》，他们一辈子就活了这么一首诗，此其生活的结晶而非重现。

解评：从某种角度看，一个大诗人一生所有的诗其实就是一首诗——"自我之诗"，即他的"诗歌世界"。但丁、歌德如此，屈、陶、李、杜亦皆如是。惠特曼有长诗《自我之歌》，其所谓"自我"，即其一生之结晶。大诗人之为大诗人，其"自我"同时包含了"个体小我"与"人类大我"两个层面，两者相融在一起。

语言文字到说明已落下乘，说明不如表现。
文学之好处在于给人以印象而不是概念。
张炎之《高阳台·西湖春感》：

见说新愁，如今也到鸥边。

该是什么样子呢？只给人以概念，不给人以印象。
稼轩之《菩萨蛮·金陵赏心亭为叶丞相赋》：

拍手笑沙鸥，一身都是愁。

此虽不甚好，但给人的还是印象。竹山词《南乡子》（泊雁小汀洲）中：

准拟架层楼。望得伊家见始休。

---

① 〔德〕爱克曼辑录《歌德谈话录》，朱光潜译，人民文学出版社，1978，第137页。

两句尚好，至"化作相思一片愁"句，但只给人概念，没有印象。"相思一片愁"该是什么样？稼轩《满江红》（莫折荼蘼）一首中，"时节换，繁华歇"虽也是概念，但前边"榆荚阵，菖蒲叶"二句为印象。

**解评：** 禅家语曰："一落言筌，便无妙谛。"说明，是笨，表现巧。

"文学之好处在于给人以印象而不是概念。""给人以印象"，即表现。文学是激发人想象力的东西。文学的审美性，即在此想象力被激发的潜能中。后人说文学要用"形象思维"，没错，但此说法偏于作者一面，而文学是"给人以印象"则同时顾及了作者与读者。

举"给人以概念"和"给人以印象"两种写法的例句，好坏立判，此不赘述。

写诗有两件事非小心不可。

一为写实。既曰写实，所写必有实在闻见，便当写成使读者读之也如实闻实见才算成功。如白乐天，不能算大诗人，而他写《琵琶行》《霓裳羽衣歌》，真写得好，有此本领才可写实。但只写到这一步也还不行。诗原是要使人感觉出个东西来，它本身成个东西，而使读者读后另生出一个东西来。故写实不是那个东西不成，仅是也还不行。旧写实派便是写什么像什么，诗的写实应是新写实派。所以只说山青水绿、月白风清不行，必须说了使人听过另生一种东西。这就必从旧写实作起，再转到新写实。

二为说理。有人以为文学中不可说理，不然。天下岂有无理之事、无理之诗？不过说理真难。说理绝不可是征服，以力服人非心服也，以理服人也非心服。说理不该是征服，该是感化、感动；是说理而理中要有情。人受了感动有时没理也干，没理有情尚能感人，况情理兼至，必是心悦诚服。

故写实应是新写实，说理该是感动。

楚辞思想深而诗味亦浓厚。所谓思想，乃诉诸读者的理解力，但往往因此减少诗之美。"嫋嫋兮秋风"（屈原《九歌·湘夫人》），没有思想，纯是诗之美；"吾令羲和弭节兮……"（屈原《离骚》），有思想而亦有诗的美；此除使读者理解外，尚有直觉的美。若作诗仅能让人理解，不好，须令人有直觉的美。这就是静安所谓"不隔"。楚辞表现思想而又有诗的美，即因能令人有直觉的美。

**解评**：写实，是来自西方的文论话语，但此种创作方法四海皆同，自古有之。五四新文学运动之后，写实、现实主义受到很大推崇，因为古典文学有脱离现实的毛病。然而，写实并非易事也。"诗原是要使人感觉出个东西来，它本身成个东西，而使读者读后另生出一个东西来。故写实不是那个东西不成，仅是也还不行。"写实基于一种模仿机制，即尽可能真实地把现实再现出来。但仅"实在"不行，比如"天上有一个太阳"，没错，很真实，然不是文学，因其没有触动人的感觉、情思。因而完完全全的"写实"不是文学，是科学。顾随说："诗中无写实，写实与切实不同。不但诗，文学中亦不承认有写实。好诗皆有梦的色彩。"①"诗人之将日常生活加上梦的美是诗人的天职。既曰天职，便不能躲避，只好实行。实行愈力，则愈尽天职。"② 所谓"梦的色彩""梦的朦胧美"即写实之外还要另生出东西来。通常所谓文学上的"写实"其实是"切实"，即抓住了事物的真实要害。顾随把写什么像什么称为"旧写实派"，他提倡新写实，即在再现现实的基础上"超以象外"，让人能够生发出新的东西来。

诗最主要的作用在抒情，但抒情并不排斥说理，情中可以含理。情来自人的主观，理则来自事物本身。万事万物莫不有理，若没有人的感情的投射，则不成诗，而情之所起，必有对象，此对象必有其理，所以，诗是情与理交融的产物，缺一不可，只不过在不同的诗中，情、理各有偏胜。就人而言，情的影响力更大，即顾随所谓"人受了感动有时没理也干"。感动，主要是被情所动。感动是人心中的高光时刻。有几人能感动我们？有多少人能被我们感动？当然我们不需要时时被感动，但缺少感动的心灵是

---

① 顾随：《义山诗之梦的朦胧美》，载《顾随全集》卷五，第402页。
② 顾随：《义山诗之梦的朦胧美》，载《顾随全集》卷五，第401页。

僵死的、悲哀的。诗，是激发心灵感动的一种媒介。诗本不以说理为目的，但倘若情理兼至，诗就既能感动人，也能教育人。如"吾令羲和弭节兮"有神异的美感，同时启示我们应珍惜时光、追求理想。然诗中思想、理是普遍的，多为常识，容易具备，而普遍之理要用美的、令人动情的方式表达出来，就难了。

诗中可表现人的思想，而忌发议论。诗人可以给读者一种暗示，而不能给人教训。诗是美的，岂可以教训破坏之？

**解评：**顾随认为诗可以说理，诗之说理，即在诗中表现人的思想，但曰"忌发议论"，可见发议论与说理不同。诗中所说之理，当是普遍的哲理，如"人生代代无穷已，江月年年望相似"，近于直说，但仍有形象的暗示，且音调铿锵。王维"行到水穷处，坐看云起时"则不似说理而理在其中。此等诗不能以"说理"称之，而只能说是"诗中有思"，其"思"完全是暗示出的。所谓"议论"，是抽象的、直露的、理性的，这种话语是"给你道理"，是"教训"。诗若成教训，便不可爱，不美了。诗不一定要有思想，但不能没有"美"，"美"是诗的底线。故诗绝不可以教训破坏之。

诗中发议论，老杜开其端，但抓住了诗的音乐美，是诗；苏、黄诗中发议论直是散文，即因诗之音乐美不足。韩学杜，苏、黄学韩，一代不如一代。

**解评：**老杜诗中议论颇多，尤其是古体诗，如《北征》《自京赴奉先县咏怀五百字》等。其议论与描写、抒情浑然一体，不觉枯燥，因其有诗的韵律。宋人在诗中议论起来，则似乎有点忘形了，直露似散文，苏、黄诗中例子颇多，如苏轼《石苍舒醉墨堂》末八句："我书意造本无法，点画信手烦推求。胡为议论独见假，只字片纸皆藏收。不减钟张君自足，下方罗赵我亦优。不须临池更苦学，完取绢素充衾裯。"实为句式整齐的散文。黄庭坚，如"荆公六艺学，妙处端不朽。诸生用其短，颇复凿户牖。譬如学捧心，初不悟己丑。玉石恐俱焚，公为区别不"（《奉和文潜赠无咎，篇末多见及，以既见君子云胡不喜为韵》之七）。说实话，这不是诗，读来不美。虽然"诗中发议论，老杜开其端"，但老杜的议论无不挟情韵以行，且能点到为止，乃诗中正轨。苏、黄等人诗中议论则自韩退之来，或因退之诗更显盘拗奇郁，如苏轼的《石鼓歌》即极力步武韩愈之《石鼓歌》，其描写、议论、用字、辞气，皆与韩愈为类。究其根本，老杜之议论之所以动人，因其发自肺腑，乃不得不发之议论，韩、苏、黄辈则有为议论而议论之嫌。盖其"诚"不及杜也，故其议论不能精纯。

若说是诗学观念移易的缘故，似亦不通。宋人推崇苏、黄，苏、黄推崇的则是宋以前诗。宋以前诗并无议论似散文之病。而苏、黄也并未反思过自己的议论之弊。直至南宋张戒、严羽诸人才起而批评之。所以，苏、黄的议论之病，终究还是创作本身的问题。

# （九）创作论其三

移情作用——感情移入。

人演剧有两种态度，一以自身为剧中人，一以冷眼观察。

大作家之成功盖取后一种态度，移情作用，用以保持文艺之调整。一个热烈作家很难看到他调整完美之作品。西洋文学之浪漫派即难得调整，乃感情主义，反不如写实主义易得较完美作品。浪漫主义易昏，写实主义明净。

解评："移情"一词源于精神分析学说，是精神分析的一个术语，后应用于修辞学，成为修辞学术语。移情是将人的主观感情移到客观的事物上，反过来又用被感染了的客观事物衬托主观情绪，使物人一体，能够更集中地表达强烈感情。移情这一修辞手法很早就有，后来才有此概念。如杜甫"感时花溅泪，恨别鸟惊心"、辛弃疾"拍手笑沙鸥，一身都是愁"，都是典型的移情修辞，"昔我往矣，杨柳依依；今我来思，雨雪霏霏"，其实也是移情，作者把自己的情感投移到了杨柳和雨雪之上，反过来又烘托了作者的情感。因此，古代诗歌中所谓"兴"的手法，其实就是一种移情修辞。不过，"兴"不像"感时花溅泪，恨别鸟惊心"那么直接、刻意。在诗歌中，移情作用是最突出的。无论是从人到物的投射，还是从物到人的反衬，其中心是感情，所以移情作用是感情移入。顾随这里所说"移情"不是就修辞而言，而是指作者比较热烈的感情投入，以及以情动人的效果。

顾随说"人演剧有两种态度，一以自身为剧中人，一以冷眼观察"，是指演员同时具备两种心态、思维。以自身为剧中人，是进入角色的意识；冷眼观察，是一边演一边观察自己表演的状况，从而加以操控。

对演员来说，进入角色和冷眼观察同等重要，但对于作家，尤其是大作家而言，冷眼观察更为重要。即无论是写自我，还是写他人、写物，更重要的是与书写对象保持某种客观的距离。为什么呢？因为如果感情过于热烈，就"不能如实地去看"，从而导致对事实、真相的歪曲。当然，也不能过于冷静、疏离，否则写出的只是说明文。尤其是写人，你必须动用自己的感情，以心换心（心理学所谓"同理心"），你才能了解他人的感情。科学的了解不需动用感情，文学性的了解必须情动于衷。所以，感情、移情作用必不可少，顾随认为其作用是"保持文艺之调整"，此"调整"意谓文学中的感情既不能少，也不能多。文学中的情感，底线是真，最高是深。深，就包含了真和丰富。文学是让人在情感的照拂中去认知世界，在认知的同时感动人的心灵。认知之后，才会真感动；感动又会推动认知的热情。两种作用，交互推激，便是文学的最佳效果。

　　感情过于热烈、激动，难得佳作。如歌德《少年维特的烦恼》、李白《将进酒》，是天才的二流作品，尚且不坏。普通人若以如此强烈的感情写作，很难站得住。

　　顾随说："西洋文学之浪漫派即难得调整，乃感情主义，反不如写实主义易得较完美作品。""浪漫主义"是一个大词，它是19世纪中期在欧洲兴起的一种影响深巨的哲学思潮。从哲学观念，散播至历史观、政治观、艺术观、宗教观等所有领域。其核心理念是认为"世上一事一物所以这个样子，所以生于其地、出于其时，是因为它参与一个宇宙目的"[①]，从个人到所有社会组织，都有某种"精神"附着于身，宇宙的目的即向此"精神"演化。西洋有浪漫派文学，中国19世纪没有，五四之后浪漫派文学在中国大兴，作为文学思潮的现实主义也当仁不让。顾随更认可写实主义的作品，其理由是"浪漫主义易昏，写实主义明净"。所谓"昏"是什么呢？浪漫主义文学未必有浪漫主义哲学的那种宇宙目的观，但它包含热烈的感情、强烈的主观性（自我意识、幻想）、过度自恋等特质，这些心理状态容易使人失去真确的觉察力和判断力，从而导致某种昏聩。比如"但用东山谢安石，为君谈笑静胡沙"，李白此句豪气、浪漫，但稍懂政治，便知这是十足的大话，不客气地说是"昏话"。陆游"塞上长城空自许，镜中衰鬓已先斑"，

---

① 〔英〕以赛亚·伯林：《辉煌的十年》，载氏著《俄国思想家》，彭淮栋译，译林出版社，2003，第144页。

就更真实。

诗歌浪漫易，写实难。散文、小说，写实容易。19 世纪欧洲文学，浪漫主义与写实主义皆蔚为大观。比如，法国雨果和巴尔扎克为同时代作家，前者浪漫而后者写实。谁的作品更耐读呢？可能是巴尔扎克。赫尔岑说浪漫主义"包含了一种疯狂而热病似的东西。人类不可能长时期留在这种紧张而不自然的境地里"①。

热烈感情不能持久，故只任感情写短篇作品尚好，不能写长篇，以其不能持久。盖情感热烈时，不能如实地去看。动作、感情、理智的关系是：

动作←感情←理智

即以感情推动作，以理智监视感情。

长篇作品有组织、有结构，是理智的，故不能纯用感情。诗需要感情，而既用文字表现，须修辞，即理智。

近之诗人多在场时不观察，无感觉，回来作诗时另凑。应先有感情，随后有理智追上。

**解评：**关于感情热烈时不能写诗，写诗须感情沉静时方可，见下则。

前文讲到诗中可以说理，那是就理本身而言。即便是诗中感情，也不能纯任内心冲动，而须用理智加以调和，如屈原《离骚》中说官场那些追名逐利、阴损自私的小人："众皆竞进以贪婪兮，凭不厌乎求索。羌内恕己以量人兮，各兴心而嫉妒。"虽是表达厌恶之情，话却说得不失风度。其感情与屈原内心的愤恨恐怕有一定距离——屈原心里对这些宵小之辈大概是极端厌恶的，但既要写诗，就须加以节制。

在顾随看来，诗中的理智成分，最深刻的尚不在内容，甚至结构，而是在于诗要用文字表现，需要修辞，而修辞必须借助理智。这真是透辟之见！人运用语言，根本上就是一种智力行为。理智是语言的底子，在这个

---

① 〔俄〕赫尔岑：《文学的倾向》，载氏著《赫尔岑论文学》，辛未艾译，上海译文出版社，1989，第 111 页。

底子之上，我们才能渗入情感。

但是写诗的过程又是微妙的。写诗是先有某种情绪，进而用理智调动语言加以表现。

创作必有安定情绪。然则没有安定心情、安定生活便不能创作了么？不然。没有安定生活，也要有安定心情。要提得起放得下。在不安定生活下，也要养成安定心情，许多伟人之成功都是如此。

无论写多么热闹、杂乱、忙迫之事，心中也须沉静。假如没有沉静，也不能写热烈激昂。因为你经验过了热烈激昂，所以真切；又因你写时已然沉静，所以写出更热烈激昂了。悲哀痛苦固然足以压迫人，使人写不出东西来，太高兴也写不出来。

**解评**："然则没有安定心情、安定生活便不能创作了么？"这句反问，是从茅盾的一句话引起的。顾随说："茅盾有一文说，要有安定生活，才能有安定心情，而创作必要有安定心情。"① 不知此言出自茅盾哪篇文章。且看顾随的说法吧。

创作过程是一个集中心思的过程，须静。但生活常是忙乱的，容不得我们等待完全的安逸。写作时的安定，乃此一时彼一时，关键在心情安定。要能从生活琐事中跳出来，说提起就提起，说放下便放下。其实，许多作品皆是作家在不安定生活中所写，如巴别尔的《马背日记》就是他在苏波战争中做随军记者时所写，虽多为草记，但观其修辞之精妙，可知其写时照样气息深稳；钱穆的《国史大纲》、陈寅恪的《隋唐制度渊源略论稿》皆写于抗战军兴，流离颠沛之际；冯友兰的《贞元六书》亦因抗日战争，发愤而作。凡在战争环境中的作家，哪一个有稳定生活、安定心情？即使处承平之世，个人生活也常有种种变故、坎坷、烦扰，上天并不会让作家生活在安乐窝里。故关键在于内心的定力，"在不安定生活下，也要养成安定心情，许多伟人之成功都是如此"。顾随此处所讲，已不只是创作问题，而

---

① 顾随：《稼轩词心解》，载《顾随全集》卷六，第78页。

是修养问题了。即做任何事，都要有定力，有恃于中，无待于外。如曾国藩，其事业何等繁巨，而他照样治学、写诗、作文，并写了大量的信和日记。古今中外的政治家兼文人，皆有此等心力。

写作须沉静——若不沉静，连热闹也写不出。如李白的《将进酒》、杜甫的《闻官军收河南河北》，何其高兴，但那高兴是写作之前的事，写时还是一个人老实安静地写，至少不会在情绪的高潮上。热闹时，你在事中，看不到身内身外的全体，但经验过了，便得真切；热闹之后，内自回省，方看到那热闹的深处。所以，太痛苦、太高兴，都会让人不清醒，是不能真正写作的。

英抒情诗人华滋华斯（Wordsworth）之言曰："诗起于沉静中回味得来的情绪。"

可见诗一是须有情绪，不必有思想判断，虽然也可以有，但主要是情绪。二是情绪需要保持，如酵母。情绪可以成诗，但须经酝酿，即回味。第三条件是沉静（时间），因酵母发酵需一段时间。

W 氏之言对，但只对了一面，我们还要承认另一面，虽然也要承认必须沉静。

"观"必须有余裕。力使尽时不能观自己，只注意使力则无余裕来观，诗人必须养成无论在任何匆忙境界中皆能有余裕。孔子所谓"造次必于是，颠沛必于是"（《论语·里仁》），"造次"即匆忙之间；"颠沛"即艰难之中；"必于是"，心仍在此也。今借之以论诗。作诗亦当如此，写作时应保持此态度。并非有余裕即专写安闲，写紧张亦须有余裕。客观的描写必有余裕。

**解评**：华兹华斯（也作"华滋华斯"）这句话很有名。朱光潜甚至说尼采用一部书——《悲剧的诞生》所说的道理，华兹华斯一句话就说完了。[1] 朱先生有点夸张了，但华兹华斯此言确有道理。

---

① 朱光潜：《诗论》，第 67 页。

顾随从这句话中分解出三个道理，其实就两个。

一、诗主要是情绪。

二、诗的情绪须酝酿，发酵。需要从"事中"到"事后"的时间距离。所谓"回味"，即暗示了这一时间过程。朱光潜在《诗论》中说："在感受时，悲欢怨爱，两两相反；在回味时，欢爱固然可欣，悲怨亦复有趣。从感受到回味是从现实世界跳到诗的境界，从实用态度变为美感态度。"[1] 这其实即现代美学所谓"审美距离"。朱光潜说感受时的悲怨回味时会变成有趣，恐不太准确。人之深悲巨痛，无论时光如何变迁，也不会成为"有趣"，只是相对而言，那痛苦已非当时刺激、沉重，茫然之感，故能静观而得一清晰之感觉，并付诸文辞。所谓"审美距离"之"距离"，包括空间和时间两种距离，而主要是时间上的距离——一切都会在时光中变淡。另一问题是：如果我们和自己的痛苦离得太近，便无法真切地看它；但如果在时间上隔得太久，如老年回忆少年时的痛苦，也很难有当初的感觉了。姜夔词曰"人间别久不成悲"（《鹧鸪天·元夕有所梦》），即此之义。有些久远的记忆，甚至会有隔世之感。所以，最适合"回味"的距离，是不远不近的距离。顾随说"沉静"便是"时间"，此沉静其实即"沉淀"。时间先给我们带来清晰，而后是遗忘。

顾随认为，华兹华斯的话还不全面。他指出，"观"必须有余裕。所谓"观"，即回味。"力使尽时不能观自己，只注意使力则无余裕来观。"写作，是一种发力行为，所发者，心力也。此种发力，须有余力，因为写作的过程是一个即入即出的过程。所谓"入"，即进入所想之境，精骛八极，神游万仞；所谓"出"，即在"入"的同时能反观自己的"入"。朱光潜说："感受情感是能入，回味情感是能出。诗人于情趣都要能入能出。单就能入说，它是主观的；单就能出说，它是客观的。能入而不能出，或能出而不能入，都不能成为大诗人。"[2] 朱先生所谓"入"与"出"和我所说不同，但也有道理。

顾随引《论语》中"造次必于是，颠沛必于是"来说明"余裕"，甚恰。所谓"余裕"是一种充裕的心力。唯在有余裕的情况下，人才能从整

---

[1]　朱光潜：《诗论》，第 67 页。

[2]　朱光潜：《诗论》，第 67 页。

体上观察事物以及自我。孔子说："行有余力，则以学文。"这也说明"文"是要有余力的。

既生活就要观察，就要尝出个滋味。客观地看，文学不但允许一部分罪恶存在，而且还要去观察、欣赏它。"月黑杀人地，风高放火天"，比那无聊文人饮酒看花还不道德，但亦可写为诗，便因其得到其中之意、味、趣，宗教不承认，而文学承认。

**解评**：文学的内容，当是无所不包的。罪恶、暴力从来都是文学表现的对象。文学的第一任务是真实地呈现，而非价值判断。《伊利亚特》、《水浒传》、巴别尔的《骑兵军》等作品写杀人，读来竟然精彩，让人欣赏。这是人很微妙的心理。我们在看这些暴力描写时，因为知道其非真实，就不会产生真正的恐惧和强烈的道德评判，而是进入一种单纯的观看，我们所感兴趣的其实是艺术作品呈现暴力的方式。在电影艺术中，因为暴力片的盛行，而发展出的所谓"暴力美学"，就是对艺术表现暴力的深层探索。

罪恶、暴力，宗教不承认，艺术却承认。为什么人喜欢观看暴力？为何经过艺术处理之后的暴力，变得可以接受了？如果说，从暴力中可以得到"意、味、趣"，那么它们是什么？这涉及人的深层心理。原因大约有二：一、暴力场面可以满足人好刺激的欲望，暴力是一种极端的行为，越是极端的东西越容易引起人的好奇；二、暴力行为有很强的形式感，人们喜欢观看的是暴力的形式，而非暴力的实质。暴力本身的形式感与艺术的形式感结合，便产生了某种奇异的"审美效果"。

文学与道德的关系。文学应该合乎道德，还是可以不受道德的约束？文学应该怎样表现道德？这是自古及今人们颇有争论的大问题。中国儒家文论认为文学应该合乎道德——当然这里所谓"道德"是儒家的道德。可是这其实是理想，未必符合艺术的真谛。因为历来的文学当中，都充满着许多"不道德"的人、事。文学不可能只表现"正面人物"，只写光明，不写黑暗；只写爱，不写恨。道德是伦理学概念，它指向人的行为，把人的行为限定在某种规范之内。文学则以美的方式展现世间万象的真实。文学以求真、求美为先，而不是以求善为先。这是文学与宗教的区别。顾随多次举"月黑杀人地，风高放火天"说明罪恶、暴力不但可以在文学中存在，甚至可以体味、欣赏。这"欣赏"不是欣赏罪恶的伦理，而是欣赏文学表现罪恶的手段。杀人是最极端的暴力，可文学当中充满了关于杀人的描写。最典型的，就是《荷马史诗》中的《伊利亚特》。这部以特洛伊战争为中心的诗史，几乎从头到尾都是战争描写，其中充满极为细致的杀戮描写，所写场面非常残忍，如：

> 手柄，修长、亮丽，他俩同时击杀，
> 裴桑德罗斯一斧砍中插缀马鬃的盔冠，
> 顶面的角脊，而墨奈劳斯，在他冲来之际，
> 一剑劈入额头，鼻梁上面，将额骨敲碎，
> 眼珠双双掉落，鲜血淋漓，粘贴脚边的尘泥。
> 他伛偻起身子，扑倒在地；墨奈劳斯一脚踩住胸口，
> 抢剥甲衣，傲临炫耀，洋洋得意。①

这种残暴，是道德的，还是不道德的？特洛伊人和阿开亚人之间的战争，双方谁是背德者，谁是正义者？世上的战争，可以用道德或不道德这样泾渭分明的概念来评判吗？具体到战争中的人和事，如何评价，就更错综复杂了。就残暴程度而言，"月黑杀人地，风高放火天"跟《伊利亚特》中的杀戮描写相比，简直是小巫见大巫了。可是《伊利亚特》中的杀戮描写有着震撼人心的力量，让人不由自主地欣赏其"精彩"。古今各国文学名著中，《伊利亚特》杀戮描写之丰富、逼真、残忍，甚至津津乐道，可能是无与伦比的，但它是古希腊乃至人类文学的瑰宝。有一个词叫"艺术伦理"，或曰"文学伦理"，文学中对罪恶、暴力的细致刻画，是否就属于不同于道德伦理的"艺术伦理"？不过，还有一个问题是：如果文学作品有意宣扬罪恶、暴力，就不好了。艺术的自由仍然是有限度的，既不完全受伦理道德制约，又不能脱离伦理道德的制约。与人有关的一切都脱不了伦理道德的干系，貌似客观的科学也不例外。

---

① 〔古希腊〕荷马：《伊利亚特》，陈中梅译注，译林出版社，2000，第363页。

佛家"六根"乃眼、耳、鼻、舌、身、意，前五种为外（有形），意为内（无形）。

感觉中最发达的乃是眼，诗人写眼（色）写得最多而且好。耳则稍差。声音尚易写，有高低、大小、宏纤、长短，只要抓住这个字，就是那声音。写鼻就不大容易。老杜"心清闻妙香"（《大云寺赞公房四首》其三），这也只是说明，不是表现。我们并感不到"香"是怎样"妙"，"心"是怎样"清"。陶渊明诗：

> 幽兰生前庭，含薰待清风。
> 清风脱然至，见别萧艾中。（《饮酒二十首》其十七）

第三句好，"脱"字轻妙，若用"突"，突然至，糊涂得很。可惜末一句也是说明了。味最难写，诗人最不爱写，因舌与身均为直接的肉体的感觉。眼之于色，耳之于声，鼻之于香，中间是有距离的，并非真与我们肉体发生直接关系。至舌、身则不然，没有灵，只剩肉体感觉，一写就俗。感觉愈亲切，说着愈艰难，还不仅是因为俗，太亲切便不容易把它理想化了。

解评："六根"，乃佛法概念，又作"六情"，指六种感觉器官，或认识能力。顾随说："前五种为外（有形），意为内（无形）。"眼、耳、鼻、舌、身，乃物质上存在之色法，佛法称之为"色根"；意，则为心理作用之心法，佛法谓为"无色根"。由六根派生出六识、六境，要之"六根"可视为人之身心全体。

一切文学之所写，不外乎"六根""六境"。顾随将此佛法概念引入文学理论，好。

由"六根"观之，诗人写得最多最好的是"眼（色）"，即视觉印象。因为这是由人的生理特征决定的——人的感觉中最先发达的是眼。所以，人类艺术，绘画、文学、音乐、舞蹈、建筑等，其中最普遍的元素乃是视觉。因为，视觉是有形的，最直接可感的。以文字来表现视觉，其"可塑性"较强。而声音就难表现了。声音有声，而文字无声，无声怎么来表现有声呢？此二者间有点悖谬。幸好，我们给文字赋予了"声音"。此声音不是文字内容表现的声音，如音乐。然而，文字的声音作为声音，也不外乎"高低、大小、宏纤、长短"等元素，故仍可与音乐的声音相通。文学史中，表现音乐的作品出色者不多，但也不乏佳作，如常建《江上琴兴》、李颀《听董大弹胡笳弄兼寄语房给事》、白居易《琵琶行》、韩愈《听颖师弹琴》、李贺《李凭箜篌引》等。然而，文学无论多么神乎其技，也终难传达对声音本身的听觉。因为，文学、视觉，或文学中的视觉，都在某种程度上诉诸想象，想象与想象之间有通约性，声音则不是诉诸想象的，声音只能是当下的感受——严格地说，声音其实是不可转达的。

比听觉更难写的是味觉。你可曾见过把味道写得仿佛将我们的舌头放进去了的句子？老杜"心清闻妙香"，不成功。而陶渊明的"清风脱然至"，顾随以为"轻妙"，固然不错，但还是没让我们感到幽兰的味道如何。

那么，为什么呢？"眼之于色，耳之于声，鼻之于香，中间是有距离的，并非真与我们肉体发生直接关系。至舌、身则不然，没有灵，只剩肉体感觉，一写就俗。感觉愈亲切，说着愈艰难，还不仅是因为俗，太亲切便不容易把它理想化了。"顾随真厉害，把原因说透了。他认为，原因首先在于眼、耳、鼻之于其对象是有距离的，而味觉、身体感觉的对象就是"我"自身，只有肉体感觉。有距离，则含混；没距离，就容不得含混，只能实，没法虚（说，是虚事）。所谓"如人饮水，冷暖自知"，即用味觉、身体感觉的不可替代性来形容感觉的难以言传性。甜似蜜糖、奇痒难耐，这样的词语并不能使我们真正感觉到其甜和痒。你看到的、听到的、闻到的，并不一定就是那个东西的样子、声音和味道，在这方面，人们面对同样的对象，其感受往往并不一致。但，对于味道和身体感觉，你所感受到的就是真实不虚的。没有人把辣感觉成甜，却有人看朱成碧。舌和身，没有灵，太贴肉，所以易俗。另外，还有一个更抽象的原因是，凡是感觉，无论肉体的、精神的，太亲切（体己）了，就难于理想化。所谓"理想化"，就有美化的成分。而且，理想带有含混性。含混，加美化，当然容易美。如李白《听蜀僧浚弹琴》曰："为我一挥手，如听万壑松。客心洗流水，余响入霜钟。"写音乐，虽不具体，但意境好，俊逸洒脱，即因其化实为虚。再如，同样写杨玉环之美，白居易曰"回眸一笑百媚生，六宫粉黛无颜色"，妙则妙矣，李白曰"云想衣裳花想容"，则可谓想出天外，妙不可言。盖因李白能把具体的对象理想化（诗化）。诗，既要亲切，又要理想化，此其难也。

若说到文学修养，真是"一部二十四史，从何说起"？

要写什么，你同你所写的人、事、物要保持一相当距离，才能写得好。经验愈多，愈相信此语。读者非要与书打成一片才能懂得清楚，而作者却须保有相当距离。所以最难写的莫过于情书，凡写情书写得好的，多不可靠。

人之聪明，写作时不可使尽。陶渊明十二分力量只使十分，老杜十分力量使十二分，《论语》十二分力量只使六七分，有多少话没说。词中大晏、欧阳之高于稼轩，便因力不使尽。文章中《左传》比《史记》高，《史记》有多少说多少。

所谓十分聪明别使尽亦有两种，一种是有机心，一种是自然的。

**解评**：文学修养，所涉众多，顾随这里谈了一点，即写作者要与所写内容保持距离。

西方有所谓"审美距离"说，是从欣赏者角度言的。文学的读者既要与作品打成一片，也不能被作品吞没，顾随讲过此义。而"距离"对于作者更重要。作者要比读者更冷静。顾随举情书为例，极为恰当——人感情发热时，写情书不会太好的，强烈的感情势必会妨碍思考和修辞。

顾随所谓"人之聪明，写作时不可使尽"，是非常高的见解。不可使尽，即留有余地，保持点距离。最好的展示，不是把自己全部交出来。不独文学，一切技艺到最高境界，皆不很使力。不很使力是表面的感觉，而其实有大力在其中，"举重若轻"是也。武术讲"劲"，与顾随此说相通。形意拳大师李仲轩说："只有不用力才能练出劲，因为劲关系到周身上下，一用力便陷于局部。"① 这和文学同理。形意拳有"明劲、暗劲、化劲"三

---

① 李仲轩口述，徐皓峰整理《逝去的武林》，南海出版公司，2009，第 104 页。

种境界。其中，"暗劲是要人由明转暗，淡忘对劲的体会，让其成为一种自然反应"①。揆诸文学，则暗劲类似于"无意为文而自然佳妙"的境界。无论武术，还是文学，这已是相当高的修为。而"化劲是收放自如"②。所谓"无意为文"，毕竟是玄妙的说法，文学、艺术不可能"无意"，终是"有意"之事，能在有意无意之间运化自如就是"化劲"。张旭的狂草《肚痛帖》，笔势放纵至极，而又无往不收，即收放自如的化劲。李白的《远别离》、杜甫的《观公孙大娘弟子舞剑器行》，皆能收放自如。化劲——飞扬中有沉着，沉着中有飞扬。

"有多少话没说"，这便是文学的妙处，不仅要读有字书，还要读无字书。文学的高境，是有弦外之韵。顾随标举"韵的文学"，那"在心上不走"的"韵"就是没有使尽却让人感觉到的"力"。

陶诗、《论语》、大晏词、《左传》等之所以高，就因其中包含着更多的无言之言。拿小说语言来说，《红楼梦》是苦口婆心，《水浒传》则点到为止，故后者更高。巴别尔的小说之所以高，亦在其"有多少话没说"的感觉。

这种无言之言的力，类似西方新批评派所谓"张力"（tension）。但中国无"张力"一语，中国人说"气场"，"气场"是一种沉默的力。人有气场，艺术作品也有气场，禅宗的"话头"更是充满无言之言的劲力。

十分聪明勿使尽，分两种：有机心的和自然的。有人天生不会尽显自己的聪明，轻松地聪明着，如陶渊明；还有种机灵人知道藏的艺术，自觉地含而不露，如巴别尔。两种都是真聪明。


诗人之力如牛、如象、如虎，而感觉必纤细。晚唐诗人感觉纤细，老杜感觉不免粗，但有时也细，如"圆荷浮小叶，细麦落轻花"（《为农》）。不过，纤巧之句与其作入诗中，不如作入词中。


**解评：**"诗人之力如牛、如象、如虎"，是说诗人要有大力。杜甫在

---

① 李仲轩口述，徐皓峰整理《逝去的武林》，第105页。
② 李仲轩口述，徐皓峰整理《逝去的武林》，第105页。

《戏为六绝句》之四中说"未掣鲸鱼碧海中"。掣鲸碧海便是绝大的力量。此为何力？表现力也。浩荡八极，丑妍巨细，无有不能摄于笔端者。"而感觉必纤细"，谓诗人敏感、敏锐。如牛如虎的力和纤细的感觉，二者有机统一，如辛稼轩，何等气力、气魄，而其感觉极纤细，如"惜春长怕花开早，何况落红无数"（《摸鱼儿》）、"试把花卜归期，才簪又重数"（《祝英台令·晚春》）。大力与纤细之感觉，二者缺一，则不能成好诗人。晚唐诗人感觉纤细，此其优点。大概与其心态趋于内敛有关。老杜能细，又能从大处着眼，其名句以"吴楚东南坼，乾坤日夜浮""无边落木萧萧下，不尽长江滚滚来"之类为多。相对而言，老杜不免粗。对比老杜《绝句漫兴九首》其四"二月已破三月来，渐老逢春能几回？莫思身外无穷事，且尽生前有限杯"与李商隐《二月二日》"二月二日江上行，东风日暖闻吹笙。花须柳眼各无赖，紫蝶黄蜂俱有情"，便可见老杜之粗，晚唐诗人之细。但老杜有时也能细，如顾随所举"圆荷浮小叶，细麦落轻花"。盛唐极少此等诗句，李白就没有。所以，自中唐始的那种纤细的表达方式在老杜身上其实已初露端倪。但这不是价值判断。

话说回来，像"圆荷浮小叶，细麦落轻花"这样的句子，放在诗中，终嫌纤细，不如放在词中得体。盖诗与词之体性不同，诗刚而词柔，故诗不可太纤细。譬如，秦少游的"有情芍药含春泪，无力蔷薇卧晓枝"（《春日五首》其二），即因太绵软，而被讥为"女郎诗"。此等句子，若写入词中，或更得体些。反之，过于粗豪的句子则不宜入词，如陈亮、刘过、刘克庄的一些词，就不免粗疏。

陆放翁句："文章本天成，妙手偶得之。"（《文章》）此话非不对，然此语害人不浅。希望煮熟的鸭子飞到嘴里来，而天下岂有不劳而获之事？"妙手偶得"是天命，尽人事而听天命；"妙手"始能"偶得"，而"手"何以能"妙"？

**解评：**顾随说陆游"文章本天成，妙手偶得之"非不对。"非不对"意思是：对是对，但有问题。因为，陆游此言易误导人，似乎有意无意间强调了"天成"和"偶得"，而易教人将"修炼""功夫"忽略过去。放翁所谓"天成""偶得"，其实强调的是自然为文，无意。但艺术上的自然无意，如陶诗，非天生的、一蹴而就的，而是从有意到无意的渐修过程——当然，在任何阶段，都没有完全的有意和无意。顾随说得好，"'妙手偶得'是天命"。天命不是求来的。你得先尽人事，而且要尽到相当程度，才能与"天命"合。"手"之能"妙"，非天生也，而是修炼成"妙手"，然后才能"偶得"。

诗最高境界乃无意，如：

> 雨中山果落，灯下草虫鸣。（王维《秋夜独坐》）

岂止无是非，甚至无美丑。如此方为真美，诗的美。"孤莺啼永昼，细雨湿高城"（陈与义《春雨》），亦然。

但现在不允许我们写这种超世俗、超善恶美丑的诗了。因为我们没有暇裕。现在岂止不写，就是欣赏也须有心的暇裕方能欣赏。因此，古人作诗可以无意，而我们现在作诗要有意。

**解评：**所谓"天成"，即自然无意的状态。顾随说："诗最高境界乃无意。"对此，我存疑焉。因为，诗的最高境界是什么，这是一个极复杂的问题（绘画、雕塑、书法、音乐、舞蹈的最高境界是什么，艺术的最高境界是什么，抑或，有没有所谓"最高境界"，这些都是大问题）。我暂不能给出确定观点。但我以为"诗最高境界乃无意"，此一判断还不甚确，虽然，"无意"已是很高的境界了。比如，顾随所举王维诗句"雨中山果落，灯下草虫鸣"，是纯诗，也无意，但若以"最高境界"来衡量的话，此二句气象嫌小。"最高境界"需具备多种元素。譬如，我一直觉得王安石七绝《悟真院》后二句"春风日日吹香草，山北山南路欲无"是中国古代最高境界的诗句之一。为什么？因为其中有种"苍茫感"。何谓"苍茫感"？——悲欣交集、神秘、无限。最好的诗句，不一定是最美的，但应有种无限的远意、深味。《庄子》是中国最高境界的散文——苍茫、神秘。这与语言、内容皆有关。《红楼梦》读完之后，不就给人一种苍茫之感吗？总之，"诗的最高境界是什么"是一个值得深究的问题。

读书与创作是两回事，有人尽管读书多，而创作未必好。而且古时书很少，屈原读过几本书？他所用的典故，并非得之于书，而是民间传说。

读书是自己之充实，是受用，是愉快。精神的充实之外，更要体力之充实，充实则饱满，饱满则充溢，然后结果自然流露。

人要自己充实精神、体力，自然流露才好。不要叫嚣，不要做作。

**解评：** "读书是自己之充实，是受用，是愉快。"这是读书的意义。充实、受用、愉快是一回事。《论语·宪问》曰："古之学者为己，今之学者为人。"所谓"为己之学"即充实、受用、愉快，为学首先是涵养自己的身心。顾随还强调"精神的充实之外，更要体力之充实"，因为体力不充实，精神便难充实。人体力健旺时，就想蹦蹦跳跳。精神亦然，内心充沛就会有情思要表达出来，这便是"充溢"。表达出来的东西便是自然流露的"结果"，这是最佳的创作状态。叫嚣、做作，是因不能自然流露，不能自然流露是因虚弱。

在读书与创作这两事间，大约有三种人：一种书读得多，而创作不佳，如注《文选》的李善，淹贯古今而不能属辞，人称"书簏"；一种读书不很多而创作好，如李白；还有一种是读书多而又创作好，如王安石、苏轼、张岱、鲁迅。不过，李白读书也绝不少，只是相对学者式作家，读书不算多。所谓"读书多"和"创作好"是以高水平者为标准的（顾随这里所说"创作"指文学创作）。要之，读书与创作兼善者少。其原因，在于"读书与创作是两回事"。

读书能力在于记忆与理解，而创作能力最关键者为想象力。记忆力强、理解力好的人未必富于想象。理解更依赖于理性以及普泛化的经验，想象、幻想则与非理性、情感，以及个人化的体验有更大的关联。读书与创作是两回事，但亦不可分，二者之间的主要关联是体验能力。创作断不能脱离读书之功。顾随说："一个天才或可不必读许多书，而吾人则不可。"[①] 杜子美曰："读书破万卷，下笔如有神。"读书对创作的助

---

① 顾随：《〈文赋〉十一讲》，载《顾随全集》卷七，第92页。

益乃无疑之事。但问题是，"读书万卷"和"下笔有神"之间绝非水到渠成的必然关系，而是在这两者之间有一个转化的过程。这个转化，是或然的。最紧要的是化书本知识为创作灵感的能力。很多人因书本知识而滞涩了创作的灵明，其实书本知识本身并不构成创作的障碍，之所以不能入乎其内出乎其外，亦是因为创作者才力不济。故学问对于作家创作并无多少之必需，端看你化了多少学问，能化多少学问。

　　明张宗子（岱）云："若以有诗句之画作画，画不能佳；以有画意之诗作诗，诗必不妙。"（《琅嬛文集·与包严介》）

　　昔者杜工部写鹰、写马，千载之下，我辈读之，还觉纸上有活鹰、活马。然此正是诗，却断断乎不是画。工部又尝写画鹰与画马之诗，然此依然是诗，而不是画也。

　　吾于画一无所知，此刻亦无从说起。若夫诗人作诗，则余以为完全是写他的内心，哪怕是写外物，也并不像寻常之写生画，支了画板，手执画刷，抬头先看一眼自己所要画的事物，于是低头着笔刷一下颜色。在这里应该用陆士衡《文赋》中的话——"收视返听"。曰"收"、曰"返"，则此视、听自然不是向外而是向内了。若以此理推之，则老杜之赋鹰、赋马，简直就不是活的外界的鹰和马，而是内心的一种东西。说是印象有时也还不成，所以者何？印象也只是一种静止的观念，而并非诗的动机耳。

　　**解评：** 这段话选自顾随散文《书张宗子〈与包严介书〉后》。[1] 顾随书法极好，但他说"吾于画一无所知"，当是老实话——顾随不擅绘事，也很少谈到画。这里讲到"诗画关系"这一艺术中的大问题，是为了说明诗，认为诗说到底是"写内心"，"诗自诗，画自画。此诗可画，便非佳画。此画若可写作诗，亦并不堪称为妙画"[2]。这是对的，可惜顾随对画的理解不深。

　　自古以来，无论中西，都认为绘画与诗歌有某种相通。相较而言，中

---

① 　原刊《中法大学月刊》1936 年 6 月 21 日，载《顾随全集》卷三。
② 　顾随：《书张宗子〈与包严介书〉后》，载《顾随全集》卷三，第 243 页。

国人更强调诗与画的相通性，西方人对于诗、画之间的区别则更为清醒。当然，中国画偏重写意，中国诗偏重画意，其相互间的融通性本就比西方诗、画之间的共性多。在中国，所谓"诗画一律"，在实践以及理论上，于唐宋时期渐成共识，典型者为王维之画，以及苏轼对王维的评语"味王摩诘之诗，诗中有画；观王摩诘之画，画中有诗"。诗中有画，画中有诗，本就是诗、画这两种艺术的天然属性，只不过后来才逐渐形成对"诗画合一"的自觉。自从出现"诗、书、画"合一的"绘画作品"即"文人画"之后，诗在绘画中的重要性就更为凸显了——在精神上，诗高于绘画、书法，而居于统摄的核心地位。在中国绘画中，似乎隐含着这样一个反命题：如果一幅画没有诗意，那么它就不成其为画。

顾随强调的是诗与画的区别，故他引用了张岱的话："若以有诗句之画作画，画不能佳；以有画意之诗为诗，诗必不妙。"[1] 此论与"诗画一律"的传统相反。张岱强调"诗画有别"，而其区别的关键在于"诗意"与"画意"的不同。

"诗意"是什么？准确定义且不说，至少它是表现微妙的心理层面的东西。譬如，顾随说杜工部写鹰、写马，写得神气活现，这种神气活现的效果，其实正是诗意，而非画意。如杜工部之《画鹰》《画鹘行》《房兵曹胡马》《丹青引》《韦讽录事宅观曹将军画马歌》等诗，虽皆有对鹰和马的具象描写，如"㧐身思狡兔，侧目似愁胡""竹批双耳峻，风入四蹄轻"等，但最打动我们的、写得最神气轩昂的却是"何当击凡鸟，毛血洒平芜""所向无空阔，真堪托死生""须臾九重真龙出，一洗万古凡马空""可怜九马争神骏，顾视清高气深稳"等句，这些显然是杜工部借鹰和马所抒发的自己的内心情志，是抽象的"觉、情、思"。所以即使是题画诗或咏物诗，其最终成为诗的关键仍在于抽象的"诗意"，而非具象描绘。诗意之"意"，乃意思、意味、情意，皆是内心的东西，是通过"写照"而达致的"传神"。

所谓"画意"的重点不在"意"，而在"画"，即有形的形象。宋徽宗给画院出的试题"野水无人渡，孤舟尽日横"和"深山藏古寺"，虽为诗句，但这样的诗其实是以画意为主的，如若换成"水流心不竞，云在意俱

---

① 张岱：《与包严介书》，载氏著《琅嬛文集》卷三，云告点校，岳麓书社，2016，第114~115页。

迟",就不好画了。虽然顾随拿边看边画的写生作为绘画之典型来跟诗比,但我们可以理解成:绘画来自"观看"。就绘画的复杂而言,中国画的写意且不说,即使是西方绘画,自现代以来,也曾极度地由具象而走向抽象,即表现内心——表现内心即接近文学。可是,如果把绘画的具象性都抹杀了,那绘画与文学、哲学的区别何在呢?因此,绘画与文学之间的终极边界仍然是不可逾越的。英国诗人、文学评论家斯蒂芬·斯彭德在《作为作家的画家》一文中说:

> 作家是把外部经验转变成某种不同的东西——语言,那是思想的世界。画家是把一种外在性——他看见的目标——转变成另一种外在性——艺术作品,这种作品也是被看见的。[1]

> 尽管一个小说家或者诗人会说,他在上面工作的材料是他周围的生活,或者是梦的材料,即使在这么说的时候,他的梦也仍将是他的内在生活。艺术的材料——墙壁、石头或画布——具有一种不易驯服的、静态的外在性,这是不同于作家内向的感觉、对生活和梦的解释的。艺术家的写作显示出他们在全神贯注地处理顽固的材料,为了在其中发现他们自己。画家生活在他们所画的物理实体和成为他们的绘画的物理实体之间。[2]

斯彭德对绘画与文学本质区别的解说比顾随更深入,不过,对于他所强调的文学的"内在性"与绘画的"外在性",顾随也见到了。所谓文学是"思想的世界",绘画是"观看的世界",是对内在性、外在性的另一种更为清晰的说法,而其所说其实是浅显的事实。徐复观说画是"见"的艺术,诗则是"感"的艺术。[3] 对,即使抽象画,也要诉诸视觉、见。关于"见"的艺术,我再引用几句西方评论家的话语,或许更有助于我们认识画与诗的区别。

斯彭德说:"视觉艺术不是通过艺术家说出事物,而是艺术家凭借他在材

---

① 〔英〕斯蒂芬·斯彭德:《作为作家的画家》,载〔美〕奥登等《诗人与画家》,马永波译,山东画报出版社,2006,第116页。

② 〔英〕斯蒂芬·斯彭德:《作为作家的画家》,载〔美〕奥登等《诗人与画家》,第119页。

③ 徐复观:《中国艺术精神》,第289页。

料上所做的标记，告诉我们他是怎样看待外部世界的。"① 照斯彭德的说法，绘画的重点不在于它所呈现的事物，而在于它所呈现的方式，即观看的方式。这是对视觉艺术的很深刻的认识。英国艺术批评家、作家约翰·伯格也说："可能对艺术家而言，真正特殊的、有意义的是纯粹视觉上的——色彩及形式。"② 相对文学而言，视觉艺术的确如此。但视觉艺术，譬如绘画、摄影，其题材也绝非不重要，而且其实是很重要的。约翰·伯格说：

> 今天常有人说题材是不重要的，但这只是19世纪对题材做过多的文学道德诠释的一种反动。实际上，题材是绘画的真正起点及终点。绘画开始于题材的选择（我要画的是这个，而不是世界上的其它东西）；当这种选择被证明之后，绘画也就完成（现在你可以了解我在这方面所看到的、所感觉的一切，以及它如何不是它本身）。③

所以，绘画也是在表达内心。只不过，文学比绘画更内向，并且抽象。《文赋》中"收视返听"一语，即说明了文学创作的内向性。

当然，绘画与文学的区别，除以上所言外，还有绘画是瞬时性的，文学是延时性的等，这里就不再做专门讨论了。④

顾随又说诗亦非印象。印象偏于外在，且固定，而诗比印象更内在、更活。

---

① 〔英〕斯蒂芬·斯彭德：《作为作家的画家》，载〔美〕奥登等《诗人与画家》，第117页。
② 〔英〕约翰·伯格：《毕加索的成败》，广西师范大学出版社，2007，第161页。
③ 〔英〕约翰·伯格：《毕加索的成败》，第162页。
④ 除诗与画的区别外，还有很多艺术家和学者论及诗与绘画、文学与绘画的高低。如吴冠中回忆说，他的老师吴大羽晚年基本都在写诗，诗写得很有意思，他对赵无极讲：诗比绘画更有深度。吴冠中说："过去有人讲：一切艺术都倾向于音乐。现在我觉得一切艺术更倾向于诗，音乐也还在诗的殿堂里面。"又说："文学大有好坏，绘画也大有好坏，不能拿坏的来比，文学达到高度的文学，绘画达到高度的绘画，拿这两种东西来比的话，文学的深度更容易动人。"（参见李怀宇《访问历史——三十位中国知识人的笑声泪影》之吴冠中访谈《吴冠中：东西艺术高处相逢》，广西师范大学出版社，2007，第180~181页。）此说可参之。画家齐白石说："我诗第一，印第二，字第三，画第四。"书法家白蕉自称诗第一，书第二，画第三。此二人说法大约都源自徐渭自称"书法第一，诗第二，文第三，画第四"的典故。且不论其自评是否合理，而其一律将诗置于画之上的说法，恐怕背后都有"诗高于画"的品级观念。诗高于画的"高"，至少意味着诗比绘画"更深刻"。这是中国文艺观念中一个有意思的现象。

但有外表没有内容，不成；但有内容没有外表，也不成，如人之有灵有肉，灵肉二元必须调和为一元。

修辞是功夫，"工欲善其事，必先利其器"（《论语·卫灵公》），而"利器"后尚须有材料，后之诗人多为有工具无木料之匠人，不能表达思想、描写现实。仅有工具，造出是句，不是诗。

**解评：** "内容"与"外表"之于文学，即顾随所说"言内之物"与"物外之言"或"事"与"字"。这两组范畴是相互依存的，如人的灵与肉。

此节之重点在于批评后之诗人多有外表而无内容，按之于诗，则其"造出是句，不是诗"。顾随说过，"事"与"字"二者，究以"事"为先。巴别尔曾评纳博科夫说："他很会写，只是不知道该写什么。"这是严重的批评。文学是表达心理经验的艺术，内容不可能不重要。对于更侧重形式感的艺术，如绘画，题材也很重要。约翰·伯格认为毕加索后期的绘画是失败的，即因他缺少题材。说到底，文学不是文字游戏，艺术绝非杂耍。艺术脱离人的"存在"，就不成其为艺术。

诗中有豪华，此非传染人，是炫耀人。

我们要不受炫耀，将豪华除去，看看还有东西没有，"豪华落尽见真淳"（元好问《论诗三十首》其四）。豪华是奢侈，不能算好，而人不能免；但人不可只看其外表豪华，不论其真容。只是豪华，便是舍本逐末，便要不得。

**解评：** 文学之豪华，即文字华丽、漂亮。中国诗人中曹植、李商隐、韩偓、花间词人、西昆派诗人等为其突出者。如曹植，顾随认为他是"千古豪华诗人之祖"[1]，并举《美女篇》"顾盼遗光彩，长啸气若兰"句，说："诗可以说是好诗，而太豪华；《洛神赋》也太豪华，豪华之外一无可取，

---

① 顾随：《杂谭诗人之修养》，载《顾随全集》卷六，第228页。

无意义。"① 可见，诗并非不可豪华，而是不能太过豪华，如屈原、李白的诗，未尝不豪华，但其豪华与情思相得。陶渊明《闲情赋》亦有豪华，而《洛神赋》不及之，因《洛神赋》华美有余而真情不足。何况，"豪华"不等于"美"，豪华只是外表很美的美，美之一种。顾随认为豪华是炫耀人的，而非传染人。传染人，是使人有动于衷，即顾随所谓"推"和"化"。炫耀是自我中心的表现。文学需要消解自我中心，将自我融化到外物中去，才能体验并传达出具有广大意义的情思，故炫耀其实是智慧不足的表现，且亦是对虔诚的妨碍。顾随说"豪华是奢侈"，奢侈是多余，美得过了。但"人不能免"，喜欢外表美乃人之天性，所以"豪华落尽见真淳"，先是不自觉地往豪华上走，后来逐渐将豪华褪掉，这是修养。外表终是次要的，要"将豪华除去，看看还有东西没有"，这个"东西"即"真淳"，真淳是真正立得住的情和思。"豪华落尽见真淳"是大境界，为文、做人皆是如此。

---

① 顾随：《杂谭诗人之修养》，载《顾随全集》卷六，第 228 页。

# （十）夷犹与锤炼

中国文字可表现两种风致：一、夷犹，二、锤炼。

**解评**：所谓"夷犹"与"锤炼"，是顾随在讲韩愈诗时提出的一对并列的概念。他说："中国文字特别是在韵文中乃表现两种风致（姿态、境界、韵味）：一是夷犹，二是锤炼。"①"风致"一词，本身就是一个很微妙的美学概念。韩愈的诗，从风致看，是"锤炼"的代表。锤炼，是中国文论中一个常用且容易理解的术语。顾随所讲"夷犹"虽侧重于（或者说彰显）修辞风格，但他认为"夷犹"包含"姿态、境界、韵味"，可见其所谓"夷犹"是一个内涵很丰富的美学概念，实大可玩味。按之中国古代文学批评史，未见有用"夷犹"来形容文学风格者。

"夷犹"一词的本义是什么？《辞海》解释说："'夷犹'，亦作'夷由'。犹豫；迟疑不进。……从容貌。"屈原《九歌·湘君》："君不行兮夷犹，蹇谁留兮中洲？"中的"夷犹"即为迟疑不进之义。但顾随所讲"夷犹"非犹豫之意，而是指从容自得，并且他把"夷犹"引入文学批评当中。

顾随对"夷犹"的阐发从与之相近的风格概念"缥缈"说起。他说："中国文学不太能表现缥缈，最好说'夷犹'。"缥缈，意为隐隐约约、若有若无。可见，顾随认为"夷犹"与"缥缈"有近似处，但又不同。为什么"中国文学不太能表现缥缈"？这里暂不论。"缥缈"突出了艺术的精髓——"虚灵"的感觉，"夷犹"也是，但程度不及"缥缈"。这种"虚"的感觉既是视觉的，也是心理的——主要是心理的。顾随说：

"夷犹"，"泛泛若水中之凫"（楚辞《卜居》），说不使力，如何

---

① 顾随：《退之诗说》，载《顾随全集》卷五，第 349 页。

能游？说使力，而如何能自然？凫在水中，如人在空气中，是自得。①

《卜居》中原句为："将泛泛若水中之凫，与波上下，偷以全吾躯乎？"是用凫在水中的"与波上下"比喻与世浮沉的处世态度，而顾随抓住的是这个比喻本身，用凫在水中的"泛泛"而游，比喻一种从容自得、不使力的艺术姿态。这种姿态，就是顾随理解的"夷犹"的形象化暗示。"凫在水中，如人在空气中，是自得"，这又是一个类比，更好理解了——人在空气中走，空气对人形成阻力，但这一阻力对人来说，不觉费力。倘借用物理学的"阻力"概念的话，则文字的阻力就是想表达而表达困难的那部分，这种困难感越少，就越显得自得。"夷犹"的精髓就是"自得"，自得是有力而给人感觉不使力。顾随说："'夷犹'，此二字甚好，而人多忽之。"试观顾随对"夷犹"的解释，真令人有豁然开朗之感。

精妙的是，顾随用来例证"夷犹"的正是"夷犹"的出处——《楚辞》。顾随说："夷犹表现得最好的是楚辞，特别是《九歌》，愈淡韵味愈悠长。"此点，他人也有所见，但没有顾随想得这么深。东汉王逸《楚辞章句序》曰："屈原文辞，优游婉顺。""优游婉顺"即"夷犹"之意。近人梁宗岱也认为《九歌》富有"摇曳夷犹的韵致"②，此说与顾随最接近。可见，顾随的"夷犹说"不是空穴来风。

为什么梁宗岱、顾随都以"夷犹"来描述屈原的诗？顾随对此有较为细致的解释。他举屈原的诗句"嫋嫋兮秋风，洞庭波兮木叶下"（《九歌·湘夫人》），说这两句就是缥缈、夷犹的感觉——"真是纵横上下"。"纵横上下"首先是一种音节上的感觉，但不是刚硬的纵横上下，而是柔曼的纵横上下，所以有种缥缈之感，像在风中旋舞的落叶，或者蝴蝶。但顾随又说"写大自然，缥缈、夷犹容易"，言下之意，写人生而有缥缈、夷犹之致，就难了。"屈原乃对人生取执着态度，而他的表现仍为缥缈、夷犹。如《离骚》：'吾令羲和弭节兮，望崦嵫而勿迫。路曼曼其修远兮，吾将上下而求索。'""此四句，内容与形式几乎不调和，而是极好的作品。猛一看，似

---

① 顾随：《退之诗说》，载《顾随全集》卷五，第 349 页。

② 梁宗岱：《屈原》，见氏著《诗与真二集》，载《梁宗岱文集·评论卷》，中央编译出版社，2004，第 220 页。

思想与形式抵触，此种思想似应用有力的句子，而屈原用夷犹表现，成功了……此乃大天才。"首先，对人生执着，在表达人生理想、思想时，就容易让刚性的思想、知见压倒情感、美感等因素，曹操"老骥伏枥，志在千里。烈士暮年，壮心不已"（《龟虽寿》）、杜甫"致君尧舜上，再使风俗淳"（《赠韦左丞丈二十二韵》）、辛弃疾"道男儿、到死心如铁，看试手，补天裂"（《贺新郎》）等句，都是刚硬的，与自己的理想、思想（在诗中）没有拉开距离。《离骚》这四句诗，把自己的理想和精神虚化、美化了，这样就与之拉开了距离，既近又远，有了弹性，但同时它丝毫没有减弱对理想的坚定态度，"夷犹是软，而其中有力"。这样的诗，把实与虚、近与远、刚与柔非常自然地结合起来，既有音节的"纵横上下"，也有意象、情绪的"纵横上下"。屈原的诗句有种飘洒之感，仿佛微风中飘拂的丝带。往古来今，像《离骚》《九歌》这样纵横上下、缥缈、夷犹的诗极少，因此，可以说"夷犹"是一种极高的艺术风调。

顾随说屈原诗是"纵横上下"，主要指向修辞的效果。但他认为："夷犹不仅重在修辞，对于境界亦重要。夷犹之笔调适合写幻想意境，屈原之《九歌》多为幻想。汉朝人模仿骚之作品，多为劣质作品。汉人笨（司马迁及'古诗十九首'例外），以笨人模仿'骚'当然不成，即因其根本无幻想天才。"又云："凡修辞与作风、意境有关，故所谓夷犹乃合意境、作风言之。此多半在天生、天资，后天之学，为力甚少。用夷犹之笔调，须天生即有幻想天才。"所以，"夷犹"由以下两种因素融合而成：一、就作风而言，要有种纵横上下的缥缈之致；二、就意境而言，要有幻想的内容。以上两点，缺其一端，便不能成为"夷犹"。如陶潜、王维的诗，很自得，但缺少幻想，因此，也无"夷犹"之感。"夷犹"在作风上展现为自得，但并不等于自得。为何无幻想，则无"夷犹"？因为幻想会造成一种虚灵的感觉。有幻想，而修辞不自然，也不能造成"夷犹"，如李贺的诗，便非"夷犹"。

幻想能力，人人皆有，而像屈原那样具有瑰丽的幻想且能加以完美表现者，极为罕见。唐代李白、李贺的诗，幻想富裕，但不及屈原。李贺幻想绮丽，而其诗并无夷犹自得之感。李白时有夷犹之风，如《远别离》，但这往往是在他接近骚体时，故而屈原诗的夷犹与其特殊的语词、句式有关。总之，中国诗的幻想性不强。反之，中国诗就更加实际吗？似也不然。顾随说：

中国民族性若谓之重实际，而不及西洋人深，人生色彩不浓厚。中国作家不及西欧作家之能还人以人性，抓不到人生深处。若谓之富于幻想，又无但丁（Dante）《神曲》及象征、浪漫的作品，而中国人若"玄"起来，西洋人不懂。①

可以说，中国诗的人性深度及幻想色彩不及西方。中国诗的最大优长，在于其抒情境界，以及语言之美。就文学的幻想作风而言，《楚辞》奇峰突起，可是这一传统在秦以后就基本断绝了（汉赋受《楚辞》影响主要在语言、体制方面，而没有《楚辞》的幻想性）。一部中国诗史，差不多就是《诗经》的传统。而且，《楚辞》在战国时期就不是诗歌的主流。这背后的原因，我以为主要在于文化背景。中国文化的强势传统，是周代奠定的较为务实的文化传统。楚文化是边缘弱势文化。没有楚文化传统、氛围，富于幻想的《楚辞》文学就不能扩大、传承。《楚辞》对中国文学有持续的影响，但它的幻想性没有得到真正的传承。习惯成自然，长期不表现幻想，幻想能力也就衰弱了。

虽然人皆有幻想，但幻想能力有强、有弱。诗人、诗歌的幻想性的标准，肯定须高于普通人的标准。强大的幻想能力，来自天赋、天才。屈原诗中的富丽幻想，不是因他知识多，而是由于他天才巨大——楚国其他人为何没写出屈原这样的诗？同样运用"骚体"，且从屈原而学，宋玉就没有屈原那样惊艳的幻想，那样自得、夷犹的作风，故而"夷犹"与天才有关。顾随一再强调屈原在韵文领域是绝大天才，即因屈原之前、之后，的确没有类似屈原这样的诗人。天才是存在的，屈原就是，庄子也是。他们的文风、能力，是学不来、强求不来的。

除幻想外，屈原诗的夷犹作风，与他所运用的"骚体"语言有关。顾随说：

> 《楚辞》常用"兮"、"也"等语词，如：
> 　　何昔日之芳草兮，今直为此萧艾也。
> 　　岂有其他故兮，莫好修之害也。（《离骚》）

---

① 顾随：《退之诗说》，载《顾随全集》卷五，第352页。

此尚非《骚》之警句，意思平常，而说来特别沉痛。若去掉其语词则变成……没诗味儿。盖语辞足以增加弹性，楚辞可为代表。①

可见，"兮""也"等语词（语气助词）对《楚辞》夷犹风致的形成，作用不小。"兮""也"无实义，纯粹是一种声音、音节效果。在名词、形容词、动词等实词之中加入"兮""也"，就不会让句子像用一块块石头垒成的那么坚实，而是有了虚柔和松弛的余地，这就是弹性。此弹性既是实词与虚词的结合关系，也是一种音节效果。然而，使用"兮""也"等语词并不是"夷犹"的充分条件，宋玉就是例证。后世，有很多人模仿骚体，却很难写出"夷犹"的风致。顾随称这种仿骚之作为假古董。假古董无生命。

因此，"夷犹"最关键的因素是幻想天赋。顾随说夷犹是天赋。"须有夷犹之天赋始可写此种作品，吾辈凡人可不必论。"② "天才虽非生而知之，而但努力无天才，则不能至此境界。"③ 故而，顾随下一转语道："吾人所重，当在锤炼。锤炼出坚实的境界。"

"夷犹"。楚辞有"君不行兮夷犹"（屈原《九歌·湘君》）之句。"夷犹"，"泛泛若水中之凫"（屈原《卜居》），说不使力如何能游？说使力而如何能自然？凫在水中是自得。夷犹，表现得最好的是楚辞，特别是《九歌》，愈淡韵味愈悠长；散文则《左传》《庄子》为代表作。屈、庄、左乃了不起的天才，以中国方块字表现夷犹，表现得最好，前无古人，后无来者。后世有得一点的，欧阳修、归有光在散文中得一点。

"嫋嫋兮秋风，洞庭波兮木叶下"（屈原《九歌·湘夫人》），真是纵横上下。

写大自然，缥缈、夷犹容易。屈原乃对人生取执着态度，而他的表现仍为缥缈、夷犹。如《离骚》：

---

① 顾随：《退之诗说》，载《顾随全集》卷五，第355页。
② 顾随：《退之诗说》，载《顾随全集》卷五，第356页。
③ 顾随：《退之诗说》，载《顾随全集》卷五，第356页。

> 吾令羲和弭节兮，望崦嵫而勿迫。
>
> 路曼曼其修远兮，吾将上下而求索。

猛一看，似思想与形式抵触，此种思想似应用有力的句子，而屈原用夷犹，表现得成功，"险中弄险显奇能"（《空城计》）。如画竹成"个"字，忌"井"字，而有大画家专画"井"字，但美，此乃大天才。

夷犹不仅重在修辞，对于境界亦重要。夷犹之笔调适合写幻想意境，屈原之《九歌》多为幻想。汉朝人模仿骚之作品，多为劣质作品。汉人笨（司马迁及"古诗十九首"例外），以笨人模仿"骚"当然不成，即因其根本无幻想天才。

**解评**：见上。

凡修辞与作风、意境有关，故所谓夷犹乃合意境、作风言之。此多半在天生、天资，后天之学，为力甚少。用夷犹之笔调，须天生即有幻想天才。

吾人虽无夷犹、幻想天才，而亦可成为诗人，即靠锤炼。

《文心雕龙》曰："锤字坚而难移，结响凝而不滞。"（《风骨》）"坚而难移"，非随便找字写上，应如匠之锤铁；而锤字易流于死于句下，故又应注意"结响凝而不滞"。中国诗人只老杜可当此二句。走此路成功者唐之韩退之，宋之王安石、黄山谷及江西派诸大诗人，而自韩而下，皆能做到上句，不能做到下句。

杜诗：

> 星垂平野阔，月涌大江流。（《旅夜书怀》）

"垂""阔"二字乃其用力得来，"垂"字若用为"明"字则糟，

"阔"从"垂"字来。"月涌大江流"不如上句好，但衬得住。又如杜以"与人一心成大功"（《高都护骢马行》）写马之伟大；以"天地为之久低昂"（《观公孙大娘弟子舞剑器行》）写舞者之动人。七字句之后三字，真是千锤百炼得来，有"响""凝"则有力。

**解评**：锤炼，是古代文论议论很多的问题，也是从修辞上讲的。《文心雕龙》曰："捶字坚而难移，结响凝而不滞。"这是讲锤炼的结果。陆机《文赋》："考殿最于锱铢，定去留于毫芒。"这是讲锤炼的手段。简单地说，锤炼就是对字、词、句进行细致的推敲、考究、斟酌，以期达到最佳表达效果的写作方式。即，锤炼主要依靠文学修养，以及顽强的努力。只要具备这两点，都可以锤炼，并达致较好的效果。所以，如果没有"夷犹"所需的天赋，锤炼便是可靠的提升写作境界的方式，目的是写出坚实的境界。坚实是和夷犹相对待的风格。

顾随对锤炼，是既肯定也否定的一分为二的态度，即认为"锤炼"有利、有弊。

他认为锤炼的好处是：

> 盖锤炼甚有助于客观的描写。而"客观的"三字加得有点多余，凡描写皆客观。身心以外之事，自然皆为客观。然而不然。盖描写自己亦客观，若不用客观态度，不仅描写身外景物不成功，写自己亦不成功。老杜《茅屋为秋风所破歌》是有名作品，而其中描写自己常用客观态度，如"唇焦口燥呼不得，归来倚杖自叹息"，似乎在作者外尚有观者在焉。曾子"吾日三省吾身"（《论语·学而》），若非一人分而为二，何能自省？自己观察自己所做的事，不但学文时应如此，即学道亦有用。

可见，凡"观"必有客观性。谁来"观"？"观"什么？客观、主观在现象界是不可分。顾随说："中国诗可走锤炼的路子。锤炼宜于客观的描写，锤炼亦甚有助于客观的描写。韩退之之诗即能锤炼，故其字法、句法及客观描写好。如其《山石》。"① 又云："看韩诗应注意其修辞：一为下字（下字准确），二为结构（组织分明）。"② 下字准确，如"芭蕉叶大栀子肥"（《山石》），把芭蕉叶和栀子花的形态描写得非常真确，这就是描写的客观——所谓"客观"即观察准确。顾随又举《山石》中"山石荦确行径微"句为例，析之如下：

> 用"荦确"二字，好；若易为"磊落"或"磊磊"、"嶙峋"，皆不可，如用之则不成其为韩退之。"落"乃语词；"磊磊"则形、音太整齐；"嶙峋"太漂亮，美。漂亮虽漂亮，而无力，皆不如"荦确"。且"荦确"二字对韩愈最合适。韩是阳刚，是壮美；若用"嶙峋"，是阴柔，是幽美，二词虽相似而实不同。③

可知，下字准确，不仅有助于描写的客观，还牵涉音韵和美学风貌。

但顾随又说锤炼"非随便找字写上，应如匠之锤铁；而锤字易流于死于句下，故又应注意'结响凝而不滞'。中国诗人只老杜可当此二句"。举杜诗"星垂平野阔，月涌大江流"（《旅夜书怀》），析之如下：

> "垂""阔"二字乃其用力得来，"垂"字若用为"明"字则糟，"阔"从"垂"字来。"月涌大江流"不如上句好，但衬得住。又如杜以"与人一心成大功"（《高都护骢马行》）写马之伟大；以"天地为之久低昂"（《观公孙大娘弟子舞剑器行》）写舞者之动人。七字句之后三字，真是千锤百炼得来，有"响""凝"则有力。

顾随说："'星垂'句可代表老杜，如'山石荦确'之可代表退之。"④ 可见字句锤炼得好，即能写出一个诗人的整体风格、气象。古代诗人在炼字、炼句方面下了极大功夫，探讨甚多，此不赘述。要之，锤炼的理想效果，就是"捶字坚而难移，结响凝而不滞"。

---

① 顾随：《退之诗说》，载《顾随全集》卷五，第 360 页。
② 顾随：《退之诗说》，载《顾随全集》卷五，第 361 页。
③ 顾随：《退之诗说》，载《顾随全集》卷五，第 362 页。
④ 顾随：《退之诗说》，载《顾随全集》卷五，第 360 页。

不仅下字用语要锤炼，诗的结构也非锤炼不可。顾随说："客观写法是大诗人不能没有的。凡作诗遇头绪多而复杂变化者，须用锤炼。故作长篇必须有健句支撑，老杜最拿手。尤其叙事之作品，更要健。老杜《哀江头》是何等气概！韦庄《秦妇吟》写黄巢之变，其叙事比《长恨歌》好，字句锤炼好。"结构需要层次、顺序、主次等安排，结构安排不当，连字句锤炼都失去依据。诗无论长短，都有结构。我们说屈原夷犹，李白自然，但难道屈原、李白写诗没有锤炼之功吗？不可能。屈原《离骚》那么长，其结构安排必自锤炼而来，即使是其遣词造句，也不会不锤炼。锤炼代表人工，艺术是人工的产物，只不过屈原的语言锤炼的成分较少，并且在锤炼之外更多如风起云飞般自然涌现的东西，于是有种纵横自得、汪洋恣肆的感觉。

所以，锤炼是必要的。顾随说："用锤炼功夫可使字法、句法皆有根基，至少可以不俗、不弱。不俗、不弱是说字句，是从'力'来，而'力'从锤炼来，每字用时皆有衡量。"古人写诗锤炼所追求的，首先是表达准确，这是基础；更高的目的，是不俗、不弱，这关系到笔力以及美感境界。

那么，如何做到锤炼呢？顾随认为锤炼需要"观"，而"观"必须有余裕：

在力使尽时不能观自己，只注意使力则无余裕来观，诗人必须养成在任何匆忙境界中皆能有余裕。孔子所谓"造次必于是，颠沛必于是"（《论语·里仁》），"造次"，匆忙之间；"颠沛"，艰难之中；"必于是"，心仍在此也。今借之以论诗。作诗亦当如此，写作品时应保持此态度。并非有余裕即专写安闲，写景时亦须有余裕。悲极喜极时感情真，而作品一定失败，必须俟其"极"过去才能观，才能写。客观的描写必有余裕，故无论写何事物皆须为客观。[1]

顾随所讲的"观"，类似于西方文论所谓"审美"，但还包含了"反思"。"观"与"审"意思相近。"观"既是向外的，也是向内的，主要是向内的。即使写景、写外物，也是先观察外物，投射于内心，再观察内心的投射，写出来。而顾随所谓写作心理中的"余裕"，则类似西方文论所谓

---

[1]　顾随：《退之诗说》，载《顾随全集》卷五，第357页。

"审美距离"。重点是"距离"。没有距离，无法观察。所以，"无论写何事物皆须为客观"，写作的主观建立在客观的基础上。

观，是锤炼的前提①，在此前提下，才能炼句、炼字。

可是大多数诗人锤炼的结果，并不完美。就字句论，许多人只做到了"捶字坚而难移"，而没有做到"结响凝而不滞"，即做到了"坚实"，却失去了弹性。"中国文字原缺少弹力，一锤炼更没弹性。"

更重要的是，锤炼（下字、结构、用典）需用理智，而当理智过多时，情感被压制了，甚至被贬抑了。譬如，顾随在评论韩愈《山石》时说道：

> 故此种作品多缺乏动人的情感，惟感觉锐敏，如退之"芭蕉叶大栀子肥"，其思路亦刻入，而缺乏同情，太善于利用客观，对自己皆客观，故把感情压下去。不压下感情，不能保持客观态度，初为勉强，久之则感情不复动矣，如山谷、诚斋诗即如此。吾人常觉诚斋生硬枒杈，似树木之未修理，实则细一看，细极了，千锤百炼，然人不能受其感动，只理智上觉得好，非直觉的好。"诗"、"骚"、"古诗十九首"皆为直觉的好，如"杨柳依依"、如"蝎蝎兮秋风"、如"思君令人老"。老杜锤炼而能令人感动，后山尚可，山谷、诚斋则不动人，盖其出发点即理智，乃压下感情写的，故吾人感情不会为其所动。②

黄庭坚是中国诗人中讲究锤炼的最大代表，顾随对其多有批评，再如：

> 人谓山谷诗如老吏断狱，严酷寡恩，不是说断得不对，而是过于严酷。在黄诗中很少看出人情味，其诗但表现技巧，而内容浅薄。江

---

① 顾随讲"观"，主要从余裕、客观二义说之。许思园在论及杜诗的"凝练"时，有段话可与顾随观点相参证，他说："少陵感觉强烈，富同情心而悟性高，因此其直觉力能彻悟事物核心，此原为诗人本质，而少陵禀赋特厚，凭此洞烛力得来之意象，经苦思冥搜、汇合组织而抉择其尤精要者，此即所谓'惨淡经营'。因抉择其尤精要者，凝练压缩遂十分必要（善于压缩者能以一篇炼成一二句，一句炼成一二字），然后每字每句千锤百炼，务必求其能充分地有力地表达出中心之意象。"（许思园：《论杜少陵》，载氏著《中西文化回眸》，第115页。）可见"观"还有一要义——"彻悟事物核心"。思园所谓少陵诗"能洞烛事物核心而组织其意象之尤精要者，接近凝练压缩功夫"，即顾随所谓杜诗的"锤炼"。

② 顾随：《退之诗说》，载《顾随全集》卷五，第360页。

西派之大师，自山谷而下十九有此病，即技巧好而没有内容，缺少人情味。

在作品中我们要看出他的人情味，如《诗·小雅·采薇》之"杨柳依依"岂经锤炼而来？且"依依"等字乃当时白话，千载后生气勃勃，即有人情味。

功夫用到家反而缺少诗之美，锤炼之结果往往仅有形式而无内容。

可见，文字固需锤炼，但锤炼不可太过。如山谷诗，顾随也承认他"修辞真有功夫"，且因锤炼而避免了熟、俗、弱，但山谷诗过于严酷了，用力过猛。前人批评山谷，多指摘其用典太多，文字僻涩，这是从形式角度着眼。顾随则说山谷诗缺少人情味、内容浅薄、思想空洞（诗中思想，要从感而来，不是堆垛学问），这比形式的毛病更要紧，山谷诗的形式算好的。顾随认为文学无非"事"与"字"，相较而言，"事"更重要。

为什么会这样呢？顾随说锤炼本是手段，而非目的。"江西派即以为能锤炼即可，实则此但为文学之一部分。""工欲善其事，必先利其器"，"利其器"是手段，"善其事"是目的。又说"锤炼是渐修"，渐修是为了"悟"，不是为修而修。

应该说，顾随为"锤炼过度派"找到了病根。不过，还有一个较为隐晦的原因——顾随说山谷、诚斋的诗是压下感情写的，叶嘉莹在此处有一按语，曰："莹以为是感情根本不足。"[1] 我以为叶先生所见深透——有的人感情不足，于是便更依靠理智写诗。

锤炼是方法，不是姿态，夷犹是一种"姿态"。顾随说："诗讲修辞、句法而外，更要看其'姿态'。'杨柳春风百媚生'，就是一种姿态。读此句不是了解，而是直觉。屈骚与杜诗之表现不同，诗人性情不同，所表现的感情、姿态也不同。"[2] 他分析道：

锤炼之结果是坚实。若夷犹是云，则锤炼是山；云变化无常，山则不可动摇，安如泰山，稳如磐石。……夷犹是软，而其中有力。此

---

① 顾随：《退之诗说》，载《顾随全集》卷五，第360页。
② 顾随：《退之诗说》，载《顾随全集》卷五，第355页。

所以"骚"之不可及，乃文坛彗星，倏然来去，前无古人，后无来者。老杜诗坚实而有弹性；江西诗派自山谷起即过于锤炼，失去弹性，死于句下。……夷犹非不坚实，坚实非无弹性。①

所以，和夷犹相对待的姿态是坚实。坚实的最大代表是杜甫。顾随举"所向无空阔，真堪托死生"（《房兵曹胡马》）和"国破山河在，城春草木深"（《春望》）两句诗为例，说两句真是坚实——从用字造句，到意境的整体效果，一字不可易，沉雄有力。同样以"杨柳"之姿比喻，顾随用"风里垂杨态万方"（王静安《秀州》）来形容"坚实"的姿态。因此，顾随说夷犹是云，锤炼是山。此比喻甚好。北宋张耒赞美屈原文字曰："如神仙烟去，高远而不可挹也。"② 此感觉与顾随相通。云，柔美、缥缈、多姿，难以把捉，可望而不可即。《庄子》中有一词"风姿绰约"，绰约是阴性的柔美，与夷犹相近。夷犹是阴性的，是冲融之气，但柔中含刚。如欧阳修文，阴柔纡徐，而柔中有力、有骨。秦观"有情芍药含春泪，无力蔷薇卧晓枝"则只是柔软，没有力，其实是柔弱。文字要有柔软度，柔就是弹性，软不是弱，软是虚，虚中要有实。所以，夷犹和太极拳的风格相似，柔中含刚，妩媚劲健，犹如吴道子"吴带当风"的感觉；夷犹又如书法的草书，草书笔画弯曲，"曲笔"是柔，而柔中要有力。坚实，则是刚中有柔。好比山上有树木花草、流水禽鸟。假如只是磊磊岩石，就没有弹性了。不过，这都是从力度角度说。顾随所谓"夷犹"，还包括幻想性。

顾随说："诗的姿态，夷犹缥缈与坚实两种之外，还有氤氲。"③ 又曰："'氤氲'二字，写出来就神秘。氤氲，一作绵缊，音、义皆同，而绵缊老

① 顾随：《退之诗说》，载《顾随全集》卷五，第355页。
② （宋）张耒：《上曾子固龙图书》，载《张耒集》卷五十六，李逸安、孙通海、傅信点校，中华书局，1990，第844页。
③ 这里"姿态"一词，也大堪玩味。顾随说："性情不同，表现感情姿态有异。"这是讲不同"姿态"的根源。而"姿态"一词，这里是当作美学术语使用的。陈世骧《姿与Gesture——中西文艺批评研究点滴》一文，认为陆机《文赋》中所谓"其为物也多姿，其为体也屡迁"句中的"姿""是一种特殊活动状态。而此所表之活动状态，又常是用在审美（aesthetic）经验里，特示一种物色的形容，和文学及艺术品的鉴赏。这样我们把'姿'字当作中国传统文艺批评中一个术语来研究，就发现和现代英美文艺批评中 gesture 一个新术语的含义和用法极其相似。"（参见陈世骧《中国文学的抒情传统：陈世骧古典文学论集》。）陈世骧所言"姿""gesture"即顾随所说"姿态"。陈文甚精湛，可参读之。

实，氤氲神秘，从'气'之字多神秘。""氤氲"作为一个艺术批评术语，源自画论。程抱一说：

> "氤氲"是画艺中的固有概念，由石涛在《画语录》中推陈而出。它指明，任何作品首先必须内含阴阳交错之饱和或张力。这饱和，这张力，是穿过笔墨铺陈组合与布局的开合起伏而获得的。[①]

石涛的原话是："笔与墨会，是为氤氲，氤氲不分，是为混沌。"[②] 关于程抱一对"氤氲"的解释且不论，我们来看顾随对氤氲的解释：

> 氤氲乃介于夷犹与坚实之间者，有夷犹之姿态而不甚缥缈，有锤炼之功夫而不甚坚实。氤氲与朦胧相似，氤氲是文字上的朦胧而又非常清楚，清楚而又朦胧。锤炼则黑白分明，长短必分；氤氲即混沌，黑白不分明，长短齐一。故夷犹与锤炼、氤氲互通，全连宗了。矛盾中有调和，是混色。若说夷犹是云，锤炼是山，则氤氲是气。[③]

可见，顾随把源自绘画理论的"氤氲"借用到文学批评中了。他说氤氲与朦胧相似，朦胧而清楚，氤氲是混沌，这与石涛对氤氲的解说（混沌）一致，只不过一指画，一指文字，二者都是一种"姿态"、风姿。

顾随用"气"比喻氤氲，这恰好和程抱一以"阴阳交错之饱和或张力"解释氤氲一致，因为中国哲学认为"气"即阴阳交错之气。顾随举钱起"曲终人不见，江上数峰青"句为氤氲之例，并说："若不懂此二句，中国诗一大半不能了解。"[④] 为什么呢？因为这两句是混沌，或者说是"玄"，而"玄"是中国文化和文字的一大特点。易、老、庄很玄，以致后来有玄学。而孔、孟就不玄吗？孔子说："予欲无言。"不也很玄吗？孟子曰："万物皆备于我，反身而诚，乐莫大焉。"真玄。禅玄、诗玄、书法玄、古琴玄、山

---

① 〔法〕程抱一：《中国诗画语言研究》中文版序，涂卫群译，江苏人民出版社，2006，第11页。

② （清）石涛：《画语录》"氤氲章"，中州古籍出版社，2013，第76页。

③ 顾随：《退之诗说》，载《顾随全集》卷五，第356页。

④ 顾随：《退之诗说》，载《顾随全集》卷五，第356页。

水画玄……欲了解中国文化，"玄"不可不重视。顾随说："中国国民性甚玄妙。……'玄'说好是玄妙，说坏是混沌（糊涂）。中国国民性懒，听天由命，爱和平；而人不爱守规矩，以犯规为光荣，且强悍起来又不像爱和平的。中国文字是糊里糊涂明白的，混沌玄妙，故选'氤氲'二字。"① 可见，"氤氲"可表征中国文化的玄味、玄姿。"曲终人不见，江上数峰青"，乍一读，两句若不搭界，但似乎又有联系；好像是在写景，又好像还有其他意思，但未说，没有答案，若有所悟——此即顾随所谓"中国文字是糊里糊涂明白的"。真不好懂。难怪当年鲁迅和朱光潜为这两句诗的意思争论。若是懂了，中国诗的根底就了解了。

说到"朦胧"，可以说诗本身就含有朦胧的性质。"美学家早就指出，诗性思维既是理性的，又是感性的；既是具体的，又是朦胧的。与解决世俗问题不同，诗的创造似乎是在一种朦胧状态中展开的。当这种朦胧被包含感情的、创造性的智性之光照亮，朦胧的感受便化为一种有秩序的情感符号。"② 不过，顾随所讲不是诗固有的朦胧属性，而是朦胧之上的朦胧。

顾随说夷犹、坚实、氤氲三种姿态（境界），夷犹是天赋，"吾人非天才，故而不论。吾人可讨论者限二、三两种"③。既如此，锤炼由"观"而来，那么氤氲何以致焉？顾随说：

至于氤氲，无客观的叙事，多为主观的酝酿：

锤炼——复杂、变化，客观描述。
氤氲——单纯，无客观的叙事。

主观的抒情作品无长篇，如王、孟、韦、柳无长篇叙事之作。纪事应利用锤炼，客观；抒情应利用酝酿，主观，作品自然，不吃力。若题目可用，或锤炼，或酝酿。文人使用文字创作，犹如大将用兵，颇难得指挥如意。不过，锤炼、氤氲，人力功到自然成。至于夷犹、

① 顾随：《退之诗说》，载《顾随全集》卷五，第 355~356 页。
② 水天中：《诗性的沉思》，载氏著《当代画家集评》，第 206 页。
③ 顾随：《退之诗说》，载《顾随全集》卷五，第 358 页。

缥缈，中国文字方块字、单音，不易表现此种风格，不若西洋文字，其音弹动有力。《离骚》《九歌》，夷犹缥缈，难得的作品；屈原，千古一人。①

夷犹的作品是极罕见的，屈原《楚辞》是异数，中国古典诗歌大体被锤炼和氤氲两种风致占了天下。顾随说：

> 锤炼、氤氲虽有分别，而氤氲出自锤炼。若谓锤炼是"苦行"，则氤氲为"得大自在"。俗话说"不受苦中苦，难为人上人"，用锤炼之功夫时不自在，而到氤氲则成人上人矣。唐人五言"曲终人不见，江上数峰青"、"落叶满空山，何处寻行迹"，自然，可说是得大自在。老杜"国破山河在，城春草木深"，好，而不太自在。韩退之七古《山石》亦不自在，千载下可见其用力之痕迹，具体感觉得到。苦行是手段，得自在是目的。若但美慕自在而无苦行根基，不行。亦有苦行而不能得自在者，然则画鹄不成尚类鹜，尚不失诗法；若不苦行但求自在，则画虎不成反类犬矣。②

顾随又举孟浩然"微云淡河汉，疏雨滴梧桐"句为例，认为此联是由锤炼到自在的典型。可见，氤氲多为写景，且借景抒情、借景写意的作品，不是像大谢诗那样较为客观的写景，也不是纯抒情（如"此情可待成追忆，只是当时已惘然"，纯抒情太浓、太清楚）。谢朓"大江流日夜，客心悲未央"，陶渊明"微雨从东来，好风与之俱"，是自然、自在，但非夷犹，也不是氤氲，因为没有混沌的意境。氤氲，也是合修辞与意境而言的——修辞自然，意境混沌而不晦涩。应当说，氤氲的境界主要在唐诗中，唐诗的好处就在于锤炼而又自然。如王维"江流天地外，山色有无中""行到水穷处，坐看云起时"，皆是。氤氲，是语短韵长，味在酸咸之外；锤炼，如"国破山河在，城春草木深"则是意在言内。若比锤炼为工笔画，则氤氲、夷犹是写意画。氤氲有淡远之致，孟浩然、王维、韦应物的诗，中国的山

---

① 顾随：《退之诗说》，载《顾随全集》卷五，第357～358页。
② 顾随：《退之诗说》，载《顾随全集》卷五，第358～359页。

水画，都以淡远为主。夷犹是高，氤氲是远，锤炼是深，这三种风致恰好是人的感觉的三个维度——感觉也是三维的。

夷犹太难，氤氲也不易，所以，顾随说："中国诗可走锤炼的路子。"① 锤炼门槛低、可靠，然万不可死于句下。就文字而言，我们写现代诗，还是要好好地参唐诗。现代文学的语文风格，若达到氤氲，就是很高的境界了。鲁迅的文字，凝练有力，锋芒毕露，却少了从容自然。汪曾祺的文字，由锤炼而得自然、自在，但缺陷是气象不大，力度不够。萧红的写景、抒情，有缥缈、夷犹之致，真有天赋，可惜早逝了。木心的文字极富表情（表现性），由千锤百炼而来，可他的梦想是陶渊明、莫扎特那样的风姿。

正是：才力应难跨数公，凡今谁是出群雄？

以上，是我对顾随所谓诗的三种姿态：夷犹、氤氲、锤炼的粗浅理解。

要之，从古到今的中国文学批评，运用"夷犹"这一术语者很少，只有顾随对"夷犹"做了理论的阐释，并上升到文学理论的高度。顾随说："'夷犹'，此二字甚好，而人多忽之。"② 可以说，"夷犹"是顾随提出的一个具有开创性且学理深刻的文学批评概念，是对文学理论的贡献。氤氲，虽源自画论，但顾随移花接木，将其用于文学批评，言之成理，也是创造性的。

而且，"夷犹"作为文学作风概念，不仅适用于写景、抒情，也可指叙事、议论，所以顾随说散文中《左传》《庄子》是夷犹的代表，欧阳修文章也有夷犹之致。夷犹的本质是自得、不使力的感觉，各种文体、表达方式都可以表现夷犹。氤氲是由锤炼而至于自然、自得。因此，夷犹、氤氲，不仅可以应用于古典文学批评，也可用于现代文学批评，乃至外国文学批评，甚至可以作为广泛应用的艺术批评术语，如绘画、书法、音乐等。中国水墨画中，风姿高逸的写意画，大约可属夷犹。书法中，郑虔凤翥鸾翔、一片化机的草书《大人赋》，也可谓"夷犹"。至于音乐，夷犹的作品就更多了，因为声音更易形成缥缈的感觉。这些联想，只是我的浮浅之见，未必准确。读者自可深思。

夷犹、氤氲，这些词语都来自中国古典，但顾随赋予它们崭新的意义，

---

① 顾随：《退之诗说》，载《顾随全集》卷五，第360页。
② 顾随：《退之诗说》，载《顾随全集》卷五，第349页。

这是对传统的激活。百余年来，我们中国的文化，一直仰仗传自西方的理论话语，至今只有追赶之机，而很少"发明"自己的理论话语。难道我们的传统文论中真没有可以"放之四海"的理论吗？顾随所谓"夷犹""氤氲""言中之物、物外之言"等理论，为我们提供了有益的启示。

陆机《文赋》："考殿最于锱铢，定去留于毫芒。"这是讲锤炼的手段。上文所引《文心雕龙》句乃是讲锤炼的结果。"殿"是最后的，"最"是最好的，"殿最"犹言优劣；"去留"如说推敲。

人谓山谷诗如老吏断狱，严酷寡恩，不是说断得不对，而是过于严酷。在黄诗中很少看出人情味，其诗但表现技巧，而内容浅薄。江西派之大师，自山谷而下十九有此病，即技巧好而没有内容，缺少人情味。

在作品中我们要看出他的人情味，如《诗·小雅·采薇》之"杨柳依依"岂经锤炼而来？且"依依"等字乃当时白话，千载后生气勃勃，即有人情味。

功夫用到家反而减少诗之美，锤炼之结果往往仅有形式而无内容。

**解评**：见上。

山谷真做到了"锤字坚而难移"，山谷思想虽空洞，而修辞真有功夫：

> 心似蛛丝游碧落，身如蜩甲化枯枝。（《弈棋二首呈任公渐》其二）

欲作诗需对世间任何事皆留意。"蜩甲"即蝉蜕。蝉之蜕化必须抓住树木，不然不易蜕化，又必拱了腰。人下棋时如蜩甲然。山谷此句虽锤字而无"结响"。

**解评：**见上。

中国文字原缺少弹力，一锤炼更没弹性。白居易之"后宫佳丽三千人，三千宠爱在一身"（《长恨歌》）二句，亦有锤炼，而尚有弹力。后山把白居易"后宫佳丽三千人，三千宠爱在一身"十四字，缩为五字——"一身当三千"。此即锤炼之病，太死，若没读过白诗，不能读懂此句，此句乃借助"后宫"两句才能成立。此病即使置内容不论，文字亦缺少弹力。

中国人写诗到老年多无弹力，即过于锤炼。锤炼之功不能不用，否则有冗句、剩字。

《楚辞》常用"兮""也"等语词，如：

> 何昔日之芳草兮，今直为此萧艾也。
> 岂其有他故兮，莫好修之害也。（《离骚》）

此尚非《骚》之警句，意思平常，而如此说来特别沉痛。若去掉其语词则没诗味。盖语词足以增加弹性。

创作亦有专不用语词者，即锤炼，乃两极端。

夷犹与锤炼之主要区别亦在弹力。

**解评：**见上。

锤炼之结果是坚实。若夷犹是云，则锤炼是山；云变化无常，山则不可动摇，安如泰山，稳如磐石。

夷犹是软，而其中有力。此所以《骚》之不可及，乃文坛彗星，倏然来去，前无古人，后无来者。老杜诗坚实而有弹性；江西诗派自山谷起即过于锤炼，失去弹性，死于句下。

夷犹非不坚实，坚实非无弹性。

**解评：**见上。

须有夷犹之天赋始可写夷犹之作品，吾辈凡人所重，应在锤炼。

盖锤炼甚有助于客观的描写。而"客观的"三字加得有点多余，凡描写皆客观。身心以外之事，自然皆为客观。然而不然。盖描写自己亦客观，若不用客观态度，不仅描写身外景物不成功，写自己亦不成功。老杜《茅屋为秋风所破歌》是有名作品，而其中描写自己常用客观态度，如"唇焦口燥呼不得，归来倚杖自叹息"，似乎在作者外尚有观者在焉。曾子"吾日三省吾身"（《论语·学而》），若非一人分而为二，何能自省？自己观察自己所做的事，不但学文时应如此，即学道亦有用。

锤炼之句法最是练习客观的描写。韩退之诗即能锤炼，故其客观描写好，如其《山石》。吾人看出其锤炼，而锤炼尚有条件，即客观有余裕。

山谷、诚斋诗，千锤百炼，然人不能受其感动，只理智上觉得好，非直觉的好。《诗》、《骚》、"古诗十九首"皆为直觉的好，如"杨柳依依"、如"嫋嫋兮秋风"、如"思君令人老"。老杜锤炼而尚能令人感动，山谷、诚斋则不动人，盖其出发点即理智，乃压下感情写的，故吾人感情不会为其所引动。如山谷"下棋"诗，写下棋之用心、外表甚好，而此不能触动人的感情，太客观。然而短处即长处，长处即短处。学诗至少须练会锤炼之本领。盖吾人写诗不能离开描写，唯此乃手段，非目的，不可至此便完。江西派就以为能锤炼即可，实则此但为文学之一部分。但此功夫必须用，且此不似夷犹之不可捉摸，用一分功，得一分效。此功夫不负人。

**解评**：见上。

锤炼是渐修，韩退之所谓"六字常语一字难"（《记梦》）即苦修，每字不轻轻放过。然此但为手段，不可以此为目的。"工欲善其事，必先利其器"（《论语·卫灵公》），"利其器"是手段，"善其事"是目的。

用锤炼功夫可使字法、句法皆有根基，至少可以不俗、不弱。不俗、不弱是说字句，是从"力"来，而"力"从锤炼来，每字用时皆有衡量。

**解评**：见上。

锤炼宜于客观的描写，作诗有时应利用此点。如老杜《北征》，乱后回家，对此茫茫，心中当如何？而老杜是诗人，未忘掉客观，故尚能注意路上景物。不然则归心似箭，岂能复有心情欣赏路中景色？老杜则连山上小果木皆看见："山果多琐细，罗生杂橡栗。或红如丹砂，或黑如点漆。"（《北征》）

**解评**：见上。

客观写法是大诗人不能没有的。凡作诗遇头绪多而复杂变化者，须用锤炼。故作长篇必须有健句支撑，老杜最拿手。尤其叙事之作品，更要健。老杜《哀江头》是何等气概！韦庄《秦妇吟》写黄巢之变，其叙事比《长恨歌》好，字句锤炼好。

不但叙事，写景亦须锤炼，如退之"芭蕉叶大栀子肥"。

**解评**：见上。

字句之锤炼可有两种长处：一为有力坚实，如杜甫之"星垂平野阔，月涌大江流"（《旅夜书怀》）；二为圆润，如孟浩然之"微云淡河汉，疏雨滴梧桐"。韩愈诗用字坚实不及杜，圆润不及孟，但稳。

**解评：** 杜诗有芒角、锋棱，孟浩然、王维把锋芒都去除了，所以是圆润。

性情不同，表现感情姿态有异。

诗的姿态：一、夷犹、缥缈；二、坚实；三、氤氲。

"氤氲"二字，写出来就神秘。氤氲，一作细缊，音、义皆同，而细缊老实，氤氲神秘，从"气"之字多神秘。

氤氲乃介于夷犹与坚实之间者，有夷犹之姿态而不甚缥缈，有锤炼之功夫而不甚坚实。锤炼是清楚，氤氲与朦胧相似。氤氲是文字上的朦胧而又非常清楚，清楚而又朦胧。若说夷犹是云，锤炼是山，则氤氲是气。

锤炼、氤氲虽有分别，而氤氲出自锤炼。若谓锤炼为"苦行"，则氤氲为"得大自在"。俗话所说"不受苦中苦，难为人上人"，用锤炼之功夫时不自在，而到氤氲则成人上人矣。苦行是手段，得自在是目的。若但羡慕自在而无苦行根基不行。亦有苦行而不能得自在者，然则画鹄不成尚类鹜，尚不失诗法；若不苦行但求自在，则画虎不成反类犬矣。

**解评：** 见上。

孟浩然诗句：

微云淡河汉，疏雨滴梧桐。

从锤炼到氤氲有关联，其关联参此十字可以体会。"微"

"淡""疏""滴"等字，皆锤炼之功夫。又"河""汉"皆水旁，"梧""桐"皆木旁，水旁之字，一看字如见水之波浪翻动；"淡""滴"声亦近。作诗要抓住字之形、音、义。"微云"二句是锤炼而无痕迹，从苦行得大自在，此已能"善其事"矣。

没锤炼根基欲得氤氲结果，不成。致力于锤炼不到氤氲，尚不失诗法。

**解评**：见上。

叙事写景需要锤炼，应利用锤炼的功夫。抒情应利用酝酿功夫。

**解评**：见上。

# (十一) 风格论

西洋之文学艺术有两种美：一为秀雅（grace），一为雄伟（sublime）。实则所说秀雅即阴柔，所说雄伟即阳刚。前者为女性的，后者为男性的，亦即王静安先生所说优美与壮美。前者纯为美，后者纯为力。

诗是女性，偏于阴柔、优美。中国诗多自此路发展，直至六朝。至杜甫已变，尚不太显。至韩愈则变为男性，阳刚、壮美。若以为必写高山、大河、风云始能壮美，则壮美太少；此是壮美，而壮美不仅此，要看作者表现如何。

韩愈《山石》：

> 芭蕉叶大栀子肥。

"芭蕉""栀子"，岂非阴柔？而韩一写，则成为阳刚之美。唐宋诗转变之枢纽即在"芭蕉叶大栀子肥"一句。

唐诗之变为宋诗，能自杜甫看出者少，至韩愈则甚为明显，到江西诗派则致力于阳刚。

**解评：**见下。

顺阴柔走是诗的本格，而走得太久即成为烂熟、腐败，或失之纤弱。至晚唐，除小李杜外，他人诗亦多佳者。"一种风流吾最爱，六朝人物晚唐诗"（东瀛诗僧大沼枕山语），而晚唐诗即失之弱，有一利即有一弊。晚唐牧之尚好，义山未能免此。江西诗派则易流于粗犷，山谷未能免此。反之二陈了不起，尤其简斋。简斋用宋人字句而有晚唐情韵，如《清明二绝》其二：

> 一帘晚日看收尽，杨柳春风百媚生。

又如《春雨》：

> 孤莺啼永昼，细雨湿高城。

亦似晚唐，唯《春雨》二句尚有力，有"江西"味。

故主张唐情宋思，用宋人炼字句功夫去写唐人优美之情调。

**解评**：此节及以下两节都是讲文学艺术的阴柔美与阳刚美。无理论发明，但重要的是：顾随如何通过李、杜诗，韩愈诗，及唐宋诗的例子，来说明诗的阴柔与阳刚。

顾随将"grace"翻译成"秀雅"，甚好。他进而说"所说秀雅即阴柔，所说雄伟即阳刚"，也即王静安所谓"优美与壮美"。无论中西，人们都意识到：在天地之间存在两种美——优美与壮美。这两种美，首先表现于天地自然以及人类本身，其次才表现于文学、艺术。优美与壮美，是两种不同的气质、感觉，"前者为女性的，后者为男性的"，所谓"女性的""男性的"是一种借喻的说法，这正说明女人和男人典型地体现了阴柔与阳刚两种气质。

雄伟、秀雅两种美，常混合在一起，顾随举杜甫"国破山河在，城春草木深"句。"国破山河在"是雄伟，"城春草木深"是秀雅，二者合一，乃是更完全的美。无论自然、人，还是艺术，最美的都是兼具阴柔与阳刚两种气质的，雌雄合一是最高境界。

"诗是女性，偏于阴柔、优美。"此说甚是。在诗歌、散文、小说、戏剧诸文体中，诗歌是最优美的。在本性上，诗偏于阴柔。因为诗主情，情感是温柔的。古之诗教曰"温柔敦厚",温柔敦厚乃诗之正格。顾随在《〈文赋〉十一讲》中也说:"凡缘情之作,无不美、不柔者。诗是软性的,而在诗史上,诗是由软性发展成为硬性,由缘情而变为理智。宋诗是理智、硬性。文由硬性变为软性。"① 严羽针对有人评唐诗"雄深雅健"说道:

> 仆谓此四字但可评文,于诗则用"健"字不得。不若《诗辨》"雄浑悲壮"之语为得诗之体也。②

"中国诗多自此路发展,直至六朝。"六朝诗文皆是绮靡的,软性的。"至杜甫已变,尚不太显。至韩愈则变为男性,阳刚、壮美。"杜甫诗是中国诗歌的一大转折,此前的诗偏于自然化,而杜诗千锤百炼,使得人工化诗风更趋强烈。杜诗,格外用力于文字、用典,渗入散文作风,富于拗折之气,宋诗特点在杜诗中已经显露。但杜诗的向硬性发展,在有意无意之间,韩愈的诗则是刻意追求壮美、雄健,甚至狠重险奇。元好问说:"拈出退之山石句,始知渠是女郎诗。"(《论诗绝句》)"渠"指秦观,以韩愈的《山石》为对照而称秦观诗为"女郎诗",即暗示韩愈的诗富于男性气质。苏轼曾说:"诗之美者,莫如韩退之,然诗格之变自退之始。"③ 其意大约是:韩愈的诗很美,却非诗的正格。正格者,温柔敦厚也。

所谓"壮美""优美",不仅与描写对象有关,关键还在于表现方式,如写高山大河,李白的"登高壮观天地间,大江茫茫去不还,黄云万里动风色,白波九道流雪山"(《庐山谣寄卢侍御虚舟》)为壮美,韩愈诗"江作青罗带,山如碧玉篸"(《送桂州严大夫》)则是优美的,王维的"江流天地外,山色有无中"(《汉江临眺》)则壮美与优美相融无间。"芭蕉叶大栀子肥"是韩愈七古《山石》中句。芭蕉、栀子是植物,植物都是阴柔的,韩愈却写出了壮美的感觉——此前无人如此写芭蕉与栀子。前人多以《山石》为韩愈阳刚诗风的代表,而顾随则更为敏锐地抓住"芭蕉叶大栀子肥"这一句,以为其化柔为刚,"唐宋诗转变之枢纽即在'芭蕉叶大栀子

① 顾随:《〈文赋〉十一讲》,载《顾随全集》卷七,第99页。
② (宋)严羽:《答出继叔临安吴景仙书》,载(宋)严羽著,郭绍虞校释《沧浪诗话校释》,人民文学出版社,1983,第252页。
③ (宋)胡仔:《苕溪渔隐丛话》前集卷十七引。又见(宋)魏庆之《诗人玉屑》卷十五。

肥'一句"。此言不可拘泥理解。滴水见海，顾随是要我们明白这句诗典型地透露了唐宋诗转变的信息。

韩愈有意转变唐诗作风，其影响后世甚为深远，尤其江西诗派，其"一祖三宗"中虽没有韩愈，但较之杜甫，其作风与韩愈其实更近，即所谓"以文字为诗，以才学为诗，以议论为诗"，这是一种更趋向于用智的作风，智是阳刚的。黄庭坚的用智比韩愈强烈许多，与杜甫的深情相去较远。用智太深，则会流于晦涩，杜甫没有黄庭坚的晦涩。

可见，阳刚是不能过头的，"顺阴柔走是诗的本格"，而顾随又很辩证地看到了另外一面——"而走得太久即成为烂熟、腐败，或失之纤弱"，譬如晚唐诗，情韵宛然，但总体上失之柔弱。一般诗人且不说，即使是李义山，也不免柔弱（女性气质偏重），杜牧尚有豪情健意（杜牧的性格和作风更接近盛唐，却生当晚唐，故在豪健之外生出一份颓放）。

顾随说江西诗派易流于粗犷。所谓"粗犷"即太刚，典型者为黄庭坚，陈师道、陈与义尚好。陈与义虽被奉为江西诗派"三宗"之一，但他的诗较少江西诗派的毛病，而能将唐情宋思调和，除"一帘晚日看收尽，杨柳春风百媚生""孤莺啼永昼，细雨湿高城"外，再如"飞花两岸照船红，百里榆堤半日风"（《襄邑道中》）、"寂寞小桥和梦过，稻田深处草虫鸣"（《早行》）等句，皆颇有晚唐风致。陈与义的七律（如《登岳阳楼》《伤春》）则更富江西诗派锤炼矫健的作风，黄庭坚的七律尽管矫健，却无杜甫、陈与义那样的沉郁顿挫。山谷深情不及简斋，且没有简斋那样的国破家亡的遭遇。

要之，顾随主张"唐情宋思"，即阴柔与阳刚的调和。宋诗中最好的诗都不是典型的宋诗，而是有宋诗底子，向唐诗靠拢的诗，如王安石晚年绝句。

关于韩愈对唐宋诗风转变的影响，古代及现代有不少学人都曾论及。可是以"芭蕉叶大栀子肥"一句为唐宋诗转变枢纽的说法，仅顾随一家。蒋寅《韩愈诗风变革的美学意义》① 一文对此问题有总结式的研究，他从韩诗的"生涩感"、韩诗取材对"雅"的颠覆、韩诗声律的反和谐倾向、韩诗语言的反传统特征、审美意识的变异等方面得出结论，以为韩诗"以险怪、

---

① 蒋寅：《韩愈诗风变革的美学意义》，台湾《政大中文学报》2012 年第 18 辑。

谑俗、生新、粗硬的趣味，冲击了古典诗歌典雅和谐的审美理想，以一种新的诗歌美学开了古典诗歌走向近代的先河"。应当说，蒋寅的论述和判断很全面、准确。可是他在文章结尾又说韩诗对古典清奇雅正和谐之美的颠覆，是中国文学现代性的一种萌动，并且引用王德威论述晚清文学的一个说法"被压抑的现代性"，以为韩诗的"现代性"也正是"被压抑的现代性"——此观点，我不能苟同。韩愈的诗风，及其对诗风转变的影响，其实就是古典诗歌本身的一种转变，顶多就是唐宋诗的转变，这有何"现代性"可言？难道古典美学中就没有新奇、险怪、雄壮、刚硬？为什么这种审美意识就是"现代性"？而且还加上了"被压抑"？谁在"压抑"这种"现代性"？为何要"压抑"？我实在看不出韩愈的审美意识有什么"被压抑"的。难道说韩愈这样的诗风在韩愈之前早就应该出现？即便王德威论晚清文学的所谓"被压抑的现代性"也是有逻辑漏洞的。晚清文学出现了现代性——既已萌动，又有何压抑？照这样说，所有事物在萌发阶段都是"被压抑的"吗？

幽默有三种：

一种是讽刺。此种近于冷。如一篇故事写一学生准备了高帽子送人，老师因此训斥他，学生说天下只有老师不喜戴高帽子，老师高兴了。此故事是讽刺，但近于冷。

又一种是爱抚。发现人类或社会之短处，但不揭破它，如父母之对子女，带着忠厚温情。

又一种是游戏。如故事中所说之"春雨如膏"——"夏雨如馒头"——"周文王如塔饼"。既非刻薄，又非爱抚，只是智慧。

至于揭人阴私，血口喷人，品斯下矣。

**解评：**幽默，是一大问题。专门讨论幽默的书就有不少，学者、作家们《论幽默》之类的文章就更多了。幽默是人类重要的一种精神现象，西方人探讨幽默更深入些。以我的观察，中国人是富于幽默感的，虽然正统文人很少在作品中表现幽默，但这并不意味着他们在生活中不幽默。中国的诗文太雅了，难以容纳幽默（不过也有，如陶渊明、杜甫、杨万里的诗就不乏幽默）。后来，戏曲、小说发达后，幽默才得以释放。至于民歌、民间故事中的幽默，那从来都是幽默的老家。学者王学泰有本随笔集《中国人的幽默》，探讨中国的幽默文化，很有意思。

明以后，各种笑话集大量出现。现代以来，"humor"被提到了相当的高度，最有名的是林语堂。中国本无"幽默"一词，古人说法叫"滑稽"。据说"幽默"这个词是林语堂根据英文翻译发明的。林语堂提倡幽默是为了反对面孔冷硬的道学，为了性灵的生活。

顾随这里将幽默分为三种：讽刺、爱抚、游戏。我以为是对的。

讽刺是嘲笑的，带有攻击性的。它的幽默，在于暴露对象可笑的弱点。讽刺是攻击性的，所以是冷的。其例甚多，兹不赘举。但值得注意的是，顾随说："讽刺可，讥笑不可。鲁迅先生讽刺，是讽刺普通大众的人性，若对一人而发，便是轻薄。"① 此类例子也甚多，尤其在现代文学中。所以，讽刺很容易沦为讥笑。真的讽刺应该有理想性——讽刺是把理想翻转过来让我们看，而讥笑则是纯粹拿别人弱点寻开心，如赵本山的小品《卖拐》。讥笑是真的冷漠，而讽刺是外冷内热。

爱抚。"发现人类或社会之短处，但不揭破它"，这短处是不甚严重的短处，因而不攻击它，而只是开开善意的玩笑，如有一笑话说一个人不小心摔地上了，刚起来，却又跌倒，于是自言自语："早知道还有一跤，刚才就不该起来。"再讲一故事。有一人命令他的儿子说："你的一言一行，都得学你的老师。"儿子将此话谨记于心。有次陪老师吃饭，老师吃，他就吃，老师喝，他就喝，老师侧身他也侧身。老师见他如此，不禁暗笑，便放下筷子打了个喷嚏，学生这回学不来了，乃作揖向老师道："我老师的这等妙处，实在是难学啊！"呵呵，这样的幽默是温厚的。杨万里的绝句《嘲稚子》曰："雨里船中不自由，无愁稚子亦成愁。看渠坐睡何曾醒，及至教眠却掉头。"这便是爱抚的幽默。元代杜仁杰的散曲《般涉调·耍孩儿》（庄家不识构阑）里写一个庄稼汉进城看到构阑演戏，见所未见，呆头呆脑的样子，《红楼梦》里写刘姥姥和板儿进大观园的村、傻、憨，都是善意的嘲弄，是爱抚。

还有一种幽默是游戏，"既非刻薄，又非爱抚，只是智慧"。我在课堂上讲到杨万里的诗句"梅子留酸软齿牙"时，说："梅子很酸的，吃完了，

---

① 顾随：《论小李杜》，载《顾随全集》卷五，第397页。

酸劲还留在牙齿间，所以说'梅子留酸软齿牙'。不过主要原因是杨万里没有冷酸灵牙膏，如果有冷酸灵牙膏，也就不至于'梅子留酸软齿牙'喽。"学生笑了。我想，这大概就是游戏的幽默吧。这是最不含意义、最让人放松的幽默，其幽默感来自思维的出其不意的转换，现在很多"脑筋急转弯"题都是这一类的。中国古典名著中，《西游记》是最富幽默感的，其幽默即多属"游戏"。

现代文学中，幽默曾风行一时，林语堂、鲁迅、梁实秋、老舍、张天翼、钱钟书都各有其幽默。以我之见，现代中国最好的幽默文章，是并非以作家自命的温源宁的《一知半解》[1] 中那些写人的散文。温先生对他所描写的人既是调侃的（有时也不乏讽刺），又是爱抚的、游戏的，那是真正的最纯粹的幽默。

那么，幽默的本质是什么呢？林语堂说："我想幽默一词指的是'亦庄亦谐'，其存心则在于'悲天悯人'。"[2] 此观点，我不太认同。悲天悯人，把幽默说得太严肃、太有使命感了。我以为，幽默的本质是游戏思维的乐趣，它体现的是人们对于天真的渴望，以及一种"返老还童"式的机智和想象力。讽刺、爱抚和游戏三种幽默，是从低到高的顺序。讽刺是世故的、尖锐的、发泄的，爱抚和游戏是天真可爱的；讽刺是重口味的，爱抚和游戏是轻灵派的。爱抚和游戏的幽默，是先将自己融化在乐趣里了，再把这乐趣传送给别人。

玄妙与神秘不同。神秘是深的，而玄妙不必深。

西洋大作家的作品皆有神秘性在内，而带神秘色彩之作品并不一定为鬼神灵怪。中国《封神榜》之类，虽写鬼神而无神秘性；若但丁《神曲》、歌德《浮士德》，亦写鬼神灵怪，则有神秘性。

带神秘色彩的作品乃看到人生最深处。神秘并非跳出人生，神秘是人生深处，玄妙则超出人生到混沌境界。

---

① *Imperfect Understanding*，由 17 篇写人的文章构成。其文皆不长，连载于 1934 年的《中国评论周报》。杜南星将其译为《一知半解》，钱钟书译为《不够知己》。

② 林语堂：《从异教徒到基督徒》，张振玉、工爻、谢绮霞译，湖南文艺出版社，2016，第543 页。

**解评：** 神秘是什么？是一种感觉。在于人心，而不在外物。原始人看见闪电，觉得神秘，现代人并不觉神秘。神秘是不可知、不可测的感觉。《周易·系辞》曰："阴阳不测之谓神。"在人类文化中，宗教是最富神秘性的。宗教揭示了人生的深处，同时又和鬼神灵怪结合在一起。鬼神灵怪其实并不神秘，而只是玄妙。神秘是一种内心的感觉，但要有感觉的对象，此对象即存在本身以及它的难以穷尽。顾随说："神秘是人生深处。"如，当你清醒地想到人的死，然后再看眼前活着、言语动作着的人，就会感到生命的神秘。陶渊明"纵浪大化中，不喜亦不惧。应尽便须尽，无复独多虑"便是看到了人生的深处，已入神秘之境。再如"采菊东篱下，悠然见南山"，看似简单，其实亦有神秘在焉。人生是神秘的，大自然也是神秘的——一轮红日从地平线上升起，天光漫开，元气淋漓，这岂非神秘？所谓"神秘"——神，是生命；秘，是深奥。不是说万事万物都是神秘的，而是当你探究至深处，看不清，想不明时，便会觉得神秘。

而诗的本性正是神秘的。诗是对存在的深意，及美的揭示，是对不可思议之物的颂歌，而且，诗的启示性的表现方式也是神秘的。

"玄妙则超出人生到混沌境界。"其实即超现实。神秘不是超现实。玄妙是幻想的，它更是一种现象境界，而神秘则是形上境界，是隐藏在事物当中的磁场般的黑洞，它向你招摇，却从不现身。神秘是比玄妙更高、更大的东西，与神秘比，玄妙只是小道。譬如《西游记》和《红楼梦》，一写神魔妖怪，一写现实人生，但《西游记》并不神秘，《红楼梦》反倒神秘，这神秘不在那些无比逼真的生活细节中，而是由那些细节描写最终给我们带来的生命的苍苍茫茫的感觉。伟大的文学作品必然抵达神秘境界。诗人是响应神秘召唤的人。

恐怖也是一种诗境，但中国诗写此境界、情调者极少。西洋有人专写此境界，如法国恶魔派诗人波特来尔，写死亡之跳舞，但写的是诗。

恐怖是一种诗情。人对没经验过的事，多怀有又怕又爱的心理，故能有诗情。但此种诗情在中国诗歌中缺少发展。大诗人不写此。

"耶娘送我青枫根，不记青枫几回落。当时手刺衣上花，今日为灰不堪着。"（唐《博异志》）此为鬼诗，唐人笔记多写此，但这首诗并不恐怖。"夜深翁仲语，月黑鬼车来。"（纪晓岚《阅微草堂笔记·如是我闻三》）此亦为鬼诗，恐怖，使人受不了，但还不恶劣。又如黄仲则《点绛唇》"鬼灯一线，露出桃花面"，或谓为凄绝。什么凄绝？简直是恶劣。

**解评**：中国的鬼文化、恐怖文化很发达，但中国诗人写恐怖境界者甚少。最突出者是李贺，他真把恐怖写成诗了。西方诗人写恐怖较多，如Baudelaire（波德莱尔，也译作"波特来尔"），坟墓、尸体、血、恶魔、吸血鬼，常出现在他的笔下。如：

> 一群猛禽栖在它们的食物上，
> 疯狂地撕咬一具腐烂的悬尸，
> 纷纷把邪恶的喙像镐样刨去，
> 刨进腐尸所有冒着血的地方；
>
> 双目已成空洞，肚子已被穿破，
> 沉甸甸的肠子流到了大腿上，
> 猛禽将丑恶的乐趣细细品尝，
> 坚喙一阵啄咬把他彻底阉割。
> （《库忒拉岛之行》）

这有点恐怖，但不美。他的十四行诗《血泉》第一节是：

> 有时我觉得我的血奔流如注，
> 像一口泉以哭泣的节奏喷出。
> 我清楚地听见它哗哗地流淌，
> 却总摸不着创口在什么地方。

这倒不恐怖，而是富有诗情的。

再如爱伦坡的《乌鸦》，就是有恐怖氛围的好诗。

恐怖是让人不适的心理感觉。而当恐怖成为艺术作品的表现对象时，人们对它的态度就会由排斥变成好奇和欣赏，如同对于暴力一样。为什么呢？顾随说："人对没经验过的事，多怀有又怕又爱的心理。"所以恐怖成为一种诗情，这诗情来自好奇、幻想、欣赏等心理。其实诗人写坟墓、鬼等恐怖的物象，是为了营造氛围，传达恐怖、压抑、凄凉、哀怨、幽冷的情绪，这才是恐怖作品真正要表达的东西。

西方诗人深受宗教影响，动辄脱离人间到天堂或地狱里去了，所以多写恐怖境界。中国人执着现世，虽也常谈神说鬼，但多以稗闻野语视之，不似西人之严肃，因此很少写恐怖。李贺写恐怖，是他的心境压抑到极点的产物，非如此不足以表现其反常心理。蒲松龄《聊斋志异》中的狐妖鬼怪往往很美，是因为作者把狐妖鬼怪人化了。

"鬼灯一线，露出桃花面"，出自清代黄仲则词《点绛唇》。顾随说此句恶劣，是因"鬼灯"与"桃花面"太不搭调了，只是搞怪。

其实，真正恐怖的不是鬼怪、死尸，而是人心。巴别尔的小说《札莫希奇市》中有这样一段：

> 又下起雨来了。一路上的水洼里漂着死耗子。秋天在我们的心的四周设下了埋伏，连树木都像一具具站立起来的赤身裸体的死尸，在十字路口摇来晃去。[1]

这种恐怖不是来自景物，而是来自残酷战争中恐惧的心灵。

顾随所写的关于精神变态的杀人狂房五的小说《废墟》，就是一篇富有恐怖色彩的小说。中篇小说《佟二》中的有些段落也写得恐怖，如：

> 离那棵枣树不远，四围是大大小小的果树，中间是一块较为宽阔的地方，就在那里赤裸裸地在日光下仰卧着他的女人。头发披散着。

---

[1] 〔苏联〕巴别尔：《札莫希奇市》，载氏著《骑兵军》，王天兵编，戴骢译，人民文学出版社，2004，第116页。

脸上是指爪挖破的带血的伤痕；大概是她自己挖的，因为她的十个指甲上都带着血。高高地耸起的乳上，早已没有了乳头，没有人知道是被人咬下的，抑是被刀子割下来的，还是被乌鸦啄去的。那两条肥的圆的腿在沙地上向着天空，直挺挺地"八"字地摆开；胯下仍然继续地流着血。身上脸上都显着被乌鸦啄破的痕迹，两只眼睛也同他的小儿子一样是津津地流着血的两个鲜红的窟窿！[①]

如果你只读顾随诗词，很难想到如此冷静恐怖的描写会出自顾随笔下。就《废墟》和《佟二》这两篇小说看，顾随描写恐怖，乃有意为之，当是受了西洋小说的影响，似乎还能嗅到《水浒传》中杨雄杀妻的味道。

孟浩然"野旷天低树，江清月近人"（《宿建德江》）句，是荒凉，但是不恐怖，经过美化了。这两句是冷落。李义山"夕阳无限好，只是近黄昏"（《登乐游原》）两句是悲哀。但读此"夕阳"二句，总觉得爱美情调胜过悲哀。

**解评：**荒凉境界，诗中多有。"野旷天低树，江清月近人"其实不甚荒凉，顾随说是"冷落"，然。柳宗元的《江雪》倒是荒凉的，但也美化了。"夕阳无限好，只是近黄昏"是悲哀，而"爱美情调胜过悲哀"。晏小山"当时明月在，曾照彩云归"（《临江仙》）、姜白石"过春风十里，尽荠麦青青"（《扬州慢》）也是悲哀，读来却是美的。

还有，荒凉而恐怖的，如曹操"白骨露于野，千里无鸡鸣"（《蒿里行》）。

辞赋、文章中写荒凉者更多，如鲍照《芜城赋》。所谓"白杨早落，塞草前衰。棱棱霜气，簌簌风威。孤蓬自振，惊沙坐飞"，真堪动人心魄也。

之所以很多作家笔下的荒凉读来是美的，是因荒凉本身有种美感。我们来看高尔泰的散文《出死》对戈壁滩夹边沟一带风景的描写：

---

① 顾随：《佟二》，载《顾随全集》卷二，第 66 页。

　　　　傍晚醒来，落日苍茫。车到一个小镇。郊外散落着一些农家的土屋，坑洞里冒着秋秸和干畜粪的浓烟。烟不上升，在大野上凝成沉云，逐渐溶解在暮霭之中，使暮霭涸浊而有焦糊味，昏黄里透着晚霞的夜紫。若有若无地可以望见荒草的丛莽，成排的白杨，黄沙簇拥的地埂。虽然都毫无绿意，却使我十分感动。①

　　文学中对荒凉景象的描写，常是作者悲凉情绪的表现，如"白骨露于野，千里无鸡鸣"。再如，鲁迅小说《故乡》中的一段：

　　　　时候既然是深冬，渐近故乡时，天气又阴晦起来，冷风吹进船舱中，呜呜的响，从篷隙往外一望，苍黄的天底下，远近横着几个萧索的荒村，没有一些活气。我的心禁不住悲凉起来了。

　　诗中有"招隐"与"游仙"。
　　《昭明文选》中，诗即有"招隐"一类。
　　隐士，不成阶层，成为一类人，他们对现实不满，又感自身之无能为力，没有斗争的勇气，于是摆脱现实，与人世不接触。隐士由来已久，身份极高，"天子不得臣，诸侯不得友"（《后汉书·郭太传》）。"普天之下，莫非王土；率土之滨，莫非王臣"（《诗经·小雅·北山》），而隐士例外。他们轻富贵，并非不欲富贵，而是不满现实。但隐士都独善其身，避人避事，活着是为了自己，于社会不起积极作用，虽不与统治者同流合污，于社会无补益。皇帝，尤其开国皇帝，都尊重隐士，这是一种手段，隐士在人们中有威望，为不办坏事的好人，皇帝借尊隐士得民心。再者，隐士对皇帝威胁性不大。

　　"招隐"，一说是招抚隐士出而辅政，一说是社会政治腐败，召唤隐士出而避世。也有"反招隐"，那是不以隐士为尊，认为隐

_____

① 高尔泰：《寻找家园》，花城出版社，2004，第156页。

士无意义。

古诗中亦有"游仙"诗。

游仙诗，赞羡仙人之诗。凡人来去不自由，寿命不满百，而仙人则遨游、百寿。游仙诗，以仙为主；后之游仙诗，以仙说人，以人为主，仙为辅。唐以后，游仙诗作得很少。

**解评：**招隐诗与游仙诗，最早皆见于《文选》。虽只寥寥数首，但颇有意义，因后世文学中书写隐士、隐居，及游仙者皆蔚为大观，盖其本源为"隐逸文化"与"神仙文化"。因此，隐士是何等人，我们如何看待隐士，便值得思考。顾随认为"隐士，不成阶层，成为一类人，他们对现实不满，又感自身之无能为力，没有斗争的勇气，于是摆脱现实，与人世不接触。"此说甚确。不过，这是就中国古代隐士而言。欧洲、中东、印度都有隐士，且大多是"宗教隐修之士"，虽避世而不脱离宗教，甚至是宗教徒中的严格派，如居住于沙漠中的基督教圣士、打坐于山洞中的藏传佛教僧人，中国隐士，绝无此类（中国隐士多隐于风景优美之地，其生活追求诗情画意，佛僧道徒亦如是）。中国的隐士，往往无宗教信仰，其隐居多出于对政治、世风的不满、不接受。和尚、道士虽出世，但不是隐士。比较典型的早期的隐士代表，如楚狂接舆，以及长沮、桀溺，他们谑笑孔子，嘲讽世事，可见其内心之不满。古代有词语"仕隐"，"隐"与"仕"相对，可见"隐"在中国文化中潜在的政治色彩。

中国还有一类人，叫"高士"，皇甫谧的《高士传》曾加以叙述、总结。高士中的许多人也是隐士，如传说中尧时的巢父、许由，皆避世不出，不营荣利，堪称隐士、高士。但巢父、许由的隐居，是否出于对现实的不满，不得而知，何况尧是传说中的圣帝。传说者的动机可能是——巢父、许由连尧统治的社会都加以躲避、不屑，更可见其胸次之高。总之，巢父、许由不是中国古代隐士的主流，他们主要是高士，乃高士之代表。隐士的精神底色，如顾随所言，往往出于对现实的不满，而又无可奈何，于是便洁身自好，如伯夷、叔齐、接舆、庄子、陶渊明等。西晋皇甫谧著有《高士传》《逸士传》，可见其心目中高士与逸士不同。陈寿《三国志·魏书》也有《逸士传》。逸士即隐士，隐、逸相连。《晋书》列《隐逸传》，皇甫谧、陶渊明传记皆在《隐逸传》中。隐士未必是高士，而高士一定是隐士。唐代卢藏用借隐居终南山获得大名，进而实现做官好梦，他就是隐士，但不是高士。隐士的情形很复杂。伯夷、叔齐因不接受周朝而隐，乃不得已；"四皓"为避乱而隐居商山；诸葛亮隐居隆中，是蓄势待发；隐于山中的高人陶弘景，则既想保持独立，也乐意为梁武帝建言献策，故称"山中宰相"，真是别具一格；陶渊明的归隐，固因他不接受刘宋政权，最深的原因，还是在于他不受检束的个性；严子陵稳坐钓鱼台，是因他深知刘秀称帝后，自己最好还是离远点，否则祸福难保。隐士中还有很多人，直是沽名钓誉的假货。不过，能借隐居而沽名钓誉，说明此社会尚看重不慕荣利之人，当今之世，谁若想借隐居而沽名钓誉，则无异于缘木求鱼了。

顾随说隐士的身份极高，并引《后汉书·郭太传》"天子不得臣，诸侯不得友"语，此点大有趣。中国古代隐士的地位为何那么高？这种观念从何而来？此种观念大约起于春秋、战国之时，尤其是战国。春秋末期以后，王纲解纽，世乱纷纷，避乱无为的隐士大量出现。这些隐士中有许多高人，进则为纵横捭阖之谋臣，退则为清静自守之贫士，故战国诸侯皆高度重视士。隐士即属于"士"阶层中的一类人。就士人而言，隐居彰显了人格的清高；就帝王而言，隐士是潜在的人才库，且隐者往往是叛逆者，若将隐者召辟，则收服人心，为我所用，一举两得也。历史上，这样的例子很多。若隐士不应征召，帝王们对他们赏赐、赠号、礼遇，则可显出其对士人的尊重，于己无害，于彼有光，锦上添花，何乐不为？如宋真宗对魏野、林逋的赏赐、旌表，皆是。顾随说："皇帝，尤其开国皇帝，都尊重隐士，这是一种手段，隐士在人们中有威望，为不办坏事的好人，皇帝借尊隐士得民心。再者，隐士对皇帝威胁性不大。"可谓道出了皇帝对待隐士的心机。最典型的，莫过于汉高祖刘邦对"商山四皓"的态度。

但顾随对隐士的评价并不高，他认为隐士虽不与统治者同流合污，但于社会无补益。因为顾随所秉持的是一种刚健有为的人生态度，哪怕面对的是黑暗，他说"现在要紧是有所作为"，所以他赞赏的是鲁迅风骨。不过鲁迅、顾随的峻急，与现代中国的严酷背景有关，古代的隐士，我以为不必苛责。生逢乱世，人处其中，大是不易，所谓"苟全性命于乱世"，"苟全"之中，深有苦衷；在乱世、衰世，甚至在所谓"盛世"，要有所作为，亦往往不得其志。因此，"达则兼济天下，穷则独善其身"，乃是历史的常态、历史的选择。否则阮籍不会那么痛苦，陶渊明也得不到精神的安顿。朱熹欲以经筵侍讲、帝王师的身份，教导宋宁宗，可是只做了四十六天便被贬了出去。徐渭考了八次科举而未中，一代天才如此不顾自尊，为何？就因他太想用世，太不想独善其身——然而，结果未必好。所以，入世，还是出世，历来是古代士人的一大难题，痛苦所在。历史教训愈多，士人愈明白。在古代，隐士是越来越多，而不是越来越少。现代中国，隐士没人理了。隐士是社会的一面镜子。

不过，古代也有质疑隐士者，如晋王康琚的《反招隐诗》。其诗有句云"小隐隐陵薮，大隐隐朝市""周才信众人，偏智任诸己。推分得天和，矫性失至理""归来安所期，与物齐终始"，其思想近乎列子的无所谓精神，似乎更高明，但基本只是说漂亮话而已。因而，质疑、批评隐居的，不是主流。

由"招隐"又联想至"游仙"。《文选》卷二十一即有"游仙"，列何敬宗游仙诗一首、郭景纯游仙诗七首。游仙诗最早出于对神仙的赞羡，顾随说："游仙诗，赞羡仙人之诗。"赞羡仙人的原因是"凡人来去不自由，寿命不满百，而仙人则遨游、百寿"。秦皇汉武，皆有求仙之事。此与秦汉方士、迷信文化有关，后与道家、道教融合。有求仙之事，必有求仙之辞，故游仙诗随之产生。但后来文人创作的游仙诗，逐渐掺入更复杂的意识，如对现实的不满、对世俗的鄙视，以及人生的空幻感等。顾随说："游仙诗，以仙为主；后之游仙诗，以仙说人，以人为主，仙为辅。"即此情形。如郭景纯的游仙诗，其"珪璋虽特达，明月难暗投""长揖当涂人，去来山林客""临川哀年迈，抚心独悲咤"等句，都分明显示出傲视政局的心态以及人生的永恒悲哀，这便让游仙诗的内涵更丰富了，是对游仙诗的发展。李善《文选》注曰："凡游仙之篇，皆所以滓秽尘网，锱铢缨绂，餐霞倒景，饵玉玄都。而璞之制，文多自叙。"① 所谓"文多自叙"即其中有更多的个人情怀的抒发，这段话，也是顾随游仙诗见解之所本。

游仙诗的集大成者，当然是李白。郭璞对待仙人的态度是理智的，李白则曾真心修道求仙，他的游仙诗比郭璞舒展潇洒得多，有时不可抑制地流露出一种天真的癫狂，如其《怀仙歌》曰："一鹤东飞过沧海，放心散漫

---

① （南朝·梁）萧统选，（唐）李善注《文选》第三册，上海古籍出版社，1986，第1018页。

知何在？仙人浩歌望我来，应攀玉树长相待。尧舜之事不足惊，自余嚣嚣直可轻。巨鳌莫载三山去，我欲蓬莱顶上行。"完全把自己和仙人看成同类，甚至比仙人都高，而借怀仙表达出的那种自由任适的精神，则是庄子精神的诗化呈现。不过，仙人终究是一个虚幻的精神寄托，没有一个诗人会相信自己不死，李白也不例外——除了那种癫狂的"我即仙人"的游仙诗之外，他也反复感叹过"富贵与神仙，蹉跎成两失"（《长歌行》）、"仙宫两无从，人间久摧藏"（《留别曹南群官之江南》）——游仙而所得苦乐如此，中国的游仙诗在李白这里也就到了尽头。

"唐以后，游仙诗作得很少。"这是很明显的事。读文学史，不可不注意此点。进入宋代，不仅游仙诗极少，边塞诗、任侠诗、宫词都几乎不作了。这是思想文化的转变，岂止是文学之事？宋代道教并不衰落，但文人却极少写游仙诗，何故？说到底，恐怕还是理智增加的结果。诗人们觉得游仙太虚幻，苏轼、陆游们的浪漫终究只是人世间的浪漫（苏轼的《水调歌头·明月几时有》即典型）。就诗而言，天真、幻想、癫狂的缺失，也许是一种遗憾。

# （十二）文字与修辞论

欲了解中国文字之美，且用得生动有生命，便须不但认其形，还须认其音。西洋字是只有音而无形，不要以为中国文字只是形象而无声音，如"乌"字，一念便觉乌黑乌黑，一点儿也不鲜明，且字形亦似乌鸦。若西洋之"raven"，则就字形看，无论如何看不出像乌鸦。中国字则兼形、音二者而有之。然若"冉冉""奄奄"则只有声而无形。

**解评**：此节及以下三节都是讲文学的"声音层面"，即"声文"问题。

刘勰在《文心雕龙》中提出文学是情文、形文和声文的组合体。陆机《文赋》虽未提出这三个概念，但已有此意。顾随《〈文赋〉十一讲》中说："'其会意也尚巧'——情文；'其遣言也贵妍'——形文；'暨音声之迭代，若五色之相宣'——声文。"① 中国文学的"声文"根基于汉字。汉字的最大特点是不仅象形，而且其声与其形、义相互配合。汉字大部分由形声字构成。所以，汉字富有音韵之美。诗、辞赋、骈文都是相当考究音韵的文学。

顾随说中国字的声音很有表现力，如"乌"，其读音便使人产生色彩的联觉。西洋字，如英语的声音很有表现力，如 buzz 是飞虫的嗡嗡声，bang 是关门的"砰"声、枪声。但字母文字最大的不足，是字形不能表现字义。

中国字给人一个概念，而且是单纯的；外国西洋字给人的概念是复杂的，但又是一而非二。中国字单纯，故短促；外国字复

---

① 顾随：《〈文赋〉十一讲》，载《顾随全集》卷七，第 116 页。

杂，故悠扬。中国古代为补救此种缺陷，故有叠字，如"盈盈""依依"。

诗难于举重若轻。以简单常见的字表现深刻的思想情绪。如"雨中山果落"（王维《秋夜独坐》）小学生便可懂，而大教授未必讲得上来。

中国文字在修辞上易美，而在表达思想及写实上有缺憾，因为音节太简单，单音、整齐。思想是活的，如云烟幻变，而文字是死的。表达思想不仅用字形、字义，而且用字音。如韩愈"山石荦确行径微"（《山石》），用"荦确"二字，若易为"磊落"或"磊磊"，或"嶙峋"，都不好。"落"乃语词；"磊磊"则形、音太整齐；"嶙峋"太漂亮、美、鲜明，皆不如"荦确"。

李白《鹦鹉洲》诗句"芳洲之树何青青"，自自然然一种生意，有力而非勉强。除格律上平仄之谐调外，每字皆有其音色，句中"芳""青青"三字为阳声字，显得颜色特别鲜明。

**解评：**汉字都是单字，单字再组成词，而西洋字，如英语，其很多单词（word）相当于我们的"词"，如 complicated，是一个 word，但翻译成中文则是由两个字组成的词"复杂"。"中国字单纯，故短促；外国字复杂，故悠扬"，如 complicated，读起来顿挫开合。

"诗难于举重若轻"，因为诗须"以简单常见的字表现深刻的思想情绪"，所谓"轻"指用字最少，"重"指深刻的思想情绪。相对于散文，诗更需字的表现力。

汉字因富于形象性，故更富美感。但顾随认为缺点是"音节太简单，单音、整齐"。我们借文字表达思想，但"思想是活的，如云烟幻变，而文字是死的"。思想无形，所以是活的；文字有形，形是固定的，所以是死的。文字的音也是固定的，但音毕竟无形、更活，故思想的灵动还须借助字音。字母文字的语音比汉字更富于表现力。我们来看一段英文诗歌：

Dark, dark my light, and darker my desire.

My soul, like some heat-maddened summer fly,

Keeps buzzing at the sill. Which I is *I* ?

A fallen man, I climb out of my fear.

The mind enters itself, and God the mind,

And one is One, free in the tearing wind.

这是美国诗人西奥多·罗特克（Theodore Roethke）的诗 *In a Dark Time*（《在一个黑暗的时候》）的最后一节[①]，表达的是陷于绝望、临近死亡而又寻求光明的情绪。其中文翻译为：

我的光真暗真暗，而我的欲念更暗。

我的灵魂，像一只热得发疯的夏蝇，

不断在窗台上嗡嗡叫，哪个我是我？

一个堕落的人，我从我恐惧中爬出。

心灵进入其自身，上帝又进入心灵，

个体成为一体，在狂风中自在自由。

翻译者是巫宁坤，应当说译得很好了，但相形之下，罗特克的原文"Dark, dark my light, and darker my desire"仿佛张大了嘴大声呼喊一样，dark、light、desire，需张大嘴读，like、fly、I、climb、mind 都是。而中文的暗、光、欲念、像、飞、我、风等字词，都开口不大，因而就不会有那种呼喊的感觉——而在这里，呼喊带来了极端痛苦的感觉。

当然，汉字的读音也富于表现力，尤其是古汉语，如顾随所举李白"芳洲之树何青青"。再如杜甫"两个黄鹂鸣翠柳，一行白鹭上青天"，"黄""翠"颜色较浓，其笔画也较繁，而"白"笔画简单，正与其颜色之淡相适应。汉字的表现力侧重于视觉。

诗句不能似散文。而大诗人的好句子多是散文句法，古今中

---

① 张曼仪主编《现代英美诗一百首》，中国对外翻译出版公司、商务印书馆（香港）有限公司，1993，第 236 页。

外皆然。诗，太诗味了便不好。如李义山《蝉》：

> 五更疏欲断，一树碧无情。

真是诗，好是真好，可是太诗味了。

> 白云千载空悠悠。（崔颢《黄鹤楼》）

> 芳洲之树何青青。（李白《鹦鹉洲》）

似散文而是诗，是健全的诗。

**解评：**"诗句不能似散文。而大诗人的好句子多是散文句法"，这岂不矛盾？这其实是个度的问题。要看诗句诗化到什么程度，散文化到什么程度。不能太散文化，如欧阳修诗句"胡人以鞍马为家，射猎为俗，泉甘草美无常处，鸟惊兽骇争驰逐"（《明妃曲和王介甫作》），不像诗了；也不能太诗化，顾随举"五更疏欲断，一树碧无情"，甚恰；再如杜甫"香稻啄余鹦鹉粒，碧梧栖老凤凰枝"（《秋兴八首》），语言的变形更大，但不是很有诗味，且不自然。再来看这样的诗句：

> 采菊东篱下，悠然见南山。

> 举头望明月，低头思故乡。

> 秦时明月汉时关，万里长征人未还。

以上都是名句、好诗，却都是散文化的。

西洋诗，如芬兰女诗人伊迪特·索德格朗（Edith Sodergran）《黎明》中的诗句：

轻轻地，我的风在海上轻轻地飘。

何等自然而又诗意。

中国的现代诗就更散文化了。它的难处变为：如何以散文化的语言表现诗意？不散文化不行，太散文化也不行。现在的问题是：很多人的诗太散文化了。而最关键的是——散文化的语言背后没有诗意，只有一种貌似叙述或叙说的"样子"。如果把这些分行的"诗句"连缀成一片，弄成散文的外形，却连一篇有味道的散文都算不上，那还能算诗吗？就像顾随说陶渊明有的散文化的诗好，而很多人的诗不好，是因为其散文水平本就不高。散文化的语言也好，非散文化的语言也罢，让诗成为诗的，最关键的是"诗意"。诗意是诗的灵魂。另外，我不相信一个写不好散文的人能写好诗。散文是一切文学形式的底子。

创造新词并非使用没使过的字，只是使得新鲜。如《水浒传》第四回鲁智深打禅杖，欲打八十一斤的，铁匠曰："师父，肥了。""肥"原为平常字眼，而用于此处便新鲜。易安词"绿肥红瘦"，亦用得新鲜，无人不承认其修辞之高。所以，创造新的字眼并非创一新名词，只是把旧的词加以新的意义，如此谓之"返老还童法"。然而连旧法都不会，何能谈"返老还童法"？此法不能不会，然亦不可只在这上面用功，专在此上用功，易钻入牛角。

**解评：**作家并不是词汇最丰富的人，而是善于用词的人。世世代代的作家之所以能不断写出富有新意的语言，就在于他们能对有限的词语进行无限的排列组合。顾随所举"肥"字的活用，唐诗中就有，如杜甫的"红绽雨肥梅"（《陪郑广文游何将军山林十首》其五）和韩偓的"萧艾转肥兰蕙瘦"（《偶题》）。"红绽雨肥梅"是把"肥"当动词用。易安"绿肥红瘦"从"萧艾转肥兰蕙瘦"来，但她把主语换成了"绿""红"这两个颜色词，不似"萧艾""兰蕙"那般具体，这样就更具想象的余地，更空灵，故易安之"绿肥红瘦"仍然是继往开来。而韩偓"江中春雨波浪肥"（《三月二十七日自抚州往南城县舟行见拂水蔷薇因有是作》）的"肥"，又别是一种新意。再如，王安石经多次修改而得来的"春风又绿江南岸"的"绿"字，虽然唐诗中已有类似用法，如丘为的"东风何时至，已绿湖上山"（《题农夫庐舍》）、李白的"东风已绿瀛洲草"（《侍从宜春苑奉诏赋龙池柳色初青听新莺百啭歌》），其化形容词为动词的用法完全相同，但仔细品味，不难发现王安石的"绿"字比丘为和李白的用得更好——诗的"炼字"不是单独锤炼一个字，还要考量把这个字放在这句诗中之后，这个句子所产生的整体感觉的变化。与丘为句比，"春风又绿江南岸"更加精炼，音节也更加自然、夷犹；"春风又绿江南岸"的句子结构、用词与"东风已绿瀛洲草"都很接近，但"春风"比"东风"更美、更大，"江南岸"也比"瀛洲草"更阔大、更空灵，甚至副词"又"也比"已"更有力、更响亮。

同样的字，以新的方式运用之，原有的意义链就会刷新，所谓"旧貌换新颜"，真是"返老还童法"。新是在旧的基础上产生的，要先会旧法，才能出新。如不能对旧字词的用法加以创造性的点化，就谈不上创作。而顾随提醒我们：也不能在字词用法上太用功，"竞一韵之奇，争一字之巧"（李谔《上隋文帝书》）。人太注意小节，就会忽略大局。文学史上，这样的教训很多。

在形容事物时，应找出其唯一的形容词。如《诗经》：

桃之夭夭，灼灼其华。（《周南·桃夭》）

用形容词太多，不能给人以真的印象。有力的字句多为短句。

在字典上绝不会二字同义，"二""两""双"，当各有其用处，绝不相同。找恰当的字是理智的，不是感情的。

**解评**：为什么"在形容事物时，应找出其唯一的形容词"呢？因为"用形容词太多，不能给人以真的印象"，"用形容词太多，就表示他自己没有正确清楚的观念"[1]，如果你抓住了事物的精髓的话，对此精髓加以形容

---

[1] 顾随：《〈文赋〉十一讲》，载《顾随全集》卷七，第105页。

就够了。顾随说"有力的字句多为短句"。精炼的句子不一定都是短句,但短句一定是精炼的。文言比白话短,就因它精炼。"不要以为用字少就减少文字力量,用字不在多少,在正确与否。"① 正确,即恰当。巴别尔说他写小说追求战地公报一样的精确,也是这个道理。古人说写得好的诗文"一字不可易",即说明那个字是最恰当的,一换别的,就不对劲了。譬如,"两个黄鹂鸣翠柳"的"两",绝不能换成"二"或"双","微雨燕双飞"的"双"绝不能换成"两";王安石"春风又绿江南岸"的"绿"字,起先是"过""到""满"等字,若用这几个字其实也不是错误,但都不如"绿"好,故这个"绿"便是最恰当的字。文学中的精确有时不亚于数学。这个选择的过程需要理智。

七言诗第一、三、五字当注意。字形、字音皆可代表字义。黄山谷诗与老杜争胜一字一句之间,而不懂字音、字形与意义关系之大。如其"雨足郊原草木柔"(《清明》),说的是柔,而字字硬。白乐天《琵琶行》"转轴拨弦三两声",便似拨弦声。后写琵琶声"大弦嘈嘈如急雨,小弦切切如私语。嘈嘈切切错杂弹,大珠小珠落玉盘",字音便好。古人是以声音、字形表现意义,不是说明。

**解评:** 七言诗中,通常第二字、第四字多为名词,第一、三、五、七字多为形容词、动词或副词,名词所代表的事物要活起来、有神,就要靠形容词、动词、副词的作用。如王昌龄句"青海长云暗雪山,孤城遥望玉门关","青、长、暗"对天色、风云、雪山的色彩、形状的表现,"孤、遥"对玉门关在宽广中的偏僻地理位置、远看效果的呈现,极为精准。杜甫句"万里悲秋常作客,百年多病独登台","万"字见其漂泊天涯,"悲"字见其心情,"常"字见其生活动荡,"百"字衬人生之浩叹,"多"字现其病苦,"独"字显其孤单。"万""百"两字除了加重意义的分量之外,其字形都显得空落,恰好暗示出空间和时间的悠邈。时空愈浩大,作者愈

① 顾随:《〈文赋〉十一讲》,载《顾随全集》卷七,第 105 页。

显得孤独。而且，以上这些字多为重浊之音，读来唇齿挤压，与诗句情感的沉重正相配合。字的形、音、义相互配合，相辅相成，这是汉语文学的魅力，古诗尤长于此，杜甫乃典型诗人之一。黄山谷力学杜甫，但其用字在形、音、义的结合方面多有不逮。除顾随所举"雨足郊原草木柔"的生硬外，再如"家酿已随刻漏下，园花更开三四红"（《次韵外舅喜王正仲三丈奉诏相南兵，回至襄阳，舍驿马就舟见过三首》），前句生硬且不说，后句"园花更开三四红"，让人感觉不到园花的清秀，且言语生硬，苏舜钦的"时见幽花一树明"就既有图形、色彩，又有质感。同样写树，黄山谷"雨足郊原草木柔"是硬的，陈与义"杨柳微风百媚生"（《清明二绝》）则是柔的。《诗经·采薇》"昔我往矣，杨柳依依；今我来思，雨雪霏霏"，"依依"二字，字形很像柳枝垂拂，而其语音则轻柔微细，与杨柳的轻柔之感相谐；"霏霏"二字，字形像一幅雨雪纷飞的图画，字音恰与"飞"字相同。至于"杨柳依依"与离别的不舍柔情、"雨雪霏霏"与归来的苍茫之感的幽微的意义关联，更不必说。这真是古诗字音、字形代表字义的典范，而且它是用字音、字形表现意义，不是说明意义。再如，"无人知此意，歌罢满帘风"（陈与义《临江仙》），风是无形的、柔的，难以形容，说明更是下策，而陈与义用"满帘风"把风表现出来了。

好的古诗其字音、字形能够表现字义，是根源于汉字有象形字、形声字之类的构字法。古诗如此，现代汉诗依然可以如此，因为我们使用的仍然是汉语，只不过现代汉语的造句语法某种程度地西化之后，单个汉字的形、音、义的功能场被破坏，其表现力也就随之减弱——典型的例子，即把古诗翻译成现代诗，同样是汉语，后者的语言表现力明显下降，诗味便即减弱。所以现代汉诗语言本身的表现力不及古诗（主要在字音、字形方面），要弥补这一缺陷，则需在语义方面尽力开拓。由于词语无限组合的潜能，语义开拓尚有很大的空间。

余不太喜欢自然，而喜欢人事。但老杜《旅夜书怀》"星垂平野阔，月涌大江流"两句好，以其中有人，气象大。"星垂"句尤佳，可代表老杜。若易"垂"为"明"、"阔"为"静"，则糟了。

韩退之修辞最好，如"山石荦确行径微"（《山石》），若易"荦确"为"嶙峋"即不可，"嶙峋"漂亮虽漂亮，若用"嶙峋"则不成其为韩退之。且"荦确"二字对韩最合适，韩是阳刚，是壮美；若用"嶙峋"，是阴柔，是幽美，二词虽相似而实不同。"山石荦确行径微""芭蕉叶大栀子肥"，即法国小说家福楼拜（Flaubert）所谓合适的形容词。

**解评**：中国文人皆标榜热爱自然，而顾随说他不太喜欢自然，更喜欢人事——诚恳。以我的臆测，大概顾随以为，单纯沉浸在自然美中是不够广大的，毕竟文学是为人生的。人事当中的意味要比自然复杂得多，而文学中的伟大高尚境地，是因其对人生意义的深刻揭示，如陶渊明、杜甫，写自然都极好，但其伟大不在此，而是在于其人生态度。王维是写自然美的一流诗人，但他的诗少人事，所以格局不够大，深度、力量不足。日本大画家东山魁夷说："没有对人的感动，也就没有对自然的感动。"对，爱自然与爱人，都是多情的产物。"晚年惟好静，万事不关心"，这样的话语，固然有其不得已的伤心、无奈，但王维式的对自然的透入，毕竟优美有余，而动人不足。谢朓诗曰"大江流日夜，客心悲未央"，我们知晓了"客心悲未央"，就会明白"大江流日夜"这句景语中溢满悲情。古人云"一切景语皆情语"，其道理即在东山魁夷这句话。

顾随说："中国以前文学创作总是把人站在第二位，自然站第一位，我们现在要把它调一过，人第一，自然第二。但此点又须注意，不可变为狭义的个人主义。我们该走向客观一方。"[1] 此观点极可注意。这是顾随反传统的文学观。为何要把人放在第一位？还是基于"为人生"的文学立场。五四时期所谓"人的文学"，就是要把文学中人的地位提高到前所未有的高度。综观现代文学，与古代文学相比，自然与人事的比重的确发生了改变。不过，众所周知，随着工业的高速发展，20世纪后半期以来，人类的自然环境遭到了日益严重的破坏，对自然的破坏已经威胁到了人的基本生存，而这一现象根本上即缘于人对自然的蔑视。所以，就对自然本身的态度而

① 顾随：《〈文赋〉十一讲》，载《顾随全集》卷七，第120页。

言，现代人应该回到古人"敬畏自然"的理路上去，如此才不至于在日益远离自然的道路上毁灭自己。就文学艺术而言，虽说以人事为第一、以自然为第二的态度没什么错，但也许更好的方式，是水天中所说的"要在错综复杂的总体上表现人的精神"，此总体性，即对待自然与人文环境的"整体性"。① 这样，我们的艺术才会进入更加"完整"的境界。

"星垂平野阔，月涌大江流"，表面全是自然，但这是杜甫在漂泊旅途中所见、所感，故其背后隐藏着人事。越表现自然的阔大沉郁，越显出诗人的孤单流离。顾随说"星垂平野阔"可代表杜诗，因此句气象阔大，沉着有力。韩愈"山石荦确"的"荦确"用字之好，前文已说及。顾随说"山石荦确"可代表韩愈。

韩愈的诗修辞技术好，故其诗未容忽视。尤其在学诗阶段中，可锻炼吾人学诗技巧。

看韩愈诗应注意其修辞：下字准确，组织分明。修辞包括：一下字，二结构。韩之短篇不佳，应看其长篇之组织。如《山石》从庙外写至庙中再至庙外，从黄昏写至夜至朝，有层次，下字所以成句，结构所以成篇。《山石》前半黄昏写眼前景物，以黑夜不能远见；后半天明后始写远景。末四句不佳。

**解评：**首先，顾随认为："韩退之非诗人，而是极好的写诗的人。"此言颇堪寻味。这话是矛盾的吗？非也。顾随引用日人小泉八云的一个说法——诗人分两种：一是诗人；二是诗匠。顾随认为韩愈不能说是诗匠，但也不是诗人。而何为诗人呢？顾随说："人最难是个性强而又了解人情。诗人多半个性强，而个性强者多不了解人情，只知有己，不知有人，如老杜即不通人情。诗人需个性强而又通达人情，且生活有诗味——然若按此标准，则古今诗人不多。所谓了解人情非顺流合污，乃博爱，了解人情才能有同情。这连老杜都不成，况韩愈！当然韩更不是诗人……"② 接下来，

---

① 参见水天中评论许江的文章《诗性的沉思》，载氏著《当代画家集评》，第206页。

② 顾随：《退之诗说》，载《顾随全集》卷五，第349页。

顾随才说韩愈的修辞技术好，故其诗未容轻视。

顾随拿金圣叹同样写夜静、佛寺的一首五绝和韩愈《山石》对比，以为金圣叹写得好。因为韩愈"夜深静卧百虫绝"，把静写死了，而金圣叹"萤于佛面飞"，以动衬静，反更显得静，跟王维"鸟鸣山更幽"同理。静中要有生机。"寂静中有生机，即中国古哲学所谓道，佛所谓禅，诗所谓韵。佛家常说心如槁木死灰，非真死，其中有生机。"① 顾随认为哲学中所谓"道""禅"，以及诗之"韵"（书、画、音乐皆然）其实即"静中生机"。此真乃洞见。把"静中生机"提升至甚高、甚大的境地。顾随不太喜自然，原因之一大约是自然偏于静、被动，与人事相比，"生机"不足。

顾随说：

> 人生最不美、最俗，然再没有比人生更有意义的了。抛开世俗的眼光、狭隘的心胸看人生，真是有意思。神秘，与大自然同样神秘，不及大自然美。②

韩诗的修辞主要在两个方面：一、下字确切；二、组织分明。

下字确切是锤炼的结果。顾随认为"锤炼"是与"夷犹"相对的一种风致。夷犹更需天才。"吾人虽无夷犹、幻想天才，而亦可成为诗人，即靠锤炼。《文心雕龙》所谓'捶字坚而难移，结响凝而不滞。'（《风骨》）'坚而难移'，非随便找字写上，应如匠之锤铁；而'捶字'易流于死于句下，故又应注意'结响凝而不滞。'走'锤炼'之路成功者，唐之韩退之、宋之王安石、黄山谷及江西派诸大诗人，而自韩而下，皆能做到上句'捶字坚而难移'，不能做到下句'结响凝而不滞'。中国诗人只老杜可当此二句。"③

组织分明，是长诗的必须，即有层次、条理。韩愈《山石》层次分明。老杜《北征》《自京赴奉先县咏怀五百字》更是井然有序。但顾随批评《山石》末四句不佳。其诗为："人生如此自可乐，岂必局束为人鞿！嗟哉吾党

---

① 顾随：《退之诗说》，载《顾随全集》卷五，第363页。
② 顾随：《论小李杜》，载《顾随全集》卷五，第387页。
③ 顾随：《退之诗说》，载《顾随全集》卷五，第352~353页。

二三子，安得至老不更归？"这几句议论空疏、多余。顾随说："韩思想浮浅，'韩公真躁人'（陈简斋《书怀示友十首》其九）。一切事业躁人无成绩，性急可，但必须沉住气。……盖自清明之气中，始生出真、美，合而为善，三位一体。退之思想浮浅而感觉锐敏，感觉锐敏之人往往躁，如何能从感觉锐敏中得到平静，而非迟慢、麻木？韩不能平静，故无清明之气，思想浮浅而议论亦不高。"①

写长篇须有健句，而劲健之力是由于动词和形容词用得好。

长篇古诗亦须有骈句，如老杜之长篇时于其中加骈句，如：

词源倒流三峡水，笔阵独扫千人军。（《醉歌行》）

诗之音乐美不尽在平仄。只要了解音乐性之美，不懂平仄都没有关系。

四声平仄并不是用来限制我们、束缚我们的。一个有音乐天才的人作出诗来，自然好听；没有天才的按平仄作去，也可悦耳。而有许多好诗，有音乐美的诗，并不见得有平仄。如"古诗十九首"：

行行重行行，与君生别离。（《行行重行行》）

首五字皆平声，也很美，很和谐。可见平仄格律是助我们完成音乐美的，诗的音乐美还不尽在平仄。如老杜之拗律，拗而美，并不是拗口令。

**解评**：为何长篇需健句？因为诗的篇幅一长，就易疲沓、气力不足，故须用健句（有力的句子）振作之。长篇要有出彩的段落，好比唱一出戏，

---

① 顾随：《退之诗说》，载《顾随全集》卷五，第362~364页。

忽有几声酣畅淋漓而出，令人荡气回肠。尤其七言古诗，更以气势胜，若无劲健之句，便不会成功。我们看老杜的几句诗：

> 野亭春还杂花远，渔翁暝踏孤舟立。（《奉先刘少府新画山水障歌》）

> 气酣日落西风来，愿吹野水添金杯。（《苏端、薛复筵简薛华醉歌》）

> 须臾九重真龙出，一洗万古凡马空。（《丹青引》）

这几句都非常精彩，果然是形容词和动词用得好。单用形容词或动词还不够，形容词（状态）、动词（动作），再加上名词（事物），搭配得好，就会写出很好的诗句。名词若无形容词和动词修饰、说明，就是死的。形容词、动词用得好，立刻神采焕发。

长篇古诗的句式是散的，但也需骈句，如李白"黄云万里动风色，白波九道流雪山"（《庐山谣寄卢侍御虚舟》）、杜甫"崔嵬枝干郊原古，窈窕丹青户牖空"（《古柏行》）。骈散结合比单纯的骈文，或纯粹散文的音节更美。音节要变化，单调的音节总不如变化的音节好。

于是，顾随讲到"诗的音乐美"。诗的音乐美主要靠平仄、押韵等格律完成。那么平仄、四声、押韵等规则能成为诗的音乐美的保障吗？顾随认为不一定，不懂平仄，不一定写不出有音乐美的诗。

关键在于，诗的音乐美是什么？其实就是一种和谐的节奏感。平仄、押韵等声律，只是人们总结出来的比较便利的形成诗的音乐美的方法，其本身并不等于音乐美，而只是体现诗的音乐美的一种方式。不合律的诗不一定没有节奏感。顾先生举"行行重行行，与君生别离"为例。又如老杜"德尊一代常辚轲，名垂万古知何用"及韩愈"黄昏到寺蝙蝠飞""芭蕉叶大栀子肥"，直是散文，但读来觉其是诗，即因其节奏和谐。杜甫把律诗作到家了，于是就故意作不合律的"拗律"，反而有奇崛之美。为什么呢？"平仄格律是助我们完成音乐美的，诗的音乐美还不尽在平仄。"这道理其实很显然。试看现代很多人写的旧体诗词，有些也合辙合律，但读来毫无诗意，而有些不太合律，却是好诗——好诗就是当你读它时想不起它合不合格律的诗（法则是从无到有的，但最终要不为法则所束缚，有法而无法）。中国诗的声律规则约形成于南朝。此前的诗，多不符合后来所谓"四声八病"等声律，然而南朝以前的好诗实在是丰富得很。"四声说"的提倡者沈约等人的诗写得并不怎样。诗人要有点音乐天赋，或者说要有乐感，李白的诗就有种爽口爽心的音乐美，而这些诗几乎都非律诗。现代诗人中，海子的诗节奏感很好，有音乐美，形式则是自由体。同样是诗的音乐美，古诗和现代诗不同。可见诗的音乐美绝不仅是平仄格律，而是一种随物赋形的音节的和谐。富有音乐美的诗，其音节之美是与诗意一齐出来的，而平仄合律的诗的音乐美往往是后起的。我们写现代诗也要讲求音乐美，但不是平仄押韵那一套，而是要追求一种更为开放的、自由的韵律。

老杜有两首《醉时歌》，皆好。其中"赠广文馆博士郑虔"一首有句：

德尊一代常轗轲，名垂万古知何用。

这不是诗，这是散文，然而成诗了，放在《醉时歌》里一点不觉得不是诗，原因即在于音节好。抓住这一点，虽散文亦可以写成诗。学老杜者多不知此，仅韩文公能知之。"黄昏到寺蝙蝠飞""芭蕉叶大栀子肥"（《山石》），皆散文而诗者。

散文而成诗便因其字音是诗，合乎诗的音乐美。

解评：见上。

同一内容，在中、西文中声音、形式不同，如"思君令人老"，在中文中是山岳式，"人"字用得好；在西文中"to think of you makes me old"，则为波浪式。

**解评：**见下。

　　双声叠韵可增加诗的美。它令我们感到音乐美，不但响亮而且调和。但此无死法。"荡漾处多用叠韵，促节处用双声"（王国维《人间词话》），此语不甚可靠。文章天成，妙手偶得。拙作"点滴敲窗渐作声"（《鹧鸪天》），前六字三个双声，如雨落声；白乐天之"嘈嘈切切错杂弹"（《琵琶行》）亦然。此可无心得，不可有心求，且不可迷信。双声叠韵确可增加诗的美，但弄坏了，就成绕口令了。

　　句中两字相连成一词的，用双声叠韵好，否则不好。如诗句中，第一、二、三、四字，一、二两字可用，三、四两字可用。若二、三两字用双声叠韵就不好了。"泄漏春光有柳条"（杜甫《腊日》）句，"有"是单字，"柳条"是一词，而"有"与"柳"叠韵，故不好；"无边落木萧萧下"，"萧萧"好。

**解评：**顾随说"思君令人老"是"山岳式"，所谓"山岳式"是瑜伽中的一个体位，大约呈三角形，这里是借用，"思君"二字平声，"令"去声，"人"和"老"分别是平声和上声，故"人"字的声音是向上的，而其他四字是低平的，这便是声音的山岳式。to think of you makes me old 为波浪式，当是指其重读与非重读的交替感觉。而山岳式、波浪式，各有其音乐美。

　　双声和叠韵都属于联绵词。《诗经》中双声叠韵词最多，如"关关雎鸠，在河之洲。窈窕淑女，君子好逑"，"雎鸠"为双声，"窈窕"为叠韵，"关关"为叠字。

　　叠字，又叫"叠音词"，传统叫"重字"。联绵词的特点之一是，不能拆开解释，只能整体释义。前人很重视诗中的双声叠韵，如清代周春即著有《杜诗双声叠韵谱括略》。

　　关于双声与叠韵，顾随在笺释毛泽东词《忆秦娥》时说过这样一段话：

　　叠韵和双声的声音之作用，本质上有其不同，写作时使用起来也不能不加以区别。王国维的《人间词话》卷下里曾主张"词之荡漾处多用叠韵，促拍处用双声"。"荡漾"不全面，应该说是"爽朗高亢"。"促拍"却说得是。"促拍"即现代汉语的紧板。无论声乐或器乐，到了紧板，必须清楚而有力。①

　　双声叠韵"此可无心得，不可有心求"，此十字大有意味。艺术的高境、妙境，没有平白无故得来的，但也丝毫勉强不得。艺术无限，而艺术家有其局限，你遭遇怎样的境界，那是先天、后天的无数机缘偶然而又必然地凑泊成的。

　　"双声叠韵确可增加诗的美，但弄坏了，就成绕口令了。"绕口令中有许多双声叠韵的字。刘勰早说过："双声隔字而每舛，叠韵杂句而必睽……辘轳交往，逆鳞相比，迂其际会，则往蹇来连，其为疾病，亦文家之吃也。"②

　　依据陈世骧的见解："诗中的双声叠韵不但听来悦耳，而且加强了诗的严密整炼，并且更重要的是使诗中各字有'言外之意'的契合。"③又曰："重言、双声、叠韵等等，其价值都不在它本身，诗中不是有此便算好，而要看它使用时于全篇各部所生的有机（organic）作用，即与贯彻全篇的基本情意'姿态'之适合。"④

---

① 顾随：《顾随笺释毛主席诗词》，顾之京、赵林涛整理校注，河北教育出版社，2009，第52页。
② （南朝·梁）刘勰著，杨明照校注《文心雕龙校注》，中华书局，1959，第225页。
③ 陈世骧：《姿与Gesture——中西文艺批评研究点滴》，载氏著《中国文学的抒情传统：陈世骧古典文学论集》，第235页。
④ 陈世骧：《姿与Gesture——中西文艺批评研究点滴》，载氏著《中国文学的抒情传统：陈世骧古典文学论集》，第236页。

# （十三）创作论其四

作品即如拍电影，真事之外须有剪接。诗绝非冷饭化粥。

**解评：**剪接，即电影制作中所谓"剪辑"。剪辑，即蒙太奇，简单说就是把一段连续的画面，与另一个不同的连续画面拼接起来，使之成为有新的意义的一段画面。蒙太奇，最初是由以爱森斯坦为首的苏联导演所提出的。当爱森斯坦在其1924年的电影《罢工》中首次实践了他的"杂耍蒙太奇"理论时，作家巴别尔的小说集《骑兵军》也在同年定稿。巴别尔用文学的方式展示了"蒙太奇"理论，手法比爱森斯坦更为成熟。如首篇《泅渡兹勃鲁契河》，一开始描写骑兵夜渡，混茫、壮阔、酷烈。紧接着侧写截然不同的另一画面——屠犹场面，残酷。两种画面对接在一起——备受惨烈战争折磨的骑兵军残酷地屠杀着犹太人，从而产生了一种令人震惊的极端复杂的感觉。在这两个画面当中，巴别尔还插入了另一个画面："万籁俱寂，只有月亮用它青色的双手抱住它亮晶晶的、无忧无虑的圆滚滚的脑袋在窗外徜徉。"这是巴别尔的绝活——时常在叙事当中插入貌似无关的写景，从而构成强烈的反讽。这便是文学与电影共同的手法——剪接。剪接不是对生活的照搬，而是对生活素材的分割、重组。爱森斯坦曾说，他所需要的电影技巧70%能从巴别尔小说中找到。

写作怕没有东西，而东西太多又患支离破碎，损坏作品整个的美。

**解评：**我大一第一学期，写作课的第一篇作文题目是《我的小传》。我洋洋洒洒地写了六七千字，一吐心中之万千感慨，受到老师的赞扬，说我"文思如泉涌"，但又说"意多乱文"，以后在剪裁上要更精炼些。直到现在，我在写作时，还常想起"意多乱文"这句话。

写作是什么呢？是生发，是加法，同时也是减法。

不仅诗歌、散文如此，论文亦然。有人喜欢掉书袋，铺排引用，连篇累牍，无论必要或不必要，这必定会使文章有支离破碎之感，文气不畅。即使从外观上看，也不美，好比一篇字，到处是墨团。好的文字要有清气，而清气与简洁有关。

写散文有层次，写诗亦有层次，但不见得前者先说，后者后说。或者前者在前而不明说：或者前后颠倒写，或者前边写的不明要看后边才可知。

**解评**：任何写作皆有层次、次序问题。层次的重要性跟篇幅的长短成正比。叙述、议论、描写、抒情皆有层次。要之，文学作品有其秩序。

长诗的层次很重要，短诗亦有层次，如李白《静夜思》，如把后两句与前两句次序颠倒，则不成立。"举头望明月，低头思故乡"的前后顺序也不可易。

而层次有两种：生发与铺叙。"铺叙是横的，彼此间毫无关系，只是偶然连在一起，摆得好看，有次序而已。"中国的对句皆是铺叙，如"疏影横斜水清浅，暗香浮动月黄昏"。这有点像现代所谓蒙太奇、拼贴。

生发与铺叙不同。铺叙是横的，彼此间毫无关系，只是偶然连在一起，摆得好看，有次序而已。生发则不同，是因果关系。如稼轩《满江红》（莫折荼蘼）之下片：

> 榆荚阵，菖蒲叶。时节换，繁华歇。算怎禁风雨，怎禁鹈鴂。老冉冉兮花共柳，是栖栖者蜂和蝶。也不因、春去有闲愁，因离别。

这就是生发，是因果关系。"榆荚阵"与"菖蒲叶"是铺叙，而下两句则是因果关系。这一段，每两句为一排，两两生发。

解评："生发则不同，是因果关系。"顾随举稼轩《满江红》（莫折荼蘼）之下片为例。这种因果关系，是一种递进关系，A→B→C，层层生发。

顾随在《〈文赋〉十一讲》里也讲到这个问题，他说："中国后世文章只知往横里去，不知往竖里去。横的是联想，竖的是思想……中国诗词对句有联想而无思想……联想是干连，思想是发生。联想如兄之于弟，甲→乙；思想如子之于父，$\begin{matrix}乙\\\uparrow\\甲\end{matrix}$。"[1]铺叙其实就是联想，而生发则是思想。生发是在前者的基础上产生新的意义，故后者与前者不可分；而铺叙只是偶然并列，平行关系，彼此可合可分。

"中国文字似乎只便于写联想，而不宜于写思想……联想浮浅。"[2]

其实，治学亦如此。联想固然有益，如古今融贯、中西会通，但更重要、更有价值的是生发，生发是跳跃转换，是层层深入、节节拔高。顾随论学即多生发。

诗本不讲逻辑、文法，然有时须注意之。如太白《乌栖曲》"东方渐高奈乐何"句，不通，尚不如"东方渐白"之合于逻辑文法。太白句用古乐府"东方须臾高知之"（《有所思》），而此句亦不好解。用古乐府虽古，而古不见得就是好。

解评："东方须臾高知之"是乐府诗《有所思》的末句。其意大约是，东方的太阳很快就升高了；或者，东方很快就天亮了（意会）。但这个句子的表达有些不通。李白"东方渐高奈乐何"句当是自"东方须臾高知之"句化来，但可能是他没有细想吧——原句就有些不通，李白照猫画虎，仍

①　顾随：《〈文赋〉十一讲》，载《顾随全集》卷七，第122页。
②　顾随：《〈文赋〉十一讲》，载《顾随全集》卷七，第122页。

是不通。

这里，关键词是"不通"。诗有"通"还是"不通"的问题。顾随说："诗本不讲逻辑、文法，然有时须注意之。"首先，诗本不讲逻辑、文法，此点需要辨析。这里所谓"逻辑、文法"，指的是像散文那样的逻辑、文法。散文的逻辑、文法主要是按照线性逻辑来安排的，叙述、议论、描写，通常是按照前后、因果关系，以及由表及里等顺序加以布置。但诗的结构方式可以有跳跃性（逻辑不能跳跃），屈原、李白、李贺的许多诗都很跳跃，如李白《宣州谢朓楼饯别校书叔云》起句不是写景，不是交代饯别，直接就是喷薄的抒情——"弃我去者昨日之日不可留，乱我心者今日之日多烦忧"，接下来"长风万里送秋雁，对此可以酣高楼"是写景，接下来"蓬莱文章建安骨，中间小谢又清发"两句又跳到历史中去了，再下来"俱怀逸兴壮思飞，欲上青天揽明月"又回到眼前，自我抒情……这样的章法，真不是按照逻辑安排的。如果用这样的章法写散文，就会显得乱。现代诗的跳跃性，比起古诗要大得多，不用多说了。不过，明显的跳跃性，并不是诗唯一的结构方式，很多诗也是按照逻辑顺序来组织句子、句段的。同样是送别，李白的《送孟浩然之广陵》的结构就是逻辑化的。《赠汪伦》也是按照送别的行为顺序，以及先叙事再抒情的因果关系，由外及内地加以结构的，即这首诗是讲究逻辑的，但"桃花潭水深千尺，不及汪伦送我情"，以无情之水比有情之人，其实并不符合事实逻辑，但我们并不因其"无理"而排斥这一比喻，反而觉得这是诗意所在。可见，诗的常态是逻辑与非逻辑的有机结合。逻辑化的描写、叙事、议论和非逻辑化的比喻、夸张都有可能产生诗意。

作诗有的要铺张，铺张的功夫以汉赋为最。铺张可使诗壮丽；不然，茅屋三间，虽清雅而不壮丽。所有壮丽的作品皆由铺张而来，不铺张无壮丽。而铺张须客观之描写，锤炼之字句。

**解评：**铺张就是铺陈、夸张，侧重于描写及联想。中国文学中极铺张之能事的是汉赋。这既与时代氛围有关，也与汉赋的源头之一《楚辞》有关，《楚辞》多铺张。刘勰说："赋者，铺也。"赋本就是铺张的。

　　顾随说："作短诗应有经济手段。作诗有时要铺张，特别是长诗要铺张。铺张即客观的描写。"① 再从中国诗整体看，他说："中国人老实，不喜欢壮丽，而亦因才短之关系。屈原《离骚》则壮丽。后人才短，联想力、幻想力皆弱，创造力亦弱，所有壮丽作品多由铺张而来，不铺张无壮丽。"② 若与西方诗歌相比，此理甚明。

　　诗中可用铺张手法，如《楚辞》。《诗经》清雅有余，而无《楚辞》之壮丽。后世极铺张之能事的诗为韩愈五古《南山》。前人比《南山》于杜甫《北征》，但《北征》是叙事抒情的，并不甚铺张，《南山》则专摹物状，写得雄奇纵恣、光怪陆离，是以写大赋的手法写诗。论诗之价值，《南山》与《北征》不可同日而语；然论气象之雄博，字句之锤炼，我们也不得不承认韩愈为大才。

　　卢照邻的《长安古意》也是铺张壮丽的好诗，虽锤炼不及《南山》，而情韵过之。

　　写长篇，除了联想力、幻想力、创造力，还须有一硬功夫，即搜集和驾驭材料的功夫。材料要恰如其分，组织要机理宛然——"因长篇易冗，冗则弱或散。"（"该无的不去，该添的不添。"）顾随举白居易《长恨歌》为例，以为《长恨歌》"即有缝子，冗弱，《长恨歌》不如《琵琶行》"③。此前我并未意识到《长恨歌》的冗弱之病，经顾随一说，再细读之，便发现"夕殿萤飞思悄然，孤灯挑尽未成眠。迟迟钟鼓初长夜，耿耿星河欲曙天。鸳鸯瓦冷霜华重，翡翠衾寒谁与共。悠悠生死别经年，魂魄不曾来入梦"几句有些冗弱（冗便会弱，不冗不一定不弱），不够经济。顾随又讲"写长篇须有健句"。举《长恨歌》"夕殿萤飞思悄然，孤灯挑尽未成眠"句，以为"发句不太健。健之来即'劲'字。劲，形容词之用得好。凡作诗遇头绪多而复杂变化者，须用锤炼，有健句，长篇须有健句支撑。此老杜最拿手。尤其叙事作品，更要健。白乐天的《长恨歌》真不能算好，老杜《哀江头》是何等气概！又韦庄《秦妇吟》写黄巢之乱（此乃西北出土之唐人写本，比《长恨歌》高，韦庄《浣花集》无此篇），其叙事比《长

①　顾随：《杂谭诗之创作》，载《顾随全集》卷六，第247页。
②　顾随：《杂谭诗之创作》，载《顾随全集》卷六，第247页。
③　顾随：《杂谭诗之创作》，载《顾随全集》卷六，第248页。

恨歌》好，字句锤炼亦比白乐天好"①。因而，顾随认为："《长恨歌》虽不至于手忙脚乱，亦显才力不足。"

写长篇，先搜集材料然后作，又须有手段，始能有好作品。写长篇非有此功夫不可。因长篇易冗，冗则弱或散。《长恨歌》即有缝子，冗弱，《长恨歌》不如《琵琶行》，《琵琶行》事情简单，篇幅较短。写长篇易于手忙脚乱，该去的不去，该添的不添。《长恨歌》虽不至于手忙脚乱，亦显才力不足。

**解评：**见上。

以简洁字句写敏捷动作，说时迟，那时快。写文章，慢事可以快写，快事亦可以慢写。好事短，一闪即去，文字可以弥补此缺憾。盖文字对无聊事可略，对于好事，那时快可以说时慢。故文学可以与造化争功，"那时快"而"说时迟"，有精神。

**解评：**此节本是顾随在讲韩愈《山石》时联系至其《谒衡岳庙遂宿岳寺题门楼》而发的议论。顾随说《谒衡岳庙遂宿岳寺题门楼》"不写思想，但写景，而好，以其感觉锐敏。此诗从'仰见突兀撑青空'以下五句好：

> ……仰见突兀撑青空。
> 紫盖连延接天柱，石廪腾掷堆祝融。
> 森然魄动下马拜，松柏一径趋灵宫。

'紫盖连延接天柱，石廪腾掷堆祝融'是具体写法，以简洁的字句写敏捷动作，说时迟，那时快，此甚或高于老杜"②。

文学在相当程度上是一种时间的艺术，可以"追捕时间"（也可在人的

---

① 顾随：《杂谭诗之创作》，载《顾随全集》卷六，第 248 页。
② 顾随：《退之诗说》，载《顾随全集》卷五，第 364 页。

意识中塑造空间感）。无论慢写、快写，都是对"心理时间"的表现。顾随说"凡快事皆精彩之事"①，故文学写快事较难——既要写出事之快，又要写出其精彩。请看苏轼《百步洪》写迅疾的水流，更是疾追如电：

> 长洪斗落生跳波，轻舟南下如投梭，水师绝叫凫雁起，乱石一线争磋磨。有如兔走鹰隼落，骏马下注千丈坡，断弦离柱箭脱手，飞电过隙珠翻荷。

再看巴别尔的小说《吻》中的一段文字：

> 到了树林尽头。出林是茫茫一片翻耕过的田野，没有路。苏罗夫采夫从马镫上站起，眺望着四周，吹着口哨，嗅出了正确的方向，随即把这个方向连同空气一齐吸进肚去，伏下身子，纵马驰去。②

这真是说时迟，那时快，特有精神，其"事"本身并不很精彩，而写得比事本身精彩，"文学能与造化争功即在此"③。不仅描写可写"快"，叙事也可写快，顾随说："文学上那时快而说时迟的，可参看《水浒传》之'闹江州'。"④"闹江州"故事出自《水浒传》第四十回"梁山泊好汉劫法场　白龙庙英雄小聚义"。写宋江和戴宗在江州被行刑之际，梁山好汉数十人假扮看客劫法场的事，煞是惊险，又极有次第。尤其说至行刑人法刀在手，千钧一发之际，客人中一人取出一面锣儿，当当敲得几声，众人一齐发作，十字路口茶楼上，黑大汉李逵手握两把板斧，大吼一声，霹雳似的从空中跳下来，早砍翻了行刑的刽子手……于是梁山好汉与行刑士兵一团混战——此段真是那时快而说时迟，是用简洁语言写敏捷动作的典范。

文学可以对过去的时间进行"伸缩"，即把原本短的时间拉长，把长的时间缩短。前者如乔伊斯的《尤利西斯》，它所叙述的是主人公一天之内的事件及内心活动，但你要读完这篇小说需比一天更长的时间；后者如用一

---

① 顾随：《退之诗说》，载《顾随全集》卷五，第364页。
② 〔苏联〕巴别尔：《吻》，载氏著《骑兵军》，第148页。
③ 顾随：《退之诗说》，载《顾随全集》卷五，第364页。
④ 顾随：《退之诗说》，载《顾随全集》卷五，第364页。

篇文章回忆人的一生。其实，这种对时间的"伸缩"是一种心理感觉。文学所写时间是"心理时间"。"心理时间"是法国哲学家伯格森提出的概念。他把传统的时间称为"空间时间"或"客观时间"，而"心理时间"是主观时间。伯格森这一说法在人文领域有重大意义。就文学而言，所有的文学都建立在"时间感"和"空间感"之上，文学中的"空间感"也是主观的。顾随这里强调的，是世上那些春光一去如流电般的稍纵即逝的美好事物，可以借由文学保存下来。造化孕育生命，生命来去如风，而文学可以留住生命（绘画、摄影、雕塑、电影皆然——说时迟，那时快），所以说"文学可以与造化争功"。

关于"文"与"造化"的关系，钱钟书《谈艺录》中有段话可资参照：

> 长吉《高轩过》篇有"笔补造化天无功"一语，此不特长吉精神心眼之所在，而于道术之大源，艺事之极本，亦一言道着矣。夫天理流行，天工造化，无所谓道术学艺也。学与术者，人事之法天，人定之胜天，人心之通天者也。《书·皋陶谟》曰："天工，人其代之。"《法言·问道》篇曰："或问雕刻众形，非天欤。曰：以其不雕刻也。"凡百道艺之发生，皆天与人之凑合耳（Homo additus naturate）。顾天一而已，纯乎自然，艺由人为，乃生分别。[1]

钱钟书认为"笔补造化天无功"正乃"道术之大源，艺事之极本"，与顾随意思同，而上升至本体论高度。钱与顾的共识在于"笔补造化"，而钱钟书议论的重点是"天无功"，即人与天其实无所谓"争功"，天为自然，艺由人为，所谓"学"与"术"者，"人心之通天者也"。

说"天"有点玄了，其实即生命。

静中之动，动中之静。

文学创作是静，而又必须有"静中之动"。韦庄词：

---

① 钱钟书：《谈艺录》，第60页。

> 画帘垂，金凤舞。寂寞绣屏香一炷。（《应天长》）

静中之动。六一词是动的、热的，韦庄是静的、冷的，静中有动：

> 绿槐阴里黄莺语。（《应天长》）

"绿槐阴里"是静，"黄莺语"是动。

静中之动偏于静，动中之静偏于动。

**解评：** 顾随在论王国维的《人间词话》时，对"静"和"动"有很精辟的论析，引之如下：

> 所谓静，静始能"会"，静绝非死。说为佛法，绝非佛法。文学所谓静与佛所谓"如"、"真如"、"如如"、"如不动"同。而"如不动"，非死，极静之中有个动在。王先生见得明、说得切，而学者不可死守"静"字。所有一切名词皆是比较言之，凡对的名词皆如此。不可抓住"静"字不撒手。
>
> 王先生讲"有我之境"，讲得真好。一个诗人必写真的喜怒哀乐，而所写已非真的喜怒哀乐。盖常人皆为喜怒所支配，一成诗则经心转，一"观"、一"会"便非真的感情了。喜怒时"有我"，写诗时"无我"，乃"由动之静"。如柳宗元游南涧诗《南涧中题》，诗即"由动之静时得之"，游时偶感是动，而写时已趋于静。
>
> "有我"曰"由动之静"，难道"无我"便不可说"静中之动"吗？静中有东西。如王摩诘诗云："高馆落疏桐。"（《奉寄韦太守陟》）此可谓无我之境，高馆是高馆，疏桐是疏桐，而用一"落"字连得好。此是静的境界而非死；若死，则根本无此五字诗矣，此静即静中之动。据说某人咏月自初一至三十，每日一首，共三十首，末二句："却于无处分明有，恰似先天太极图。"诗并不好，而可断章取义即——"却于静中分明动，却于动中分明静"。
>
> ……王先生说无我之境于静中得之，所谓"静"，由静生"无我"。

若于静中得静固然，而做学问不可如此。何以静？如日光七色一归于白，白是单纯，而有七色则非单纯。若但认为单纯的静不对，乃诸事物（连我亦在其中）之总合成为静。静是总名，境物中之一切事物为个体，欣赏静之我是否亦静中之个体？用世谛讲，以肉眼看，我亦为静之个体，但在诗学上或本着哲学来看则非。一切花鸟、建筑是静的个体，而我非静的个体。

佛说："若有情若无情，若有生若无生。"佛以有情、无情对举，有意。人若亦为静之个体，则人与花草土木何异？人之为人者何在？何得有诗？人可以写"高馆落疏桐"，而"高馆""疏桐"绝不会说出此诗句。孟浩然之"微云淡河汉"亦然，乃"我"写出来的。盖我为有情，"高馆"、"疏桐"、"微云"、"河汉"为静之个体，可助成静，其能仅止助成而已，是无情。人则不然，人是有情，与高馆疏桐不同，不能列为静的个体之一。耳目五官助成脸面，而但认个体则无总和。人是静的总和，而非个体。故人列为"三才"之一，与天地并列。①

所谓动、静，非世俗之动、静，动中有静，静中有动，非绝对的动、静。静：酝酿，长养。长使其生，养使其大。酝酿是发酵之意。如发面，亦酝酿，静中之动。②

动中之静，是诗的功夫；静中有动，是诗的成因。

……理学家所谓静中功夫，学诗亦为必须。向外为观察，向内为体会，然后再发挥，至发挥则非静矣。因此：

静，不是动，而静中有动

动，不是静，而动中有静

狂喜极悲时无诗，情感灭绝时无诗，写诗必在心潮渐落时。盖心潮最高时则淹没诗心，无诗；必在心潮降落时，对此悲喜加以观察、体会，然后才能写出诗。

---

① 顾随：《论王静安》，载《顾随全集》卷六，第 145~146 页。
② 顾随：《论王静安》，载《顾随全集》卷六，第 148 页。

动、静是一而二、二而一……

故有我、无我不能分；然则动、静根本不能成立。①

以上可以说是对王国维有我无我及与之相关的动静说的修正。显然，王国维的纰漏是没有从哲学上看透。一、有我、无我不能分，即西方哲学所谓主观、客观不可分之理。主、客只是假名，主客之分是一种逻辑，而非实有；故王国维所谓"以物观物"，实不可能。二、动与静不可分。动中有静，静中有动。而且，并无绝对的"静"，静绝非死，极静中有个动在，此静、动，非肉眼，甚至非心灵所能知者，所以顾随说"所谓动、静，非世俗之动、静"，他引佛学所谓"如""真如""如如""如不动"等概念解释"静"，甚是。而且，顾随还讲了静与动的作用。"静：酝酿，长养。长使其生，养使其大。"静中功夫，诗向内体会；动，则是发挥。"动中之静，是诗的功夫；静中有动，是诗的成因。"要之，王国维的错误是把动与静对立起来了，顾随则认为"动、静是一而二、二而一"，有我与无我、动与静皆是辩证圆融关系。顾随私淑王国维，却可谓"见过于师"也。

普通所谓美，多是颜色，是静的美；另一种是姿态，是动的美。王维《送邢桂州》句：

日落江湖白，潮来天地青。

不仅是颜色美，而且是姿态美，曰"落"、"潮"来，岂非动？

《左传》用虚字传神，摇曳生姿；禅宗"丈夫自有冲天志，不向如来行处行"（真净克文禅师语），不是摇曳生姿，是气焰万丈。

---

① 顾随：《论王静安》，载《顾随全集》卷六，第151页。所谓动、静关系，乃由王国维所谓"有我之境、无我之境"说说起。王国维此说甚著名，而顾随对"有我之境、无我之境"说不赞成，并做了很详细的批驳，其与"动、静"说有关，且是诗学重要问题，详见本书第21～22页。

解评：王维"浅浅石溜泻"（《栾家濑》）写动态也好，"浅浅""溜""泻"，五字中有四字是写水的姿态。陶渊明"有风自南，翼彼新苗"之"翼"字，杜甫"一行白鹭上青天"的"上"字，着一字而动态立现。张先"云破月来花弄影"写动态颇传神，但不免纤巧；若李白"明月出天山，苍茫云海间。长风几万里，吹度玉门关"，同样写月行云中，雄浑而从容。辛稼轩"青山欲共高人语，联翩万马来无数"，把静物都写成动的了，且已不是摇曳的动——摇曳的动是微动，而是雄强的大动。李白"君不见黄河之水天上来，奔流到海不复回""飞流直下三千尺，疑是银河落九天"则是气焰万丈。

所谓动态美，可以是外在形态的，也可以是抽象感觉上的，如《左传》中的虚字——摇曳生姿的美。顾随又举禅宗"丈夫自有冲天志，不向如来行处行"，那是冲天气焰（不是豪气，豪气虚），如大力金刚之一抖擞。李白"仰天大笑出门去，我辈岂是蓬蒿人"不是冲天气焰，是率真。辛稼轩"了却君王天下事，赢得身前身后名""待他年，整顿乾坤事了，为先生寿"才是万丈气焰。气焰，是比气势还猛的气。

纯景语难作，普通所写多景中有人，景中有情。曹子建有句"明月照高楼"（《七哀》），大谢有句"明月照积雪"（《岁暮》）。大谢句之好恐仍在下句之"朔风劲且哀"；犹小谢之"大江流日夜"（《暂使下都夜发新林至京邑赠西府同僚》），纯景语而好，盖仍好在下句之"客心悲未央"，以"大江流日夜"写"客心悲未央"。《诗》"杨柳依依"（《小雅·采薇》）好，还在上句"昔我往矣"。

解评："纯景语难作，普通所写多景中有人，景中有情。"如写月，张若虚"江天一色无纤尘，皎皎空中孤月轮"（《春江花月夜》）、王维"明月松间照，清泉石上流"（《山居秋暝》），皆是写景佳句，但与张九龄"海上生明月，天涯共此时"（《望月怀远》）比，便觉力量不足。因为"海上生明月，天涯共此时"中有人情。单纯写景，写得再美也是"单翼"的、倾向于客观的，而景中有情则更易感染人。陶公"平畴交远风"（《癸卯岁始春怀古田舍二首》之二）后着"良苗亦怀新"句，顿觉生意盎然。王安石"柳叶鸣蜩绿暗，荷花落日红酣。三十六陂春水"（《题西太一宫壁二首》之一）三句止于画面优美，而其后续以"白头想见江南"，则不胜沧桑之感，韵味无穷。

王维诗：

> 漠漠水田飞白鹭，阴阴夏木啭黄鹂。（《积雨辋川庄作》）

或曰此原用六朝诗：

> 水田飞白鹭，夏木啭黄鹂。

而试问，此十字多死，"水田飞白鹭"必加"漠漠"，"夏木啭黄鹂"必加"阴阴"。"漠漠水田飞白鹭"是一片，"阴阴夏木啭黄鹂"是一团；上句是大，下句是深；上句明明看见白鹭，下句可绝没看见黄鹂。景语如此，已不多得。杜甫诗句：

> 无边落木萧萧下，不尽长江滚滚来。（《登高》）

说"落木"心不在落木，说"长江"心不在长江，如此说只是使读者动情。

"漠漠""阴阴"二句，近于纯写景；"萧萧""滚滚"二句，纵使不是写情，也是见景生情。"漠漠""阴阴"是感，"萧萧""滚滚"是引起情来。何以前面说"漠漠"句是大，"阴阴"句是深，便因是感。

**解评：**关于"漠漠水田飞白鹭，阴阴夏木啭黄鹂"这两句诗，有段小公案。唐李肇《国史补》说："维有诗名,然好取人文章佳句……漠漠水田飞白鹭,阴阴夏木啭黄鹂,李嘉佑诗也。"① 据传李有"水田飞白鹭,夏木啭黄鹂"句,但李集中无此。明胡应麟《诗薮·内篇》说:"摩诘盛唐,嘉佑中唐,安得前人预偷来者?此正嘉佑用摩诘诗。"② 李与王同时而稍晚,谁袭谁诗,难以说清。宋叶梦得《石林诗话》、明李日华《恬致堂诗话》皆谓王维句自李嘉佑"水田飞白鹭,夏木啭黄鹂"来,而顾随说"水田飞白鹭,夏木啭黄鹂"是"六朝诗"。是六朝谁人之诗?我亦不知。

顾随举"漠漠水田飞白鹭,阴阴夏木啭黄鹂"句是为了说明如何才是写景佳句。"水田飞白鹭,夏木啭黄鹂"死,无灵气,一着"漠漠""阴阴",顿觉逼真生动,仿佛置身于水田、夏木之畔,水汽溟濛,林木幽深,鸟鸣婉转。"水田"句与"漠漠"句的差距,真不可以道里计。写景之妙,要在能传达出视觉感受的精微处。"水田飞白鹭,夏木啭黄鹂",景象不可谓不佳,但尚是粗线条的,而"漠漠""深深",则是氤氲于水田、夏木之间的精微的视觉感受。如此说来,谢灵运为人称道的"池塘生春草,园柳变鸣禽"(《登池上楼》)也不及"漠漠水田飞白鹭,阴阴夏木啭黄鹂"来得精妙。所以,顾随说:"景语如此,已不多得。"

老杜"无边落木萧萧下,不尽长江滚滚来"已非纯写景,而是借景抒情,言在此而意在彼。情与景相生相借,有所资助,便易感人。纯写景无可借势,故更难。"余霞散成绮,澄江静如练",写景如画,却只是优美,而不感人。


作诗文用典,有正用,有反用。

有的用典只成为一种符号,一为炫学,一为文陋(掩饰自己的浅陋),炫学也不免文陋。

人不读书是可怜;读书太多书作怪,也可怕。


**解评:**用典问题。

---

① (唐)李肇:《唐国史补》,载李肇等撰《唐国史补 因话录》,上海古籍出版社,1979,第16~17页。

② (明)胡应麟:《诗薮》,上海古籍出版社,1979,第104页。

不仅写诗炫学是毛病，写学术著作，炫学也是弊病，学界这样的病例很多。学是为思，思是为获得精神的完善。试看《论语》《孟子》《老子》《庄子》诸书，都没有炫学的架势，孔、孟等人对学问、知识的运用、显露，皆服务于其思想表达的大局。学问、知识就像台阶，台阶是为了让人获得高度，看到博大的风景，并且这台阶需有一以贯之的方向，拾级而上，方能登高望远，而不是东张西望，忽高忽低。学界有炫学姿态者甚多，实则真有炫学能力者甚少，很多人是通过勉强堆垛知识，来掩饰自己见解的浅薄，即顾随所谓"文陋"。"人不读书是可怜；读书太多书作怪，也可怕。"此乃洞见。读书多，本非坏事，可是读书太多作怪，譬如动辄把多数人都没见过的僻书、僻字、僻典拿出来唬人，就不可爱了。

同理，诗之宗旨，乃情性之表达，使事用典，是吟咏情性之工具、手段，是宾，而非主，喧宾夺主，则诗坏矣。钟嵘《诗品》曰："至乎吟咏情性，亦何贵于用事？……观古今胜语，多非补假，皆由直寻……故大明泰始中，文章殆同书抄……但自然英旨，罕值其人。"①

用典该是重生，不是再现。重生就是要活起来。此如同唱戏，当时古人行动未必如此，但我要他活（重生），就得如此。平常人用典多是再现。

**解评**：典故是什么呢？我们来看现代学者吴兴华的解释，他说："典故的主要功能就是通过指涉某种文学背景来加强诗歌的意思，这种背景若为读者所知，则将为作品提供更为重大的意义。"② 这里所谓加强的意思、更为重大的意义，即顾随所谓诗歌经用典之后"重生"的部分。"重生就是要活起来"，此说法比吴兴华的更生动。用典"如同唱戏，当时古人行动未必如此，但我要他活（重生），就得如此"——此譬喻真是妙极了！古人未见如此譬喻。就用典而言，典故的通畅与晦涩、平易与艰深，其实并不是最

---

① （南朝·梁）钟嵘：《诗品》，载（清）何文焕辑《历代诗话》（上），中华书局，1981，第4页。

② 吴兴华：《现代西方批评方法在中国诗学研究中的运用》，陈越译，《中国现代文学研究丛刊》2013年第3期。

重要的，即便是让人易读的典故，也未必恰当——关键要恰当，典故须锦上添花、借花献佛，或当如草船借箭，有借力发力之妙。能让诗的意涵发挥得更好的典故，即为佳典，即是重生，否则便是再现。用典若只是再现，不如不用。明代王世懋说得好："然病不在故事，顾所以用之何如耳！"①

翻译当用外国句法创造中国句法，一面不失外国精神，一面替中国语文开一条新路。

佛经以南北朝姚秦人鸠摩罗什所译最佳。鸠原为外国人，其所译《阿弥陀经》可一读，我们不是把它当宗教书看，乃是将它当文学书看，因其是散文诗。佛经翻译极能保存印度原文之音节与意义。

自从译佛经，已开我国新语法，现在译西洋文学亦然。

**解评：**顾随好佛学。大约在他 20 岁时，即留心于佛典。我们从顾随的著述、讲义、讲录等文字中，可以看出他有很深的佛学修养。其禅学著作《揣龠录》义理深湛，词采精拔，是学界交口赞誉的佳作。1954 年，任教于天津师范学院的顾随讲授过一门课程"佛典翻译文学——汉三国晋南北朝时期"，为此他写了专门的讲义。在讲义的"结语"中，他说："我不是佛教的信仰者，也不是佛学的研究者。而佛书却是爱读的，特别是在抗战后，解放前。"② 说他不是佛学的研究者，是自谦；顾随虽非佛教徒，但佛教精神其实对他浸润很深，他信奉的是"以出世的精神做入世的事业"。

这里讲到佛典翻译。"佛经以南北朝姚秦人鸠摩罗什所译最佳。"不论何种翻译，顾随认为翻译的原则应是"当用外国句法创造中国句法，一面不失外国精神，一面替中国语文开一条新路"。中国的翻译文化即从佛典翻译开始。顾随说：

翻经的因为要忠实于佛说，所以要采用直译法。但此一国的语法规

① （明）王世懋：《艺圃撷余》，载（清）何文焕辑《历代诗话》（下），第 775 页。
② 顾随：《佛典翻译文学——汉三国晋南北朝时期》，载《顾随全集》卷四，第 35 页。

律决不会尽符合于彼一国，所以翻译者有时也不免要采用意译法，即是说，文法虽然与梵文不同，而意义却仍然是原旨。同时，翻译佛书本来为的是宣传佛教，所以译笔决不可以太文，使其与大众绝缘。但又不能太俗，太俗了，便要为"士大夫"所轻视，而不能抬高佛教同佛典在社会上的地位。综合了以上所说的这两个原则，即成为，兼用了直译和意译，而文辞则斟酌乎文言语体之间：这就构成了一千余年以来的译经的文体，这也就是佛经翻译的正宗文体，这也就是汉以后的一种新兴文体，这也就是中国语文第一次受到了外国语文的影响。①

这便是顾随所说"自从译佛经，已开我国新语法"一语的意思。又曰："现在译西洋文学亦然。"这又是大现象。中国自近代以来，对西洋乃至东洋著作的翻译，是自佛经翻译以来的第二波大的翻译浪潮，其影响也是及于中国文化，乃至社会的全部，远远超过了佛经翻译对中国的影响。顾随是现代人，此点自感受甚深。就文学而言，西洋文学的中译也远超佛经对中国语言、文学的影响。翻译作品中，确有杰作。王小波说王道乾翻译的法国文学作品的文本，是现代中国最好的白话文。王道乾的固然不错，但他的翻译作品并不多，其翻译对象也不是顶尖的大师。我倒是在读傅雷翻译的巴尔扎克小说时，不由得赞叹不置——这语言太好了！巴尔扎克语言本身的精彩且不说，傅雷翻译成的中文，其精妙之处就在于——既雅驯精炼，又时常有一些很地道、传神的完全属于汉语特色的口语蹦出来，真是把文、言、雅、俗融合无间了。于是，我不禁感叹：傅雷翻译的巴尔扎克小说的文本，就是现代中国最好的白话文章（就语言而言）。而这种语言，就是汉语与西方语法的较完美的结合，这就是中国现代文学语言正确的发展方向。

---

① 顾随：《佛典翻译文学——汉三国晋南北朝时期》，载《顾随全集》卷四，第 7 页。

# （十四） 诗体论

诗由四言五言而七言，其演进自有其不得已；如古文而变为白话文，亦然。并不是因为白话文比古文易懂，是因为白话文所表现的思想感情有古文表达不出来的。今日用旧体裁，已非表达思想感情之利器。

**解评**：综观中国古诗，从四言到五言到七言，其演进皆是自然的蜕变。近代白话文运动，推翻文言而代以白话，看上去有很大的人为色彩，但倘无古文变为白话文的内在趋势，"白话文运动"也不可能发生。白话文运动，是"内应外合"。

内在的趋势，即顾随所谓"有其不得已"。这个"不得已"，即原有的文学形式无法适应新的表达需求，而必然要产生的变革动力。顾随对"白话文运动"看得很通透，他认为"并不是因为白话文比古文易懂，是因为白话文所表现的思想感情有古文表达不出来的"。再概括地说——文学形式蜕变的原因在于"言不尽意"。如中国古诗，由四言而变为五言，钟嵘这样说："夫四言，文约意广，取效风骚，便可多得。每苦文繁而意少，故世罕习焉。五言居文词之要，是众作之有滋味者也。故云会于流俗，岂不以指事造形，穷情写物，最为详切邪？"① 所谓"文繁而意少"，即意思不能充分表达。在钟嵘的时代，五言诗已是表达最为"详切"的诗体了——岂料后来五言之不足而又蔚为七言乎？那又是新的"不得已"。

故文学家于文学形式，须与时推移，而不能抱残守缺。为何旧体裁到一定时候就"言不尽意"了呢？因为，一、文学形式的演进与人类生活的

---

① （南朝·梁）钟嵘：《诗品》，载（清）何文焕辑《历代诗话》（上），第3页。

演变有深刻关系。随着人类生活的不断改变，新事物、新感觉不断增加，旧体裁是自旧的社会生活应运而生，并相适应的，新事物、新感觉放在旧体裁里便难免别扭。譬如，旧体诗中若出现电话、电脑、飞机、手机等意象，你就会觉得不对味（旧瓶未必装得了新酒），而这些对于白话诗，则不成问题。特定的文学形式有特定的美学规范。我们在欣赏文学时，倘若觉得它不符合沉淀在我们头脑中的对某种文学形式的美学要求，就会觉得它有问题；二、某种文学形式在初起时是新鲜的，有活力的，因为它的表达潜力还未被穷尽（这里所谓"穷尽"是相对的）。及至后来，人们运用这一形式把能表达的都表达得差不多了，此文学形式就像原本肥沃的土地在长期耕种之后变得贫瘠了一样，没有创造力、没有活力了。

顾随说："今日用旧体裁，已非表达思想感情之利器。"但他的创作较少用新体裁，更多用旧体裁——非不愿也，而是觉得新体裁不太适宜他。顾随在他的范围内，将旧体裁用到了最大限度。我们今日还是鼓励用新体裁。顾随很明白，他写旧体诗词，走的并不是现代文学的大路。


中国古诗以五言最恰，四言字太少，七言字太多。但此指中国古人情调思想而言。现在则五言已不够，而七言格律太繁，不易作好。现在事情本来变化就多，再加以诗人感觉锐敏，变化更多。近世是散文化时代，已不是诗的时代。


**解评**：中国古诗，按照句式、字数，大体分四言、五言、七言三类。且其创制先后，也由四言至五言，再至七言。四言诗，战国以后，就衰落了。这种衰落，有其内在原因，前文所引钟嵘《诗品·序》已提及。虽然在唐以后，五言也未能独居诗国要津，而是与七言平分秋色，但至少在钟嵘的时代，四言诗已风光不再。四言的衰落，需深入分析，但钟嵘的概括也颇中肯綮，他所谓五言诗"指事造形，穷情写物，最为详切"，亦可视为四言诗的不足。不是四言诗不好，而是五言诗、七言诗的表达功能比四言诗更强大。在正式的五言诗形成之前，四言诗是最好的诗体之一，五言诗产生之后，四言诗就相形见绌了，此一时而彼一时也。

那么，五言与七言之优劣呢？实则四言、五言、七言，皆有所长，亦各有所短，总之，顾随以为"中国古诗以五言最恰，四言字太少，七言字太多"，余以为然。五言之所以最恰，是由字数的恰好决定的。试精求细推：四言嫌短，七言嫌长，五言恰好中庸，无过无不及，好比人的身材，四言类似偏瘦，七言类似偏胖，五言则是不胖不瘦、骨肉停匀的最佳身材。这是无数人长期写作实践选择的结果，不是个人好恶的标准。

而更重要的是，顾随在指出中国古诗以五言最恰之后，思路一转，又说："但此指中国古人情调思想而言。现在则五言已不够，而七言格律太繁，不易作好。现在事情本来变化就多，再加以诗人感觉锐敏，变化更多。"这是顾随了不起处——他一方面精通古典文学，一方面又深具超越传统的、有前瞻性的（同时也是批判性的）现代眼光。任何一个事物意义的大小，都取决于它所处的系统。从一个较小的子系统到一个更大、更高的母系统，事物意义的大小递减。顾随是站在古今贯通，或者说是基于现代的视野看待古典文学的，所以他看出古文也罢、古诗也罢，都不能充分适应现代社会的表达需要——现代比古代更复杂多变了，故此，一言以蔽之——"今日用旧体裁，已非表达思想感情之利器"。这是通透之见。

又，所谓"近世是散文化时代，已不是诗的时代"，这一见解值得注意。此观点可以讨论。我同意顾随的意见。首先，顾随这句话是相对而言的——近世不是诗的时代，非曰诗被打入冷宫，罕人问津了（就生命力而言，人类不死，诗即不灭），而是说，与古代相比，诗在整个社会中的影响力、比重，缩减了很多。这与诗形的转变无关，它是由诗赖以存在的社会文化整体环境的转变决定的。现代社会的运转速度远远快于古代，在机器般的社会体系的推动之下，人们需要快速地获取信息，发表观点，交流思想，而这些最适宜用散文文体来达成。譬如，新闻报道、时评、文化评论乃至娱乐评论等各种评论，内容无所不包的随笔，甚至网文的跟帖，等等，纷至沓来，海量涌现，其社会效用是更倾向于内倾艺术的诗无法比拟的。孔子所谓诗的"兴、观、群、怨"几种功能，倘置于现代的话，其实不得不让位于散文了。不仅是诗，20世纪以后，长篇小说、戏剧，也都衰落了，它们和诗一样，需要更多的酝酿和精雕细琢，以及缓慢、优雅的展示，而这样的余裕，在现代社会日益减少。现代社会有一大忧患——当我们的生活以越来越快的速度不断前进时，人最终可能会粉碎自己，死于我们自己制造的巨大压力以及焦虑，如同不断压缩、密度越来越大的星云最终会爆炸。在这种状态中，艺术也可能会衰落。

五言诗字少，其开合变化成功者仅杜工部一人。

五言诗容易看出漏洞。七言诗略薄，尚无碍；五言必厚，即须酝酿。七言诗可兴至挥毫立成，五言诗必须酝酿，到成熟之时机，又有机缘之凑泊，然后发之。

陈子昂《感遇诗》"兰若生春夏"一首，味极厚，末四句之意思绝非其在作诗时才有：

迟迟白日晚，嫋嫋秋风生。

岁华尽摇落，芳意竟何成。

大自然永久而人生有尽，是早有此意，经过酝酿，适于此时发之。末四句余音袅袅。

**解评**：五言诗难作，五古尤难。吴兴华认为："中国最高的诗歌只存在五古里面。"其所谓"高"是有"超乎众物之上的情感"[1]、high seriousness与最后神化，[2] 达到所谓"宇宙化"（吴引梁宗岱语）。这是一种风格之高，五古中确有此境界，如阮籍《咏怀》、陈子昂《感遇》，皆然。但若说"中

---

[1]　参见吴兴华 1943 年 2 月 20 日致宋淇信，载氏著《风吹在水上：致宋淇书信集》，广西师范大学出版社，2017，第 78 页。

[2]　参见吴兴华 1942 年 12 月 25 日致宋淇信，载氏著《风吹在水上：致宋淇书信集》，第 71 页。

国最高的诗歌只存在五古里面",则有些绝对了。所谓诗歌中"宇宙化"的情感,是一种西方的诗歌观念,中国诗并不以此为鹄的。顾随说五古的难作在于"厚",即味道要厚,这是中国诗学观念。厚,不在文字多少,而在文字背后蕴涵(能值)的充沛。顾随又指出,厚来自酝酿,酝酿成熟,当机而发。

五言诗字数少,开合变化难。阮籍、陈子昂的五古风格高,但开合变化少。杜甫的五言古诗,长者如《北征》《自京赴奉先县咏怀五百字》的纵横捭阖,自不待言;短者如《佳人》《望岳》,皆富开合变换之妙。五古之难,不仅在风格要高,味道需厚,亦在其难于开合变化。顾随说:"宋人对五古已不会作,苏、黄五古甚幼稚,似乎二人根本不懂五言古诗的中国传统作风。"真是不客气,但并未冤枉宋人,譬如苏轼作于黄州的五古《寒食雨二首》,因其书迹传世而广为人知,其实这两首诗的意境不高,一首结尾曰"何殊病少年,病起头已白",一首结尾曰"也拟哭途穷,死灰吹不起",皆气象不佳。第一首写春雨连绵,海棠花谢,乃生孤病之愁,比之张九龄遭贬后所写"草木本有心,何求美人折?"(《感遇》),便显得促狭了些。当然,失意之际,感叹穷愁,无可厚非,然发之于诗,境界却有高低,陈子昂"岁华尽摇落,芳意竟何成"也是失意之叹,却寄托遥深,亦无穷寒之气。又,《寒食雨二首》其一前六句"自我来黄州,已过三寒食。年年欲惜春,春去不容惜。今年又苦雨,两月秋萧瑟",此六句章法过于平铺、随意,而后六句又无奇拔之语,便使整首诗陷于平庸。这大概便是顾随批评的苏、黄五古的"幼稚"。

五古传统的作风,是高古、质朴、简净,自汉乐府至曹操、阮籍、陶渊明,至唐代李白、杜甫、韦应物,皆可见之。宋诗自苏、黄始,总体上尖新日繁,而浑厚渐少,故其五古多味道不正。苏轼晚年独好陶渊明、韦应物二人诗,可见他晚年方悟入厚朴之境,但他没有一首诗能达到韦应物《寄全椒山中道士》那样的境界。黄山谷晚年亦曰谢灵运远不如陶渊明,然智虽及此,而其毕生作诗,求新好奇,积习已深,改之难矣。

宋人五古逊于前人,可他们在七古创作上却丝毫不放松。苏、黄且不说,相传欧阳修酒后说他的七古《明妃曲二首》和《庐山高》,李白、杜甫都写不出,可见宋人于七古逞才使气的作风。诚如顾随所言:"七言诗因字多,开合变化多,再利用一点锤炼功夫,很容易写出像样作品。"宋代以后，七言古诗差不多可算最自由的诗体了，盖七古可以横贯气势、尽展才藻，故宋代诗人也尽力于七古，北宋苏、黄，南宋陆游，即其著者。但我以为，宋人七古终未能超迈唐人，尤其是李白、杜甫的七古，可谓登峰造极矣。韩愈面对李、杜，已瞠乎其后，只好以才学为诗、以文为诗，在七古上另辟奥境，然诗情总不及李、杜。苏轼作《石鼓歌》，与韩愈较劲，其诗境或不相上下，但他终究写不出李白《蜀道难》《梦游天姥吟留别》、杜甫《饮中八仙歌》《哀江头》那样的作品；欧阳修说他的《明妃曲二首》《庐山高》比李白、杜甫的都高，我们也只能一笑置之。

七古比五古易作，如顾随所言："因其表面上能开合变化，已很有可观，吾人无暇追其源头活水（情意本质），而已目迷五色。"通俗地说，即七古更容易炫技、玩花活，使读者迷惑，失去判断力。不只是七古，顾随还将其引向诗本身的一个问题，即许多诗表面花哨，而内里的"情意本质""思想源头"空虚、浮浅——这是更重要的问题，无论读古诗、现代诗，读者往往容易目迷五色，而忽略其内涵，从而导致欣赏的偏差、谬误，当然作为一种观念的产物，它同时也是写作者的问题。不要说一般作家，即使是大作家也难免华而不实之作。试看苏轼的七古《月夜与客饮酒杏花下》：

> 杏花飞帘散余春，明月入户寻幽人。
> 褰衣步月踏花影，炯如流水涵青苹。
> 花间置酒清香发，争挽长条落香雪。
> 山城薄酒不堪饮，劝君且吸杯中月。
> 洞箫声断月明中，惟忧月落酒杯空。
> 明朝卷地春风恶，但见绿叶栖残红。

此诗不可谓不华美流畅、意兴湍飞，不能说这是差诗，但它不耐读。就情境而言，它没有李白《春夜宴桃李园序》那种清词丽句下的跌宕感慨；同是与客对饮，又不及李白"两人对酌山花开，一杯一杯复一杯。我醉欲眠卿且去，明朝有意抱琴来"那么洒脱自然，有渺渺高士之概。结尾"明朝卷地春风恶，但见绿叶栖残红"二句，落入俗套，更不待言。不知读者注意到了吗？就个性言之，苏轼的洒脱似不在李白之下，但他的诗不及太白那么自然洒落，这是何故？原因大约在于：首先，苏轼的天性、思想没有李白那么接近道家的超尘绝俗之概；其次，苏轼的精神结构以及写诗方式比李白更文人化，李白的精神底色更自然化。学究气在某种程度上是束缚，因而苏诗不如李诗自然。苏轼一生，大抵以白乐天为出处行事的偶像，而不是以屈原、陶潜、李白、杜甫为偶像，这大概也是苏轼旷达中庸有余，而孤愤深沉不足的一个缘故，此点也会影响他的诗风及境界。这是借题发挥了。要之，检验好作品的最佳方法，是耐读。

作古诗就怕无诗情诗思。五古比七古难。宋人对五古已不会作，苏、黄五古甚幼稚，似乎二人根本不懂五言古诗的中国传统作风。

七言诗因字多，开合变化多，再利用一点锤炼功夫，很容易写出像样作品。因其表面上能开合变化，已很有可观，吾人无暇追其源头活水（情意本质），而已目迷五色。变戏法者即往往利用手法引人注意，作诗亦然，使读者目迷五色，无暇注意其思想源头。

**解评**：见上。

唐人绝句尤其五言，何以是古今独步？兔起鹘落，唐人于此真是会写。唐诗人每人皆有五言绝句，但皆不多。

**解评**：中国人在发蒙阶段背诵古诗，通常以唐诗为主，且以五言绝句为要，如王之涣《登鹳雀楼》、李白《静夜思》、孟浩然《春晓》等，绝不会是《诗经》或陶渊明的诗，也较少有宋诗。何故？首先，五言简短，七言略嫌辞费；其次，唐诗为中国诗之代表，五言绝句为唐诗之代表。五言绝句必须让思、觉、情在很短的篇幅内达到比较饱满的状态，所以就需用直觉性的方式快速呈现，兔起鹘落。直觉，更依赖于"感"。而"观"需要理性，接受起来相对缓慢。另外，五言绝句容纳典故之类的空间也较小。故而，五言绝句比其他诗体更为天真，也更接近中国诗的本性。

　　唐代诗人皆有好的五言绝句，但这是无意识的，他们当时哪里知道这些诗会古今独步？无意而为，是包含着巨大生机的状态。

　　唐宋诗千变万化，各有好处。

　　前人说"宋人不知诗而强为诗"（陈子龙《王介人诗余序》），余对此说半肯半不肯。宋人诗似散文，而其短文、笔记、尺牍、题跋，是散文而似诗。宋人是不知古人那样的诗。

　　唐人学力不及宋人，只是情动于中不能自已，用流行的文体写出，便是好诗。如明人作山歌［挂枝儿］［打枣竿］，比所作曲好。

　　**解评**：关于唐诗与宋诗的比较，一直是一个大话题。
　　欲知顾随对唐宋诗的看法，须参看其《宋诗说略》。[①]
　　首先，关于唐宋诗，尤其是宋诗的特征，顾随这样说：

　　　唐人重感，宋人重观，一属于情，一属于理智。宋人重观察，观察是理智的。

　　　宋人作诗必此诗，唐人则有一种梦似的诗。宋人诗有轮廓，以内是诗，以外非诗。唐人诗则系"变化于鬼神"，非轮廓所可限制。

　　　宋诗之生硬盖矫枉过正。

　　　宋诗幻想不发达，有想象然又为理智所限，妨碍诗之发展。

　　　诗之工莫过于宋，宋诗之工莫过于江西派，山谷、后山、简斋。

　　　宋人对诗用功最深，而诗之衰亦自宋始。

　　——————————

　　① 顾随：《宋诗说略》，载《顾随全集》卷六。

凡一种学说成为一种学说时，已即其衰落时期。上古无所谓诗学反多好诗。

"唐人重感，宋人重观，一属于情，一属于理智。"顾随一向认为诗的根本是情，但也可以说理，表现思想，且二者相济而不相害。他说，唐人也说理，但其说理是表现的，与宋人不同，"且有的宋人说理并不深，并不真，只是传统的"。可见，在表情与达意的整体效果上，宋人不及唐人。

"宋人作诗必此诗，唐人则有一种梦似的诗。"这是很妙的说法。"作诗必此诗"，出自苏轼《书鄢陵王主簿所画折枝二首》，原句为："论画以形似，见与儿童邻。赋诗必此诗，定非知诗人。"所谓"赋诗必此诗"，就是意图性有点强，让人觉得分明，或者说有点"死于句下"。与此相反的，就是唐诗的那种"梦似的诗"，氤氲，诗意在字句内外之间。"宋人诗有轮廓，以内是诗，以外非诗。""轮廓"一语是对"作诗必此诗"的更形象的说法。"以内是诗，以外非诗"，即缺少余韵。诗以有余韵为高。说宋诗"生硬"，当然是缺点。生硬，即不自然。顾先生说宋诗生硬，从苏、梅开始。

"诗之工莫过于宋，宋诗之工莫过于江西派。"所谓诗之"工"指什么呢？主要指技巧，尤其是修辞技巧。顾随说："宋以后诗人几无人能跳出文学修辞范围。后人诗思想、感情都是前人的然尚能像诗，即因其文学修辞尚有功夫。"江西派诗人把作诗技巧锤炼到家了。艺术固然须雕琢，但第一流的艺术都会由巧返拙，庄子云"既雕且琢，复归于朴"，如此才会葆有浑厚的真气。任何事情，多少有点无所谓，才会做到最好。宋代诗学空前繁荣，而诗也就此衰落下去。

以上是顾随对宋诗的一些整体评价。我们再来看看顾随对宋代几位大诗人的评价：

苏东坡思想盖不能触到人生核心。苏公是才人，诗成于机趣，非酝酿。新奇最不可靠，是宋诗特点，亦其特短。

苏之成为诗人因其在宋诗中是较有感觉的。欧阳修在词中很能表现其感觉，而作诗便不成。陈简斋、陆放翁在宋诗人中尚非木头脑袋，有感觉、感情。苏诗中感觉尚有，而无感情，然在其词中有感情——

可见用某一工具表现，有自然不自然之分。

> 东坡好为翻案文章，盖即因理智发达，如其"武王非圣人也"（《武王论》），然亦只是理智而非思想。思想是平日酝酿含蓄后经一番滤净、渗透功夫，东坡只是灵机一动。

> 山谷乃 second-hand 之诗人，第二手，间接得来，拿人家的，整旧如新。

显然，顾随认为宋诗不及唐诗。

但，顾随还有比唐优宋劣更复杂的看法，因此对"宋人不知诗而强为诗"（陈子龙《王介人诗余序》）这句话半肯半不肯。因为宋诗中毕竟有唐诗所没有的东西，如理趣。唐诗终不无欠缺之处，如顾随这样说李杜："说唐人诗首推李、杜，而李白乃纨绔子弟，云来雾去；老杜则任感情冲动，简直不知如何去生活，其感情无论如何真实，感觉无论如何敏锐，总是'单翅'。"即是说，李、杜诗或者说唐人诗，情、觉都好，而"思"不足。这也正是李、杜诗境界不及陶渊明处。再就宋诗言，若将诗的范围放宽些，则宋人的"短文、笔记、尺牍、题跋，是散文而似诗"，如东坡《记承天寺夜游》、姜夔的一些词序，读来纯是诗的境界，甚至比诗词更自然。所以顾随说："宋人是不知古人那样的诗。""唐宋诗千变万化，各有好处。"

顾随对事物的评判，常超越简单的二分法，极为圆活。

> 文学之演变是无意识的，往好说是瓜熟蒂落，水到渠成。中国文学史上有演进无革命。有之者，则韩退之在唐之倡古文为有意识者，与诗变为词、词变为曲之演变不同。

**解评：**顾随说"中国文学史上有演进无革命"，大体观之，的确如此，无论诗、文、小说、戏曲皆然。不过，这是就古代文学而言。现代文学史上的"五四新文学运动"则大约可称为"文学革命"，因为那毕竟是中国文学从语言、文体到文学观念的天翻地覆的变局。那么，古代文学如此漫长的历史，就没有一次有意识的革命性的文学演进吗？顾随先说没有，但又说唐代韩退之倡导古文与诗变为词、词变为曲之演变不同，因为这是"有意识"的提倡，不是"演变"。顾随所言即唐代古文运动（但他不用"古文运动"一语），可见他完全明了"古文运动"在古代文学中的特殊性。但何以"古文运动"不是文学革命呢？因为无论从文学观看，还是从文学形式看，"古文运动"都是一场复古运动，或曰"以古开新"，而"文学革命"需具备颠覆性的特质，如"五四新文学运动"。我曾写有《中国文学中的两大文学变革运动——古文运动与"五四"新文学运动之比较》① 一文，对"古文运动"和"五四新文学运动"的相通与相异做了一番比较，读者可参看之。

晚唐五代大词人写词是无意识的。

**解评**：词大约是从晚唐开始形成了有别于诗的面目，一些诗人也有意作词，如温庭筠、韦庄为晚唐大词人；五代的大词人则是南唐二主，以及冯延巳。但他们作词并不刻意追求独特的题材及艺术风格的突破。他们是在词起源或流行时那种抒发闺情别怨的氛围的推动下去作词的，所以温、韦之词有细腻动人之致。晚唐五代大词人之词乃传统之词，且此传统非行之已久、日趋僵化的传统，而是正在滋育壮大的传统。在传统的趋力下创作，可以说是"无意识"的。此点，从敦煌曲子词的真率，亦可见出。及至宋代仁宗时期，晏殊、欧阳修既写离愁别恨，又道文士雅怀；柳永创制新曲，歌咏俗世，刻写艳情，这便是有意识地要写出新风格了。后来，苏轼有意摆脱词律，开拓词境；稼轩作词，更是经史子集，无不融冶，健笔柔情，荡气回肠；张孝祥、张元幹、陈亮、陆游、刘过、刘克庄、文天祥皆与稼轩同概，感时愤世，壮怀激烈；姜夔、吴文英、张炎等人则倚声填词，刻意低回，力求典雅……以上词人，可谓各尽其能，各显神通，在日益丰饶多姿的词国，他们必然力求摆脱凡近，自成一格。晚清人论词，贵重、拙、大，更是有意识的。由是可知，所谓"晚唐五代大词人写词是无意识的"是一个正确的判断，只不过，温庭筠、李煜他们"当时只道是寻

① 赵鲲：《中国文学中的两大文学变革运动——古文运动与"五四"新文学运动之比较》，《解放军艺术学院学报》2016 年第 1 期。

常"而已。①

《西江月》调太俗。欧公、苏公所作尚佳，南宋则推稼轩。此调之俗，一因小说中用俗了；一因此调本身即俗，盖因六言故。

以唐王维之天才作六言也不成。如其《田园乐七首》其六：

> 桃红复含宿雨，柳绿更带朝烟。
> 花落家童未扫，鸟啼山客犹眠。

俗。一样话看你怎样说法，创作如此，说话亦然！同是这一点意思，说得好与不好，有很大关系。说得好，使人都信；说得不好，人都不信。

"桃红复含宿雨，柳绿更带朝烟"，此境界的确不错，很有诗意，可惜写得俗。若把"复"字、"更"字去了，"家"字、"山"字去了，便好得多：

> 桃红含宿雨，柳绿带朝烟。
> 花落家童扫，鸟啼客犹眠。

这好得多，何故？此盖中国诗不宜于六言。

以王维写六言尚不免于俗，何况我辈？然此乃就无天才者而言。假设真是天才，思想高深，虽顶俗的调子也能填得很好。如

---

① 缪钺《论词》（1940）一文述及词之发生、演变，与顾随有相似观点，他说："故白居易、刘禹锡诸人之词，其风味与诗无大异也。及夫厥端既开，作者渐众，因尝试之所得，觉此新体有各种殊异之调，而每调中句法参差，音节抗坠，较诗体为轻灵变化而有弹性，要眇之情，凄迷之境，诗中或不能尽，而此新体反适于表达。一二天才，专就其长点利用之，于是词之功能益显，而其体亦遂确立。……用五七言诗表达最精美深微之情思，至李商隐已造极，过此则为诗之所不能摄，不得不逸为别体，亦如水之脱故流而成新道，乃自然之势。其造始也简，其将毕也钜，万事往往如斯，此固非中唐诗人略变五七言诗为长短句以便歌唱者所及料矣。"（缪钺：《缪钺说词》，上海古籍出版社，1999，第3~4页。）

老谭之戏，原多为开场戏，可是被老谭唱成大轴子戏了。《西江月》调原很俗，可是被欧、苏、辛作好了。

**解评：**此节讲六言诗词，及由《西江月》说及化腐朽为神奇的问题。

先说《西江月》。为何说《西江月》调太俗呢？顾随认为，首先此调被用俗了。如柳永《西江月·凤额绣帘高卷》：

> 凤额绣帘高卷，兽环朱户频摇。
> 两竿红日上花梢，春睡厌厌难觉。
>
> 好梦狂随飞絮，闲愁浓胜香醪。
> 不成雨暮与云朝，又是韶光过了。

不是轻视柳永，说实话，这首写得俗了。

更内在的原因是，《西江月》这个词调本身就俗，因为八句中有六句是六言。六言难写，几句六言，除非意境特别好，否则其音调有点顺口溜，易俗。《红楼梦》中贾宝玉出场时描写他的两首《西江月》，虽意思不差，格调却不高。旧小说中有许多《西江月》词。

苏轼用《西江月》写过好几首词，如"世事一场大梦""照野弥弥浅浪""玉骨那愁瘴雾""三过平山堂下"等，在整个苏词中都可谓上乘之作。辛弃疾的《西江月·夜行黄沙道中》写得摆脱凡近，清新可喜，为宋词名篇。可见大才毕竟为大才，顶俗的调子也能写得很好，真所谓化腐朽为神奇（张孝祥有两首《西江月》也写得很好）。顾随熟悉京剧，顺便举例说："老谭之戏，原多为开场戏，可是被老谭唱成大轴子戏了。"被谭鑫培唱成大轴子戏的开场戏指《南阳关》《战太平》等。我不懂戏，想来该是大不易之事。再如，相声本为民间俗艺，侯宝林却把相声说成了艺术，很高的艺术。

再回到六言诗。六言诗，大约在魏晋时期已形成，至唐，形成六言的格律诗，虽历代作者如缕，却始终未成流行诗体，其数量与成就无法与五、七言诗并论。王维写过《辋川六言》，但顾随认为写得不怎么样，如《田园乐七首》其六。"桃红复含宿雨，柳绿更带朝烟"的"复"和"更"用得笨，无意义。整首诗也新意不足。"以王维写六言尚不免于俗，何况我辈?"可见，六言诗真难写。顾随说："此盖中国诗不宜于六言。"从文学史看，这是可以断定的。我想，主要原因在于六言的音节易俗。

就我所见，中国的六言诗，写得最好的是王安石的《题西太一宫壁二首》：

柳叶鸣蜩绿暗，荷花落日红酣。三十六陂春水，白头想见江南。

三十年前此地，父兄持我东西。而今重来白首，欲寻陈迹都迷。

# （十五）文学影响论

一个大诗人、文人、思想家，皆是打破从前传统。当然也继承，但继承后还要一方面打破，方能谈到创作。

老杜之七绝与当时一般人所作不同，人以为他不会作"绝"，错了。唐末及六朝末年，个人无特殊作风，只剩传统，没有创作了。老杜与陶公固不能相提并论，但也有共同之点：从修辞上看，二人皆用许多新鲜字句，这是在外表上的革新。此外，关于内容一方面，别人不敢写的他们敢写。凡天地间事没有不能写进诗的，就怕你没有胆量。但只有胆量写得鲁莽灭裂也还不行。便如厨师做菜，本领好什么都能做。所以创作不仅要胆大，还要才大。胆大者未必才大，但才大者一定胆大，俗说"艺高人胆大"。

我们创作不能学别人，我们的东西别人也不能学得去。王献之与王羲之字不同，因其不学他老子。

一个天才可受别人影响，但受影响与模仿不同，受影响是启发。模仿也可算受影响，但受影响不是模仿。

每人心灵上都蕴藏有天才，不过没开发而已。开发矿藏是别人的力，而自己天才的开发是自己的事。受影响是引起开发的动机。

所谓受影响是引起人的自觉，感到与古人某点相似，喜欢某处。喜欢是自觉的先兆，开发之先声。假如不受古人影响，引不起自觉来，始终不知自己有什么天才。我们读古人的作品，并非要模仿，是要从此引起我们的感觉。

天才在自觉开发以后，还要加以训练，这样才能有用。

**解评：** 传统与创造，这是个大问题。

在人类文化史上，凡有所贡献的人，都有所创造，其创造不是空穴来风，而是继往开来的。打破是创造的前提，继承是打破的前提，且三者成正比关系。

先拿文学来说。老杜的七绝与当时不同，不是因为他不会作，而是传统作风已不能满足他的创造欲，于是故意打破传统，别开生面。顾随说老杜和陶公有两点同，一是修辞上用很多新鲜字句，二是敢写别人所不敢写的（如陶公写自己乞讨，杜甫写茅屋为秋风所破）。"凡天地间事没有不能写进诗的，就怕你没有胆量。"博尔赫斯表达过与顾随相同的观点，他说："依我看，所有的东西都能入诗，所有的词汇都可以写诗。"① 从理论上说，天地间的确没有不能写进诗的——当然，因为个人的局限性，从来没有一位诗人能写尽天地间所有事物。老杜所写已经极其广泛了，而后人还是能不断写出新的内容。原因在于，作为个人，后人永远有前人没有接触过的事物，没有产生过的感发。其实，更重要的不是敢不敢写，而是能不能写的问题。因为能写什么，所以才敢写什么。见什么写什么，想什么写什么，这便是能写的极致。好比武功大师，看见什么功夫都能上身。这境界，是通天达地。

自从有了文学史、艺术史、思想史、学术史，就有了传统与创新的问题。文学史上，屈、陶、李、杜，思想史上，孔、孟、老、庄，他们一经出现就对后人产生了永久的诱惑力，同时也构成了永恒的压力。自司马迁《史记》出，后世哪个史家不瞠乎其后，心摹手追？书法史上，谁能真正漠视王羲之而有所作为？这便是所谓"影响"。影响，是一种焦虑心理。那些意欲有所创造的人，面对前贤，既感到幸运，又觉得不幸；既想与他们融合，又想摆脱其阴影。

中国人格外崇古，故其"影响的焦虑"也就特别深重。中国文化，在此点上表现得极为突出。如学术史上的"汉学"传统与"宋学"传统，文学史上的"文必秦汉、诗必盛唐"与"宗唐、宗宋"、江西诗派的"一祖三宗"、古文的"桐城派"，虽都是为了在创造史上立定脚跟，却莫不带着"影响的焦虑"的面容。各种各样的"统""派""宗""师法""家法"，

① 〔美〕巴恩斯通编《博尔赫斯八十忆旧》，第21页。

都是对传统的强调。而中国文化缺乏对传统与创造的理论探讨。美国批评家哈罗德·布鲁姆曾从诗学的角度提出所谓"影响的焦虑"理论，虽然在整体上对"影响的焦虑"有夸大之嫌，且把"影响的焦虑"完全看作一种"误读行为"，让人难以苟同，但他对"影响的焦虑"本身的认识还是富有卓见的，如他说：

> 影响，在本质上，是自卫性的。[1]

> 影响的焦虑之存在远远早于"影响"这个词的应用。[2]

> 每一个诗人的存在都陷入了与一个或另几个诗人的辩证关系（转让、重复、谬误、交往）。[3]

如果我们把布鲁姆所谓"诗人"换成画家、思想家、学者等，也都说明着同样的道理。

首先，布鲁姆认为，"影响"在本质上是自卫性的。此言有理。黄庭坚说：

> 诗意无穷，而人之才有限，以有限之才，追无穷之意，虽渊明、少陵不得工也，然不易其意而造其语，谓之换骨法，窥入其意而形容之，谓之夺胎法。[4]

黄庭坚提出所谓借力发力的"夺胎法""换骨法"，正是基于焦虑心理，一种在创造长河中为立于不败之地的"自卫心理"。这心理，来自诗歌本身，以及前代诗人的威压。而所谓"夺胎""换骨"正是布鲁姆所谓一个诗

---

[1] 〔美〕哈罗德·布鲁姆：《影响的焦虑——一种诗学理论》，徐文博译，江苏教育出版社，2006，第 14 页。

[2] 〔美〕哈罗德·布鲁姆：《影响的焦虑——一种诗学理论》，第 27 页。

[3] 〔美〕哈罗德·布鲁姆：《影响的焦虑——一种诗学理论》，第 92 页。

[4] （宋）惠洪：《冷斋夜话》卷一，载（宋）惠洪、（宋）朱弁、（宋）吴沆《冷斋夜话·风月堂诗话·环溪诗话》，陈新点校，中华书局，1988，第 15~16 页。

人与其他诗人之间的转让、重复、谬误、交往的辩证关系。王献之对其书法"假托神仙，耻崇家范"（孙过庭《书谱》），始终不肯向老子低头的那股劲，更是典型的"自卫心理"。米开朗琪罗刻意回避，甚至贬低达·芬奇，也是出于强烈的自卫心理。刻意回避，是受影响的另一种形式。

世上没有儿子不受老子影响的。怕就怕老子是个大才，儿子怎么办？才小者，面对老子只能徒唤奈何；才大者可与老子并驾齐驱，或相接近，如曹丕、曹植与曹操，王献之与王羲之，欧阳通与欧阳询，米友仁与米芾；也有超越父亲者，如司马迁与司马谈、班固与班彪、苏轼与苏洵等。他们之所以未被父辈淹没，就因能自我开发，受其父亲的影响，而非模仿。"受影响是引起开发的动机"，沉睡在精神中的意识被唤醒，然后熊熊燃烧。齐白石说："学我者生，似我者死。"学，是受启发；似，是机械的模仿。

"所谓受影响是引起人的自觉，感到与古人某点相似，喜欢某处。喜欢是自觉的先兆，开发之先声。"所谓"自觉"，是一种共鸣，在他人身上发现让自我显现的灵光，有如燧石之火，在碰撞中闪耀出来，然后，你要抓住这火星，把自己天才的矿藏开发出来。白居易、苏轼、辛弃疾喜欢陶渊明，是因为心有戚戚焉，他们学渊明虽不似之，但这种学会引发他们的灵光。张旭观公孙大娘舞剑器悟草书之法，甚至见担夫争道也能悟草书。王羲之从鹅的姿态中感悟字的姿态。形意拳大师可以从雨前的雷声悟出打拳时的"雷音"。这是最灵敏的启发、自觉，不仅从他人得到启发，甚至从动物、从大自然中也可以悟入。天造地设，古往今来，乃众生平等之事，而有人麻木不仁，有人触处皆春，其区别只在于"自觉"。自觉，是观者有心。要入乎其内，再出乎其外，兔出草中，鲤鱼透网。自觉，是"入"和"出"相融合的状态。学，便是自觉。天才也是学而能的。顾随在《揣龠录》中说："窃谓凡一切为学，必须具有两种精神：一曰取；一曰舍。而且取了舍，舍了取。舍舍取取，如滚珠然；取取舍舍，如循环然。"[1] 取和舍，不是一截两半之事，而是个循环往复的过程。

中国诗史中，对后世影响最大者是陶渊明和杜甫，他们是后世无数诗人效法的对象（屈原、李白，不可学）。而问题是，陶公、老杜，他们的效法对象又是谁？陶渊明的渊源，没有明显的迹象，他是横空出世的大才，

---

① 顾随：《揣龠录》，载《顾随全集》卷三，第 436 页。

而他也不可能不受前人的影响，只不过他把古人的影响融化了，他自己的东西远大于古人。我们在陶公身上看不到"影响的焦虑"。杜甫具有鲸鱼掣海般的创造力，而他对传统的继承亦可谓空前，故被认为是诗之"集大成"者。杜甫是刻意博采众长的，因为他说过"别裁伪体亲风雅，转益多师是汝师""孰知二谢将能事，颇学阴何苦用心"等话，连阴铿、何逊这样的小诗人都苦心学习，可见杜甫"影响的焦虑"之深——"才力应难跨数公，凡今谁是出群雄？"我们还应当想：作为杜甫好友的大诗人李白，对杜甫有压力吗？我相信有。"笔落惊风雨，诗成泣鬼神""何时一樽酒，重与细论文"，在这样的仰慕和期许中，不能不包含着面对李白的紧张感。而杜甫的伟大，在于他能够变压力（此压力，一部分是被动的，更多的是出于野心的自我紧张）为动力，并放射出冲天气焰。而天才如李白，据说也曾三拟《文选》。世上没有不经模仿、学习的天才。李白一生喜爱谢朓，谢朓对他一定也构成压力。清末黄遵宪写旧诗，说"我手写我口，古岂能拘牵？"正因为有拘牵，所以才这样说。

不受人影响不行，不学不行，但"心中不可有师，且不可有古人，心中不可存一个人才成。学时要博采，创作时要一脚踢开。若不然便处处要低一格"。是"师法古人"呢，还是"师法心源"？两者不可偏废，学时师法古人，创作时师法心源，顾随说得干脆——创作时要一脚踢开。[①] 这是狂妄吗？不是。因为你创作时，心中只要有一点古人的影子，创造力就会受到限制，正如庄子所说"有所待"则不能成其大，创作时应当把你当成世上唯一的作者。越是将他人一脚踢开的人，创造力越大。譬如，毕加索颠覆了古典油画，是因为古典油画他画过了，感受过了，他临摹安格尔，加以变化，但他深知自己打不过那些古典大师，于是另辟蹊径，将古人一脚踢开，踢得远远的，这才创造了自己。爱因斯坦的相对论，也是将牛顿一脚踢开。中国文化中，禅宗最具此种"一脚踢开"的创造精神，正所谓"丈夫自有冲天志，不向如来行处行"。反者道之动，"修正比"越大，创造

---

① （清）曾国藩《致刘蓉》（1858）曰："鄙意欲发明义理，则当法《经说》、《理窟》及各语录、札记（如《读书录》《居业录》《困知记》《思辨录》之属）；欲学为文，则当扫荡一副旧习，赤地新立，将前此家当，荡然若丧其所有，乃始别有一番文境。"（参见《曾国藩全集》第22册，岳麓书社，2011，第587页。）曾公此处所言为文之"扫荡一副旧习，赤地新立"，与顾随同一见解。

越大。但，这是可遇不可求的——哪有那么多大反可造？

"影响的焦虑"没有哈罗德·布鲁姆说得那么绝对，修养深到一定程度，就不会很焦虑了。杨万里说他早年作诗，学这个，学那个，结果"学之愈力，作之愈寡"①，后某日作诗，"忽若有悟，于是辞谢唐人及王、陈、江西诸君子皆不敢学，而后欣如也。试令儿辈操笔，予口占数首，则浏浏焉无复前日之轧轧矣"②。所谓"浏浏焉"即通透，"轧轧矣"是别扭的感觉。试问：屈原有"影响的焦虑"吗？杜甫写到得心应手时，一定是海阔凭鱼跃，天高任鸟飞。

千里马得遇良师，那是幸运的。但你学得很好，跟老师一样好，只是老师的翻版、复制，而无个性，那有你何用？"老师喜欢学生从师学而不似师，此方为光大师门之人。"颜回、曾参、子贡、子路都跟孔子学，但都与孔子不同。郑玄为马融大弟子，但他并不死守马融古文经学的家法，而成为集古、今文经学之大成者。陈丹青受木心影响甚大，但陈丹青的绘画、写作与木心并不同。这些人，才是光大师门之人。

世上还有一种大才，境界甚高，却无甚师承，如王国维、顾随、金克木。对他们三人影响很大的老师是谁？王国维曾受罗振玉影响，但那只是局部的影响，罗算不上王的老师。王国维、鲁迅对顾随影响不小，但并非他老师。金克木中学都没上过，却精通中、印、英等多种语言、文化，对文、史、哲、宗教、美学等领域有贯通而精深的修养，他的师承怎么说？观堂、苦水、辛竹在学术方面，属于无师自通的天才。他们之所以能如此，是因为能"自己睁开眼睛来，拿出感觉来"。

人要以文学安身立命，连精神、性命都拼在上面，但心中不可有师，且不可有古人，心中不可存一个人才成。学时要博采，创作时要一脚踢开。若不然便处处要低一格。金圣叹说李白之《登金陵凤凰台》："人传此是拟《黄鹤楼》诗，设使果然，便是出手早低一格。"余叔岩唱得好，但不成，以其心中有老谭。学得

---

① （宋）杨万里：《诚斋荆溪集序》，载辛更儒笺校《杨万里集笺校》，中华书局，2007，第3260页。

② （宋）杨万里：《诚斋荆溪集序》，载辛更儒笺校《杨万里集笺校》，第3260页。

真好，但如此，似老谭则似矣，却没有余叔岩了。杨小楼学叫天，而没有一手像他老师，这样才是会学的。

老师喜欢学生从师学而不似师，此方为光大师门之人。

故创作时心中不可有一人。

读书不要受古人欺，不要受先生影响，要自己睁开眼睛来，拿出感觉来。

**解评：**见上。

天下凡某人学某人，多只学得其毛病，故学的人不可一意只知模仿，不知修正。文学上不许模仿，只许创作。受影响则与模仿不同，模仿是有心的，亦步亦趋；影响是自然的，无心的，潜移默化。此乃中国教育学说。

**解评：**"天下凡某人学某人，多只学得其毛病"，这是很敏锐的观察。如宋初唱和诗风流行，先后流行的白体诗只学得白居易之浮浅，晚唐体只学得贾岛、姚合之单薄，西昆体只学得李商隐之外表华美，当时即被讽为"拘扯义山"。南宋，学稼轩词之豪放者，多流于粗豪；效白石之典雅者，不免做作；唐宋古文，明清后学奉为格套……何以如此呢？原因在于，他们只知亦步亦趋地模仿，而不知修正；只见其枝叶，而未探其根本。学只需学某人的精神、精髓、大端即可；其他枝节，看似繁多，其实次要，小节处按自家天性发挥便是。孟子曰："先立乎其大者，则其小者不能夺也。"

正中、大晏、六一作品皆是个性流露，自与古人不同。不用说不学，就是学也湮没不了自己本来面目，此因个性太强。学古人而失去自己本来面目者，他自己就根本没有本来面目。

大令字不似右军，非不"知"学，不"能"学，不"肯"学，乃大令个性太强而自然不似。在文学史上，这种情形现象必发生于一种文体最盛时期。如盛唐诸公之诗个个不同，词在北宋、曲在元初亦然。及其既衰，或者学而不能似，或者得其一二而不出古人范围，或者于模仿学习之外参入自己个性。故学古人者可分三种：

一、不能学；二、能学，无生发；三、能学，有生发。

**解评**：凡有成就者，无不学于古人。但向古人学了，未必就跟古人同。才小者，只学得古人毛病；才大者，学得古人长处而又不掩自家风流。为何呢？因为个性太强，天生一种光彩，想掩都掩不住。大晏、六一皆学中正，刘熙载说："冯延巳词，晏同叔得其俊，欧阳永叔得其深。"① 所谓"俊"，当指大晏词中的明哲；所谓"深"，当指六一词中的深婉。此说有理，但易被认为大晏、六一乃各分中正一杯羹。其实所谓"得"，指在继承基础上的超越，大晏之"俊"、六一之"深"已非中正之"俊"和"深"。正中更无大晏之明哲、六一之豪爽。这便是学也淹没不了的自己本来面目。所谓"自己本来面目"，乃是不可无一、不可有二的特质。姜白石说："不求与古人合而不能不合，不求与古人异而不能不异。"② 与古人合，是顺势；与古人异，也是顺势。

关于"二王"的书法，张怀瓘《书议》中说："父之灵和，子之神俊，皆古今之独绝也。"③ 大令之"神俊"，是"一种少年英发，轩昂超迈的风度，是王羲之所没有的"④。这便是个性使然，即使不想与右军异也不能不异。顾随说："在文学史上，这种情形现象必发生于一种文体最盛时期。如盛唐诸公之诗个个不同，词在北宋、曲在元初亦然。"不单文学史，思想史、艺术史亦皆如是，如先秦的思想界真是百家争鸣，晋代之书家仿若群星灿烂，正所谓"作家各自一风流"⑤ 也。

① （清）刘熙载：《艺概》卷四，上海古籍出版社，1978，第107页。
② （宋）姜夔：《姜白石诗集·自序》，载孙玄常笺注《姜白石诗集笺注》，李安纲参校，山西人民出版社，1986，第3页。
③ （唐）张怀瓘：《书议》，载潘运告编著《张怀瓘书论》，湖南美术出版社，1997，第28页。
④ 熊秉明：《中国书法理论体系》，天津教育出版社，2002，第59页。
⑤ 参见（宋）杨万里《跋徐恭仲省干近诗》，载周汝昌选注《杨万里选集》，上海古籍出版社，1979，第168页。

及至众人都在"学古"中讨生活时，或者说"学古"成了一件很严重的事情的时候，某种文化也就到了衰落期。而顾随以为学古人者可分为以下三种：一、不能学；二、能学，无生发；三、能学，有生发。不能学者，太多了，不足道也。中焉者，能学，却无生发，如明清两代诗坛之宗唐、宗宋的诗人，其诗似则似矣，但因基因不变，无多生发变化。上焉者，是能学，有生发。如王国维的词，掺入了古人词中所没有的哲学思辨，这便是生发。顾随的杂剧，形式为古典，其中所包含的人生意味却是深富现代思想的。能生发，才是真对得起古人。其所以如此者，是因为他们不仅学古人的表面，还能改造其内容。

读文只重视其形式、音节之美，容易受其蛊惑，而忽略其内容。形式、音节好，其内容未必是。当以近代头脑读古人书。

解评："当以近代头脑读古人书"，因为有新的眼光，才可能和古人的东西对接，古人的遗产便会成为活血。

克鲁泡特金（Kropotkin）说，我们读一个人诗的时候，不能单欣赏其文字之美，同时也要注意其内容，不可只看其辞章。

我们不但要以此种态度去创作现在的诗，且可以此态度去分析、解剖、欣赏古人的诗。我们何以较之太白更喜老杜，亦此故。

人应该发现自己的短处，发现了短处才能有长进，有生活的力量。沾沾自喜者多故步自封。因此，读古人诗希望从其中得一种力量，亲切地感到人生之意义。

解评：顾随向来重视文学的"言内之物"。强调"内容"的重要，即从内容的角度看，古人的有些作品未必可取，尽管其辞章是好的。如"我们何以较之太白更喜老杜"，即因老杜"民胞物与"的情怀在乱世里更有意义，而李白的意义就会减轻些。"以近代头脑读古人书"，这头脑不仅包括近代思想，还应包括"近代情怀"——古人的作品对我们当下的意义。读诗、读文学，其意义不止于文学，还应"希望从其中得一种力量，亲切地感到人生之意义"。

　　鲁迅先生以为读者不可只看摘句，如此不能得其全篇；又不能读其选本，如此则所得乃选者所予之暗示。

　　世之论陶渊明者多误于其"采菊东篱下，悠然见南山"（《饮酒二十首》其五）二句，认渊明不可从此认，以断句评人，最不可如此。

　　一个好的选本，等于一本著作。不怕偏，只要有中心思想。

　　**解评**：选本，是文学史上一大问题。

　　鲁迅所言者，选本的弊端。人为求便，往往只读选本，管中窥豹，而不易见其真。但这不等于选本无意义。只有选得好坏的问题，选本原无不可。中国之《文选》《文章正宗》《古文观止》《唐诗别裁》《唐诗三百首》，乃至《神童诗》《千家诗》等蒙学读物，都是很好且影响极大的选本。愈到后世，文学作品浩如烟海，选本愈多。择其精华而选之，予人方便，是必要的。好的选本，如同一个好的导游，可以带我们到美好的去处，剩下的，便是自己去寻幽探胜；坏的选本，则宣称它带你去看海，而将你引入了沼泽地。一般学者看不起选本之事，其实，做选本是一项很重要的工作。徐梵澄说："选前人之诗，乃一异常重大之工作。自选者言，必须有其主旨，自立原则，成其体例。必已读其全集，及前人已定及未定之品评，又谙熟其时代、生平、写作环境……然后精其去取，所谓学、识俱到。所重尤在有识，而识亦以学成。譬如鉴赏古器者，到眼便知真赝。——如太白诗中，便有疑伪者。自读者言，则虚衷若一无所知。而佳选本势力异常浩大，往往开一时代之新风。"[1] 做选本的第一件事是作品的选择，此则首须博览。博览之后，即须精选。精选有赖于高明的眼光，这是做选本的关键。在拣择作品之后，若还有对作品的品评，那便是更完善的选本了，而此一节也最见功力。这真是很有厚度的事情。所以，顾随说："一个好的选本，等于一本著作。"顾随的《稼轩词说》和《东坡词说》分别选了稼轩的 20 首词、

---

　　[1] 徐梵澄：《蓬屋说诗》，载氏著《古典重温：徐梵澄随笔》，北京大学出版社，2007，第 194 页。

东坡的 15 首词详加解说，且有对东坡词和稼轩词的总评，其选词真可谓精而又精，而其重心也本在"说"而不在选，其说词又往往以点带面，辐射甚广，故《稼轩词说》和《东坡词说》实在是很厚重的学术著作。近代以来，许多学者都通过做选本的方式来传达其文学观念，如王闿运、陈衍、俞陛云、俞平伯、胡适、高步瀛、钱钟书等。此种作风，在中国似乎更甚。西人好直抒己见，中国学统更重曲径通幽。为何唐诗、宋词，有一个名家做了选本，又有名家出来再做选评呢？即因一家有一家之眼光，一人有一人之见解，好比同一论题，不同的人论而别之。比如，拿宋诗选来说，钱钟书的《宋诗选注》颇负盛名，而以我之见，金性尧《宋诗三百首》的艺术鉴赏水平不在《宋诗选注》之下。所谓"各有千秋"之"千秋"，即"偏"——"不怕偏，只要有中心思想。""中心思想"即包括由选本的去取、主旨、体例、评论等表现出的选者的学识。鲁迅是单就选本之弊而言之，顾随则进一步道出了选本的价值与关键。好的选本，即等于著作，因而常成为研究的对象，如《文选》即成"选学"。就性质而言，文学选本是文学批评的一种方式，其卓越者，自是可以成为研究对象的。

徐梵澄对选本的见解更为深细，他还说到了读者对选本的态度，应当是"虚衷若一无所知"——即我们面对选本中的作品，特别是那些熟悉的作品，要摒弃从前的成见，以初读的心态去读它。所有的选本，都要给你某种意思的，你只有"虚衷"，才有领会其意思，并加以判断的可能。

市面上的各种文学选本何其多哉，而好的选本又何其少也！从某种意义上说，选本可能比著作还要难。


小泉八云（L. Hearn）《论读书》云：大文章要速读，得其气势；小文章要细读，得其滋味。读完之后，要合上书想我们所得之印象。


**解评：**这是顾随在课堂上引用小泉八云①的话。此说有理。阅读，应当

---

① 小泉八云（1850～1904），本名帕特里克·拉夫卡迪奥·赫恩（Patrick Lafcadio Hearn），旅居日本的英国人，学者、作家，日本怪谈文学鼻祖。《论读书》一文，见小泉八云《文艺谭》（石民译注，北新书局，1930）一书。

有不同的速度。大文章，如贾谊《过秦论》、柳宗元《封建论》、王安石《上仁宗皇帝言事书》等，高屋建瓴，气势磅礴，你得顺着文章的势能一气直下，方能感受其力量。小文章宜慢读，如柳宗元《钴鉧潭西小丘记》，苏轼《记承天寺夜游》、张岱《西湖七月半》等，言约意丰，韵味悠长，你若读得快了，则如猪八戒吃人参果——不知滋味。而阅读，并不是读完最后一字为止的事——"读完之后，要合上书想我们所得之印象"，所得印象是总体的。

顾随《东坡词说》"前言"中论及读词之法，有言曰："宜先依词目，尽读其词，每一首，首宜速度，以遇其机，次则细读，以求其意，最末，掩卷思之，以会其神……"① 这也是读书法，可参看之。

学文学应该朗读，因为如此不但能欣赏文字美，且能欣赏古人心情，感觉古人之力、古人之情。"杨柳依依""雨雪霏霏"，怎么讲？念一念便觉其好。（还不只是念，其实看一看便觉其好。）

**解评：** 顾随重视朗读，也很擅长朗读，他对文学的音韵美有很敏锐的感觉。顾随有篇《朗诵了杜甫〈自京赴奉先县咏怀五百字〉以后写给中文系三年级同学的一封公开信》②，其中谈及朗诵艺术，非常精彩。那完全是一个富有天赋的文学家、教师对朗诵的深造自得的领会，既有对朗诵艺术本质的认识，也有对念字、重音、运气等具体方法的见解。顾随说："一个语文教师应该记住：在讲授文学课时，朗诵是讲解的很好的助手。讲解带有分析性，而朗诵则带有综合性。"③ 此言极是。一篇好的文学作品，一朗诵（前提是朗诵得好），力量和情感就会直扑人心，单凭讲解，很难体会。但顾随又说："我们做教师的不可偏废朗诵，但也不可过于倚仗朗诵。朗诵能补助讲解之所不及，但它决不能代替讲解。"④

---

① 顾随：《东坡词说》，载《顾随全集》卷三，第45页。
② 参见《顾随全集》卷三，第266~289页。
③ 顾随：《朗诵了杜甫〈自京赴奉先县咏怀五百字〉以后写给中文系三年级同学的一封公开信》，载《顾随全集》卷三，第288页。
④ 顾随：《朗诵了杜甫〈自京赴奉先县咏怀五百字〉以后写给中文系三年级同学的一封公开信》，载《顾随全集》卷三，第288页。

我给学生讲诗词、古文之前，总要先朗读一遍。每读欧阳修的《醉翁亭记》，就会不自觉地摇头晃脑。因为此文的确甚有音节之美，抑扬顿挫，纡徐婉转，尤其是其中频频出现的"也"字，让人不得不拿脑袋在空中画弧。于是，我便想起鲁迅在《从百草园到三味书屋》中所描绘的私塾先生读古文时把头"拗过去，拗过去"的情形，觉得这"拗过去"的读法实在是颇有道理的。

读诗、读词，听人说好坏不成，须自己读，"说食不饱"。

解评：学任何学问，都要自己先去读原典，实际接触，还要身体力行地去体验。顾随说："道理光说净讲不行，要知、要行。知是行的准备，行是知的结果。要不行，便还不是真知。说食不饱，说食只是使人饥饿，而不能饱。凡是觉得知道而说不出来的那还不是知，绝不会懂到极深处自己还说不出来。……必须真知真行。'知行合一'，其说似高深，其实即'说食不饱'之意。"① 纸上得来终觉浅，绝知此事要躬行。即便是读书本身，亦未必是求知的不二法门，更何况耳食之学？耳食之学，不可靠。典型的例子，就是现在应试教育下的学生，很多人都是在课堂上听听讲，自己不读书，即便笔记记了一大堆，也终是无知。应试教育培养了一大批靠背笔记应付学业，甚至得高分的人。

讲诗、讲学的人太多了，就让似是而非的学问占据了人们的头脑，并且养成了自己不动脑筋、轻信的习惯，思维能力亦每下愈况。所以，顾随说："人最好由自己参悟。"自己不悟，别人水泼不进。教学如扶醉人，别人只能帮扶你，路要靠自己走。

天下人不懂诗，便因讲诗的人太多了。而且讲诗的人话太多，说话愈详，去诗愈远。人最好由自己参悟。

解评：见上。

---

① 顾随：《〈文赋〉十一讲》，载《顾随全集》卷七，第 167 页。

# （十六）曲

　　"三百篇"、唐诗虽好，而距今太远，又加以文字障碍，读之遂如隔靴搔痒，虽是痒处，究隔一层。杜甫《自京赴奉先县咏怀五百字》结尾二句曰：

　　　　忧端齐终南，澒洞不可掇。

　　忧愁、烦恼有时可整理，有时一片，简直不可整理。此二句不易理会，便因文字障碍。

　　曲则文字障碍少，可直接"不隔"，达到文学核心。如马致远《任风子》之［端正好］，与老杜诗一样好：

　　　　添酒力，晚风凉，助杀气，秋云暮。尚兀自脚趔趄、醉眼模糊。他化得俺一方之地都食素，单则是俺这杀生的无缘度。

此不是内容意义多么深厚，但好，文学了不得便在此。使酒杀人顶不可为法，而写得好，美化了。

　　**解评**：顾随的曲学造诣非常深。曲学是顾随学术研究的重点之一。顾随认为曲是中国韵文的集大成者，他曾写有《中国戏曲小史》（未刊印，河北大学赵林涛教授辑佚，发表于《河北大学学报》2022年第4期）；还有数十篇曲学论文，大多都遗失了；还写过很多散曲，集为《无弦琴散曲稿》，未印行，已散失。尤为可贵的是顾随的杂剧创作。顾随著有六部杂剧，水准相当高。窃以为，顾随的杂剧《陕山观海游春记》境界之高，置于元、明一流剧曲中亦毫无愧色。民国时期，曲学界曾将顾随与吴梅并列，有"南吴北顾"之称。吴梅也有杂剧创作，而其创作早于顾随，故顾随的杂剧几乎是中国杂剧的绝响。这里是几则零星的论曲观点，不足见其曲学全貌。

首先，"曲兼诗词之长处，而曲之长处为诗词所没有"。这是常识公论。顾随说诗词虽好，而文字障多，"曲则文字障碍少，可直接'不隔'，达到文学核心"。何故？因为，一、曲的文字通俗；二、曲更加直白。诗词含蓄，然太含蓄了，便不免有隔靴搔痒之感。除文字外，曲还有一长处，即它能表达诗词所不能表达的俗的内容。

"三百篇"的文字障，盖因时代久远，当时人未必觉得其文字有多么难懂。像老杜"忧端齐终南，澒洞不可掇"这样不易晓的诗句，是因其表达方式——刻意求新，结果反而生硬。不过，曲中虽用很多通俗语汇，对当时人来说是通俗易懂，而时过境迁，这些俗言俗语对于现在的我们却又变得陌生了，仍是文字障。总之，文字障是文学之病——意思要深，但文字不可太难。

顾随举马致远《任风子》之〔端正好〕以证曲语的"不隔"。此曲写使酒杀人，读来却劲道有味，顾随顺带发挥，说这便是文学的了不得——不好的事情，写得好，美化了。中国文学中，《水浒传》写使酒杀人，写得最好，似可添人意气（这是《水浒传》危险处）。外国文学中，巴别尔笔下的杀人，写得更硬朗、更酷，但其感觉是让人心痛的。

曲兼诗词之长处，而曲之长处为诗词所没有。

解评：见上。

悲剧中人物有两种：一、强者，与命运反抗、战斗；二、弱者，为命运所支配。中国悲剧人物多属后者，如《梧桐雨》之唐明皇、《汉宫秋》之汉元帝。

悲剧在强者、弱者而外，又有"人""我"之分。"我"，自己的悲剧，与人无干；"人"，为人而牺牲。唐明皇、汉元帝是自己的悲剧，为自己而牺牲他人；《赵氏孤儿》是为人牺牲自己，此在中国少见。

以悲剧意义论，《梧桐雨》《汉宫秋》不及《赵氏孤儿》，然以技术论则过之。文学除注意内容、意义外，更当注意其技术。

**解评：**关于悲剧，顾随在《陟山观海游春记·序》中有段精辟的议论：

悲剧中人物性格，可分二种：其一为命运所转；又其一则与命运相搏。后者乃真有当于近代悲剧之义。即以元剧论之，若《梧桐雨》，若《汉宫秋》，世所公认为悲剧也。顾明皇与元帝，皆被动而非主动，乃为命运所转，而非与之相搏。若《赵氏孤儿》剧中之程婴与公孙杵臼，庶几乎似之。然统观全剧，结之以大报仇，则又何也？虽然，即不如是，吾犹疑之。夫人至舍其生而杀其身，此固天下之至悲，然且未可概视为与命运相搏也。吾于此更有说焉。凡夫有生之伦，或劳其心，或劳其力，孜孜穷年而弗能自已者，凡谋所以遂其生而已矣。此固不独于人为尔，人特其最著而最胜焉者耳。遇有阻难，思有以通之；遇有魔障，思有以排之。斯又生物皆然，人特其最灵而最力焉者耳。通之而阻难且加剧焉，排之而魔障且益炽焉，于是乎以死继之，迄不肯苟安偷生，委曲求全。斯则为人所独能而独烈者矣。窃意必如是焉，乃成乎悲剧之醇乎醇者矣。然其死固将以求生也，非求死也。乃所以为己也，非为人也。莎氏诸作，若《哈姆雷特》，若《李尔王》，其显例已。至若以一死以图事之必济，幸济，或或济焉，则似与是有殊，而非可以并论齐观，虽然，捐躯救人，舍身济世，又人类之所以为物灵也，吾讵敢菲薄之？特其意义与吾前所云云者，稍异其趣，是则不可以不辨。证之古希腊，则爱斯迄拉斯氏所作《被系扎之普拉美修斯》一剧，其雄伟庄严，只（按：疑为"直"）千古而无对，而壮烈之外，加之以仁至义尽，真如静安先生所云，"有释迦、基督担荷人类罪恶之意"。悲之一字，竟不足以尽之，即吾所立悲剧人物性格二种，亦不足以名之，而尤非元明作家所能望其项背者矣。①

顾随重悲剧。他认为悲剧有"为我"与"为人"之分。"为我"，乃人之生物属性；"为人"，是牺牲自我，境界更高。汉元帝、唐明皇的爱情固然是悲剧，但其本心都是为己的，绝谈不上伟大；而且，汉元帝对王昭君的感情有多少爱情成分，实大可怀疑。唐明皇和杨贵妃的爱情，其实更多的只是欲望而已。皇帝老儿且不说，杨贵妃的感情也不专一。"李杨爱情"是享乐型爱情，《长恨歌》不可太当真。昭君出塞，也不是她多么深明大义，而是身不由己。所以，文学家的自作多情和历史人物的真相，我们得分清。《赵氏孤儿》中的程婴、公孙杵臼等人物有为他人牺牲自己的精神，在中国戏剧中少见，但其结局为大报仇，冤冤相报，这也算不得伟大。顾随认为最高的悲剧是埃斯库罗斯的《被缚的普罗米修斯》（即"爱斯迄拉斯氏所作《被系扎之普拉美修斯》"）那样的悲剧——为担荷人类罪恶而牺牲自己。普罗米修斯既非"为命运所转"，也非"与命运相搏"，而是在失败中挺立。（里尔克诗云："有何胜利可言，挺住就意味着一切。"）古希腊悲剧的确达到了极深的深度。

顾随不仅对中国元明戏曲所谓"悲剧"很不满，他对传统所谓"喜剧"也颇不齿，以为其只能名之曰"团圆剧"。正因为有对西方文学的了解，以及近代的文学观，顾随的戏剧观才超出了传统戏剧观的浅小庸弱，创作出了《陕山观海游春记》这部蕴含着伟大的人生境界的"新杂剧"。

戏曲分"案头""舞台"两种。"西厢"记事平凡，"王西厢"如写诗，少戏剧性。

**解评：** 中国古代戏剧（杂剧、传奇等）的一个优点是富有诗性，但有时诗的成分有点太多了，削弱了其戏剧性。

《红楼梦》《水浒传》之不可及，即因除事实描写外更有心理

---

① 顾随：《陕山观海游春记》，载《顾随全集》卷一，第299页。

的描写。《西厢记》亦能写人心理的转变，此乃中国文人所最忽略者。

中国人明于礼义暗于知人心，以礼教治人，好以公式量人，这便要不得。老杜是忠君爱国，而其诗好绝不在此。

**解评**：中国古典文学（主要是小说）不太注重心理描写，这是一个常识，但也只是大致情况——好的小说，如《红楼梦》《水浒传》都有很多精彩的心理描写。除了通过人物的行为、言语来表现心理之外，《红楼梦》中还有很多如"宝玉心想""黛玉自思"之类的心理分析式的心理描写。这是小说艺术成熟的标志之一。《西厢记》中写张生、崔莺莺乃至红娘的心理起伏、转变，跌宕多姿，也煞是精彩。

然而，比之西方文学，中国文学的心理描写少而薄弱。这不是能力问题，是文化观念问题。何以如此呢？就文学而言，中国叙事文学不发达，文学侧重于抒情，抒情以表达作者的情志为鹄的，不以揭示他人深层心理为务，即便写他人，也多从生活经验层面着笔，而不企图穷根究底地去探究人的心灵。一旦这成为一种文学传统，也就顺流而下，蔚为大观了。西方人企图对人的精神、心理进行穷根究底式的揭示，大概与其宗教有关，与科学精神也有关，而此两点恰是中国文化所缺乏的。顾随说"中国人明于礼义暗于知人心"，此言出自庄子对儒家的评价——"中国之君子，明于礼义而陋于知人心"。庄子真是切中要害。早在庄子之前，中国文化已形成以所谓礼义道德为最高生活（包括外在生活与内心生活）准则的格局态势。所谓"礼教治人"，乃"以公式量人"，是弊端很大的文化，于今仍然流毒甚烈——只求表面之合范，而不求内心之真实。顾随顺便举了杜甫的例子，说杜诗之好，不在其体现的儒家礼教（如忠君爱国），而在其他方面。

二

# 分论之部

# （一）先秦至汉的诗歌

"三百篇"是有什么就喊什么，想说什么就说什么，想怎么说就怎么说。古人诗是如此，后人有意避俗免弱，便不真，"真"，就是人情味。

**解评**：顾随认为孔子所谓"诗三百，一言以蔽之，曰：思无邪"之"思无邪"，即"直""诚"之义。① 这里所谓想说什么说什么，想怎样说怎样说，即"真实"。《诗经》的好，与其天真有关。因为没有悠久的文学传统的束缚，故能率性而出，如儿童说话，充满灵性。后世诗人，即使想表达真情实感，却总不免在艺术上刻意求胜，愈刻意，愈掩盖人的真性情。

《诗·秦风·蒹葭》：

> 蒹葭苍苍，白露为霜。所谓伊人，在水一方。溯洄从之，道阻且长。溯游从之，宛在水中央。

真是诗味。后人皆不免装腔作势，古人则自然是诗，不假修饰。

《蒹葭》首二句是兴，后六句说"伊人"，并非实有其人，乃伊人之幻影，是幻影（幻想、幻象）之追求。

**解评**：所谓"伊人"，"并非实有其人，乃伊人之幻影，是幻影（幻想、幻象）之追求"。因其是幻影，即说明是理想中的"伊人"，故更显诗化。

---

① 顾随：《说〈诗经〉》，载《顾随全集》卷五，第10页。

曹植《洛神赋》中的"宓妃"也非实有其人，但有个神话的底子，尚非彻底的幻想。陶渊明《闲情赋》中的"佳人"则是纯粹的幻想的情人。吴兴华的十四行组诗《西珈》中的"你""她"似也是幻想性的，而其不仅代表女性，同时也代表命运之神，仿佛歌德所谓"永恒的女神，引领我上升"那种意味，虽为幻想，其表达已是形上境界了。

　　《国风》中伤感诗多与《小雅》"变雅"同一作风。"莫奈何""没办法"，是中国伤感诗普遍现象。此就内容而言。

　　论内容当持批评态度，论作风则是欣赏态度。其表现作风真高，不论其内容可取否。如"解牛"，虽残忍而好手做出来是艺术。以批评态度看是残忍，以欣赏态度看是艺术。诗人看事、看人，也当如庖丁解牛，不可只见全牛，当看出其间隙来。

　　**解评**：《国风》与《小雅》中的伤感诗颇多，甚好，论者多矣。不是因为当时可伤的事情更多，盖因其表现手法好。"昔我往矣，杨柳依依。今我来思，雨雪霏霏"，形象、直接，伤感而又蕴藉。但《诗经》中伤感诗的表现手法，并不都是借形象抒情的，直接抒情的话语也很多，如"雨雪霏霏"后面隔一句就是"我心伤悲，莫知我哀"。再如"知我者谓我心忧，不知我者谓我何求。悠悠苍天，此何人哉！"——看到这样的话语，谁能不动容？陈子昂"念天地之悠悠，独怆然而涕下"与这一句比，未免显得拘束，还不够劲，情感抒发得还不够彻底。《国风》与《小雅》中有一个出现频率很高的字眼——"忧"，除"知我者谓我心忧"外，再如"忧心烈烈""忧心孔疚"（《采薇》），"忧心悄悄""忧心忡忡"（《出车》），"忧心如惔""忧心如酲"（《节南山》），"我心忧伤""忧心京京""忧心愈愈""忧心茕茕""心之忧矣，如或结之""忧心惨惨"（《正月》），"心之忧矣，云如之何""我心忧伤，怒焉如捣。假寐永叹，维忧用老。心之忧矣，疢如疾首""心之忧矣，不遑假寐""心之忧矣，宁莫之知""心之忧矣，涕既陨之"（《小弁》），"心之忧矣，维其伤矣"（《苕之华》），仅一个"忧"字，就变化出这么多的词语、表达方式，这不就是艺术手法高、作风高的一种表现吗？

　　而除了意象、音节、实词、虚字、结构的准确、优美、高妙之外，《诗经》艺术作风的高明，还有一点极重要，即情感抒发的真率、自然，如抒发"忧"情，《园有桃》中有"心之忧矣，其谁知之？其谁知之，盖亦勿思！"这样重复、"唠叨"的表达方式。为何要这样表达呢？因为情之所至，不得不然。有生活经验的人都会明白：人在感情极浓烈时，会重复自己的话语，不能自已。而这样的表达方式，在后世的近体格律诗中没法做到了——人被自己创造的艺术"法则"给框住了。

　　再如，《苕之华》抒发无奈之感，强烈到极致，便说出——"知我如此，不如无生！"这是绝望的意思，但语言完全是冲口而出，其实是当时的白话。此即顾随评诗三百"有什么就喊什么，想说什么就说什么，想怎么说就怎么说"。所以，艺术作风的高明有时不在修辞的复杂技巧，而在情感状态，特定的情感状态又决定了作者所使用的语言。艺术太像所谓"艺术"，便不是艺术了，或者无法成为一流的艺术。

　　生活的悲剧让我们痛苦、忧伤，可奇妙的是，当诗人把痛苦、悲伤用优美动人的语言表达出来时，我们却会得到欣悦。顾随所举庖丁解牛的例子，极好。你亲眼去看屠夫宰牛、解骨，肯定会觉得残忍、难受，除非你也是屠夫。别说宰牛，就是观看杀鹌鹑、杀鸽子，一般人也会心痛。然而，庄子把庖丁解牛的过程写得不但不让人觉得心痛、丑陋，所谓"謋然向然，奏刀騞然，莫不中音。合于《桑林》之舞，乃中《经首》之会"，简直像欣赏优美的音乐、舞蹈一样！似乎比普通的乐舞还要潇洒、高妙、神秘。化腐朽为神奇，这是文学的能事。


　　"变风"与"变雅"作风又不尽相同。

　　"变雅"是枯燥的，在困苦环境中写出易成如此。虽"变雅"比"变风"篇幅长得多。

　　"变风"是温润的，"变风"如天阴尚不久，或天虽阴而有裂隙可见阳光，如人虽处乱世而究竟还有希望。至"变雅"则诗人的心整个被黑暗所笼罩，对顺境、治世，觉其远哉，遥遥如同隔世。

　　温润是软性，枯燥是硬性；"变风"是软性，"变雅"是硬性。由硬而再软是忍性。

解评："变风""变雅"之说，出自《诗大序》："至于王道衰，礼仪废，政教失，国异政，家殊俗，而变风变雅作矣。"此即所谓"衰世之音"。"变"与"正"相对。关于"变风""变雅"，顾随这样说：

> "变雅"乃乱世之音。《诗经》风、雅中只正风、正雅（治世之音）始是表现温柔敦厚，中正和平。至若"变风"、"变雅"，虽"三百篇"亦不能温柔敦厚，正如老实人在遇到不共戴天之仇时，也会杀人放火。①

甚是。这提示我们对《诗经》不能只以"温柔敦厚"视之。孔子评诗三百所谓"思无邪"，也不等于温柔敦厚，"思无邪"是坦诚之义。

"变雅"，见《小雅》。《小雅》中有不少写困苦生活、伤感心情，乃至诅咒怨恨的诗，如《采薇》《杕杜》《鸿雁》《节南山》《正月》《小弁》《巷伯》《大东》《北山》等。"变风"中的一些诗，如《黍离》《东山》《鸨羽》写社会性的悲哀，伤感无奈，问天呼地，"变雅"中此类作品更多，且篇幅更长。顾随说："至'变雅'则诗人的心整个被黑暗所笼罩，对顺境、治世，觉其远哉，遥遥如同隔世。"何以见得？比如，他分析《节南山》中"我瞻四方，蹙蹙靡所骋"句，这句意思是：天地之大，没有容我的地方。顾随认为"天地之大，何处不可容身？"这是"自己恐吓自己，是乱世心理"。这句诗让人想起孟郊的"出门即有碍，谁谓天地宽？"（《赠别崔纯亮》），也是穷愁之极，有点自己吓自己，总之是不健康的心理。顾随敏感，从"我瞻四方，蹙蹙靡所骋"这样的句子看出乱世之人的绝望心理。心整个被黑暗笼罩，无论是戍边的士兵，还是正直的官员，一再发出忧心孔疚、我心伤悲、莫知我哀的哀嚎。哀嚎伤啼，终亦无济于事，只好"战战兢兢，如履薄冰"（《小宛》）——苦熬。于是，乃有"天之生我，我辰安在？"（《小弁》）这样绝望的呼号、悲苦情绪的爆发。顾随说"天之生

---

① 顾随：《说〈诗经〉》，载《顾随全集》卷五，第140页。

我，我辰安在？"句"令人心死。中国诗古来表现即如此"①。

如今，人们一提起《诗经》，便"关关雎鸠，在河之洲"，或者就是"月出皎兮，佼人僚兮"，而忽略"变风""变雅"对社会黑暗的不满、控诉。顾随说："治世之音，雅；乱世之音，变雅。此如镜之有明、暗两面，常人只认明的一面是镜子，实则此种认识错误。"② 以"镜子"比喻文学中光明与黑暗的两面性，极当。重要的是，这不仅是对《诗经》的认识，而且是对文学本身的认识。文学不能像向日葵一样，太阳当空照，花儿对我笑。大千世界，哪有那么简单？

"'变风'是软性，'变雅'是硬性。"变雅比变风更黑暗、枯燥，故硬性。所谓"软性""硬性"，都是心理感觉。

何为"忍性"？——"由硬而再软是忍性。"顾随举《四月》中"秋日凄凄，百卉具腓"句，说"如此情境真是怎么敢写？"③ 为何这样说？因为"百卉具腓"，即所有的草木都凋零了，这是很残酷的情景，而诗人说出来了，他不得不说，他敢说，这便是"忍"。忍，首先是硬性的。"忍"字本有狠心、残酷之义。不狠心、心不硬，如何揭示人间的黑暗、残酷？如何能为正义而愤怒？顾随又举"习习谷风，维山崔嵬。无草不死，无木不萎"（《谷风》）句，说："没有极深的爱，便也没有极深的憎。如《谷风》四句，一般人不但怕说、不敢说，简直怕'惹'、不敢'惹'，而诗人竟如此写出。诗人是'仁'，而有时别人不敢说的敢说，不敢惹的敢惹，这便是'忍'。"④ 那么一般人不敢说、不敢惹，而诗人敢说、敢惹的是什么呢？不敢说的，有时是真相，真相有时是很残酷，或者很丑陋的。"无草不死，无木不萎"，这景象荒凉肃杀之极，简直是决绝，不留余地。诗人领略到这肃杀、这决绝，毫不留情地道出，我们似乎能感到诗人咬着牙的那股劲。此非成心决绝，而是诗人感受到了决绝，不回避、不做丝毫伪饰。"千山鸟飞绝，万径人踪灭。孤舟蓑笠翁，独钓寒江雪"就有股决绝的"忍性"。诗人

① 顾随：《说〈诗经〉》，载《顾随全集》卷五，第156页。

② 顾随：《说〈诗经〉》，载《顾随全集》卷五，第140页。

③ 顾随：《说〈诗经〉》，载《顾随全集》卷五，第168页。

④ 此处"简直怕'惹'、不敢'惹'"之"惹"字，叶嘉莹笔记作"热"，整理者顾之京和高献红在此处注曰——此"热"字，或当为"惹"字（参见《顾随全集》卷五，第168页"注①"），我也认为当为"惹"字，故改之。

不仅表现善、美，善和美都是局部的，诗人的职责是道出真相、真情，"真"也包括不美、不善，包括恨。不敢惹的是什么？是权势、威武，诗人应当威武不能屈，敢爱还要敢恨。如果只是"仁"，而没有"忍"，那是不够真实的。"忍"是"真"的表现。"忍"是有血性的，我们常说"无情地暴露、揭露""残酷的真相"，"忍"是把痛苦、孤独、伤疤、丑陋、邪恶、残酷、黑暗，真实地展现出来。大文学家、伟大作品，都有"忍"的一面，如但丁的《神曲》，陀思妥耶夫斯基、巴别尔、波拉尼奥的小说，鲁迅的杂文……写人的丑陋、邪恶、罪恶、暴力，人与人残酷的相互毁灭，都震撼人心。伟大的文学作品，都有种"天地不仁，以万物为刍狗"的况味。残酷、黑暗的东西，是不好看、不好受的，可是诗人、小说家却睁开醒眼去看，去承受，而且还用精美的语言将其写出来，这便是"忍性"，也是"由硬再软"。

真正的"仁"和"忍"是分不开的，顾随说：

> "铁肩担道义，辣手著文章"，便是忍。凡诗人皆有此二重性格，一方面是"仁"，一方面是"忍"。"路见不平，拔刀相助"，是仁抑是忍？是爱抑是憎？

用"路见不平，拔刀相助"一语把"仁"和"忍"一体两面的关系说透了，精辟。"仁"和"忍"，一音两字、两义，顾随将其拈于一处，说明诗人的二重性格，真是妙论。再如曹操"白骨露于野，千里无鸡鸣"句，你道这是"仁"，还是"忍"？仁、忍，俱在其中。鲁迅"横眉冷对千夫指，俯首甘为孺子牛"亦然。顾随给自己取号曰"倦驼"，也是寄托着"忍性"精神。

《诗·王风·黍离》写亡国之痛，音节真动人：

> 彼黍离离，彼稷之苗。行迈靡靡，中心摇摇。

"彼黍离离，彼稷之苗"，兼比兼兴；"行迈靡靡，中心摇

摇"，一念便觉其"靡靡""摇摇"了。以纯诗论，前二句佳；以
动人论，则是后二句。更有甚者是以下之"悠悠苍天，此何人哉"
二句，可为"三百篇"中最伤感者之一。

　　**解评：**《毛诗序》认为《黍离》写周室东迁后，周大夫行经西京旧都的
故国之悲。近人多以为此诗当为旅途自伤之作。而"汉人的说法，即使不
足信，也已深深渗透到民族心理之中"①。

　　顾随认为《黍离》写亡国之痛。此处强调其音节的伤感动人。"彼黍离
离，彼稷之苗"形象鲜明，"行迈靡靡，中心摇摇"动人心魄。

　　又以为"悠悠苍天，此何人哉"二句为"三百篇"最伤感者之一。确
乎如此。伤感为"莫奈何""没办法"。人脆弱、难过、无助到顶点时，便
会问天、问大地、问造物主。而"知我者谓我心忧，不知我者谓我何求。
悠悠苍天，此何人哉？"三句反复三次咏叹，则既显出其情感的强烈，又仿
佛问天天不应，问地地不答，徒唤奈何耳。

　　写秋，秋是凄凉，应用纤细文字、声音来写。

　　　　秋日凄凄，百卉具腓。（《诗经·小雅·四月》）

二句将秋的纤、细、瘦全写出。

　　**解评：**这是顾随讲诗人之"忍"时举的例子之一，重点是所写景物的
凄凉。

　　《离骚》有奋斗精神而又太有点伤感：

　　　　路曼曼其修远兮，吾将上下而求索。

———————————

① 杨义、邵宁宁：《〈诗经〉选》，岳麓书社，2005，第61页。

"三百篇"无此等句子,《离骚》比"三百篇"有战斗、奋斗精神。

**解评:**顾随说:"屈原在韵文中乃绝大天才。"① 又说:"屈原真是天才,真高,虽然写得腾云驾雾,作风是神的,而情感是人的。但究竟有时觉得离得太远,不及稼轩离得近。"② 显然,这一评价无关艺术的高下。事实上,就顾随所推崇的"夷犹"风格来讲,他认为在韵文领域,屈原前无古人,后无来者,尤其是其《九歌》。③

屈原的代表作当然属《离骚》。顾随认为《离骚》有"中心思想",即以下数句:

> 朝发轫于苍梧兮,夕余至乎玄圃。
> 欲少留此灵琐兮,日忽忽其将暮。
> 吾令羲和弭节兮,望崦嵫而勿迫。
> 路曼曼其修远兮,吾将上下而求索。

首先,顾随肯定屈原的奋斗、战斗精神,因为此种精神是中国人缺乏的。

顾随说:"中国中正和平、温柔敦厚,没有歌咏战斗的作品,全民族亦缺乏战斗精神。中国诗缺少筋骨,肉太多。"④ "缺乏战斗精神"可说是中国的民族性,故整个中国文学都缺少歌咏战斗的作品。

虽然顾随赞成奋斗精神,但不赞成过于伤感。他推崇的是"力"。诗缺少"力",就会给人以肉多骨少之感。但顾随也非完全否定伤感,因为"诗有伤感色彩乃不可避免,盖伤感性乃是诗之元素之一,占多少,今尚难说"⑤,他只是认为伤感不可太过。《离骚》伤感太多的弊端在于,"我们读《离骚》,易因其伤感忽略其诗的美,又因其伤感而妨害了我们了解他的战

① 顾随:《退之诗说》,载《顾随全集》卷五,第 350 页。
② 顾随:《稼轩词心解》,载《顾随全集》卷六,第 76 页。
③ 此话题,参见顾随《退之诗说》讲"夷犹"部分。
④ 顾随:《杂谭诗境》,载《顾随全集》卷六,第 204 页。
⑤ 顾随:《杂谭诗境》,载《顾随全集》卷六,第 204 页。

斗精神"①，但"《离骚》的动人又在其伤感"②。这真是屈原值得同情处。正因他有奋斗精神、理想精神，故理想不得，伤感之极，而他又不止于伤感，在伤感中还要奋斗、追求，追求而不得，所以顾随说："我们读《离骚》，不要只看其伤感，要看其烦懑。此即因没有办法，找不到出路——how，故强者感到烦懑，而弱者则感到颓丧。"③ 屈原伤感，无可厚非，他丝毫不辜负我们；我们被其伤感征服而忘其战斗精神，是我们辜负屈原。

所谓"战斗精神"是从精神、思想方面言之。其实，屈原作品最大的魅力，还是在其艺术之美，及情感之热烈。顾随对《离骚》、屈原，有很多艺术方面的评论，如他说："在中国文学中没有如《离骚》以那样热烈的感情、丰富的幻想而作成的那么优美的文学作品。"④ 又说《离骚》"其艰深晦涩处颇与西洋文学相近"⑤。又说屈原是个天才的伟大的说谎者⑥，即屈原极富幻想才能；又谓"屈骚而后，没有能及其摇曳的韵文"等⑦，后文还会论及屈原，兹不赘述。

屈原的诗：

路曼曼其修远兮，吾将上下而求索。（《离骚》）

杜甫的诗：

莫自使眼枯，收汝泪纵横。
眼枯即见骨，天地终无情。（《新安吏》）

屈原是热烈、动、积极、乐观；杜甫是冷峭、静、消极、悲观。

① 顾随：《杂谭诗境》，载《顾随全集》卷六，第205页。
② 顾随：《杂谭诗境》，载《顾随全集》卷六，第205页。
③ 顾随：《说陶诗》，载《顾随全集》卷五，第200页。
④ 顾随：《说陶诗》，载《顾随全集》卷五，第70页。
⑤ 顾随：《说陶诗》，载《顾随全集》卷五，第69页。
⑥ 顾随：《说陶诗》，载《顾随全集》卷五，第69页。
⑦ 顾随：《说陶诗》，载《顾随全集》卷五，第70页。

而其结果，都是给人以要认真活下去的意识，结果是相同的。

宋玉出于屈原，而屈含蓄，宋刻露，能自己表现个性。长在此，短亦在此。

**解评：** 顾随认为后人模仿屈原的，几乎没有成功者。模仿屈骚最接近的，自然属屈原的弟子宋玉。可是顾随认为："即宋玉之《九辩》已失师法（师承）。盖此非有法可传者，其幻想乃只屈原的天才。"宋玉没有屈原那样的幻想力。顾随一再说屈原是个会说谎的人。他说艺术就是说谎，"创造即是说谎。没有说谎的本领不要谈创造"①。中国文学中，屈原的幻想力，前无古人，后无来者。另外，宋玉的作品也不似屈骚那么含蓄。原因何在呢？想必宋玉当年也是极力学屈原的，而且熟悉屈原，但无法继承屈原的作风，"盖天才与修养是无法可传的，自己越努力、越发展、越不能传人"②。

屈原所谓"路曼曼其修远兮，吾将上下而求索"给人以积极地活下去的热情、力量，真好。杜甫"莫自使眼枯，收汝泪纵横。眼枯即见骨，天地终无情"冷静，文字并不美，但心肠是仁慈的，还是教人活下去，但不及"路曼曼"句好。

顾随说："古人之书是教我们如何去活，如何活完了去死。"③ 是啊，往古来今一切伟大的作品，皆可作如是观。

自枚乘《七发》、班固《两都》以下，其叙事写景多出于楚辞。

**解评：** 汉代辞赋与《楚辞》渊源很深。大赋，其铺采摛文、铺张扬厉比《楚辞》更加刻意、夸大。可惜，汉大赋主要继承了《楚辞》的"赋"，即描写技巧，而没有《楚辞》那样的多情，也没有《楚辞》语言的摇曳，也无多思想。顾随说："'西汉文章两司马'，而除司马迁一人之外，汉朝可谓无人。汉人仿骚，纯是假古董，王逸、东方朔等之文简直是低能作品，

---

① 顾随：《说〈诗经〉》，载《顾随全集》卷五，第70页。

② 顾随：《说〈诗经〉》，载《顾随全集》卷五，第71页。

③ 顾随：《说〈诗经〉》，载《顾随全集》卷五，第60页。

只好以'笨伯'奉赠。"① 这是我所见顾随对中国文学最严厉的批评。以我个人的愚见、偏见，也以为中国文章中价值最低的是八股文，其次即汉大赋。我曾试图读班固的《两都赋》，拟将木心的《上海赋》和古代的"京都赋"加以比较，可是《两都赋》真的难以卒读，我发现古代的大都赋和木心的《上海赋》毫不相似。《两都赋》《二京赋》《三都赋》写都市，只见豪华壮丽，而无百姓家常，不真实。鲍照的《芜城赋》就写得真实，而《芜城赋》是小赋。2007年，由《光明日报》及几家单位在白鹿洞主办"百城赋"研讨会，并在《光明日报》开设了"百城赋"专栏，很快涌现出许多"城赋"，一时间早已衰亡的辞赋、颂赋洋洋大观，可是多数赋文虚假、浮夸、不通，难以卒读。时隔数年，如今还有谁去理会"百城赋"？"百城赋"对于辞赋本身，以及当代文学有什么贡献吗？没有。除去这一事件背后的庸俗原因外，还有一因素，即大赋、颂赋这一文学传统本身的弊病。大赋以"颂美"为目的，甚至夸耀才学也是目的，而所谓"讽喻"只是摆设、幌子。汉末，小赋出现，赋好起来了。从大赋到小赋，赋的抒情性、思想性都增强了，涌现出很多优秀的作品。当然，大赋也有其成就，即描写技巧，对汉语的丰富、发展，以及刻意营造的文章结构，句式和韵律的安排等。总体上，赋对骈文的产生、发展作用很大。

再说前人与后人之间的影响与被影响。我们谈论文学史、艺术史，最主要的一个视角，就是观察前代艺术家与后代艺术家之间的影响与被影响。我们常说屈原、陶渊明、杜甫影响巨大，如何如何，可是所谓"影响"其实都是相对的、模糊的（传统学术方法喜欢将作家、作品之间的影响坐实，即热衷于"源流论"，此方法弊病颇深）。顾随说："一个伟大的作家是不能影响后人的，因为别人没他那样的才禀，哪能学得来呢？"② 这是就"影响"的绝对意义言。"能影响后世者是因为他好学"③，这是就"影响"的相对意义言。白居易影响那么大，影响到日本，盖因他好学。杜甫尚且可学，屈原、陶渊明、李白、辛弃疾、兰波……根本不可学。一部艺术史的确是影响与被影响的历史，美国学者哈罗德·布鲁姆对"影响"之于作家创作

① 顾随：《说〈诗经〉》，载《顾随全集》卷五，第70页。
② 顾随：《说〈诗经〉》，载《顾随全集》卷五，第129页。
③ 顾随：《说〈诗经〉》，载《顾随全集》卷五，第129页。

的作用有些夸大，但所谓"影响的焦虑"是对的——影响更多的是在"焦虑"意义上存在。被影响有刻意的，有无意的，但绝对意义上的"影响"，学屈原似屈原，学莎翁似莎翁，是不存在的。现在有句流行的广告词——"只有被模仿，从未被超越"，有意思，有道理，可适用于伟大的艺术家及其作品。

# （二）三曹

曹公在历史上、诗史上皆为了不起人物。第一先不必说别的，只其坚苦精神，便为人所不及。陶诗中亦有坚苦，杜甫亦能吃苦。一个人若不能坚苦便是脆弱，如此则无论学问、事业、思想，皆无成就。但只说曹公坚苦，盖因陶、杜虽亦有坚苦精神，然不纯：杜有幽默，陶有自然与酒。而曹公只有坚苦。

曹公有铁的精神、身体、神经，但究竟他有血有肉，是个人。他若真是铁人，我们就不喜欢他了。我们所喜欢的还是有感觉、有思想的活人。

**解评**：曹操，一个说不尽的人物。他的个性和成就，是非常复杂多面的。有人见其奸诈，有人见其沉雄。顾随对曹操的说法有点与众不同，他认为曹操最不可及者是其"坚苦精神"——这是一个摒除了道德标准的判断。顾随看重的是曹操作为一个人，作为一个成大事者的精神素质。无论学问、事业、思想，无"坚苦精神"，必无成就。这是从人性的角度谈如何做人及作诗。

顾随说陶诗、杜诗中也有坚苦，但渊明、少陵有自然和酒，或者幽默的慰藉。这虽是超脱，但其实也是回避艰苦，故不纯。曹公是只有坚苦。他没有"采菊东篱下，悠然见南山"的可能。时势不允许，艰苦如山海，而他也挺得住。在那个残酷的时代里，多少人因才智不及、勇毅不及而倒下去了。

顾随所说的曹操的坚苦精神，主要是从其文学中得来的印象。最典型的是《苦寒行》中句子：

> 北上太行山，艰哉何巍巍。羊肠坂诘屈，车轮为之摧。……水深桥梁绝，中路正徘徊。迷惑失故路，薄暮无宿栖。行行日已远，人马同时饥。担囊行取薪，斧冰持作糜。

此诗为曹操建安十一年（公元 206 年）征高干时所作，写行军时的艰苦。他不是随军记者，而是这场战争的统帅。道路诘屈，淫雪霏霏，车轮都被摧断。遇水，没有桥梁。迷路，无可投宿。天寒地冻，野兽出没，人困马乏，饥饿已极，只好凿冰烧水熬粥喝。真是艰苦卓绝，是自其亲身体验中写出的。从前没有这样的诗。像这样的艰苦，曹公体验了无数次。而他写来，虽不无悲叹，却能以客观的眼光观察自己，我们仿佛能感觉到他咬紧牙关一往直前的那股劲，即顾随所说"不向人示弱"。

曹公有硬汉精神，他有"铁的精神、身体、神经"。我们再看其《秋胡行》其一中的几句：

> 晨上散关山，此道当何难！晨上散关山，此道当何难！牛顿不起，车堕谷间。坐盘石之上，弹五弦之琴。作为清角韵，意中迷烦。

还是度山，行路难。牛都走不动了，车子掉到了谷底，多么艰险。而曹公竟然坐在盘石上弹起了五弦琴——真是不向人示弱。然而，琴声清韵却驱不走心中的烦苦。当此之时，悲、哀、壮、热，百感交集。顾随说：

> 曹诗表面是"悲"，骨子里却是壮；表面是"凉"，骨子里却是热。钟嵘不懂得曹诗于悲歌之中，有一往直前、艰苦奋斗的气概和意志，用了现代的话说，即是消极之中，有其积极的因素。①

历来多云曹公悲凉。曹之悲凉，诚然。但顾随认为曹公更本质者是"壮"、是"热"。三国乱世，哀鸿遍地，人谁不悲？但曹操之所以能一统北方，领袖群雄，靠的是他的"壮"和"热"，即一往直前、艰苦奋斗的精

---

① 顾随：《东临碣石有遗篇——略谈曹操乐府诗的悲、哀、壮、热》，载《顾随全集》卷三，第 322 页。

神。我们所看到的《苦寒行》《秋胡行》《步出夏门行》中对行军艰苦的描写，也只是其艰苦的一个侧面。

曹操的坚苦精神还体现在节俭、反对浮华上。《魏书》说他"不好华丽，后宫衣不锦绣，侍御履不二采，帷帐屏风坏则补纳，茵褥取温，无有缘饰"。曹公曾自道"吾衣被皆十岁也，岁岁解浣补纳之耳"[1]。真是"一年新，二年旧，缝缝补补又三年"，少见。曹操节俭，大概因为他出身贫贱，从小过的是苦日子，后来打天下，更是艰苦异常，他太知道吃苦精神对人的磨炼，不能吃苦则不能成事的道理了。而他做了魏王之后，依然奉俭甚严（如曹植妻崔氏衣绣，被他得知，竟下令赐死），既为了教育后代，以保曹氏政权之长久，也是为了整齐风俗，治理天下。历史上有崇尚简朴、身体力行的帝王，如汉文帝，但像曹操这样起于贫贱又能如此节俭的王者，实不多见。此非心胸高远，毅力过人者不能办也。

顾随最推崇的中国诗人便是曹操、陶潜和杜甫。对曹操的文学评价如此之高，这与一般人不同。顾随看重的是曹操的人格精神。他是站在整个古代文学这个宏观的角度来看曹操的。他说："曹公在诗史上作风与他人不同，因其永远是睁开眼正视现实。他人都是醉眼蒙眬，曹公永睁着醒眼。"真是如此。他写那些艰苦，就是睁着眼睛看的，一点不避让。鲁迅所谓"真的猛士敢于直面惨淡的人生，敢于正视淋漓的鲜血"可用在曹操身上。他不吟风弄月，也不幻想神仙。虽然曹操写过几首游仙诗，但那只是宴会娱乐场合的应时之作。他不信天命，不信神仙，曾在诗中感慨"痛哉世人，见欺神仙"[2]。他见过那么多死亡，经历过那么多苦斗，如何信得神仙、天命？

有成就的诗人，都从生活里磨炼出来，陶潜、杜甫，皆如是。但相对而言，陶、杜都有自己的"避难所"——虽然不妨其承担悲苦，他们都有点逃脱。陶、杜都如此，其他人更勿论。那逃脱的部分，便是顾随所谓"幽灵似的"，有点虚的感觉，没有挺身而出。

多少逃脱点，是可以的，人要时刻清醒，那真很难，甚至有点可怕。

---

[1] （三国·魏）曹操：《内戒令》，载《曹操集》，中华书局，2009，第53页。
[2] 《文选》卷二十四曹植《赠白马王彪》诗李善注引曹操佚诗《善哉行》句，参见（南朝·梁）萧统选，（唐）李善注《文选》第三册，第1125页。

传说曹操睡觉时都要起身杀人以自卫，虽为虚构，但此故事有象征意味，象征着曹操的清醒——简直清醒过度了。而我们要学习的是曹操跳进生活里去，千锤百炼的精神。相比而言，中国的其他诗人都有点"醉眼蒙眬"，曹操是真格的。醉眼蒙眬、逃脱，有时是聪明，但诗人最重要的还是"力"、担当精神。

而我们也不能把曹操看成生铁一般的人，他是个敏感的人，他的悲凉是真悲凉，那么多生死忧患从他眼前过，个人的、家国的，即使在宴会场合，他还是无法抑制心底的忧郁，如《秋胡行》其二中所说"爱时进趣，将以惠谁？汎汎放逸，亦何为！"似乎觉得眼前的寻欢作乐，是一片空虚。《短歌行》起首何等意气慷慨，但不知不觉"忧从中来，不可断绝"。他有种无所寄托的孤独的怀抱——"众宾饱满归，主人苦不悉"（《善哉行》其三）。他说起自己的身世，也难免悲酸——"自惜身薄祜，夙贱罹孤苦。既无三徙教，不闻过庭语"（《善哉行》其二）。他缺少亲情温暖、家教，文韬武略全凭自学，赤手空拳打天下。郭嘉早逝之后，曹操真是伤心，伤心不能自已。何以如此？大概曹操觉得郭嘉真懂他，知音难再得。

除悲凉、艰苦外，我们还应看到曹操的寂寞。

中国诗人一大毛病便是不能跳入生活里去。曹、陶、杜其相同点便是都从生活里磨炼出来，如一块铁，经过锤炼始能成钢。别的诗人都有点逃脱，纵使是好铁，不经锤炼也不是全刚，所以总是有点"幽灵似的"。曹、陶、杜三人之所以伟大，就是他们在实际生活中确实磨炼了一番才写诗。

但一块好铁才经得起炉火锤炼，若是木头或坏铁，纵不成灰，也不能成钢。中国诗人不肯跳进去，固然是胆小，也正是他的聪明。这样的诗人我常怀疑他若跳进生活之火炉，若他还能吟风弄月，还算好汉，大概怕也不能了吧！

**解评：** 见上。

曹公在诗史上作风与他人不同，因其永远是睁开眼正视现实。

他人都是醉眼蒙眬，曹公永睁着醒眼。诗人要欣赏，醉眼固可欣赏，但究竟不成。如中国诗人写田家乐、渔家乐，无真正体认，才真是醉眼。

解评：见上。

曹操诗传下来虽不多，但真对得起读者。若人能开自己玩笑是真正幽默家，这要能欣赏自己苦痛才行。如其《苦寒行》：

北上太行山，艰哉何巍巍。
羊肠坂诘屈，车轮为之摧。
……

真是艰苦卓绝，不向人示弱。曹公之能如此，亦时势造英雄。

解评：见上。

"三百篇"富弹性。至曹孟德四言则以锤炼气力胜。

老骥伏枥，志在千里。
烈士暮年，壮心不已。（《步出夏门行·龟虽寿》）

日月之行，若出其中，
星汉灿烂，若出其里。（《步出夏门行·观沧海》）

可以此八句代表曹诗。曹操四句写大海，曰"中"、曰"里"，将大海之雄壮阔大写出。（看大家诗，不能吹毛求疵。）然仍不如"三百篇"之有弹性，含不尽之意见于言外，言有尽而意无穷。陶似较曹有情韵，然弹性仍不及"三百篇"。此非后人才力不及前人，恐系静安先生所谓"运会"（风气），乃自然之演变。

**解评**：曹操今存著作中引用《诗经》不下数十处。沈德潜评其《步出夏门行》曰"有吞吐宇宙之象"（《古诗源》）。

启功说：

> 曹操的四言诗已很成熟，诗意跳跃很大。他借用《诗经》，信手拈来，毫不拘束。正因为他的诗跳跃性很大，其间留有空当。故能给人以想象的余地。曹操的诗是在汲取《诗经》和民歌的养料基础上而获得成功的。
>
> 诗不能如火车，老在一条轨道上跑，它必须有跳跃。我认为曹诗的成就比《诗经》高。①

曹公是英雄中的诗人，老杜是诗人中的英雄。

**解评**：刘邵《人物志》把曹操作为英雄的最大代表。他对英雄的定义是"聪明秀出谓之英，胆力过人谓之雄"。

日本学者吉川幸次郎说，采取乐府诗主要节奏形式的五言诗写作，就是开端于曹操的。② 此说大致不差。虽然在曹操之前，有《古诗十九首》等五言诗，但那还没有成为文人的正式的诗歌表现形式，更未形成普遍规模，而从以曹操为首的建安诗人开始，五言诗大行其道，所以把曹操看成开辟五言诗传统的诗人是有道理的。如此说来，曹操也是文学史上的英雄。

曹氏父子含蓄稍差，而真做到了发皇的地步，老曹《苦寒行》诗发皇，而一点也不竭蹶。老曹发皇是力的方面，曹子建发皇是美的方面，如其《公宴》：

---

① 赵仁珪、万光治、张廷银编《启功讲学录》，北京师范大学出版社，2004，第8页。
② 〔日〕吉川幸次郎：《曹操的乐府诗》，载氏著《中国诗史》，章培恒等译，复旦大学出版社，2001，第113页。

> 秋兰被长坂，朱华冒绿池。

虽无甚了不起，而开后人一种境界。无论美与力，发皇出来
有一共同点，即气象。后人小头锐面，气象不好。

曹公"北上太行山"一诗之最后两句：

> 悲彼东山诗，悠悠使我哀。

写痛苦而音节真好。"悲彼""我哀"两个双声字，用得好。

**解评**：这里所说"曹氏父子"当主要指曹操、曹植。曹操诗率直，曹
植诗蕴蓄不深，故顾随说"曹氏父子含蓄稍差"。曹丕诗风清丽，而不及曹
操、曹植个性鲜明。"而真做到了发皇的地步"，发皇，本意为显豁、开朗。
顾随这里所说"发皇"主要是"显豁"的意思，即一种很突出的感觉。曹
操是力的感觉的突出，曹子建则是美，如"秋兰被长坂，朱华冒绿池"，诗
意一般，而色彩明丽，"冒"字也显得浓艳。顾随说此种诗"开后人一种境
界"，即从曹植开始刻意给视觉形象赋予华丽的感觉。屈原诗也很华丽，但
他的华丽多是象征的，曹植是把客观物象唯美化。如果对照曹植之前的汉
乐府诗、《古诗十九首》，及之后的南朝诗，便可发现曹植的确是中国诗歌
由朴素趋向唯美的一个枢纽，所以，顾随说曹植是"千古豪华诗人之祖"。

顾随对曹子建有肯定，有批评。

首先，顾随认为曹子建美的"发皇"与老曹力的"发皇"有一共同优
点——气象好。"力"是气势、气概，"美"也是气概，到了很突出的地步
就有"气概"。"气象"，是一种很充足的东西。所谓"小头锐面"，是小
气、庸弱。曹植的美，乃所谓"词采华茂"，且主要是视觉上的修饰。他喜
欢用"朱""青""绿""翠"这些很明丽的色彩词，如"扬朱华而翠叶，
流芳布天涯"（《桂之树行》）；《斗鸡诗》中的"悍目发朱光""长鸣入青
云"，连鸡都要写得熠熠生辉；"太息终长夜，悲啸入青云"（《杂诗》其
三），表达悲伤，而不忘把云写成"青云"。顾先生说曹子建是"眼官视
觉"，但"无深刻思想，只是视觉敏锐"。这触到了曹植的要害。能将物象

美化，是本事，但仅是美化，远远不够。曹植诗，在六朝地位甚高，因为那时诗人还不是很重视表达思想。唐宋以后，曹植地位就下降了。顾随说"曹子建有觉而无情思"。觉是感觉，感觉是情和思的基础。曹植的感觉主要是视觉的，意象缤纷，色彩艳丽。顾随把曹植和法国作家左拉进行了对比——二人都有"眼官的盛宴"。但左拉意在通过细致逼真的形象展示人生，他的小说中有大量的"物象"，而更多的是"人生"，其家族小说，社会小说都以表现人生为目的。而曹植所见是"物象"（他写人也偏于物象化），物象是表面的、浮浅的，中国文学中以"咏物"为宗旨的诗、词、赋皆是此类，只是在视觉及其他感官上滑行——不涉及人生，则不能注入作者的情和思。《美女篇》虽也有"佳人慕高义，求贤良独难"的"意思"，但似乎只是从传统的花圃里顺手摘来的一片绿叶，不是从作者的心田里冒出来的，故"情不真、思不深"。情和思，是一对孪生姐妹，有情才能有思；思想浮浅，情也深不到哪里去。文人喜欢在写美女上逞能，但曹植《美女篇》写美女并不好，尽写手、腕、腰肢、玉体、衣服等外在形貌；"顾盼遗光彩，长啸气若兰"写意态，精彩，但太豪华，让人觉得不真。《美女篇》总体少情思。《洛神赋》写美女比《美女篇》多些情思，但其文辞也太豪华——"翩若惊鸿，婉若游龙"，这是极端浪漫的比喻，但太浪漫了，则会游离。"仿佛兮若轻云之蔽月，飘飘兮若流风之回雪"，这就更游离了，单独看，看不出是在写美女。绝顶的美女不好写，古人说美人"不可方物"——简直没法形容。顾随以为《洛神赋》太豪华，"此外一无可取"，真是不客气。因为写美女，是汉末以来的流行题材，《洛神赋》内容并不新鲜，而且，即使《洛神赋》寄托着曹植的人生感慨，也只是小我之感，立意并不高。

我们今日评论古代作家，不仅要见其好，也要见其坏。顾随文学批评的一个过人之处，就是能说好，也能说坏。这才是诚恳的，予人以教益的文学批评。我们对于那些名头很大的古典作家往往只说其好，对其毛病、不足，则很少触及，而所谓"好处"多是人云亦云，陈陈相因。批评家对艺术家应当平视，而不是仰视，亦非俯视。

顾随以为曹植诗的另一个长处是"工于发端"。此点为古今共识。沈德潜在《说诗晬语》中说"陈思极工起调"，所举之例亦为"惊风飘白日，忽然归西山""明月照高楼，流光正徘徊"等。然而，为什么曹植"极工起调"呢？"起调""发端"对于诗歌有何特殊意义呢？没说。这是古代许多"诗话"的短处——停留于现象描述者多，而做理论探讨者少。

顾随说：

> 万事开头难，写作也如此。
>
> 然而大作家又无不工于发端（开头开得好）。这在诗词尤其显著。特别是毛主席的诗词，有的开门见山，有的先声夺人，有的如"山雨欲来风满楼"；有的如"一唱雄鸡天下白"。[1]

万事开头难，不只写作如此。"发端"是开头的意思。写字、画画的第一笔，我们称为"起笔"，很重要；音乐的"起调"、打拳的"起势"、下棋的"开局"、短跑的"起跑"，甚至战争的"首战"，都很重要、很难，因为开头关乎全局。

就写作而言，工于发端，当然不止曹植一人，凡大作家皆工于发端。诗词，因为篇幅短，其发端就比散文、小说更紧要。为什么大作家能工于发端呢？顾随说：

> 吾观大家之作，殆无不工于发端。不独孟德之"对酒当歌"、子建之"明月照高楼"也。此在作者未必有意，推其命篇之意，尤不必在此发端，竟工致如是者，殆以不甚经意之故。盖当其开端之时，神完气足，愈不经意，愈臻自然。至于中幅，学富才优者，或不免于作势，下焉者竟至于力疲。所以者何？有意也。殆及终篇，大家或竟罗掘，下者直落败阙。所以者何？意尽也。元乔梦符之论制曲，有凤头、猪肚、豹尾之说，盖亦叹其难于兼备。吾谓此岂独然于曲，凡为夫文，莫不胥然矣。[2]

关键在于"神完气足"，发端的好坏，取决于你写作时本身所蕴蓄的实力。曹子建工于发端，盖由于其才高气盛。而难的是你先声夺人，后面则

---

① 顾随：《毛主席诗词笺释》，载《顾随全集》卷四，第224页。
② 顾随：《东坡词说》，载《顾随全集》卷三，第59~60页。

难以为继，往往后不如前，相形见绌。曹植那些发端很好的诗，未尝没有此病。

诗人之伟大与否当看其能否沾溉后人子孙万世之业。老曹思想精神沾溉后人，子建是修辞沾溉后人。

**解评：**见上。

曹子建诗工于发端：

> 八方各异气，千里殊风雨。（《泰山梁甫行》）

> 惊风飘白日，忽然归西山。
> 圆景光未满，众星粲以繁。（《赠徐幹》）

> 高台多悲风，朝日照北林。
> 之子在万里，江湖迥且深。（《杂诗六首》其一）

> 明月照高楼，流光正徘徊。
> 上有愁思妇，悲叹有余哀。（《七哀》）

曹子建作风华丽，可以其所作乐府为代表。

华丽是眼官视觉，曹子建无深刻思想，只是视觉敏锐。

左拉（Zola）有眼官的盛宴。曹子建与左拉不同：曹子建所见是物象，左拉所见是人生；物象是外表，人生是内相。所见是外表，故所写是浮浅的，所见是内相，故所写是深刻的。

**解评：**见上。

曹植是千古豪华诗人之祖：

顾盼遗光彩，长啸气若兰。（《美女篇》）

诗可以说是好诗，而太豪华。《洛神赋》也太豪华。而此外一无可取，无意义。

**解评**：见上。

一个诗人不必有思有情，主要有觉就照样可成诗人，而必有觉，始能有情思。

曹子建有觉而无情思。《美女篇》虽亦写情思而情不真、思不深。曹子建知道自己，故《赠白马王彪》好，而写美女写糟了，妖美得太过，写形貌，写意态，而少情思。

**解评**：见上。

《赠白马王彪》是别调，虽也是视觉发达，却深刻不浮浅，便因其有切肤之痛。然而也仍是功过各半：功——深刻；过——小我色彩过重。

曹子建在自我抒写方面，此篇有最大成功。以修辞而论，此篇亦非他篇所可及。诗人只有真情不成，还要有才力、学力以表现。

**解评**：见上。

曹植《赠白马王彪》全诗分七章。七即一，分为清楚，合为统一，七章皆有线索。似分实合。

《赠白马王彪》好在不工于发端。

首章"谒帝承明庐，逝将归旧疆……"以下数句，如旅行纪程，不是诗，但是好，徐徐写来，力气不尽。此诗发端虽不工，而到底不懈，乃曹子建代表作。数句一直向前，至"顾瞻恋城阙，引领情内伤"则向回一顾。

"泛舟越洪涛"，用"过大波"，便不成，"越洪涛"三字字音洪大。该洪大便得洪大，该纤细便得纤细。

"怨彼东路长"，一"怨"字去声，便远；说"恨彼东路长"便不好；"愁彼东路长"简直不成。"恨"也是去声，但纤细短促。每个字有每个字的音色，色是眼见，百闻不如一见，听这个声音不如看这个声音。如谭鑫培唱《碰碑》，过门儿一拉，如见塞外风沙。

"太谷何寥廓"，"寥"，远；"廓"①，深。

"山树郁苍苍"，"树"原为动词，何以不用"山木"？"木"字形太简单。"郁"只言其形象，"苍苍"是其形态。

"霖雨泥我涂"，"泥"，去声，动词。

"中逵绝无轨"，何以用"中逵"不用"中路""中道"？"逵"字有断绝之感；"怨彼东路长"，说"东逵长"便不行。

"修坂造云日"，若说"长坂造云日"便不成。

"我马玄以黄"，"黄"，病也。诗必有凝练处，不如此不稳，顿之则小安；然仅如此则气不畅，故又必有生动之句，导之则泉注，如此则不滞。故"修坂造云日"下便接"我马玄以黄"。

《赠白马王彪》前两章阳韵阳声，情调慷慨，音节高亢，色彩鲜明。自"玄黄犹能进"以后，一变而为沉郁、暗淡、沮丧。于此可知诗之音调与韵尾的关系，阳声字显得长，阴声字短，入声字更短。全诗音节变换，有长短高下——"太古"一章高亢，"玄黄"一章沉郁，"踟蹰"一章呜咽，"太息"一章涕泣哀怨。

---

① 原书为"阔"，似改为"廓"更妥。

（涕泣不是悲伤，是哀怨。）

曹子建诗工于发端。因诗情不够，只能工于发端。《赠白马王彪》诗情足够，故不露竭蹶之势。此篇诗发端虽不工，而到底不懈，乃曹子建代表作。

**解评**：顾随这段讲解，这里不细评，而其特点有三：

一、注重字音、字形的感觉。如说"越洪涛"字音洪大；"怨彼东路长"之"怨"，去声，有远之感；"中逵绝无轨"的"逵"有断绝之感；"山树郁苍苍"的"树"的形象感，等等。注重字音、字形对表达的微妙影响，这是顾先生的一贯特点。

二、注重情感的微细变化。如说"'太古'一章高亢，'玄黄'一章沉郁，'踟蹰'一章呜咽，'太息'一章涕泣哀怨"。这是很准确的感觉。顾随真是感情锐敏之人。他说"涕泣不是悲伤，是哀怨"。为什么？哀怨是自私的，浮浅，悲伤则深远一些。

三、假设法。顾随在讲某句诗为什么要这样用字而不那样用字时，常会给你别的用法，以资参照，如他说"泛舟越洪涛"，"用'过大波'，便不成，'越洪涛'三字字音洪大"。他给你别的类似的用法之后，便显出此用法的优越，这样你便会更深刻地理解这一用法的好处。这是深入肌理的诗歌批评，深入到了每一个字、词的价值。顾随之所以能做到此点，是因他深通创作，他会站到作者的位置上去考量、斟酌作者的用心。甚至他所想到的一些可能，如"山树郁苍苍"的"山树"为何不用"山木"，大概是作者都没有想过的。这已不是斟酌作者的用心，而是替文学本身用心。这正是批评的魅力。

前文讲曹子建工于发端，此乃共识。从好的方面说，工于发端是有才气的结果。而顾随说："诗情不够，只能工于发端。"这是从反面看，前人所未道也。即开头写得好，而气力萃聚于此，后面跟不上了，到底还是底气不足。说这话，是为了说明《赠白马王彪》开头并不惊人，而整体很好，即因诗情足够。这又反证了诗情对开端，以及诗歌整体的重要作用。

# （三） 陶渊明

余不敢说真正了解陶诗本体。读陶集四十年，仍时时有新发现，自谓如盲人摸象。陶诗之不好读，即因其人之不好懂。陶之前有曹，之后有杜，对曹、杜觉得没什么难懂，而陶则不然。

**解评**：见下。

古今中外之诗人所以能震烁古今流传不朽，多以其伟大，而陶之流传不朽，不以其伟大，而以其平凡。他的生活就是诗，也许这就是他的伟大处。

陶诗平凡而伟大，浅显而深刻。

**解评**：陶渊明一生无丰功伟绩，做过十几年小官，然后就是做农夫，直至去世。其外在生活真是平凡之极，他的精神生活却超卓绝俗。他躬耕自给，固穷守节，对大自然和人类充满深情；他生活困苦，却能逍遥自得，洞彻生死。最高的诗，是作者生活及其人格的自然流露。陶渊明有一颗真正的"诗心"，故而有其诗，生活即诗，诗心是"体"，写出的诗是"用"。陶诗所写皆日常生活，而他将其升华为诗了，最高的诗。陶公生活平凡，顾随说："平凡不易引人注意，而平凡之极反不平凡。"不平凡在哪里呢？在于渊明"能把诗的境界表现在生活里"。渊明真当得起海德格尔所谓"人，诗意地栖居在大地上"这句话。此其所以伟大。陶渊明的诗是诗，又大于诗。也许，比陶渊明的诗更有价值的是他的人生境界。

我们称陶渊明为"隐士"，此称谓对于辞官后的渊明，其实不甚准确。渊明辞官之后，就是一个躬耕田亩的农夫，像瓦尔登湖畔的梭罗。不过，梭罗避世若干年之后又返回尘世了。孔子时代的长沮、桀溺，耦而耕，也是当农夫，但他们压根就不打算用世，渊明与此二人不同。渊明算是名门之后，也做过官，却能做地道的农夫，虽常为饥寒所困，却不怨天不尤人。后世隐逸文人如陶渊明者，实极罕见。"隐"的精髓，在于不为荣利所动，这是第一层考验。此点许多人可以做到。但还有第二层考验——不做官之后如何生活？倘生活困苦，有人恐怕就隐不住了。还有一关是寡交游。既然隐居，就不必多接世，独立自适才是境界。有些隐士，隐倒是隐了，却好与名公巨子交游，何必呢？这三关，陶渊明都过来了。他是真隐士。但渊明的生活态度不是出世，而是入世。渊明敦于伦常，躬耕自给，与平凡的农夫百姓打成一片，"结庐在人境"，他稳稳地生活在世俗生活中，这岂非入世？陶渊明的"隐"，所有的"隐"的本质，其实就是抛弃主流价值而选择另外的价值观，有所不为而有所为。与其说陶渊明是隐士，不如说他是"真人"。

顾随说陶诗"浅显而深刻"，"浅显"是指陶诗文字障少。就文字而言，陶诗比许多普通诗人的诗都好读得多。但陶诗实不好读，其不好读不在文字，而在意蕴之深厚难懂。顾随说他"不敢说真正了解陶诗本体。读陶集四十年，仍时时有新发现，自谓如盲人摸象"。难懂，主要在于陶诗中的知解深刻。顾先生说："情见、知解，情见就是情，知解就是知。诗人有两种：一、情见，二、知解。中国诗人走的不是知解的路，而是情见的路。陶公之诗与众不同，便因其有知解。"我们现在说"知性""智性"，知就是理智上的觉悟，是思想。中国诗是抒情诗的路子，所谓"说理"非主要倾向。陶诗当然也抒情，但他诗中说理的成分很大，也很深刻，情与理结合甚好，这点可谓无人能及。大诗人皆有思想，陶渊明尤为突出，屈原、李白、杜甫的诗，都是偏于抒情的。宋代诗人追求说理、思想，但其情、理的结合没有陶渊明那么自然；至于玄言诗，更是"理过其辞，淡乎寡味"。陶诗是说理而不堕于"理障"。陶诗的"情理兼胜"从整个中国诗史的长河中看，便显得很卓特。他的情感经过理智的渗透，所谓"以理化情"；他的智慧、知解，又是通过深刻的感性经验提炼出来的。

陶诗的耐读、常读常新，除去他诗中的智慧之外，还有一点是，他的诗有种特别的魅力。此魅力很难形容。简单说，即我们平常所谓"平淡"。其平淡是初读的感觉，此感觉主要来自语气的平和与文字的朴素。

而假如你有更深的领悟力，便会发现陶诗在平淡之后又有种很深厚隽永的感觉。在他浅显的文字背后，蕴藏着一个极为丰富的"意义场"，仿佛通过一个小小的山洞进入一片神奇的桃花源，而此"意义场"又是以一种不经意的美的方式表达出来的。陶诗的"平淡"是一种文气，它是由不经意的美的文字、散缓的语调，与其丰富深刻的内蕴凝合而成的风度。绝不单是语言的朴素——如果你不能领略陶诗的精神意蕴，也就无法欣赏其素朴的真美。

梅尧臣说："作诗无古今，唯造平淡难。"平淡、中和，是中国艺术的极诣，不独文学为然，王羲之的字、倪云林的山水画，皆以中和之美成为艺术最高境界。顾随说："陶诗比之杜诗总显得平淡，如泉水与浓酒。浓酒刺激虽大，而一会儿就完，反不如水之味永。"此比喻好。刺激易引起人一时兴奋，但来得快的去得也快。泉水，有种淡淡的清冽的味道，反而更耐品味（泉水不是白水，再平淡的文字也总有"味道"，没有"味"则不成其为文学）。杜诗、李诗如浓酒，是因其感情浓烈，陶诗的感情也非常丰厚，但陶渊明有十分心绪只表达三四分，故而显得淡，平淡而有韵味。"韵味"是什么呢？就是没有被说尽却有所暗示的东西。顾随又用"神秘"来形容陶诗，以为其"平凡而又神秘"。为何说"神秘"呢？神秘是因为陶诗让人琢磨不尽，且能在极平凡的题材和文字中蕴含极复杂的意蕴——看不透、不可企及，便会显得神秘。"如日光七色，合而为白，简单而神秘。"此比喻也甚妙，谓陶诗极为复杂却以简单的形式表现之。许思园亦曰："中国诗人中深厚、高玄、神仪、妩媚洵无有出渊明之右者。"[1] 说到底，平淡的艺术，根源于平淡的精神境界。陶诗的平淡作风与中国哲学"极高明而道中庸"的心性境界也是统一的，所以古人说陶诗可当一部经书读。艺术至此境界，真无以复加矣。顾随说陶诗是文学最高境界，良有以也。

曹孟德在诗上是天才，在事业上是英雄，乃了不得人物。唐宋称曹孟德为曹公，称陶渊明为陶公，非如此不能表现吾人之敬慕。陶渊明过田园生活，极平凡，其平凡之伟大与曹公不平凡之

---

[1] 许思园：《中国之自然诗》，载氏著《中西文化回眸》，第82页。

伟大同。

平凡不易引人注意，而平凡之极反不平凡，其主要原因是能把诗的境界表现在生活里。

陶诗比之杜诗总显得平淡，如泉水与浓酒。浓酒刺激虽大，而一会儿就完，反不如水之味永。若比之曹诗是平凡多了，但平凡中有其神秘。

平淡而有韵味，平凡而又神秘，此盖为文学最高境界。陶诗盖做到此地步了。

解评：见上。

诗必使空想与实际合二为一，否则不会亲切有味。故幻想必要使之与经验合二为一。经验若能成为智慧则益佳。陶诗耐看耐读，即能将经验变为智慧。

陶诗如铁炼钢，真是智慧，似不使力而颠扑不破。陶集中不好者少。

> 衰荣无定在，彼此更共之。
> 邵生瓜田中，宁似东陵时。（《饮酒二十首》其一）

陶诗尚朴，更自然，毫无作态。"衰荣无定在，彼此更共之"是说理，是散文，而写成诗了。深刻、严肃，而表现得自在。

解评：顾随说无一诗人无幻想者，但幻想又须与实际结合。陶诗当然有幻想，其幻想性、虚构性还颇强，如《桃花源记》《闲情赋》《读山海经》《拟挽歌辞》等，皆富幻想性。不过他更多的是写实际生活，在实际生活中又寄托着理想，如桃花源的想象，以及对田园宁静、躬耕自足的追求，这理想完全是从自己的生活生发出来的。经验只是阅历，经反思和升华之后便会成为智慧。顾随说陶诗如炼铁成钢，所谓"炼"即反思。陶诗中富有智慧的话很多，如"衣沾不足惜，但使愿无违""人生归有道，衣食固其端"，这是他从劳动中得来的真切的人生感悟；再如"人生似幻化，终当归空无""既来孰不去，人理固有终""运生会归尽，终古谓之然"，这是对死亡的必然性的认识。那么，该如何面对这必死的结局呢？"纵浪大化中，不喜亦不惧"，顺其自然即是，不要带什么情绪；渊明有时也流露出及时行乐的思想，如"且极今朝乐，明日非所求"，这是由了悟生的痛苦、死的必然之后得出的"当下即是"的智慧。

我们注意到，陶渊明的诗与多含说理的特色相应的一个特点是——语言的散文化。陶诗的说理，不是为说理而说理，不是要打破抒情诗的常格，与玄言诗风的关系也不大，他的说理，实在是一种"诗的言说"的必然。顾随说："'衰荣无定在，彼此更共之'是说理，是散文，而写成诗了。"又说："平常说写诗写成散文，诗不高，其实还是其散文根本就不高。陶诗为诗中散文最高境界。"诗与散文本就没有绝对的界限。诗其实都含有散文成分，在"文学语言"这一基本层面上，诗与散文并无二致，所谓"诗的散文化"是相对而言的。杜甫、韩愈等，在"诗的散文化"上比陶渊明走得更远，但只是量的超越，在质上并未高出渊明。后世"以文为诗"者未能高出渊明，问题不在"以文为诗"这一"方法"，而在于其诗、其文，或者说其文学造诣本就不够高。陶渊明并非有意追求散文化，而是他写诗时顺应自己的表达需要自然而然这样写的。渊明的散文和诗的境界是一致的，顾随说："陶渊明文品高，不是甜，而有神韵。"①

"陶集中不好者少。"许思园说："古来诗人作品大抵传世虽多，而精妙者甚少，如太白集仅十之一，少陵集约十之二三，而陶诗则在十之七八以上。"② 陶诗之所以不好者少，是因为其作品是在精神上千锤百炼之后的结晶（与后世诗人在文字上的千锤百炼不同）。朱光潜说陶渊明"在做人方面和作诗方面，都做到简练高妙四个字"③。正因其生活、精神的简练高妙，才有其诗的简练高妙。陶诗不好者少，还有一个原因是写作态度。许思园说：

---

① 顾随：《〈文选〉选讲》，载《顾随全集》卷七，第174页。

② 许思园：《中国诗之风格》，载氏著《中西文化回眸》，第82页。

③ 朱光潜：《陶渊明》，载氏著《诗论》，第305页。

历代作家率多弊精神、穷日力与文字，上焉者志在立言，其次则为癖好，而牵于声名、利禄者尤众。惟渊明则异是，自称：尝著文章自娱，颇示己志（颜延年诔谓其"学非称师，文取旨达"，堪称知音）。惟其忘怀得失，无意于文字自见，故能神辞高旷，才力有余，下笔成趣，十分平淡，而情味无穷。[①]

的确，与屈原、李白、杜甫相比，陶渊明真不太在乎自己是否知名。所谓"无意于为文乃佳"，说来容易，做来真不易。而这种写作态度，也是其精神高妙的表现。

或谓陶渊明乃隐逸诗人，此不足以尽括渊明。渊明是积极的、进取的。

或曰陶渊明诗冲澹、恬澹（冲：和；恬：安静），恬澹偏于消极，而陶是积极的。如其《荣木》末章云：

> 先师遗训，余岂云坠！四十无闻，斯不足畏。
> 脂我名车，策我名骥；千里虽遥，孰敢不至！

其《荣木·自序》又云：

> 荣木，念将老也。日月推迁，已复九夏；总角闻道，白首无成。

故陶诗之冲澹，其白如日光七色，合而为白，简单而神秘。

**解评**：钟嵘封陶渊明为"古今隐逸诗人之宗"。所谓"隐逸"的确是陶渊明重要的一面，但他的精神底色绝不只"隐逸"这么简单。此点古人早有所见。顾随说："渊明是积极的、进取的。"这是现代的说法。顾随的观

---

① 许思园：《中国诗之风格》，载氏著《中西文化回眸》，第82页。

点很坚决："或曰陶诗和平，犹不足信。"① 冲澹、恬澹也都不是渊明。问题在于我们对"恬澹"的认识不准确——"恬澹偏于消极，而陶是积极的"。陶的积极自其《荣木》一诗便可见得。他本想在政治上奋发有为，也一直在追求精神上的"道"。《荣木》是渊明辞官前不久的诗，还可见其血气壮烈。后来他见世事不可为，便放弃了政治上的进取，但从未懈怠其进德修业的精进。外在的、事功的无为，并不意味着人生的消极无为。陶渊明终其一生都不曾终止对高远的精神境界的追求，此岂非积极进取之精神？就外在而言，渊明的生活态度也不是出世，而是入世。

说陶渊明是"田园诗人"，也没错。因为渊明的确是躬耕于田园、描写田园的。渊明之前，久矣不复有写田园之诗人。《诗经》中有不少表现田园劳动的诗，但那作者不是辞官归隐的高士，而是大地上的劳动者、歌者。自渊明写出真切动人的田园诗之后，后世效仿者不绝如缕，却无一与渊明类似者。因为，按照顾随的见解，渊明作为"田园诗人"有两个特点是他人所无的：

一、"身经"。即"躬耕"，"躬"是亲身之义。后人表现田园多是旁观，如唐之储光羲、王维、韦应物。他们是在无须踩泥、扛锄头，衣食无忧的情况下欣赏田园风光。其所写乃田园之美，而没有稼穑之苦、收获之喜。储、王、韦等人的"田园诗"准确地说其实是自然诗、山水诗，其哲学观是出于对自然山水的欣赏，而没有触及"田"的实质——农业。范成大《四时田园杂兴》写田园，算触及农业生活了，亦有悲悯之情在焉，但与亲身体验毕竟不同。他也不会有渊明那种"常恐霜霰至，零落同草莽"的忧惧，以及"平畴交远风，良苗亦怀新"的欣然，更不可能有"田家岂不苦，弗获辞此难"的无奈，所以顾随说陶渊明"写自己本身经验，不只是技能上的，而且是心灵上的"。后世诗人乃为写田园而写田园，渊明只是写其生活而已。

二、"理想"。陶渊明的田园诗也不是对其田园生活的简单描写，其"诗意"之所在系于心灵境界的表现，此心灵境界因无比高上而散发着理想的光辉。如"种豆南山下"，仿佛只是极普通的一个生活目标，其实它蕴含着担荷生活责任、珍爱生活的精神品质。陶渊明是个有高远理想的人——由其躬耕生活可见其对自足自适境界的追求，由《桃花源记》可见其社会

---

① 顾随：《说陶诗》，载《顾随全集》卷五，第223页。

理想，由《闲情赋》可见其对理想之美的向往。许思园认为陶渊明"耽美"，"其心所倾注者乃理想的美"，对理想的美的倾慕是浓郁的"爱洛斯"（古希腊 Olympus 山上有个专司爱欲的美貌女神阿弗洛狄忒，她的后代叫Eros——爱洛斯。弗洛伊德用 eros 代表"爱欲"和"爱本能"）经净化之后的蕴藉深情。[①] 此一点，《闲情赋》尤能说明。这种对超越凡俗的德行和美的理想的追求，是一切伟大文学的共同品质。《诗经》中的田园诗，相对就幼稚一些、平面化一些，没有陶诗这样的思想性和理想性。陶渊明最可贵者，是他对自己心灵境界的表现，所谓"田园"只是他借以表现其心灵境界的工具，故顾随说："田园诗实亦不可包括陶渊明诗，田园诗人、田园诗，不足以尽其人、其诗。"

或谓陶乃田园诗人、躬耕诗人。

中国第一个写田园的诗人当推陶渊明。这一方面是革新，一方面是复古（"三百篇"中有写田园之诗）。以田园诗人之称归之陶，尚不因此，另有两点原因：

其一是身经。自己下手，不是旁观，与唐之储光羲、王维、韦应物等人不同，彼等虽亦写田园，而不承认其为田园诗人。许多文人只是旁观者，而旁观亦有多种：一种旁观是冷酷的裁判，一种是热烈的欣赏。前者是要发现人类的罪恶，后者是要证明人类的美德；前者对黑暗，后者对光明。又一种是如实的记录。这三种文学家都是好的。陶渊明不属于前三种，而是写自己本身经验，不只是技能上的、身体上的，而且是心灵上的，故非旁观者。王、韦等人写田园，则是不切实，油滑。

其二是理想。陶之田园诗是本之心灵经验写出其最高理想，如其"种豆南山下"（《归园田居五首》其三）一首。

陶渊明躬耕，别的田园诗人都是写田园之美，陶渊明写田园是说农桑之事。

① 许思园：《中国之自然诗》，载氏著《中西文化回眸》，第 80 页。

田园诗实亦不可包括陶渊明诗，田园诗人、田园诗，不足以尽其人、其诗。

**解评：**见上。

或曰陶诗和平，犹不足信。

陶渊明心中有许多不平事，所差者，自己不愿把自己气死。人不生气除是橡皮人、木头人，而诗人是有血有肉而且感觉最锐敏的人，与一般俗人往来何能不生气？而又不甘于为俗人气死，所以喝酒、赋诗。其和平之作不是和平，而是悲哀；至于慷慨之作，则根本非和平，如其《咏荆轲》。

朱子曰："陶渊明诗，人皆说是平淡，据某看他自豪放，但豪放得来不觉耳。"（《朱子语类》卷一百四十）

**解评：**要渊明那样怀正志道、洁己清操的人与此世界没有抵触、不谐，怎么可能？就大的方面而言，渊明最不平的大约就是"真风告逝，大伪斯兴"（《感士不遇赋》）的世风。就个人生活而言，穷困、多灾、摧残，渊明一生受过很多苦，难道他就没一点不平之感？这不可能。只不过，他在承受这些困苦的时候，在精神上超脱了。如何谓之"超脱"呢？顾随说："陶盖能把不得不然看成自然而然。"渊明当然有悲凄、无可奈何，这与常人无异，但常人多止于悲凄，甚至哀怨，陶不怨，他能用更超然的态度看待人生的悲哀，将其视为自然而然，视为大化之常理，如此便将自我与外界的对立、对待变为顺应了。渊明常说"委运任命"，"乐夫天命复奚疑"，所谓"委运任命"，即把自己交给命运，顺其自然。"天命"者，"自然"也。《咏贫士七首》之一末章云："量力守故辙，岂不寒与饥？知音苟不存，已矣何所悲。""岂不寒与饥"，已尽力而为了，但仍不免饥寒交迫，岂能不悲哀？"已矣何所悲"，既然如此，接受这现实即是，有什么好悲哀的呢。渊明对贫寒、孤独、死亡，都是这种肯定其为人生之自然的态度。如此，其情绪便是悲哀、沉郁。所谓"和平"，顶多只是节制。陶渊明的心并不和平，而其诗的音节"和平"。渊明的悲哀与忘怀得失两相作用，便生出和平之气。但其情绪的底色还是悲哀。没有悲哀，也就无所谓超脱。陶公是哀而不伤。

朱子说渊明"豪放"，此"豪放"不是"豪纵"，而是其心中自有磊落不平之气，有进取之心，有血气在焉。龚自珍评陶渊明曰"莫信诗人竟平淡，二分梁甫一分骚"，此言得之。不平之气、进取之心，合起来便成为"英气"。顾随说："陶诗不是滞水而是暗潮，表面象是平静，实质内容是动荡的，充满了英气。"①

陶有的诗其"崛"不下于老杜，如其《饮酒二十首》之第九首：

且共欢此饮，吾驾不可回。

然此仍为平凡之伟大，念来有劲。常人多仅了解"悠然见南山"，非真了解。

**解评**：就其文学及其一生之生活观之，陶渊明内心最高的价值大约就是"内心的自由"。顾随说："陶有的诗其'崛'不下于老杜，如其《饮酒二十首》之第九首：'且共欢此饮，吾驾不可回。'"许思园说："渊明和易平恕，无矫厉之行。然而在保持其内心之自由方面却极端坚决。其平生视为最珍贵者即此内心之自由。"② 顾随所谓陶公的"崛"，实即许思园所说其对于保持内心自由之"极端坚决"。"且共欢此饮，吾驾不可回"的前两句是"纡辔诚可学，违己讵非迷！"辞官归耕作为陶渊明最重大的人生选择，其关键就在于他把"不违己"，即持守个人的独立、自由看得高于一切。"久在樊笼里，复得返自然"，"樊笼"即表明不自由之感，"自然"是大自然，更是人自由的状态。而人只有在自由当中，才能保持本真，才能像样地做人。顾随说陶渊明"其实要做一个像样的、不含糊的人"，如此而已。

---

① 顾随：《驼庵诗话》"续编"，载顾之京整理《顾随：诗文丛论》（增订版），天津人民出版社，1997，第158页。

② 许思园：《中国之自然诗》，载氏著《中西文化回眸》，第82页。

诗人多好饮酒。何也？其意多不在酒。

陶诗篇篇说酒，然其意岂在酒？凡抱有寂寞心的人皆好酒。世上无可恋念，皆不合心，不能上眼，故逃之于酒。陶诗《饮酒二十首》之第一首：

忽与一觞酒，日夕欢相持。

这就是有寂寞心的人对酒的一点欢喜。

解评：渊明《饮酒》组诗，篇篇说酒，酒只是寄托耳。诗人多好饮酒、写酒，大诗人中，阮籍、李白、杜甫、辛弃疾皆如是。其所谓"酒"是寄托之物，非如酒徒、酒鬼的喜欢酒精刺激。因为寂寞，因为"世上无可恋念，皆不合心，不能上眼"，"禀气寡所谐"（《饮酒二十首》其九），所以才逃之于酒。饮酒是为了暂时的逃避和忘却。当然，酒可以助兴、燃烧激情，令人发狂，"饮酣视八极，俗物都茫茫"（杜甫《壮游》），喝大了，管它三七二十一。杜甫眼中的李白"痛饮狂歌空度日"，太白也可算酒鬼了，但太白月下独酌的寂寞，普通酒鬼有吗？

外国文学中，波斯诗人欧玛尔·海亚姆的《鲁拜集》也几乎是篇篇说酒，酒对于海亚姆来说也是"寄托"，其意味之深，不在陶潜之下。他也有组诗《咏酒》，共30首。海亚姆对酒的歌颂，是在伊斯兰宗教禁忌文化之下写出的，其叛逆精神在全世界的"酒文学"中最是强烈。

我们伤感悲哀，是因我们看到其不得不然，而不知其自然而然。知其为不得不然，但并非麻木懈怠，不严肃，而是我们的感情经过理智整理了。陶盖能把不得不然看成自然而然。

解评：见上。

陶渊明把别的都搁下了，都算了，但这正是不搁下，不算了。

陶诗是健康的，陶公是正常的。而别人都不正常：标新立异，感慨牢骚。陶公不如此。无论从纵的历史还是从横的社会看，但凡痛哭流涕、感慨牢骚的人，除非不真，若真，不是自杀，便是夭亡，或是疯狂。痛苦感慨是消耗，把精力都消耗了，还能做什么？陶渊明不为此无益之事。

人生精力有限、时间不多，要腾出功夫做些有益之事。"不作无益害有益"（《尚书·旅獒》），是俗话，也是真话。

**解评：**见下。

陶渊明没有宗教信仰，但他以工作克服痛苦，是有心无力，他身体不好。

代耕本非望，所业在田桑。（《杂诗八首》其八）

别的田园诗人是站在旁观地位，而陶是自己干。陶渊明写"晨兴理荒秽，带月荷锄归"，也还是象征多而写实少，那么他是骗人吗？不是，不是，他做事向来认真。就算这是象征，他也确过此种生活，否则他写向前、向上，何必多用"耕""田"字眼？

不但陶诗，任何人诗皆可用此去分析，他好用某种字眼，必是于此种生活熟悉。

**解评：**关于陶渊明有无宗教信仰，其思想近于何家何派的问题，历来众说纷纭。

顾随肯定地说："陶渊明没有宗教信仰。"这其实是一个明显的事实。

首先，陶渊明是不信仰佛教的。顾随认为中国古代不受禅佛影响的六大诗人，首推陶渊明。原因在于：陶诗之精神，第一能担荷，第二能解脱。担荷之表现有二：一、躬耕；二、固穷（躬耕不足则固穷）。"'躬耕'是积极担荷，'固穷'是消极担荷，与后之诗酒流连的诗人不同，乃儒家思想，非佛家思想。"① 关于陶渊明的解脱思想，乃其思想中的重点，兹引顾随之解说如下：

> 陶又颇有解脱思想，对人生之苦担荷，对生死之苦解脱，然亦非佛家思想，而为中国老庄思想（此乃勉强说）。有生必有死乃天理，好生而恶死为人情。后之道家皆失老庄原意，尤其与庄子不合。求长生乃贪，但有贪生恶死之人情，而无必生必死之天理。陶则不求长生，看破生死。陶诗："纵浪大化中，不喜亦不惧，应尽便须尽，无复独多虑。"（《神释》）大化者，天地间并无"常"，佛所谓"常"乃出世法，世法则无所不变，此所谓大化。如水之流，前波非后波。孔子曰："逝者如斯夫不舍昼夜。"庄子说"物化"。"化"有两种解释，一为由有到无，一为由新而旧或由旧而新。故陶曰"应尽便须尽"，即所谓时至即行。此解脱非佛家，顶多是老庄。②

综观顾随言论，可见他认为陶渊明既有儒家精神，又有道家思想，其不受禅佛影响则是很明白的。陈寅恪曾在《陶渊明之思想与清谈之关系》一文专论陶的思想，认为渊明的思想为"新自然说"，"而新自然说之要旨在委运任化"③。陈先生的结论是："故渊明之为人实外儒而内道，舍释迦而宗天师者也。"可见，陈寅恪也认为陶渊明不信仰佛教。渊明之不信佛当无疑义。陈寅恪认为陶渊明始终是天师道信徒，实无法成立。渊明只是有些老庄思想而已，谈不上信仰道教，道教早就变了老庄的原味，尤其是在求长生这点上，而陶渊明对死亡的必然性是异常清醒的。④ 朱光潜曾在《陶渊明》一文中引了陈寅恪所谓渊明"实外儒而内道，舍释迦而宗天师者也"的话，并批评道：

> 这些话本来都极有见地，只是把渊明看成有意地建立或皈依一个系

---

① 顾随：《古代不受禅佛影响的六大诗人》，载《顾随全集》卷六，第 165 页。
② 顾随：《古代不受禅佛影响的六大诗人》，载《顾随全集》卷六，第 165~166 页。
③ 陈寅恪：《陶渊明之思想与清谈之关系》，载《陈寅恪集·金明馆丛稿初编》，生活·读书·新知三联书店，2015，第 225 页。
④ 参见赵鲲《死去何所道：陶渊明诗文中的死亡意识》，《解放军艺术学院学报》2013 年第 3 期。

统井然、壁垒森严的哲学或宗教思想，像一个谨守绳墨的教徒，未免是"求甚解"，不如颜延之所说的"学非称师"，他不仅曲解了渊明的思想，而且他也曲解了他的性格。渊明是一位绝顶聪明的人，却不是一个拘守系统的思想家或宗教信徒。他读各家的书，和各人物接触，在于无形中受他们的影响，像蜂儿采花酿蜜，把所吸收来的不同的东西融会成他的整个心灵。在这整个心灵中我们可以发现儒家的成分，也可以发现道家的成分，不见得有所谓内外之分，尤其不见得渊明有意要做儒家或道家。假如说他有意要做某一家，我相信他的儒家的倾向比较大。①

我以为朱光潜所见甚透。相对而言，朱光潜认为陶渊明思想中儒家的成分更多些，与顾随意思同（梁启超也认为陶渊明得力于儒家者为多）。至于陶渊明为何更近于儒家的证据，兹不赘述，读者看朱光潜《陶渊明》一文即可。②

慧远、陆修静他们在追求"道"，陶渊明也在追求"道"，而且他对"道"的追求可说是"颠沛流离，念兹在兹"的。渊明所求的"道"是真理，而非佛、道那样的宗教教义，也不是儒家思想。他不认为人能够依靠某种宗教或某种思想而得到解脱，他大概认为人只能在日常生活中得到解脱。所有的宗教终极的追求即人的彻底解脱，并且给出某种特定的教义、仪式、方法来获得解脱，即宗教给人们指定了通向真理、达到解脱的特定道路。实际上，一个正面的声明或所谓"方法"便暗示着分裂，分裂是抗拒，是局限，任何宗教都是局限的，而真理是无限，克里希那穆提说："真理是无路可循的国度。"没有什么方法可以引领我们见到真理。陶渊明应当是彻悟此点的，他的高度在宗教之上。所以，当渊明听闻莲社诸公的议论之后"攒眉而去"，便是很自然的事。

---

① 朱光潜：《陶渊明》，载氏著《诗论》，第 291 页。
② 关于陶渊明的"思想"，朱光潜《陶渊明》一文中还有段话，不但有助于我们认识陶渊明，而且富有文学批评方法论的启示，他说："诗人的思想不能离开他的情感生活去研究。……渊明很可能没有受任何一家学说的影响，甚至不曾像一个思想家推证过这番道理，但是他的天资与涵养逐渐使这么一种'鱼跃鸢飞'的心境生长成熟，到后来触物即发，纯是一片天机。了解渊明第一须了解他的这种理智渗透情感所产生的智慧，这种物我默契的天机。这智慧，这天机，让染着近代思想气息的学者们拿去当作'思想'分析，总不免是隔靴搔痒。"（朱光潜：《诗论》，第 292~293 页。）

　　虽然陶渊明不信仰宗教，但就心灵境界而言，其实他就在"宗教状态"中。何为宗教状态？对万事万物的博大的爱就是宗教状态。朱光潜认为陶渊明有种"极深广的同情"，这"同情"使他打破了人我、物我的界限而能够在与天地万物"一体同仁的状态中逍遥自得"，"渊明人品的高妙就在有这极深广的同情"。如此广大之境界岂不为"宗教状态"乎？

　　宗教起源于人类克服痛苦的愿望。陶渊明既不信仰宗教，他用什么克服痛苦呢？顾随说："他以工作克服痛苦。"渊明的工作就是耕田种地（代耕本非望，所业在田桑），解决自己和家人的饥寒问题，并在此生活里安顿自己、解放自己。他克服痛苦的方法是如此平常而切实。顾随认为"晨兴理荒秽"是写实，但更多的是象征。象征一种以躬耕为自己生活基石的生活理念。躬耕田园就是陶渊明的宗教，是他的安身立命之道。

　　所谓《史记》、杜诗、辛词的"喷薄而出"，当是指其才气发扬，写作用力。渊明之"风流自然而出"是才气甚高而精光内敛，内敛而又不使力。顾随又说："人之聪明不可使尽。陶渊明十二分力量只使十分，老杜十分力量使十二分，《论语》十二分力量只使六七分，有多少话没说出来。词中大晏、欧阳高过稼轩，便因力不使尽。文章中《左传》比《史记》高，便因《史记》有多少说多少。"[1] 力不使尽，则会让人觉得有余味、自然。朱光潜说："渊明则全是自然本色，天衣无缝，到艺术极境而使人忘其为艺术。"[2] 诚哉斯言，最高的艺术是使人能忘其为艺术的。所谓"云无心而出岫"，渊明此句正可以形容其文气。

　　中国诗传统精神不说丑恶之事，陶诗不然。

　　"披褐守长夜，晨鸡不肯鸣"（《饮酒二十首》其十六）——寒；

　　"饥来驱我去，不知竟何之"（《乞食》）——饥；

　　"造夕思鸡鸣，及晨愿乌迁"（《怨诗楚调示庞主簿邓治中》）——赶快活完了事。

　　诗是人生的反映，我们从前人诗中虽不能见到现在生活，至

---

① 顾随：《〈文选〉选讲》，载《顾随全集》卷七，第 243 页。
② 朱光潜：《陶渊明》，载氏著《诗论》，第 306 页。

少可见到古人生活。

美与善是人生色彩，丑与恶也是人生色彩。

**解评**：见上。

陶渊明与老杜不同。陶公在心理一番矛盾之后，生活一番挣扎之后，才得到调和。陶公的调和不是同流合污，不是和稀泥，不是投降，不是妥协。世上之老世故、机灵鬼，没有个性思想了，这是可怕的，这并不是调和。什么是调和？觉得这世界还可以住，不是理想的那么好，也不像所想的那么坏。

要常常反省，自己有多少能力，尽其在我去努力。与外界摩擦渐少，心中矛盾也渐少，但不是不摩擦，也不是苟安偷生，是要集中我们的力量去向理想发展。时常与外界起冲突，那就减少自己努力的力量。孟子说："人有不为也，而后可以有为。"（《孟子·离娄下》）

**解评**：所谓"这世界还可以住，不是理想的那么好，也不像所想的那么坏"，是一种世界观，一种极为通透的世界观。而中国人的世界观即人生观。"调和"不是把不好的东西都去除了，而是让好与坏并存，安住在这不完美的世界里。调和，就是平常心。对世界有了这样的认识，便会知道如何活下去。"托身已得所，千载不相违"——陶渊明之所以高，就在于他能够肯定自己的生活。

调和是不计较、算了、放下，但这只是一个侧面，顾随说："陶渊明把别的都搁下了，都算了，但这正是不搁下，不算了。"——这是从另一个侧面看。于陶渊明而言，放下即承担。渊明放下的是什么？无非众人趋之若鹜的名利之欲，包括建功立业的抱负。对于名、利，渊明本就不在乎，放下并非难事，但辞官归隐对渊明来说是要付出代价的。且勿论其政治抱负的无以实现——不做官，首先要承受的一个后果就是生活穷困。但在渊明看来，在那样恶浊的世道里为官，就须以丧失自己的人格为代价，这是他坚决不肯的事情,他宁可固穷也不愿"违己",不肯"为五斗米折腰向乡里小儿"即这一心态的反映。

那么渊明不搁下、不算了的是什么呢?是德操,是道,或者说就是真、善、美,陶渊明的生活与文学典型地体现着对真、善、美的追求及体认。人生的价值观,犹如天平,这头轻了,那头就重了。追名逐利和求道存真是背道而驰的事,对前者的放弃,便是对后者的成全。这正是孟子所谓"人有不为也,而后可以有为"。

内心调和了,心理才能健康。顾随说:"陶诗是健康的,陶公是止常的。而别人都不正常:标新立异,感慨牢骚。陶公不如此。无论从纵的历史还是从横的社会看,但凡痛哭流涕、感慨牢骚的人,除非不真,若真,不是自杀,便是夭亡,或是疯狂。痛苦感慨是消耗,把精力都消耗了,还能做什么?陶渊明不为此无益之事。"魏晋六朝以来,有很多标新立异、感慨牢骚的人。往同情处说,是由于时危世乱,生死无常;往严格处说,则是心理不健康。如果把陶渊明和《世说新语》里的人物对比,便会发现渊明一点也不标新立异,"丝毫没有名士气"①,这在魏晋六朝显得很特别。其实他的不标新立异,才是真风流、真名士。

陶公没受过摧残压迫吗?受过。而读起来总觉得不如曹、杜之热烈、深刻。此为先天抑人力修养?盖二者兼而有之。

**解评:**我们说到屈原、杜甫等大诗人,总说他们受了很多摧残、压抑、苦痛,陶渊明其实也受过摧残、压迫。政治上的、家庭中的、肉体上的种种痛苦,他所受的不比屈、曹、杜少,但他对痛苦的表现有点"淡化"。陶公对自己的痛苦多少有些不在乎,他不太执着于自己的痛苦。陶渊明之所以能有如此境界,顾随以为与其天性和修养皆有关。西方艺术家中,莫扎特与陶渊明类似。他在其短暂的一生中也经历了很多苦难,但他的音乐很少表现痛苦,而是充满欢乐,他像一个天使。这几乎不可思议,只有心胸极为广大的人才能如此。当然,陶渊明和莫扎特又自不同。莫扎特的"超脱"中,天性的成分更多。

---

① 许思园:《中国诗之风格》,载氏著《中西文化回眸》,第79页。

诗人夸大之妄语，乃学道所忌。佛教有"持不妄语戒"。诗人觉得不如此说不美，不鲜明。此为自来诗人之大病，即老杜亦有时未能免此，如其"致君尧舜上，再使风俗淳"（《奉赠韦左丞丈二十二韵》）。陶公没有这个。他之饮酒实不得已，未见爱之深也。而且陶公做不到的不说，说的都做到了，这一点便了不得。一般人都是说了不做，陶渊明是言顾行、行顾言。陶公并非有心言行相顾，而是自然相顾。

**解评：**陶渊明的"去昏散病，绝断常坑"，主要体现在其自我认知上。人的一切认识都是以自我认知为基础的，而对个体的有限性的认识，又是自我认知的一个基础。陶渊明很清楚自己的渺小，所以他不妄语。顾随所说"诗人夸大之妄语"与文学中所谓"夸张""夸饰"是两回事。"夸饰"是一种重要的修辞手法。顾随所谓诗人的夸大，是缺少自知之明的虚妄，乃修养问题。历来诗人多自我夸大、狂妄。李白、杜甫都是如此。他们对自己不是没有认识，其自负也未尝无依据，但其自我估量不免夸大，尤其一说到自己的政治抱负，简直不自量力。李白说："申管晏之谈，谋帝王之术，奋其智能，愿为辅弼，使寰区大定，海县清一。"杜甫说："致君尧舜上，再使风俗淳。"话都很崇高、很漂亮，但都是大话。因为他们说这些话时没有深思自己能否做到，抑或真相信自己能做到。陶渊明虽未做什么大事业，但也没说什么大话。就陶公的文字和生活看，他所说的都做到了，譬如躬耕田园，自适自足。做不到的他不说。顾随说渊明是"言顾行、行顾言"，且"并非有心言行相顾，而是自然相顾"。这一点了不得。不可小视"言行一致"，极少有人能到此境界。"言行合一"缘于"知行合一"。王阳明曾提出"知行合一"，视其为人的道德根基。其实，孔子早就说过"听其言而观其行"，此语就包含着言行须一致的意思。儒家的一个道德理想在陶渊明身上得到了践履。

陶诗中有知解，其知解便是我的认识。他不是一个狂妄、夸大、糊涂的人，所以清清楚楚认识了自己的渺小。

李白好像一点知解也没有。"生不用封万户侯，但愿一识韩荆州"（《与韩荆州书》），好像只要人一捧就好。渊明这点比他们高。在相信自己这一点上，除去老曹恐怕无人可比。至于老杜，对陶公虽不能比肩，至少可追踪。

**解评：**见上。

人皆谓杜甫为诗圣。若在开合变化、粗细兼收上说，固然矣；若在言有尽而意无穷上说，则不如称陶渊明为诗圣。

以写而论，老杜可谓诗圣；若以态度论之，当推陶渊明。老杜是写，是能品而几于神，陶渊明则根本是神品。

从前以为陶必有与常人不同处，但今觉其似与老杜一鼻孔出气。他心中时而是乌鸦的狂噪，时而是小鸟的歌唱；时而松弛，时而紧张。但以之评其诗则不可，他诗还没有这么大差异，只是时而严肃，时而随便；时而高兴，时而颓唐；时而松弛，时而紧张。

采菊东篱下，悠然见南山。（《饮酒二十首》其五）

千古名句，也是千古的谜。究为何意，无人懂。悠然的是什么？若作见鸡说鸡、见狗说狗，岂非小儿？更非渊明。可以说是把小我没入大自然之内了。

读陶渊明诗不能只看"采菊东篱下，悠然见南山"一面。

**解评：**这是评陶诗的品级。前人称杜甫为"诗圣"，主要指杜诗在技巧上、题材上集中国诗歌之大成。"圣"的本义是最高境界，含有难以企及的意思。就"开合变化、粗细兼收"而论，杜甫的确是古代诗人之顶峰。但若就诗"言有尽而意无穷"的韵味而言，陶渊明则是无与伦比的。陶之不可及，在于境界。

那么，是境界重要呢，还是技巧内容重要？依顾随之见，他以为陶高于杜。顾随所谓"态度"即精神境界、艺术境界。所谓能品、神品，是古人评论书画的两个品级。能品是"入境"，而神品则是"出境"，所谓"出神入化"是最高境界，神品即化境。杜甫是能写、善写，而至于神妙之境；陶渊明的诗则已非"能写"所能形容，技巧、形式，于他而言，已是余事，他比能写高得多。朱光潜说："陶渊明在中国诗人中的地位是很崇高的。可以和他比拟的，前只有屈原，后只有杜甫。屈原比他更沉郁，杜甫比他更阔大多变化，但是都没有他那么醇、那么炼。"① 所谓"醇"和"炼"，是指人格和艺术高度融合之后的一种精纯智慧的境界，是态度。境界统摄一切，高于一切。

另，若说陶渊明、杜甫是诗圣，屈原则可说是"诗神"，其才气极高。

顾随对《诗经》评价很高，这里所谓"幼稚"不是贬词，而是谓其自然、天真。陶渊明诗的成熟，谓其有思想，"三百篇"无思想。为什么无思想呢？原因之一是，陶诗是一个诗人全副精神的精粹，而"三百篇"是很多个诗人的吉光片羽，故不易形成某种深度。再退一步说，《诗经》时代的无名诗人们，也不易有陶渊明那样深刻的思想。并非那时的人思想不深刻，而是因为彼时的文学还未充分发育，作者们尚未有在文学状态中的深刻思想。抑或对文学的态度亦不同——《诗经》时代的诗人写诗以抒情为主，写之便了，未必多么在乎诗歌的思想，亦无多"诗人意识"，而在陶渊明那里，文学是表达思想的工具，且他是有"诗人意识"的。而且，作"风"诗的那些民间诗人，其文化修养也不很深厚，能有多少思想？

顾随说："'三百篇'以后，四言诗人曹孟德、陶渊明，都是变。"所谓"变"，指曹操、陶渊明的四言诗在"三百篇"后能有独创性，不拘泥于模拟。变在哪里呢？照顾随的说法，曹操的四言诗比"三百篇"更锤炼，陶渊明四言诗比"三百篇"更富思想，但都不失情韵。然曹、陶二人的四言诗不及"三百篇"有弹性，言有尽而意无穷。什么原因呢？顾随说："此非后人才力不及前人，恐系静安先生所谓'运会'（风气），乃自然之演变。"此所谓"运会"，大约指四言诗流行于《诗经》时代，彼时之诗人熟习此种表达方式，故能运用自如。此亦即"一时代有一时代之文学"之理也。

顾随举"采菊东篱下，悠然见南山"句，为说明陶渊明有思想，《诗

---

① 朱光潜：《陶渊明》，载氏著《诗论》，第305页。

经》时代无此种句。至于这两句诗的意思，兹不作探讨。

陶渊明《归园田居五首》其三：

> 晨兴理荒秽，带月荷锄归。

明明说草、说锄、说月，都是物，而其写物是所以明心。而大谢只是将心逐物。

**解评**：举"晨兴理荒秽，带月荷锄归"为例，以为渊明表面在写物，其实是"明心"，此即所谓"象征"。顾随说："大谢只是将心逐物。"此处将谢灵运与陶渊明比较，并道出二人之区别，所言甚简明。

中国之自然诗由同时代的陶渊明和谢灵运开其端，但二人风格迥乎不同。当时，陶之名声不及大谢，但后世皆认为谢远不及陶，此已成公论。那么，陶、谢的区别到底是什么呢？原因何在？朱光潜对此有更细致的解释，他说：

> 中国诗人歌咏自然的风气由陶、谢开始，后来王、孟、储、韦诸家加以发扬光大，遂至几无诗不状物写景。但是写来写去，自然诗终让渊明独步。许多自然诗人的毛病在只知雕绘声色，装点的作用多，表现的作用少，原因在缺乏物我的混化与情趣的流注。自然景物在渊明诗中向来不是一种点缀或陪衬，而是在情趣的戏剧中扮演极生动的角色，稍露面目，便见出作者的整个的人格。这分别的原因也在渊明有较深厚的人格的涵养，较丰富的精神生活。[1]

这与顾随所见略同。

陶渊明写景的佳句不必说，我们试看谢灵运"池塘生春草，园柳变鸣禽"（《登池上楼》）、"云日相辉映，空水共澄鲜"（《登江中孤屿》）、

---

[1] 朱光潜：《陶渊明》，载氏著《诗论》，第13页。

"野旷沙岸净，天高秋月明"（《初去郡》）、"白云抱幽石，绿筱媚清涟"（《过始宁墅》）等句，不可谓不佳，也不乏心灵境界，但总觉其对心灵境界的表现不深，天光物态未能与心灵融合。若深入了解谢灵运的生平、个性，就会知道大谢其实是个很浮躁的人，其修养与渊明相去甚远。谢灵运之放浪山水，更多的是为了摆脱政治上的烦恼，甚至是任性使气①，故而他虽然能写出很多精妙的写景之句，却主要依靠感官的敏锐，而非心灵生机的自然流露。大谢的心是涣散的，只能"将心逐物"，为作诗而作诗。陶渊明则是精神非常强大之人。陈师道说："渊明不为诗，写其胸中之妙耳。"（《后山诗话》）此即顾随所谓渊明之诗为"明心"。明心，即象征。象征是垂直的、有深度的，将心逐物是平面的、浮浅的。许思园说："盖第一流之自然诗之出现须有一种深厚悠久之文化传统，而诗人学养识力必须能参透朝市浮华人间机括，绝非如时鸟候虫之纯乎天籁。"② 就文化传统而言，陶、谢都具备了，而谢之不如陶，就在其尚未能参透朝市浮华、人间机括。

台湾学者吕正惠认为从诗史传统看，谢灵运是打破了汉魏以来平易自然的传统，开创了通过"文字功夫"写出好诗的传统的大诗人。③ 就对修辞精妙的极力追求与造诣，及其与心灵的契合而言，谢灵运的确是汉魏以降一位富有建设性的诗人。但所谓"文字功夫"一语不无含混——精雕细琢是文字功夫，那么渊明那样的"质而实绮"是否也是一种文字功夫呢？再者，谢灵运之前的曹植，文辞华美，其诗歌何尝不深具"文字功夫"？另，吕正惠为谢灵运翻案，认为民国以来的学者多对谢灵运有所忽略，且只能欣赏谢灵运的写景名句，其实"他的作品最大的价值是把自己对大自然种种现象的感受，跟自己的心境结合起来，从而表达出他那一份特殊的'孤独感'"④。诚然，一个在政治生活中多遭苦痛、寄情山水的诗人自然是有孤独感的，从谢灵运的诗中，我们不难察觉。然而同样是孤独感，谢灵运的孤独感远没有阮籍、陶渊明表现得那么深切动人。至于其孤独感的心理内

---

① 白居易有首《读谢灵运诗》，即认为谢灵运的山水诗亦抒泄郁闷之作，其诗云："谢公才廓落，与世不相遇。壮志郁不用，须有所泄处。泄为山水诗，逸韵谐奇趣；大必笼天海，细不遗草树。岂惟玩景物，亦欲摅心素；往往即事中，未能忘兴谕。"

② 许思园：《中国之自然诗》，载氏著《中西文化回眸》，第100页。

③ 吕正惠：《杜甫与六朝诗人》，载氏著《抒情传统与政治现实》，华东师范大学出版社，2011。

④ 吕正惠：《杜甫与六朝诗人》，载氏著《抒情传统与政治现实》，第125页。

容是什么,这就更需体察与甄别了——这些都关乎文学的境界。且同样以自然山水表现心灵,陶诗中的那种欣慨、王维诗中的那种澄明,谢灵运皆有所欠缺。

有意思的是,吕正惠把谢灵运、杜甫、黄庭坚视为"文字功夫"的一条重要传承脉络,可黄庭坚对谢灵运之评价远不如对陶渊明之评价高,他说:"颜谢之诗,可谓不遗炉锤之功矣;然渊明之墙数仞,而不能窥也。"(陈正敏《遁斋诗话》引)"颜谢"不能窥的渊明的数仞之墙是什么?是文字功夫吗?可是黄庭坚认为陶渊明"词彩精拔";在"词彩精拔"之前,还有四字,曰"趣向不群"——所以他称陶渊明"晋宋之间,一人而已"。

陶公《饮酒二十首》,除一点哲理外,仍不外伤感、悲哀、愤慨。

陶公《饮酒二十首》越写越有力、越响。

《饮酒二十首》其二言"善恶":

> 积善云有报,夷叔在西山。
> 善恶苟不应,何事空立言。

"积善之家必有余庆,积不善之家必有余殃。"(《易传·文言》)

为世人说法不得不有"报",儒、佛皆然。而在世法,有时证明"报"是不可靠的,因善有时恶报,恶有时善报。但难道因此就不做好人吗?还要做。无所为而为,这是最高的境界,也就是最苦的境界。人吃苦希望甜来,但甜不一定来,而且还一定不来;但还要吃苦,这便是热烈、深刻。但陶写来还是平淡。无论多饿,无论遇见多爱吃的东西,也还要一口口慢慢吃;人说话、作文也还要一句句慢慢说,不必激昂慷慨说,不也可以说出来吗?

**解评:**《饮酒二十首》是陶渊明最重要的组诗。渊明一生的思想情感及文学风格，庶几皆可于此组诗中见之。其中，最著名的是《饮酒二十首》其五"结庐在人境"一首。此首最为平淡高玄。但此诗不足以代表《饮酒二十首》，也不足以代表渊明之全体。正如顾随所说，《饮酒二十首》除一点哲理外，主要是"伤感、悲哀、愤慨"。陶渊明达观，但他当然也有伤感、悲哀。"贫居乏人工，灌木荒余宅。班班有翔鸟，寂寂无行迹。宇宙一何悠，人生少至百。岁月相催逼，鬓边早已白。"此岂不为伤感、悲哀？"竟抱固穷节，饥寒饱所更。敝庐交悲风，荒草没前庭。披褐守长夜，晨鸡不肯鸣。"真是苦，不是说说而已，说出来的只是亲身感受的万分之一。渊明尽量不说自己的苦，而说自己的艰难、困苦，伤感、悲哀就在其中。所云"固穷"，乃是不期然，不得已之事。由"竟抱固穷节"的"竟"字，便可见渊明之无奈、不平。渊明不仅有伤感、悲哀，还有愤慨，其愤慨之情，在《饮酒二十首》最后一首显露无遗——"羲农去我久，举世少复真。……如何绝世下，六籍无一亲！终日驰车走，不见所问津。""六籍无一亲"表面是说没有人去亲近六经诗书了，真正要说的是"礼义廉耻道德怎么都不见了！"这真是大批判、大感慨。陶渊明绝对是个愤世者。他的决意归隐，即因愤慨于世风的沦丧，故不接受、不合眼，宁可躬耕于田亩之中，啸傲乎东轩之下，受苦受穷，孤独无依，亦在所不辞。

渊明虽自序《饮酒二十首》曰"辞无诠次"，但综观整组诗，其情绪的确是越来越慷慨。比较第一首和最末一首，便可见其调子之由低到高。确乎如顾随所言"越写越有力、越响"。尤其最后一首"如何绝世下，六籍无一亲！终日驰车走，不见所问津。若复不快饮，空负头上巾。但恨多谬误，君当恕醉人"。一气直下，慷慨悲凉。方东树《昭昧詹言》卷四评《饮酒二十首》，其意与顾随有相同处，曰："言不必撄情无常无定之衰荣，惟知其古今皆若此，故但饮酒可也。以衰为主，以荣陪说，其理乃显。其笔势峥嵘飞动，后四句明明正说。""以衰为主，以荣陪说"即以伤感、悲哀为主之意；"笔势峥嵘飞动"即顾随所谓"越写越有力、越响"之意。

《饮酒二十首》其二写"善恶"，渊明以伯夷、叔齐、荣启期为例，说明善未必有善报，恶不一定有恶报。顾随接此意而发挥之。所谓"善有善报，恶有恶报"是简单的果报思想。顾随说"报"有时证明是靠不住的。问题是，"善有时恶报，恶有时善报"之后怎么办？"难道因此就不做好人了吗？还要做。无所为而为，这是最高的境界，也是最苦的境界。人吃苦希望甜来，但甜不一定来，而且还一定不来。但还要吃苦。"这番话真可廉顽立懦。"无所为而为"，只求耕耘，不问收获；尽心尽性，知天知命，夫复何求？但，这也是最苦的境界。没有人为吃苦而吃苦的，人吃苦都希望甜来，但甜不一定来，而且"一定不来"，"烟雨却低回，望来终不来"。但，还是要吃苦，如此已是悲剧境界。人生最高境界便在这悲剧中吗？

善恶不应，祸福无常，此乃令人跌宕感慨之事，而渊明说来，语气仍是平淡的。顾随提醒我们不要太激昂慷慨，心中要有血气，有跌宕，但话要说得平缓，什么意思都可以稳稳说出，慷慨激昂反易语无伦次、神散气浮。好的文字，必有沉着之气。

平常说写诗写成散文，诗不高，其实还是其散文根本就不高。陶诗为诗中散文最高境界。其《饮酒二十首》"有客"一首的前两句：

> 有客常同止，取舍邈异境。

似诗的散文。

**解评**：见上。

"三百篇"是幼稚的，陶渊明诗是成熟的。"三百篇"以后，四言诗人曹孟德、陶渊明，都是变。以前余以为陶与"三百篇"乃外形不同，非也。表面字句与"三百篇"一鼻孔出气，只是内容不同。"三百篇"无思想，陶诗有思想。

**解评**：顾随说"三百篇"无思想，当指"国风"而言。"大雅""小雅"中是有思想的，但这种思想主要是社会思想、历史思想，是历史积淀的集体思想，不是个人的智慧。《诗经》个人性的作品在"国风"中，而

"国风"主要是抒情的,很少有思想性的东西,前文已言及。①

《史记》、杜诗、辛词皆喷薄而出,渊明是风流自然而出。

《人间词话》引昭明太子评陶诗语:"抑扬爽朗,莫之与京。"引王无功称薛收赋:"嵯峨萧瑟,真不可言。"文学要有此两种气象。老杜有时是嵯峨萧瑟,李白是抑扬爽朗;白乐天若是抑扬爽朗,韩退之就是嵯峨萧瑟;李贺当然并非抑扬爽朗,嵯峨萧瑟近之矣;苏东坡若是抑扬爽朗,黄山谷就是嵯峨萧瑟。他们不过有时如此。真够得上抑扬爽朗的只有陶渊明。

**解评:**萧统所言"抑扬爽朗"见其《〈陶渊明集〉序》。什么意思呢?其上文为"跌宕昭彰,独超众类",再结合陶诗来看,"抑扬爽朗"大约是一种自在、明朗的风格。而王无功称薛收赋所谓"嵯峨萧瑟,真不可言"的上文为"韵趣高奇,词义晦远",可知"嵯峨萧瑟"大约是一种险奇、雕琢的风格。王国维《人间词话》引此两句话之后,说:"词中惜少此两种气象。"顾随这里将其移之于诗,以为"文学要有此两种气象"。所云李白、杜甫、乐天、退之、李贺、东坡、山谷等人的抑扬爽朗和嵯峨萧瑟,也都是相对而言的,并不彻底、纯粹。抑扬爽朗尤其不易。所以顾随说:"真够得上抑扬爽朗的只有陶渊明。"那是一种自在、开阔、率真而有深度的气象,太白、东坡皆有所不逮。

---

① 启功对《诗经》、曹操也有类似的看法,他说:"《诗经》里《关雎》等篇,就诗的发展看,像小孩说话,朴实天真,但非长歌咏叹。……因而是幼稚的手法,处在幼稚时期。"又说:"曹操稍有摆脱,他的四言诗跳跃很厉害,留有空隙,看起来比较舒服。……他的诗已超越了《诗经》。既有民间传统,又有自己的生活。"(参见启功著,柴剑虹整理《启功讲唐代诗文》,中华书局,2009,第25~26页。)

# （四）初唐诗

王绩《野望》：

> 东皋薄暮望，徙倚欲何依。
> 树树皆秋色，山山唯落晖。
> 牧童驱犊返，猎马带禽归。
> 相顾无相识，长歌怀采薇。

王无功写《野望》时心是无着落的。"徙倚欲何依"，"欲何依"三字是一种无可奈何的心情，亦即寂寞心。真正寂寞，外表虽无聊而内心忙迫，王氏此诗便在此情绪中写出。

"树树"两句，"牧童"两句，"相顾"两句，生机旺盛。

王氏此诗是凄凉的。平常人写凄凉多用暗淡颜色，不用鲜明颜色。

王无功之"树树皆秋色，山山唯落晖"是内外一如，写物即写其心，寂寞、悲哀、凄凉、跳动的心。若但曰"树树秋色，山山落晖"，便死板了。"牧童驱犊返，猎马带禽归"，是生的色彩。此二句是"事"，既曰"事"，自有生、有人。"牧童驱犊返"，多么自在；"猎马带禽归"，多么英俊！无功的确感到其自在、英俊（有英气）。

**解评**：王绩的《野望》，读来很舒服，自始至终有种不甚着意的感觉。论者皆谓此诗在写景中隐含着深沉的寂寞之情。"徙倚"，是徘徊。"欲何依"三字如何理解？顾随说："'欲何依'三字是一种无可奈何的心情，亦即寂寞心。""心无着落、无寄托时即最寂寞的。……人之信仰、事业，亦为人心之所居。"① 这是心理层面的深层阐释。施蛰存在评析《野望》时说："他并不是找不到一个可以依靠的地方，而是找不到一个可以依靠的人物。一方面是没有赏识他的人，另一方面是没有他看得中愿意去投奔的人。因此，在社会上'徙倚'多年，竟没有归宿之处。"② 施的分析着眼于王绩的外在生活，有道理，但不够深入，把施蛰存和顾随的说法合起来理解，就更好了。

顾随说："真正寂寞，外表虽无聊而内心忙迫。王氏此诗便在此情绪中写出。"何以见得王绩内心忙迫呢？因为他面对那么闲静的秋色和自在的山民仍感到寂寞，说明他有自己的心事，他有所求，这心情又是无法与他遇见的人倾吐的——"相顾无相识"。所以，王绩对他所面对的自然和人事，既爱慕又无法真正融入，他没有给自己戴上一副乐以忘忧的面具，而是真实地表达了身处田野也无法消除的寂寞。还能说什么呢？没有依靠，没有知音，迫使他回到一种自我抒情的状态——"长歌怀采薇"。闻一多认为"怀采薇"隐含着与李唐对立的政治情绪③，不无道理。

中间两联，"'树树'两句，'牧童'两句，'相顾'两句，生机旺盛"。何谓"生机旺盛"？顾随说：

平常人在不愉快时，心是没有生机的。心在静止时（不起作用）是佛经所说不思善、不思恶，若用儒家话讲就是"喜怒哀乐之未发"（《中庸》一章）——止水。有动机时心如波动，是诗心。心静止时是诗的本体，动是后起的，非本体。然必动而后能生（表现出来）。由小到大、由有到无是生，动不一定是生。诗人的话也是平常的，而说出来生动美丽，复杂动人。平常人之简单不能动人，只因其只是动而未生，心不愉快时只能动不能生，故没有生机。诗人写悲哀、痛苦照样复杂动人，何以故？

① 顾随：《王绩·寂寞心》，载《顾随全集》卷五，第258~259页。
② 施蛰存：《唐诗百话》，陕西师范大学出版社，2015，第4~5页。
③ 王绩之兄王通、弟王度，都有以遗民自居的心态。参见闻一多《说唐诗》，载《笳吹弦诵传薪录——闻一多、罗庸论中国古典文学》，郑临川记录，徐希平整理，上海古籍出版社，2002，第79页。

有生机也。王诗"树树皆秋色，山山唯落晖。牧童驱犊返，猎马带禽归"四句以及末二句"相顾无相识，长歌怀采薇"，生机旺盛。真正寂寞，外表虽无聊而内心是忙迫——身闲+心忙=寂寞。王氏此诗便在此情绪中写出，然此时是矛盾、破裂，最不易写出好的作品。①

"生机"的本质在于"生命感"，万物有灵之"灵"即在于生命感。生机是生发、生长，是生命的涌动、跃动。"树树皆秋色，山山唯落晖"有黯淡的情绪，但"秋色""落晖"的色彩是鲜明的，所以是苍秀。顾随说这两句是内外一致。因为"秋色""落晖"既是写实，又隐示着落寞凄凉之感，何况是"树树""山山"——到处都是如此了。更难得的是，这两句"能用鲜明调子去写黯淡的情绪是以天地之心为心。——只有天地能以鲜明调子写黯淡情绪，如秋色红黄。以天地之心为心，自然小我扩大。心内是寂寞黯淡，而写得鲜明"②。

"牧童驱犊返，猎马带禽归"，则是静中之动，景中有人，是"生的色彩"。这两句流露出诗人对牧童和猎人的钦羡，显然诗人已被他们的自在、自得所感染。王维"风劲角弓鸣，将军猎渭城。草枯鹰眼疾，雪尽马蹄轻"四句，英气勃勃，向称写打猎的名句，但顾随以为此四句还不如王绩"猎马带禽归"一句。因为王维这几句偏于客观的描写，我们感受不到观猎者的心情，而"猎马带禽归"则把打猎者的英俊和旁观者的爱慕都表达出来了。

顾随认为《野望》这首诗是凄凉的，但富有热情，他说："有一颗寂寞心，并不是事事冷漠，并不是不能写富有热情的作品。To live a life，严子陵、陶渊明、王无功，皆能如此。……必热闹过去到冷淡，热烈过去到冷静，才能写出热闹、热烈的作品。……王无功《东皋子集》中，热烈皆从寂寞心生出。"③顾随对"寂寞心"有很深的解释④，并且把寂寞心与诗心、文心的本体联系起来，他说："不论派别、时代、体裁，只要其诗尚成一诗，其诗心必为寂寞心。"即没有寂寞心，就没有文学。

---

① 顾随：《王绩·寂寞心》，载《顾随全集》卷五，第260页。
② 顾随：《王绩·寂寞心》，载《顾随全集》卷五，第261页。
③ 顾随：《王绩·寂寞心》，载《顾随全集》卷五，第256页。
④ 参见《顾随全集》卷五之《王绩·寂寞心》。

我中学时，见一作家说："天才孤独，常人寂寞，庸人无聊。"从此以为"孤独"比"寂寞"更深刻、更高级。如今觉得，其实不然。顾随常讲"寂寞心"，诗人寂寞，哲人也寂寞。"孤独"二字的本义，"孤"是幼而无父，"独"是老而无子，因而孤独意近于孤单，是比较外在的，后引申指内心状态。而"寂寞"则是空虚无物、孤单、冷寂、落寞的意思，甚至还有"辞世"之义，故"寂寞"包含了空、冷、单等多种意味，更侧重内心感觉。"朱弦一拂遗音在，却是当年寂寞心"（元好问《论诗绝句》），汉语表达孤单落寞之感，多用"寂寞"一词。在汉语中，"寂寞心"是一词语，"孤独心"则不成一词语。即便是相当前卫的现代诗——废名的《街头》，倘若我们把其中反复出现的"寂寞"换成"孤独"，其诗味、音韵都会大损。"孤独"是受西方文学、哲学影响，而在中国流行起来的一个词，卢梭、叔本华、尼采等人都大讲"孤独"，皆有其深意，但他们没有类似"寂寞"这样的词语。

回到《野望》，补充一点：《全唐诗》等版本通常都作"相顾无相识"，还有一说为"相顾无长言"。"无相识"，则其寂寞意味更显。

王绩是由隋入唐的人，他不像后来的陈子昂、四杰等人渴望有为，他是被迫接受唐朝，但一直不认同唐朝，代表了初唐诗人的另一面。其实，王绩在隋朝时就蔑视俗世，纵酒颓放。他与其兄长大儒王通恰好相反，曾有诗句曰"礼乐囚姬旦，诗书缚孔丘"（《赠程处士》），可见其对礼教的蔑视。王绩的性情、思想更近于道家，而一个新的王朝一定是大讲其礼教的，所以王绩注定孤独、痛苦。他自比嵇康、阮籍、刘伶、陶潜，他们的沉饮放达，实同一心曲也。

我们若认为王绩对李唐王朝不认同，则《野望》一诗对诗人孤独情绪的压制，可想而知。顾随在讲到芥川龙之介某小说写母爱之伟大，是强制感情，都德《水灾》亦是强制感情时，说"制"还是有，是不发。西洋写实派之制是"入"，右丞之"化"是"出"。"王无功之《野望》一首五律，亦是'字向纸上皆轩昂'，而制的力量不小，真是克己，不容易。如马师六辔在手，纵非指挥如意，亦是驾驭有方。无功不老实，'树树皆秋色，山山唯落晖。牧童驱犊返，猎马带禽归'四句，本是外物与之不调和，而写出是调和。诗中写丑，然须化丑为美，写不调和可化为调和，此艺术家与事实不同之处。王无功写与世人之抵触、矛盾，而笔下写出来是调和。这样作风，其结果最能表现'力'。心里是不调和，而将其用极调和的笔调写出，即是力。"①

杜审言《和晋陵陆丞早春游望》：

> 云霞出海曙，梅柳渡江春。

诗中二句是生的色彩、力的表现，遮天盖地而来，而又真自在。全首只此二句好。

**解评**：杜审言，这位被杜甫夸为"吾祖诗冠古"（《赠蜀僧闾丘师兄》）的诗人，虽总体成就不高，他这首《和晋陵陆丞早春游望》却颇负盛名。其中最精彩的便是"云霞出海曙，梅柳渡江春"两句。当时，杜审言在今江苏江阴任职，晋陵县，唐属毗陵郡，在今江苏常州，可知此诗所写是东南沿海一带景象。

其实是抒发被贬思归之情，用物候的变化来暗示岁月的流逝。就作者而言，整首诗是表达悲怨之情，但我们读这首诗印象最深的是中间写春景、春光的两联，尤其是"云霞出海曙，梅柳渡江春"两句，写得十分出色。这两句好在哪里呢？顾随说是"生的色彩、力的表现，遮天盖地而来，而又真自在"。顾随说的是初读之下的第一感觉，整体感受。当灿烂的云霞从海上涌现的时候，早晨来到了；梅树开花，柳树新绿，大江两岸无边春色盎然。这是早春二月的江南，真是生机蓬勃。它只是杜审言对江南春色写实的描写，其好处有二。一、气象阔大。"云霞出海曙"，五字之内容纳大海，其气象不得不大。张若虚"春江潮水连海平，海上明月共潮生"也阔大，但字数多、缓慢，没有"云霞出海曙"那种豁然开朗的感觉。王湾"海日生残夜"（《次北固山下》）、张九龄"海上生明月"（《望月怀远》），格局也大，却无"云霞出海曙"的色彩感。"云霞出海曙"包括海、天，"梅柳渡江春"包括大地，所以顾随谓其"遮天盖地"而来。二、

---

① 顾随：《王维诗品论》，载《顾随全集》卷五，第273页。

动词"出"和"渡"用得好。"云霞出海曙"的"出",令人想起李白"明月出天山,苍茫云海间"(《关山月》)的"出"字。这一"出"字给"云霞"赋予了生命,使其成为不可阻挡的力量。"梅柳渡江春"意谓大江两岸,漫山遍野都是春天的花树。"梅""柳"本是静物,"渡江春"着一"渡"字,则化静为动,顿时让那春色活了起来,简直像无数精灵在空中飞。景物是眼前之景,动词也是平常动词,顺手写出,所以自在。

颈联"淑气催黄鸟,晴光转绿蘋",虽然明媚宜人,但这样的诗句,六朝很多;首联"独有宦游人,偏惊物候新"是说明,而非表现;尾联"忽闻歌古调,归思欲沾巾",则陈言而已。所以,要说好,全诗也就"云霞出海曙,梅柳渡江春"允称佳句。胡应麟《诗薮》说这首诗是初唐五言律诗中第一好诗,未免过誉了。

这首诗的特殊之处,是诗人志在表达悲怨,读者却沉浸于美好春光——诗歌效应在读者这里发生了逆转。用西方文论的话讲,这叫"误读"。

王维诗《观猎》:

> 风劲角弓鸣,将军猎渭城。
> 草枯鹰眼疾,雪尽马蹄轻。
> ......

不能将心、物融合,故生的色彩表现不浓厚。王维四句不如无功"猎马带禽归"一句。

王氏首尾四句不见佳,然诗实自此出,此诗之成为好诗不只在中间两联。

**解评:** 这里说王维"风劲角弓鸣,将军猎渭城。草枯鹰眼疾,雪尽马蹄轻"四句不如王绩"猎马带禽归"一句,因王维句再好,是客观的,"不能将心、物融合,故生的色彩表现不浓厚"。但顾随又说《观猎》之成为好诗,除中间两联外,首尾两联亦佳。好在哪里呢?顾随没说,或者叶嘉莹笔记未记。此意古人也说过，清代王士祯称赞这首诗首联"警策""工于发端"，末两句"何等气概"；施补华《岘佣说诗》以此诗为例指出"起处须有峻嶒之势，收处须有完固之力，则中二联愈形警策"①。顾随所欣赏的，应当也是《观猎》的神完气足。

沈佺期《古意》：

> 卢家少妇郁金堂，海燕双栖玳瑁梁。
> 九月寒砧催木叶，十年征戍忆辽阳。
> 白狼河北音书断，丹凤城南秋夜长。
> 谁为含愁独不见，更教明月照流黄。

首言"卢家少妇"，则莫愁也；堂曰"郁金"，梁曰"玳瑁"，则豪家也。次句"海燕双栖"，则良辰美景也。一首愁苦之诗，看他开端如此富丽，且莫说是修辞学所谓"对比"。前三句言闺中，第四句言塞外，始入本意，正写愁苦，而音节如此朗畅，气象如此阔大。五、六两句，"白狼河""丹凤城"，属对之工且不必说，须看他又是一句塞外，一句闺中，开合之妙，真与三、四两句相同，而所谓气象与音节者，殆将过之，此真《中庸》所说"君子无入而不自得焉"（十四章），更不必说后人诗如寒蛩声咽、辕驹气短也。学者须于此处着眼，不可轻轻放过。这四句中，"寒砧"对"征戍"，"音书"对"秋夜"，不工，而气象好。七、八两句是结，不见有甚奇特，吾人不必责备，故亦不苛求。

**解评**：此段重点，在肯定沈佺期《古意》的开合与气象。

三、四句与五、六句在闺中与塞外之间来回开合，仿佛可以在时空中自由穿梭。整首诗，意思并不新，而好在气象阔大。顾随提醒我们"学者

---

① 详见葛兆光《唐诗选注》"王维《观猎》"注4，浙江文艺出版社，1999，第107页。

须于此处着眼，不可轻轻放过"，是要指出对仗、辞藻之类都属次要，重要的是气象，要先立乎其大者。

进而，顾随说："古人诗开合好，尤其唐人，至宋人则小矣。"举陆游"小楼一夜听春雨，深巷明朝卖杏花"和陈与义"客子光阴诗卷里，杏花消息雨声中"为例。此两联皆为名句，但与沈佺期《古意》比，精巧有余而气局不张。

唐人诗骨气开张，气局阔大，初唐已显其端，如沈佺期的"十年通大漠，万里出长平"（《被试出塞》）、杜审言的"云霞出海曙，梅柳渡江春"（《和晋陵陆丞早春游望》）、张九龄的"海上生明月，天涯共此时"（《望月怀远》）。初唐诗真是盛唐诗的前奏，仿佛大型交响乐的序曲，虽然还没有盛唐的那种丰富和深刻，但有种磅礴的气势鼓荡奔腾于其间。至盛唐，王、李、杜、高、岑诸人，无论静与动，悲歌或狂纵，都是大开大合的。不仅律诗开合好，绝句的开合也十分朗畅，气象宏大，如王昌龄"秦时明月汉时关，万里长征人未还"、李白"日照香炉生紫烟、遥看瀑布挂前川"等诗句，何等阔大。

为什么初唐诗开合好，气象阔大呢？这与当时国家的整体气象有关。唐朝是六朝之后的一个大帝国，文治武功，在初唐已显出不可一世之概。初唐人有种自信奋发之概。所以，顾随说："初唐作风的特色一点是'动'，是针对六朝梁陈的'静'的；又一点是气象阔大。""动"是蓬勃向上之气所致，欲有所作为，故"动"。初唐文人极少有向往山林隐逸者，而是志在边塞与军功——"宁为百夫长，胜作一书生"。六朝诗文囿于宫廷台阁之际，初唐诗人作品，借用闻一多的话说，则是"由宫庭走到市井……从台阁移至江山与塞漠"[1]。到了广阔天地，气象怎能不阔大？

闻一多在《四杰》一文中对"四杰"的诗歌及个性做了精辟的评论，也涉及初唐诗歌的解放与开拓，但并未说明这种文学上的新气象背后的时代动力。顾随则说："唐初陈子昂、张九龄、四杰尚气，此气非孟子所说'浩然之气'（《孟子·公孙丑上》），此气乃感情之激动。初唐诸诗人之如此，第一因其身经乱离，心多感慨；第二则是朝气，因初唐经南北朝后大一统，真正的太平，人有朝气、蓬勃之气。"这是更为深入的说法。

---

① 闻一多：《四杰》，载氏著《唐诗杂论》，上海古籍出版社，1998，第25页。

古人有"望气"之说，每个时代都有其特殊的"气象"。此气象，混茫而实有，凡此时代中人，无不被其笼罩。顾随即可谓善望时代之气者。有意思的是，顾随说六朝梁、陈的特点是"静"。是否如此呢？你试看六朝的山水诗、吴均《与朱元思书》、陶弘景《答谢中书书》、郦道元《水经注》等作品，它们在写山水时，很少涉及政事、人事，即使有之，也是很内敛的情绪，字里行间透着静气，而不会像唐人那样直说。这正是人性的复杂处——六朝那些文人，包括写宫体诗的帝王，哪一个能在乱世中安稳其身？正因世局太纷乱，才要极力求静。他们不会像"四杰"那样对自己期许太高，蓬勃不能自已，乱世之中，人更愿求安稳，故其文字"静"。另，六朝文人的静气，与佛理、玄风的影响也有关。时代中的文人心态，是一个大话题——就此打住。

古人诗开合好，尤其唐人，至宋人则小矣。如陆放翁诗：

> 小楼一夜听春雨，深巷明朝卖杏花。（《临安春雨初霁》）

陈简斋诗：

> 客子光阴诗卷里，杏花消息雨声中。（《怀天经智老因访之》）

虽亦有开合，而皆不及沈佺期《古意》开合大。

**解评：**见上。

陈子昂《登幽州台歌》：

> 前不见古人，后不见来者。

念天地之悠悠，独怆然而涕下。

沈归愚曰：

余于登高时，每有今古茫茫之感。古人先已言之。（《唐诗别裁集》卷五）

沈氏之言虽不错，然不免使原诗价值减低。

人不往高处看，不往深处想，觉得自己了不得；一到高处、深处，便自觉其渺小。陈诗读之可令人将一切是非善恶皆放下。

哲理是超时间、空间的，所以陈子昂《登幽州台歌》可以说是说理的。

此首风雷俱出，是唐人诗，且是初唐诗。

**解评：**《登幽州台歌》，历来论者甚多，顾随说得真简洁——"陈诗读之可令人将一切是非善恶放下"。沈德潜所谓"今古茫茫之感"虽然不差，但没说透。"茫茫"之后的感觉是什么？是觉得自己渺小，在无边空间、时间中的渺小。觉得自己渺小、不足道，那些是非善恶、成败得失也就同样渺小而不足道——如此不足道，还有什么可计较？不如放下。陈子昂怆然伤怀，没有放下，而我们读此诗，可有这样的感发。此即顾随所谓诗本身是个东西，"而使读者读后另生出一个东西来"。

顾随说《登幽州台歌》"也是写景，也是写情，然情、景二字不足以尽之，故名之曰'意'"[1]；"今人所谓'意'，与古不同，后人所用'意'皆是区别人我是非。……诗所讲'意'，应是绝对的，无是非短长"[2]。"意＝理。世俗所谓理，都是区别人我是非，是相对的。相对最无标准，辩白不能使人心悦诚服。诗可以说理，然不可说世俗相对之理，须说绝对之理。凡最大的真实皆无是非、善恶、好坏之可言。真实与真理不同，真实未必

---

[1] 顾随：《初唐三家诗》，载《顾随全集》卷五，第 251 页。
[2] 顾随：《初唐三家诗》，载《顾随全集》卷五，第 251 页。

是真理，而真理必是真实。"① 所以，他说："陈氏此诗读之可令人将一切是非善恶皆放下。此诗可为诗中用意之作品的代表作。"② 人在无尽的历史和天地中渺小、短暂，这是绝对之理。陈子昂的一大长处，是具有高超的宇宙意识，这在中国诗人中并不多见。此点，除《登幽州台歌》外，其组诗《感遇》也表现得很充分。应当与陈子昂深于道家思想有关。

"哲理是超时间、空间的，所以陈子昂《登幽州台歌》可以说是说理的"，但不是像苏轼《题西林壁》那样只有理，没有情，没有物外之言。《登幽州台歌》有极强的情感色彩——前两句两个"不见"的那种悲郁，第四句"独怆然而涕下"的那种直接抒情，具有震人魂魄的力量。所以，《登幽州台歌》是最好的说理诗，也是最好的抒情诗，因为"哲理、诗情打成一片，不但是调和，且要成为'一'"③。

《登幽州台歌》中陈子昂的悲哀，有其特定的历史背景、个人怀抱，子昂所抒发的人在宇宙中的渺小悲哀之感，则由小我扩大至大我了，故真实而有大境界。

顾随所谓"风雷俱出"是说《登幽州台歌》大气磅礴，充满力量。唐诗的大气，似乎在陈子昂的这一声呐喊里定下了基调。

另，《登幽州台歌》的诗体形式很特殊。共四句，一、二句为五字句，三、四句为六字句，这既不是近体诗，也非传统的古体诗，四句都是散文语言——三、四句可说是骈句。而且，四句诗无一句押韵。这样的形式有传统的依据吗？没有。但它是好诗。事实上，当我们阅读《登幽州台歌》并瞬间被其震撼时，并不会去注意它的形式。分析文学作品的形式，来自阅读之后的返观。

在中国人心目中，《登幽州台歌》可以说是陈子昂的代表作，这首诗早已深入人心。可是有一天，我偶然发现复旦大学唐诗研究专家陈尚君教授关于陈子昂并未写过《登幽州台歌》的言论，不禁愕然，我的本科毕业论文题目就是《论陈子昂的〈登幽州台歌〉》④。陈尚君在他发表于《东方早

① 顾随：《初唐三家诗》，载《顾随全集》卷五，第 252 页。
② 顾随：《初唐三家诗》，载《顾随全集》卷五，第 252 页。
③ 顾随：《初唐三家诗》，载《顾随全集》卷五，第 252 页。
④ 载《天水师范学院学报》2005 年第 2 期。

报》2012年2月19日版的《唐诗凭什么排名》①一文中首次提出陈子昂未曾作《登幽州台歌》的观点。他说："我比较倾向认为此诗是卢藏用根据陈寄诗的大意，根据前人的旧句所作之改写。可以明确作结论的是，这首诗的题目出自明代杨慎的手笔，见《丹铅总录》卷二一。感士不遇是古今文人的共命，这几句集中概括了这一痛苦和孤独，因而流传，是不是陈子昂所作，并不重要。"在发表于《东方早报》2014年11月23日版的《〈登幽州台歌〉作者献疑》一文中，陈尚君对此观点再次加以陈述。他的观点引起了争议。北京语言大学彭庆生教授在《光明日报》2016年3月24日版发表了《〈登幽州台歌〉是否出自陈子昂之手?》，对陈尚君的观点进行了反驳。两相对比，我以为彭庆生在证明《登幽州台歌》作者是陈子昂时给出的文献证据更为扎实，逻辑推理也更可信，我从彭说。陈尚君在《文史知识》2019年第4期发表的《陈子昂的孤寂与苦闷》一文中，仍持其观点，但口气略有松动。

如果对王绩《野望》、沈佺期《古意》、陈子昂《登幽州台歌》三诗加以区分，王诗是写景，沈诗是抒情，陈诗是用意（也是写景，也是写情，然情、景二字不足以尽之，故名之曰"意"）。

三篇诗分言之：一为写景，一为抒情，一为说理。然三篇合言之，亦有相同者。做学问须能于"同中见异、异中见同"。三篇诗相同处即初唐的一种作风。初唐作风的特色：一点是动，是针对六朝梁陈诗的"静"；又一点是气象阔大。

**解评**：王绩《野望》、沈佺期《古意》、陈子昂《登幽州台歌》三诗之解说见上，不再赘言。顾随提醒我们这三首诗"一为写景，一为抒情，一

---

① 此文系陈尚君对王兆鹏及其团队发表的《唐诗排行榜》（中华书局，2011）一书的评论。王兆鹏及其团队用统计学的方法，从接受学的角度，对唐诗受欢迎的情况进行了最新统计。其中排名前十的唐诗中，没有陈子昂的《登幽州台歌》，让读者大跌眼镜，难以接受。总体上，陈尚君对王兆鹏用统计学进行唐诗排名的研究方法的"科学性"是否定的。对所谓"唐诗排行榜"，我从陈说。

为说理。然三篇合言之，亦有相同者"。相同者，即三篇诗皆有初唐的一种作风。"做学问须能于'同中见异、异中见同'"——这是很重要的为学之理，做学问不外这八个字。因为任何事物既有特殊性，又有普遍性，只有"同中见异、异中见同"才能看清事物真相。顺便说一句，擅长比较文学的钱钟书有句话"东海西海，心理攸同，南学北学，道术未裂"，广被征引，但这其实只是常识，且此言只强调了"异中见同"，而未将"同中见异"与之并举，则不免失之偏颇。试观钱钟书的《谈艺录》《管锥编》两著，虽触议甚繁，却多是"异中见同"，而于其"异中之同"之后的"同中之异"，探发不多，这不能不说是为学之憾。

唐初陈子昂、张九龄、四杰尚气。此气非孟子所谓"浩然之气"（《孟子·公孙丑上》），此气乃感情之激动。初唐诸诗人之如此，第一因其身经乱离，心多感慨；第二则是朝气，因初唐经南北朝后大一统，真正的太平，人有朝气、蓬勃之气。

故初唐、盛唐诗，诗人经乱离入太平，一方面有感情之冲动，一方面有朝气之蓬勃。

**解评**：关于初唐文学作风与时代气象的关系，见上。陈子昂、四杰的尚气，为众熟知，顾随亦将张九龄与之并列，兹略加说明。

张九龄时代晚于陈子昂、四杰，武后间考取进士，其为政则在玄宗一朝，乃玄宗朝名相。张九龄也是早慧灵童，年少而才高，但与四杰不同的是，他"官大而名大"，曾深受玄宗赏爱，其为人高洁正直，处政通达深远，后遭李林甫谗忌，终被玄宗逐出朝廷。张九龄诗如其人，有大气象，其最负盛名的诗句"海上生明月，天涯共此时"即是，这两句正是初、盛唐蓬勃朝气的象征。张九龄的诗并不多涉政事，他被贬荆州后，所写的五古《感遇十二首》却寄寓着其政治失意后的感慨，以及高洁不群的志气。张九龄所尚之气，即慷慨有为之气，以及一种"草木有本心，何求美人折"的高洁之气。他的五律《湖口望庐山瀑布水》曰："万丈红泉落，迢迢半紫氛。奔流下杂树，洒落出重云。日照虹霓似，天清风雨闻。灵山多秀色，空水共氤氲。"此等诗，非胸襟洒落者不能为也。

"沙场碛路何为尔，重气轻生知许国。"这是对张九龄极为器重的前宰相张说任朔方节度使时写的诗句（见《巡边在河北作》）——他直接喊出了"重气"的心声。气者，气概也。唐朝的大气、进取之气，从初唐一路弥漫到了盛唐，如此，才有了所谓"盛唐气象""盛唐之音"。

# （五）王维

欲了解唐诗、盛唐诗，当参考王维、老杜二人。儿时参出二人异同，则于中国之旧诗懂过半矣。

姚鼐谓王摩诘有三十二相（《今体诗钞》）。（佛有三十二相，乃凡心凡眼所不能看出的。）摩诘不使力，老杜使力；王即出力，出之亦为易；杜即不使力，出之亦艰难。

**解评**：王维在世时，诗名甚大。盛唐殷璠的《河岳英灵集》选了王维十五首诗，却没选一首杜诗，说明盛唐的诗歌审美是趋向于王维那样的空灵优美的。与王维同龄的李白，虽也名满天下，但他主要以"谪仙人"的天才风度耸动世人，其诗歌地位在盛唐低于王维。杜甫生前声名不著，且他的诗与王维、常建、崔颢等正宗"唐音"相去较远，所以更算不得盛唐诗歌的代表。从盛唐的开元、天宝，到中唐的宝应、大历，王维一直是诗坛的宗师。宝应年间，唐代宗命王维之弟王缙进呈王维诗集，亲作手批，并称王维为"天下文宗"，即反映了这一诗学观念。后世提及盛唐之音，常以李白为代表，这是就精神气象言。若以中国诗歌传统作风论，王维则更具代表性。而且，王维在唐代的宗师地位，与其绘画和音乐成就，与他高深的佛禅修养及表现也有关。

接受是一回事，存在是另一回事。虽然，李白、杜甫的诗歌在盛唐的影响不及王维，但其与王、孟不同的诗歌风貌已是一个巨大的存在，只不过有待于世人的逐渐领受。可以说，盛唐诗坛王、孟是一种范式，李、杜是一种范式。后世中国诗歌，大体不出这两种作风。而其中，最能显示其差异性的就是王维和杜甫。

中唐韩愈大力推尊李、杜，从此奠定了李、杜在诗坛的至尊地位。元积奉杜甫为诗之"集大成"者，而晚唐司空图提倡"不着一字，尽得风流"，又以王维为宗师。至宋代，杜甫成为第一诗人，王维的风光大不如前。与王维同属隐逸诗人的陶渊明的地位却空前提高，与杜甫相并列（李白之地位仅次于杜、陶）。至清代，王士禛提出"神韵说"，以"神韵"为诗之极诣，以王维为神韵诗歌的代表，又一次把王维推向高峰。王维和杜甫在中国诗史上的浮沉转折，牵涉中国诗学的一些基本问题。要比较二人的异同，首先得从"神韵"说起。

"神韵"是一个颇不易说清的概念。王士禛"神韵说"虽与严羽"兴趣说"有相通处，但"神韵"更强调清远淡雅之境，与"兴趣说"不同；"神韵说"与司空图所谓"韵外之致""味外之旨"也意思相近，王士禛以《诗品》中所标举的"冲淡"、"自然"和"清奇"为最上之品，但"神韵说"的内涵其实不止于此。这也是"神韵说"最易引起误会的地方。

王士禛在《陈说岩太宰丁丑诗卷》中说："自昔称诗者，尚雄浑则鲜风调，擅神韵则乏豪健，二者交讥。"可见，渔洋所说"神韵"与"雄浑""豪健"不同，同时他也意识到只求神韵则有所偏废。在《芝廛集序》中，王士禛又说："沉着痛快，非惟李、杜、昌黎有之，乃陶、谢、王、孟而下莫不有之。""沉着痛快"和"优游不迫"是严羽对诗歌风格的两种分类，王士禛也不得无视"沉着痛快"而独尊"优游不迫"。其实渔洋所谓"神韵"还是偏于"优游不迫"，他却强给"陶、谢、王、孟"戴上"沉着痛快"的帽子，陶、谢且不论，说"王、孟"沉着痛快，未免牵强了。由此可见王士禛的理论与他的内心目标之间的矛盾，不能自圆其说。

现代以来，有学者将"神韵"分说之。如郭绍虞说："沧浪论诗拈出神字，而渔洋更拈出韵字。只拈神字，故论诗以李、杜为宗；更拈韵字，故论诗落王、孟家数。"[1] 学者江弱水认为，"神"主动，"韵"主静；"神"近刚，"韵"近柔。王维诗其实是"韵"。这样的话，杜甫就成了"神派"而非"韵派"。[2] 对"神"和"韵"的这种分辨，有道理。但把杜甫和王维分成"神派""韵派"，则不免遮蔽了他们的相同处。就"神""韵"这两

---

① 郭绍虞：《中国文学批评史》下卷，百花文艺出版社，1999，第427页。
② 江弱水：《咫尺波涛：读杜甫〈观打鱼歌〉与〈又观打鱼〉》，《读书杂志》2010年第3期。

个概念言，其实也不必完全分开。因为这两个概念都是虚的感觉（文字之外的东西），它们都是由文字散发出来的一种生命感及灵性，所以"神"和"韵"在特定场域中是可以属于同一范畴的。譬如，如果和更加强调文字质感的"肌理"这一概念相比较的话，"神韵"则更是一个整体的概念。

大体而言，"神韵"指的是一种兴象玲珑、富有暗示而又不着痕迹的诗歌风味，所谓"言有尽而意无穷"最近似之。可以说，"神韵"是中国诗歌的本色。顾随曾对英国作家列顿·斯特雷奇（Lytton Strachey，1880-1932）在《人物与批评》一文中对中国诗歌的看法大加赞赏，并引而发挥之。斯特雷奇把中国诗与希腊诗加以比较，认为"中国诗是与警句相反的，中国诗在于引起印象"。又说："此印象又非和盘托出，而只作一开端，引起读者情思。"此说法确实好，好在哪里呢？让顾随告诉我们：

> 平常说诗举渔洋"神韵"、沧浪"兴趣"、静安"境界"以及吾所说"禅"，都太抓不住。虽然对，可是太玄，太神秘。若能了解，不用说；若不了解，则说也不懂。所以 S 氏说得好，只需记住给印象，又非和盘托出，而只作一开端。①

的确，所谓"神韵""兴趣""境界"，这些概念都很好，但失之于玄，而且，其实都大同小异。这几个概念都是形容性的、暗示性的语词，并未直接指向其所指。斯特雷奇用平实的非形容性的语言来揭示中国诗歌的特色，反而更加清楚明了。斯特雷奇之所以能如此，正是缘于他对中国批评术语的不熟悉，是凭直觉用简单的语言来加以表述，故能一语道破。

王维算不上伟大诗人，但按照斯特雷奇所说的中国诗的那种特色，他真是典型的中国诗人，其最能体现此特色的诗有《终南山》《鹿柴》《辛夷坞》《竹里馆》等。相比而言，李白和杜甫，都是打破中国传统作风者。顾先生说："李、杜二人皆长于'垂'而短于'缩'"；"垂向外，缩向内，一为发表，一为含蓄"；"李、杜则发泄过甚"。尤其是杜甫，"老杜有的诗病在和盘托出，令人发生'够'的感觉，老杜是打破中国诗之传统者"。与其说王维和杜甫的差别是"韵"和"神"，不如说是"内敛"和"外发"，焦

---

① 顾随：《漫议 S 氏论中国诗》，载《顾随全集》卷六，第 188 页。

点在于文字的"所指"和"能指"之间的空间。王维诗的"能指"大于杜甫。当然，这是相对而言的，王维也有外发的诗，如《老将行》，杜甫也有很多含蓄的诗。

含蓄与外露的原因在于客观与主观，王维偏于客观，杜甫偏于主观。这一点尤其体现在两位诗人对自然的描写上。自然，本是身外之物，王维常以客观的眼光观察之，如"江流天地外，山色有无中"（《汉江临眺》）、"明月松间照，清泉石上流"（《山居秋暝》），他总是不动声色。杜甫则总是无法抑制地把自己的情意、想象投入自然中去，即使是偏于客观的写景，也难掩主观色彩，如"江碧鸟逾白，山青花欲燃"（《绝句二首》其二），这个"燃"字，便是幻觉的表现。这便是王国维所谓"无我之诗"与"有我之诗"的区别（相对的）。就主观性而言，李白更甚。但杜甫与王维还有其他的更多层面的差异。

为什么王维偏于客观，杜甫偏于主观呢？原因有二：一是个性，一是思想背景。

人的性格本身就有两种倾向性，一种是客观冷静，一种是主观热情，其关键在于"自我意识"。善于抑制自我意识的人偏于客观，反之，则偏于主观。王维和杜甫就是这两种不同类型的人。

个性是一个人的心理和行为的"第一推动力"，思想则是"第二推动力"。王维深于佛理，顾随说："深于佛理则不许感情之冲动，亦无朝气之蓬勃，其作风者，乃静穆。"有我、感情冲动，都与佛家的"空观"相悖。王维大约本身就是个含蓄蕴藉的人，而他又笃信佛教，这就更加抑制了其"自我意识"；或者说，王维在作诗时尽量地把自我意识过滤掉了（在生活中未必有那么"无我"）。王维式的诗是一种提纯的诗，但也因此而损失了生活的色彩，对生命的表现亦受到局限。杜甫非道非佛，是一个完全入世的人，所以他不必刻意规避什么，而任由感情流动。这就让杜诗的内容极其广泛，情感极为丰富，这是王维不能比的。

王维早年也写英气勃勃的边塞诗，写相思送别，经安史乱后，他便把自己彻底交给了山水田园和佛禅，不再参与世事，"晚年惟好静，万事不关心"，这样的作风，李、杜都不可能做到。就题材而言，王维以写自然山水为主，杜诗的核心则是人生。取材的不同，乃是不同人生观的产物。王维的放心自然、描摹山水，代表了一种出世高蹈的人生态度，这在中国文化中有很深的背景。杜甫也写他看到的山山水水，但其韵致与王维不同，杜甫所写自然中有人事、人气，他笔下的自然是人事的陪衬，其中心是人。这是一种入世的人生观。王维的人生观，不仅是佛家的，也是道家的，杜甫则是儒家的态度。"晚年惟好静，万事不关心"和"穷年忧黎元，叹息肠内热"，这是王维和杜甫的重要分野。

以上差异，便导致了王维和杜甫诗歌风貌的不同。就精神气息言，王诗闲雅，杜诗沉郁。闲雅是一种逍遥自在的精神，沉郁则来自对苦难的承当。所以，王诗轻，杜诗重。王维平和、静穆，这与陶渊明相似，但渊明诗中有我，不仅有小我的痛苦，而且有对人的存在的深刻觉悟和沉痛的感觉，王维的诗则显示为痛苦的消解。他号"摩诘"，那位维摩诘居士不就是不以痛苦为意吗？

就艺术感觉言，王维的诗，空、静、淡而又秀美，杜甫的诗，实、动、浓而壮美。这种差异，在二人的山水诗中就有鲜明的体现。王维写山水景物是以传神为宗旨，不做过多细节描绘，如"日落江湖白，潮来天地青"（《送邢桂州》）；杜甫眼光也甚大，也很能抓住景物的"神"，但他的大幅山水中往往有细节，如"赤甲白盐俱刺天，闾阎缭绕接山巅。枫林橘树丹青合，复道重楼锦绣悬"（《夔州歌十绝句》其四）。王维是简约的，杜甫是繁复的。杜甫写景、写人都有细节（事物的细节中有很多精妙的东西，但细节过多则容易产生"满"和"够"的感觉）。王维写景常是静的，如"江流天地外，山色有无中"，那"江流"仿佛是凝定的一个画面。杜甫笔下的山水则往往充满动势，如"无边落木萧萧下，不尽长江滚滚来"（《登高》）、"群山万壑赴荆门"（《咏怀古迹五首》其三）等。王维也有壮美的诗句，如"大漠孤烟直，长河落日圆"（《使至塞上》），但其节奏是舒缓的，情绪是淡漠的，不像杜甫那么浓烈。

顾随说杜甫要表现的不是"韵"，而是"力"。那么，王维要表现的则可说是"韵"。杜甫的"力"，不仅来自精神的重量，也来自语言。杜诗的语言是锤炼的，顾先生说："字中出棱。正如退之所云：'字向纸上皆轩昂。'""字中出棱"，此言甚妙，好像每个字都有棱角，憋着一股劲，当仁不让。与此相关的是格律问题。虽然近体诗格律在初唐时已定型，但王维并不太措意于格律，不很注重对仗、用典，他最擅长的是五古和绝句。杜甫则极力追求格律的精严，其最擅长者为七言律诗。追求格律就不可能轻松自然。王维与杜甫的一大区别，在于前者的语言是自然的、不使力的，后者的语言是锤炼的、使力的。李白虽与王维的精神悬殊，但其语言也是自然的，故王维和杜甫更能代表中国诗歌的不同范式。

王维这种羚羊挂角、无迹可求的诗歌，无论创作或欣赏，都需妙悟，妙悟乃可遇不可求之事。杜甫的诗则更有法度，其中有相当的学识的支撑，因而更易学。我们知道，杜甫的这种诗法正是所谓"宋诗"的源头，王维的诗则是典型的唐诗，盛唐诗。所谓唐诗和宋诗，若不以时代论，其实就是两种不同的诗歌范式。唐诗范式在先，这是自六朝以来传统的中国诗；宋诗范式在后，宋诗并没有替代唐诗，而是打破了传统，又形成了一种新的传统。我们在说中国诗歌传统时，须区别唐诗和宋诗两种不同的范式。唐诗范式和宋诗范式的两大代表正是王维和杜诗。在唐代，王维和杜甫的影响是此起彼伏、相互重叠的。中唐的大历诗人是王维一脉，之后元白诸人又以杜甫为宗，韩愈以李、杜为尊，"以文字为诗，以才学为诗，以议论为诗"，实是杜甫与宋诗之间的重要桥梁。至晚唐，回归唯美清雅之风，又重接王维神韵。宋以后诗，无论在诗歌创作还是诗歌理论上，大体不外乎"宗唐"与"宗宋"两种趋向，或者是两种趋向的合一。虽然"唐音"与"宋调"的内涵远比"王维范式"和"杜甫范式"复杂，但王维与杜甫的诗作为两种诗歌风貌，始终是最具典型性的范式。相比而言，杜甫的影响大于王维，譬如明代"前后七子"提倡"诗必盛唐"，谓盛唐以后诗不足道，而其所谓盛唐诗的代表则是杜甫。杜甫地位的至尊，不仅与其集大成的诗歌技巧有关，与宋以后儒家思想的统治地位也颇相关，宋、元、明、清，一代代的盛衰、乱离与翻覆，使得文人们对杜甫沉郁悲悯的诗歌有了更深的体会和认同。作为出世诗人的代表之一，王维在精神上显得有些乏力，更能让中国文人产生共鸣的隐逸诗人非陶渊明莫属，因为他并非单纯的隐逸，他精神中的那种自足旷达与对人生意义的执着之间的张力，才最符合中国文人的精神需求。但王维的典范力量从未消逝，当诗人们面对明山秀水之时，他们总期望能写出王维那样高妙的情景交融的诗歌。应该说，王维在唐以后的影响，相对而言更是一种隐性的存在。总之，王维与杜甫这两种诗歌范式的差异，不止于内敛与外发、秀美与壮美、自然与雕琢，也存乎出世与入世、逃脱与承担等思想背景。明乎此，则不难理解顾随所谓"几时参出二人异同，则于中国之旧诗懂过半矣"这句话了。

不过，我们也不能一味注意王维和杜甫的差异，而忽略了他们的相同处。就王维言，他其实也关注人事，也有豪气、不平之气，由《少年行》《观猎》《老将行》等诗不难见出；他也情意绵长，如《送元二使安西》《哭孟浩然》；他也有愤慨，如《偶然作》批评斗鸡儿贾昌的嚣张气焰，恰好杜甫也写过一首批贾昌的诗《斗鸡》。所以，姚鼐说王维有三十二相，即指其诗有多重面影。只不过，王维那些相对入世的诗，后来就不做了。杜甫对王维是仰慕的，他在《解闷十二首》其八中称王维为"高人王右丞"，并说"最传秀句寰区满，未绝风流相国能"。在诗歌上，杜甫肯定受到过王维的影响。如杜甫的"回回山根水，冉冉松上雨"（《法境寺》），这两句诗所写景物与王维"飒飒松上雨，潺潺石中流"（《自大散以往深林密竹磴道盘曲四五十里至黄牛岭见黄花川》）几乎相同，但他把"飒飒"换成了"冉冉"，把"潺潺"换成了"回回"。杜甫很有可能知道王维的那两句，乃故意避开，自造新句。用"回回"来形容山根的水，很准确，但用"冉冉"形容"松上雨"，不如"飒飒"真切而富有声音，总之不及王维句来得自然。真是异中有同，同中有异。总体而言，杜甫的诗深得含蓄之妙，他的外露是相对的，只不过不像王维的诗那么内敛，那么空静，二人境界不同。

东坡《书摩诘蓝田烟雨图》评王摩诘：

> 味摩诘之诗，诗中有画；观摩诘之画，画中有诗。

此二语不能骤然便肯，半肯半不肯。"诗中有画"，而其诗绝非画可表现，仍是诗而非画；"画中有诗"，而其画绝非诗可能写，仍是画而非诗。摩诘诗：

> 日落江湖白，潮来天地青。（《送邢桂州》）

此摩诘了不起处，二句似画而绝非画可表现，日、潮能画，其"落"、其"来"如何画？画中诗亦然，仍是画而非诗。

**解评：**诗与画相通而又不同，此话题前文已论及。

我们在这里不妨引出另外一个话题：诗人（作家）而兼画家，或画家而兼诗人（作家）的艺术家，其文学和绘画与单纯的诗人（作家）或画家比有何特色？在中国古代，兼具诗人与画家身份的文人很多，著名者如王维、苏东坡、徐渭。王维的诗歌造诣和绘画成就是可以等量齐观的。更多的文人是偏于文学，或偏于绘画。尤其是那些著名画家，个个都能诗，因为诗本就是中国古代文人的基本修养——我们似乎不能想象一个不会作诗的古代画家。西方也有很多画家和文学家身份兼备的艺术家，如德拉克洛瓦、梵·高、约翰·伯格都颇有文采；而歌德、雨果、劳伦斯、黑塞的绘画也非同一般。不过，西方艺术家绘画和文学身份的融合程度不及中国（古代）艺术家高。现代中国，李金发、闻一多、艾青都是学绘画出身，而以诗歌鸣世。木心，更是一位在绘画和文学两方面都有杰出成就的艺术家。

具有绘画才能的作家，其体现于写作的最大优势是"视觉的敏感"。文学是离不开视觉观察和描写的，由"视觉形象"展现出来的文学作品中的感性部分是文学的根基之一。文学要"美"，而美感与视觉有很大关系。而且，我相信视觉敏感的人，其总体的直觉能力也较发达，或者应该说，直觉能力强的人，其视觉一定比较敏锐。

至于"诗意"在绘画中的体现，则是一个更加微妙，且很难用文字来讨论的问题，暂打住罢。

画家吴大羽晚年很少画画，而专力写诗，他认为诗比绘画更有深度（见李怀宇《访问历史》之吴冠中访谈）。吴冠中说一千个齐白石也比不上一个鲁迅——话说得夸张，但值得思味。


王维乃诗人、画家，且深于佛理。深于佛理则不许感情之冲动，亦无朝气之蓬勃，其作风者，乃静穆。还须注意其描写多为客观的。

王维、孟浩然、储光羲等写田园，是写实的、客观的：

> 开轩面场圃，把酒话桑麻。
> 待到重阳日，还来就菊花。（孟浩然《过故人庄》）

说田园只是田园，场圃只是场圃。陶渊明写"种豆南山"一事，象征整个人生所有的事。

王维是写实的，陶渊明是象征的。

王维是狭隘的，陶渊明是普遍的。

**解评：** 佛家认为一切皆空，感情冲动是"无明""我执"的表现。朝气蓬勃是生命力的勃发，基于人对当下生命的欲念和执着，佛家认为此亦是虚妄。冲动也是蓬勃。把冲动、朝气都打消掉了，当然就动不起来，只能静穆了。可是，人的蓬勃之气被抑制，这难道就不虚妄吗？总之王维是这样的，佛家是这样的。

都是写远离尘嚣的生活，写村庄，孟浩然《过故人庄》只有现象层面，而无象征层面。"说田园只是田园，场圃只是场圃"，就事说事，是扁平结构。而陶渊明"种豆南山下，草盛豆苗稀"直到"衣沾不足惜，但使愿无违"，则是由具体的劳动生活象征一种质朴自足的生命意义，是一个纵深的结构。《过故人庄》和《归园田居》之间的差距非常大，其差距不在语言层面，而在精神深度上。孟浩然所写，只是偶过故人的村庄，在别人的农家院里，谈谈桑麻之类，得到了心理上放松的满足，但此满足是短暂、浮浅的，孟浩然并未深入农业生活中去，也没有深刻思考这种生活的意义。储光羲、孟浩然、王维的田园诗大抵如此，这便是顾随所说的中国诗人"入"生活不深。此点尤其体现在写田园和农村题材的作品中，它们多写自我陶醉的"田园乐"，而少有对"田家苦"的反映。其实，不知田家"苦"，怎知家"乐"？写自然山水，多么美，多么幽玄，都可以，但只要涉及人事，不深入进去是不行的。

王维受禅家影响甚深，自《终南别业》一首可看出。放翁"山重水复疑无路，柳暗花明又一村"（《游山西村》）与王维《终南别业》之"行到水穷处，坐看云起时"颇相似，而那十四字真笨。王之二句是调和，随遇而安，自然而然，生活与大自然合而为一。陶诗"采菊东篱下，悠然见南山"（《饮酒二十首》其五）亦然。"采菊"偶然"见南山"，自然而然，无所用心。王维偶然"行到水穷"亦非悲哀,"坐看云起"亦非快乐。

天下值得欢喜的事甚多,而常忽略过去。不必拍掌大笑,只要自己心中觉得受用、舒服即可。令人大笑之事只是刺激。慈母爱子相处,不觉欢喜,真是欢喜,然后知"采菊东篱下,悠然见南山"是多大欢喜,而不是哈哈大笑。"行到水穷处,坐看云起时"二句亦然。"山重水复"十四字太用力,心中不平和。诗教温柔敦厚,便是教人平和。王此二句即从陶诗二句来。

宋人诗中有两句似王氏二句,而很少被人注意,即陈简斋《题小室》:

> 炉烟忽散无踪迹,屋上寒云自黯然。

才说炉烟散尽,即接上"寒云",意境好,唯"黯然"二字太冷,境象亦稍狭小、枯寂耳。

**解评:**《终南别业》诗如下:

> 中岁颇好道,晚家南山陲。
> 兴来每独往,胜事空自知。
> 行到水穷处,坐看云起时。
> 偶然值林叟,谈笑无还期。

此诗深含禅机的是中间两联。

"兴来每独往,胜事空自知。""兴"是兴致。什么兴致?你且勿问。总之王维兴致起时,每独然而往——往何处去?辋川别业,南山之陲,山水田园。"胜事"又是何事?中国人说"盛事",又说"胜事"。"盛"与"胜"都有"盛大"之意。"盛事"指盛大之事,"胜事"则是佳妙之事。王维的佳妙之事就是独游山水的喜乐。妙处难与君说,故云"空自知"。自知便好。"胜事"不可说,"胜义"也不可说,凡妙处皆不可说。文殊菩萨问维摩诘"仁者当说何等是菩萨入不二法门"时，维摩诘默然无语。这便是禅家所谓"不二法门"境界。王维《酬张少府》尾联曰："君问穷通理，渔歌入浦深。"亦是如此，问到妙处、深处，便默然无语，甚或掉头而去。

"行到水穷处，坐看云起时"，是对徜徉山水的具体描写，而又深含禅意。你还记得那个驾车出行，至穷途末路悲伤而哭的阮籍吗？王维偶然行至水穷，并不悲哀（而阮籍的悲伤亦自有其可敬处）。一路看水而来，水穷了，穷就穷了吧，这是意外之事，也是必然之事——索性抬头看云，水有水之美，云有云之妙。这抬头看云，也是意外之喜，但绝非悦辛，只是自然而然，所以"坐看云起"亦非快乐。此二句，妙在把外在动作和心灵状态一起写出，此心态即《维摩诘经》所谓"无在无不在"、《金刚经》所谓"应无所住而生其心"的佛心，也是《庄子》所谓"不迎不将"的空明之心。"行到水穷"是一念，"坐看云起"是下一念，前念后念，不灭不生，方生方灭，佛经所谓"念念如瀑流"也。那么，为何要随时放空自己的念头呢？因为诸行无常、诸法无我——我什么都不是。故既然我能欣赏水，又为何不能欣赏云？随缘便可，自然而然，陶渊明"采菊东篱下，悠然见南山"即如此，那心灵状态的涌现，只是"云无心而出岫"。这岂非佛禅的高境？

接下来，顾随就"欢喜"之意进行发挥："天下值得欢喜的事甚多，而常忽略过去。不必拍掌大笑，只要自己心中觉得受用、舒服即可。令人大笑之事只是刺激。慈母爱子相处，不觉欢喜，真是欢喜。"许多欢喜都是默然的，微妙、轻微到被我们忽略过去。大笑、狂喜是刺激，刺激是局部而短暂的，欢喜则像润物无声的细雨。真欢喜是心里满满的感觉，仿佛每一个毛孔里都惠风和畅。佛经中讲比丘闻世尊说法之后，总是"欢喜奉行""欢喜随喜""欢喜赞叹"，这"欢喜"便是心里觉得受用。如来拈花，迦叶微笑，非微笑无以显示其大欢喜。孔子时常说"乐"，如"学而时习之，不亦说乎？有朋自远方来，不亦乐乎？""知之者不如好之者，好之者不如乐之者""发愤忘食，乐以忘忧""仁者乐山，智者乐水"。孔子所说这些"乐"，都不是简单的情绪，而是在情绪中渗入了理解、自在、爱等意味的精神状态。儒家之"乐"与佛家之"喜"亦有所不同，与爱人之间的默然相处亦不同，但就情绪状态言，都是一种内心充实的感觉，仿佛在你内心里充盈着一种淡淡的幽香。孟子曰："充实之谓美。"（《孟子·尽心下》）

故真正的喜乐，也即美、善、真。那是一种平和而充盈的感觉。欢喜心是平和心。顾随以为儒家诗教之"温柔敦厚"，即教人平和。真是要言不烦。平和是修养境界。中国诗学把人格修养作为文艺的根。

顾随又提到陈与义"炉烟忽散无踪迹，屋上寒云自黯然"两句，认为和王维"行到水穷处，坐看云起时"相似。我觉得有点吧。但简斋此二句和王维那两句实在不可同日而语。

右丞诗以五古最能表现其高，并非右丞善于五言古，盖五言古宜于表现右丞之境界；七言宜于老杜、放翁一派。

**解评**：兴寄深微，七言不如五言。王维蕴藉风流，最宜以五言表现之，故五古、五言律诗、绝句，皆是王维擅场。七言比五言更放纵，适合表现更多的细节，故云宜于老杜、放翁一派。老杜、放翁，情绪都很冲动，有太多的话要讲，五言诗会让他们着急。王维则相反，"晚年惟好静，万事不关心"，他有很多话不能说，也不想说了。

可是王维的五古虽蕴藉有余，然若论高古，则不如陈子昂。李白的五古也颇有子昂遗风。高古，要有宇宙视野。杜甫也缺乏高古之气。

# （六）李白

一诗人成功与天时、地利、人和有关。老杜生当大宝之乱，正足以成其诗；李白豪华，亦其天时、地利、人和。

解评：李白、杜甫两大诗人风格之殊，虽与天性有关，而其所处时代环境亦相当重要。顾随说："一诗人成功与天时、地利、人和有关。"天时、地利、人和，这是孟子的话，总结得真好。凡成就一事业、一人物，无外乎此三种因素。艺术家的"天性"，大约即所谓"人和"，而时代、环境便是天时、地利。比如，李诗浮浅，杜诗深厚；李诗浪漫，杜诗现实。何以如此呢？皆是二人个性、天赋所致吗？假如把李白、杜甫所遭遇的时代交换一下，会是何种情形？肯定与我们所见者不同。当然，纵使太白深经乱离、困苦，也不会改其豪放飘逸，子美即便不致目击国难、颠沛流离，也还是沉郁顿挫——天性决定一个人的大方向。顾随的意思是，正因为李白有那样浪漫纵恣的性格，而他又处于盛唐鼎盛之期，物华天宝，这恰好适宜并且促进了李白奔放高华的天性和诗篇；李白在安史乱后过了七年，杜甫在安史乱后过了十五年，他所身经目睹的乱离、痛苦非李白可比，再加上杜甫多情善感的性格，所以他写出了那么多充满同情的"诗史"。

这不是宿命论，而是说艺术家和适宜于他的时代遇合了，"生逢其时"，成就了他们的艺术。王安石有诗曰："愿为五陵轻薄儿，生在贞观开元时。斗鸡走犬过一生，天地安危两不知。"（《凤凰山》其二）荆公此诗沉痛，非他人所易知，而其所向往的时代，则是贞观、开元的盛唐。李白不也曾斗鸡走狗，"痛饮狂歌空度日"吗？那是王安石的另一个梦吗？我们都被自己的时代所困，而向往着另外的天时、地利。

太白诗飞扬中有沉着，飞而能镇纸，如《蜀道难》；老杜诗于沉着中能飞扬，如"天地为之久低昂"（《观公孙大娘弟子舞剑器行》）。

杜是排山倒海，李是驾凤乘鸾，是广大神通。

太白是龙，如其"问余何事栖碧山"（《山中问答》）、"李白乘舟将欲行"（《赠汪伦》）等绝句，虽日常生活，写来皆有仙气。

太白之"山花插宝髻，石竹绣罗衣"（《宫中行乐词八首》其一）使人联想到老杜之"野花留宝靥，蔓草见罗裙"（《琴台》）。老杜不用"插"、不用"绣"，用"留"、用"见"，用多么大力气；太白用"插"、用"绣"，便自然。然事有一利便有一弊，太白自然，有时不免油滑；老杜有力，有时失之拙笨。各有长短，短处便由长处来。

**解评**："飞扬"是放出去、甩开，"沉着"是按得住。太白之飞扬，老杜之沉着，皆是个性所致。太白在生活中便是一个飞扬的人，杜甫说他"飞扬跋扈为谁雄？"——不知这老兄整天疯疯癫癫的要干吗？太白写得最飞扬的诗就算《将进酒》了，感觉真像喝酒喝高了之后的兴酣落笔，而竟然也写成了诗。虽然有些直着脖子喊，但痛饮发狂，你让他怎么沉着？《蜀道难》倒是飞扬而能沉着，先飞扬（从"噫吁嚱"到"猿猱欲度愁攀援"），再沉着（从"青泥何盘盘"到"使人听此凋朱颜"），最后是飞扬与沉着的合一（从"连峰去天不盈尺"到"侧身西望长咨嗟"）。若单是飞扬，易飘浮，加以沉着，则有力。飞扬与沉着相融合，则富有弹性，如右军、张旭、郑虔的草书，皆是飞扬中有沉着。"镇纸"本形容书画的笔墨沉着有力，文学也同理，要沉着有力。

老杜于沉着中能飞扬，如"天地为之久低昂"，感觉心神突然被放出去了，大约是受到剑器表演的感染。不过，杜甫的飞扬比李白的沉着少。这主要是个性使然；再者，诗大抵是需要沉着的，飞扬很难表现。

南宋郑厚说："李谪仙，诗中龙也。矫矫焉不受约束。杜则麟游灵囿，凤鸣朝阳，自是人间瑞物。施诸工用，则力牛服箱，德骥驾辂，李亦不能为也。"① 以龙比太白，以凤喻子美，此一感觉，古人先已得之。

① （宋）郑厚：《诗》，载陶宗仪编纂《说郛》卷三十一《艺圃折中》，中国书店，1986。郑厚，郑樵从兄，宋高宗绍兴五年（1135）登进士第一。

# （七）杜甫

有天才的人即是富于创造力的人，没有创造力的人则继承传统、习惯（继承别人是传统，自己养成是习惯），或根本不曾想打破传统、习惯。

老杜律诗继承初唐，有固定格律，然而老杜不安于此传统、习惯。一个天才是最富创造力者，最不因循。因循是麻醉剂。

**解评**：天才之人，不喜因循，慧心独运——是有意为之，还是其思维常能逸出常轨，自然而然？我以为二者皆是。有天才的人，其感受、思路往往异乎寻常，这是先天之机。天才的感受、思路为何富于创造力？因其感觉和思维能力非常强大，故更易有新发现。先天富于创造性，如果再加上后天自觉打破传统，创造力就会更加发展。

杜甫才气高，有先天创造才华，而他后天打破传统的自觉也特别强。律诗至初唐已形成固定规范，杜甫对律诗的掌握非常纯熟。可是纯熟之极，想再玩出花样来，就不得不打破格套。老杜晚年好做拗律，即不安于传统，是纯熟之极，由熟返生，拗律是"熟后生"。文学、绘画、书法等艺术，皆有"熟后生"的境界。灵巧之极，追求稚拙，即"熟后生"。熟后生，须待瓜熟蒂落，不可刻意追寻。但"熟后生"也不意味着最高境界。

纯抒情的诗初读时也许喜欢。如李、杜二人，差不多初读时喜李，待经历渐多则不喜李而喜杜。盖李浮浅，杜纵不伟大也还深厚。伟大不可以强而致，若一个人极力向深厚做，该是可以做到。

中、西两大诗人比较，老杜虽不如莎士比亚（Shakespeare）

伟大，而其深厚不下于莎氏之伟大。其深厚由"生"而来，"生"即生命、生活，其实二者不可分。无生命何有生活？但无生活又何必要生命？

**解评：**先喜李白，后好杜甫，这是很多人的阅读经验。我是先喜李白的，杜甫也喜欢，但程度不及太白。如今对杜甫理解更深，而李白还是喜欢。如果你终生喜爱李白，并不等于你不成熟。李白思想不深，但他另有魅力——他那种酒神精神、那种生命力的蓬勃、那种灵气四溢的感觉，只有成熟的人才能有更高的理解。如同人只有在经历沧桑的中年之后，才能真正热爱青春。喜爱李白和喜欢杜甫，并不矛盾。

通常人年轻时爱李白，多因李白的潇洒、豪放、幻想气质，太白之诗是"青春之歌"。年轻时不大亲近杜诗，是觉得它有些"涩"，有些沉重。及至阅历渐深，便会觉得李白诗令人不能满足，老是飘飘然的，落不到生活实处，而杜诗的很多感慨则犁然有当于人心。陈与义在北宋倾覆后说"但恨平生意，轻了少陵诗"，其实，此时发现杜甫正当其时。裘马清狂、浩荡沉郁，皆是人心之所需。扬李抑杜，或抑李扬杜，都不免小气。

顾随说："杜纵不伟大也还深厚。"在杜甫的名字前加上"伟大"二字，这几乎已是我们的习惯。杜甫的"伟大"，是我们在诗歌意义上来说的，即"大诗人"。何为"伟大"？这本身就是一个问题。一个伟大的人，最重要的，在于有深远高尚的思想境界。杜甫思想并不高深，他的诗是深厚。杜甫的深厚体现在两点上。一、感情深厚。许思园说："少陵为人真诚坦率，无分毫矜饰。其同情心不但强烈，且普遍而能持久。在古今诗人中从未见同时对家庭、朋友、国家、族类有如此丰富炽烈之情感若杜少陵者。"[①] 杜甫之感情几乎笼罩人间一切，确有"民胞物与"之概，通读杜诗，当不难认同此点。梁任公称杜甫为"情圣"，即指其感情之无比深广。二、诗歌技巧的博大精深。此点无须多言。此即所谓"功力深厚"。

伟大人物是稀有的，如释迦牟尼、孔子、克里希那穆提。伟大人物比天才少见得多，真是不可强致——如果我们不滥用"伟大"的意义的话。

---

① 许思园：《论杜少陵》，载氏著《中西文化回眸》，第113页。

伟大需要更大的天才，更完善的个性。深厚，可积累而致，"若一个人极力向深厚做，该是可以做到"，譬如练武，武功再高也不伟大，但功力可以无比深厚。

老杜也曾挣扎、矛盾，而始终没得到调和，始终是一个不安定的灵魂。所以在老杜诗中所表现的挣扎、奋斗精神比陶公还要鲜明，但他的力量比陶并不充实，并不集中。

老杜在愁到过不去时开自己玩笑，在他的长篇古诗中总开自己个玩笑，一笑了之，无论多么可恨、可悲的事皆然。

**解评：**顾随常把曹操、陶潜、杜甫一起比较。

"陶公在心理一番矛盾之后，生活一番挣扎之后，才得到调和。"[1] 杜甫生活充满苦难、动荡，他被儒家思想所拘，放不下君主、王朝、苍生，也不能像陶潜那样隐居，可是他总想有为，所以在内心深处，杜甫的挣扎、奋斗精神的确比陶公更强烈。"哀鸣思战斗，迥立向苍苍"，顾随以为其精神简直发皇。但杜甫时常气散，如"潦倒新停浊酒杯"之类，陶公不作此等语。顾随借用佛家语，说渊明是"去昏散病，绝断常坑"，就是集中、充实，因而心力更强大。

诗人苦痛。顾随说："杜甫亦能吃苦，可是老杜有点花招了。魔术戏法，不是真的，不过假得可爱。"他在长篇古诗中常开自己玩笑，如"麻鞋见天子，衣袖露两肘"（《述怀》），拿自己的窘相、丑态开玩笑；"居然成濩落，白首甘契阔"（《自京赴奉先县咏怀五百字》），拿自己的年老无成开玩笑。有时开开自己的玩笑，人生的苦恨、失败，也就好对付了。杜甫老实、真实，但他的痛苦是"说了不能做"，比如"致君尧舜上，再使风俗淳"（《奉赠韦左丞丈二十二韵》）、"许身一何愚，窃比稷与契"（《自京赴奉先县咏怀五百字》），他做到了吗？能做到吗？陶渊明早年也有大济苍生的壮志，如其"猛志逸四海，骞翮思远翥"（《杂诗》其五），但他中年以后就绝望了，只说自己躬耕、固穷、守道，而且果然做到了。所以，杜甫

① 顾随：《说陶诗》，载《顾随全集》卷五，第197页。

人格分裂，李白亦然，这是许多诗人，以及我们常人的通病。

常人在暴风雨中要躲，老杜尚然，而曹公则绝不如此。渊明有时也"避雨"，不似曹公坚苦，然也不如杜之幽默。老杜其实并不倔，只是因别人太圆滑了，因此老杜成为非"常"。他感情真，感觉真，他也有他的痛苦，便是说了不能做。从他的诗中常看到他人格的分裂，不像渊明之统一。

平常诗是音乐的演奏，老杜诗只谓其有音乐美尚不足，是生命的颤动。

解评：见上。生命的颤动。

老杜在唐诗中是革命的，因他打破了历来酝酿之传统，他表现的不是"韵"，而是"力"。

右丞诗不动感情，不动声色。老杜写诗绝不如此，乃立体描写，字中出棱，正如退之所云："字向纸上皆轩昂。"（《卢郎中云夫寄示送盘谷子诗两章，歌以和之》）

杜甫入蜀后佳作少，发秦州以前作品生的色彩、力的表现鲜明充足，后作渐不能及。

解评：杜甫诗表现的不是"韵"，而是"力"，是对中国诗传统的某种"革命"，这是顾随对杜诗的一个重要判断，可以说是从美学作风的角度着眼的。顾随多次言及此点，如他在讲王维时，拿陆游和王维对比，又说放翁一派可以老杜为代表，曰：

> 放翁诗无拼凑，真是咬着牙说。此派可以老杜为代表。杜诗其实并不"高"。杜甫，人推之为"诗圣"，而老杜诗实非传统境界，老杜乃诗之革命者。诗之传统者实在右丞一派，"春草明年绿，王孙归不归"，皆此派。中国若无此派诗人，中国诗之玄妙之处则表现不出，简

单而神秘之处则表现不出；若无此种诗，不能发表中国民族性之长处。此是中国诗特点，而不是中国诗好点。①

顾随认为"放翁一派好诗情真、意足"②，杜诗的有力，根本动因即在此"情真、意足"四字——有种把自己的心端出来给你看的真真切切。

但诗中使力，易导致浮躁、叫嚣、粗蛮。杜诗中的"力"很少有此病，顾随说：

> 老杜诗中有力量，而非一时蛮力、横劲。（有的蛮横乃其病。）其好诗有力，而非散漫的、盲目的、浪费的，其力皆如河水之拍堤，乃生之力，生之色彩，故谓老杜为一伟大记录者。③

受顾随的启发，我以为杜诗的"力"，首先植根于他的世界观，借用西方哲学术语，即杜甫是一个专注于"存在"的人。他专注于人以及万物的生活、生命，不像李白那样喜欢幻想，不像王维那样倾向于心灵的超脱宁静，不像陶潜那样从对死亡的彻悟中来反观一切，他是一个执着于"实在"的人，带着难以遏制的关切，所以其诗富于"生之力，生之色彩"，其力量是"内在生气、生命力之放射"④。基于这样的世界观（一个人选择什么样的世界观，又与其天性有关。人都有世界观，但未必是自觉的），杜诗才那样的情真、意足。有没有感情，有多少感情，是一回事，表现于文字的有多少，又是一回事。顾随说："右丞诗不动感情。"对，动不动感情是关键。关于文学的不动感情，顾随有这样一段话：

> 法国写实派作家与右丞又有不同，同是不懂感情，而其所以不动者不同。日本芥川龙之介（英文：Akutagawa）小说写母爱之伟大，其不动声色是强制感情；都德写《水灾》亦是强制感情，右丞诗不是制，而是化。制，还是有；化，便是无了。制，是不发；化，便欲发也无。

---

① 顾随：《王维诗品论》，载《顾随全集》卷五，第 271 页。
② 顾随：《王维诗品论》，载《顾随全集》卷五，第 271 页。
③ 顾随：《杜甫诗讲论》，载《顾随全集》卷五，第 318 页。
④ 顾随：《杜甫诗讲论》，载《顾随全集》卷五，第 319 页。

西洋写实派之制是"入"，右丞之化是"出"。都德冷静而描写深刻，然究竟是"入"，是外国；与右丞之冷静而是"出"不同。①

顾随举王维《陇西行》中诗句："十里一走马，五里一扬鞭。都护军书至，匈奴围酒泉。关山正飞雪，烽火断无烟。"曰："右丞虽写起火事，而心中绝不起火（若叫老杜、放翁写，必定发风），此点颇似法国写实派作家。"② 关于王维之"韵"、杜甫之"力"，试再比较其诗句，顾随说：

> 若问王右丞之"居延城外猎天骄，白草连天野火烧"一首是否"字向纸上皆轩昂"？曰：否，仍是不动声色，不大声以色。老杜与此不同，如其《古柏行》："大厦如倾要梁栋，万牛回首丘山重。"③

杜诗力量感的第二个来源，是其文字的锤炼功夫。此点无须多说。

杜诗有力，力是生的色彩。王维诗是"不动声色，不大声以色"，杜诗是有声有色，是生之色彩的外射。顾随说："声、色须是活着的、有生命的。"④ 所以杜诗之好，即在有活跃的生命力。依此衡量，顾随认为："杜甫入蜀后佳作少，发秦州以前作品生的色彩、力的表现鲜明充足，后作渐不能及。"关于杜甫晚年诗的评价，历来争议颇繁，可谓杜诗学中的一大公案。以下试举其要者。

首先，许多人认为杜甫入蜀后诗比早年更高，如黄庭坚就说："杜子美到夔州后诗……不烦绳削而自合矣。"（《与王观复书》）但也有不以为然者，如朱熹，他说：

---

① 顾随：《王维诗品论》，载《顾随全集》卷五，第 273 页。
② 顾随：《王维诗品论》，载《顾随全集》卷五，第 272 页。关于作家"心中不起火"，现代作家汪曾祺给我的印象极深。汪曾祺晚年的作品，是我读到的所有现代中国作家中火气最少的一位。他的火气少到了让人难以置信的程度。此点与沈从文不同，跟鲁迅更是反差极大。鲁迅的文字，正是顾随所谓"字中出棱"。汪曾祺的高妙、韵致，就在于他的"淡"。但汪曾祺是入世的，他有情，王维是出世的，其诗中感情少。而我以为，正是因为汪曾祺把感情化得太淡了，所以其境界不够阔大。此一缺点，他和王维同。这也是汪曾祺的文学不如沈从文的重要原因。
③ 顾随：《王维诗品论》，载《顾随全集》卷五，第 272 页。
④ 顾随：《王维诗品论》，载《顾随全集》卷五，第 272 页。

　　杜甫夔州以前诗佳；夔州以后自出规模，不可学。

　　杜诗初年甚精细，晚年横逆不可当，只意到处便押一个韵。如自秦州入蜀诸诗，分明如画，乃其少作也。

　　人多说杜子美夔州诗好，此不可晓。夔州诗却说得郑重烦絮，不如他中前有一节诗好。鲁直一时固有所见。今人只见鲁直说好，便却说好，如矮人看戏耳！

　　杜子美晚年诗都不可晓。吕居仁尝言，诗字字要响。其晚年诗都哑了，不知是如何，以为好否？[1]

　　黄庭坚、朱熹，都是重量级人物，朱熹对杜甫晚年诗，尤其是其入夔州后的诗评价不高，认为不如前，问题在于"烦絮""不可晓""哑"等，说得比黄庭坚更具体。

　　杜甫入蜀后，尤其到夔州以后，疯狂作诗，他是诗痴。"常人为生活而生活，诗人为诗而生活。"[2] 许多天才、大师，追求艺术、学问、技艺，都进入了痴狂的境界。俗话说"不疯魔不成活"。不疯魔不能全力以赴，不全力以赴不能登峰造极。杜甫年轻时就是诗痴，至其晚年，万事濩落，诗俨然成为他的宗教。可是，顾随对杜甫入蜀后作品评价不高，他说："可惜老杜之拗律以晚年所作为多，杜诗晚年于'诗律细'，但意境并不高、并不深。所以对老杜入蜀后的诗要加以挑拣，多半是坏的多，好的少，即因他只在格律上用力，而未在意境上用力。"[3]

　　读者看到顾随此论，可能会感到困惑，但其实持此见解者不止顾随一人，如朱东润和钱穆对杜甫晚年诗也有相似评价。朱东润认为杜诗有两次高峰，"第一次从《自京赴奉先县咏怀五百字》起到《同谷七歌》为止"[4]，

---

①　（宋）黎靖德编《朱子语类》卷一百四十"论文下"，王星贤注解，中华书局，1986，第3324～3326页。

②　顾随：《杜甫诗讲论》，载《顾随全集》卷五，第340页。

③　顾随：《杜甫诗讲论》，载《顾随全集》卷五，第331页。

④　朱东润：《杜甫叙论》，人民文学出版社，2006，第143页。

第二次是永泰二年到达夔州以后。"不仅仅是因袭且有所创造,有所收获,在多种体裁方面都开辟了新路。"① 但朱东润认为杜甫到了夔州以后,思想性方面比以前差了。② "这主要是由于他的生活和人民有了距离。这不是说他脱离了人民,而是他在痛苦之中更多地考虑到自己的遭遇。"③ 朱东润的《杜甫叙论》成书于 1977 年,有一定的时代局限性,但我们不能一看到文学批评中提及"人民性",就认为是错误的阶级论,是应该彻底否定的文学观念。我认为朱东润有眼光。

再看钱穆对杜甫晚年诗的说法。钱穆认为杜甫入蜀后的诗,"在技巧上大有进步,但诗的内容精神方面却比以前逊色多了"④。这种一面肯定、一面否定的态度和朱东润一致。大为逊色的是"内容精神",比"人民性"的说法笼统,但也更全面。此"内容精神"如何理解呢?钱穆这样评价杜甫入蜀前的作品:

> 三十五岁至四十五岁这个时期,吃过残羹冷炙,生活极为困苦,但心胸却扩阔了。杜甫的全部人格精神与时代打成一片,与历史发生了大关系。⑤

"全部人格精神与时代打成一片,与历史发生了大关系",此说法甚好,比"人民性"之类说法好。顾随所谓杜甫发秦州以前,其诗有"生的色彩、力的表现",即从此种"人格精神与时代打成一片"的状态中来,反之,所谓杜甫晚年诗意境不高、不深,即因缺少此种状态。试举一例,如写于夔

---

① 朱东润:《杜甫叙论》,第 143 页。

② 朱东润:《杜甫叙论》,第 143 页。

③ 朱东润:《杜甫叙论》,第 143~144 页。

④ 钱穆讲述,叶龙记述整理《中国文学史》,天地出版社,2016,第 205 页。按,由于钱穆史学家的地位很高,所以钱穆关于文学的言说,受到一些批评,被认为不够"专业"。钱公的文学批评也确有一些失之粗浅者,但亦不可抹杀。仅依叶龙记述整理的钱穆的课堂讲录《中国文学史》(其深细程度远不及叶嘉莹整理的顾随的课堂讲录),尚不足以论钱氏的文学修养。钱穆有本《中国文学论丛》,所收都是其撰写的文学论文,其中颇不乏真知灼见,尤其是他对古代散文的认识,很有水准,吾人未可轻之。

⑤ 钱穆讲述,叶龙记述整理《中国文学史》,第 205 页。

州的《秋兴八首》① 中的句子"香稻啄余鹦鹉粒，碧梧栖老凤凰枝"，有意思吗？有。"碧梧栖老凤凰枝"大概是象征不得志之意，但这也不是大意思，这两句诗中字句的安排却是煞费心思。《秋兴八首》在杜甫夔州诗中算意境深沉的，但也止于"鱼龙寂寞秋江冷，故国平居有所思"的悲凉。杜甫中年时，身处时代风暴的中心，其所写有切肤之痛，悲苦而热烈；夔州时期则是"每依北斗望京华"，虽难忘政治，却多是咀嚼往昔光华，在夔州的真实心情，唯余一片萧森，有种衰飒的暮气，故力量不够。② 说杜甫晚年诗不如从前，不是责备他，此与环境有关。可是，陶渊明的诗也未与当时历史发生直接的大关系，其意境之高、之深，却为杜甫所不及，何故？因为杜甫在向内的、思想上的用力程度不及渊明。杜诗的好处，在于外向、磅礴，在于动荡之美、热烈之情，这些方面罕有其匹，但在内在精神上，他总是多了一些自怜（李义山更甚），故不及陶渊明高远。

不过，也有相反意见，如饶宗颐对杜甫夔州以后诗评价就很高，其《论杜甫夔州诗》③ 一文专门针对朱熹对杜甫夔州诗的批评加以辨析。饶宗颐认同黄山谷以杜甫夔州诗教人的立场，但黄庭坚的主要理由是杜甫夔州诗达致有法而无法的"自然"境地，乃诗之极诣；饶宗颐在认可山谷意见

---

① 顾随很少提及《秋兴八首》。顾随的"杜诗选目"中，杜甫晚年七律，只选了《咏怀古迹五首》。参见顾随《杜甫诗讲论》"附"，载《顾随全集》卷五。

② 朱东润所谓"人民性"、钱穆所谓"全部人格与时代打成一片"，所说皆侧重于外在，顾随所谓"生的色彩、力的表现"则触及了艺术的内核。波兰诗人扎加耶夫斯基认为诗的"活力"非常重要，他说："诗是内心生活和某个外在的事物的冲突，但是，一定还存在别的东西——活力。没有活力，我只会有沉默和忧郁的日子。活一天，我感到激动，而且有一个内在的东西，在我里面，那种无声的惊奇。"（〔波兰〕亚当·扎加耶夫斯基、〔美〕兰斯·拉尔森：《诗歌生长于矛盾之上——扎加耶夫斯基访谈》，李以亮译，2003，杨百翰大学，见 http://blog.sina.com.cn/s/blog_ 4a5abe250102vead.html.）我以为扎加耶夫斯基所谓"活力""无声的惊奇"与顾随所谓"生的色彩"意旨略同。如果说杜甫晚年诗比前不如，即与"活力"的衰减有关。又，对《秋兴八首》的评价，吴小如的观点颇有几分平心，他认为："《秋兴》是名篇不成问题，这组诗的特点是以写作技巧取胜；按思想内容说，不一定超过杜甫那些零星的七律。……《秋兴》的特点就在于它是组诗，而且在写作技巧上更成熟了。"（吴小如：《吴小如讲杜诗》，天津古籍出版社，2012，第182页。）"杜甫一生写诗，他时时刻刻都在尝试。《丽人行》是尝试，《佳人》也是尝试，《咏怀五百字》同样是尝试。有些诗他一生就写了一次，不再重复了，他就是在不断尝试，看能不能成功，能不能站得住。《秋兴》八首也是杜甫的尝试。"（吴小如：《吴小如讲杜诗》，第180页。）

③ 饶宗颐《论杜甫夔州诗》写于20世纪50年代，发表于《京都大学学报》1962年第10期。参见饶宗颐《饶宗颐二十世纪学术文集》卷十二，中国人民大学出版社，2009。

的基础上，又认为杜甫夔州诗之所以高，主要在于其中有理学。他说："老杜在夔州，几乎无物不可入诗，无题不可入诗，此其所以开拓千古未有之境也。其极萧闲之句，往往深契至道。"① "杜甫夔州诸作，多含理趣，余于上文已论之，称为诗中理学。然此与'理学诗'又复不同……杜则篇中偶有涉及理趣，谓其诗中含有理学则可，谓其诗为理学诗则不可。杜公于大谢诗浸淫至深，此法实自大谢诗得来。……杜诗不特说山水苞名理，即叙节候记生活亦时时有理焉寓乎其中。惟所苞之理非玄理而义理，余谓其为诗之理学，职是之故。山谷之得于杜者，亦在于理。"② 观饶宗颐所谓杜诗中的"理学""理趣"，就是我们常说的宋诗中的"理趣"。理论并不新鲜，但他认为杜甫夔州诗佳处在此。而顾随、朱东润、钱穆对此点一概不提，可见他们对诗的好坏的持论标准与饶宗颐不同，因此这仍是一个理论问题。平情而论，"理趣""理学"在诗中，尤其在宋诗中可以算一个特点，但并不是最大的优点。杜诗中确有理趣，这也是其沾溉宋诗的一个方面（而苏、黄等诗人的理趣又与杜甫不同），但绝非杜诗最大优点，杜诗不是因理趣而复绝群伦——杜诗的伟大，根本仍在于其情感之深广，及其兴发感动的力量。所以，我不赞成饶宗颐观点，而倾向于顾随、朱东润和钱穆的见解。

老杜天宝乱后辗转流离，而他还写了那么多的诗，那么好的诗。我们抗战胜利前后的作品多拖一条光明的尾巴，老杜天宝乱后之作没拖光明尾巴，但也不是消极，因为他有热、有力，绝不会引人走消极悲观之路。

如《得弟消息二首》其一之首二句："近有平阴信，遥怜舍弟存。"真有热、有力。普通读杜诗，对字法、句法多往艰深处求，固然。如"国破山河在，城春草木深"（《春望》），"春"字颇艰深。但老杜更高处是用平常的字，而字法、句法用得更好。如"遥怜舍弟存"，一个"怜"字，连欢喜、悲哀全有了。"不知临老日，招得几人魂。"一点光明也没有了，而仍有热、有力。或

---

① 饶宗颐：《饶宗颐二十世纪学术文集》卷十二，第 72 页。
② 饶宗颐：《论杜甫夔州诗》，载氏著《饶宗颐二十世纪学术文集》卷十二，第 82～83 页。

曰:"招魂。"不知兄招弟抑弟招兄?此言"几人",是说我老了,年轻的已死在我前头,不用说我活不了多久,不能招得几人魂,就算招得,这感情我也受不了。

第二首之首二句:"汝懦归无计,吾衰往未期。"音节真好。而与王、孟之蕴藉不同,与屈、李之露才扬己也不同,真真切,苦心里也嚼出水来。"汝懦""吾衰",相见不得,真悲哀,而"劲"一点也没散。

**解评:**为何杜甫天宝乱后作品,没拖光明尾巴?

《得弟消息二首》如下:

> 近有平阴信,遥怜舍弟存。
> 侧身千里道,寄食一家村。
> 烽举新酣战,啼垂旧血痕。
> 不知临老日,招得几人魂。
>
> 汝懦归无计,吾衰往未期。
> 浪传乌鹊喜,深负鹡鸰诗。
> 生理何颜面,忧端且岁时。
> 两京三十口,虽在命如丝。

"普通读杜诗,对字法、句法多往艰深处求",如对《秋兴八首》的深入研究。陶渊明、李白都没有艰深句法、字法,而杜甫有意求此,他要打破传统,超越传统,这当然是杜甫的功绩。以艰深表现深刻,不易;以平常句法、字法表现深刻情思,更难、更高。"近有平阴信,遥怜舍弟存",字平常——凡深入浅出的用字皆平常,不平常在你选择用什么字。顾随对这两句的分析很好,不赘言。

第二首前两句"汝懦归无计,吾衰往未期",下句与上句,每字平仄都相对,故音节好。"吾衰往未期",承认自己"衰",真实地暴露自己,这是杜甫的特点——坦直。坦直就没有王维、孟浩然那样的"蕴藉"。蕴藉也表现自己，但藏着点，留有余地。孔子曰："甚矣吾衰矣！久矣不复梦见周公。"——比杜甫说得自然、痛快多了。孔子尚且如此，我们怎能老是藏着自己？杜甫的坦直、自我暴露是一贯的，但"与屈、李之露才扬己也不同"，屈、李不但表现自己，还要抬举自己，这便是"露才扬己"。在世法中，屈、李的露才扬己未尝不是教训，但在诗法中，屈、李露才扬己，不愧其瑰伟，我们一般人难以企及。

"生理何颜面，忧端且岁时"，觉得自己没让家人过上好日子，无能、惭愧，想见又不知何时能见面。杜甫常用"忧端"一词，再如"忧端齐终南，澒洞不可掇"（《自京赴奉先县咏怀五百字》），意为悲哀，待在那儿没办法。顾随说这是老杜本来面目，这两句是"老憨气"①。"老憨气"大约是一种老实可怜，且不加掩饰的样子。这是杜甫的个性、气质。顾随又说王维"雨中山果落，灯下草虫鸣"是文人气，李白"为我一挥手，如听万壑松"是才子气。②的确，文人是蕴藉，才子是潇洒、才气外露。"生理何颜面，忧端且岁时"，不蕴藉、不潇洒，但诚，情深。

> 二月已破三月来，渐老逢春能几回。
> 莫思身外无穷事，且尽生前有限杯。（《绝句漫兴九首》其四）

古所谓"村"，即今北平所谓"土"。杜诗便令人有此感。闻一多说一个诗人只要肯用心用力去写，现在也许别人不承认为诗，但将来后人一定尊为好诗。所以写得不像诗也不要紧。老杜在当时就如此。

"二月已破"，"破"在此是"完了"之意，而不说"完""尽""过"。"破"字太生，而"来"字又太熟。"破"字不是"生"便是"土"，但老杜便如此用。首句之平仄为 ｜｜｜｜—｜—。别人作近体诗，岂敢如此用？后两句平仄虽对，但与前两句拗。

---

① 顾随：《杜甫诗讲论》，载《顾随全集》卷五，第 337 页。
② 顾随：《杜甫诗讲论》，载《顾随全集》卷五，第 337 页。

**解评**："村"，即俗语所谓"土"。诗之土，即文字太缺少装饰、口语化，且有点笨拙的感觉。其实谁都难免说土气的话，但很少有人把土气话写在诗里，尤其是古典诗词，杜甫却有这样的诗。北宋文豪杨亿就曾嘲讽杜甫是"村夫子"，未始无因。

《漫兴九首》其四之"土"，主要在首句"二月已破三月来"，跟说话似的，貌似打油。"渐老逢春能几回"是平常，忒平常。而顾随认为杜甫七绝的价值，正在于其打破传统写法。七绝传统的格调是字面俊雅、音节流转，杜甫此诗则不然。"二月已破三月来"的"破"字虽既生又土，"但念念多有力量"（可与"尽、完、过"比）。力量来自杜甫敢用别人不常用的字，这便是"艺高人胆大"。

这首七绝重点在三、四句。"莫思身外无穷事，且尽生前有限杯"是努力珍惜眼前的意思——这是智慧，且一字字吐出来，说得有劲。顾随讲这两句时，还有一段话，曰：

> 耶稣死前说："你们的意思若要我喝这杯苦酒，我就喝下去。"此即因为有受苦的力量。老杜"莫思身外无穷事，且尽生前有限杯"之杯，也是苦酒之杯。这与韩偓"临轩一盏悲春酒，明日池塘是绿阴"（《惜花》）虽似迥异，精神实在一样。切莫把韩偓诗看作恋爱，切莫把老杜诗看成耽酒。[1]

写酒最多、最精彩的诗人，都不是真的耽酒，而是借饮酒表达珍惜眼前、热爱生命的生活态度。我们有时可能会不解为何有些诗人把酒看得如此之重？其实是有意如此，成心夸大。因为诗人看穿了人生的虚无和悲哀，所以饮酒才赋有了反抗虚无的深刻的象征意义（苦酒之杯）。对于此点，中国的陶渊明，以及波斯诗人欧玛尔·海亚姆表现得最深刻。

杜甫"土""村"的诗，再如《缚鸡行》：

> 家中厌鸡食虫蚁，不知鸡卖还遭烹。
> 虫鸡于人何厚薄，吾叱奴人解其缚。

---

[1] 顾随：《杜甫诗讲论》，载《顾随全集》卷五，第326页。

此诗真土。不仅文字土，内容也土，不能说没意思，但有点太土、太笨了。

我想，杜甫土气的诗，一方面是故意为之，一方面也是其天性使然。杜甫的散文读来就有种土气、笨拙的感觉。但杜甫的土，也是"真"的表现。

杜诗"莫思身外无穷事，且尽生前有限杯"二句，普通看这太平常了，我看这太不平常了。现在一般人便是想得太多，所以反而什么都做不出来了。"莫思"句是说人必有所不为，"且尽"句是说而后可以有为。老杜这两句有力。但如太白"烹羊宰牛且为乐，会须一饮三百杯"（《将进酒》），便只是直着脖子嚷。

解评：见上。

老杜诗有时写得很逼真，但不明白是什么意思。如"圆荷浮小叶"（《为农》），应该说"小荷浮圆叶"。

老杜的诗有时没讲儿，他就堆上这些字来让你自己生一个感觉。如《咏怀古迹》第五首：

> 三分割据纡筹策，万古云霄一羽毛。

上句字就不好看，念也不好听，而老杜对得好："万古云霄一羽毛。"这句没讲儿，而真是好诗。文学上有时能以部分代表全体，"一羽毛"便代表鸟之全体。老杜只是将此七字一堆，使你自己得一印象，不是让你找讲儿。

解评："圆荷浮小叶，细麦落轻花"，虽不用通常语序，但写得逼真。杜甫多此种诗句，再如"绿垂风折笋，红绽雨肥梅"（《陪郑广文游何将军山林十首》其五），用现代语法术语说——这是倒装语序。可见杜甫有意打破传统句法、字法，做艺术试验——杜甫是唐朝的"先锋诗人"。

几个字"一堆"，我们称为"意象并列"，即诗句主要由名词意象构成，而少连词、动词等其他词类。"空外一鸷鸟，河间双白鸥"（《独立》）没有连词，也无动词，是更纯粹的意象并列。连词、动词、形容词、副词可以把名词性的物象、概念联系起来，提供某种相对显豁、表面的"意脉"。如"星垂平野阔"，"垂"和"阔"既写出了"星"和"平野"的特质，又将两者联系起来了。"细草微风岸，危樯独夜舟"（《旅夜抒怀》）、"高鸟长淮水，平芜故郢城"（《送方城韦明府》），没有连词、动词，但每句中的几种物象之间，以及上下句之间的联系很显然。而"万古云霄一羽毛"，"万古""云霄""一羽毛"之间联系则不太明显，与上句"三分割据纡筹策"之间的跳跃更大。

再如七绝"两个黄鹂鸣翠柳"一首，虽也有动词，但每句诗就是一个画面、一个物象，杜甫把这四个画面一堆——好了，什么意思没法明确地讲，你从这几个画面及其组合中得到何种印象、什么感觉，就是什么。后来，理论界借用电影剪辑术语"蒙太奇"（意象组合、拼贴）来概括这种诗歌手法，很准确。这种蒙太奇的诗歌手法，是一种和散文更加疏离的诗的句法，以及结构方法。杜甫当然不是首创蒙太奇诗法的人，却是中国诗人中较早且有意使用此方法的人。后来，这种将几个字一堆的方法相当普遍，李义山"沧海月明珠有泪，蓝田日暖玉生烟"也是把几个字一堆，比杜甫更刻意——读这两句诗，即使引起某种印象，仍不易明白其意思，似乎受到杜甫"香稻啄余鹦鹉粒，碧梧栖老凤凰枝"之类句子的影响。意象并列，最被人称道者，就是元代马致远的小令《天净沙·秋思》。

才大之人易为拗律。如此则太白之拗律应多于老杜，其实不然。盖太白乃无意之拗，老杜则有意拗矣。李为不知，杜为故犯。李是才情，兴之所至；杜是出力，故意为此。

老杜入蜀后作拗律甚多，其颠倒平仄，非不懂格律，乃能写而偏不写。其不合平仄正是深于平仄。

老杜之《白帝城最高楼》在其拗律中为最拗之一首。太白拗律可与人以清楚印象，如"芳洲之树何青青"（《鹦鹉洲》），老杜无一句如此。

老杜《昼梦》一诗首句"二月饶睡昏昏然","昏昏然"三字亦为平、平、平,但却不如"白云千载空悠悠"（崔颢《黄鹤楼》）之"空悠悠"形意飞动,又不如"芳洲之树何青青"之"何青青"颜色鲜明,只是漆黑一团。崔颢之"白云"句、李白之"芳洲"句是偶然的,老杜是成心。《黄鹤楼》如云烟,太白如水,老杜则如石。老杜拗律与崔、李之《黄鹤楼》《鹦鹉洲》不同。他们对仗有时不工,老杜虽平仄拗,但对仗甚工。

**解评**:杜甫的拗律牵涉两个问题:一是"力",一是"有意"。

拗律就是打破固定平仄格式的律诗。杜甫写了很多拗律,主要在入蜀之后。他写拗律"非不懂格律,乃能写而偏不写。其不合平仄正是深于平仄"。杜甫写拗律的目的是要表现"力",即由一种与习惯相冲突的格律产生的劲健之感。顾随说:"晚唐诗是要表现'美',老杜诗是要表现'力'。"① 那么,拗律为何会产生力感呢?崔颢的《黄鹤楼》、李白的《鹦鹉洲》都是拗律,给人的感觉却并非"力",而是"韵"。为什么?因为《黄鹤楼》《鹦鹉洲》中诗句,如"白云千载空悠悠",格律虽拗,词语关系却是自然的,且其诗拗的成分不是很多。杜甫拗律,如《白帝城最高楼》《昼梦》,不但音节特拗,其词语关系也很拗,如"江清日抱鼋鼍游"。顾随说杜甫拗律如"张弓"（拉紧弓弦开弓）。② 所谓"张弓",指其语言故意"不顺"、背逆,但又让人觉得有劲。这和英美新批评派所谓文学文本的"张力"（tension）有相通处。"张力"即类似"张弓"的感觉。拗律可以造成"张力",但"张力"更多地来自内涵和外延之间的相反相成,拗律的张力来自音律层面。

杜甫追求"力"。"杜诗都是百石之弓,千斤之弩,张弓"③,充满张力、有力,正是杜诗好处。但诗的力量感来自情感、思想、音节等多个方面,杜甫的拗律有些过分追求音节的力量感,而思想、情感跟不上,如

---

① 顾随:《杜甫诗讲论》,载《顾随全集》卷五,第 327 页。
② 顾随:《杜甫诗讲论》,载《顾随全集》卷五,第 331 页。
③ 顾随:《杜甫诗讲论》,载《顾随全集》卷五,第 331 页。

《白帝城最高楼》《昼梦》《晓发公安》等诗思想、情感皆无甚过人处，故并不完美。杜甫特别有力量的诗，多非拗律。

崔颢、李白的拗律，乃无意之拗，是偶然；杜甫是有意拗之，是成心。"李为不知，杜为故犯。李是才情，兴之所至；杜是出力，故意为此。"顾随说：

> 天下之勉强最不持久，是什么样就什么样，勉强最要不得，其实努力也还是勉强。仁义是好，假仁义是不好，假的不好。勉强何尝不是假？美是好，不美勉强美便不好了。力好，而最好是自然流露，不可勉强。诗最好是健康，不使劲，如"昔我往矣，杨柳依依"（《诗经·小雅·采薇》），如"芳洲之树何青青"。晚唐病在不美求美，老杜病在无力使力。①

这是从哲学、美学上看——凡事勉强就不好了，即使它本身是好的——说得真辩证。杜甫以拗律来表现"力"，但若没有同等强度的思想、情感跟上，则此"力"成为勉强之力。勉强的东西站不住，摇摇晃晃，势如累卵，捉襟见肘——也不美，因为真正的美是坚定有力的。

总体上，顾随对老杜晚年拗律评价不高，如《白帝城最高楼》《昼梦》等诗，形象不鲜明，意思太晦涩，字音不响，即朱熹所谓"不可晓""哑"。杜甫是玩技巧玩过了，但也是"力尽"。

顾随说从诗之"拗"看，"《黄鹤楼》如云烟，太白如水，老杜则如石"。且不说拗律，杜甫七律总体上结实、谨严，这是他的擅场，但也是问题。"晚节渐于诗律细"，杜甫律诗，至晚年越写越谨严，"如为杨小楼配戏之钱金福，功夫深，如铁铸成，便杨小楼有时不及，可惜缺少弹性，去'死'不远矣。创造就怕这个。青年幼稚，没功夫，但有弹性，有长进；老年功夫深，但干枯了，再甚便入死途了。我们要在这两者之间找出一条路来，在青年时要像老年功夫那样成熟，在老年时要像青年那样活泼，此便为矛盾之调和"②。这是弹性问题。弹性不足，则创造力衰减。结实、严谨

---

① 顾随：《杜甫诗讲论》，载《顾随全集》卷五，第327页。
② 顾随：《杜甫诗讲论》，载《顾随全集》卷五，第331页。

不是不好，但在结实、严谨中不失灵动、活泼，方为最佳。中国俗话说"少要稳重老要狂"，就是求严谨和活泼的调和。

这里提及《白帝城最高楼》和《昼梦》，两首分别如下：

> 城尖径仄旌旆愁，独立缥缈之飞楼。
> 峡坼云霾龙虎卧，江清日抱鼋鼍游。
> 扶桑西枝对断石，弱水东影随长流。
> 杖藜叹世者谁子？泣血迸空回白头。

> 二月饶睡昏昏然，不独夜短昼分眠。
> 桃花气暖眼自醉，春渚日落梦相牵。
> 故乡门巷荆棘底，中原君臣豺虎边。
> 安得务农息战斗，普天无吏横索钱。

中晚唐诗只会"俊扮"，不会"丑扮"，老杜诗有"丑扮"。李义山诗：

> 黄叶仍风雨，青楼自管弦。（《风雨》）

原是很凄凉的事，而写得真美，圆润，是俊扮。而老杜的"丑扮"便是"俊扮"，丑便是美。如杨小楼唱金钱豹，勾上脸，满脸兽的表情，可怕而美。

晚唐诗表现的是美，老杜表现的是力。

**解评：** 俊扮，戏曲的化妆，达到美化效果。其特点是略施彩墨以达到美化效果。顾随以"俊扮"形容晚唐诗，指其诗富于外表美。"俊扮"在文学上是普遍的，所谓"唯美派"即俊扮的代表。丑扮——并无此词，顾随说老杜是"丑扮"，非谓老杜诗丑，而是说杜诗相对不太追求外表的修饰，或者对外表美的表现程度比晚唐诗低，有时甚至直接表现丑。

为什么呢？因为杜甫把"真"看作诗之第一义。顾随说："老杜用醒眼看到事物的真相，得到真实的感觉；他愿读者也得到真实的感觉、事物的真相，这是作者良心上负责。"① "他开醒眼，要写事物之真相，不似义山之偏于梦的朦胧美。但其所写真相绝非机械的、呆板的科学描写。如'乞大邑瓷碗'② 一首，是平凡的写实，但未失去他自己的理想。义山是 day-dreamer，老杜是睁了醒眼去看事物的真相。"③ 所以，杜诗真，有时甚至是丑，如"鸱鸟鸣黄桑，野鼠拱乱穴。夜深经战场，寒月照白骨"（《北征》），事物本身不美，却有种打动人神经、心弦的力量——这是另一种美，即顾随所谓"如杨小楼唱金钱豹，勾上脸，满脸兽的表情，可怕而美"。杜诗之美是壮美。顾随说："老杜幻想、感觉是壮美的，不是优美的。在温室中开的花叫'唐花'，老杜的诗非花之美，更非唐花之美，而是松柏之美，禁得起霜雪雨露、苦寒炎热。"④

因此，老杜诗表现的是力，晚唐诗表现的是美。老杜此点甚重要。顾随说："老杜在唐诗中是革命的，因他打破了历来酝酿之传统，他表现的不是'韵'，而是'力'。"⑤ 这是从美学角度着眼。人不可处处求修饰、求精美，时时处处如此，是小气、可怜，有时粗头乱服，率性而出、喷涌而出、不假修饰而出，才是大气真实之美。

不过，老杜诗求力，晚唐诗求美，各有其偏至，"晚唐病在不美求美，老杜病在无力使力"。无论求美、求力，都不可勉强。顾随说：

> 李义山以"珠玉"象征生活，更加以"沧海明月"、"蓝田日暖"、"有泪"、"生烟"，有多少彩绘，观之不尽。老杜的诗如茅屋，虽非无诗意，嫌其一览无余，大嚼无余味，真实了反而无味；义山如雕梁画栋，其诗未必真，却有美在。要在矛盾中得调和。⑥

要在美和力之间求调和。

---

① 顾随：《杜甫诗讲论》，载《顾随全集》卷五，第 323 页。
② 即杜甫七绝《又于韦处乞大邑瓷碗》，诗曰："大邑烧瓷轻且坚，扣如哀玉锦城传。君家白碗胜霜雪，急送茅斋也可怜。"
③ 顾随：《杜甫诗讲论》，载《顾随全集》卷五，第 322 页。
④ 顾随：《杜甫诗讲论》，载《顾随全集》卷五，第 322 页。
⑤ 顾随：《杜甫诗讲论》，载《顾随全集》卷五，第 317 页。
⑥ 顾随：《杜甫诗讲论》，载《顾随全集》卷五，第 323 页。

# （八）韩愈、柳宗元

韩、柳无论诗文皆可抗衡。韩以奇伟胜，而精微处不及柳，韩之修养不够。柳也躁，但他倒霉，躁不起来了。

**解评：**文章，韩、柳不相上下。诗，柳宗元不及韩愈所作广博新奇，但其精致为韩所不及。顾随说："韩以奇伟胜，而精微处不及柳。"无论诗、文，韩、柳的差别在此。就思想而论，柳宗元比韩愈更胜一筹。韩愈自视为孟子以后儒家道统的继承人，他力举儒道大旗，口号喊得甚响，北宋儒学复兴，韩愈逐渐被推为复兴儒家的英雄。韩愈有幸在思想史上占得一席之地，主要是他顺应了中唐以后儒家思想复兴的历史脉动——时势造英雄。《原道》一文影响甚大，却没有哲学上的创意和深度——没办法，历史人物的成就有时更多的是靠姿态（当然，韩愈有硬头货，即他的文学成就）。柳宗元在思想上杂取百家，因而遭到后世很多道学先生的贬抑，其实他的思想深度远在韩愈之上。柳宗元《天对》这样的哲学论文、《封建论》这样的大政论文，韩愈没有。

顾随说：

> 韩思想浮浅，"韩公真躁人"（陈简斋《书怀示友十首》其九）。一切事业躁人无成绩，性急可，但必须沉住气。学道者之入山冥想即为消磨躁气。盖自清明之气中，始生出真、美，合而为善，三位一体。退之思想浮浅而感觉锐敏，感觉锐敏之人往往躁，如何能从感觉锐敏中得到平静，而非迟慢、麻木？韩不能平静，故无清明之气，思想浮浅而议论亦不高。[1]

---

① 顾随：《退之诗说》，载《顾随全集》卷五，第363~364页。

韩愈的躁，于其一生行事，尤其是早年急于仕进、急于出名的行为表现无遗。由韩愈 30 岁所作《复志赋》，可见他稍遇挫折就思恬退，真是沉不住气；谏迎佛骨，是勇敢，但也未尝不是躁。触怒宪宗，被贬潮州，便说出"知汝远来应有意，好收吾骨瘴江边"这样的话——真正沉着勇毅之人，不会动辄乱了阵脚（不过，韩愈的真率，不可抹杀）。《周易》曰："吉人之辞寡，躁人之辞多。"躁，是急、浮、乱，不稳，沉不下去，故不能深。人急躁，连一顿饭都做不好，遑论其他？这是心性问题，与天性、修养皆有关。韩愈的修养不够，自其经历、诗文可以看出。

柳宗元心性比韩愈沉着些。但他被贬之后诗文中的那种病态的悲凄，说明其躁气难除。可是遭贬之后，他的心性毕竟沉下去了，读其《始得西山宴游记》等文，可知。柳宗元是被迫沉下去的，所以顾随说柳宗元倒霉后"躁不起来了"。

王、孟、韦、柳四人中，柳有生的色彩，其他三人此种色彩皆缺少。唐诗人中，老杜、商隐皆生活色彩甚浓厚。

**解评**：柳宗元比王维、孟浩然、韦应物入世、动，他写世俗生活也多于王、孟、韦，但较之韩愈，则收敛得多，故奇伟不如韩愈，而精微过之。张戒《岁寒堂诗话》曰："柳柳州诗，字字如珠玉，精则精矣，然不若退之之变态百出也。"[1] 其实柳宗元的入世意识绝不少于韩愈，但他又有些出世气质，柳宗元浸润佛禅颇深，顾随说："盖入禅愈深则产量、变化愈少，故王、孟、韦、柳作品皆少。佛乃万殊归于一本，是'反约'，故易成为单纯。而'反约'亦有其优点，虽不能变化丰富而易有精美作品。"[2]

王维、孟浩然、韦应物写山水是调和、平和的；柳宗元写山水是不调和的，充满痛苦，他是热衷政治的人，政治失败，才寄情山水，而心理极不平衡。其山水游记的好处即在此——打破了传统模山范水的静观格调、单纯意趣，而融入了深刻的人生感触。

柳宗元晚年在广西写了不少风土诗，诗风活泼，不似在永州时那么沉

---

① （清）丁福保辑《历代诗话续编》，中华书局，1983，第 458~459 页。
② 顾随：《古代不受禅佛影响的六大诗人》，载《顾随全集》卷六，第 168 页。

寂，所以，相对于王、孟、韦而言，有"生的色彩"。

杜甫不受禅佛影响。李商隐和佛禅的关系如何？似乎受道家影响较深。

柳子厚《南涧中题》：

> 秋气集南涧，独游亭午时。
> 回风一萧瑟，林影久参差。

柳子厚写愁苦，而结果不但美化了，而且诗化了。愁苦是愁苦，而又能美化、诗化，此乃中国诗最高境界，即王渔洋所谓"神韵"。如此，高则高矣，而生的色彩便不浓厚了，力的表现便不充分了，优美则有余，壮美则不足。壮美必生于"力"。

**解评：**顾随说：

> 柳乃聪明且热衷的人，凡此种人必多抵触，即今所谓矛盾，即佛法所谓"我执"。此种人我执最深。既曰我执，则必有对人、有对物，而与人、物又多有抵触。少年时碰钉子，我执的人最受不了，而其诗文以贬官后所作为佳，有点见道。柳子厚之游山水非闲情逸致，乃穷极无聊，如此则有我，而写得真好，只美景不足以尽之，真是微妙。此时则我执化去。曰"独游"时尚有我执，至"回风"则将我执化去。此有我的诗而无我了。①

顾随看出了柳宗元山水诗文的本相——"柳子厚之游山水非闲情逸致，乃穷极无聊"，何以见得？观《始得西山宴游记》所叙可知。甫居永州时，柳宗元总是有挥之不去的心事、愁思，"卧而梦，意有所极，梦亦同趣"，这便是有我、我执的证明。可是，当他有一天登上西山，极望天地时，恍然间见"悠悠乎与颢气俱，而莫得其涯；洋洋乎与造物者游，而不知其所

---

① 顾随：《论王静安》，载《顾随全集》卷六，第143页。

穷"，乃至"心凝形释，与万化冥合。然后知吾向之未始游，游于是乎始"。此即"将我执化去"了。

为什么苏轼被贬海南后，特好陶诗和柳诗？陶诗不用说。柳诗对苏轼的吸引，就来自其宦海失意后，将心灵释放于山水的那种精神。

　　柳子厚游记一篇，记某小石潭山川泉林之美，而结曰："以其境过清，不可久居，乃记之而去。"（《小石潭记》）这种境界真是可怕，你待得住吗？

　　**解评**：这是顾随在讲人实际不可能得到调和，"若一人先得到调和，恐怕倒可怕了"时举的例子。顾随举孟郊诗句"波澜誓不起，妾心古井水"（《列女操》），古井没有波澜，心如古井，多可怕。"'二六时中不生杂念'，这是个什么人？处的是什么境界？"[1]风景清幽是好的，可当"其境过清"时，我们恐怕会觉得可怕，也无趣，因为人是需要活动的，即顾随所谓"生的色彩""生命的跃动"。顾随举柳子厚《小石潭记》是譬喻，以此境界比完全不动心的心。不动心，是理想，且是"如如不动"，其实是动，而不为外物所"转"，物物而不物于物。水至清则无鱼，人至察则无徒。心要静，而心至静也可怕，因为那是绝对的境界，是"非常"。顾随认为"常、非常、反常，三者中后二者往往相近为一。无论多么非常、反常的，总有个'常'在；而且，非常、反常不可为法。"[2]所以，过于清幽、冷静、清醒不可为法，过于热烈、热情也不可为法，因其都是非常、反常。此理与"中庸"也相通。

　　柳宗元诗"千山鸟飞绝，万径人踪灭。孤舟蓑笠翁，独钓寒江雪"，小孩都会背。可是这境界真不简单。此诗是写实，还是象征？或许更多的是象征，象征一种孤绝的心境，太孤绝、孤冷了，可怕。这样的境界，你待得住吗？

---

① 顾随：《说陶诗》，载《顾随全集》卷五，第205页。
② 顾随：《说陶诗》，载《顾随全集》卷五，第227页。

# （九）白居易

人无不受外界感动，而表现有优劣。技术之薄尚乃浅而言之，深求之则有"诗眼"问题。

> 离离原上草，一岁一枯荣。
> 野火烧不尽，春风吹又生。
> 远芳侵古道，晴翠接荒城。
> 又送王孙去，萋萋满别情。

此首《赋得古原草送别》可为白氏代表作。草随地随时皆有，而经白氏一写，成此不朽之作。用诗眼看去，此四十字每句是草，然是诗眼中之草，不是肉眼中之草，与打马草所见自不同。彼为世谛，此为诗谛。以世谛讲，打马草喂马，是，而非诗。白氏以诗眼看，故合诗谛，才是真草，把草的灵魂都掘出来了。

"离离原上草"，"离离"好，若一般人写，或写"高高原上草"。"一岁一枯荣"句是白乐天拿手，"野火"二句是唐人拿手。作五言诗必有此手段，二句说尽人世间一切，先不用说盛衰兴亡，即人之一心，亦前念方灭，后念方生，真是心海，前波未平，后波又起，波峰波谷。白氏用诗眼看，故写出一切的一切。"野火"二句写草之精神；"远芳"二句写草之气象。后二句用楚辞"王孙游兮不归，春草生兮萋萋"（《招隐士》），稍弱，然尚好，不单说草，有人。

白乐天之《赋得古原草送别》有诗心，借外缘起。心如何

"因"借"缘"生，"缘"助"因"成？因与缘不是对立，不是有此无彼。心物皆有而打成一片，即相辅相成。

**解评：** 据说《赋得古原草送别》是白居易十五六岁时的作品。倘果真如此，白居易后来那么多的诗，都很少有超过这首者，岂不荒唐？但这种荒唐难道不可能吗？有可能。王勃《滕王阁序》不也是十几岁时的少作吗？北宋王希孟 18 岁画出那么出色的《千里江山图》，他二十几岁就早逝了——那么，我们能不能说：假如王希孟不早逝，后来定会画出很多比《千里江山图》更好的画呢？恐怕不能。艺术杰作的产生，有时出于偶然。论功力，白居易必定是前不如后——艺术家一定如此，但功力的深厚和艺术作品的优秀程度未必成正比，不是有很多艺术家的水准至晚年越来越低了吗？"江郎才尽"的现象很普遍。这至少说明：一、艺术家的创作水准不一定随年龄的增长不断上升，而是有多种可能，高峰有可能在中年或晚年，也有可能在早年；二、"功力"并非创作成功的充分条件，创作水准的高或低，是天赋、功力、激情、心境、动机、外界环境等诸多因素综合作用的结果。

为什么说"'一岁一枯荣'句是白乐天拿手"？我猜测，顾随的意思是：白居易善写岁月荣枯之感，另如"春风桃李花开日，秋雨梧桐叶落时"（《长恨歌》）、"人间四月芳菲尽，山寺桃花始盛开"（《大林寺桃花》）。"一岁一枯荣"写尽一切生命的荣枯变化。

为何说"野火烧不尽，春风吹又生"是唐人拿手？唐人善以大自然的荣枯更替来表现天地的生机与力量，尤其是五言，如"海日生残夜，江春入旧年"（王湾《次北固山下》）、"淑气催黄鸟，晴光转绿蘋"（杜审言《和晋陵陆丞早春游望》）；唐人善写"生"，如"海上生明月，天涯共此时"。"白日依山尽，黄河入海流"也有种和"野火烧不尽，春风吹又生"类似的意味。

"野火烧不尽，春风吹又生"是非常直观的写景，却包含着宇宙盛衰兴亡的至理，这是中国人心目中的"天道"。通常，对白居易这两句都做如是解，而顾随认为"野火烧不尽，春风吹又生"也符合人心的本性——"前念方灭，后念方生""前波未平，后波又起"，像那烧不尽的春草一样。这一联想好，把来自佛学的感悟和白居易诗联系起来了。如此说来，"野火烧不尽，春风吹又生"把宇宙（外）、人心（内）的基本规律都揭示了出来，因而顾随说此二句"说尽人世间一切"，因为白居易这首诗是用"诗眼"观物，将心和物打成一片了。"诗眼"是什么呢？借用一句俗话，即"透过现象看本质"（掘出灵魂）的思维能力。

话虽如此，但总体上，白居易在顾随心目中不是大诗人。顾随明确说："白乐天，不能算大诗人。"为什么呢？他有这样一段话：

> ……其次，所作不及者，便是平庸的一派，若白乐天之流。乐天虽欲求温柔敦厚而尚不及，但亦有为人不及处。①

这段话的上文是：顾随认为《诗经》是表现"温柔敦厚的、平凡的、伟大的诗"，"而其后者，多才气发皇，而所作较过，若曹氏父子、鲍明远、李、杜、苏、黄"。联系前文，可知顾随认为白居易既够不上温柔敦厚，也做不到才气发皇，所以是"平庸"。苏轼早批评过"元轻白俗"，"俗"大概是平庸之意。可是，过去白居易的诗在广大普通文人中很受喜爱，因为他的格调更易接近，诗法容易上手。现代以来白居易受到尊崇，又因其讥讽弊政、同情弱民的所谓"现实主义精神"。抒发个人情怀也罢，讥讽弊政也罢，都无不可，问题是白居易的艺术水准没有达到很高的层次。他当然有好诗，如脍炙人口的《赋得古原草送别》《长恨歌》《琵琶行》等，但确有很多格调不高的平庸之作。试举一例，如：

> 今年到时夏云白，去年来时秋树红。
> 两度见山心有愧，皆因王事到山中。（《再因公事到骆口驿》）

这诗有什么意思？真没意思。说它平庸，恐不为过。假如你认为这是特例，那请再看一首：

> 乱峰深处云居路，共踏花行独惜春。

---

① 顾随：《说〈诗经〉》，载《顾随全集》卷五，第9页。

胜地本来无定主，大都山属爱山人。（《游云居寺赠穆三十六地主》）

此诗比"今年到时夏云白"那首稍好些，但没有动人之处，且不自然，仍属平庸之类。

文学史上，才气发皇者多，而温柔敦厚者少。这足以证明顾随的观点：温柔敦厚比才气发皇更难。从古典诗歌到当代诗歌，皆是如此。为什么文辞华丽超过陶渊明者多如牛毛，而论诗歌境界，渊明却是千古独步？陶渊明的才气难道不高吗？参透此点，或可透悟文学。

# （十）李贺

长吉幻想极丰富，可惜二十七岁即卒。其幻想不能与屈原比，盖乃空中楼阁，内中空虚。

长吉诗除幻想外尚有特点，即修辞功夫——晦涩。晦，不易解；涩，不好念。诗本应念着可口，听着适耳、和谐，表现明了。但长吉诗可读，虽不可为饭，亦可为菜；虽不可常吃，亦可偶尔一用。晦，可医浅薄；涩，可医油滑。

**解评**：顾随对李贺评价不高，但承认其为天才，其天才即在于极丰富的幻想。

李贺诗幻想之丰富，毋庸赘言。顾随认为，幻想对于诗人亦颇重要，无一诗人无幻想。李贺之前最富幻想的诗人是屈原和李白，屈原更甚。李贺之幻想则更有甚于屈原（屈原的幻想自然，李贺乃有意识的），但其诗远不及屈原。因其幻想"乃空中楼阁，内中空虚"。

顾随说：

> 长吉有幻想，而幻想与人生不能成为一个，不能一致。若能，则真了不起。[1]

> 长吉有幻想而无实际人生。幻想中若无实际人生则不必要。[2]

> 幻想是向上的观照，人生是向下的观照，不可只在表面上滑来滑

---

① 顾随：《李贺三题》，载《顾随全集》卷五，第370页。
② 顾随：《李贺三题》，载《顾随全集》卷五，第370页。

去。而向下发展须以幻想为背景，向上发展亦须以观点为后盾。观照是实际人生，实者虚之，虚者实之——如用兵焉。幻想说严肃一点便是理想。人生总是有缺陷的，而理想是完美的。诗人不满于现实，故要求理想之完美。①

顾随认为幻想不能脱离实际人生，才是有意义的幻想，同时，实际人生亦须有幻想的背景。可见，人生无非实际与幻想两部分，二者缺一不可，相辅相成。就人生言，幻想不等于想入非非，"幻想说严肃一点便是理想"，诗人要有幻想，不一定要写神仙鬼怪，而是要有理想性。理想是对现实人生的提高，须有实际人生的根基，否则就不必要。故李贺诗至少有两层缺陷：一是其幻想缺少实际人生的土壤，幻想若不能与人生结合，则是空虚浮浅的；二是此空虚之幻想缺乏理想性，一切人文艺术皆须有理想性，才能高远、伟大。李贺便缺少高远之致。要之，李贺之幻想未能与实际人生结合，乃致命弱点。

除此一缺点之外，顾随以为李贺还有一大缺陷，便是没有"诗情"。顾随说："长吉便没有诗情，若不变作风，纵使寿长亦不能成功好诗。诗一怪便不近情。诗人不但要写小我的情，且要写他人的及一切事物的一切情、同情。花有花情，马有马情。人缺乏诗情即缺乏同情。诗人固须有大的天才，同时亦须有大的同情。吾人故不敢轻视长吉之诗才（诗确有才），然绝不敢首肯其诗情。"②

李贺短命。杜牧在《李贺集序》中说："使贺且未死，少加以理，奴仆命《骚》可也。"而顾随认为，李贺即使寿长亦未必能"成功好诗"，超越《楚辞》。何以见得？缺乏"诗情"也。人往往会夸大早逝天才的可能性，其实，早逝和更大的潜力之间并无必然关系。何谓"诗情"呢？诗情，便是对"一切事物的一切情"，即笼罩一切之同情。此同情即大爱。李贺确有诗才，但诗人仅有天才并不能成功，大的同情心也很重要（有大同情者其才智亦定非寻常）。陶公、老杜之所以伟大，即因其不仅有才华，也有大同情。才气，乃先天灵智；同情、诗情是心肠，是天性（天生个性）。对于艺术家而言，心肠、个性比才华更重要。木心说："臻于艺术最上乘的，不是

---

①　顾随：《李贺三题》，载《顾随全集》卷五，第 370 页。
②　顾随：《李贺三题》，载《顾随全集》卷五，第 370 页。

才华，不是教养，不是功力，不是思想，是陶渊明、莫扎特的那种东西。"① ——是什么呢？是天性。陶渊明、莫扎特的天性已近乎神秘，大约是一种至广大而极精微的心胸吧。

诗中的幻想应该是虚而实的东西。中国哲艺的基本理念是阴阳合抱，虚实相融。杜牧说李贺诗"《骚》之苗裔，理虽不及，辞或过之"，乃精辟之见。此处所谓"理"，即幻想中之"实"。顾随以为"理"总合内容、感情、思想、智慧等。若概而言之，即所谓内涵、内蕴。李贺诗差在内涵。顾随这样比较《离骚》与李贺诗：

> 长吉之理不及《离骚》，而幻想怪奇方面表现于文字者过之。杜牧所谓"'骚'有以激发人意"，激发人意非刺激，乃引起人印象。《离骚》是引起人一种印象，李贺是给予人刺激。②

李贺是给人刺激。"刺激性最不可靠"。长吉诗牛鬼蛇神，不但刺激，而且可怕。顾随又下一转语："李长吉的诗就是让人怕而不怕，老杜才真可怕。"③ 这是两个极端的比较。李贺是中国诗史上最虚幻荒诞的诗人，杜甫则是表现现实最为广泛有力者。李贺诗中的意象与境界牛鬼蛇神、幽冷恐怖，老杜所写则是世间寻常万象。但前者并不令人怕，因其很少触到人痛处，后者则时常教人触目惊心。盖因老杜能将实际人生中的真相端出，打动人心，如"国破山河在，城春草木深"（《春望》）、"鸱鸟鸣黄桑，野鼠拱乱穴，夜深经战场，寒月照白骨"（《北征》），这多可怕。以真相、真情打动人，这才叫可怕。

以现代诗学眼光观之，李贺的诗与唯美派、颓废派、超现实主义颇有相通处。

顾随说长吉之幻想与唯美派有相通处，有感官的交错感，即所谓"通感"。此一点，前人论述已多。"看见好的东西想吞下去，即视味觉之错感。

---

① 木心：《丽泽兑乐》，载木心《素履之往》，广西师范大学出版社，2007，第83页。
② 顾随：《李贺三题》，载《顾随全集》卷五，第370页。
③ 顾随：《李贺三题》，载《顾随全集》卷五，第369页。

唯美派常自声音中看出形象，颜色中听出声音。"波德莱尔说："斯威登堡[1]早就教导过我们说，天是一个很伟大的人，一切——形式、运动、数、颜色、芳香，在精神上如同自然都是有意味的，相互的，交流的，应和的。"[2] 李贺《李凭箜篌引》即全以形象表现声音所引起的感觉。另，李贺好给物用"啼""泣"等字，固是凄迷情调移情所致，而我们发现：这些"啼""泣"常与颜色词相连，如"冷红泣露娇啼色"（《南山田中行》）、"细绿及团红，当路杂啼笑"（《春归昌谷》）。"冷红"指寒冷中的秋花，"细绿""团红"分别指绿叶、红花，这都是物。李贺总给这些物赋予强烈的色彩，且常以颜色词代替物，故我们可将这些句子理解为从颜色中听出"啼""泣"的声音。总之，诗歌中眼、耳、鼻、舌、身、意等"六根"的相通互替，本就是诗人自发的感觉，其表现也甚早（《楚辞》《荷马史诗》中都有），而大张旗鼓者则为西方的象征派与唯美派，在中国，李贺最为突出。

就情调、心境而言，李贺可算中国古代最富颓废色彩的诗人，与西方颓废派气息相通。波德莱尔的一段话，我以为颇能形容李贺的心境，他说："我迷失在丑恶的世界上，被众人推搡着，像一个厌倦的人，往后看，在辽远的岁月中，只见幻灭和苦涩，往前看，是一场毫无新鲜可言的暴风雨，既无教诲，亦无痛苦。"[3] 幻灭、煎熬、惊惧、凄迷，没有可依靠的意义——波德莱尔尚有社会革命可以寄托，而李贺则完全没有道路去迎向实际的人生，唯有夜夜吟诗东方白，"长歌破衣襟，短歌断白发。秦王不可见，旦夕成内热"（《长歌续短歌》）。——秦王何在，干卿底事？李贺是痛感自己及人类在历史存在中的虚无。虚无便是李贺最大的表达。正因虚无，他才求刺激，他那奇奇怪怪的文字都是求刺激的。

李贺诗的超现实作风显而易见。"超现实"是一现代概念，作为文学表现手法，却是古已有之的。中国古代诗人中，李贺的超现实也是第一。他的一些想象，如"呼龙耕烟种瑶草"（《天上谣》）、"羲和敲日玻璃声"（《秦王饮酒》）、"秋坟鬼唱鲍家诗"（《秋来》），读来真令人惊心。人称

① 斯威登堡（Emanuel Swedenborg, 1688-1772），又译作"史威登堡"，瑞典科学家、神秘主义者、哲学家和神学家。
② 《波德莱尔全集》第一卷，巴黎：伽利马出版社，1975，第 133 页。转引自〔法〕夏尔·波德莱尔《恶之花》，郭宏安译，广西师范大学出版社，2002，第 101 页。
③ 《波德莱尔全集》第一卷，第 667 页。转引自〔法〕夏尔·波德莱尔《恶之花》，第 31 页。

李贺为鬼才、天才，即震慑于其惊人的想象力。超现实思维对诗歌很重要，但若放大为一种包办一切的诗歌方法，就有问题了。没有一个大诗人是局限于超现实风格的。美国诗人史蒂文森说："超现实主义的错误在于它发明而不发现。令一个蛤蜊奏手风琴只是一种发明而不是一种发现。"依然是幻想的问题。幻想要有根，才有意味。再退一步，对于很多感觉、意思的表达而言，幻想并非必要的，或不是最恰切的。"池塘生春草，园柳变鸣禽"（谢灵运《登池上楼》），如实写来，真切而优美。这样的诗句便是发现，而非发明。海德格尔认为，艺术的本质是"存在者的升敞"，与存在的这种相遇便是发现。人可发明的东西其实很少。长吉诗之超现实复绝群伦，而其诗味不深、诗境不广，亦与其一味超现实有关。

李贺的幻想作风是有缺陷的，而其问题还不止于此。顾随说：

> 长吉除思想不成熟外，技术亦不成熟。如：

> > 鸡唱星悬柳，鸦啼露滴桐。（《恼公》）

> 或曰：是互文也。实在不合逻辑，不合修辞。老杜《秋兴八首》其八有二句：

> > 香稻啄余鹦鹉粒，碧梧栖老凤凰枝。

> 此二句，亦动名词倒装，而并非不可解，且更有力，言此粒只鹦鹉吃，此枝仅凤凰栖，故曰"鹦鹉粒"、"凤凰枝"。[①]

顾随所举李贺和老杜的诗例甚恰。所谓"不合逻辑，不合修辞"，也即李贺诗"少理"的一种表现。诗固然可以有跳跃性思维，但任何跳跃的诗思最终仍须组合在一起。这组合不可能是完全随意的，而仍然需要某种"合理"的意脉贯穿之，要断而不断。所以，诗是不合逻辑而又合逻辑的。另，李贺技术的不成熟，与其思想的不成熟有关。艺术家的思想和技术是

---

① 顾随：《李贺三题》，载《顾随全集》卷五，第370~371页。

相辅相成的。

顾随还将李贺与受其影响的李商隐加以比较：

> 义山七古亦曾受长吉影响，而比长吉高，即因其思想高，幻想有实际人生做后盾。至其技术，写得最富音乐性，完全胜过长吉。如其《燕台诗四首·秋》：

> 月浪冲天天宇湿，凉蟾落尽疏星入。

> 似长吉而比长吉好。长吉之《罗浮山人与葛篇》：

> 博罗老仙时出洞，千岁石床啼鬼工。

> 太生硬。义山称"月"曰"浪"，曰"天宇湿"，确有此感。①

义山诗字面华美，亦常有世外之想，风格迷离惝恍，有似于长吉。但他阅历丰富，性格也不怪癖，故其思想比长吉高。在技术上，他也更为圆融。除顾随所举诗例外，再如，同样写仙女题材的义山的《重过圣女祠》和长吉的《贝宫夫人》，前者参差飘逸，隐含着自己的不得志之感，后者除了对贝宫夫人庙及塑像的描绘之外，别无深意。

以上所言多为李贺短处，而一个人的长处、短处又须翻来覆去看。顾随提醒我们重视李贺"修辞功夫——晦涩。晦，不易解；涩，不好念。诗本应念着可口，听着适耳、和谐，表现明了"。晦，是意思难解；涩，纯是音节别扭。晦，必然涩。诗，晦涩不好。但李贺诗还不是很晦涩，可以读。晦，可以救治浅薄；涩，可以避免油滑。诗若浅薄、油滑，则更坏。所以，顾随说："读长吉诗，一字一句不可空过。"② 即说其诗晦涩，起码不是白开水。但晦涩不等于深刻、味长。李贺诗，得一字一句读，费劲，而读罢之后，又觉其韵味不足。

---

① 顾随：《李贺三题》，载《顾随全集》卷五，第 371 页。
② 顾随：《李贺三题》，载《顾随全集》卷五，第 376 页。

要之，顾随用一"怪"字形容李贺诗。李贺之"怪"，前人早言之，如朱熹说："李贺较怪得些子，不如太白自在。"① 而"怪"是什么呢？没说。王世贞说："李长吉师心，故尔作怪，亦有出人意表者。然奇过则凡，老过则稚，此君所谓不可无一，不可有二。"② 所谓"师心"，大约指纯任主观。李贺以臆想为主，所以怪。但"怪"是什么？仍没说透。顾随说："诗一怪便不近情。"怪，就是不近人情。所谓"奇过则凡"，深有见地——即说"奇"过了头，就变成了"怪"，反而平凡，奇而不奇矣。那么，李贺的"怪"从何而来？顾随以为："或其天性如此，且时有好怪之风。"③ 所谓"时"指中唐，中唐的皇甫嵩、卢仝的文学作风都有些怪。"皇甫好作怪文，卢怪而不杰，韩则杰而不怪。杰而且怪者则李贺。"④

当然，李贺也有不怪的诗，顾随举《塞下曲》中句："帐北天应尽，河声出塞流"为例，并赞曰"真有盛唐味"。再如《雁门太守行》，何其悲壮有力！《南园十三首》其五（男儿何不带吴钩），俨然有初唐四杰的俊迈之概。

人常说"个性决定命运"。其实，个性有时也决定才华。


李长吉之幻想颇有与西洋唯美派相通处，有感官的交错感。看见好的东西想吞下去，即视味觉之错感。唯美派常自声音中看出形象，颜色中听出声音。


**解评：**见上。


读长吉诗，一字一句不可空过。


**解评：**见上。

---

① （宋）朱熹：《朱子语类》卷一四〇，中华书局，1994，第3328页。
② （明）王世贞：《艺苑卮言》，载丁福保辑《历代诗话续编》，第1010页。
③ 顾随：《李贺三题》，载《顾随全集》卷五，第369页。
④ 顾随：《李贺三题》，载《顾随全集》卷五，第369页。

李长吉的"觉"有点迟钝，怪而晦涩，只是幻想。长吉当然是天才，可惜没有"物外之言"。

**解评**：此处"物外之言"疑为"言中之物"。这是顾随独特的文学构成论。顾随说："言中之物——实，内容；物外之言——文章美。"文学由此二者构成，即相当于西方所谓"内容、形式"，却是比内容、形式二分法更圆融的一对概念。顾随认为李贺诗少的是内涵，故此处"物外之言"当为"言中之物"。

# （十一）李商隐、韩偓

唐朝两大唯美派诗人：李商隐、韩偓。

晚唐义山、冬郎（韩偓）实不能说高深、伟大，而假如说晚唐还有两个大诗人，还得推李、韩。

李义山《登乐游原》：

> 夕阳无限好，只是近黄昏。

如同说吃饱了不饿，但实在是好，我们一读便感到太阳圆圆的，慢慢地落下去了，真好。又如韩偓之《幽窗》：

> 手香江橘嫩，齿软越梅酸。

一念便好，盖不仅说"香"是香，便连"江"字、"橘"字亦刺激嗅觉，甚至"手"字亦为鼻音。"齿软越梅酸"，不得了，牙倒了，盖多为齿音，刺激牙。此非好诗而好，便是因诗感好。

**解评：**顾随认为韩偓可与李商隐并列为晚唐大诗人。李、韩主要的共同点是唯美，在唯美方面达到了相当的高度。

李商隐的唯美自不必多说，对义山诗的研究也蔚为大观。相比之下，韩偓研究则颇冷寂。其实，李商隐在中国诗史上算不上大诗人，因为他的格局不够大，"实不能说高深、伟大"，他的造诣和魅力主要在于写得美。李白的许多诗也有唯美感觉，但他似乎只是率性而为，唯美于他并非"第

一义"——《蜀道难》《静夜思》《赠汪伦》唯美吗？义山诗是整体上倾
向于唯美，刻意追求美，非美不可（唯美），且义山诗的美是一种"梦的
朦胧美"（顾随语）。韩偓亦然。韩诗的分量比义山诗还轻一些，而其唯
美与义山同一风调。如顾随所举《幽窗》"手香江橘嫩，齿软越梅酸"，
其好不在意义，而在感觉。韩偓有些绝句，每一句都很美，如《野塘》
"侵晓乘凉偶独来，不因鱼跃见萍开。卷荷忽被微风触，泻下清香露一
杯"，再如《已凉》"碧阑干外绣帘垂，猩色屏风画折枝。八尺龙须方锦
褥，已凉天气未寒时"。其他诗中，写景之句，如"鱼冲骇浪雪鳞健，鸦
闪夕阳金背光"（《秋郊闲望有感》）、"旷野风吹寒食月，广庭烟著黄昏
花"（《寄友人》）、"沙头有庙青林合，驿步无人白鸟飞"（《汉江行
次》）、"嘉树倚楼青锁暗，晚云藏雨碧山寒"（《重和》），写人之句，
如"烟和魂共远，春与人同老"（《幽独》）、"骄马锦连线，乘骑是谪
仙。和裙穿玉镫，隔袖把金鞭"（《马上见》）等，读来都令人眼中生色、
口内生香。

顾随在论及义山诗将"平凡生活美化（升华）"① 的特点时，将中国
唯美与西方唯美做了比较，引之如下：

> 义山颇与西方唯美派相似。此名词之含义甚深，浅言之，是要写
> 出一种美的事物来，创造出美的东西来。能如此，便是尽诗人之天职，
> 尽了诗人之良心。（可以王守仁"良知"、"良能"之"良"释此
> "良"字。）

> 以唯美派说义山诗无何不妥，而中西唯美又不全同。中西唯美派
> 全同者乃一点——为艺术的艺术，"L'art pour l'art"，并非要表现自己思
> 想，给别人教训。至于义山与西方唯美派之大不同，即西方唯美派似
> 不满意于日常生活，于是抛开了平凡事物而另去找、另去造；至义山
> 则不然，不另起炉灶，亦不别生枝节，只是根据日常生活，而一写便
> 美化了、升华了。并非另找，只是乔装了出来——"乔装"一词尚不
> 妥，还是说"升华"。②

① 顾随：《义山诗之梦的朦胧美》，载《顾随全集》卷五，第403页。
② 顾随：《义山诗之梦的朦胧美》，载《顾随全集》卷五，第403页。

> 君问归期未有期，巴山夜雨涨秋池。
>
> 何当共剪西窗烛，却话巴山夜雨时。（李商隐《夜雨寄北》）

这首诗技术非常成熟，情调非常调和，可代表义山。此诗如燕子迎风，方起方落，真好。

"君问归期"句后，若接"情怀惆怅泪如丝"便完了。义山搓"巴山夜雨涨秋池"，好，自己欣赏、玩味自己。欣赏外物容易，欣赏自己难。义山此诗有热烈感情而不任感情泛滥。写诗无感情不成，感情泛滥也不成，所以诗人当能支配自己感情，支配便是欣赏。在"君问归期"我说"未有归期"时，正是"巴山夜雨涨秋池"，说"涨"非肉眼所见，是心眼所见。后两句绕弯子欣赏，把感情全压下去了。太诗味了，不好。感情热烈还有工夫绕弯子？冲动不够，花样好，欣赏多。

**解评**：顾随对李商隐一方面非常高看，他说："若举一人为中国诗代表，必举义山。"① 他认为有"力的文学与韵的文学"②，"老杜诗可以为力的代表，义山诗可以为韵的代表"③，另一方面又认为义山诗算不上高深、伟大。且按下不表，先来看《夜雨寄北》。

如果说《锦瑟》是义山七律的代表作，《夜雨寄北》则可谓其七绝的代表作之一。顾随认为《锦瑟》之所以好，是因为其"能在日常生活上加上梦的朦胧美（梦的色彩）"④。这种"梦的朦胧美"，源于他能欣赏、观照自己的生活，尤其是能欣赏、观照自己的伤感、悲哀。《夜雨寄北》的情绪没有《锦瑟》那么悲哀、沉重，但那种欣赏、玩味自己情绪的精神姿态和《锦瑟》同风。顾随说"君问归期"句后接"巴山夜雨涨秋池"，这便是"自己欣赏、玩味自己"。若接"情怀惆怅泪如丝"，就成感情泛滥了。"巴山夜雨涨秋池"，一方面是脱开自己的情绪，同时又把自己的生活美化了

---

① 顾随：《义山诗之梦的朦胧美》，载《顾随全集》卷五，第 409 页。
② 顾随：《义山诗之梦的朦胧美》，载《顾随全集》卷五，第 404 页。
③ 顾随：《义山诗之梦的朦胧美》，载《顾随全集》卷五，第 404~405 页。
④ 顾随：《义山诗之梦的朦胧美》，载《顾随全集》卷五，第 401 页。

（"巴山夜雨涨秋池"是心眼所见，非写实，它既暗示着思念，又将思念之人置于富于美感的场景中，"自己欣赏、玩味自己"便从此出）。所以，义山诗的好处是能支配自己的感情，"支配便是欣赏"。顾随又举"客散酒醒深夜后，更持红烛赏残花"（《花下醉》）句，前一句伤感，后一句把伤感压回去，一转身，欣赏残花，欣赏自己的"欣赏"了，真是沉得住气。"更持红烛赏残花"，即义山之所以为义山者也——"不但对外界欣赏，且对自己欣赏"①。

"观照欣赏，得到情操。"② 顾随非常重视"情操"。"情操"是顾随文论中一个重要的概念。历来论《锦瑟》、论义山诗者多就诗论诗，而顾随格外重视的是义山诗体现的"情操之自持"③。此"情操"非道德情操，而是一种文学艺术的情操，一种很高的艺术修养。何谓"情操之自持"？顾随拿陆游、黄仲则的伤感诗和李义山比。他说："若说陆、黄的诗是冒出来的，则李之诗是沉下去的，沉下去再出来。……李是用观照（欣赏）将情绪升华了。陆、黄一类诗，写欢喜便是欢喜，写悲哀便是悲哀；而观照诗人则在欢喜、烦恼时加以观照，看看欢喜、烦恼到底是什么东西。一方面观，一方面赏，有自持的功夫。沉得住气，不是不烦恼，不叫烦恼把自己压倒；不是不欢喜，不叫欢喜把自己炸裂。此即所谓情操。必须对自己情感仔细欣赏、体验，始能写出好诗。"④

顾随所讲"情操"是一种艺术修养，故体现情操者，不独李商隐一人，顾随认为："'诗三百篇'，含义所在，也不外乎'情操'二字。"⑤可见顾随给"情操"所赋予的意义之重大。他在讲《诗经》时这样解说"情操"：

> 情操（"操"，用为名词，旧有去声之读），此中含有理智在内。"操"之谓何？便是要提得起、放得下、弄得转、把得牢，圣人所说

① 关于"客散酒醒深夜后，更持红烛赏残花"的解说，参见顾随《义山诗之梦的朦胧美》，载《顾随全集》卷五，第408~409页。
② 顾随：《义山诗之梦的朦胧美》，载《顾随全集》卷五，第409页。
③ 顾随：《义山诗之梦的朦胧美》，载《顾随全集》卷五，第408页。
④ 顾随：《义山诗之梦的朦胧美》，载《顾随全集》卷五，第408页。
⑤ 顾随：《说〈诗经〉》，载《顾随全集》卷五，第8页。

"发乎情止乎礼义"（《毛诗序》）。"操"又有一讲法，就是操练、体操之"操"，乃是有范围、有规则的活动。情操虽然说不得"发乎情止乎礼义"，也要"发而皆中节"（《中庸》）。情操完全不是纵情，"纵"是任马由缰，"操"是六辔在手。总之，人是要感情与理智调和。①

然而，顾随又批评"何当共剪西窗烛，却话巴山夜雨时"太绕弯子，把感情全压下去了。照我的理解，即：李商隐用"君问归期未有期"提起相思之情后，欣赏观照得有点过度了。"巴山夜雨涨秋池"是欣赏观照，"何当共剪西窗烛，却话巴山夜雨时"还是欣赏观照——虽然"何当共剪西窗烛"一句不无情感。但总体上，在抒情与爱美（自我美化）之间，李商隐似乎很容易趋向爱美一端，于是诗中感情的成分便因被挤兑而减弱。顾随说："太诗味了，不好。"太诗味了，就是太想写得美化、诗化、美丽，这样做的结果，是美丽的言辞侵夺了一部分感情的空间。文字的能量，大约有一定的范围，美的语言和充沛的感情、思想之间的平衡被打破之后，两者就会此消彼长。顾随说："感情热烈还有工夫绕弯子？"即此之理。好比表达爱意，"我爱你"三个字，字眼并不美丽，但如果加上任何修饰，都会削减"我爱你"三字的情感力量。所以，顾随批评义山诗"冲动不够，花样好，欣赏多"。很多现代诗作者也有此病——只见其满纸云烟，绕来绕去，好不花哨，貌似很"诗化"，读后却不能动人感情。李商隐究竟是高的，能欣赏、观照（自内而外的"诗化"），低层次的所谓"诗化"只是在文辞上耍小聪明。

既然这里涉及顾随对义山的批评，那么一并来看看顾随何以认为李商隐不是伟大诗人。

前云顾随认为若举一人为中国诗人代表，必举义山、举《锦瑟》，可是他又说："然此并非诗的最高境界。从观照欣赏生活得到情操自持，然但有此功夫尚不成，因但如此则成作茧自缚，自己把自己范围在窄小生活里，非无修养，而无发展。"② 又云：

---

① 顾随：《说〈诗经〉》，载《顾随全集》卷五，第 7 页。
② 顾随：《义山诗之梦的朦胧美》，载《顾随全集》卷五，第 409 页。

义山诗好，而其病在"自画"，虽写人生，只限于与自己有关的生活。此类诗人是没发展的，没有出息的。所以老杜伟大，完全打破小天地之范围化蛾破壁飞去。其作品或者很粗糙，不精美，而不能不说他伟大，有分量。[①]

义山之小，老杜之大；义山之精，老杜之粗——两相对照，何谓"伟大、深厚"的诗，不难理喻矣。文学艺术、学问的高低，都关乎人的精神境界。这是打不破的道理。

小李杜以全才论，义山胜过牧之。义山各体皆有好诗，牧之则宜七言不宜五言，宜近体而不宜古体，而律诗又好过绝句。

**解评**：顾随讲小李杜颇详，可惜这里只择取了一句话。从诗体比较义山、牧之的成就，顾随这样说：

义山集之五七言、古近体中皆有好诗；杜樊川则只有七律、七绝最高，五律则不成，此其不及义山处，故生轻重分别。义山可谓全才，小杜可谓"半边俏"。[②]

以诗论，我同意顾随的评价。但若不以诗限评价义山和牧之的才华、成就的话，牧之更接近"全才"之称。义山成就主要限于诗歌一隅。牧之则不但为晚唐诗人翘楚之一，其文章也为晚唐重镇。另，牧之对兵法颇有研究，善论兵，曾注《孙子兵法》，《原十六卫》《战论》《守论》《罪言》等文体现的军事见识不同凡响，可惜他怀才不遇。牧之的字也好，其行书《张好好诗》真可谓俊逸潇洒，令人想见其为人。董其昌把温庭筠和杜牧视为"颜、柳"之后的书法名家，惜乎牧之书名为诗名所掩。

顾随很重视小李杜。他自称写诗"在字句锤炼上受江西诗派影响，在

---

① 顾随：《义山诗之梦的朦胧美》，载《顾随全集》卷五，第409~410页。
② 顾随：《论小李杜》，载《顾随全集》卷五，第381页。

心情修养上受晚唐影响,尤其义山、牧之"①。即顾随认为义山、牧之最可贵的价值在于其诗情、诗心,他说:"杜甫、太白无法学,一天生神力,一天生天才,非人力可致。然吾人尚可学诗,即走晚唐一条路,以涵养诗心。或者浅,不伟大,而是真的诗心。"② 除了其真的诗心、诗情外,义山、牧之的诗还有一优点,即写得调和、美,小杜、义山是中国的唯美派。

在技术上义山最成功,取各家之长,绝不只学杜。如《韩碑》之学退之,然此尚有个性,虽硬亦与韩不同。

韩偓《香奁集》颇有轻薄作品,不必学之。李义山为其世伯,义山有诗亦轻薄,韩诗盖受义山影响。或曰:韩氏诗有含蓄,含而不露。其轻薄不必提,即含蓄亦不必取韩。然其《别绪》中有句:

> 菊露凄罗幕,梨霜恻锦衾。
> 此生终独宿,到死誓相寻。

四句真好。

韩偓此诗所写即是对将来爱的追求。

一篇好的作品当从多方面去欣赏。"菊露凄罗幕",五字多美;"梨霜恻锦衾",太冷,是凄凉,本使人受不了,但这种凄凉是诗化了的、美化了的,不但能忍受且能欣赏。说凄凉,其实是痛苦,但这痛苦能忍受。天下最痛苦的是没有希望而努力,为将来而努力是很有兴味的一件事。此四句不仅对未来有一种希冀,而且是一种追求——"相寻"。"此生终独宿","独宿"二入声,浊得很;"到死誓相寻",除了"到"字,四个齿音字,真有力,如同咬牙说出。

---

① 顾随:《论小李杜》,载《顾随全集》卷五,第 389 页。
② 顾随:《论小李杜》,载《顾随全集》卷五,第 389 页。

我们今天这样讲绝不错，但韩氏当年或并未如此想，只是诚于中而形于外。

韩偓的《香奁集》并不能一概说是轻薄，后来学他的人学坏了。他的诗"此生终独宿，到死誓相寻"写得真严肃。做事业、做学问，应有此精神，失败了也认了。

韩偓诗句"临轩一盏悲春酒"（《惜花》），如何是玩物丧志？接下去一句——"明日池塘是绿阴"，大方，沉重。

**解评**：顾随对韩偓评价颇高。韩偓诗之不免于轻薄，及其所受李商隐的影响（唯美及轻薄的艳情诗方面），皆显而易见，不必提。

也有人称赏韩偓诗的含蓄——冬郎确不乏含蓄多情之作，但唐代诗人含蓄蕴藉者比比皆是，如李义山，但冬郎之含蓄不似义山之晦涩——即顾随所说"即含蓄亦不必取韩"。

而顾随对韩偓诗有极欣赏者，如《别绪》：

> 别绪静愔愔，牵愁暗入心。
> 已回花渚棹，悔听酒垆琴。
> 菊露凄罗幕，梨霜恻锦衾。
> 此生终独宿，到死誓相寻。
> 月好知何计，歌阑叹不禁。
> 山巅更高处，忆上上头吟。

这是一首描写闺中女子思恋爱人的诗。顾随极赏"菊露凄罗幕，梨霜恻锦衾。此生终独宿，到死誓相寻"四句。他说"菊露凄罗幕，梨霜恻锦衾"是凄凉、痛苦，但这痛苦能忍受——这凄凉是经过美化的。最惊人的是"此生终独宿，到死誓相寻"，顾随说这两句说的是一种追求——誓死追寻，此何等深挚，何等有力！论韩偓诗者，似乎极少有人重视这两句，顾随特为吾人揭出此二句之有力、非凡——"此生终独宿，到死誓相寻"，真不简单，虽是小女子的恋情，但人的情感至于深挚坚贞，一往情深，便是可敬的境界。即便与屈原"哀吾生之无乐兮，幽独处乎山中。吾不能变心

而从俗兮，固将愁苦而终穷"（《涉江》）的表白相比，此二句的力量也不
逊色。

顾随曾作有《和香奁集》① 四十题（43 首），可见他对韩偓的看重。他
说："切莫把韩偓诗看成恋爱。"为什么？陈子昂"岁华尽摇落，芳意竟何
成？"（《感遇》）是悲春，其实是"感遇"。"切莫把韩偓诗看成恋爱"，顾
随《和香奁集》亦可作如是观。韩偓诗当然写恋爱，但不全是恋爱，《香奁
集》也不全是恋爱。韩偓诗有很深的寂寞，包括其恋爱诗。美人芳草，理
想也。"到死誓相寻"，寻什么？寻理想。"此四句不仅对未来有一种希冀，
而且是一种追求——'相寻'。""韩偓此诗所写即是对将来爱的追求。"你
可能会认为韩偓这两句诗无非写女子的深情，并无追寻理想之意——对，
顾随说："韩氏当年或并未如此想。""追寻理想"之意是我们升华出来的，
于韩偓而言，"只是诚于中而形于外"②。"此生终独宿，到死誓相寻"，分
明有种追寻理想的精神，此精神即屈原"亦余心之所善兮，虽九死其犹未
悔"的精神。爱情也罢，政治也罢，为理想而生死以之，其精诚是一致的，
所以顾随说："做事业、做学问应有此精神，失败了也认了。"

顾随说"韩偓的《香奁集》并不能一概说是轻薄"，即承认其有轻薄之
概，但也不尽然。试看七律《寄湖南从事》：

> 索寞襟怀酒半醒，无人一为解余酲。
> 岸头柳色春将尽，船背雨声天欲明。
> 去国正悲同旅雁，隔江何忍更啼莺。
> 莲花幕下风流客，试与温存谴逐情。

国事绸缪，理想催危，流贬僻壤，于是寄身声色以求慰安，这大概是
韩偓许多艳诗的或近或远的背景。历史上，韩偓是一个政治色彩非常浓厚
的人（此点远胜于李商隐）。他是大厦将倾的晚唐时期一个举足轻重的重

---

① 《和香奁集》作于 1937 年 10 月至 1938 年 1 月，未刊行。参见《顾随全集》卷一。
② 顾随说："一篇好的作品当从多方面去欣赏。"好的读者、批评家，可以从作品中读出比作
者的本意更多、更有意味的意思。这是文艺评论的正常现象。木心说："评论，要评到作
者自己也不知道的好，那是作者本能地在做，评价从观念上来评。"（木心讲述，陈丹青笔
录《文学回忆录》下册，第 1078 页。）

臣，始终站在弄权作乱的崔胤和朱全忠的对立面，保持着正直的节操。假如，韩偓把他在政治上的许多所思所为以诗笔写出来的话，一定会为其赢得更多的大丈夫的文学形象。身在政治核心地带的人，往往并不会写太多的政治诗。且不论主观意愿如何，客观上，政治生活太过复杂，诗便不足以表达了。从实际生活看，韩偓绝对是一个有沉重感的人，而后人多被某种片面说法所误导，忽略了他的严肃，甚至沉痛。昭宗天复三年，韩偓被贬濮州，赴贬所途中，他写有《出官经硖石县》一诗，其中有句："谪宦过东畿，所抵州名濮。故里欲清明，临风堪恸哭。"真是沉痛。"相逢莫话金銮事，触拨伤心不愿闻"（《赠僧》）此等伤心，非个中人，不能体会。

那么，如何看韩偓的香艳之作呢？方回《瀛奎律髓》评《幽窗》曰："致尧笔端甚高……善用事，极忠愤，惟'香奁'之作词工格卑，岂非世事已不可救，姑流连荒亡以纾其忧乎？"此言是也，但也不全是——倘再朝人性逼近一步，其实，流连风月也是人的素性使然。这个"素性"就是人的好色。韩偓对此并不讳言。其七绝《病忆》云："信知尤物必牵情，一顾难酬觉念轻。曾把禅机销此病，破除才尽又重生。"倒是坦坦荡荡。另，《香奁集》是韩偓青年时期的作品。① 明代胡震亨《唐音癸签》谓其"冶游诸篇，艳夺温李，自是少年时笔"②。韩偓中晚年的作品，虽谈不上"结束铅华归少作"，但一介贵公子，年少之时，未官之际，风流浪情，吐辞香艳，自是常情常理。再者，《香奁集》的艳情作风，与晚唐进士的浮浪风气也有关，此点陈寅恪即曾揭示。③ 但这只是外因，韩偓的"轻薄"，根源还是在于他的素性风流以及因痛苦而寻求慰藉的心理背景。

艳诗、艳词，是文学中的一大宗，如何看待艳情文学呢？学者康正果说："艳诗的创作美化了诗人们的生活。"④ 此言甚是。艳诗是对诗人们风月

---

① 韩偓《〈香奁集〉自序》称其诗作于庚辰、辛巳之际到辛丑、庚子之间，即公元860年到880年间，在他昭宗龙纪元年（889）中进士之前。

② （明）胡震亨：《唐音癸签》，上海古籍出版社，1981，第80页。

③ 陈寅恪云："故唐之进士一科与娼妓文学有密切关系，韩偓以忠杰著闻，其平生著述中香奁一集，淫艳之词亦大抵应进士时所作，然则进士之科其中固多有浮薄之士如李德裕、郑覃之言殊未可厚非，而数百年之社会阶级背景实与有关涉，抑有可知矣。"（陈寅恪：《唐代政治史述论稿》，唐振常导读，上海古籍出版社，1997，第90页。）

④ 康正果：《晚唐诗人韩偓》，《陕西师范大学学报》（哲学社会科学版）1983年第1期。

生活的记录，但实际的风月游冶生活要比诗中所展现的庸俗一些，风流才子们用诗对其进行了美化。美化，非为掩盖也，乃因游冶生活要写成诗，必须美化。倘若写得太直率，不易形成美感，且多有禁忌。人类好色，文学中必有艳情文学、色情文学一类，否则文学就不真实。那么，就作者而言，为何要写艳诗呢？大概是出于自我欣赏，甚或不无炫耀的心理。"往年曾约郁金床，半夜潜身入洞房。怀里不知金钿落，暗中惟觉绣鞋香。"（《五更》）放浪于艳情，是为了欲望、愿望的满足，这种满足对于文人来说，还要延伸到文字中来。①

韩偓诗有轻薄、有严肃，可后人往往只学其浮艳轻薄的一面，这便学坏了。冬郎的严肃，实与他的时代、遭遇不可分割。人说晚唐诗有种"世纪末"的悲哀，此言不差。晚唐之际，一片乱象横生、大厦将覆的政治氛围，身处其中的敏感文人怎能不被颓唐悲哀所浸透？然而，因《香奁集》具有渲染色情的倾向，后世艳体诗词多效仿者，且变本加厉，产生了一些不良影响，此非韩偓之错，乃后人东施效颦之误也。

顾随说："韩偓诗句'临轩一盏悲春酒'，如何是玩物丧志？"亦即提醒我们不可将韩偓诗一概以轻薄视之，否则冬郎写不出"临轩一盏悲春酒"这样的诗句？"临轩一盏悲春酒"出自七律《惜花》，全诗如下：

---

① 现代评论韩偓的最早的论文，是发表于《东方杂志》1945 年第 41 卷第 8 期的邵祖平的《韩偓诗旨表微》。邵文有意为韩偓轻薄之名翻案，他说韩偓诗"其寄兴之深微，措辞之婉愤，留连哀思，悠游隽华，有唐三百载，除盛唐李杜王孟诸公外，鲜能凌铄其上，其七言律诗一体，自贬濮州后，避地湖南福州，造述尤富，实天下之奇作，与其谓为香艳诗，毋宁谥为丧乱诗之得当也"。并将韩偓诗与屈原"香草美人"之作相提并论，即邵祖平压根否认了韩偓诗的轻薄浮艳。关于韩偓的《香奁集》，邵祖平也做了辩解，以为《香奁集》之寄情女子实亦屈骚托心美人、自喻芳志的手法，且得温柔敦厚、兴观群怨之诗旨。可是《香奁集》中毕竟有描摹男女性爱的词句，冬郎的有些诗就是直写男女性事，无他耳。邵祖平亦举"临去莫论交颈意，情歌休著断肠词"（《别锦儿》）句，以为此句"纤艳极矣，然其诗旨却极忠厚"。继而引王半塘（王鹏运）对欧阳炯"兰麝细香闻喘息，绮罗纤缕见肌肤"（《浣溪沙》）的评语"奚啻艳而已，直是大且重，苟无花间词笔，孰敢为斯语者？"邵祖平说："夫喘息之于交颈，殆有甚焉，而半塘老人以为大且重，岂非服其大胆敢作正面描写乎？正面描写，正是放笔为直干手段，下等词人作'云雨巫山'、'闭月羞花'、'沉鱼落雁'诸代名词者，正见其忸怩丑态，小家气不大方而已。"半塘老人对韩偓香艳诗的评语，真乃卓见。文学中必有性描写之一格——正面描写，且具美感，即为艺术之能事。另，叶嘉莹听顾随的课是在 1942 年至 1948 年，邵祖平《韩偓诗旨表微》发表于 1945 年，故可以说顾随和邵祖平都是最早推尊韩偓的现代学人。

邹白离情高处切，腻香愁态静中深。
眼随片片沿流去，恨满枝枝被雨淋。
总得苔遮犹慰意，若教泥污更伤心。
临轩一盏悲春酒，明日池塘是绿阴。

　　此诗前三联写物平平，第七句"临轩一盏悲春酒"，好，有态度了，把前面的写景之句，以及自己的悲怀都道了出来。接下来一句——"明日池塘是绿阴"，顾随评曰"大方，沉重"。因为这一句把前面流水落花的凄惨宕开了，"绿阴"仍暗示着花落，但非直说，而且是想象中的"明日"，不是眼前。这是一种"间离效果"，含蓄、隐忍。此其所以大方而沉重也。

　　对韩偓的评价，历来褒贬不一。现代，有关韩偓的研究一向冷落，且往往评价不高。顾随虽没有写关于韩偓的专文，但他对韩偓的评价，能够透过韩之"轻薄"看到其严肃、大方，其眼光之独到、深刻，值得我们重视。他推韩偓为晚唐大诗人，也是不同流俗的看法。

# （十二）词之"一祖三宗"

词之"一祖"乃李后主。词之"三宗"乃冯正中、晏同叔、欧阳修。

解评：所谓"一祖三宗"，是宋末元初方回对"江西诗派"宗师谱系的一个建构，"三宗"为黄庭坚、陈师道、陈与义，因江西诗人皆师法杜甫，故奉杜甫为"祖"。词史上本无"一祖三宗"之说，顾随这里借用此说，以推崇李后主、冯正中、晏同叔和欧阳修在词史上的崇高地位及一脉相承的关系。此地位，不仅因几位词人造诣特高，也因其开风气的作用。

首先，李后主真可谓词史上第一位大词人，王国维云："词至李后主眼界始大，感慨遂深，遂变伶工之词而为士大夫之词。"洵为的评。

冯正中的地位，也可由王国维的评论见之，他说："冯正中词虽不失五代风格，而堂庑特大，开北宋一代风气。"所谓"堂庑特大"大约指冯正中的词虽不出男女相思、伤春悲秋等传统题材，但其所写透露出一种深厚的普遍性的人生感慨，气象阔大，而文辞淡雅雍容。冯正中写景抒怀有时极为开阔，如《抛球乐》词："坐对高楼千万山，雁飞秋色满阑干。烧残红烛暮云合，飘尽碧梧金井寒。咫尺人千里，犹忆笙歌昨夜欢。"真是大开大合。另，王国维说李后主词为士大夫之词，其实冯中正词在士大夫情怀的表现上已导夫先路。罗庸有段评论冯延巳的话，曰："词至正中，遂由写事转到写情，由对外转到内向之趋势，晚唐及二蜀词之渣滓，及此尽去，故中正之出，为词划一新时代：由情浅而转深，内容由浊而清，由力弱转为强健。故云：自二蜀而上，唐也；南唐而下，宋也。中正实为唐宋词分野转戾之人。"[1] 甚是。李后主辈

---

① 郑临川记录，徐希平整理《箫吹弦诵传薪录——闻一多、罗庸论中国古典文学》，第329页。

分晚于冯正中，顾随推后主为词之"一祖"，乃自其造诣成就而言。

晏殊，在继承五代令词的基础上，进一步加深了词的蕴涵深度——尤其是词的哲思意味，提升了词品。宋初不乏令词作者，如王禹偁、钱惟演、寇准等人，但他们皆非专家，唯晏殊特出，故前人推晏殊为"北宋倚声家初祖"。

欧阳修词婉丽深永，而又注入诗人放达之致，别开一境。清代冯煦说欧词"疏隽开子瞻，深婉开少游"（《宋六十一家词选例言》），可见其于词风的影响。

要之，词的"一祖三宗"之说，不必太当真，但此说法有益于我们认识词的发展史。


冯正中，沉着，有担荷的精神。中国人缺少此种精神，而多是逃避、躲避，如"因过竹院逢僧话，又得浮生半日闲"（李涉《题鹤林寺僧舍》）。宁愿同学不懂诗，不作诗，不要懂这样诗，作这样诗。人生没有闲，闲是临阵脱逃。冯正中"和泪试严妆"（《菩萨蛮》），虽在极悲哀时，对人生也一丝不苟。


**解评**：冯正中有担荷精神的词，如"和粉泪，一时封，此情千万重。……将远恨，上高楼，寒江天外流"（《更漏子》）、"旧约犹存，忍把金环别与人"（《采桑子》）、"离人数岁无消息，今头白，不眠特地重相忆"（《归自谣》）……此等深情即为担荷。这担荷，非关家国，只为爱情，且皆是寂寞女子相思之深情。担荷是一力承担，绝不放弃的精神。正中《谒金门》有句曰："起舞不辞无气力，爱君吹玉笛"——这已超越担荷，简直是牺牲！有担荷精神，则其沉着之致自不待言。

顾随重"担荷"精神。他推崇陶渊明，缘由之一即陶之"担荷"。由此扩大至中国人的民族性格，顾随认为中国人少承担精神，多逃避、躲避，此言甚是——近代以来许多人曾指出中国人这种"逃避主义"。原因当在于不认真（王安石云"人习于苟且非一日"）和自私（事不关己，高高挂起），不但逃避集体责任，连自己的责任都逃避。顾随这段话讲得相当峻切——人生没有闲，闲是临阵脱逃。这与他所处的危难时代有关，但根本上是他的一种人生哲学，牵涉人对生命的认识。所谓"闲"，在顾随看来，是对生命的不负责——生命中不能承受之轻。

顾随举冯延巳"和泪试严妆"句说明一种极认真的人生态度，甚恰。王国维《人间词话》云："正中词品，若欲于其词句中求之，则'和泪试严妆'，殆近之欤？"[1] 是也。但并未说明其道理——顾随说是"一丝不苟"。冯延巳本是写女子的深情，而王国维、顾随将其扩大至严肃认真的人生态度。[2]

胡适之评大晏：

闲雅富丽之中带着一种凄惋的意味。（《词选》）

"闲雅富丽"是外形，"凄惋"是内容。然胡氏所言只对一半，闲雅、富丽、凄惋之外还有东西。

解评：有什么东西？大约就是顾随所言"感情外有思力""理智明快"。词是最典型的抒情诗，但此抒情特质不是纯而又纯的，它必然会渗入诗人的哲思。晏殊尚是含蓄其事，至东坡、稼轩则以词悟叹人生、谈禅论道，虽为词中殊调，要之不能纯然以抒情目词。学界盛谈的中国文学的"抒情特质"亦然——不能绝对化，抒情之外也有思力、理智。

大晏的特色乃是明快。此与理智有关。平常人所谓理智不是理智，是利害之计较，或是非之判别。文学上的理智是经过了感情的渗透的，与世法上干燥、冷酷的理智不同，这便是明快。如其《少年游》下片：

霜前月下，斜红淡蕊，明媚欲回春。莫将琼萼等闲分，留赠意中人。

---

[1] 陈鸿祥编著《〈人间词话〉〈人间词〉注评》，江苏古籍出版社，2002，第36页。

[2] 冯延巳《浣溪沙》其二："转烛飘蓬一梦归，欲寻陈迹怅人非。天教心愿与身违。待月池台空逝水，荫花楼阁谩斜晖。登临不惜更沾衣。"亦有顾随所谓"担荷精神"，尤其"登临不惜更沾衣"一句真令人动容。

冯正中对人生只是担荷，大晏则是有办法。《珠玉词》乃是《阳春词》的蜕化，并非相反。冯氏有担荷精神，大晏有解决的办法。

大晏写"莫将琼莩等闲分，留赠意中人"不是偶然的，是意识了的。他如：

> 满目山河空念远，落花风雨更伤春。不如怜取眼前人。(《浣溪沙》)

> 不如怜取眼前人，免更劳魂兼役梦。(《木兰花》)

> 不如归傍纱窗，有人重画双蛾。(《相思儿令》)

> 闲役梦魂孤烛暗，恨无消息画帘垂。且留双泪说相思。(《浣溪沙》)

人生最留恋者过去，最希冀者将来，最悠忽者现在。

"满目山河空念远，落花风雨更伤春"是希冀将来，留恋过去，而"不如怜取眼前人"是努力现在。这样作品不但使你活着有劲，且使你活着高兴。你不要留恋过去，虽然过去确可留恋；你不要希冀将来，虽然将来确可希冀。我们要努力现在。

大晏说"不如怜取眼前人""不如归傍纱窗，有人重画双蛾"，假如"眼前"无人可"怜"，"窗下"也无人"画双蛾"，则"且留双泪说相思"，或如义山"可能留命待桑田"（《海上》）。只论"留"字，李义山之"留"字与大晏二"留"字同，而义山用"可能"二字，是怀疑的；不如大晏，大晏是肯定的，不论成功、失败，都如此。

解评：顾随以为大晏词的面目是"明快"。明快是经过感情渗透的理智，其中心在理智。明快为艺术特色,自精神而言,则为明哲。顾随此段话意在表彰大晏的人生态度。此态度为看穿人生的悲哀,却不沉溺于伤感——不仅旷达,而且有解决办法。"莫将琼尊等闲分,留赠意中人""不如怜取眼前人"等话语,的确是面对人生困境的一种积极有力的解决办法。《珠玉词》是《阳春集》(即顾随所说《阳春词》)的蜕化,意为大晏是在冯延巳担荷精神的基础上更进一步——有办法,冯延巳所写但为情感上的担荷。

"你不要留恋过去,虽然过去确可留恋;你不要希冀将来,虽然将来确可希冀。我们要努力现在。"这简直是人生格言。中国传统文人过分留恋过去,现代人曾一度过分希冀将来,二者虽皆为人之常情,但就人生智慧而言,最好莫过于努力现在。因为过去、未来都不如现在切实、重要,且努力现在即可融贯过去、未来。从这种人生哲学,可以见出顾随与传统文人以及现代主流知识人的不同。

《诗·秦风·蒹葭》所表现的追寻是平面的,而晏同叔之"昨夜西风凋碧树"(《蝶恋花》)则更多一手——上下,真是悲壮、有力。此可代表中国文学之最高境界。张炎之"折得一枝杨柳,归来插向谁家"(《朝中措》),未尝不表现人生,非纯写景,而所表现是多么没出息、多么软弱之人生;大晏所写是多么有力、上进、有光明前途的人生。

作品思想好坏之相差,说远,远在天边;说近,其间不能容发。

**解评**:将《蒹葭》和晏殊《蝶恋花》(昨夜西风凋碧树)相比,出于王国维,其《人间词话》云:

> 《诗·蒹葭》一篇,最得风人深致。晏同叔之"昨夜西风凋碧树。独上高楼,望尽天涯路",意颇近之。但一洒落,一悲壮耳。①

---

① 陈鸿祥编著《〈人间词话〉〈人间词〉注评》,第 69 页。

顾随以为晏殊《蝶恋花》与《蒹葭》还有一区别——《蒹葭》是平面的（所谓伊人，在水一方），《蝶恋花》上片是平面，下片"独上高楼"则上去了，"望尽天涯路"平添高远之致；"欲寄彩笺兼尺素，山长水远知何处"则为深远，情感是悲哀，悲哀中有执着。此词之悲壮，即与其"上下求索"的意态有关。顾随认为这种有力的悲壮感是中国文学最高境界。悲壮是深沉、高远、有力的境界。

张炎"折得一枝杨柳，归来插向谁家"与晏殊《蝶恋花》下片相比，的确显得软弱。软弱是人性，但文学最好表现有力的东西，秦观"有情芍药含春泪，无力蔷薇卧晓枝"为纯写景，但景物如此柔弱，未免让人不悦。艺术应当是人的强心针。在此意义上，艺术的作用近于宗教（宗教没有艺术的自由感）。不过，顾随又意识到：表达希望，表现有力，有一危险，即"容易成为叫嚣。文学不是口号、标语"。此点，在顾随所目睹的现代文学，尤其是左翼文学中甚为触目，他是有感而发的。标语、口号不是文学，是政治。"文以载道"本是非常深刻的理论，可现代的"新载道文学"却把文学与政治的强行牵合推到了极为扭曲的程度。

上所举大晏一类词是好的，有希望，有前途；而又最容易成为叫嚣。文学不是口号、标语。

**解评**：见上。

文学中最高境界往往是无意。《庄子·逍遥游》所谓"无用之为用"大矣，无意之为意深矣，愈玩味，愈无穷；愈咀嚼，味愈出。有意则意有尽，其味随意而尽。要意有尽而味无穷。大晏便是如此：

> 昨夜西风凋碧树。独上高楼，望尽天涯路。（《蝶恋花》）

只此十六字，而味无穷。作者是不得不如此写，以为必如此写始合于其心，而在读者看来，此种技术真是蛊惑，叫我们向右不能向左，叫我们向左不能向右，简直是被缠住了。正如歌德《浮士德》一出，唤起德国之魂，千百年以前的作品，到现在还生气虎虎。

解评：晏殊此句所表现的，实为一种人生境况和人生态度——境况为悲苦，态度是为理想而上下求索，绵绵不尽。此十六字确可为人生境界之象征。作者不得不如此写，即无意。文学中无意的境界，是心田中有某种情思的种子，经久蕴蓄，涌流而出。顾随说晏殊此十六字有种魔力，他谓之"蛊惑"——"叫我们向右不能向左，叫我们向左不能向右，简直是被缠住了"①。这是一种特殊的阅读经验，即作品的力量强大到让读者的自我消失的状态，即俗话所说"掉进去了"。此时，你没有反观自己及批评作品的精神力量，你的精神维度低于作品所呈现的精神维度。不论这一过程是暂时的，还是到此为止，这一状态就是顾随所谓"蛊惑"。艺术至蛊惑人心，夫复何言？

大晏词尽管有无意义、无人生色彩的，而照样好、照样蛊惑人。如其《破阵子》"忆得去年今日"与"燕子来时新社"两首中，"长条插鬓垂"与"笑从双脸生"原是很平常，但写得好，说"长条"便"长条"，说"插"便"插"，说"垂"便"垂"，此便是蛊惑。自大晏一传而为欧阳，再传而为稼轩。

解评：无意义、无人生色彩的作品，近于西方象征主义诗学所谓"纯诗"。词中多此类作品。晏殊《破阵子》"忆得去年今日"与"燕子来时新社"分别如下：

忆得去年今日，黄花已满东篱。曾与玉人临小槛，共折香英泛酒

---

① 即赵尊岳评晏殊词云："一字一句，落落大方。"（赵尊岳：《填词丛话》卷三，转引自张草纫笺注《二晏词笺注》，上海古籍出版社，2008，第206页。）

厄。长条插鬓垂。　　人貌不应迁换，珍丛又睹芳菲。重把一尊寻旧径，所惜光阴去似飞。风飘露冷时。

燕子来时新社，梨花落后清明。池上碧苔三四点，叶底黄鹂一两声。日长飞絮轻。　　巧笑东邻女伴，采桑径里逢迎。疑怪昨宵春梦好，元是今朝斗草赢，笑从双脸生。

的确，这两首词中最平常的句子，莫过于"长条插鬓垂"与"笑从双脸生"两句，而最动人的即是此二句。"长条插鬓垂"，不仅可见玉人鬓插黄花的美丽模样，亦可想见其憨笑娇嗔——"笑从双脸生"，何等简单而又何等动人！其好处在"不隔"。若要修饰，曰"笑靥如花"，则太隔。诗词中写笑少，写哭多。笑难写。哭可以侧写（如"泣下沾襟"），笑很难侧写。顾随说："说'长条'便'长条'，说'插'便'插'，说'垂'便'垂'，此便是蛊惑。"意思是晏殊所用的词语准确到家了，一字不可易，非如此不可。所谓"蛊惑"，就是这种让读者"无话可说"的感觉。

顾随所举这两首《破阵子》其实都是有人生色彩的（前词伤感，后词欢快），他所说的无意义、无人生色彩的是词中的句子（不过，"笑从双脸生"是有人生色彩的）。词中无人生色彩的，最典型的是咏物词，许多咏物词也有人生隐喻，但纯然咏物的很多。

大晏之明快词如《浣溪沙》（淡淡梳妆）、《相思儿令》（春色渐芳）、《少年游》（重阳过后）、《玉楼春》（帘旌浪卷）。情、思，原是相反的，而在大晏词中，情、思如水乳交融。

**解评**：顾随所举晏殊几首明快词，兹不一一，仅看其《少年游》：

重阳过后，西风渐紧，庭树叶纷纷。朱栏向晚，芙蓉妖艳，特地斗芳新。

霜前月下，斜红淡蕊，明媚欲回春。莫将琼萼等闲分，留赠意中人。

所谓"明快",非单指景色的明媚,关键要有洒脱的智慧。

晏殊词的情思交融、情理结合,用顾随的话讲,即"情操"。顾随讲诗、文,颇重"情操"。顾随讲"诗三百",开篇就从何谓"情操"讲起,他说:

> "诗三百篇"含义所在,也不外乎"情操"二字。
>
> 要了解《诗》,便不得不理会"情操"二字。《诗》者,就是最好的情操。也无怪吾国之诗教是温柔敦厚,无论在"情操"二字消极方面的意义(操守),或积极方面的意义(操练),皆与此相合。①

古今论《诗经》者多矣,从未有人以"情操"来论《诗经》之本,顾随的"情操"说真值得我们重视。他评论散文也讲"情操",如:

> 人与文均须有情操。曹子桓此文(按:指《与朝歌令吴质书》)真有情操。情,情感;操,纪律中有活动,活动中有纪律,即所谓操。意志要能训练感情,可是不能无感情。如沈尹默先生论书诗句所言:"使笔如调生马驹。"②

> 中国散文家内,古今之中无一人感觉如文帝之锐敏,而感情又如此其热烈者。③

> 魏文帝感情热烈而又有情操,且是用极冷静的理智驾驭(支配、管理)极热烈的情感,故有情操,有节奏。此需要天才,也需要修养。④

"情操"说实为顾随的一种文艺理论,他说:

> 文学艺术,代表一国国民最高情绪之表现。说情绪,不如说情操。

---

① 顾随:《说〈诗经〉》,载《顾随全集》卷五,第8页。
② 顾随:《〈文选〉选讲》,载《顾随全集》卷七,第209页。
③ 顾随:《〈文选〉选讲》,载《顾随全集》卷七,第215页。
④ 顾随:《〈文选〉选讲》,载《顾随全集》卷七,第213页。

情绪人人可有，而情操必得道之人、有修养之人。情操非情绪，亦非西洋所谓个性。每人作品皆有简单而又神秘之境界，西洋谓之个性，不对。因个性乃听其自然之表现；而文学艺术最高之情操表现，非听其自然之表现。①

就文艺的本质而言，"情绪""个性"都是不可或缺的因素，但都不及"情操"的含义全面，艺术家、有道者之所以文明，就在于他们既充满情绪，又能掌控情绪、升华情绪。而且，心理学上所谓"情操"还意味着稳定的心理状态，所以我们说"操守"、情绪、个性都容易"失守"。能守得住的心理状态，肯定是更深刻、更高级的心理状态。汉语又有一词曰"陶冶情操"，此"情操"指的是审美，还是道德？应该说都有。"情操"包含了审美、道德、理智等方面。如读诗，真、善、美都可以获得。读诗的过程，就是培养人的真、善、美的过程。因此，顾随说《诗经》所表现者无非"情操"二字。"兴、观、群、怨""思无邪"都是情操。"一屋不扫何以扫天下"是情操，"黎明即起，洒扫庭除"也是情操。"情操"就是让人的精神境界升华的心理、意识。

照顾随的意思，文艺是最高情操的表现。此一观点，实不多见，值得我们重视。

大晏之蕴藉词如《清平乐》（金风细细）。此类颇似晚唐诗者，在其集中尚有。词比诗含蓄性差，词中此类作品少。词比诗显露，不含蓄，而其好亦在此。如"折得一枝杨柳，归来插向谁家"，我们尽管轻它无意义，平常的伤感，而忘不了，有魔力。《珠玉词》之蕴藉作品可以说是前无古人，后无来者。至于词是否当如此写，乃另一问题。（五言古最当蕴藉，故唐宋不及六朝，唐人尚可，宋人就不成。）

**解评：**晏殊《清平乐》（金风细细）如下：

---

① 顾随：《〈中庸〉说解》，载《顾随全集》卷七，第 41~42 页。

　　金风细细，叶叶梧桐坠。绿酒初尝人易醉，一枕小窗浓睡。

　　紫薇朱槿花残，斜阳却照阑干。双燕欲归时节，银屏昨夜微寒。

　　顾随说这首《清平乐》与晚唐诗接近。晚唐诗的风致是唯美、轻灵、蕴藉（且勿论其感伤），故晚唐诗人韦庄、温庭筠能转五七言诗为长短句。

　　《清平乐》之好尤在蕴藉。顾随认为词比诗显露，少含蓄。通常皆以为诗直率而词含蓄，顾随则反是。我认为，顾随所说词的显露、少含蓄，或指词抒情更直接，尤其是男女之情。这与词的婉细并不矛盾。显露是内容，婉细是方式。就表达方式而言，诗中隐微曲折之作颇多，词中直白坦率者正复不少。至少在男女之情的表达上，词比诗显露得多，这与文体的体性有关——诗为士大夫庄重之作（民歌除外），词则是从风月柔情中产生的艺术，诗庄词媚，各有相宜。

　　蕴藉，其实是中国诗歌，也可以说是中国艺术最核心的审美理想——蕴藉即含蓄有味。前人对晏殊词也多以"蕴藉"评之，而顾随将其推为前无古人，后无来者。征之词史，斯言不虚。晏殊之前、之后，多有蕴藉作家，如冯正中、欧阳修，可冯正中也有"起舞不辞无气力，爱君吹玉笛"这样率直的表达，欧阳修的豪宕更不待言；晏几道词婉丽曲折，但似乎没有大晏词来得蕴藉——蕴藉不仅是含蓄，还当有种落落大方之态，李清照、姜夔即无此风度。蕴藉当是含蓄而有内蕴，既关乎形式，也关乎内容。南宋吴文英、王沂孙、张炎等人的词，托喻隐微，低回不已，含蓄则含蓄矣，但少大方之态，至于其晦涩难晓处，更不可以蕴藉称之。另，蕴藉也不等于内敛。内敛是硬性的、用力的，蕴藉是柔性的、放松的。

　　有意味的是，据记载，晏殊"赋性刚峻"，且曾屡遭拂逆，我们在他的词中看不到锋芒，更没有牢骚，却有一份"解决办法"的理智，如"不如怜取眼前人"，此当与其"刚峻"有关。

　　大晏之伤感词如《浣溪沙》（一向年光）、《采桑子》（阳和二月）、《采桑子》（时光只解）、《凤衔杯》（青蘋昨夜）、《破阵子》（忆得去年）、《破阵子》（湖上西风）、《山亭柳》（家住西秦）。

**解评**：以上所举伤感词，最震撼人心者是《浣溪沙》（一向年光）；最悲凉激越的是《山亭柳》（家住西秦），论者皆认为此词在一向蕴藉的晏殊词中颇为罕见，此首之作，大似白居易在江州遇琵琶女而自伤身世。

伤感，是中国古典诗歌格外浓重的一个面目。且不说伤感之情，仅有"泪"字的诗句，在两千多年的中国诗史中就无所不在。中国诗以抒情诗为主。顾随说"抒情诗人多带伤感气氛"，因抒发伤感可宣泄伤心。人高兴时，情绪当即释放，不必再用文字抒发。因而，"抒情诗人之有伤感色彩是先天的、传统的，可原谅"。但顾随认为伤感是中国诗人弱点，冯正中、晏殊、欧阳修都有此弱点，而好在他们除伤感外，还有沉着、明快、热烈等特质。"伤感不要紧，只要伤感外还有其他长处；若只是伤感，便要不得。"如屈原，真是伤感诗人之祖，但屈原除伤感外，还有热烈、坚毅、思想、理想。伤感，单独来看，是一种自怜之情，若局于伤感，境界就狭小了。

抒情诗人多带伤感气氛。抒情诗人之有伤感色彩是先天的、传统的，可原谅，唯不要以此为其长处。而平常人最喜欣赏其伤感，认短为长，把绿砖当真金。

**解评**：见上。

别人写秋天是衰飒的，大晏是明丽的，虽然也有伤感作品，但只是一部分。

**解评**：如前举《少年游》中的"朱栏向晓，芙蓉妖艳，特地斗芳新。霜前月下，斜红淡蕊，明媚欲回春"、《清平乐》中的"紫薇朱槿花残，斜阳却照阑干"，再如《诉衷情》上片"芙蓉金菊斗馨香，天气欲重阳。远村秋色如画，红树间疏黄"等，都格外明丽。顾随说大晏词的色彩好，诚然，他写秋、写春，都色彩丰富。秋天本就富于色彩，尤其是初秋，绚丽清朗，别有一种成熟的明丽。衰飒之秋，或明媚之秋，端取决于诗人的心境及其选择。

刘禹锡七绝《秋词》云："自古逢秋悲寂寥，我言秋日胜春朝。晴空一鹤排云上，便引诗情到碧霄。"所写是一种意见，是说明，不是感染人。

　　冯正中、大晏、欧阳修三人共同的短处是伤感。无论其沉着、明快、热烈，皆不免伤感。此盖中国抒情诗人传统弱点。伤感不要紧，只要伤感外还有其他长处；若只是伤感，便要不得。

　　**解评**· 关于伤感，见上。

　　冯正中、大晏、欧阳修常被相提并论。顾随对此三人都很推崇，但也有高下之论。如他说："冯正中、李后主于词高处只是写而不作，珠玉、六一间有作，而脍炙人口之什亦多是写。"[1] 其所谓"写"指自然、自在为文，"作"指着意为文。就艺术表现论，顾随认为冯正中高于珠玉、六一。

　　关于大晏和欧阳修的比较，顾随说王静安"谓珠玉逊于六一，则亦未敢强同。大晏之词，陆士衡所谓'石蕴玉而山辉，水含珠而川媚'，其道着人生痛痒处，若不经意而出，宋之其他作者，用尽伎俩，亦不能到，非独见地无其明白，抑且感触无其真切也。六一精华外露，含蓄渐浅，遂开豪放一派，自下珠玉一等"[2]。这是将内容与作风兼而论之。

---

① 顾随：《说辛词〈贺新郎·赋水仙〉》，载《顾随全集》卷三，第83页。
② 顾随：《小议〈静安词〉及樊序》，载《顾随全集》卷三，第91页。

# （十三）欧阳修

宋代之文、诗、词，皆奠自六一。文，改骈为散；诗，清新；词，开苏、辛。欧文学之不朽，在词，不在诗、文。

**解评**：欧阳修在宋代文学中地位之重要，已是公论。其文、诗、词皆"继往开来"。顾随说继往开来"是整个功夫"。欧阳修能有如此贡献，一则以其才大；再则，文、诗、词在北宋中期尚有许多开拓空间；另外，顾随说欧阳修在宋代的影响比韩愈在唐代的影响更大，"并非其诗文成就更大，乃因其官大"①。所谓官大，指欧的官位比韩高。此点也很重要。如欧阳修嘉祐二年（1057）主持贡举，打击太学体，选拔了苏轼、苏辙、曾巩、张载等人，就对改良文风起了很大作用。他乐于培养后进，且以文坛盟主自居，故天下文士翕然从之。

不过，作为文学全才，欧阳修的诗远逊于其文与词。② 顾随认为欧阳修之不朽在于他的词，不在诗、文。学者通常认为欧阳修成就最高的是文。自文学史论之，欧阳修的文章事业，基本上是对韩愈的继承。就词而论，欧公则是"继往开来"。顾随说欧词"沉着痛快"，沉着是"继往"（继承二主、冯延巳、晏殊等），痛快则是"开来"（开苏、辛先河）。故而，顾随认为胡适以为欧阳修词承五代作风的观点不对③，他认为欧阳修"奠定宋词之基础"。

---

① 顾随：《宋诗说略》，载《顾随全集》卷六，第6页。
② 王国维认为五代、北宋以降，诗远不及词，如永叔、少游，诗词兼善，而其"词胜于诗远甚"，因为"其写之于诗者，不若写之于词者之真也"（《人间词话》）。观堂所言现象是也，但他所说的原因，窃以为并不全面（且观堂此语有贬低诗的真诚度的偏颇），永叔、少游，包括东坡诗不如词，主要还是因为诗在宋以前太辉煌了，而词这种文体在北宋则处于蓬勃兴盛之中。
③ 胡适的原话是"欧阳修的词直接五代，仍是《花间》一派"（参见胡适选注《词选》，刘石导读，中华书局，2010，第58页），说欧阳修仍是《花间》一派，显然不符合事实。

继往开来，大不易。文学史上，能继往开来者是有数的，杜甫、韩愈、欧阳修可以当之。这是英雄造时势，时势造英雄。顾随说："一种文学到了只能'继往'，不能'开来'，便到了衰老时期了。"如清朝末年，中国传统文学便只能继往，不能开来了。

顾随所说六一词的"痛快"，也可说是"清狂"（晏欧清丽复清狂）。清狂不是狂纵，更不是狂妄、疯狂，而是有节制的狂。此种情态，顾随谓之"意兴"。他说："若说大晏词色彩好，则欧词是意兴好。"最典型的莫过于其写西湖（安徽颖州西湖）的连章鼓子词《采桑子》十首。如"游人日暮相将去，醒醉喧哗。路转堤斜。直到城头总是花"，再如"风清月白偏宜夜，一片琼田。谁羡骖鸾，人在舟中便是仙"，真是逸兴遄飞。所谓"意兴"，当有作者的兴致，又有此兴致投射的外物。

欧阳修的"意兴"，往深处说，是一种热烈的情感。此热烈不易，因为欧阳修也很伤感，但他伤感而又热烈。[①] 顾随说大晏、冯正中、欧阳修三人伤感词相近。"其实其伤感亦各不同：冯之伤感，是沉着。（伤感易轻浮。）大晏之伤感，是凄绝，如秋天红叶。六一之伤感，是热烈。（伤感原是凄凉，而欧是热烈。）"试看欧阳修的《蝶恋花》：

> 翠苑红芳晴满目。绮席流莺，上下长相逐。紫陌闲随金辀辘，马蹄踏遍春郊绿。　　一觉年华春梦促。往事悠悠，百种寻思足。烟雨满楼山断续，人闲倚遍阑干曲。

此首上阕热烈，下阕伤感，而难得的是热烈。苦闷，人皆有之，苦闷、伤感而又热烈，则需要"前进的勇气"。大晏在伤感外能够明快，欧阳修的热烈则"是冯、晏二人之进步"。顾随打比方说："大晏只是如蝉之蜕出，六一则如蝉之上到高枝大叫一气。"如"游人日暮相将去，醒醉喧哗。路转堤斜。直到城头总是花"便是大叫，如夏蝉。"一本《六一词》不好则已，好就好在此热烈情调，不独伤感词为然。"我们不可小觑欧词的热烈，这在

---

① 王国维说欧词"于豪放之中有沉着之致，所以尤高"，此即所谓"沉着痛快"。但王国维所谓"豪放"，乃着眼于风格，与欧词的内在灵魂尚隔一关，如欧词、苏词、辛词都称豪放，而"豪放"一语无以见其个性。顾随说欧阳修词是"热烈"，这便将其豪放、清狂内里的东西揭示出来了。

词史上是前所未有的。这是个性使然，也与时代境遇有关。譬如南唐二主，国势衰蹙，纵有豪情，也终究热烈不起来。苏轼若生于南宋，其作品恐怕不会有我们今日所见之超旷。而欧阳修，是"以沉着天性，遇快乐环境，助其意兴，'狂'得上来"。所谓快乐环境，首先指宋代士大夫社会的大环境。宋朝对士大夫待遇颇厚，文官诗酒风流，有享乐的条件。另，就欧阳修而言，他早年中进士后，任西京（洛阳）留守推官时的三年时光，格外潇洒风流。宋代士大夫即便是在政治生涯中风波四起，也始终有一定的风流生活的现实空间。

欧词的热烈，是情绪，也是思想，是人生观。顾随举《玉楼春》中"人生自是有情痴，此恨不关风与月……直须看尽洛城花，始共东风容易别"为例。此首即作于欧阳修任官西京时。真是热烈的态度，是有思想底子的热情，有点像纪德在《地粮》中抒发的那种充满热力的人生观（但纪德没有欧阳修那种伤感）。这种及时行乐的态度，不是普通的、一时的激情，"非纯粹乐观积极，而是在消极中有积极精神，悲观中有乐观态度"（词中有"未语春容先惨咽""一曲能教肠寸结"等句），一味乐观、一味悲观，都不真实、不可取——悲观中有乐观态度才是正路。顾随欣赏欧阳修热烈情调的词，不仅因其艺术境界，更因其中的人生态度，这种态度也正是顾随的人生态度（顾随也有热烈情调的词）。

不过，欧阳修的心境毕竟是复杂的，他写伤感也极动人。顾随说欧公《定风波》（六首）为其伤感词之代表作。《蝶恋花》（庭院深深深几许）、《踏莎行》（候馆梅残）写伤感都非常好，但终究是代言体（写闺情），组词《定风波》则是写自家心情的。尤其是第五首上片和第六首上片。顾随的厉害，在于他看出"过尽韶华不可添"和"小楼红日下层檐"的象征意义。前句象征青春一去不复返，后句象征"一刻比一刻离黑暗近，一刻比一刻离灭亡近，这便是看见死神影子"。经顾随这番解读，我们不觉得"夕阳无限好，只是近黄昏"可怕，而是觉得"小楼红日下层檐"可怕——如此魅惑的景象下面，竟潜藏着这般惊心动魄的人生感受；而且，"过尽韶华不可添"之后，立即便是"小楼红日下层檐"，这一对接、转化太有力量——一种鬼使神差般的人生感受撞击着心灵，"下层檐"，简直可以听见死神走进的脚步。"春睡觉来情绪恶。寂寞。"憋不住了，直道心情。正因此，如顾随所言"杨花缭乱拂珠帘"便是写内心之乱，是作者刻意营造的象征（王国维所谓"造境"）。反过来看，内心有极深寂寞的人才能写他人（思妇、离人、游子）之寂寞，写他人之寂寞，也即写自己的寂寞。文学至人我不分、心心相印，便是福音。

第六首上片："对酒追欢莫负春。春光归去可饶人。昨日红芳今绿树。已暮。残花飞絮两纷纷。"这几句伤感，但伤感中仍有"对酒追欢莫负春"的态度，所以有劲，顾随说是"瘦死骆驼比马还大"，因欧公毕竟不是纯伤感。

热烈、伤感、不气馁，这便是欧词情感的复杂性。因此，顾随说："艺术之能引人都不是单纯的，即使是单纯的也是复杂的单纯，如日光七色合而为白；如酒，苦、辣而香、甜，总之是酒味。有人喝酒上瘾，没人吃醋上瘾。"他在讲陶诗时，即以日光七色合为白为例，阐述过"复杂的单纯"①。杰出的艺术作品都是复杂而单纯的。复杂缘于丰富，单纯因其融炼。没有一个杰出人物的精神世界不复杂。"从来才大人，面貌不专一。"（龚自珍《题王子梅盗诗图》）

"晏欧清丽复清狂。"（余之《〈荒原词〉既定稿手写六绝句附卷尾》其三）晏，清丽；欧，清狂。恶意的"狂"乃狂妄、疯狂；好意的"狂"乃是进取，狂者是向前的、向上的。"苏辛词中之狂，白石犹不失为狷"（王国维《人间词话》），六一实开苏、辛先河。

中国诗偏于含蓄蕴藉，西洋诗偏于沉着痛快。词自五代至于北宋，多是含蓄。二主（南唐二主李璟、李煜）沉着而不痛快，此盖与时代有关。（南宋稼轩例外。）六一以沉着天性，遇快乐环境，助其意兴，"狂"得上来。

或以为苏、辛豪放，六一婉约，非也。词原不可分豪放、婉约，即使可分，六一也绝非婉约一派。大晏与欧比较，与其说欧

---

① 顾随讲稼轩词时，也讲到"复杂的单纯"，他说："文学所追求的即矛盾的调和，是一，是复杂的单纯。说此是一也成，一以贯之；说是佛家的禅也成；道家的玄也成。总之，在文学上、哲学上矛盾的调和乃是很要紧的一点。"（顾随：《稼轩词心解》，载《顾随全集》卷六，第74页。）

近于五代，不如说大晏更近于五代，欧则奠定宋词之基础。

**解评：**见上。略说词的豪放、婉约问题。

豪放、婉约之说，由来已久，正式将唐宋词分为豪放、婉约两派的是明人张綖。① 顾随认为词不可分豪放、婉约。可是这一问题并未得到重视，所谓豪放、婉约之说，相沿成习而不假深究。吴世昌在 1983 年曾连发两篇文章，力主词不可分豪放、婉约。② 他的理由主要是：一、所谓"豪放词"其实数量很少；二、以"豪放"来形容词风，并不符合"豪放"一词的本义。我同意吴世昌的观点。从顾随这段话看，吴世昌的论点并非首创。吴氏就读于燕京大学时，曾听过顾随的词学课③，故吴世昌关于词不可分豪放与婉约的见解，或曾受顾随影响。

持吴世昌这种观点者不少，只是所谓词分豪放、婉约的俗见流行太久，以至浅学者不加明辨。施蛰存 1980 年曾与周楞伽往来几封书信，辩论词之豪放、婉约问题，周楞伽力主词当分豪放、婉约，施蛰存则反对之，他说：

> 婉约、豪放是风格，在宋词中未成"派"，在唐诗中亦未成"派"，李白之诗，可谓豪放，李白不成派也；杜诗不得谓之婉约，不必论。"西昆"，体也；"花间"，亦体也，皆不成派。宋诗惟"江西"成派，"江湖"成派，因有许多人向同一风格写作，蔚成风气，故得成为一个流派。东坡、稼轩，才情、面目不同，岂得谓之同派？北宋词只有"侧艳"与"雅词"二种风格：东坡，雅词也，晏、欧，侧艳也。至南宋而有稼轩、龙洲，此则由于词的题材境界扩大，对社会现实的反应，成为词料，词与诗之作用与内容皆无别矣。论南宋词，稼轩是突出人物，然未尝成"派"，足下能开列一个稼轩词的宗派图否？倒是吴文英却有不少徒众，隐然成一派，然而亦未便说梦窗为婉约派。
>
> 弟不反对诗词有婉约、豪放二种风格（或曰体），但此二者不是对

---

① 参见（明）张綖《诗余图谱》之"凡例"，崇祯乙亥（1635）毛晋重刻本。
② 参见吴世昌《有关"苏词"的若干问题》（《文学遗产》1983 年第 2 期）、《宋词中的"豪放派"与"婉约派"》（《文史知识》1983 年第 9 期）两文。
③ 参见吴世昌《我的学词经历》，载《吴世昌全集》第 4 册，河北教育出版社，2003。

立面，尚有既不豪放亦不婉约者在。诗三百以下，各种文学作品都有此二种或种种风格，然不能说曹孟德是豪放派，陶渊明是婉约派也。①

我以为施蛰存说得透彻。现代以来的文学史叙述，许多所谓"派""运动"之类，都是不实之词。就词而言，所谓"豪放词""豪放派"乃夸大之词，因为"豪放词"与南宋"爱国主义"、民族主义精神有关，而且被赋予了"革命"的意味，所以在特殊年代，所谓"豪放词"就被突出了。施蛰存、吴世昌之所以在 20 世纪 80 年代之后，才深入讨论并发表词不可分豪放、婉约的见解，即因此前的文学主流话语不允许他们发表这样的观点。

胡适以为欧阳修词承五代作风，不然。

冯延巳、大晏、六一，三人作风极相似，而又个性极强，绝不相同。如大晏多蕴藉，冯便绝无此种词。唯三人伤感词相近。其实其伤感亦各不同：冯之伤感，是沉着。（伤感易轻浮。）大晏之伤感，是凄绝，如秋天红叶。六一之伤感，是热烈。（伤感原是凄凉，而欧是热烈。）

故胡适以为欧词承五代，非也。

六一，"继往开来"。此四字是整个功夫。一种文学到了只能"继往"，不能"开来"，便到了衰老时期了。六一词若但是沉著，但是明快，则只是"继往"，何得为"三宗"之一？

写得少也罢，小也罢，主要是古人所没有的才行。

**解评：见上。**

六一词不欲以沉着名之，不欲以明快名之，名之曰热烈，有前进的勇气。大晏是正中的蜕化，六一是冯、晏二人之进步。没有苦闷，就没有蜕化和进步，"不愤不启，不悱不发"（《论语·

---

① 参见施蛰存 1980 年 3 月 18 日致周楞伽信，载施蛰存《北山楼词话》，华东师范大学出版社，2012，第 323 页。

述而》）。大晏只是如蝉之蜕出，六一则如蝉之上到高枝大叫一气。如其《采桑子》下片：

> 游人日暮相将去，醒醉喧哗。路转堤斜。直到城头总是花。

这即是大叫。再如《浣溪沙》上片：

> 堤上游人逐画船。拍堤春水四垂天。绿杨楼外出秋千。

第一句步步行之，第二句平着发展，第三句向高处发展。（打气要足，而又不致"放炮"——打气太多车胎爆裂。）

六一词如夏天的蝉，秋蝉是凄凉的，夏蝉是热烈的。

> 人生自是有情痴，此恨不关风与月。……直须看尽洛城花，始共东风容易别。（《玉楼春》）

是纯粹抒情，而都是用过一番思想的。"恨"是由于"情痴"，与"风月"无关，即使无风月也一样恨。"东风"者，春天代表。春不长久也罢，须离别也罢，虽然短，总之还有。不是你（春天）来了么？则虽是短短几十天，我还要在这几十天中拼命地享乐。此非纯粹乐观积极，而是在消极中有积极精神，悲观中有乐观态度。

人生不过百年，因此而不努力，是纯粹悲观。不用说人生短短几十年，即使还剩一天、一时、一分钟，只要我有一口气在，我就要活个样给你看看，绝不投降，绝不气馁。"洛城花"不但要看，而且要看尽，每园、每样、每朵、每瓣。看完了，你不是走吗？走吧！

若说大晏词色彩好，则欧词是意兴好。如其《采桑子》"春深雨过西湖好"与"清明上巳西湖好"二首。"清明上巳西湖好"一首，前半阕蓄势，后半阕尤佳。（此所谓"西湖"，指安徽颍州西湖。）

"江碧鸟愈白，山青花欲燃"（杜甫《绝句二首》其二），语意皆工，句意两得。六一词"晴日催花暖欲燃"（《采桑子》），或曾受此影响，而意境绝不同。"江碧"二句是静的，六一词是动的，一如炉火，一如野烧。

**解评**：见上。此段将文学与人生打成一片。

一本《六一词》不好则已，好就好在此热烈情调，不独伤感词为然。

六一词热烈而衰飒，衰飒该是秋天，而欧词是春天。大晏词是秋天，欧词是春、夏，所惜以春而论则是暮春。

**解评**：中国诗歌多是秋天气息。伤春、悲秋两大主题中，悲秋早于伤春。《诗经》中写春天，多是热烈、明丽的，伤春至宋词中才大量出现（李后主似开其端），这大约也是文化迟暮的表现。就情思言，伤春与悲秋其实是一回事——即悲叹生命的衰萎、时间的无情，而伤春比悲秋来得更细腻。

欧词有热烈意兴，故有时似夏天，但终究是伤感的，所以似暮春。他的词也多写暮春，却不一味伤感。

艺术之能引人都不是单纯的，即使是单纯的也是复杂的单纯，如日光七色合而为白；如酒，苦、辣而香、甜，总之是酒味。有人喝酒上瘾，没人吃醋上瘾。

**解评**：见上。以酒味比喻艺术"复杂的单纯"，亦佳。

写热烈文字要有冷静头脑。无论色彩浓淡、事情先后、音节高下，皆有关。

六一词调子由低至高，只稼轩一人似之。六一词能得其衣钵者，仅稼轩一人耳。

**解评**：欧阳修写得最热烈的词是《渔家傲》：

一派潺湲流碧涨，新亭四面山相向。翠竹岭头明月上。迷俯仰。月轮正在泉中漾。

更待高秋天气爽，菊花香里开新酿。酒美宾嘉真胜赏。红粉唱。山深分外歌声响。

此词写景由低到高，由近及远；上片写景，兴致勃勃，下片简直狂起来了，痛饮歌唱，音节也越来越高，越来越响亮。这都可见出欧公写作时冷静的安排。无论写什么，头脑都须冷静，冷静才能观照。而写人的高兴、狂态，人易失去冷静，故难。

顾随说："六一词调子由低至高，只稼轩一人似之。"六一词调子之由低到高，《渔家傲》可为代表；再如《采桑子》（清明上巳西湖好）、《朝中措·送刘仲原甫出守维扬》（平山阑槛倚晴空）等皆然。稼轩此种词更多，如《水调歌头·寿赵漕介庵》（千里渥洼种）、《太常引·建康中秋夜为吕叔潜赋》（一轮秋影转金波）、《水龙吟·甲辰岁寿韩南涧尚书》（渡江天马南来）、《贺新郎》（老大那堪说）等。所谓"调子由低至高"，稼轩词比六一词更甚。

"六一词能得其衣钵者，仅稼轩一人耳。"我赞同这一观点。而此"衣钵"不仅指"调子由低至高"，至少还包括两方面：一、热烈态度，豪放意兴；二、飞动之势。

六一亦有其寂寞的、静的词，不过静中仍是动。如《采桑子》之"画船载酒西湖好""群芳过后西湖好"与"何人解赏西湖好"几首：

画船载酒西湖好，急管繁弦。玉盏催传。稳泛平波任醉眠。　行云却在行舟下，空水澄鲜。俯仰流连。疑是湖中别有天。

群芳过后西湖好，狼藉残红。飞絮蒙蒙。垂柳阑干尽日风。　笙歌散尽游人去，始觉春空。垂下帘栊。双燕归来细雨中。

何人解赏西湖好，佳景无时。飞盖相追。贪向花间醉玉卮。　谁知闲凭阑干处，芳草斜晖。水远烟微，一点沧洲白鹭飞。

六一写动固然为他人所无，其写静亦与他人不同。欲解此"垂柳阑干尽日风"，须想："柳"是何生物？"阑干"是何地？"尽日风"是何情调？吹人？吹柳？人柳皆吹？人柳合一？"尽日风"，愈静愈动。韦庄之"绿槐阴里黄莺语"（《应天长》），愈动愈静。

**解评：**欧词善写动，此点稼轩可谓后继。不过，欧词之动，是由静生动，动中有静，静中有动；稼轩之动，则常常是飞动、飞舞。稼轩此点前无古人，后无来者。

欧词写动的特色，可以"垂柳阑干尽日风"为例。这首《采桑子》真是静中有动，动中有静。垂柳、阑干，皆予人寂寞之感，"尽日风"则更由动而显静，因为只有在静中才会得"尽日风"的滋味。因此，"尽日风"的情调是寂寞的，《采桑子》所表现的就是一种空寂的感觉，且相当蕴藉。陈与义"无人知此意，歌罢满帘风"（《临江仙·高咏楚词酬午日》）句与欧公"垂柳阑干尽日风"句有异曲同工之妙，使人可以想见柳枝的飘拂、门帘的飘动，甚至可以听到"满帘风"的声音，此真所谓愈动愈静。韦庄"绿槐阴里黄莺语"亦然。

　　抒情诗人多带伤感气氛。六一词之热烈，亦是比较言之，其中亦有衰飒伤感作品。其《浣溪沙》（堤上游人）之后半阕是伤感的：

> 　　白发戴花君莫笑，六幺催拍盏频传，人生何处似尊前。
> （"六幺"假作"绿腰"，以对"白发"。）

三句一句比一句伤感。第一句伤感中仍有热烈；第二句也还成；至第三句，人生有许多路可走，许多事可做，何可说"人生何处似尊前"？

　　**解评**：欧阳修的《浣溪沙》（堤上游人逐画船）作于知颍州（今安徽阜阳）时，仍是及时行乐之意。顾随敏感，认为下阕"白发戴花君莫笑，六幺催拍盏频传，人生何处似尊前"一句比一句伤感。而其中细微的情感潜流，似不易觉察。如陈廷焯就说欧阳修此首《浣溪沙》是"风流自赏"①，而黄蓼园则评曰："第二阕'白发'句写老成意趣，自在众人喧嚣之外。末句写得无限凄怆沉郁，妙在含蓄不尽。"②古今评此词者不下十人，唯见黄蓼园和顾随认为此词下阕有伤感意。只是不知顾随是否知道黄蓼园的这一评语？即便知晓，也是英雄所见略同。

　　黄蓼园说得好，"白发"句写"老成意趣"。欧阳修知颍州是 42 至 43 岁，早在三四年前知滁州时，欧阳修就已自号"醉翁"了。读欧公《浣溪沙》（堤上游人逐画船）词，可参看其《醉翁亭记》。在《醉翁亭记》中，40 岁左右的欧阳修就说自己与"宾客"们相比，"年又最高"；而且，《醉翁亭记》中有一句很关键的话，即在写太守之宴上宴酣之乐达到热烈的高潮时，突然插入的一句"苍颜白发，颓然乎其间者，太守醉也"。解读《醉翁亭记》者，大多以为此文全篇都是写山水之乐，殊不知"苍颜白发，颓然乎其间者，太守醉也"透露出欧阳修在放情山水的同时，内心却潜藏着

---

① （清）陈廷焯：《词则》（影印本），上海古籍出版社，1984，第 576 页。
② （清）黄蓼园：《蓼园词评》，载唐圭璋编《词话丛编》，中华书局，1986，第 3028 页。

挥之不去的伤感。此伤感来自庆历新政的失败，以及他在个人生活方面遭到的政敌的诬告，其身心已然遭遇巨创。"苍颜白发，颓然乎其间者，太守醉也"正如黄蓼园评《浣溪沙》所云"无限凄怆沉郁"，只是这种情感在《醉翁亭记》中藏得很深而已，而此等含蓄正是其妙处。所谓"老成意趣"，便是深刻的沧桑之感。

欧阳修《定风波》乃其伤感词之代表作。前所举《浣溪沙》（堤上游人）伤感中仍有热烈在。别人是临死咽气，六一至少还是回光返照，虽距死已近，而究竟还"回"一下，"照"一下。《定风波》则纯是伤感。《定风波》共六首，前面四首一起照例是"把酒花前欲问"，前四首还没什么，至五、六首突然一转，真了不得：

> 过尽韶华不可添。小楼红日下层檐。春睡觉来情绪恶。寂寞。杨花缭乱拂珠帘。（其五上片）

前两句一读，如暮年看见死神影子。没想到死的人活得最兴高采烈，人过得最没劲的是时时看见死神的来袭。六一作此词在中年后转进老年时。春天只剩今天一天，而今天又是"小楼红日下层檐"。此是写实，又是象征人之青年是"过尽韶华不可添"，渐至老年是"小楼红日下层檐"，一刻比一刻离黑暗近，一刻比一刻离灭亡近，这便是看见死神影子。"杨花缭乱拂珠帘"亦非写实，是写内心之乱。这才是"情绪恶"，是"寂寞"，而又不能说。最寂寞是许多话要说，找不到可谈的人；许多本事可表现，而不遇识者。

> 对酒追欢莫负春。春光归去可饶人。昨日红芳今绿树。已暮。残花飞絮两纷纷。（其六上片）

此虽是伤感词，然而瘦死骆驼比马还大，百足之虫，死而不僵，劲还有。

> 大都好物不坚牢，彩云易散琉璃脆。（白居易《简简吟》）

明人小说、戏曲常引用此二句，然其上句实非诗，没有诗情，只是说明。一切美文该是表现，不是说明。表现是使人觉，说明是使人知，而觉里也包含有知。觉，亲切，凡事非亲切不可。

第一句"世间好物不坚牢"，只是让人知；第二句"彩云易散琉璃脆"，是使人觉，唯嫌失之纤仄耳。

**解评**：关于《定风波》的五、六首，前已言及。这里，顾随说到"杨花缭乱拂珠帘"一句的寂寞感。"最寂寞是许多话要说，找不到可谈的人；许多本事可表现，而不遇识者。"这是真寂寞。钟子期死，俞伯牙终身不复鼓琴，是真寂寞；最爱最亲的人死，真寂寞；壮志未酬，长才不展，真寂寞。若无话可说、无才可展、无力可出、无所事事，则只是空虚无聊。

欧词之版本：
欧词选本以宋曾慥《乐府雅词》所选最精且多。
《六一词》（汲古阁六十家词本），《近体乐府》（全集本，双照楼影印本，林大椿校本，商务排印本），《琴趣外编》（双照楼影刻本）。《琴趣外编》所收非皆欧作，中有极浅薄者。俗非由于不雅，乃由于不深。

**解评**：欧词版本，顾随以为南宋曾慥所编词集《乐府雅词》中选的欧词最精且多。《乐府雅词》是一部词总集，选了34家800多首词，另外不知作者姓名的100多首作为《拾遗》，于宋高宗绍兴十六年编成。《乐府雅词》在宋、元、明各代很少流传，目前所见最早的本子是明末清初的旧抄本。《近体乐府》指的是南宋周必大总辑的 153 卷本《欧阳文忠公集》（庆元二年刻本）中的《近体乐府》三卷。曾本在前，周本在后。

　　这里《琴趣外编》当为《琴趣外篇》（疑为笔记之误）。"琴趣外篇"是南宋时部分书商对词集的称谓。《琴趣外篇》系南宋福建书肆刻本。收词集部数不详。《四库全书总目·晁无咎词提要》云："此本为毛晋所刊，题曰《琴趣外篇》，其跋语称诗余不入集中，故名外篇。……至《琴趣外篇》，宋人中如欧阳修、黄庭坚、晁端礼、叶梦得四家词皆有此名，并补之（晁无咎）此集而五。"[①] 其中欧词为《醉翁琴趣外篇》六卷，比周必大《近体乐府》所收欧词多 70 首，其中多非欧词者，甚至有极浅薄者。

　　浅薄即俗。顾随说："俗非由于不雅，乃由于不深。"极是！雅、俗本无固定所指。雅不等于庄重、好看、精致，而是因为深刻、深沉、有内涵。所谓俗事、俗物，有内涵、有深度，便显得雅。俗是雅的底子，雅是俗的升华。此即所谓雅中有俗，俗中有雅。俗的根源在于不深，即浮浅、浅薄，浅薄则品味不高。雅、俗是品味问题。

---

① （清）纪昀总纂《四库全书总目提要》卷一九八，河北人民出版社，2000，第 5453 页。

# （十四）黄庭坚、秦观、周邦彦、朱敦儒

江西诗派之"一祖"为杜甫，"三宗"为黄庭坚、陈师道后山、陈与义简斋。

诗中之学力是震慑人、唬人。

诗以学力见长者，可以黄山谷为代表。学力表现有两种：

其一，不用典故。如黄山谷《弈棋二首呈任公渐》：

> 心似蛛丝游碧落，身如蜩甲化枯枝。（其二）

其二，用典。如黄山谷《登快阁》：

> 痴儿了却公家事，快阁东西倚晚晴。
> 落木千山天远大，澄江一道月分明。
> 朱弦已为佳人绝，青眼聊因美酒横。
> 万里归舟弄长笛，此心吾与白鸥盟。

诗当经过感情渗透，然后思想不干枯。黄诗未经感情渗透，故干枯。后人学山谷诗，震于其学力。

**解评**：北宋末吕本中作《江西诗社宗派图》，把黄庭坚、陈师道等 25 位诗人归为一个群体，认为他们都是效法黄庭坚的。后宋末元初的方回在黄庭坚前又加上杜甫，以杜甫、黄庭坚、陈师道、陈与义为"一祖三宗"，因其中山谷、后山等诗人都是江西人，故称"江西诗派"。这是一个典型的

文学史建构行为。"江西诗派"一说，对于壮大宋诗的影响作用很大，它是中国古代流传最久、影响最大的一个"诗歌流派"，值得研究。龚鹏程的《江西诗社宗派研究》和莫砺锋的《江西诗派研究》，都是研究江西诗派的专著，读者可看之。

有意思的是，吕本中的《江西诗社宗派图》中本无杜甫，因为吕的本意是对北宋的一个大致具有共同风格的文学群体进行概括，"江西诗社"中"江西"这个地理概念也是模糊的，而方回把杜甫加了进来，真是拉虎皮做大旗。但正因把杜甫奉为"宗师"（杜甫在世时，倒没人学他），所以"江西诗派"的身价也就高了。虽同为"宗""祖"，但山谷、后山、简斋和杜甫实不可同日而语。清代与宋诗渊源颇深的宋诗派、同光体，把后山、简斋的偶像地位抛弃了，山谷却在崇奉之列。然而，历来批评黄庭坚者颇不乏人，如南宋张戒、严羽，金代元好问、王若虚，明末清初的王夫之等，其批评影响也很大——黄庭坚到底是怎样的诗人？

推崇黄庭坚者，大都着眼于其"诗法"，即句法奇特、用典深博、用字新奇、格律生险等，用他自己的话，即所谓"无一字无来处""点铁成金""夺胎换骨"等。这些诗法，使黄庭坚的诗形成了一种学问气很浓的新奇诗风。中国诗歌至北宋中期以后，确实到了盛极之后难以为继的地步，黄庭坚相对新奇的诗风，对当时文人很有蛊惑力。因而，苏、黄的求新、求奇，既是个人性情的产物，也带有中国诗本身熟极生变的"集体无意识"，是一种必然。顾随引元好问"只知诗到苏黄尽，沧海横流却是谁？"（《论诗三十首》其廿二）句，说道：

苏、黄不是好到不能再好，是新到不能再新。"沧海横流"是说苏、黄而后诗法大坏；"却是谁"？是苏、黄。余以为东坡还够不上，他还与后人开条路走；山谷之功固不可泯，然而为害亦大。①

黄庭坚为害在何处？顾随说："黄山谷诗可自其中得'法'，而不会使人爱，就因其诗乃用公式写出。"② 其公式，即山谷所谓"无一字无来处"

① 顾随：《说〈诗经〉》，载《顾随全集》卷五，第61页。
② 顾随：《说〈诗经〉》，载《顾随全集》卷五，第162页。

"点铁成金""夺胎换骨"等诗法。这些方法，给才情不足、体验贫乏的诗人写诗提供了方便法门。但是，当你把这些方法论当作法门时，它们就成了遏制诗情、性灵的格套。明代袁宏道说："不拘格套，独抒性灵。""格套"就是公式，"法"就是公式。"法"应当是规律、经验，而不是教条。诗本源于性情，所谓"诗法"是人们对诗的写作技巧的总结。按照某种写作技巧去写作，那是反客为主。

不难发现，黄庭坚所谓"无一字无来处""点铁成金""夺胎换骨"等诗法，有一个核心，即"资书以为诗"——把书本当作诗的创作源泉。而我们知道，文学创作的源泉是生活经验和生命体验，这是起点，也是终点，是总的框架，书本知识是用来"反哺"生活经验、生命体验的。不以生活经验、生命体验为本的书本知识，没有意义。"以文字为诗、以才学为诗、以议论为诗"的特色，当然古已有之，但黄庭坚是这种特色的集大成者，他是有意如此。文字、才学、议论的核心便是学问、学力。顾随认为："诗中之学力是震慑人、唬人。"杜甫说："读书破万卷，下笔如有神。"意思是：诗要写好，需足够学力的支撑（不是一首诗，而是一个诗人总体的创作）。不能理解成读书破万卷，就一定下笔如有神。对杜甫来说，是情感的洪流推动他调动自己的学养来作诗——"问渠那得清如许，为有源头活水来"。学问在杜诗中的表现，是不得不然，而非刻意如此，更非以表现学力为荣耀。要达到极致，手段就要用到极致——"读书破万卷，下笔如有神"可作如是解。黄庭坚说"老杜作诗，退之作文，无一字无来处"，实是对老杜、退之的误解。在客观上，杜甫确实开了"以文字为诗、以才学为诗、以议论为诗"的先河，但杜甫始终让"诗法"服务于"情志的表达"这一目的。因而，学力恰足以成就杜甫。而黄庭坚在诗中运用学问就刻意多了，手段变成了目的。

顾随说诗中学力的表现有两种，一种是不用典，一种是用典。不用典者，如"心似蛛丝游碧落，身如蜩甲化枯枝"，这两句是写弈棋时的状态，上句形容挖空心思、神游九天，下句形容弈棋者俯首躬身专心下棋的样子。此二句没用典，但"蛛丝游碧落"和"蜩甲化枯枝"两个比喻都来自诗人的学识。表现学力，更多的是用典。顾随举七律《登快阁》为例。此诗中"痴儿""朱弦已为佳人绝""青眼""白欧盟"等都有出典。其实，这首诗在山谷诗中算用典不多也不冷僻的，且全诗气机流畅，系其早年之作。同样较为有名的七律《寄黄几复》，除"桃李春风一杯酒，江湖夜雨十年灯"

外，其他六句，每句都用典，要深解其意，非知其典故不可。山谷诗，像《寄黄几复》这样密集用典的，比比皆是。你只需读 20 首黄山谷的诗，就会发现此点。对于他的很多诗，不知其用典，就很难读懂。这绝非妄言。清代张之洞的学问不小，可他也曾感叹面对黄诗"三反信难晓，读之鲠胸臆"①，即来回读了三遍，还没读懂，心中好不憋闷。

王夫之批评黄庭坚"除却书本子则更无诗"②。这话似并不过分。顾随说黄山谷"乃 second-hand 之诗人，第二手，间接得来，拿人家的，整旧如新"，"凡山谷出色处，皆用人之诗整旧如新"③。黄庭坚自己标榜的诗法，就是"夺胎换骨""点铁成金"，顾随以"整旧如新"一言以蔽之。"整旧如新"还算好的——怕的是整旧不如旧。但再好，也是二手的，创造力、新意不足。王若虚对黄庭坚的诗法评论道："鲁直论诗，有夺胎换骨、点铁成金之喻，世以为名言，以予观之，特剽窃之黠耳。鲁直好胜，而耻其出于前人，故为此强辞，而私立名字。夫既已出于前人，纵复加工，要不足贵。虽然，物有同然之理，人有同然之见，语意之间岂容全不见犯哉？盖昔之作者，初不校此，同者不以为嫌，异者不以为夸，随其所自得，而尽其所当然而已。至于妙处，不专在于是也，故皆不害为名家，而各传后世，何必如鲁直之措意邪？"④ 这段评语，尖锐而深透。

木心说："伟大的艺术是裸体的。"意思是艺术最好是坦诚相见、性命相见。此言甚是。试看中国诗歌，如《诗经》，《楚辞》，陶渊明、李白、杜甫最好的诗，以及《古诗十九首》，都是不用典的。钟嵘《诗品·序》云："观古今胜语，多非补假，皆由直寻。"所谓"直寻"即直接的感发，"补假"即使事用典，二者一为直接的，一为间接的。借典故来表达情思并非不可，也并非完全不好，但已落入第二义。屈原读书一定没有黄庭坚多，可是谁的诗好呢？同情地看，文学、文化传统积累到一定程度，自然会有很多精妙的典故，诗人确乎不可能都写自己的崭新感觉，或者使用全新的语言，山谷所谓"诗意无穷，而人之才有限"没错，但用典、表现学力，

---

① （清）张之洞五律《摩围阁诗》，载（清）陈衍《石遗室诗话》卷十一，辽宁教育出版社，第 146 页。
② （清）王夫之：《姜斋诗话笺注》，戴鸿森笺注，上海古籍出版社，2012，第 122 页。
③ 顾随：《宋诗说略》，载《顾随全集》卷六，第 11 页。
④ （金）王若虚：《滹南诗话》卷三，载丁福保辑《历代诗话续编》（上），第 523～524 页。

任何时候在文学创作中，都是手段、方法，而非目的。好比武器精良，是为了打仗制胜，不是为了唬人。厨师做饭，原料丰富，工艺精妙，最终还要营养可口，非为好看。如果要表现学问，写学术文章岂不更好？即便是学术著作，也不能以"学问"唬人。真学问不仅有知识，还有灵悟。学问的第一义是见识，不是读书量。把手段错当目的，或者本心知肚明，却忘掉初心，这似乎是人类常犯的错误。诗或学问的博大，来自心灵的博大，而不是靠知识量去堆积。

还有一事：前人曾有"诗人之诗"与"学人之诗"的说法，尤其在论及清诗时。我以为，所谓"学人之诗"是一个伪概念。因为，虽然诗作者可以分为学人和文人两类，但诗本身不存在"学人之诗"。诗就是诗，是诗人之诗。学人作诗，也是学人兼诗人。至于诗的作风——诗中学问只能统属于诗的艺术性之下。

王若虚说："山谷之诗，有奇而无妙，有斩绝而无横放，铺张学问以为富，点化陈腐以为新。"① 铺张学问、点化陈腐，都来自学问。一方面显示精神的广博，一方面通过书本知识达到"新奇"的效果。这里涉及对"新、奇"的看法。有人说哲学起源于对世界的惊奇，其实诗亦如此。艺术也起源于儿童般的人和世界直接打照面时的那种新鲜感，此新鲜感是艺术的命脉，它可以在一代又一代人的心灵中流转。"昔我往矣，杨柳依依；今我来思，雨雪霏霏""桃之夭夭，灼灼其华""日之夕矣，羊牛下来""池塘生春草，园柳变鸣禽"——这些诗句的魅力就是艺术散发出的新鲜感。新鲜感越丰富，生命力越长久。但艺术之妙，关键在新，而不在奇。"新"是基础，"奇"是新的副产品。新本身就是一种神奇。不可为奇而奇，奇不能离常。"日出东方隈，似从地底来"（李白《日出入行》），是奇，是常，还是新？实际上，新是常与奇共在的状态。新，不是短暂，新是刹那而永恒。黄山谷是刻意求奇。而且，他的求奇，是在句式、典故、文字、音韵上求奇。苏东坡亦如是，这在当时已成风气。顾随说："新奇最不可靠，是宋诗特点，亦其特短。"② 古今多少作者都沉溺于文字的新奇，而忽略了感情与思想的深厚，故不能成其大。此问题值得写作者深以为戒。

---

① （金）王若虚：《滹南诗话》卷三，载丁福保辑《历代诗话续编》（上），第 518 页。
② 顾随：《宋诗说略》，载《顾随全集》卷六，第 8 页。

为什么顾随说山谷诗为害大？首先，后人震于其学力（山谷之学力不在东坡之下），学之者甚众。而山谷诗最大的缺陷，是感情不足。顾随说："诗当经过感情渗透，然后思想不干枯。黄诗未经感情渗透，故干枯。"可见，顾随并不排斥诗中思想、理智（理智、感想，都不一定是思想），但诗中的思想、理智须经过感情的渗透后表现出来，才是诗的、艺术的，否则，徒有理智，没有感情，那与一般说理文字何异？这是涉及诗的本性的大道理。顾随说："若道之出发点为思想，若诗之出发点为情感，则此二者正如鸟之两翅不可偏废。"[1] 从心理学上说，思想离不开情感，情感离不开思想，思想、情感，都不可能单独存在。按照顾随的观点，诗太偏于情感，或太理智，都是"单翅"。他说："唐人重感，宋人重观。一属于情，一属于理智。宋人重观察，观察是理智的。"[2] 例如，黄庭坚"心似蛛丝游碧落，身如蜩甲化枯枝"就几乎是纯粹的观察，情感压制到了极稀薄的程度。没感情，感情少，则不能打动人。顾随说山谷诗不能让人爱，即因其不能使人动情。爱是自我与他者之间的交融。感情不动，则人与人、与物不能交融。以上所言，是诗永恒的道理。无论古今，诗的出发点是情，诗中理智、思想须经情感的渗透。当代中国一些诗人的诗就有过于理智化，而缺少情感的弊病。现代诗追求现代性，但"以情为主"并非现代性的对立面，或者说是古典诗歌的特有属性。现代诗倘不以情为主，那么以什么为主呢？艾略特曾说："诗不是放纵感情，而是逃避感情。"他的话主要针对西方浪漫派文学的滥情危险，并企图在诗中融入更复杂的意蕴，有其特殊的意图和语境。如果对诗的本性迷失了，那么作诗只能成为隔靴搔痒。诗的现代化，除脱离古典诗的外形外，关键在于内里，即诗中展现的精神意蕴是现代人的精神意蕴，而不是用理智来压倒情感。

那么，难道黄庭坚等人本身就寡情吗？那为何要作诗、作文？作诗的冲动、感兴从何而来？恐怕，作者的心灵还是有情的，世间凡热爱诗歌、文学者，都非寡情之人——情之多少且不论。顾随于此又说："若句法艰深、字面晦涩，结果便成了'隔'。如山谷、后山之作，并非无感情、不真，乃是字句害了他的作品。彼等与老杜争胜一字一句之间，自以为是成

---

① 顾随：《宋诗说略》，载《顾随全集》卷六，第 3 页。
② 顾随：《宋诗说略》，载《顾随全集》卷六，第 4 页。

功，却不知正是文字破坏了作品的完美。"① 这真可悲，自己坏了自己，还不自知。

顾随认为黄庭坚所导引的诗法之坏，除写诗缺少感情渗透外（古人批评黄庭坚者颇多，而多集中于山谷之一味奇峭、剽窃古人的作法，鲜有人指出山谷诗缺少感情这一根本缺陷），还有一点，是其文字风格之病。他说：

> 黄山谷的诗凝练整齐而不飞动，不能动荡摇曳，没有弹性。这虽不是完全破坏了文字的美，但至少是畸形的发展。所以说诗法大坏。②

文字凝练整齐是好，但太凝练整齐，就会死板，无灵动、飞动之姿。最好的文字，是既凝练又飞动。黄庭坚只向凝练整齐的方面片面发展，所以顾随说："这虽不是完全破坏了文字的美，但至少是畸形的发展。"古人对此毁誉相参，而批评者所见亦精到，如王若虚说黄庭坚诗"有斩绝而无横放"，即是。

至于诗法之坏，黄庭坚固然毛病深重，但假如没有那么多的效仿者，诗法不至于大坏。黄庭坚在世时，虽有较大的影响力，但他后来长期被奉为诗坛宗师之一，主因仍在文学风尚。此风尚，即宋诗逐渐趋向学问化的趋势。此外，中国文化、艺术的许多门类，在宋以后都进入了理论总结的成熟阶段。哲学、史学理论、画论、书论、文论，皆是如此，文人们热衷于总结各种"法"，以法度森严为高。"论诗宁下涪翁拜，未作江西社里人"（元好问《论诗三十首》其廿七），可见，在元好问的时代，江西诗风的影响依然强劲。一种自发形成的潮流，往往不易打破。对于黄庭坚的影响经久不衰，王若虚有一解释，曰："此门生亲党之偏说，而至今词人多以为口实，同者袭其迹而不知返，异者畏其名而不敢非。"③ 诚哉斯言。历史上所谓权威、宗派，皆是"同者袭其迹而不知返，异者畏其名而不敢非"。

再看顾随对黄庭坚及江西诗派的总体评价：

---

① 顾随：《说〈诗经〉》，载《顾随全集》卷五，第110页。
② 顾随：《说〈诗经〉》，载《顾随全集》卷五，第61页。
③ （金）王若虚：《滹南诗话》卷二，载丁福保辑《历代诗话续编》（上），第518~519页。

诗之工莫过于宋，宋诗之工莫过于江西派，山谷、后山、简斋。人谓山谷诗如老吏断狱，严酷寡恩。不是说断得不对，而是过于严酷。在作品中我们要看出它的人情味。而黄山谷诗中很少能看出人情味，其诗但表现技巧，而内容浅薄。江西派之大师，自山谷而下十九有此病，即技巧好而没有意思（内容），缺少人情味。功夫用到家反而减少诗之美。①

少游写景之作如《满庭芳》：

斜阳外，寒鸦万点，流水绕孤村。

虽不识字人，亦知其为好语言。欧阳修"一点沧洲白鹭飞"（《采桑子》）写得大，自在；少游此词凄冷、荒凉，可代表秋天凄冷的一面。

欲见回肠，断尽薰炉小篆香。（秦少游《减字木兰花》）

若只说柔肠寸断，则只是说明，不是表现，不成文学。

**解评**：秦观《满庭芳》（山抹微云）写天涯漂泊、相思孤愁之感，倒无甚新意。但上片末句"斜阳外，寒鸦万点，流水绕孤村"，确如顾随所言"虽不识字人，亦知其为好语言"，极目天涯，景物无不萧瑟，凄凉之感正由中心悲寞，而所见无不萧寒也。不过，少游此佳句乃自隋炀帝五言诗《野望》中"寒鸦飞数点，流水绕孤村。斜阳欲落处，一望黯消魂"点化而出。《满庭芳》的结句是"伤情处，高城望断，灯火已黄昏"，此句之沉厚隽永，不亚于"斜阳外"之融情于景。而且，这一句似仍有杨广"斜阳欲落处，一望黯消魂"的意味，却自铸新词。

要之，"斜阳外，寒鸦万点，流水绕孤村"与"伤情处，高城望断，灯

---

① 顾随：《宋诗说略》，载《顾随全集》卷六，第11页。

火已黄昏"都是典型的"表现",而非"说明"。淮海词确为词之正调,所谓"纯乎词人之词"。李清照《词论》说:"秦词专主情致,而少故实。"所见精到。所谓"情致"大约即秦观词长于写情,而其情是以很动人的姿态表现出来的,这就是"致"。但其缺憾是空灵有余,深意不足。

论秦观之慢词,《满庭芳》的境界并不高,而少游绍圣元年被贬离京前,写下的《望海潮》情韵之高胜、文词之精雅,实远胜《满庭芳》。而且,有趣的是,这首词的结尾"烟暝酒旗斜。但倚楼极目,时见栖鸦。无奈归心,暗随流水到天涯"与《满庭芳》之"斜阳外,寒鸦万点,流水绕孤村"的运思、意象一脉相承。

南宋写长调者甚多,如姜白石、吴文英,然彼等所走乃北宋之路子。北宋长调作者有柳永(《乐章集》)、周邦彦(《清真词》)。

周清真在北宋词中地位甚重要,北宋词结束于周,南宋词发源于周。

宋人词史中有两大作家不在此作风内,一苏东坡,一辛稼轩。苏东坡在周前,自不似周,且周亦不曾受东坡影响。周清真吸收了许多北宋词人好处,独于东坡未得其妙处。东坡在北宋词中是特殊者。

**解评:**"周清真在北宋词中地位甚重要,北宋词结束于周,南宋词发源于周。"此一观点,盖无疑义。因为清真词的音律精工、风格雅正,可谓前无古人,而且这种不断典雅化、格律化的词风,在南宋之后受到了极大推崇。姜夔、史达祖、吴文英、周密、张炎等人,无不模范清真。但他们都不是大家,如顾随所言,苏东坡、辛稼轩两位大作家不在典雅精丽作风之内。苏在周前,当然不似周。料二人即便同龄,苏也不会受周影响。他们不是一路人,所以"周亦不曾受东坡影响"。"周清真吸收了许多北宋词人好处,独于东坡未得其妙处。"艺术是人的气质、心性的表现。周邦彦只是一爱美的放浪才子,东坡的器局、格调与清真甚为悬殊。即便是秦观,和东坡那么相得,其词也未得东坡之风骨。

　　清真词当然有其佳处，如其写景语，王国维所举"水面清圆，一一风荷举"、顾随所举"人去乌鸢自语，小桥外、新绿溅溅"等皆是。善于写景，是一种才能，但与人格无多关联。静安先生说"水面清圆，一一风荷举"，"此真能得荷之神理者"；顾随说此句"非荷之形貌外表，然而无情。稼轩不写这样词"。真是透辟，"无情"二字戳到了清真的短处，比王国维批评周邦彦所谓"创调之才多，创意之才少"更深一层。写景描物，刻画精微，只是文学的基本功，中国古典诗词中比比皆是。然而，更好的是情景交融，以如画之景象，托动人之情思。"稼轩不写这样词"，因为稼轩情感蓬勃激涌，即使写景，其情感都有饱满不可遏止之势。中国诗词的写景，在唐诗及北宋词中达到情景交融、韵致动人的巅峰。至南宋中后期，咏物词盛行一时，多系琐屑之笔，实为文学之歧路。

　　道理很简单，"作品是人格表现"。文学要有情、有意，不能无情。无情的天地很小，有情的天地很大。而且，文学要以高尚的情感贯注其中。周邦彦名其词集曰《清真词》，说明"清真"正是他的文学理想。"清"是不沾土的，仿佛一池清水，而周词则是那"一一风荷举"的花叶。这唯美的、清真的生活和艺术，只有在女性化的衰弱世界才能生存，但终究是难以为继的。

　　显然，顾随不喜清真词。


　　北宋清真写景写得真好：


　　　　人去乌鸢自语，小桥外、新绿溅溅。（《满庭芳》）

真新鲜，真是春天印象，水清且绿。此是纯写景。又如：


　　　　水面清圆，一一风荷举。（《苏幕遮》）

静安先生说"此真能得荷之神理者"（《人间词话》卷上），非荷之形貌外表，然而无情。稼轩不写这样词。

　　作品是人格表现，周清真之词曰"清真"，美得不沾土，其人盖亦然。周是女性的，辛是男性的。

**解评**：见上。

南渡词家有朱敦儒。

胡适说将朱敦儒比陶潜或更确切（《词选》）。观此语，胡氏于朱、陶二人盖未能有深切认识，否则绝不能将二人并论。

**解评**：顾随有关于朱敦儒词的较详细的议论，见《顾随全集》卷六《闲叙〈樵歌〉》一文。这里所摘只有几句，故就其所涉及的问题略加申发。

胡适将朱敦儒比之陶潜的原话是：

词中之有《樵歌》，很像诗中之有《击壤集》（邵雍的诗集）。但以文学的价值而论，朱敦儒远胜邵雍了。将他比陶潜，或更确切罢？[1]

顾随对此批评道：

观此语，胡氏于朱、陶二人盖未能有深切认识，否则绝不能将二人并论。陶氏狂狷。《论语》有言"狂者进取，狷者有所不为"（《子路》）、"吾党之小子狂简"（《公冶长》，简=狷），诸善奉行是狂，诸恶勿做是狷。不但人人不同，即其一个人自己本身也有狂、狷两种心理。人心中自有其轩轾。人在身体、精神、气力不及时，自己常落到狷。陶渊明最初是狂，而后归于狷。胡适以朱氏比陶潜，此亦非也。世之论陶者多误于其"采菊东篱下，悠然见南山"（《饮酒二十首》其五）二句，认渊明不可从此认。以断句评人，最不可如此。陶氏有时慷慨激昂，朱子说他豪放却令人不觉，说得是。[2]

[1] 胡适选注《词选》，第168页。
[2] 顾随：《闲叙〈樵歌〉》，载《顾随全集》卷六，第58页。

关于"乐天自适",顾随批评得很厉害,他说:

中国人消极的乐天是什么都不干,所以要不得。

乐天是可以的,而"乐天自适"便是安于此不复求进步了,是没出息。……

……

……固然,人无自己,不能成为生活;但不能只知自己,至少要为大众、为人类,甚至只为一个人也好。

……

朱敦儒讲"安闲","谁闲如老子,不肯作神仙"。宗教都是想为别人做事,只道家是为自己享福,真该活埋。长生不老,住在洞天福地,吃龙肝凤髓,饮琼浆玉液,这样的神仙要他何用?不如打死活埋。(开个玩笑。)朱氏"不肯作神仙",他想做也做不了哇。"欲作神仙无计作。偏说。安闲不肯做神仙。"(余之《定风波》)

人是做到老,学到老,什么叫安闲?人活到老、做到老,只要活一天,有一份气力,便该做。尤其我们中国,现在支离破碎、风雨飘摇中,怎么能说"闲"?有什么人能说"闲"?①

顾随在讲文学时,亦时常涉及对中国文化的看法,有肯定,也有严正的批评。他不是文化保守主义者。这里对中国人"乐天自适"的批评,很是痛快。反对"闲",主张有所作为,这是顾随重要的人生哲学。他说:"人生没有闲,闲是临阵脱逃。"此语警辟,简直是格言。这种人生哲学可以说是一种现代的人生观、文化精神。② 因此顾随对道家哲学在根本上是否定的,他反对了自汉精神。中国文艺,受乐天自适精神的影响很大,"白乐天"就是典型之一。但乐天自适跟庄子的"逍遥"精神不能画等号。庄子的逍遥哲学出于极大的愤激,他那种对命运"安之若素"的思想源于看穿一切的绝望和悲凉,而后世所谓"乐天自适",乃至"安乐窝"精神,与庄

---

① 顾随:《闲叙〈樵歌〉》,载《顾随全集》卷六,第56~58页。
② 关于顾随的文化立场,可参看拙作《顾随的文化立场》,《天水师范学院学报》2013年第1期。

子精神实差之甚远。① 庄子哲学是讲给少数人的，他恐怕没有让世人都效法他的意思，庄子是"自白派"，与孔、孟不同。

关于朱敦儒的纤巧之作，顾随举其《清平乐》一首：

> 春寒雨妥。花萼红难破。绣线金针慵不作。要见秋千无那。
> 西邻姊妹丁宁。寻芳更约清明。画个丙丁帖子，前阶后院求晴。

胡适《词选》未选此词。顾随拈出此首，是为了说明朱敦儒的词是多方面的。接着他又讲了文学中的"纤巧"问题，不妨引之如下：

> 词中纤巧尚可，诗中一露纤巧便要不得。世上之有小巧，原也可爱，如草木初生之嫩芽。"小荷才露尖尖角，早有蜻蜓立上头"（杨诚斋《小池》），这也的确是诗，但一首诗要只写这个便没意思了。可是人若连这个也不懂，又未免太可怜。人要懂这个，又不能只玩这个。而纤巧也不容易。陆放翁《吴娘曲》有句：

> 睡睫蒙蒙娇欲闭，隔帘微雨压杨花。

> 放翁亦有纤巧之作，而也有豪放之作，有时十分力量要使十二分，然如此二句真是纤巧。诗人力如牛、如象、如虎，好，而感觉必纤细。老杜感觉便不免粗，晚唐诗人感觉纤细。②

---

① 说到这里，不妨再引一段顾随对中国文化的看法。顾随在引了朱敦儒的《临江仙》（堪笑一场颠倒梦）词后，说道："此词是写人生，但他是出世的，是消极，是摆脱。'世间谁是百年人。个中须著眼，认取自家身'，他的'认取'是认取自家的一切浮名浮利都是假的。世间惟有自己与自己亲，不要说至亲莫过父母，至亲莫过妻子，且问：若从别人身上割肉，你觉得痛吗？但若拔去你一根毫毛，你便觉得痛也。可见最亲莫过自己——这是小我。出世的思想作风乃中国所有，外国虽也有出世思想，但不是摆脱，中国则出世的目的多在摆脱。西洋人出家是积极的，中国人出家是消极的。摆脱，可说是聪明的，然也是没出息的。释迦牟尼，众生有一不成佛我誓不成佛。在小我者看来，岂不是傻子？西洋虽也有只想自己摆脱的，如易卜生是要把自己救出去好去救别人，此则东西方哲学之分野、分水岭。小我者之为人生，是为自己偷生苟活。"（参见顾随《闲叙〈樵歌〉》，载《顾随全集》卷六，第61页。）

② 顾随：《闲叙〈樵歌〉》，载《顾随全集》卷六，第59页。

朱敦儒词是多方面的：有乐天自适之作，有豪放之作，亦有纤巧之作。其可取亦在此。

**解评**：见上。

# （十五）顺应、欣赏

## ——中国诗词之传统

程垓，字正伯，有《书舟词》。其《小桃红》曰：

> 不恨残花鲜。不恨残春破。只恨流光，一年一度，又催新火。纵青天白日系长绳，也留春得么。　　花院从教锁。春事从教过。烧笋园林，尝梅台榭，有何不可。已安排珍簟小胡床，待日长闲坐。

词，偶尔读一读，写一写，当无不可，但不可以此安身立命，算"文章事业词人小"（余之《采桑子·题因百词集》）。若性之所近，习之所好，偶尔一填，第一须摸着词的调子。所谓调子即音节，每词有每词的音节。想填某一调子，最好取所爱词人之词先念几遍。俗说"鸳鸯绣出从君看，不把金针度与人"，就因社会爱笑人，使得想说实话的人都不敢说了。

余前数年有《灼灼花》：

> 不是昏昏睡。便是沉沉醉。谁信平生，年来方识，别离滋味。更那堪酒醒梦回时，剩枕边清泪。　　此恨何时已。此意无人会。南望中原，青山一发，江湖满地。纵相逢已是鬓星星，莫相逢无计。

此词即从程词变来，但比他有力。程氏"纵青天白日系长绳，也留春得么"，系不住，放下了，这是中国人看家本领，顺应。顺应不是反抗。余词"南望中原，青山一发"，由东坡诗"杳杳天低鹘没处，青山一发是中原"（《澄迈驿通潮阁》）之后句而来。唯东坡是北望，余是南望。苏东坡有时太不在乎，但此首字音好。

**解评：**此处有一极要紧的话，即"词，偶尔读一读，写一写，当无不可，但不可以此安身立命"，顾随引其词句"文章事业词从小"说之。看官，您可能会有点诧异——顾随不是词学家，并且是杰出的词人吗？怎么他并不提倡填词，也并不很看重词的价值呢？这正是了解顾随的关键之一，不可轻轻放过。顾随虽然是研究古典文学的大师，以及旧体诗词的大创作家，但他并不认为写旧体诗词在现代有多大价值、多大必要。他深知古典文学的时代已经过去了，现在要努力创作白话文学——这是他对古典文学和现代文学的基本态度。所以，虽然顾随研究古典文学，但其目的是发展现代文学。至于他作诗填词，毕生不辍，乃是积习使然、才性使然。顾随很清醒——他虽然写诗填词，可他并不提倡写旧体诗词。现代以来的词学家、词人，对写词持如此平凡态度者，顾随为我所仅见。他认为人之安身立命需要更深厚的东西，词不足以当之。

介绍完程垓的《小桃红》之后，顾随又推荐了自己的一首词《灼灼花》，大体依《小桃红》词调，但顾随认为自己的《灼灼花》比程垓的《小桃红》有力。程垓是伤感、闲适，即顺应，是词情老调，而顾随《灼灼花》则先伤感，后反抗伤感，此即有力。顾随的好友，古典文学学者郑骞（字因百）在其札记《顾羡季诗词》①中说他来台湾后，昔年多能成诵的顾羡季诗词，今已大半遗忘，偶忆数首，并录出之，其中就有首《小桃红》，如下：

> 短烛摇摇灺，初雪沉沉下。眇眇微躯，茫茫去路，漫漫长夜。问何时突兀眼前来，有万间广厦。说甚真和假？说甚东和夏？花落花开，年华有尽，人生无价。待明晨早起上高楼，看江山如画。

① 郑骞：《永嘉新札之余》，载氏著《从诗到曲》下册，商务印书馆，2015，第952~954页。

要说有力，这首《小桃红》不知比程垓的《小桃红》强过多少！

不唯顾随在《采桑子·题因百词集》中说"文章事业词人小"甚堪注意，郑骞在回忆了顾随的两首七律和两首词之后，对顾随有几句评语，也值得玩味。他说："此两诗两词，皆三十余岁时作，四十四五以后作品，似转不逮此，不惟才老，亦由境狭。羡季是奇才，惜平生踪迹不出河北、山东两省，无江山之助，未能尽其才也。"① 此真乃知言。顾随一生踪迹未出河北、山东两省，也是一奇，然而于文人而言，江山之助实为为虎添翼之力，顾随未得此助，终属憾事。这又令我想起现代的一位学术天才刘咸炘。刘咸炘（1896—1932），四川成都人，天赋极高，学问甚大，可惜 36 岁英年早逝，其一生踪迹未出四川一省，这毕竟限制了其学术影响力的传播。

郑骞一去台湾，与顾随音讯永隔（顾随三女顾之惠、学生叶嘉莹亦皆如此）。1976 年，郑骞曾作"生挽顾羡季联语"，曰："东坡长山谷九龄，平生风义兼师友；诸葛胜子桓十倍，万古云霄一羽毛。"虽郑骞云"此联只可附于文字游戏之列"，但他对顾随才华的敬仰，可谓见于言表。

中国旧诗写夏的少，纵有也只是写天之舒长、人之安闲；要不然就是对不得安闲者的怜悯。程垓《小桃红》从春归写到夏至，写到天之舒长、人之安闲。天气可影响人的性情、思想，冬天虽有严寒压迫，还可干点什么，夏天人精神易涣散，故有此等作。

写夏天的词，即如东坡之《洞仙歌》，也只是天之舒长、人之安闲：

> 冰肌玉骨，自清凉无汗。水殿风来暗香满。

全词也只是这三句好。前二句写人，至于写夏景，第三句真绝了。李之仪《鹧鸪天》下片云：

> 随定我，小兰堂。金盆盛水绕牙床。时时漫手心头熨，

---

① 郑骞：《永嘉新札之余》，载氏著《从诗到曲》下册，第 953~954 页。

受尽无人知处凉。

这是对夏之安闲的享受。"受尽无人知处凉",差不多福都是如此,除此,就不是福。夏天什么地方最凉快?是高粱地头,是厨房门口。所以说,福看你会享不会享。虽然福不多,可是人人都有,但说到享福,却是"受尽无人知处凉",没法告诉人。现在人不会享福,享福是受用,现在只知炫耀,不知享福。现在人最自私,可又不会自私。

中国传统写诗是要能忍受、能欣赏,故写夏亦然。

锄禾日当午,汗滴禾下土。(李绅《悯农》)

赤日炎炎似火烧,野田禾稻半枯焦。
农夫心内如汤煮,公子王孙把扇摇。(《水浒传》)

这是对不得安闲者的怜悯。郭沫若题己集之扉页有言:

炎炎的夏日当头。

此言不是安闲,不是怜悯,是担当。余之《浣溪沙》:

赤日当头热不支。长空降火地流脂。人天鸡犬尽如痴。
已没半星儿雨意,更无一点子风丝。这般耐到几何时。

此既非安闲之享受,也非对不得安闲者之怜悯,然此亦与郭氏之担当不同,此乃描写,前人不但不敢担当,且不敢描写。

郭氏扉页题辞非传统境界,余之《浣溪沙》亦非传统境界。

**解评**：讲程垓的《小桃红》因写夏之安闲，所以不够有劲。顾随有个很敏锐的判断——"中国旧诗写夏的少，纵有也只是写天之舒长、人之安闲；要不然就是对不得安闲者的怜悯"。想想中国诗词，写春、秋两季者最多，可谓洋洋大观；写冬者次之；写夏的似乎少一些。顾随真是敏感。而问题是：为什么中国诗词较少写夏？文学作品对春夏秋冬四季的描写，与人对季节特定的生命感受有关，如伤春与悲秋，即便不伤春、不悲秋，亦可写春之明媚、秋之高朗。夏天，写什么呢？当然可以描写夏的酷热。可是中国旧诗人似乎不怎么描写夏的炎热，反之，却喜欢写在炎热天气里的清凉享受，可能是觉得后者比前者更有诗意吧。或者，从实际生活角度着想，古人在夏天不像现代人有风扇、空调，清凉对他们来说来得更不容易，也就更珍贵。古人消夏、避暑，颇费周章，从皇室到士大夫家庭都有一套消夏的方法。古画中就有不少《消夏图》。因此，古人诗词写夏，多写享受夏日里的清凉，可以理解。

单说写享受夏之清凉，顾随标举东坡《洞仙歌》"冰肌玉骨，自清凉无汗。水殿风来暗香满"句，及李之仪《鹧鸪天》"随定我，小兰堂。金盆盛水绕牙床。时时浸手心头熨，受尽无人知处凉"句，东坡句以神韵胜，李之仪句以细腻胜。① 顾随抓住"受尽无人知处凉"句，讲了番"享受"之理。炎热天气，把手放进凉水盆中，那种舒服是只有自己知晓的。顾随借题发挥道，人的所有享受都是如此，"没法告诉人"。此即所谓"受用"。受用是自己受用。接着，顾随话锋一转，说："现在人不会享福，享福是受用，现在只知炫耀，不知享福。现在人最自私，可又不会自私。"真是深刻！所有的享福都是受用，不论肉体的、精神的，即所谓"自足"。而现在人只知炫耀——吃好的，要让别人看见自己吃得好；穿好的，要让别人看见自己穿得好。比如穿名牌服装，并不把穿得是否舒适当作第一义，而是把炫耀自己穿名牌、有钱，当作第一义。读书、求学的第一义，本是自己受用，可现在人读书把追求名牌大学、炫耀自己的虚荣价值当作第一义。"古之学者为己，今之学者为人"，岂止是学者为人，现在人把什么都搞成"为人"的炫耀了，炫吃、炫穿、炫住、炫行、炫富、炫权、炫奖……

---

① 辛弃疾《御街行》写夏，其上片也很精彩，"阑干四面山无数，供望眼，朝与暮。好风催雨过山来，吹尽一帘烦暑。纱厨如雾，簟纹如水，别有生凉处"，有飞动之姿。

　　旧诗中写夏天，也有对不得安闲者的怜悯，如顾随所举李绅的《悯农》，及《水浒传》中的"赤日炎炎似火烧"一诗，然而这种悲悯之作并不多。宋代王令的《暑旱苦热》，也是此类诗歌的代表作。

　　顾随又引郭沫若给自己著作扉页的题句"炎炎的夏日当头"，以为这是一种非传统的担当精神。担当则担当矣，可郭氏此句并不是诗。顾随所举自己的词《浣溪沙》，则从头至尾是写夏日酷热的，虽非担当，但此种写法可谓打破传统境界者。不过，旧诗中描写酷热的并非没有，杜甫就有几首写夏日酷热之作，而且写得很精彩，如其作于夔州的五律《热》二首：

　　　　雷霆空霹雳，云雨竟虚无。炎赫衣流汗，低垂气不苏。
　　　　乞为寒水玉，愿作冷秋菰。何似儿童岁，风凉出舞雩。

　　　　瘴云终不灭，泸水复西来。闭户人高卧，归林鸟却回。
　　　　峡中都似火，江上只空雷。想见阴宫雪，风门飒踏开。

　　　　朱李沉不冷，雕胡炊屡新。将衰骨尽痛，被褐味空频。
　　　　欻翕炎蒸景，飘摇征戍人。十年可解甲，为尔一沾巾。

　　此三首诗不仅写酷热极为真切，还写了对清凉的想象、自己的病痛，以及对炎热天气里"征戍人"的同情。这大概是古代写夏日最深刻、最丰富的诗，虽然并不美。老杜真是能打破传统境界者。关键在于他是贴着自己的感受写，而不是顺着传统的惯性写。不过，老杜把夏日写得那么苦，也与他在夔州时的落魄处境有关，他没有东坡、李之仪、稼轩那样优渥的生活条件，秋风破茅屋，炎热灼衰骨；加之老杜体弱多病，自然对夏热、冬寒有更深的体会。

　　再回到写夏主题。顾随这里所讲夏日诗词，主要就炎热、消暑而言，其实古人写夏，并不局于此，他们写荷花、石榴、夏日清供，写端午等，也是对夏天的表现。如欧阳修的鼓子词《渔家傲》十二首写一年十二个月的风光，其中"五月""六月"两首都很精彩。"五月"词如下：

　　　　五月榴花妖艳烘。绿杨带雨垂垂重。五色新丝缠角粽。金盘送。

生绡画扇盘双凤。　　正是浴兰时节动。菖蒲酒美清尊共。叶里黄骊时一弄。犹薝怅。等闲惊破纱窗梦。

此词写端阳节的风光、习俗与生活，华美轻快，色彩斑斓，可称佳构。据说王安石对此词极赏爱。

再看欧公的"六月"词：

六月炎天时霎雨。行云涌出奇峰露。沼上嫩莲腰束素。风兼露。梁王宫阙无烦暑。　　畏日亭亭残蕙炷。傍帘乳燕双飞去。碧碗敲冰倾玉处。朝与暮。故人风快凉轻度。

此词整首写夏景、消暑，流丽清婉，景象如画，一片神行。相比之下，东坡的《洞仙歌》只有"冰肌玉骨，自清凉无汗。水殿风来暗香满"三句是写夏，其余则是蜀主孟昶和花蕊夫人的艳情——而这三句，前两句乃是孟昶的原句（见《洞仙歌》序）。

细心的读者会发现：欧阳修在写莲花时，以美人相比；东坡《洞仙歌》中的"冰肌玉骨""绣帘开，一点明月窥人；人未寝，欹枕钗横鬓乱"更是香艳袭人。另，不难窥见：古人诗词写男欢女爱、写美人，暗示性爱，多以春日、夏日景境烘托之。写夏日艳情者，如清代黄之隽《南乡子·暑夜用欧阳炯韵》六首：

野月无家。水萤点火照菱花。前代采莲人已去。船回浦。夜半鹨鹕波上语。

暮叙苏梜。红楼靠水绿杨桥。楼里谁人呼侍女。挨帘顾。风露三更侬欲住。

卸却钗钿。湿云一朵覆腮莲。自说小名呼锦瑟。裙腰窄。吃剩香茶伴献客。

绮槅如烟。水亭八面晚凉天。嫩色罗裙湘水渌。身初浴。

一槛荷花吹未足。

碧簟痕平。兔华斜映縠幨明。偎贴枕屏松鬖尾，双眸水。
盼得人羞抽臂起。

月堕烟中。莲衣如梦掩娇红。待得辘轳声静后。星如豆。
笑拂荷珠潜盥手。

　　黄之隽，康熙六十年进士，官编修。曾提督福建学政，后坐事罢官。
此六首《南乡子》"用欧阳炯韵"。五代宋初词人欧阳炯写有《南乡子》八
首（载入《花间集》），写南方江岸风情景物，优美如画，辞气妍雅，令人
齿颊生香。黄之隽《南乡子》六首写的是某君（不知是作者自己否？）在某
个暑夜，停桡靠岸，入一红楼，与一个娇美如花的妓女一夜眠宿的故事，
写得真是香艳温柔，教人心摇神移。此词在古代艳情词中可谓一流作品。
其写妓女不仅无半点尘俗气，而且颇具楚楚动人之致。尤为特殊者，是宋
人写艳情、写歌妓的词，多是单篇，而黄之隽的《南乡子》则用六首词写
出了他眠宿娇女的全过程，有如一篇微型小说。盖因夏天是情欲旺盛的
季节。

　　再次回到写夏主题。欧阳修不仅写夏的词好，还有篇《病夏赋》，完全
是表现酷热难当的。赋分两段，第一段写他想东走泰山，西登昆仑，泛乎
南溟，临乎北荒，皆不可得。第二段曰：

　　四方上下皆不得以往兮，顾此大热，吾不知夫所逃。万物并生于
天地，岂余身之独遭？任寒暑之自然兮，成岁功而不劳。惟衰病之不
堪兮，譬燎枯而灼焦。刬空庐之湫卑兮，甚龟蜗之踾缩。飞蚊幸余之
露坐兮，壁蝎伺余之入屋。赖有客之哀余兮，赠端石与薪竹。得饱食
以安寝兮，莹枕冰而簟玉。知其无可奈何而安之兮，乃圣贤之高蹈。
惟冥心以息虑兮，庶可忘于烦酷。

　　酷热而无所逃于天地，加之衰病、湿气、蚊虫、壁虎的难堪，真是痛
苦。幸亏有友人赠欧阳修端石与薪竹（端砚与竹簟），让他得以稍解酷热，

并且对酷热采取了无可奈何而安之若素的态度。欧阳修之作《病暑赋》也是其来有自——曹植《大暑赋》、繁钦《暑赋》、刘桢《大暑赋》、王粲《大暑赋》、夏侯湛《大暑赋》、卞伯玉《大暑赋》、傅咸《感凉赋》等，皆是写暑热的。所以，如果把视野从诗词扩大到赋，中国文学中写夏天的作品并不少。

# （十六）陆游

放翁虽非伟大诗人，而确是真实诗人。无不论其思想感觉，即其感情便已够得上真的诗人。忠实于自己感情，故其诗有激昂的，也有颓废的；有忙迫的，也有缓弛的。

别人有心学渊明、浩然，于是不敢写自己忙迫、激昂之情感，此便算他忠于陶、孟（其实也难说），但他不忠于他自己。天下没有不忠于自己而能忠于别人的，若有，真是奇迹。放翁忠于自己，故其诗各式各样。因他忠于自己，故可爱，他是我们一伙儿。俗说"他乡遇故知"，难道他乡人不是人吗？但总觉不亲近。一个诗人有时候之特别可爱，并非他作的诗特别好、特别高，便因他是我们一伙儿。

**解评：** 顾随论陆游，认为其优点主要在于真实，即诚，忠实于自己。

为人类做事、受苦，肯为人类牺牲自己，才称得上伟大。"伟大"与中国人所谓"圣贤"有相通处，真难，陆游够不着。历史上堪称伟大的诗人，屈指可数。

什么是忠实于自己的感情呢？其实就是率真，心里有什么就表现什么。陆游诗方面甚广，各式各样，关键在于他总能把自己"端出来"。人的生活、心绪是变化多端的，坦露或不坦露，坦露得多或少，呈现出来的都不一样，而人还是那一个。好比一个作家，我们若只看他公开发表的作品，与既看其公开作品，又阅其私信、日记，对此人的了解肯定有所不同。诗人，先不说忠实于别人，首先要忠实于自己。"放翁诚实，见到就写，感到就写，想到就写，故其诗最多，方面最广，不单调。"顾随引孟子所谓"定于一"，说："放翁非圣贤仙佛，心不能'定于一'，有时就痛快，有时就别扭。"这是陆游状态不稳定的原因。人非圣贤，世人大抵如此，但只要感情真实，就够得上可爱，就可以做诗人。所以，顾随说陆游的诗并非特别好、特别高，但是可爱，便因"他是我们一伙儿"①，这话真好——到家、生动，胜过许多矫饰笨拙的学术语言②。顾随于此又有说，曰：

> 平常人崇拜圣贤、英雄、仙佛，而与之相处必不舒服。世上无此等人则干燥寂寞，故需要英雄、圣贤、仙佛，而吾辈俱是凡夫，不易与之相处。诗中有李、杜，如世之有仙佛，仙佛是好，而其所想离吾人太远，犹河汉之无极也。放翁则如老朋友辈谈心，即所谓平易近人，即所谓前所说他是"我们一伙儿"。③

陆游后世之所以影响甚大，后学甚多，除风格圆熟外，还有一个重要原因，即其所写接近多数人（当然还是文人）的生活。但陆诗可爱之处，也即其缺点所在，"放翁诗多为一触即发，但也是胸无城府，是诚，但偏于直……放翁诗一触即发，可爱在此，不伟大亦在此"。率真有余，深沉不足，"初读觉得新鲜，但不禁咀嚼，久读则淡而无味"。"放翁诗品格确实不太高"，诗味浅，品格自然就上不去了。此点，陆游和白居易犯同一毛病。所谓"品格"，必是深醇高超之境，非常人所能至，顾随说："品格是中国做人最高标准，一辈子也做不完、行不尽。""诗要诗格，如人有身份品格。人的身份品格与身心似而还高。人的身心在外表是身份，在精神上说便是品格。"④ 顾随举陆游"心如病骥常千里，身似春蚕已再眠"句——诗格不

---

① 马雅可夫斯基在《纪念日的诗》（纪念普希金 125 周年诞辰）一诗中，以对话的口吻和普希金说话，说到涅克拉索夫时说："让他留下吧——这个人／是咱们一伙。"也是评价自己欣赏的诗人，其说法与顾随同。

② 顾随在论文说理时常用一些生动的口语，除"他是我们一伙儿"外，又如说李白是才情、兴之所至，"大爷高兴"，说南宋姜夔至张炎等一派词人好"捯饬"，说蒋捷词"贫"等，准确精练，胜过许多文雅严谨甚至艰深的"学术语言"。

③ 顾随：《真实诗人陆放翁》，载《顾随全集》卷六，第 35 页。顾随在讲稼轩词时也说到"他是我们一伙儿"。他说："我们何以看中国人便比看外国人亲切？便因他是我们一伙儿，故亲切。稼轩词亦然。有些作品我是有时喜欢，有时不喜欢；有些作品，小时也喜欢，年长也喜欢，便因他是我们一伙儿。在诗中，余喜陶渊明、杜工部，便因他是我们一伙儿。太白便不成，他是出世。"（顾随：《稼轩词心解》，载《顾随全集》卷六，第 76 页。）

④ 顾随：《论王静安》，载《顾随全集》卷六，第 152 页。

高，但真能道出志士在病中的心情，这便是诗之真。

那么，诗品不高的原因是什么？顾随以为"或因其感情丰富，不能宽绰有余"。此说有理。所谓"品"，一定来自深积厚养，来自专注。陆游作诗太多，可知其心性必有浮泛之病。白居易诗歌数量为唐人之冠，其诗品也不高。李白、杜甫，作诗既多，诗品又高，是大才。顾随说宽绰有余是"中国文学艺术的灵魂"[①]。此点与西方文学比较，即可见出。留有余地、有余味、不把话说尽、不要"满"，即宽绰有余。试看中国诗、书、画中的一流作品，哪个不是令人涵泳不尽？宽绰有余，是因为"心大"。传说谢安在听说淝水之战获胜消息时，淡定自若，下棋不辍，这就是"心大""宽绰有余"。你再看谢安的书法，如《妻闷帖》《中郎帖》之沉秀明达，便会明白其品格之高了。

放翁忠实于自己。但放翁诗品格确实不太高。品格是中国做人最高标准，一辈子也做不完、行不尽。放翁诗品格不高，或因其感情丰富，不能宽绰有余。"六十年间万首诗"（《小饮梅花下作》），便因其忠于自己，感情丰富，变化便多，诗格虽不高而真。

**解评：**见上。

孟子曰"定于一"（《孟子·梁惠王上》）。放翁非圣贤仙佛，心不能"定于一"，有时就痛快，有时就别扭。

放翁诗方面很多，虽不伟大，而是一个诚实诗人。

中国自古便说"修辞立其诚"（《易传·文言》），诚，从"言"义"成"声，而依兼士先生之言，则"成"亦兼有义，不"诚"不"成"。

放翁诚实，见到就写，感到就写，想到就写，故其诗最多，方面最广，不单调。初读觉得新鲜，但不禁咀嚼，久读则淡而无味。即使小时候觉得好的，现在也仍觉得好，所懂也仍是以前所懂，并无深意。

---

① 顾随：《真实诗人陆放翁》，载《顾随全集》卷六，第 26 页。

放翁诗多为一触即发，但也是胸无城府，是诚，但偏于直。老杜之诚是诚实，如"国破山河在，城春草木深"（《春望》），读之如嚼橄榄。放翁诗一触即发，可爱在此，不伟大亦在此。"水之积也不厚，则其负大舟也无力。"（《庄子·逍遥游》）

**解评**：见上。

放翁是有希望、有理想的，但他的理想未能实现，希望也成水月镜花。如此，则弱者每流于伤感、悲哀，强者则成为愤慨、激昂。放翁偏于后者，且由愤慨走向自暴自弃。

**解评**：见上。

放翁诗中找不到奇情壮采。太白诗中奇情多，如《梦游天姥吟留别》，是奇情；老杜《观公孙大娘弟子舞剑器行》，是壮采。放翁诗有奇气，如：

> 早岁那知世事艰，中原北望气如山。（《书愤》）

放翁好使气而有时断气，老杜诗气不断。

放翁活的年岁大，到死气不衰：

> 王师北定中原日，家祭无忘告乃翁。（《示儿》）

魏武帝诗云：

> 老骥伏枥，志在千里；
> 烈士暮年，壮心不已。（魏武帝《步出夏门行·龟虽寿》）

放翁诗句云：

> 心如病骥常千里，身似春蚕已再眠。（《赴成都泛舟自三
> 泉至益昌谋以明年下三峡》）

放翁为此诗时或尚未甚老，故不曰"老骥"，而曰"病骥"。病骥
虽志在千里，而究竟已不能行千里；蚕再眠后便已无力，有心无
力。除非是行尸走肉那样的人，否则人到老年、病中，总有"心
如病骥"二句之心情。

> 儿童冬学闹比邻，据案愚儒却自珍。
> 授罢村书闭门睡，终年不着面看人。（《秋日郊居》其七）

现在先不讲其思想，讲其作诗时的心情。此情尚无人道
及——自珍，爱惜自己。

以放翁之脾气，侍候于公卿之门，奔走于势利之徒；一个人
除非没品格，稍有品格，便知恭维人真是面上下不来，心上过不
去。放翁有感觉，必有感于此。但既做官便不免如此，不如村夫
子尚能自珍，保存自己的天真。

从此诗中看出放翁有消极，但放翁是意在恢复、有志功名的。
他羡慕那个村夫子但做不到，既有心恢复、志在功名，怎能"不
着面看人"？

**解评：** 放翁痛苦。想有所作为，却无法与官场调和，于是难免羡慕
"终年不着面看人"的村夫子。不能去做村夫子，但说村夫子的自珍，即夫
子自道也。倘不是如此自珍的品格，放翁必不至于在官场中吃不开。这是
公理。所以，"儿童冬学闹比邻"一诗，是消极中有积极，因为放翁有品
格。从做人的品格到艺术的品格，需要转化。艺术的高品，更难。艺术之
所以不等于生活，乃因艺术是生活的特殊转化。生活总是凌乱、匆忙、粗

糙的，而艺术必须集中、从容、精致。

顾随说放翁诗有"奇气"。奇气是什么？奇气是超乎寻常的气度、气质、气概。"早岁那知世事艰，中原北望气如山"，诚然。可是，顾随说在陆游诗中找不到奇情壮采。"奇情"是超乎寻常的情感、想象，如李白《梦游天姥吟留别》。屈原就有奇情。陆游在世时有"小李白"之称，大约是因为其才气纵横，诗情浪漫，有豪气。但陆游更多的是寻常的人情味，没有屈原、李白那样的仙气。老杜《观公孙大娘弟子舞剑器行》，是壮采。"壮采"是强大而流光溢彩。说陆游没有"奇情"，我同意，然谓陆游没有"壮采"，我觉得不确。试举其诗句如下：

> 别都王气半空紫，大将牙旗三丈黄。
> 江面水军飞海鹘，帐前羽箭射天狼。（《将至金陵先寄献刘留守》）

> 羁游那复恨，奇观有南溟。浪蹴半空白，天梁无尽青。
> 吞吐交日月，颢洞战雷霆。醉后吹横笛，鱼龙亦出听。
> （《海中醉题，时雷雨初霁，天水相接也》）

> 四十从戎驻南郑，酣宴军中夜连日。
> 打毬筑场一千步，阅马列厩三万匹。
> 华灯纵博声满楼，宝钗艳舞光照席。
> 琵琶弦急冰雹乱，羯鼓手匀风雨疾。（《九月十一日夜读诗稿有感走笔作歌》）

以上诗句，都可见陆游之"壮采"。

"王师北定中原日，家祭无忘告乃翁"，放翁到死气不衰，这是就其人格而言。论诗，顾随以为"放翁好使气而有时断气，老杜诗气不断"（断气之例子）。"太白飞而能沉，飞而能镇纸，如《蜀道难》；老杜沉而能飞，如'天地为之久低昂'（《观公孙大娘弟子舞剑器行》），即此皆中气足；放翁飞不起来，沉不下去，有时气一提要断。"[1] 此因才气、功力不济。

---

[1] 顾随：《真实诗人陆放翁》，载《顾随全集》卷六，第32页。

《示儿》（死去元知万事空）是一首好诗，沉痛、坚定、有理想。这是绝笔作。一个人临终前的状态，可见其一生之修为。放翁一生经历了很多挣扎。他的理想无法实现，便有许多愤慨、激昂的情绪。愤慨、激昂，来自压抑，理想越大、力量越强，愤慨越大。[①] 放翁有时甚且"由愤慨走向自暴自弃"[②]。稼轩也愤慨。屈原愤慨，嵇康愤慨，鲁迅愤慨，连陶潜也愤慨，但自暴自弃不好，稼轩不见自暴自弃。自暴自弃，品格就会塌下来。韩愈、白居易晚年的自暴自弃比放翁严重多了，都颓了下来。顾随说："愤慨激昂是有志之士，但不是有为之士。"[③] "一个有为之士是不发牢骚的，不是挣扎便是蓄锐养精，何暇牢骚？"[④] "放翁之愤慨、自暴自弃，是不健康、不调和，但他也有力量，而他的力量不是矛盾的，便是分裂的。没有一个矛盾不是分裂的，分裂的力量较集中的力量为小。特别是一个诗人，必要得到心的和谐，即使所写是矛盾、是分裂，而心境也须保持和谐。"[⑤] 做人、写诗，至此境界，便是一流了。假如让放翁面对顾随，聆听这番话，他作何感受？在这个世界中，我们能否到此境界？

一个人要向上向前，但我们也爱一个忠于自己感情的人，虽然在理想上稍差，但是可爱。放翁虽意在恢复、有志功名，而有时也颇似小孩子可爱。

> 黍醅新压野鸡肥，茆店酣歌送落晖。
> 人道山僧最无事，怜渠犹趁暮钟归。（《杂题》其四）

放翁诗到晚年有一特殊境界，即意境圆熟、音节调和。圆熟，但诗品仍不高。

---

① 陆游《澹斋居士诗序》曰："盖人之情，悲愤积于中而无言，始发为诗，不然，无诗矣。"（朱东润选《陆游选集》，上海古籍出版社，1979，第 214 页。）

② 顾随举七绝《观华严阁僧斋》为例，诗曰："拂剑当年气吐虹，喑呜坐觉朔庭空。早知壮志成痴绝，悔不藏名万衲中。"

③ 顾随：《真实诗人陆放翁》，载《顾随全集》卷六，第 32~33 页。

④ 顾随：《真实诗人陆放翁》，载《顾随全集》卷六，第 33 页。

⑤ 顾随：《真实诗人陆放翁》，载《顾随全集》卷六，第 32 页。

此诗前两句是说，日尽管落，我喝我的、吃我的；后两句是说，你出家人还是免不了烦恼，还不如我，比闲人还闲。

放翁活那么大年纪，可见其心情不老是愤慨矛盾，也有调和之时。

**解评：**"一个人要向上向前"，此针对自暴自弃而言。放翁虽愤慨，甚至有时自暴自弃，但他忠实于自己，况且他不总是愤慨，他也有许多平和安详。正如陶渊明不总是平和，他也有愤慨，李白也不老是癫狂。作为人，这是常情常理，何况渊明、李白、放翁这样丰富的人。

放翁有大量写景的、写日常生活的诗，都是平和之作，他被人模仿最多的，就是此类作品，因为这接近多数人的生活。放翁的和谐之作，顾随举《三峡歌》，诗曰：

> 我游南宾春暮时，蜀船曾系挂猿枝。
> 云迷江岸屈原塔，花落空山夏禹祠。

此诗意境之美，如顾随所讲，不赘述。

顾随提及西方"素诗"（naked poetry）这一概念，素诗是朴素的诗。"云迷"二句不朴素，"但一点别的成分没有，纯乎其为诗"。但"此仍为中国传统，无所谓善恶、是非、美丑、悲喜，就是一个东西。不能下一批评，一说就不是，纯乎其为诗"①。中国古典诗歌中有许多写景的诗，都是"纯乎其为诗"。现代文学中，李金发、穆木天在20世纪20年代，梁宗岱在30年代提出的"纯诗"理论，倒是可以用来观照诸如"云迷江岸屈原塔，花落空山夏禹祠"之类的古典诗歌。但梁宗岱他们把这种所谓"纯诗"推为诗之正宗与鹄的，就不免以偏概全了。

要之，放翁的心境自有许多调和处，否则不可能活到八十多岁（放翁颇善摄生）。不但调和，有时还像小孩一样可爱，如顾随所举"人道山僧最无事，怜渠犹趁暮钟归"一诗，觉得自己比出家人还悠闲，就有点孩子气

---

① 顾随：《真实诗人陆放翁》，载《顾随全集》卷六，第30页。

的可爱。一个人假使一点孩子气都没了，恐怕不会成为真诗人。

"人道山僧最无事，怜渠犹趁暮钟归"一诗为放翁晚年之作，优点是意境圆熟、音节调和。这是因为放翁对诗的技术已高度熟稔，再加之调和的心境，故有圆熟之态。但诗品仍不高，"人道山僧最无事，怜渠犹趁暮钟归"，有点贫，有点无聊。

"熟"，是历来对陆游的普遍评价，其说法有"圆熟、甜熟、熟烂、太熟、庸熟"等，此外还有"滑、滑调"等评语，都指向一种妥帖精工、音节浏亮的修辞风格，即一种固有的风格与程式。就诗体而言，主要指向陆游的七律。有学者认为陆游的"律熟"与七律本身容易写熟、写俗的诗体特点有关，而主要还是与陆游高明而非沉潜的心性，把写诗当"日课"的诗癖，大量写诗、不加拣择的习惯等因素有关。① 以上几点对陆游律诗"熟"的成因的分析，大致言之成理，唯关于陆游心性的判断，略有不妥。所谓陆游的心性属于高明之性，而非沉潜之性，是钱钟书《谈艺录》中的说法。② 而所谓"高明之性""沉潜之性"是借用章学诚《文史通义》中对两种学术方法的分类——"高明者多独断之学，沉潜者尚考索之功"③。高明与沉潜的确是两种心性，由学人移诸文人，未尝不可。但文人心性的"沉潜"当指蕴藉，"高明"就不好说了，它不同于章学诚所谓"独断"。陆游蕴藉不足，但若说他是"高明之性"，那这"高明"指什么呢？独断，还是直露？恐怕都不是。诗人心性的"高明"，当指诗格、诗品之高，如屈原、陶潜、王维、李白、杜甫，皆可谓高明。而屈、陶、王、杜，也都是沉潜的，其诗非一触而发，而是蕴蓄深厚。④ 所以，若说陆游缺乏沉潜之性，是也；若说他是"高明之性"，就不准确了。要之，陆游诗的"熟"，

---

① 参见管琴《七律的放翁诗法——从"律熟"的评价说起》，《文学评论》2016年第4期。

② 钱钟书《谈艺录》云："放翁高明之性，不耐沉潜，故作诗工于写景叙事。翁爱读《黄庭经》，试将琴心文断章取义，以评翁诗，殆夺于'外象'，而颇阙'内景'者乎。"（钱钟书：《谈艺录》，第130页。）

③ （清）章学诚著，叶瑛校注《文史通义校注》卷五，中华书局，1994，第477页。

④ 《红楼梦》"香菱学诗"故事中，香菱对黛玉说："我只爱陆放翁的诗'重帘不卷留香久，古砚微凹聚墨多'，说得真有趣！"黛玉道："断不可学这样的诗。你们因不知诗，所以见了这浅近的就爱，一入了这个格局，再学不出来的。"这可以说是曹雪芹对陆游诗的批评，其实也是明清以后对放翁诗的普遍批评。而黛玉给香菱推荐学习的榜样，首先就是《王摩诘全集》，其次是老杜的七律，最后是李白的七言绝句。这些，都是或蕴藉，或深刻，或飘逸的风格，毫无熟俗之病。

由心性来解释，可谓抓住了关键。因为诗体不是决定性的——写七律者多矣，未必都"熟"；作七律数量巨大者也有，如杜甫、黄庭坚，但都无"甜熟"之风。纪昀说："熟是佳处，然熟正是放翁病处。"[①] 此评中肯。

放翁活到八九十岁，必于愤慨激昂之外，有和谐健康之时。如其《三峡歌》其九之"游南宾"一首，写去国离乡之情，但他写得多美——"云迷江岸屈原塔，花落空山夏禹祠"："云迷江岸"尚是具体的，到"花落空山"则一片空灵。放翁诗中盖无美过此二句者。

西洋有所谓素诗（naked poetry），朴素的诗，"云迷"二句不朴素，但一点别的成分没有，纯乎其为诗。"云迷""花落"，即使放翁不写，此事物也仍是诗。

**解评**：见上。

放翁《菊枕》诗：

> 采得黄花作枕囊，曲屏深幌闷幽香。
> 唤回四十三年梦，灯暗无人说断肠。
>
> 少日曾题菊枕诗，蠹篇残稿锁蛛丝。
> 人间万事消磨尽，只有清香似旧时。（《余年二十时尝作菊枕诗，颇传于人，今秋偶复采菊缝枕囊，凄然有感》）

此二诗有其不可磨灭的价值在，不伟大，亦可存在、流传——以其真，真的情感、真的景致。前无古人，后人学亦不及。

---

① （元）方回选评，李庆甲集评校点《瀛奎律髓汇评》卷十一，上海古籍出版社，2005，第415页。

虽小而好。

此二诗有本事，即《钗头凤》词。八十余岁时作诗提到沈园还难过，此二首乃六十余岁作。

四十三年前事同谁说？后妻、儿女皆不可与言，限于礼教、名誉、感情。不能说而说出一点，真好。"灯暗无人说断肠"、泪向内流。打掉门牙向肚里咽，尚不令人难过；唯此诗不逗英雄，更令人难过。

"七阳"韵是响韵，而陆此诗不响。

第二首诗句更平常而更动人。二十岁时旧稿，今则蛛丝结满，枕乃唐氏所缝，唯清香似四十三年前情味。

第二首结句，"支"韵是哑韵，句中用"香"字，"香"字响。第一首结句，"阳"韵是响韵，句中用"暗""无"。此乃调和之美。

放翁此诗真，平易近人，人情味重。

**解评**：放翁一生，有两大悲剧，一为"但悲不见九州同"，一为他与唐婉的爱情，皆是抱恨终天的结局。就艺术魅力论，《菊枕》绝不亚于《沈园》。《沈园》是旧地重游，思不能已；《菊枕》是睹物思人。都是沉淀了数十年的记忆和情感，其动人，就像顾随所云"云迷江岸屈原塔，花落空山夏禹祠"，即使放翁不写，此事、此情本身就是诗。《菊枕》二首，用语、情境都极平常，其情感不但无奈，而且无力——"灯暗无人说断肠"，不逗英雄，也不逗风流（元稹"取次花丛懒回顾，半缘修道半缘君"即不尤逗风流之意）。这两首诗表现出来的放翁是一个平常人，即顾随所云"平易近人，人情味重"。

爱情比国事来得缠绵。最动人者，是既悲哀，又眷恋——"唤回四十三年梦，灯暗无人说断肠"是悲哀爱人的丧失，而"人间万事消磨尽，只有清香似旧时"意思是：即使一切都丧失了，我还眷恋已经失去的爱人。

我想，国事之悲和爱情之悲，在放翁心中交叠纠缠，绵延一生，最终酿成了一种彻骨的整体的悲剧感，因此他才会有"人间万事消磨尽"这样的喟叹。

放翁《沈园》诗：

> 城上斜阳画角哀，沈园非复旧池台。
> 伤心桥下春波绿，曾是惊鸿照影来。

> 梦断香消四十年，沈园柳老不吹绵。
> 此身行作稽山土，犹吊遗踪一泫然。

此二首较《菊枕》二首露骨，比《菊枕》二首差三年，六十岁作。

第二首好，亦因次句好，"沈园柳老不吹绵"，真令人销魂、断肠，树犹如此，人何以堪。（沈园乃鲁迅先生故乡，今有春波桥、禹迹寺。）

放翁八十岁后，梦过沈园，又有《十二月二日夜梦游沈氏园亭》二首：

> 路近城南已怕行，沈家园里更伤情。
> 香穿客袖梅花在，绿蘸寺桥春水生。

> 城南小陌又逢春，只见梅花不见人。
> 玉骨久成泉下土，墨痕犹锁壁间尘。

以上四首绝句即放翁了不起处，虽无奇情壮采而真，乃江西诗派所无。江西诗派但为理智，无感情。而诗究为抒情的，太理智了不是诗。放翁有真感情。

**解评**：的确，此二首《沈园》不及《菊枕》含蓄，但"沈园柳老不吹绵"实为难得之佳句，是"木犹如此，人何以堪"的意思，但不直说。

这样的诗，是从放翁毕生的悲哀心田里结出的果，故其情真。人情味重、真实，是放翁诗最大优点。放翁虽曾受江西诗派影响，但似乎影响不大，因为江西诗法不太适合放翁的性情。江西诗派的典型作风，是理智压倒情感。顾随说："而诗究为抒情的，太理智了不是诗。西洋有哲学思想诗人，中国理学家诗好的少，即因无感情。放翁有真感情，对江西派革命，虽佩服而不走其路子。"①

就诗体论，顾随认为"放翁诗盖以七言绝句最好"。诚然。试问：放翁诗中比《菊枕》《沈园》《三峡歌》更好的诗有多少？同样与重游沈园、伤心往事，七律《禹迹寺南有沈氏小园……》就比七绝《沈园》（二首）差了许多（律诗本就比绝句来得造作。我以为，以艺术成就论，最能代表中国诗歌的，当属七绝，而非律诗）。

### 放翁诗盖以七言绝句最好。

**解评：** 此处，顾随又云："放翁诗修辞、技巧、音节好。在七律中修辞有重复之处，并非无变化，而万首诗安得不有重复？谭叫天唱戏有时减戏词儿，即避免重复。创作上之重复过多则可厌。七律八句，而中间四句又须对仗，原少变化，故易重复。"②

首先，顾随对放翁的七律也是肯定的，他说："陆放翁诗七律、七绝好，尤以七绝为佳。"③ 其次，这里说及放翁被人诟病的一个问题，即他的诗多重复。清人朱彝尊等曾指摘放翁诗重复之例多处，深致不满。钱钟书《谈艺录》也说："放翁多文为富，而意境实少变化。古来大家，心思句法，复出重见，无如渠之多者。"④ 清代赵翼偏爱放翁诗，认为其重复并不多。钱钟书便狂举了数十句放翁诗重出之例，以见赵翼对放翁诗"偏袒"之误。放翁诗多重复，此事实也。但朱彝尊、钱钟书辈对放翁未免缺少同情之理解。顾随说得好——"万首诗安得不有重复"？假如你也写一万首诗，看看有没有重复？写五千首，试试？何况，说放翁诗"意境实少变化"，也不确

---

① 顾随：《真实诗人陆放翁》，载《顾随全集》卷六，第34页。
② 顾随：《真实诗人陆放翁》，载《顾随全集》卷六，第31页。
③ 顾随：《真实诗人陆放翁》，载《顾随全集》卷六，第25页。
④ 钱钟书：《谈艺录》，第126页。

切。此自其重复者观之也。自其不重复者观之，放翁诗意境实相当丰赡。诗中语词、句法的重复，并不像钱钟书批评陆游那样简单。钱钟书只从毛病角度去看重复问题，实则语词的重复，在文学中有时是缺点，有时是优点，有时是特点，即一个作家经常重复的句法、语词，其实为我们透视其心理提供了契机。最典型的就是屈原。他的诗中反复出现一些意象，乃至类似的语句，古人如王世贞、钱澄之对此都有很同情、同理的理解；近人如陈子展也说："后人或以屈赋总杂、重复为病，或以为它重复就是伪作之证，都未免欠思考了。"① 顾随也说："文学上用字重复而成功者，在中国是楚辞《离骚》一篇。《离骚》在重复中有其价值在。如父母丧失了最亲爱的子女，若诉说此事断不会有头有尾，而是乱七八糟。"② 读者对作者能如此理解，便不会辜负了世间有文学这回事。

其实，若论毛病，放翁诗的"滑"才是最可警惕的。"滑"是浅率，不深入。顾随说："放翁诗就滑。有志于诗者应十年不读放翁诗。诗甜滑，容易得人爱，而易使人上当；涩，有一点不好，而无当可上。"③

放翁以后之诗人，不管他晚年有何成就，他早年学诗初一下手时，必受放翁影响，不知不觉学放翁，其他显而易见专学放翁者更多。

**解评：** 放翁对后世学诗者影响甚大。他人勿论，顾随自己便曾说："学七律当少读放翁诗，盖放翁诗少唐人浑厚之味，而人最易受其传染，应小心。余当日恨学不像，今日恨去不尽。"④ 放翁诗之所以模仿者甚众，是因为：一、情真意切；二、技巧圆熟，音节和谐，其七律、七绝尤堪为法；三、内容极为广泛；四、情调平易近人。就平易近人而言，苏轼亦不及放翁。故而，放翁的好处，也在于"他是我们一伙儿"。但放翁诗的缺点，仍在于"太熟"。

---

① 陈子展：《楚辞直解》，江苏古籍出版社，1988，第590页。
② 顾随：《说〈诗经〉》，载《顾随全集》卷五，第144页。
③ 顾随：《杜甫诗讲论》，载《顾随全集》卷五，第344页。
④ 顾随：《真实诗人陆放翁》，载《顾随全集》卷六，第27页。

# （十七）辛弃疾

稼轩无论政治、军事、文学，皆可观，在词史上是有数人物。

**解评**：词人之中，顾随最好稼轩词，曾作《稼轩词说》。

辛弃疾是奇才。文学上，顾随说辛弃疾和屈原、李白一样，都是彗星般的天才。不但为文学天才，稼轩在政治、军事方面也非常人，其表现可见《宋史·辛弃疾传》，兹不赘述。就政治、军事而言，稼轩未能尽展怀抱，可谓生不逢时。若令稼轩生于汉末三国之世，其或成为雄霸一方的英雄，或出将入相而翻江倒海，亦未可知。古今才人，既具备济世安邦的大本领，又赋有笔参造化的文才者，辛稼轩是有数的人物之一。

辛氏做官虽也不小，但意不在做官，是要做点事。他有两句词：

> 此身忘世浑容易，使世相忘却自难。（《鹧鸪天·戊午拜复职奉祠之命》）

这样一个热心肠、有本领的人，而社会不相容。

**解评**：稼轩在南宋所任官职，虽多与北伐事业无关，但江西提点刑狱、湖北安抚使、湖南转运使等官职也不小。宋宁宗庆元元年（1195）稼轩被罢职，庆元四年他又拜集英殿修撰，主管建宁府武夷山冲佑观，《鹧鸪天·戊午拜复职奉祠之命》即写于他听到拜职奉祠消息时，内容如下：

老退何曾说著官。今朝放罪上恩宽。便支香火真祠俸，更缀文书旧殿班。

扶病脚，洗衰颜。快从老病借衣冠。此身忘世浑容易，使世相忘却自难。

这首词流露出稼轩复职时的振奋感和责任感。"使世相忘却自难"即说明他无法做到出世，他要为官做事。做什么事？当然最想做的，是收复北方。可是，朝廷不给机会，那么退而求其次，即便做别的事——他觉得有意义的，也愿意。

稼轩为官为做事的一个典型例子，即宁宗嘉泰三年（1203），朝廷忽然任命他为两浙东路安抚使，出知绍兴府（此官不小）。其时，宰相韩侂胄想北伐固权，故笼络主战派。稼轩知道韩侂胄非可以共事者，但念及自己已届老年（64岁）而报国无门，现在终于有个参与恢复大计的机会，于是便应召出山了。可是韩侂胄并不肯重用稼轩，改任他为镇江知府。稼轩到镇江后，在训练部队、侦察敌情、储备物资等方面做了很多工作。不到两年，他又被人诬告而丢了官。后韩侂胄仓促出兵伐金而大败，有人为稼轩曾接近韩侂胄而攻击他，稼轩说："韩侂胄岂能用稼轩以立功名者乎？稼轩岂肯依侂胄以求富贵者乎？"（见谢枋得《祭稼轩先生墓记》）。可是，"这样一个热心肠、有本领的人，而社会不相容"。

稼轩是承认现实而又想办法干的人，同时还是诗人。一个英雄太承认铁的事实，太要想办法，往往不能产生诗的美；一个诗人能有诗的美，又往往逃避现实。只有稼轩，不但承认铁的事实，没有办法去想办法，实在没办法也认了；而且还要以诗的语言表现出来。稼轩有其诗情、诗感。

中国诗，最俊美的是诗的感觉，即使没有伟大高深的意义，但美。如"杨柳依依""雨雪霏霏"（《诗经·小雅·采薇》）。若连此美也感觉不出，那就不用学诗了。

**解评：**就人格言，稼轩之非凡，在于他既是实干家、英雄，又是诗人。

顾随说："辛有英雄的手段，有诗人的感觉，二者难得兼而有之。"为何？因为"一个英雄太承认铁的事实，太要想办法，往往不能产生诗的美；一个诗人能有诗的美，又往往逃避现实"。"诗人多无英雄手段，而英雄可有诗人感情。"① 中国诗史上，唯曹操与稼轩能将英雄的手段、诗人的感觉兼而有之。我以为，其原因在于禀赋的全面。

杜甫呢，顾随说杜甫难免诗人之情胜过英雄手段，只是一"光杆儿"诗人②，但论文学作风，稼轩颇似老杜——情感丰富，力量充足。难道其他无数诗人感情不丰富？非也，此"丰富"除情感的广度外，关键是诚挚，力量充足也来自情感诚挚。不诚挚，则情感空洞，空洞则无力。胡适说稼轩词情感"浓挚"。顾随认为，人最好除情感丰富外，还能有干才，干才可以训练。人要有益于世，心肠要好，还要能做实事。心要大，要灵敏，须入乎其内，出乎其外。"稼轩真有才干，自其小传可看出这点。老杜不成。稼轩此点颇似魏武帝。"如稼轩追杀偷走耿京印章的义端（曾是他的朋友，辛将其斩首）；劝说耿京归顺南宋朝廷，在完成接洽任务途中听说张安国杀了耿京，率领50余人突入金兵5万人大军中活捉张安国，押解至建康府斩首，真是非常之人、非常之事；稼轩任滁州太守，很快让久遭兵燹的滁州面貌一新；他在湖南创办的飞虎军，在其后40年的北方边务中发挥了重要作用。可惜如此才干，42岁就被罢了官。虽则干才可以训练，但稼轩终是禀赋过人。

了解稼轩以上经历，便能理解顾随所说"稼轩是极热心、极有责任心的一个人，是中国旧文学之革命者"。怎讲？我以为顾随这里所指是"文学精神"。中国文学史上，从来没有把实际的入世经验、英雄精神和文学上的大胆创新、巨大魅力融合到稼轩这般程度的人，其他人不是诗人感觉不够，便是英雄手段不足（曹操二者兼备，但其文学成就不及稼轩）。我们认为韩愈提倡的古文运动对后世文学影响很大，但韩愈本人的文学精神其实并不具备特别突出的新颖度。不过，称稼轩为"中国旧文学之革命者"是我们的评价，稼轩本人并无"革命"旧文学的成心，其"革命"乃自然涌现。倘从这一意义看，稼轩不仅是词史上的关键人物，而且也是中国文学史上

---

① 顾随：《稼轩词心解》，载《顾随全集》卷六，第85页。
② 顾随：《稼轩词心解》，载《顾随全集》卷六，第85页。

重要的革新家。所以，顾随说："我们看不出这个是我们对不起稼轩，不是稼轩对不起我们。"

稼轩词的作风是"革命性"的，那么他的影响如何呢？顾随说稼轩在南宋不受别人影响，但他影响过别人，如刘过及陆游。"辛所影响的又一人则是刘克庄，在南宋可以学辛者盖克庄一人。刘过及陆游乃因与辛同时同好，故受其影响；克庄则有意学辛，然未得其好处，只学得其毛病。"即词史上真正与稼轩作风相似者，概无一人——稼轩词是后无来者。原因在于：

> 常人既不了解稼轩之才气，又不了解稼轩之思想，所以胆大敢学。然而，要紧之处还在"感情浓挚"。
> 稼轩最多情，什么都是真格的。此直似杜工部、陶渊明、屈灵均，天才的精神多有相通处。"情感浓挚"作不出来，所以千百年后读稼轩词仍受其感动。[①]

人都说辛词好，而其好处何在？

辛有英雄的手段，有诗人的感觉，二者难得兼而有之。他有诗人的力、诗人的诚、诗人的感觉。在中国诗史上，盖只有曹、辛二人如此。诗人多无英雄手段，而英雄可有诗人感情，曹与辛于此二者盖能兼之。老杜也不免诗人之情胜过英雄手段，便因老杜只是"光杆儿"诗人。

**解评**：见上。

说稼轩似老杜也还不然，老杜还只是一个秀才，稼轩则"上马杀贼，下马草露布"。

若以作风论，辛颇似杜，感情丰富，力量充足，往古来今仅稼轩与杜相近。但稼轩有一招老杜还没有，便是干才。感情丰富

---

① 顾随：《稼轩词心解》，载《顾随全集》卷六，第92页。

才不说空话，力量充足才能做点事情。但只此还不够，还要有干才。稼轩真有干才，自其小传可看出这点。老杜不成。稼轩此点颇似魏武帝。

**解评**：见上。

稼轩是极热心、极有责任心的一个人，是中国旧文学之革命者。我们看不出这个是我们对不起稼轩，不是稼轩对不起我们。

**解评**：见上。

胡适谓辛词："才气纵横，见解超脱，情感浓挚。无论长调小令，都是他的人格的涌现。"（《词选》）胡讲辛词，吾与之十八相合。"才气纵横"即天才特高，"见解超脱"即思想深刻，"超脱"即不同寻常。稼轩最多情，什么都是真格的。

**解评**："什么都是真格的"，意为：什么都是认真的，彻首彻尾。古人云"一往情深"。胡适所云"情感浓挚"，即"什么都是真格的"——这是天性。

前人将词分为婉约、豪放二派，吾人不可如此。如辛稼轩，人多将其列为豪放一派。而我们读其词不可只看为一味豪放。《水浒》李大哥是一味颠顸，而稼轩非一味豪放。即如稼轩之豪放，亦绝非粗鲁颠顸，而一般说豪放但指粗鲁颠顸，其实粗鲁颠顸乃辛之短处。

清周济（止庵）论词，将词分为自在、当行。自在是自然、不费力；当行是出色、费力。又当行又自在、又自在又当行，很难得。如，清真词自在而不见得当行；稼轩当行，如"点火樱桃，照一架、荼蘼如雪"（《满江红》），但又嫌他太费力。辛词当行多、自在少，而若其"莫避春阴上马迟，春来未有不阴时"（《鹧鸪天·送欧阳国瑞入吴中》）二句，真是又当行，又自在。若教老杜，写不了这样自在。不用管阴不阴，只问该上马不该，该走不该，该走该上马，你就上马走吧，"春来未有不阴时"！

**解评：** 反对词分豪放、婉约之见。且不说苏轼不能简单归于豪放，稼轩也不能以豪放简单概括之（文学史、艺术史研究的一个很大的俗弊，即动辄喜欢以派别来概括作家、艺术家，貌似科学，其实很不科学）。

稼轩词当然有其豪放处，可他的豪放当中有种深细内美的肌理，且他能控制豪放，往往能将豪放与缠绵往复融合。缪钺《论辛稼轩词》（1943年）一文对稼轩词这一特点有所阐释，他说："稼轩虽雄姿英发，虎视龙骧，而其内心则蕴含一种细美之情感，此其天禀特异之处。……稼轩喜作壮词，而常能蕴含凄美之境者，其故在此。"[①] 清代况周颐《香海棠馆词话》谓稼轩词"其秀在骨，其厚在神"，亦指此。

当行、自在主要表现在语感上。论诗，李白自在多，杜甫当行多。屈原、陶渊明是既自在又当行。论词，韦庄、李后主、冯延巳、晏殊自在多；南宋词整体自在少。辛词当行多，而自在少。稼轩此点似老杜。"点火樱桃，照一架、荼蘼如雪"，此句用力过猛处在"点火"，以"点火"来形容樱桃之红。顾随欣赏"莫避春阴上马迟，春来未有不阴时"句，谓其又当行又自在。当行，意思好——直面现实，勇于担当；自在，语感自然。

举首稼轩既当行又自在的词，《生查子·题京口郡治尘表亭》：

> 悠悠万世功，矻矻当年苦。鱼自入深渊，人自居平土。
> 红日又西沉，白浪长东去。不是望金山，我自思量禹。

再看其《浪淘沙·山寺夜半闻钟》：

> 身世酒杯中，万事皆空。古来三五个英雄。雨打风吹何处是，汉

① 缪钺：《缪钺说词》，第143页。

殿秦宫？

　　梦入少年丛，歌舞匆匆。老僧夜半误鸣钟。惊起西窗眠不得，卷地西风。

何等自在。

　　稼轩有时亦用力太过，如其咏梅词之《最高楼》"换头"：

　　甚唤得雪来白倒雪，便唤得月来香煞月。

中国咏梅名句是：

　　疏影横斜水清浅，暗香浮动月黄昏。（林逋《山园小梅》）

此二句实不甚高而甚有名。此二句似鬼非人，太清太高了，便不是人，不是仙便是鬼，人是有血有肉有力有气的。

　　"白倒雪""香煞月"，不能只看其似白话，要看其力、诚、当行。胡适先生谓其好乃因其"俳体"，非也。它的确是"俳体"，是活的语言，而它最大的力量是诚，但太不自在。

　　"俳体"，含笑而谈真理，使读者听了有趣，可是内容是严肃的。别人作"俳体"，易成起哄、拆烂污，发松，便因其无力。人一走此路便是下流，自轻自贱，叫人看不起。这样"俳体"不成。稼轩不然，他是有力、有诚，绝不致被人看不起，而且叫人佩服得五体投地，这便因其里面有一种力量，为别人所无。

　　稼轩此词若只以豪放、俳体去会，便错了，不要以为"白倒雪""香煞月"是起哄。

　　**解评：**"甚唤得雪来白倒雪，便唤得月来香煞月"，上句写梅花之白，下句写梅花之香，"白倒雪"和"香煞月"用力太过，可稼轩之所以如此写，是因为他所见梅花真白、真香——如此写来，也的确让人觉得梅花格外白、特别香，这便是其诚与力。

所谓"俳体"，指戏谑的诗体。人总得开开玩笑。中国古诗不太适宜俳谐，诗庄重。元曲中俳体较多，因曲能容纳通俗情调和语言。词，像稼轩《最高楼》咏梅之作，其语言已开散曲风调（如"面皮儿上因谁白，骨头儿里几多香"）。稼轩词中多幽默作品，真是大英雄必本色。

顾随所说"俳体"是"含笑而谈真理，使读者听了有趣，可是内容是严肃的"。诗、词、曲、散文、小说、戏剧，什么文体都可以开玩笑，但玩笑背后要有严肃深刻的思想、情感，如鲁迅、温源宁、王小波。玩笑开得好，是幽默；开不好，连贫都算不上，只成其为低级无聊，不尊重观众，也不尊重自己。

中国人不乏幽默感，但幽默文学不发达。现代文学中，曾有人提倡"幽默"，这是对的，可是严峻的社会环境又让幽默文学显得不合时宜。人性中的幽默愿望是压不灭的。而要把幽默体现在艺术中，仍须我们好好学习。


稼轩写词有特殊作风，其字法、句法便为他词人所无。

中国词传统是静，而辛是动。如《江城子》首句"宝钗飞凤鬓惊鸾"，"凤钗""鸾鬓"，诗词中用得非常多，但都是死的，而稼轩一写，真动，活了。这是以《水浒传》的笔法写《红楼梦》，以画李逵的笔调画林黛玉。这很险，很容易失败，但他成功了，而且是最大成功。

"宝钗"句，是写钗？是写鬓？但又不是，是写女性，以部分代表全体（"全体"太多，势不能"全"写）。一个"飞"字，一个"惊"字，所写是一个活泼泼健康的女性，绝非《红楼》上病态女子可比。

《江城子》（宝钗飞凤）写柔情而用健笔。写柔情不用《红楼》笔法，而用《水浒》笔法，此稼轩所以为稼轩。此首以辞论，前片佳；以意论，辛之用意盖重在后片。

**解评：**"中国词传统是静，而辛是动。"此"传统"指诗词而言。诗中，李白多飞动之势。词比诗静，因其温柔。六一词渐多动感，东坡也有，而稼轩词动的程度远过于前人。若六一、东坡词之动是行书，稼轩词之动则为草书。六一、东坡多写动的事物，稼轩除好写动的事物外，还时常化静为动，如"青山欲共高人语，联翩万马来无数"（《菩萨蛮·金陵赏心亭为叶丞相赋》）、"叠嶂西驰，万马回旋，众山欲东"（《沁园春·灵山齐庵赋》）、"峡束苍江对起，过危楼，欲飞还敛"（《水龙吟·过南涧双溪楼》）、"闻道天峰飞堕地，傍湖千丈开青壁"（《满江红·题冷泉亭》）。稼轩常把山想象成千军万马，乃因他胸中有千军万马。胸中有千军万马，是因他有"壮岁旌旗拥万夫"的军事生活。刘过、刘克庄再怎么模仿稼轩都无法真似，只因他们没有稼轩这样的生活。故顾随说稼轩词有"军气"（岳飞《满江红》即有军气）。所以，稼轩词中的动感、动势如飞将军李广纵马骑射之姿，而六一、东坡之动，则只是文人举杯高歌之态。稼轩词中富有动感的作品数量比例之大，空前绝后。

顾随举《江城子》为例说明稼轩词的富于动势，以及其句法、字法之特殊。其实，《江城子》"宝钗飞凤鬓惊鸾"是写女性的词，动感并不突出，但即使是写女性，写柔情的词都如此富于动感，则更见得稼轩词作风之特殊。《江城子》词如下：

> 宝钗飞凤鬓惊鸾。望重欢。水云宽。肠断新来，翠被粉香残。待得来时春尽也，梅结子，笋成竿。
>
> 湘筠帘卷泪痕斑。佩声闲。玉垂环。个里温柔，容我老其间。却笑将军三羽箭，何日去，定天山。

如顾随所言，"宝钗飞凤鬓惊鸾"一句极能说明稼轩词动的作风之强烈。稼轩常写"惊"字，如"看红旆惊飞，跳鱼直上，蘸踏浪花舞"（《摸鱼儿·观湖上叶丞相》）、"三径初成，鹤怨猿惊，稼轩未来。……秋江上，看惊弦雁避，骇浪船回"（《沁园春·带湖新居将成》）、"正惊湍直下，跳珠倒溅"（《沁园春·灵山齐庵赋》）、"我病君来高歌饮，惊散楼头飞雪"
《贺新郎·老大那堪说》）等。

此首前片写得美而缠绵，而其用意在后片——"却笑将军三羽箭，何
日去，定天山"，还是辛老子志士心事。顾随说稼轩此词"是以《水浒传》
的笔法写《红楼梦》，以画李逵的笔调画林黛玉"，妙！以健笔写柔情，一
部稼轩词可作如是观。

人多谓稼轩长调好。

稼轩长调前无古人，后无来者。

稼轩写长调，并不继承谁。人必性情相近始能受其影响。稼
轩在南宋虽不受别人影响，但他影响别人，如刘过及陆游。陆受
苏、辛二家影响，而自在不及苏，当行不及辛。辛所影响的又一
人则是刘克庄，在南宋可以学辛者盖克庄一人。刘过及陆游乃因
与辛同时同好，故受其影响；克庄则有意学辛，然未得其好处，
只学得其毛病。

**解评**：稼轩写得好的长调很多，如《贺新郎》《满江红》《念奴娇》
《摸鱼儿》《沁园春》《水龙吟》等。而他长调的作风，乃戛戛独造。稼轩
那种豪荡感激而又缠绵悱恻的情调，是其性情的喷薄，并不继承谁，也无
须继承谁。所以，稼轩在南宋不受别人影响，而影响别人。世上永远是强
者影响弱者，强者输出，弱者输入。

陆游词写英雄失志，如《诉衷情》（当年万里觅封侯）、《谢池春》（壮
岁从戎），受稼轩影响（虽陆游年长稼轩 15 岁）；写旷达情怀，如《鹧鸪
天》（家住苍烟落照间），受东坡影响。但无论是天性，还是境遇，他都无
法如东坡般旷达，如稼轩般豪宕，故其词不似东坡自在，不及稼轩当行。
而陆游对南宋诗人的影响，则类似稼轩对南宋词人的影响。刘克庄词学稼
轩，而诗学陆游。

刘过是稼轩的门生，壮怀激烈，潦倒江湖，其词有意学稼轩，长调
《沁园春》（斗酒彘肩）、《贺新郎》（弹铗西来路）皆颇得稼轩韵致。

刘克庄自幼酷好稼轩词，极景慕稼轩之为人，其词更有意地效仿稼轩。

稼轩是英雄本色，自然风流，刘克庄则不免刻意豪迈，他写词很少涉及闺情春怨，而稼轩妙处恰在其豪健而又柔婉（闺情春怨亦稼轩拿手好戏），故刘克庄多学得稼轩皮毛，如《沁园春·梦方孚若》下片：

> 饮酣画鼓如雷，谁信被晨鸡轻唤回。叹年光过尽，功名未立；书生老去，机会方来。使李将军，遇高皇帝，万户侯何足道哉！披衣起，但凄凉感旧，慷慨生哀。

这段文字便写得粗。

奇才如陈亮，其词受稼轩影响，也难免粗率。艺术上的高下、分寸、性情、才气、功力，真是一点勉强不得。

稼轩最能作《贺新郎》，一个天才，总有几个拿手调子。辛之拿手调子如《贺新郎》，两宋无人能及，后人作此亦多受辛影响。

**解评：**稼轩《贺新郎》精彩者的确不少，如"把酒长亭说""老大那堪说""甚矣吾衰矣""绿树听鹈鴂""凤尾龙香拨"等首。《贺新郎》为五言、三言、七言交错的长调，气息跌宕，仄韵格，大抵用入声部韵者较激壮，用上、去声部韵者较凄郁，故此曲调很适合抒发稼轩激昂悲郁的情感。岳珂《桯史》载："辛稼轩以词名，每燕，必命侍妓歌其所作。特好歌《贺新郎》一词，自诵其警句曰：'我见青山多妩媚，料青山见我应如是。'又曰：'不恨古人吾不见，恨古人不见吾狂耳。'每至此，辄拊髀自笑，顾问坐客何如。"① 可知，《贺新郎》确是稼轩最拿手调子之一。

稼轩长调中，《满江红》《汉宫春》《水调歌头》也很拿手。

《满江红》调该用入声韵，除辛氏外，别人作出多是哑的。稼轩《满江红》（家住江南）即其音之饱满便可知其内在力量是饱满的、是诚的。

---

① （宋）岳珂、（宋）王铚：《桯史 默记》，上海古籍出版社，2012，第34页。

稼轩此词不是大声呟喝着讲的。

"家住江南"，一起便好，尤其是"又过了、清明寒食"，什么都没说，而什么全有了。清明寒食，对得起江南，江南也对得起清明寒食。好像只有在江南，才配过清明寒食，说"家住北京"便不成，这没道理，这是感觉。"花径里、一番风雨"，还没什么；"一番狼藉"，仄平平入，用得真好，便看见满地落花，雨打风吹。"红粉暗随流水去，园林渐觉清阴密"，二句不见佳。"算年年、落尽刺桐花，寒无力"，一念便觉无力。此是诗人感觉。说到感觉，需要细，需要体会得如此；创作时也需如此。

解评："家住江南，又过了、清明寒食"，过了清明寒食，就是晚春了，岁月蹉跎之意暗喻其中。此处讲稼轩词造语之细，"一番狼藉"，字音便令人见落花满地之景；"算年年、落尽刺桐花，寒无力"，"落尽""无力"，其音、形、义皆予人以无力之感。

辛词有《祝英台近·晚春》。人一提"晚春"，便都想到落花飞絮，想到的是景。然稼轩纯粹写景的作品多是失败的。但如：

点火樱桃，照一架、荼蘼如雪。（《满江红》）

真好。武松鸳鸯楼上杀完人写下八字："杀人者打虎武松也。"（《水浒传》第三十一回）金批："卿试掷地，当作金石声。"辛此句亦然。写景没有写得这么有力的。

解评：写晚春，通常所写都是表达无力感。"点火樱桃，照一架、荼蘼如雪"为《满江红》首句，虽用力过度，但有力。这首《满江红》抒发思念故土的悲情，而其起句如此有力，这便是稼轩的性情异于常人处。

景物本为静态，而稼轩写景常是动的，在跳动、跃动、飞动中，自然会携带着强劲的力量，如"青山欲共高人语，联翩万马来无数"。"点火樱桃，照一架、荼蘼如雪"虽用力过度，但并不糟，好，好在有力。《诗经》中写桃花曰"桃之夭夭，灼灼其华"，"灼灼"二字好，好在表现得强烈，但不是有力；稼轩以"点火"形容樱桃之红，则简直是有力了。义端说稼轩"力能杀人"，稼轩真是太有力了，写景都如此强力。

稼轩词中也有写景之语，但他的写景都是情的陪衬，情为主，景为宾。辛不能写景，感情太热烈，说着说着自己就进去了。如其《江城子》（宝钗飞凤）一首，"水云宽"岂非写景，而"望重欢"是写情；"翠被粉香残"是景，而"肠断新来"是情；"梅着子，笋成竿"是景，而"待得来时春尽也"是情。情注入景，诗中尚有老杜、魏武，词中无人能及。他感情丰富，力量充足，哪有心情去写景？写景的心情要恬淡、安闲，稼轩之感情、力量，都使他闲不住。

稼轩词专写景的多糟，其写景好的，多在写情作品中。

稼轩写"晚春"，不是小杜之"绿叶成阴"（《叹花》），也不是易安之"绿肥红瘦"（《如梦令》）。先不论辛此词为象征抑写实。若说为象征，是借男女之思写家国之痛。英雄是提得起、放得下的，稼轩是英雄，其悲哀更大，国破家亡，此点是提不起、放不下。宋虽未全亡，但自己老家是亡了。这样讲这首词也好，但讲文学最好还是不穿凿；便是写男女之离别，也是很好的词。

"怕上层楼，十日九风雨"——无可奈何。能使稼轩那样英雄说出这样可怜话来，真是无可奈何。要提起，如何能提起？要放下，如何能放下？了解此二句，全部辛词可作如是观。词中写到"飞红""啼莺"，飞红也拉不住，啼莺也劝不住，只好让它飞、让它啼。飞者自飞，啼者自啼，而人是无可奈何。

解评：顾随说："辛不能写景，感情太热烈，说着说着自己就进去了。"的确如此。除顾随所举《江城子》（宝钗飞凤）外，试再看《水调歌头·盟鸥》下片：

　　破青萍，排翠藻，立苍苔。窥鱼笑汝痴计，不解举吾杯。废沼荒
丘畴昔，明月清风此夜，人世几欢哀？东岸绿阴少，杨柳更须栽。

　　"破青萍，排翠藻，立苍苔"写景，紧接着"窥鱼笑汝痴计，不解举吾
杯"抒情写意——说着说着自己进去了。"夜深犹送枕边声，试问清溪底事
未能平？"（《南歌子·山中夜坐》），听着溪水声，而自己不平之意冒将出
来；《生查子·独游西岩》上片"青山招不来，偃蹇谁怜汝？岁晚太寒生，
唤我溪边住"，写青山、溪水，一着笔就把自己说进去了。"我见青山多妩
媚，料青山见我应如是"便是典型的稼轩写景的心理机制——他的自我太
活跃，随时会跳出来，使他很难超然地面对景物。为什么？顾随说得
是——"他感情丰富，力量充足，哪有心情去写景？写景的心情要恬淡、
安闲，稼轩之感情、力量，都使他闲不住"。稼轩对恢复事业可谓念兹在
兹，加之他有大才在胸，难得舒展，因此他没有心情去写景。
　　稼轩写景都是情的陪衬，其例甚多，如《水调歌头·和马叔度游月波
楼》下片"野光浮，天宇迥，物华幽"，颇有意境，而接下来几句全是抒
情——"中州遗恨，不知今夜几人愁？谁念英雄老矣，不道功名蕞尔，决
策尚悠悠！此事费分说，来日且扶头"。为何？不是稼轩不能欣赏景物，而
是他的情思太旺盛、太充沛了。《文心雕龙·神思》中说："观山则情满于
山，观海则情溢于海。"此"满""溢"是指情感专注于山与海，稼轩面对
山水景物的情则往往是整顿乾坤之志、英雄失志之情。

　　宋人词中有句云：

　　　　拼则而今已拼了，忘则怎生便忘得。（李甲《帝台春》）

词不见得好，便是两句老实话。稼轩也写这种心情，比他写得还
诗味：

　　　　天远难穷休久望，楼高欲下还重倚。拼一襟、寂寞泪弹
　　秋，无人会。（《满江红》）

前两句还有点散文气，辛此词较之更富于文学意味。他说"无人会"，真是"无人会"，无可奈何。

在中国诗史上，所有人的作品可以四字括之——无可奈何。稼轩乃词中霸手、飞将，但说到无可奈何，还是传统的。"试把花卜归期，才簪又重数"，忧、怜，无可奈何。《鹧鸪天》（晚日寒鸦）一首亦然。

**解评：** 李甲"拼则而今已拼了，忘则怎生便忘得"，好，至情之语！仿佛是女子的口语、誓言。稼轩"天远难穷休久望，楼高欲下还重倚。拼一襟、寂寞泪弹秋，无人会"，同样表达那种无限的执着，更富诗味，且加一句"无人会"，更显寂寞、悲哀。"把栏杆拍遍，无人会，登临意"，稼轩之无人会，真是无人会。一个人纵有天大的本事、炽热的情怀，面对"反其道而动"的强大世俗，不得舒展，落落寡合，终亦是无可奈何。顾随说："在中国诗史上，所有人的作品可以四字括之——无可奈何。"果真如此——屈原、阮籍、陶潜、杜甫的作品，不都深深地透出四个大字"无可奈何"吗？何以如此呢？大约真的诗人所表达的最深的思想、情感便是对自由的渴望。此种渴望是一种实现自我价值的追求，渴望越强烈，越觉得不自由。于是，便陷入"情知已被山遮断，频倚栏干不自由"的苦涩境地。此二句为《鹧鸪天》（代人赋）末尾，全词如下：

> 晚日寒鸦一片愁，柳塘新绿却温柔。若教眼底无离恨，不信人间有白头。
>
> 肠已断，泪难收，相思重上小红楼。情知已被山遮断，频倚栏干不自由。

稼轩《祝英台近·晚春》若讲作男性之言，与后片不合，不如全当作女性之言。"花卜归期"句感情很热烈，很忠实，不用说，也很美。稼轩虽是老粗，但真能写女性，了解女性，而且最尊重对方女性人格。此一点两宋无人能及，便苏髯亦不成。辛写女性总将对方人格放在与自己平等地位。周清真、柳耆卿都把女性看成玩物，而稼轩写得严肃。"才簪又重数"，可见心不在花。

此词真稼轩代表作，至少是代表作之一。

**解评：**《祝英台近·晚春》如下：

> 宝钗分，桃叶渡，烟柳暗南浦。怕上层楼，十日九风雨。断肠片片飞红，都无人管，更谁劝、啼莺声住？
>
> 鬓边觑，试把花卜归期，才簪又重数。罗帐灯昏，哽咽梦中语：是他春带愁来，春归何处？却不解、带将愁去。

这首词，有人认为是借闺怨以抒发其家国之悲。顾随认为此词若为象征，则是抒写其国破家亡之悲。这样讲不能说不好，但他认为，"讲文学最好还是不穿凿，便是写男女之离别，也是很好的词"，况且，"若讲作男性之言，与后片不合，不如全当作女性之言"。

这首词的"词眼"，除"试把花卜归期，才簪又重数"外，还有"怕上层楼，十日九风雨"。顾随说："'怕上层楼，十日九风雨'——无可奈何。能使稼轩那样英雄说出这样可怜话来，真是无可奈何。要提起，如何能提起？要放下，如何能放下？了解此二句，全部辛词可作如是观。"何以是无可奈何呢？顾随说："英雄是提得起、放得下的，稼轩是英雄，其悲哀更大，国破家亡，此点是提不起、放不下。"为何提不起？因为稼轩一腔热血，满腹韬略备受压制。为何放不下？国破，家亡——有血性、有良知者如何能置之不顾？"怕上层楼，十日九风雨"是写女子思念离人之哀愁，而其心绪是"提不起、放不下"，此情感、心绪，正是整部稼轩词的灵魂。

顾随说，此首《祝英台近》"写'晚春'，不是小杜之'绿叶成阴（《叹花》），也不是易安之'绿肥红瘦'（《如梦令》）"。杜牧《叹花》诗曰：

> 自恨寻芳到已迟，往年曾见未开时。
> 如今风摆花狼藉，绿叶成阴子满枝。

据计有功《唐诗纪事》载，杜牧游湖州时看上一位年幼貌美的女子，约定 10 年后迎娶，可待他 14 年后再来时，女子已嫁人生子，故杜牧惆怅不已，乃有此作。此诗无非有一段佳话而已，诗本身很普通。易安《如梦令》（绿肥红瘦）也只是寻常少妇闲愁。稼轩《祝英台近·晚春》写女子爱情，何等诚挚、缠绵，对女性情感何等体贴，这种体贴便是尊重。此尊重，即品格。杜牧《叹花》是站在自己角度的自怜——"自恨寻芳到已迟"，诗品不高。牧之是风流大才子，而论对爱情的诚挚、对女性的尊重，他不及李义山。

就性别而言，女性——女性形象、女性情感——始终是词中主角。而诗是男性中心的，在文学的性别倾向上，词是诗的反转。

《祝英台近·晚春》《江城子》（宝钗飞凤）写得严肃、忠恳。再看稼轩写给一个 15 岁的侍儿的《蝶恋花》：

> 小小年华才月半。罗幕春风，幸自无人见。刚道羞郎低粉面，旁人瞥见回娇盼。昨夜西池陪女伴。柳困花慵，见说归来晚。劝客持觞浑未惯，未歌先觉花枝颤。

对这位因昨夜晚睡而娇困的小姑娘完全是一种大叔对可爱小萝莉的温情与喜爱。此刻，我们感受到的是辛弃疾这位铁血男儿的温柔与可爱。

柳永、周邦彦对歌妓的态度，虽不乏真挚与同情，但终究以狎弄为主。他们都写过淫冶的词。即便是诗坛宗匠黄庭坚也写过"奴奴睡，奴奴睡也奴奴睡"（《千秋岁》）这样俗气的句子。这几位都忍不住写和妓女睡觉之事，如柳永《斗百花》完全是写嫖妓，而且是嫖"年纪方当笄岁"的雏妓。再看周邦彦的《花心动》：

> 帘卷青楼，东风暖，杨花乱飘晴昼。兰袂褪香，罗帐褰红，绣枕旋移相就。海棠花谢春融暖，恨人俹、娇波频溜。象床稳，鸳衾谩展，浪翻红绉。
> 一夜情浓似酒，香汗渍鲛绡，几番微透。鸳困凤慵，娅姹双眉，画也画应难就。问伊可煞于人厚，梅萼露、胭脂檀口。从此后、纤腰为郎管瘦。

比之柳永的淫词，更加细致。

欧阳修、苏轼都狎妓，稼轩也有侍姬，但无此等以女性为玩物的色情词。同样是对十几岁的少女，稼轩是赏其可爱，柳永则是嫖。顾随说："稼轩什么都是真格的。"此"真格"便包括他对女性的认真态度。

富有色情意味的，描写性爱的词，五代《花间集》即开其风。李后主早年词颇不乏香艳之作，但写得美——情欲与情韵兼备，不俗。① 其艳情词的艺术境界前无古人，后无来者。柳永、周邦彦的艳情词则只有肉欲，以及对肉欲的玩味。宋代道学大兴，宋词却写尽男女之情。其实，这并不奇怪——人的情欲总得有个宣泄的出口。宋代文人因为在道德文章领域比较压抑，故词便成为舒泄情欲的一个出口。明代，词衰落不振，于是通俗小说、戏曲成为排遣情欲的通道（明代文人的道德压抑远甚于前代）。文学表现情欲、色欲无可厚非，合情合理，关键看如何表现，用什么体裁来表现。词，本为侧艳之体，但这个"艳"应有个度，像李后主那样表现情欲，有欲有情，真实而美，可像柳永《斗百花》、周邦彦《花心动》这样纯写床事且沾沾自喜的，就未免卑俗了。其实，元曲中写男女性事的作品，更为直露放肆，如白朴《墙头马上》词句曰："床儿侧，枕儿偏，轻轻挑起小金莲。身子动，屁股颠，一阵昏迷一阵酸。"但这种赤裸的性描写置于曲的通俗氛围中，似乎是和谐的。词则不同了，虽曰"诗庄词媚"，但词毕竟不具备曲的那种市井气息、通俗品质，词终究是雅文学。故晏殊鄙夷柳永，李清照说柳永"词语尘下"，实不为无因。

稼轩有词《水龙吟·用"些"语再题瓢泉……》，以体制论，自有《水龙吟》来，无有此等作。稼轩《水龙吟·登建康赏心亭》一首，下片"休说鲈鱼堪脍。尽西风、季鹰归未"句，"归未"下，不应标问号。"归未"只是未归之意，所以上句说"休说鲈鱼堪脍"也。说了亦是归不得，不如不说之为愈也。

---

① 如李煜《菩萨蛮》："花明月暗笼轻雾，今宵好向郎边去。刬袜步香阶，手提金缕鞋。 画堂南畔见，一向偎人颤。奴为出来难，教君恣意怜。""蓬莱院闭天台女，画堂昼寝无人语。抛枕翠云光，绣衣闻异香。 潜来珠锁动，惊觉银屏梦。脸慢笑盈盈，相看无限情。"据说此二首都写李煜与小周后偷情之事，很香艳，但一点不俗，且动人。柳永《斗百花》、周邦彦《花心动》与之相比，真有凡仙之别。

**解评：**《水龙吟·用"些"语再题瓢泉，歌以饮客，声韵甚谐，客皆为之醺》如下：

> 听兮清佩琼瑶些。明兮镜秋毫些。君无去此，流昏涨腻，生蓬蒿些。虎豹甘人，渴而饮汝，宁猿猱些。大而流江海，覆舟如芥，君无助，狂涛些。
>
> 路险兮山高些。块予独处无聊些。冬槽春盎，归来为我，制松醪些。其外芬芳，团龙片凤，煮云膏些。古人兮既往，嗟予之乐，乐箪瓢些。

瓢泉是稼轩在江西带湖的赋居之所，山水优美。就情思论，此首表达的是稼轩被罢职后仍屡受弹讥的孤傲之情，故采用了《楚辞·招魂》的"些"字句式，这种作法在词中是史无前例的。不但用了"些"字，还用了"兮"字，稼轩真是把《楚辞》的精神、艺术都化为己有了。后世有效仿句尾用"些"字的词作，如蒋捷的《水龙吟·效稼轩体招落梅之魂》。

顺带讲到稼轩的《水龙吟·登建康赏心亭》。"季鹰归未"不应标问号，然，许多选本都在"季鹰归未"后标着问号，实则将"未归"改为"归未"是为了押韵。

《虞美人》《菩萨蛮》是最古调子。

稼轩有一首《菩萨蛮·金陵赏心亭为叶丞相赋》可称前无古人之作，能自出新意，自造新词：

> 青山欲共高人语。联翩万马来无数。烟雨却低回。望来终不来。

自有《菩萨蛮》以来都是写得很美，很缠绵，稼轩也仍是美丽缠绵，但别人是软弱的，稼轩是强健的。故不论其好坏，总之只此一家。

解评：《虞美人》《菩萨蛮》皆是由唐代教坊曲演变而来的词牌。相传《菩萨蛮》（平林漠漠烟如织）一首即为李白之作，可见此曲的古老。《菩萨蛮》历来多名作，但多写女性或男欢女爱，即顾随所言"自有《菩萨蛮》以来都是写得很美，很缠绵"。而稼轩的《菩萨蛮》为何"可称前无古人"呢？因为这首《菩萨蛮》写得不仅缠绵，而且强健——"青山欲共高人语。联翩万马来无数"，前人无此等写山之句。稼轩作词真是霸道，前人没这样写过的，老子（稼轩在词中多次以"老子"自称）就这么写了——只此一家。

如果说《菩萨蛮·金陵赏心亭为叶丞相赋》前无古人，那么稼轩的《菩萨蛮·书江西造口壁》同样前无古人。前者"强健"，且暗寓着稼轩的抗金理想与悲情，后者则直写宋金战争，时空非常阔大，而情感仍是悲郁的。其词如下：

> 郁孤台下清江水，中间多少行人泪。西北望长安，可怜无数山。
> 青山遮不住，毕竟东流去。江晚正愁余，山深闻鹧鸪。

梁启超评此词曰："菩萨蛮如此大声镗鞳，未曾有也。"（《艺衡馆词选》）就艺术而论，这首《菩萨蛮》更高。

辛弃疾之《玉楼春》（有无一理谁差别），词未必佳，而小序文真作得好。

> 乐令谓卫玠：人未尝梦捣齑、餐铁杵、乘车入鼠穴，以为世无是事故也。余谓世无是事而有是理。乐所谓无，犹云有也。戏作数语以明之。

序中"无是事而有是理"，此是通人语。文学就是一个理。如《阿Q正传》，未必专写某人，"无是事而有是理"。稼轩这位山东大兵，说出话来真通。而社会上人多一知半解而自以为无所不解。稼轩不通时真不通，通时真通，"梅结子，笋成竿"也罢，还是要

"三羽箭，何日去，定天山"（《江城子》）！他是叨着人生不放嘴。

　　稼轩有时真通，有时真不通，通有通的好，不通有不通的好，可爱。一部稼轩词可作如是观。

　　**解评**：稼轩《玉楼春》词如下：

　　　　有无一理谁差别。乐令区区浑未达。事言无处未尝无，试把所无凭理说。伯夷饥采西山蕨。何异捣斋餐杵铁。仲尼去卫又之陈，此是乘车入鼠穴。

　　此词纯是议论说理，为宋词中别调。稼轩作此等词，乃以游戏精神为之。序中乐令对卫玠语出自《世说新语·文学》。顾随欣赏序中所谓"无是事而有是理"，因稼轩此语道出了文学艺术的一个重要原理：虚构与真实的统一。顾随说"文学就是一个理"，此"理"即文学的真实性——理性的真实、情感的真实。有时是"无是事而有是理"，有时是"无是事而有是情"。如稼轩"青山遮不住，毕竟东流去"（《菩萨蛮·书江西造口壁》）。此词本来写的是清江水，即赣江，赣江往北流，这里说"东流去"，是习惯性的说法。中国的江河多往东流，故说水之东流已成为表达必然趋势的代用语。"恰似一江春水向东流"，这种观念已深入人心。故此句虽不合地理，却更有利于表达一种不可阻挡的潮流的意思，此即"无是事而有是理"。再如东坡"细看来，不是杨花，点点是离人泪"（《水龙吟·次韵质夫杨花词》），则为"无是事而有是情"。

　　因此，我们或许可以说，文学是一种说谎的技艺。但它必须打动人，成为让人信服的谎言——故文学不只是谎言，还必须是真实的谎言、美丽的谎言。①

---

　　① 顾随于此义还有发挥，引之如下："不但文学，即哲学，亦是如此。哲学亦是想象（理想亦由想象而来），不但天堂、净土不在人的世界，大同亦是想象，大观园、梁山泊不但从前没有，将来盖亦不会有。人类当然最好是在世界上建筑起从来没有的乐园，人也知道在自己生存期间不会有此乐园，但偏偏要想、要写。这是个空，但亦是今日之最高创造。无是事，有是理。"（顾随：《稼轩词心解》，载《顾随全集》卷六，第74页。）

稼轩的"不通",怎讲？顾随这里述及"梅结子，笋成竿""三羽箭，何日去，定天山"句，出自稼轩《江城子·和陈仁和韵》词。所谓"不通"，当指这几句表现出的执拗、理想主义、死心眼。稼轩不是明知其不可为而为之，而是在那般恶劣的时代环境中总以为"天山可定"。顾随《稼轩词说》曰：

> 只如"待得来时"十三个字，又是值得读者身死气绝底句子也。夫所思者而不来，真乃无地可容，此生何为。若所思者而既来，则不只是哑子掘得黄金，而且天下（按：疑为"上"）掉下活龙，固宜一切圆满，无不如意矣。稼轩却曰"春尽也，梅结子，笋成竿"焉。是则一错既铸，百身莫赎，直合天地，可世界，成一个没量大底没奈何也，如何而使读者不身为之死气为之绝乎哉？①

不知这段话是否就是所谓稼轩"不通"的意思？"通有通的好，不通有不通的好，可爱。一部稼轩词可作如是观。"既是可爱的不通，其所指大约就是稼轩的这种"傻气"。

稼轩之二首《西江月》（一题《遣兴》，一题《示儿曹，以家事付之》），"俳体"，非讽刺，而颇近于爱抚。尤其次首。此爱还不仅是对其子女，对自己亦有点爱抚。前一首颇似小儿天真。因世人有思想者多计较是非，无思想者多计较利害。无论是非或利害都是苦。只有小儿无是非、利害，只是兴之所至，尽力去办，此是最富于诗味的游戏。小儿游戏很天真、很坦白，而且很真诚的。前一首非讽刺、非爱抚，只是游戏。

**解评：**《西江月·遣兴》如下：

> 醉里且贪欢笑，要愁那得工夫。近来始觉古人书。信著全无是处。

---

① 顾随：《稼轩词说》，载《顾随全集》卷三，第24页。

> 昨夜松边醉倒，问松我醉何如。只疑松动要来扶。以手推松曰去。

《西江月·示儿曹，以家事付之》如下：

> 万事云烟忽过，百年蒲柳先衰。而今何事最相宜，宜醉宜游宜睡。
> 早趁催科了纳，更量出入收支。乃翁依旧管些儿：管竹管山管水。

《西江月·遣兴》下片完全是小孩子口吻，由此可印证孟子所谓"大人者，不失其赤子之心者也"。小孩儿最可爱，因其既无利害心，也无是非心。人的成长便是这样一种矛盾，成长意味着利害心和是非心的增长，可"是非或利害都是苦"，因此成长便伴随着痛苦的增加。小孩儿的快乐是真快乐，快乐而浑然不觉，更不会像成人一样去"追求快乐"。成人所谓"是非"，常常是从"利害"出发的，其"是非"不是真是非，即便所谓"是非"，也极少有绝对之是非。而利害、是非，皆来自佛家所谓"我执"，来自老子所谓"有身"。

《西江月·示儿曹，以家事付之》，作年无可考，邓广铭以为"既云'以家事付儿曹'，自当在诸子多已成年之后，姑编入瓢泉诸作中"①。此时，稼轩已入老境，闲居多年，纵然壮志未酬，而自我慰藉的心情已经养成，故对待子女以及自己都颇有一种温厚爱抚的气象。"早趁催科了纳，更量出入收支"，虽是对子女安排家事，而其爱心，拳拳可感。"而今何事最相宜，宜醉宜游宜睡"以及"乃翁依旧管些儿：管竹管山管水"，则流露出对自己的爱抚。

稼轩《鹧鸪天》（有甚闲愁）一首，晚年写这样词，真是霸王在九里山前。事业失败是悲哀，但年老更可悲。"百年旋逐花阴转，万事常看鬓发知"，二句伤感，但是两句好词。百足之虫死而不僵者，他伤感到底有力。

后人学稼轩多犯二病：一为鲁莽。稼轩才高，才气纵横，绝

---

① 邓广铭笺注《稼轩词编年笺注》，上海古籍出版社，2007，第551页。

非鲁莽，不是《水浒》中李大哥颟顸，忘此而学之乃乱来。二为浮浅。不能如稼轩之深入人心，深入人生核心，咀嚼人生真味。

**解评**：《鹧鸪天·重九席上再赋》如下：

> 有甚闲愁可皱眉。老怀无绪自伤悲。百年旋逐花阴转，万事长看鬓发知。
>
> 溪上枕，竹间棋。怕寻酒伴懒吟诗。十分筋力夸强健，只比年时病起时。

邓广铭将此词系于稼轩带湖闲居时期（1182—1191）。带湖闲居，是稼轩被朝廷遗弃的开始，年龄属于中晚年。古今豪杰，奋斗一生，垂暮之年，倘事业仍失败无望，乃是大痛苦。九里山，为西楚霸王项羽败亡之地。即便是霸王，临终之前，也唯有徒唤奈何。稼轩不然，壮志未酬，长才未展，年华老大，自不免伤感悲哀，但骨子里有股压不倒的强大的精神力量——"有甚闲愁可皱眉"。"百年旋逐花阴转，万事长看鬓发知"，虽伤感而又有种看破世事的通达。整首词自信强健之气大于伤感之情——伤感，而到底有力。

后世学稼轩者多矣，最显著者为南宋刘过、刘克庄、刘辰翁等人。这些词人虽都不乏豪健悲慨，但其词与稼轩词相比，都存在粗疏的毛病，粗疏即鲁莽。稼轩词是沉着痛快。

最典型者莫过于刘过。他写词有意效稼轩，但其实连皮毛都不曾学得。刘过漫游于江湖，常为权门食客，为尚书黄由及殿帅郭杲题词，皆获得很多馈赠及钱财。他投词于辛弃疾，辛也给了他不少钱。大约除了愤慨外，刘过一生并无什么特殊表现。说到底，没有辛弃疾那样的志向、才能、遭遇、痛苦、气质，就不可能学得稼轩词的风调。经历了宋亡的刘辰翁的词则比刘过来得诚挚，艺术性也较高，但他终究不是英雄，也非大才。南宋稼轩之后，或许只有文天祥的文学光芒可与稼轩前后辉映。

# （十八）蒋捷

南宋末词家多走入纤细、用典之路，又多咏物之作。

宋末词路自北宋清真（周邦彦）一直便至南宋白石（姜夔），其后则梅溪（史达祖）、梦窗（吴文英）、碧山（王沂孙）、草窗（周密）、玉田（张炎），此为一条路子。

余不喜此路。

蒋捷（竹山）与南宋六家不同。

**解评：**顾随明确表示——他不喜南宋姜夔至张炎一路词，而较欣赏竹山词，原因是他认为："白石等总是不肯以真面目示人，总不肯把心坦白赤裸给人看，总是绕弯子，遮掩。其实毫无此种必要。""不肯以真面目示人"即王国维所谓"隔"。关于竹山词的优点，顾随引用胡适的说法，曰"明白爽快"，此即"不隔"。稼轩词也用典，但姜夔至张炎诸辈用典更多、更隐晦，语言更花哨，有如隔靴搔痒、雾里看花，有的简直形同诗迷，而且刻意写得繁复、细密，绕来绕去。南宋词的一大趋势就是日益雅化，追求所谓"典正""骚雅"。在词的有意雅化方面，周邦彦为一宗师，但周词实融合雅俗两端，故风格"清真"。一味求雅的结果，是典雅的语言代替、遏制了真情实意的表达，而文学最终要靠语言背后的真切来打动人。清代康乾时期，浙派词标举南宋姜夔至张炎一路词，即造成词的空虚狭仄之病，于是张惠言等人起而反对无病呻吟的词风，强调词的比兴寄托，形成了影响颇大的"常州词派"。

中国古典文学有个毛病，即当诗人们一味追求风雅、追求格律之美时，便会堕入因玩弄文字、玩弄趣味而丧失了文学的真气的魔道。与南宋六家词相比，蒋捷词可谓"明白爽快"，顾随举"月有微黄篱无影，挂牵牛、数朵青花小。秋太淡，添红枣"句为例。"月有微黄篱无影"真是传神——正因月色微黄，所以篱笆没有影子。"挂牵牛、数朵青花小"，"挂"字何以好？因为月色昏黄，牵牛花朵枝蔓都看不清，所以只见其"挂"，上、下句甚为相合。此即顾随所讲文学的"明暗"关系。"明暗"是比喻的说法，顾随的意思是——上句与下句是相互依附、相互完成的关系。文学文本必有上、下句关系问题（一句话的诗除外）。尤其中国古典诗歌、文章多重对偶，更是如此。

就词风言，前人有将蒋捷归于辛派者，有归于姜派者，其实蒋捷是一位博采众长，融豪放婉约、浓淡、雅俗于一体的自成一格的词人。姜派词人只能婉约，只能雅。竹山词有效稼轩者，有似稼轩者，但竹山没有稼轩那种壮怀激烈，那种热度。把竹山词归于辛派或姜派，都不合适。若谓蒋捷词高于南宋六家，其关键即在于取径较广。

顾随又引胡适语，说竹山词除"明白爽快"外，还有一个优点，即"多尝试之意味"，能"自造新句""自出新意"。胡适这一评价，前人早已言之，如刘熙载《艺概》评竹山词云："洗炼缜密，语多创获。"[1] "多尝试之意味"，指竹山词在艺术形式上的多种试验，如他将《楚辞》的意境与语言融入词中，就很突出，再如有些词采用了俗曲的格调与修辞，也颇引人注目。郑骞甚至说竹山词"却是元调，与南宋面目不同"[2]。在宋六家词之外，顾随较欣赏竹山词，主要着眼于竹山词内容与修辞的与众不同。可是蒋捷在后世所受的重视，远不及吴文英、张炎等人。王国维对梅溪、梦窗、玉田、草窗、西麓诸人之词很不喜欢，认为其气格凡下，失之浮浅，可王氏不曾重视蒋捷。蒋捷与同时代、同地区的陈允平、周密、王沂孙、张炎等人都无交往——这样孤洁的品格，注定会造就他不随流俗的艺术面目以及长久的寂寞。

南宋词至张炎为一收束。张炎大谈词法，实为词衰落的表征，正如桐城派极论文法、义法，洵为文章末路之象。艺术之事，起于性情，成于有意无意之间，及至处处矩镬，法度遍布，则艺术必至于僵死之境矣。

---

① （清）刘熙载：《艺概》卷四，第 112 页。
② 郑骞：《成府谈词》，载氏著《从诗到曲》上册，第 194 页。关于竹山词的艺术表现，可参看杨景龙《蒋捷和他的竹山词》一文，载杨景龙校注《蒋捷词校注》，中华书局，2010。

词发展至南宋，出现高度的纤巧化，其实与中国艺术风貌大的历史转变有关。美术评论家水天中对此有很精辟的见解，他说："一千年来，中国艺术发生了诸多变化。其中一个方面，就是由北方文化所体现的严峻宏远向江南文化所体现的温润纤巧的转变。从公元一千年前后的南北宋之交开始，这一趋势飞流直下，无所不至。这在视觉艺术中表现得尤为突出，建筑、雕刻、绘画、工艺一千年间共同的变化，就是由严峻宏远走向温润纤巧。"① 可以说，这一变化也笼罩了文学领域。

值得注意的，还有顾随对胡适的评价——"余于胡适之说多不赞成，其于论词，尚有可取"。此点对于了解顾随的学术思想很重要。作为新文化运动代表人物，胡适是顾随的老师，二人学问、志趣皆融贯古今。但就零星的资料看，顾随凡提及胡适的学术观点，多为不赞成的态度。如顾随述及他学禅的经历，说他当年在燕大教书时，有次听胡适谈禅，当时即感到禅宗不应如胡适所讲的那么简单。② 胡适研究佛禅，是为研究历史，他对佛理完全是排斥的态度；顾随研究佛禅，则重在义理，是为了探究人生问题和文学问题。文学研究方面，胡适是六经注我、古为今用的思路，方法和目的皆以考证为宗；顾随则是力求同情的理解，以及超越性的批评，其历史观是在古今之间不作笼统轩轾。如果说胡适的学术本质上是历史主义的，则顾随的学术是"心学"路线的。虽然在学术地位上，顾随与胡适并不对等，但他们所追求以及彰显的学术路向与作风，是现代中国人文学术最重要的两种价值观的体现。


胡适之以为蒋捷词受稼轩影响，故所作"明白爽快"而"多尝试的意味"（《词选》）。

胡适又谓蒋词在其中颇能"自造新句""自出新意"（《词选》），外表词句与内容意义皆与人不同。

余于胡适之说多不赞成，其于论词，尚有可取。

---

① 水天中：《当代画家集评》，第 75 页。
② 参见顾随 1943 年 11 月 6 日下午应辅仁大学国文系同学之邀所作演讲的文稿《禅与诗》，载《顾随全集》卷三。

**解评**：见上。

蒋词之好，诚如胡氏所言，明白爽快。白石等总是不肯以真面目示人，总不肯把心坦白赤裸给人看，总是绕弯子，遮掩。其实毫无此种必要。如蒋捷词句：

> 月有微黄篱无影，挂牵牛、数朵青花小。秋太淡，添红枣。（《贺新郎·秋晓》）

南宋六家根本无此等句，脑中没有，手下也写不出来。

胡适谓蒋捷词有新句、新意。如上述"月有微黄"数句，写牵牛写出"月有微黄篱无影，挂牵牛、数朵青花小"，真是不能再好了。"月有微黄篱无影"不是牵牛，至"挂牵牛"始写牵牛，但上句绝不可去——无下句，上句无着落；无上句，下句也没劲。如照相之有阴阳影，即所谓明暗。文学描写亦然。"挂"字用得好。"数朵青花小"是牵牛（那开大朵红色斑斓的牵牛盖来自外国），这是明面，是牵牛面貌，而牵牛精神全在上句——"月有微黄篱无影"。

**解评**：见上。

上举竹山写牵牛之词，好固然，但余之介绍蒋词，不单为此。余之喜竹山词，因他有几首很有伤感气。如《少年游》：

> 二十年来，无家种竹，犹借竹为名。

此虽非其伤感词中代表作，但最感动余者乃"二十年来"三句，觉得南宋还有此好句，明白爽快，简单真切。人皆以复杂为美，其实简单亦为美。

**解评**：古人、胡适等皆未论及竹山词的伤感气。伤感气，是顾随最看重竹山词的地方。竹山的伤感词，数量不多，但甚为动人。顾随以为《少年游》中"二十年来，无家种竹，犹借竹为名"句可为竹山伤感词之代表。其词如下：

> 枫林红透晚烟青，客思满鸥汀。二十年来，无家种竹，犹借竹为名。　　春风未了秋风到，老去万缘轻。只把平生，闲吟闲咏，谱作棹歌声。

此词为蒋捷在国破家亡浪迹江湖二十多年之后的暮年之作。学者杨景龙以为可与《虞美人·听雨》参看，甚是。"二十年来"，是国破家亡之后蒋捷经历的年岁。国破家亡后，蒋捷曾隐居故乡宜兴竹山，自号"竹山"，以喻自己不仕新朝、坚贞不屈的心志。这里所说的却是"无家种竹，犹借竹为名"——虽然自己守节不移，打着"竹山"的旗号，却连种一丛竹子的家和土地都没有。以"竹山"自号，不仅是高傲的感觉——行至暮年，那一份高傲并不能改变国破家亡的境况，于是更多的是悲哀、凄凉之感。虽然词的下片转入一种貌似释然的旷达，而"二十年来，无家种竹，犹借竹为名"是一种无法释怀的刀割般的心痛。其表达方式，几乎是简单的"说"，却有种格外动人的力量。

再举一首蒋捷伤感词的佳作：

> 翠幰夜游车。不到山边与水涯。随分纸灯三四盏，邻家。便做元宵好景夸。　　谁解倚梅花。思想灯球坠绛纱。旧说梦华犹未了，堪嗟。才百余年又梦华。（《南乡子·塘门元宵》）

此词写宋亡后元宵节的极端冷落，情调甚为冷寂。"旧说梦华犹未了，堪嗟。才百余年又梦华"，意为：孟元老《东京梦华录》慨叹过的北宋的"梦华"，才百余年就变成了宋朝彻底灭亡的"梦华"。此句以转折递进的语法来表达悲情的方式，与"二十年来，无家种竹，犹借竹为名"句很像。要之，竹山伤感词的好处在伤感而又蕴藉，故词品高。

"人皆以复杂为美，其实简单亦为美。"顾随在讲陶诗时也如是说，这是他基本的美学观点。

竹山最好的作品乃《虞美人》：

> 少年听雨歌楼上。红烛昏罗帐。壮年听雨客舟中。江阔云低、断雁叫西风。　　而今听雨僧庐下。鬓已星星也。悲欢离合总无情。一任阶前、点滴到天明。

竹山此首《虞美人》亦是前无古人。

"少年听雨歌楼上"一句，字很普通，而把少年的心气——什么都不怕及其高兴都写出来了。"红烛昏罗帐"，不仅写灯昏，连少年的昏头昏脑、不思前想后的劲都写出来了。

"壮年"，挑上担子，为家为国为民族。"江阔云低"，"江阔"，活动地面大；"云低"，非奋斗不可；"断雁叫西风"写自己感情。这比"二十年来"一首好，那多小，多空虚；这多大，多结实，连稼轩都不成。稼轩也许比他还有劲，但没有他的俊，不如他干净。

竹山此词细。"细"有两种说法，一指形体之粗细，一指质地之精细、糙细。蒋氏此词形式上够大，不细；他之细乃质上的细，重箩白面，细上加细。

可惜下半阕糟了，泄气了。好仍然好，可惜落在中国传统里。凡事要解脱、要放下。老年"悲欢离合总无情"，是说一切不动情，不动心。

**解评**：《虞美人》词牌，先看几首较著名者：秦观《虞美人》（碧桃天上栽和露）借写乱山中一树碧桃暗示寂寞不遇之感；叶梦得《虞美人》（落花已作风前舞）写落花，咏物而已；陈亮《虞美人·春愁》（东风荡飏轻云缕）写落花春愁，不出传统手眼；辛弃疾《虞美人·赋虞美人草》（当年得意如芳草）借虞美人草写项羽和虞姬的悲剧、悲情。以上诸作取材、格局都不大，力量不深。说起来，倒是李煜的《虞美人》（春花秋月何时了）写亡国之痛，境界阔大深沉，情感动人魂魄。李煜之后，写得最好的《虞美人》就数蒋捷这首了。

这首词以"听雨"为线索，把少年、壮年、晚年三个人生阶段串联起来，分别加以表现，层层深入，"三部曲"写尽了一生，构思好，格局大。

"少年听雨歌楼上。红烛昏罗帐"，蒋捷出身大族，年少时曾有段风流的公子生活，此句如实写来，而其意味须待中年、晚年之后才会领悟。"昏罗帐"的"昏"，顾随以为"连少年的昏头昏脑、不思前想后的劲都写出来了"——也许蒋捷写时未必自觉，但顾随读出来了，感觉真敏锐。

"壮年听雨客舟中，江阔云低、断雁叫西风"，此境况与少年听雨的情境陡然形成尖锐对比，一派沉重、凄苦的感觉。顾随以为比"二十年来，无家种竹，犹借竹为名"句好。"二十年来"句感叹没有种竹之地，因而小；止于徒唤奈何，所以空虚。"壮年听雨客舟中，江阔云低、断雁叫西风"却写尽了壮年时为家为国为民族奋斗的离乱、担当、挣扎，沉痛有力，所以"大""结实"。稼轩的奋斗精神当然比蒋捷更有劲，但蒋捷写奋斗，只一句话就写尽了，这便是"干净""俊"。

"而今听雨僧庐下。鬓已星星也。悲欢离合总无情。一任阶前、点滴到天明。"僧庐下听雨，何等孤寂！"鬓已星星也"，一副无可奈何的苍老的形象如在目前，虚字"已"和"也"极平常，却制造出一种强烈的几乎是呐喊般的感叹语调。可是，顾随以为"悲欢离合总无情，一任阶前、点滴到天明"糟了，泄气了。为何？因为这落入了中国传统思想的窠臼里——凡事要放下，要解脱——好像面对痛苦，非如此不可似的。"悲欢离合总无情"，面对悲欢离合，不动心。也许经历了太多的悲欢离合之后，庶几可以做到"总无情"吧。东坡"人有悲欢离合，月有阴晴圆缺，此事古难全"是让人接受悲欢离合，想开一些。而"悲欢离合总无情，一任阶前、点滴到天明"，则包含着对痛苦人生的决绝之意，正因其决绝、无情，反而更散发出无限的沧桑感，以及将人的同情之心激发出来的力量。就思想而言，凡事求解脱、要放下，这是传统思想，不是不好，而是假如不是老庄一类的哲人，或者他们所幻想的"真人""至人"，人有时不必勉强自己非要解脱、放下。人最重要的是忠实于自己，在忠实于自己的基础上，再向理想的境界迈进，这恐怕才是人生的自然之境。然而，"其实人到老年是该解脱、放下，但生于现代，解脱也解脱不了，放也放不下，不想扛也得扛，不想干也得干"①。此点须注意：顾随始终有清醒的现代意识。他认为现代是比古代更严峻的世界。忍辱负重，一力担荷，才是生于现代最可取的人生态度。

顾随说蒋捷《虞美人》"细"，此细乃质地之细。就结构而言，这首词与稼轩《丑奴儿·书博山道中壁》类似。稼轩《丑奴儿》将人生分为"少年""而今"两个阶段，蒋捷则分为三段；《丑奴儿》以直说为主，不似《虞美人》以画面、形象来暗示，由此可见《虞美人》质地之细。同理，李煜《虞美人》格局够大，但"往事知多少""故国不堪回首月明中""问君能有几多愁"等句皆是直露之言，故其蕴藉不如蒋捷《虞美人》。蒋氏《虞美人》通过"听雨"这一动作、这件事，选择了三种最能体现少年、中年、晚年生活及心情的场景来展现人生，令人过目难忘。其"细"非细密之细，而是层次宛然、语言素朴准确、情感深沉之"细"。更为难得的是，当我们阅读蒋捷的《虞美人》时，不难感到——这首《虞美人》所概括和喟叹的人生似乎包含了所有人的命运。

竹山词中情致最高者，要属《少年游》：

> 梨边风紧雪难晴。千点照溪明。吹絮窗低，唾茸窗小，人隔翠阴行。　　而今白鸟横飞处，烟树渺乡城。两袖春寒，一襟春恨，斜日淡无情。

爱是人生一部分，诗是象征整个人生。可惜中国人写爱多只是对过去之留恋。竹山此词即是。

首句乃写梨花，非真雪也；"雪难晴"，花落不完。"千点照

---

① 顾随：《说竹山词》，载《顾随全集》卷六，第100页。

溪明"，好，水净花白。这是写过去。

"人隔翠阴行"，这么平常而这么美。字是平常字，句是简单句，但有真情实感，有悠长意味。中国之表现手法，写得真好。"人隔翠阴行"之"人"，不是不相干之人，但又不在一处，伴伴脉脉（谓在若有意若无意之间），不是"过"也不是"不及"。

从过片之"而今"，知道前片是过去事情。而今呢？"白鸟横飞处，烟树渺江城"，再没有比这无聊的了，无可奈何。但若没有前面"人隔翠阴行"，也显不出这句好。

"两袖春寒"三句真好，有力。何以故？"两袖春寒"，身体所感；"一襟春恨"，心灵所感。"襟"，胸襟；心，精神。但若写"满胸春恨"，就不行了，用"一襟"好，用"满胸"不成。"斜日"句是绚烂后归于平淡。

此词在竹山词中最高，不是说最好，而是说情致要算最高。

**解评**：这首《少年游》写到爱情，但蒋捷表现得很隐约，不像晏几道写小蘋、姜夔写合肥歌女，是明显的，也不似吴文英对那位夭亡的杭州歌女的感情那么浓挚。词中的女子形象，以及作者的爱情隐隐绰绰的，几乎被蒋捷笔下的美景遮盖住了。此词的要义，其实是对整个人生的伤感，隐现其中的爱情是人生命运的代表、象征。因此顾随说："诗人写爱，不要以为是只写人生一部分，乃是写整个人生。爱是人生一部分，诗是象征整个人生。"①

顾随又指出："可惜中国人写爱多只是对过去之留恋。竹山此词即是。"这是大判断，其例不胜枚举。我们不妨再看顾随的这段议论：

> 人生一切好的事情都是不耐久的，人生所以值得留恋（流连）。努力，为将来而努力；留恋，对过去而留恋——这是人生两大诗境。这两种境界都是抓不住的，而又是最美的时期。无论古今中外写爱写得美的散文，他所写不是对过去的留恋，就是对将来的努力。诗人的幸

---

① 顾随：《说竹山词》，载《顾随全集》卷六，第101页。

福不是已失的，便是未来的，没有眼下的。若现在正在爱中，便只顾享受，无暇写作。[1]

写对未来的爱，对未来的爱的奋斗，是西洋人。虽然中国亦非绝对没有……[2]

"人隔翠阴行"句极美。在"梨边风紧雪难晴。千点照溪明。吹絮窗低，唾茸窗小"这样明媚的环境中，人物出场了——这位佳人却隔着"翠阴"而行，时隐时现，游移不定——"不是不相干之人，但又不在一处"。那位隐隐绰绰的女子的美，无须说，且看将他们隔开的"翠阴"都那么美——人物之美，就不言而喻了。多么温柔敦厚！可以说，蒋捷把这位女子美化了、理想化了，尽管这美化是后来伤感的因缘与伏笔。

妙处在于全词只"人隔翠阴行"一句透露着关于爱情的回忆，其余便是记忆中的美好光景和眼前渺茫淡漠的天地。蒋捷真正要表达的是天地、人生的"无情"，而这"无情"唯有情人才体会得如此深刻。

为何说《少年游》"情致"高？盖由于：一、以爱情象征整个人生，而此爱情在词中表现得很隐约、轻淡；二、以景来衬托情，本为表达伤感之情，而词中景物之美实际盖过了伤感之情；三、伤感而蕴藉。

竹山词，人多谓其学稼轩，其实他不尽受稼轩影响，也受梦窗影响。词中晦涩当以梦窗为第一，竹山有的词就让人简直不知他说什么。草窗比梦窗还浮浅，而且散，竹山也受草窗影响。

前所举"人隔翠阴行"一首，较稼轩单弱，较清真清苦，没有辛之力，没有周之圆。他的词真正能表现他特色的不在此。

**解评**：词中晦涩以梦窗为第一，连他的朋友沈义父都说梦窗"其失在用事下语太晦，人不可晓"（《乐府指迷》），此点无异议。顾随说："余不喜梦窗词，喜欢的也非其本色。余于词讲究清楚，而梦窗词太黏糊，不但

---

① 顾随：《说竹山词》，载《顾随全集》卷六，第101页。
② 顾随：《说竹山词》，载《顾随全集》卷六，第101页。

是胶，而且是臕。"① "胶"即黏糊。"臕"本指肥肉，这里当指梦窗词用意、造语的臃肿。

竹山词的优点是博采众长，但缺点也在受人影响处多，而自成面目者少。顾随说竹山既受稼轩影响，也受梦窗、草窗影响，"没有自己作风"②。竹山词的好处"明白爽快"，是摆脱梦窗等人影响时的结果。

《少年游》（"人隔翠阴行"）是非常好的词，但是传统境界，最能体现竹山词特色的，确乎不在此，而在于"二十年来，无家种竹，犹借竹为名"这样简单深刻的作风，以及类似元曲的词等。

中国诗歌纪事之作不发达。诗中尚偶有之，词中则甚少见。竹山纪事词虽不多，但有。如《贺新郎·兵后寓吴》：

> 深阁帘垂绣。记家人、软语灯边，笑涡红透。万叠城头哀怨角，吹落霜花满袖。影厮伴、东奔西走。望断乡关知何处，羡寒鸦、到着黄昏后。一点点，归杨柳。　　相看只有山如旧。叹浮云、本是无心，也成苍狗。明日枯荷包冷饭，又过前村小阜。趁未发、且尝村酒。醉探枵囊毛锥在，问邻翁、要写牛经否。翁不应，但摇手。

此盖亡国后作。

纪事，其实还有无"事"的一面。所谓纪事，要有头有尾，像史传、小说、戏曲，写出人的个性来，这才是纪事之作。此首思想不深刻，情韵不深刻，意趣也不见得突出，只是他是个有趣的人，他把他的悲哀可怜幽默化了。

"枯荷包冷饭"，真贫，但不如此写不出他的贫困来。

他的短词亦有纪事之作，如《霜天晓角》：

---

① 顾随：《说竹山词》，载《顾随全集》卷六，第 103 页。
② 顾随：《说竹山词》，载《顾随全集》卷六，第 103 页。

人影窗纱。是谁来折花。折则从他折去，知折去、向谁家。　　檐牙。枝最佳。折时高折些。说与折花人道，须插向、鬓边斜。

如此短词纪事不易。
词写得清楚、生动、具体，只是贫。

**解评**：中国的韵文，乃至整个传统文学以"抒情"为主。叙事、纪事不发达。词是比诗更纯粹的抒情文体，故纪事之词很罕见。蒋捷这首《贺新郎·兵后寓吴》通篇纪事，值得注意。这也是能体现竹山词特色的作品。

对于这首《贺新郎》，顾随重点讲其"贫"（他人没讲过）。在顾随看来，"贫"是蒋捷的一个特点和缺点。最能体现蒋捷之"贫"的，是"枯荷包冷饭"句。"贫"，北京方言，没正经的话特多之意。顾随说：

穷与贫不同。老杜诗穷，可是不贫。"但觉高歌有鬼神，焉知饿死填沟壑"（《醉时歌》），"此身饮罢无归处，独立苍茫自咏诗"（《乐游原歌》）。虽穷不"贫"。陶诗"三旬九遇食，十年著一冠"（《拟古》其四），真穷，可还是不"贫"。而竹山词怎么这么贫哪![1]

对比杜甫、渊明写穷的诗看，蒋捷"枯荷包冷饭"话有点说多了，说得没味道了，此即其"贫"也。但顾随还是同情他——"不如此写不出他的贫困来"。但顾随说有人以为"此所写乃失意时。其实他写得意也是如此，如《霜天晓角》（人影窗纱）"。

这也是首纪事词，"如此短词纪事不易。词写得清楚、生动、具体，只是贫"。"折时高折些。说与折花人道，须插向、鬓边斜"，生动，但有点油滑了。

虽然贫，但《贺新郎》又有一特点：幽默、自嘲——"醉探枵囊毛锥在，问邻翁、要写牛经否。翁不应，但摇手"。顾随说："人到活不下去而又死不了的时候，顶好想一个活的办法，就是幽默。这是一种法宝。竹山

---

① 顾随：《说竹山词》，载《顾随全集》卷六，第103~104页。

词即有此种写法。"① 这种幽默自然是以自嘲为法。自嘲比讽刺难。不过，最极致的讽刺也就成为自嘲了，因为讽刺的对象已超越具体的人事而指向"人"本身了，如巴别尔小说中的讽刺。

穷与贫不同。老杜诗穷，可不是贫：

> 但觉高歌有鬼神，焉知饿死填沟壑。(《醉时歌》)

> 此身饮罢无归处，独立苍茫自咏诗。(《乐游园歌》)

虽穷不"贫"。陶渊明：

> 三旬九遇食，十年着一冠。(《拟古》其四)

真穷，还是不"贫"。

而竹山词贫。如《贺新郎·兵后寓吴》，或曰：此所写乃失意时。其实他写得意也是如此，如《霜天晓角》（人影窗纱）。

**解评：**见上。

李之仪《姑溪词》中有一首《卜算子》最有名：

> 我住长江头，君住长江尾。日日思君不见君，共饮长江水。……

此词比竹山《霜天晓角》写折花之词大方。首先是内容，竹山说的是折花，这是大江；其次是韵味，此首韵长。竹山"人影

---

① 顾随：《说竹山词》，载《顾随全集》卷六，第99页。

窗纱"一首似"河鲜儿",鲜,未始不好,但味太薄,如果藕,一股水儿,一闪过去了。

**解评**：李之仪《卜算子》词如下：

> 我住长江头，君住长江尾。日日思君不见君，共饮长江水。
>
> 此水几时休，此恨何时已。但愿君心似我心，定不负相思意。

顾随对这首词很赞赏，说道："太自然了，词做到这样不易。"[1] 的确，这首《卜算子》的意思、语言、声调都极自然，有种民歌的气息。顾随举这首词，是为了和蒋捷的《霜天晓角》(人影窗纱) 对比。同样是写男女之情，《卜算子》大方得多。其次"韵味长"，与《霜天晓角》的"鲜味"不同。这里所谓"鲜味"，当指《霜天晓角》词的那种具体、生动的现场感，像一个短片。可是，"鲜"有利有弊——"如果藕，一股水儿，一闪过去了"，韵味不长。顾随又说："'鲜'的路子经明、清两代而死，这条路子一变坏便是浮浅，故须以严肃深刻救之。"[2] 这条路子的代表是晚明的"公安派"和清代的"性灵派"。

竹山《霜天晓角》(人影窗纱) 一首是"贫"，《木兰花慢·冰》则是"瘟"。

普通贫则不瘟，瘟则不贫，独竹山有此二病。盖贫为其天性，瘟为其功夫。一个人有才而无学，只有先天性灵，而无后天修养，往往成为贫；瘟是被古人吓倒了。不用功不成，用功太过也不成。

竹山《木兰花慢》是有劲用得不是地方，张炎是根本就没劲。张炎词细。张炎词如中晚唐人诗，只有"俊扮"，无"丑扮"。如"鱼没浪痕圆"(《南浦·春水》)，真好，但写沉痛写不出来。

竹山生于南宋，南宋词一天天走上瘟的路。梦窗瘟得还通，

---

[1] 顾随：《说竹山词》，载《顾随全集》卷六，第105页。

[2] 顾随：《说竹山词》，载《顾随全集》卷六，第105页。

草窗则瘟得不通了。竹山之贫打破当时瘟的空气，而究竟生于那个时候，岂能不受环境影响？

**解评：**《木兰花慢·冰》如下：

> 傍池阑倚遍，问山影、是谁偷。但鹭敛琼丝，鸳藏绣羽，碍浴妨浮。寒流。暗冲片响，似犀椎、带月静敲秋。因念凉荷院宇，粉丸曾泛金瓯。
>
> 妆楼。晓涩翠颦油。倦奁理还休。更有何意绪，怜他半夜，瓶破梅愁。红裯。泪千万点。待穿来、寄与薄情收。只恐东风未转，误人日望归舟。

所谓"瘟"是相声、戏曲术语，意为平淡、效果不好，如"这场戏唱瘟了"。顾随借用"瘟"来形容南宋词过分修饰，以至于产生无法打动人的缺点。这有点像王国维所谓"隔"。"隔"专就效果而言，"瘟"则既指效果之"隔"，也包含沉闷、乏味之意。《木兰花慢·冰》写"冰"通篇不着一"冰"字，且将冰拟人化为思妇，用了不少香艳字眼，这是许多南宋咏物词的惯技——词好像是谜面，所咏之物则为谜底。这种写法未尝不可，但假如不知词的题目，有时简直不知它是在写什么〔南宋后期咏物词表现出文字游戏的气息，而不是游戏精神——像稼轩《西江月》（昨夜松边醉倒）那样的〕；而且这种词往往堆砌典故，文字过于书面化、装饰化，这便造成"瘟"。"瘟"，是过度修辞的结果。古今很多诗人，都容易被过度修辞的"幻象"迷惑而沉溺其中。大约在姜夔之后，南宋词就在追求典雅隐秀的道路中一天天地"瘟"下去，一天天地无情下去了。周邦彦的清圆秀雅，毕竟还有繁华世相和宫廷词人的背景，南宋词人面对的则是日益残破的河山和飘零困顿的人生。蒋捷、张炎都经历了国破家亡的痛苦。张炎的身世浮沉，比蒋捷更悲惨，可他的词中没有蒋捷那样的沉痛。蒋捷的沉痛，就是他的劲，他还有劲。① 张炎则唯余"柔细"。"鱼没浪痕圆"这种句子虽

---

① 但蒋捷打动人的沉痛感，是写其身世的。顾随说："竹山是有亡国之痛的，可惜说不出来，真的也成假的，不能取信于人。"（顾随：《说竹山词》，载《顾随全集》卷六，第108页。）

体物精微，却无情。顾随说过中晚唐诗只有"俊扮"，没有"丑扮"，张炎等南宋六家词人亦然，只求精致典雅之美，而不知素朴简单也可动人。

我揣度，蒋捷有摆脱绵密精雅词风的意识，但立场不坚定，有时又被所谓雅词的风格带过去。木心说他要在自己身上克服自己的时代，这话很好，很重要。不单是艺术家，思想家、文学家、科学家倘若要有大的创造、突破，都必须努力克服时代的局限性。不过局限也只是时代性的一面，时代性本是中性概念。在历史中，所有人都无可避免地被打上时代的烙印。

竹山词《燕归梁·风莲》是纯写实题目，而竹山把它理想化了，想成美女：

> 我梦唐宫春昼迟。正舞到，曳裾时。翠云队仗绛霞衣。慢腾腾，手双垂。　　忽然急鼓催将起。似彩凤，乱惊飞。梦回不见万琼妃。见荷花，被风吹。

"曳裾时"乃霓裳羽衣舞，"翠云队仗"写荷叶，不但有形，且有色。

> 小垂手后柳无力，斜曳裾时云欲生。（白居易《霓裳羽衣歌》）

白居易此二句写羽衣舞，乃眼之于色；竹山"柳无力"、"云欲生"则是理想化了。因眼之于色有相当距离，故容易把它理想化。

此词最后点出风中之荷——"见荷花，被风吹"，其实你不用点，我们自然知道你写的是风莲。

此首《风莲》偏于写形。

**解评**：此节是由《燕归梁·风莲》讲文学如何写感觉的问题，详见《说竹山词》。顾随引佛家所谓"五蕴""六根"，讲人的感觉"眼、耳、鼻、舌、身、意"依次越来越神秘，越来越难写。"感觉愈亲切，说着愈艰难，还不仅是因为俗，太亲切便不容易把它理想化了（理想化，idealize）。"① 竹山《风莲》写得动人，即因把风莲理想化了，靠的是想象力，其实只是题目写实，写法并不怎么写实。白居易"小垂手后柳无力，斜曳裾时云欲生"句真好，把写实和幻想结合起来了。诗，如果能把写实和幻想、客观化和理想化结合起来，那真是风光无限。

顾随说："《燕归梁·风莲》偏于写形，竹山还有一首是写色的，《一剪梅》。"② "'红了樱桃。绿了芭蕉'，写色，真写得好。只是此词写得太传统味，静了起不来（稼轩不然），说好是平静，说不好是衰颓。"③ "红了樱桃。绿了芭蕉"写色彩真好，而语言很简单。我冒昧借用海德格尔的哲学术语，这其实是一种"去蔽"的方法——"瘟""隔"等毛病，就缘于不适当的语言遮蔽了事物的真实。

作为词人，蒋捷是有感觉的。顾随说："竹山思想浮浅，品格也不甚高，然仍不失为一词人，虽为第二流——几入第一流，就因为他有一点感觉——眼、耳之于色、声之感觉，所以写得生动鲜明。"④

虽然，在南宋后期词人中，顾随较欣赏蒋捷，但他对蒋词"贫""瘟"等缺点的批评，也不含糊。至于南宋六家，顾随对他们的评价，都包含其中了。顾随在讲竹山《木兰花慢·冰》时说："余讲词取第一义。"⑤ 这句话很重要。这其实是顾随进行文学批评的一个基本态度，即文学批评首先要评价的、最重要的，是作品整体的艺术力量，这是作品的"大节"，即"第一义"。文学批评一定要大处着眼，目光高超，即使是细读、探讨技巧，也应以"第一义"为前提。

蒋捷还有一首是写色的，《一剪梅》：

---

① 顾随：《说竹山词》，载《顾随全集》卷六，第 109 页。
② 顾随：《说竹山词》，载《顾随全集》卷六，第 110 页。
③ 顾随：《说竹山词》，载《顾随全集》卷六，第 110 页。
④ 顾随：《说竹山词》，载《顾随全集》卷六，第 110 页。
⑤ 顾随：《说竹山词》，载《顾随全集》卷六，第 105 页。

　　一片春愁待酒浇。江上舟摇。楼上帘招。秋娘渡与泰娘桥。风又飘飘。雨又潇潇。　　何日归家洗客袍。银字笙调。心字香烧。流光容易把人抛。红了樱桃。绿了芭蕉。

此调为七、四、四句式。此词难得的是每两个四字句有变化。末两句写色，写得真好。

**解评**：见上。

# （十九）王渔洋、黄景仁

王渔洋有诗：

> 翠羽明珰尚俨然，湖云祠树碧于烟。
> 行人系缆月初堕，门外野风开白莲。（《再过露筋祠》）

头一句就把"再过露筋祠"之意全写出。只这一句是诗，第二句便不行了，"湖云祠树碧于烟"，曰"湖"、曰"祠"，何其笨也。然笨又不可能与老杜之壮美并论。老杜：

> 清夜沉沉动春酌，灯前细雨檐花落。
> 但觉高歌有鬼神，焉知饿死填沟壑。（《醉时歌》）

此为警句，王渔洋之"门外野风开白莲"只是佳句，没劲。老杜是壮美，下笔涩，摸着如有筋；王氏"翠羽明珰"一首俨然是圆的，最能代表其所主张之"神韵"，四句无一句着实，两脚踏空，不踏实地。

解评：顾随不喜王渔洋诗。《稼轩词说》云："苦水于古大家之诗，不喜渔洋。二十年来，并渔洋所主之神韵，遂亦唾弃之。近年始觉渔洋之诗，诚不足以言神韵，而渔洋对神韵之认识，亦只在半途，故不独其身后无多沾溉，即其生前，门下亦寂若寒灰。然论中国诗，神韵一名，终为可取而不可废。盖神者何？不灭是。韵者何？无尽是。中国之诗，实实有此境界。"① 但顾随又认为王渔洋所谓"神韵"、严羽所谓"兴趣",皆不如王国维所谓"境界"。②

王渔洋在清初号称大家,后来贬低者居多。试看几个近现代人的批评:章太炎认为王渔洋的诗"失之典泽过浓"③,此评价并未说着要害;梁启超对整个清诗评价不高,其《清代学术概论》云:"其文学,以言夫诗,真可谓衰落已极。吴伟业之靡曼,王士祯之脆薄,号为开国宗匠。"④ 章太炎、梁启超论文学与他们的学术取向有很大关系,都有偏颇处,但梁启超以"脆薄"概括王渔洋诗,很准确——"脆薄"即虚浮,不厚重,不厚实。钱钟书对王渔洋诗的批评更加苛酷,见《谈艺录》。

但也有推崇渔洋诗者,如胡怀琛将王渔洋视为"中国八大诗人"之一⑤,认为王渔洋的诗温柔敦厚、怨而不乱,可以说是"《诗经》的嫡传"。我觉得胡怀琛真是太一厢情愿了,王渔洋怎能当得起中国八大诗人之一?所谓"《诗经》的嫡传"⑥ 这顶帽子也戴得莫名其妙。随便举首王渔洋的绝句,如《寄陈伯玑金陵》:

> 东风作意吹杨柳,绿到芜城第几桥?
> 欲折一枝寄相忆,隔江残笛雨潇潇!

如此普通的一首诗,却被胡怀琛列为能说明王渔洋得"《诗经》的嫡传"的代表作之一,而我真看不出这首诗有何非凡之处。渔洋诗大抵如是,无须多举。温柔敦厚是极高的境界,问题是渔洋诗算不上温柔敦厚。温柔敦厚是气息,但真的温柔敦厚是有力量的,有力量肯定是有内涵的,渔洋诗的根本问题是"空",即顾随所谓"两脚踏空,不踏实地"。神韵是好,但单纯追求神韵,未必神韵,因为"神韵"是从实生出来的虚。

此外,温柔敦厚也不是好诗的唯一标准——诗可以怨。渔洋是明末清

---

① 顾随:《稼轩词说》,载《顾随全集》卷三,第 40 页。
② 顾随:《论王静安》,载《顾随全集》卷六。
③ 章太炎讲演,曹聚仁整理《国学概论》,上海古籍出版社,1997,第 65 页。
④ 梁启超:《清代学术概论》,上海古籍出版社,1998,第 101 页。
⑤ 胡怀琛:《中国八大诗人》。此书 1925 年出版后曾再版多次。商务印书馆依 1931 年"国学小丛书"版本为底本,2010 年再版,本书依此。
⑥ 胡怀琛:《中国八大诗人》,第 93 页。

初人，他的诗中未尝没有"怨"，但没有力量。首先，渔洋做了清朝的官，这决定了他不能发愤而作；其次，渔洋主张"神韵"，要写神韵派的诗，就必须含蓄低回，这也就限制了力量的发挥。若联系政治背景，我们可以推测：渔洋主张所谓"神韵"，恐怕不单纯是出于文学观念，而是与他的政治态度相表里的。正如清代乾嘉考证学风，既是学术发展的结果，也是格于高度专制的政治。倘若是清初的明末遗民，就不同了，如遗民诗人万寿祺有首七律《入沛宫》：

> 泗亭春尽树婆娑，汉帝宸游不再过。
> 魂魄有时还至沛，楼台落日半临河。
> 风吹大泽龙蛇尽，天入平沙雁鹜多。
> 我亦远随黄绮去，东山重唱《采芝歌》。

内容是借写沛宫暗示对新朝的不接受。作风大气、沉雄、有力，真是好诗。王渔洋没有一首诗有这等水平。

郑板桥诗、书、画均佳而怪。有词曰：

> 把天桃斫断，煞他风景，鹦哥煮熟，佐我杯羹。焚砚烧书，椎琴裂画，毁尽文章抹尽名。（《沁园春·恨》）

这是"苦恼子"，而且是迁怒。又说：

> 难道天公，还箝恨口，不许长吁一两声。（《沁园春·恨》）

这两句还好，前边气味不好，如小孩子好撒无赖，即迁怒。陆游亦有说恨的两句，就比郑高：

> 箧有吴笺三百个，拟将细字写春愁。(《无题》)

境界不扩大，气象不开展，此乃责诸贤者；然取其长则是好。郑板桥的站不住，不成诗；放翁二句格亦不高，而是诗。感情有一种训练，能把持住。水可以打岸拍堤，而不能破岸决口。郑板桥简直是水灾。

**解评：**郑板桥是"扬州八怪"之一。扬州八怪，各有各的怪。单独就书、画看，郑板桥恐怕不是扬州八怪中最出色的，但他的竹石图流传最广。至于他那幅书法——"难得糊涂"四字，至今仍是到处可见。何故？不是因为板桥的字——很多人大概不会真喜欢板桥那歪歪扭扭的怪字，而是因为"难得糊涂"一语符合很多中国人的处世心态。当然，发明"难得糊涂"一语的郑板桥，有他的意思、他的语境，喜欢这句话的人，又有其各自的理解。总之，这些因素，让郑板桥成为扬州八怪中最有名的人。

扬州八怪中，郑板桥的文学成就较高，如他的《道情十首》，在民间流传颇广；七绝《竹石》(咬定青山不放松)颇能写出竹子的精神。其词《沁园春·恨》如下：

> 花亦无知，月亦无聊，酒亦无灵。把夭桃斫断，煞他风景，鹦哥煮熟，佐我杯羹。焚砚烧书，椎琴裂画，毁尽文章抹尽名。荥阳郑，有慕歌家世，乞食风情。
>
> 单寒骨相难更，笑席帽青衫太瘦生。看蓬门秋草，年年破巷，疏窗细雨，夜夜孤灯。难道天公，还箝恨口，不许长吁一两声。颠狂甚，取乌丝百幅，细写凄清。

读者一定会惊怪——板桥怎么了？何以如此愤恨？简直像三岁小孩似的，要发疯了。原因并不稀奇。这首诗大约写于板桥中进士之前，有段时期，他怀才不遇、生活潦倒。于是愤怒，以至于恨，并迁怒于夭桃、莺歌、书画、琴砚，包括文章、清名——统统都滚开。穷困潦倒之文人多矣，但在古典文学中，发泄愤恨如此猛烈者，不多见——而且，是用词的形式，这样的词，更罕见。郑板桥在文学上的"怪"，于此可见一斑，说明他的"怪"是统一的。这首词可以作为研究文艺心理学的一个案例。我猜想，至少郑板桥在写这首词时，处于一种狂躁症的状态。

顾随对这首词持批评的态度。修养上，我们且不说君子"不迁怒"的德行——迁怒就迁怒吧，但故意焚琴煮鹤式地发狠，"如小孩子好撒无赖"，就不对了。再从艺术表现上说，文学、艺术固然可以宣泄情绪，但不能太过头，太过头就不是艺术了。"站不住，不成诗。"顾随讲得好——艺术中的感情有一种训练，要能把持住。就像水，可以打岸拍堤，但不能决堤。感情发泄过头，就是艺术中的决堤水灾。其实那已不成艺术。如果说"美是自由的象征"，而自由本就是在限度之内的自由，那么艺术就是在限度之内的"逍遥游"。

顾随又拿陆游的两句诗"箧有吴笺三百个，拟将细字写春愁"和板桥这首《沁园春》对比，因为都是写恨。而陆游的诗比板桥高，因为它更节制。陆游这两句诗出自明代蒋一葵的笔记小说《尧山堂外纪》，书中有一段记叙，说陆游在蜀时，钟情某妙龄女子，回到山阴后思之甚切，写下两首七律，其一曰：

> 金鞭朱弹忆春游，万里桥东荠画楼。
> 梦倩晓风吹不断，书凭春雁寄无由。
> 镜中颜鬓今如此，席上宾朋好在否？
> 箧有吴笺三百个，拟将细字写春愁。

黄景仁《两当轩集》有《都门秋思》：

> 寒甚更无修竹倚，愁多思买白杨栽。
> 全家都在风声里，九月衣裳未剪裁。

黄甚不得志，居北京，有诗的天才而早亡。

此诗"修竹"句用杜诗，"白杨"句用《宋书·萧惠开传》，后二句有《诗·豳风·七月》"无衣无褐，何以卒岁"之意。用典应如此，虽不知典而亦知其好。黄之处境甚可怜，而尚写出如此之诗。单就这四句与放翁"箧有吴笺三百个，拟将细字写春愁"二句比，黄比陆高。"因"是一个，都是愁；而"缘"不同，陆之缘小、狭，黄则缘比陆广。事实上"无修竹"，而诗中明明"有"；"白杨"亦"无"，而"思买白杨"白杨就"来"了，这就是诗与事实之不同之处。这点是诗人与上帝争权的地方。而"寒甚"二句与放翁二句都寒酸；"全家"二句更寒酸。

**解评**：黄景仁主要活动于清乾隆年间，诗才很高，虽个性狂傲，但当时就博得很多文人的赏爱。他是黄庭坚的后裔，诗风却一点不像山谷，他的情很浓。34 岁去世，留下一千多首诗，堪称诗痴。他的诗有李白、义山的影子，但尚未融炼至更成熟的境界。这不是文字的问题，是心性问题。黄景仁学李白，可他没有李白那样的大气；他好写穷愁，却没有杜甫那样广博的同情心。顾随说："黄诗有思想，有性情，有感觉，唯气象差。"历史上才子众多，但很多才子的作品到一定程度就好不上去了，无法臻于一流。除才气因素外，更重要的是心性、气象的问题。心性、气象不是单独存在的，它会影响人的才气。中国古人好说"气象"，气象佳或不佳，所指即气象的大、小以及高贵与卑琐。气象要大。

《都门秋思》是四首七言律诗，背景是黄景仁从南方来到北京，寻找晋升机会，却很不得意、穷愁潦倒。四首诗总体不是很好，顾随这里说的是第二首。前四句是："五剧车声隐若雷，北邙惟见冢千堆。夕阳劝客登楼去，山色将秋绕郭来。"比后四句更平常。顾随又将"寒甚更无修竹倚"四句跟陆游"箧有吴笺三百个，拟将细字写春愁"比较，认为同是写愁，"因"同，而"缘"不同。陆诗只为一女子而愁，黄则为自己整个人生、全家而愁，"北邙惟见冢千堆"也隐含着对人的普遍命运的悲哀。用典很自然，然气象不佳。"无衣无褐，何以卒岁"，悲叹，甚至呼号穷苦，但有种逼人力，叫人同情，而"全家都在风声里，九月衣裳未剪裁"则显得软弱、寒酸了——全家都喝西北风，这样表达不好，反不易引起读者同情。

顾随还说：本无修竹，而诗中有修竹；本无白杨，而诗中有白杨。修竹、白杨，都是黄景仁的幻想，诗人将它们借来，写出了他的心情，构成了诗中的"实"。这是"诗人与上帝争权的地方"——顾随多次说到此点。据说上帝创造世界，人可以创造世界吗？可以。诗人在诗中就可以创造一个别样的世界。因此，化虚为实、化实为虚的诗，就是诗人与上帝争权的地方。诗人是以世界为诗，以诗为世界。

另，有人说黄景仁"才如江海命如丝"，固然，但黄景仁的穷愁潦倒不完全是他命不好，恐怕与他过于孤愤甚至有点神经质的个性（"神经质"为郁达夫小说《采石矶》中评黄景仁语）也有关。

中国文人好写"穷"，大作家也不例外，如陶渊明、杜甫。但渊明与少，不失风度。杜甫写穷，就有些不避丑拙的样子，有点自嘲，又有点玩味自己的"穷"的感觉。黄景仁则是大把大把地写穷，简直是古代诗人写穷的集大成者，他在《移家来京师》组诗中竟然说"穷是吾家事"。陶渊明写穷，最不自恋，他是悲哀，写穷不是他的目的，而是为了抒发"固穷"的精神。杜甫写穷，首先是记录自己的生活（这是作为诗人的杜甫的一个突出的意识），同时也是流露悲哀，但老杜没有明显的"固穷"的意思，因此力量、深度不及渊明。无论如何穷愁潦倒，老杜的心念是"诗是吾家事"，而黄景仁竟然说"穷是吾家事"，这就有点病态了，不好。

从经济生活状况看，中国文人绝不是最差的，在世界文学中，却没有哪个国家的作家如此执着于对自己的贫穷的描写，这是何故？个性差异不说（如杜甫好哭穷，李白却不，李白的经济状况能好到哪儿去？），作为一个普遍现象，如何从文化思想上解释？我无法准确解释。但我想到的一点，就是儒家的"君子固穷"、君子忧道不忧贫的思想，以及颜回的典范作用。君子忧道不忧贫的思想，在诗人中体现得最为深刻的就是陶渊明。其实渊明比颜回更好地体现了"君子固穷"的风范（仅依我们所知的颜回的事迹来判断）。"穷"当然非渊明所愿，所谓"固穷"是人处于穷困境遇中不但不为所动（贫贱不能移），而且能从物质的困厄中超越出去、不坠青云之志。这是很难得的操守。要么孟子何以把"贫贱不能移"作为大丈夫的第一个标准？因为人的品格极易在穷困中倒塌。所以，陶渊明虽写自己的穷，却不失风度，反而表现出了他品格的高贵，渊明有君子气象。千古上下，追求各种大大小小的富贵者往往以丧失品格为代价，这便是"君子固穷"思想的现实原因。

因此，写穷没什么不好，端看怎样写。杜甫写自己的穷，首先是率真、可爱，他喜欢暴露自己，有时是为了诗，他要展现自己的遭遇、抒发心中的悲苦，非如此不可。虽气格不如渊明，但老杜有时自嘲，拿自己的贫穷开玩笑，这是好处，写穷而不失为诗。但杜甫似乎没有"君子固穷"的心志。

总之，"君子固穷"的思想，尚不能完全解释中国文人好写自己的"穷"的现象。

黄景仁《绮怀》诗：

> 收拾铅华归少作，屏除丝竹入中年。
> 茫茫来日愁如海，寄语羲和快着鞭。（《绮怀十六首》其十六）

黄诗有思想，有性情，有感觉，唯气象差。

此诗"羲和"句，用古代神话羲和驾六龙以御日。欲了解黄诗必知此，此静安先生所谓"隔"。老杜《倦夜》"万事干戈里，空悲清夜徂"则不隔，令人一读如见老杜之生活，每每颠沛而此夜暂停，寂寞恨更长，字句上亦稳且厚。

**解评：**《绮怀》为十六首七言律诗，所写大约是和一个女子的隐秘恋情，那女子后来嫁人了，黄景仁感念不已。这里所说是第十六首中的后四句，比较有名。著名的"似此星辰非昨夜，为谁风露立中宵"就出自《绮怀》。这组诗的风格很像李义山诗。

第十六首前四句为：

> 露槛星房各悄然，江湖秋枕当游仙。
> 有情皓月怜孤影，无赖闲花照独眠。

"收拾铅华归少作"四句是对一段恋情的回想，也是人到中年，思前想后的感慨。"收拾铅华归少作，屏除丝竹入中年"，大约有与自己的这段艳情告别的意思——无可奈何的告别；"屏除丝竹"意味着要远离声色浪漫，可是这结束了铅华、屏除了丝竹的"中年"到底怎么样呢？黄景仁自己似乎也不清楚。因为"茫茫来日愁如海，寄语羲和快着鞭"，分明说明未来对诗人来说，只是一片愁海而已，现在也只是愁苦，由今知后，所以希望自己的生命快点结束。这和屈原"吾令羲和弭节兮，望崦嵫而勿迫"的意思正相反。这是沉痛的愤激之词。反过来，对当下和未来的否定、绝望，对应着对往日恋情的深刻眷恋。

前几年冬季的一天，我去医院看望年近八旬、接到病危通知的张鸿勋先生。他躺在病床上，用衰弱的声息给我念了"茫茫来日愁如海，寄语羲和快着鞭"两句诗。在这种人生情境中，念这两句诗，是何心情呢？

# （二十）　王国维

王国维早年治文学、哲学，颇受德叔本华（Schopenhauer）悲观哲学影响。

**解评**：王国维生性悲观，故与叔本华一拍即合，受其影响，但他对叔本华哲学的了解其实有限。二人的个性也很不似——叔本华极傲慢、古怪，有不近人情处，王国维则是典型中国传统文士，他是学问家、诗人，不是思想家。但对于王的自杀，叔本华的影响恐怕不能忽略。

就词而论，顾随说："静安生于北宋千百年后而能学宋，不但能学且有生发。唯王氏之学与生发，皆是有意识的。"这涉及静安词与古人词的异同。顾随这样评价：

> 静安先生词不敢说首首，至少有一两首、至少有一两句是前无古人、后无来者。此非超越众人，每个人都是前无古人、后无来者，因任何人都是不可无一、不可有二。静安先生词的长处说前无古人、后无来者，有二意义：一说其词与古今皆不同，一说其词之长处为古今词人所无。①

所谓"其词与古今皆不同"有两点。首先，指"静安先生乃以作诗法作词，且以古诗法作词"，"静安先生词之所以超越古今，便因词本较接近平民，王先生虽生于清末民初，为晚出词人，但他反把词之地位抬高到诗

---

① 顾随：《论王静安》，载《顾随全集》卷六，第152页。

那样古典贵族，非平民，不但像近体诗，甚至像古体诗那样贵族古典"①，"其词之长处为古今词人所无"。其次，指"静安先生不仅有修辞功夫（只有此点已能成两宋一大词人），而又加以近代思想，故更成为一大词人"②。此点，如"试上高峰窥皓月，偶开天眼觑红尘"（《浣溪沙》），"静安以前人无此思想，无此意境"，此即"生发"。

基于以上两点，顾随便说王国维于古人词"不但能学且有生发"，且是有意识的。王国维认为词以北宋词最佳，南宋词人除稼轩外，都不入他法眼，所以他学词不会学南宋词（稼轩词除外），这便是有意识的。但这只是风格的选择，更能体现其词之"有意识"的，是他以写古体诗的方法作词，以及融近代思想入词的做法。王国维是眼界高远之人，他做学问就有很强的超越传统的自觉意识。创作方面，其实王国维并没有大的开展。就词而论，比之所谓"晚清四大词人"（朱祖谋、王鹏运、况周颐、郑文焯），静安词虽数量不多，但境界度越前贤。

顾随说："学古人有三种境界：一是不能学；二是能学，无生发；三是能学，有生发。"③ 王国维是学而能生发，顾随也是。一切学问、技艺的进展，都来自"学而能生发"，此即"继往开来"。不是为"学"而"学"，学是为了生发。"生发"一词比"创造"好，生发含有"继"和"开"两方面——关键在"开"。横渠四句教，以"开"为终极目标（"为万世开太平"包括了"为天地立心""为生民立命""为往圣继绝学"）——"开"指向未来更理想的境界。万事皆因能生发、能"开"，而存在。近代以来，中国的文学、艺术，大约除书法（书法没有外国艺术的对应物，也无须像中国传统绘画一样表现现代世界，无所谓"现代化"，无须生发，无可生发）外，其他皆须走学且生发的道路，才能有新的生机，才能发展。

静安生于北宋千百年后而能学宋，不但能学且有生发。唯王氏之学与生发，皆是有意识的。

---

① 顾随《论王静安》："余所谓之'古典'，指唐宋而后。盖后世之诗，并未继承'三百篇'、'十九首'、乐府，至早继承六朝。作者纵非有意，但无论如何总在继承。中国诗自六朝而后，渐渐变为古典的，非平民的。"（《顾随全集》卷六，第152页。）
② 顾随：《论王静安》，载《顾随全集》卷六，第158页。
③ 顾随：《论王静安》，载《顾随全集》卷六，第155页。

**解评：**见上。

静安《人间词话》独标境界。境界又或谓之意境，"意""境"又可分开来讲。

"意"就是思想，思想与回想不同，思想是前进的，是理想。如韦庄之"春日游"（《思帝乡》）、冯延巳之"和泪试严妆"（《菩萨蛮》）、大晏之"不如怜取眼前人"（《浣溪沙》），即个人之思想、理想。

"境"非独谓景物也，而其中究有景物。"境"非独谓景物，人心中喜怒哀乐亦一境界。

**解评：**顾随对王国维的"境界"说，大体是肯定的。他认为严羽所谓"兴趣""乃诗之成因，在诗前；王渔洋之'神韵'乃诗之结果，在诗后，皆非诗之本体。王静安之境界非前非后，是诗的本体。诗之本体当以静安所说为是"[1]。但又认为静安所谓"有我之境""无我之境"，及两种境界分别由"静中得之"、"由动之静时得之"等说法不能成立，因而对王氏"境界"说的不完满处做了补充，详见顾随《"境界"说我见》。

然而，顾随对"境界"这一名词又有不满，他说："'神韵'是两个空洞的字、一个空洞的名词，'境界'又何尝不也是如此？"[2] 何以见得？曰：

> 静安所谓境界者，边境、界限也。（境者，如言竟也、止也；界者，疆也、限也。）过则非是，然不可说。"境界"二字最恰当，而等于没说。诗有境界，即有范围。其范围所有之"合"（content，包藏、含蓄）谓之境界，如山东境界内有山、有水、有人……合言之为山东。平常所谓境界有迹，而诗之境界无迹，大无不包，细无不举。[3]

可见，自"境界"两字的本义而言，这一名词未免有漏洞，不及"意

① 顾随：《论王静安》，载《顾随全集》卷六，第133页。
② 顾随：《论王静安》，载《顾随全集》卷六，第156页。
③ 顾随：《论王静安》，载《顾随全集》卷六，第133页。

境"恰当。因而顾随说"境界"又或谓之"意境"——不是二者相当,而是"意境"概念更好。"意境"说,作为中国文学艺术的核心观念之一,学界研究极熟,兹不赘言。

顾随的观点是:"意"就是思想,思想与回想不同,思想是前进的,是理想。这句话可分两点言之。一、"意"就是思想。依此,则情感和景物就在"境"中。王国维说:"境非独谓景物也,喜怒哀乐,亦人心中之一境界。"顾随说:"大诗人所写亦不过此二境界。"① 值得注意的是,顾随说喜怒哀乐等情感与感情不同,情感应有思想、感觉。我的理解是:"情感"复杂、深,"感情"单纯、浅,感情至一定程度则化为情感。二、思想是前进的,是理想,与回想不同。此义重要。准此,则思想是生发,是蕴含着新的生机的,既向前又向上。


樊志厚《人间词话·序》中言:静安词"意深于欧""境次于秦"。不然,静安有时词境比少游还好。

静安先生受西洋哲学影响,意思深刻。如其《鹊桥仙》:


　　沉沉戍鼓,萧萧厩马,起视霜华满地。猛然记得别伊时,正今夕、邮亭天气。　　北征车辙,南征归梦,知是调停无计。人间事事不堪凭,但除却、无凭两字。


"意深于欧"而不见得"境次于秦"。当时虽然离别,眼中尚有伊在;今日则回想当时,眼中已无伊在,此情此景,何以为情!静安另有句:


　　人间总是堪疑处,唯有兹疑不可疑。(《鹧鸪天》)


不如前《鹊桥仙》词好。盖音节关系,"无凭"两字声音上去。

---

① 顾随:《论王静安》,载《顾随全集》卷六,第133页。

此词境不次于秦。

**解评**：樊志厚语出自《人间词乙稿·序》，原文为："夫古今人词之以意胜者，莫若欧阳公；以境胜者，莫若秦少游。至意、境两浑，则唯太白、后主、正中数人足以当之。静安之词，大抵意深于欧，而境次于秦。"

静安先生受西洋哲学、文学影响，意思深刻，且不论其含有哲学意味的词，如《蝶恋花》（百尺朱楼临大道），秦少游、欧阳修不及，即便是写情之词，如此首《鹊桥仙》（沉沉戍鼓），其意境之深，少游也难以企及。"人间事事不堪凭"，写得大。读静安词，无论他写自己的人生感受，还是立于旁观地位写男女相思，背后总有一种对人间、人世总体的"空"的感受，似乎一切都在空寞的大背景之下，显得那么悲哀，而自己则是这空寞世界中的孤零者。

试再看王国维《蝶恋花·连岭去天》词：

> 连岭去天知几尺。岭上秦关，关上元时阕。谁信京华尘客里，独来绝塞看明月。　　如此高寒真欲绝。眼底千山，一半溶溶白。小立西风吹素帻，人间几度生华发。

仔细揣摩，这首词似蕴有"高处不胜寒"的孤独感，却不露痕迹，以写景象征内心，意境由小我扩至大我，令人感到人在宇宙中的微渺。王国维《浣溪沙》（山寺微茫）有句曰"试上高峰窥皓月，偶开天眼觑红尘"，此二句意境与"连岭去天"一首颇似，但更显露——末后还有句"可怜身是眼中人"，这便是以哲人之眼观照天、地、人。这是以词来表达哲思的做法。

饶宗颐提出所谓"形上词"，即"用词体原型以再现形而上旨意的新词体"[1]，其动机乃鉴于"中国诗歌中形而上部分实在太缺乏"[2]，因而想弥补这一缺陷。这是比王国维更有意地革新词体、词风。饶先生说他是以此做个试验，指出路数[3]。饶公才高学博，他的确能写出一些形上意味的词，其

---

① 施议对编纂《文学与神明——饶宗颐访谈录》，生活·读书·新知三联书店，2011，第206页。

② 施议对编纂《文学与神明——饶宗颐访谈录》，第209页。

③ 施议对编纂《文学与神明——饶宗颐访谈录》，第226页。

为文学"指出向上一路"的理想也值得尊敬。但我以为,"形上词"的想法不切实际。首先,两千多年来,中国诗歌形上性不强,而以抒情为主(用顾随的话说,即中国诗歌走得是"情见"的路,而非"知解"的路),这其实不单是文学问题,也是文化问题。所谓中国诗歌形上部分不发达,是与西洋诗歌比较而论,但不必向西洋看齐。抒情、哲理、宗教意绪在诗歌中比例的多少,各有利弊而已(西方诗的抒情性、韵味不及中国诗,中国诗的深刻、伟大不及西方诗)。就文化背景言,周代以降,中国文化宗教性淡薄,中国哲学形而上的浓度不及西方哲学,故中国诗歌以人间味、现世感为主。因而,仅在词中追求形上意味,是不可能真正发展中国诗的形上部分的。再者,"形而上"一词未必适合用来批评中国诗。"形而上者谓之道",但中国所谓"道"是与形而下的"器"融合在一起的——道不离器、理在事中,故中国诗也有思想、理,只是其追求的是以具象来暗示抽象——当然真正到此地步的诗歌并不多。

再回到诗。如果我们理想的诗,是既保持中国古典诗歌的情韵悠长,又汲取西方诗的思理深沉,那肯定是不能靠旧体诗词这种工具来完成的(顾随非常清醒地说过,旧体诗已不是表现现代思想、感情的利器),而只能寄希望于新诗,一种融合古今中西之优长的汉语新诗。再进而言之,文学中形上"理文"的发展(在其限度之内),须主要依靠散文、小说、戏剧等文体,而非诗歌。


静安先生词五、七言句好,因其深于诗,尤其七言。

静安先生不仅有修辞功夫,且又加以近代思想,故更成为一大词人。

如其《浣溪沙》(山寺微茫):

> 试上高峰窥皓月,偶开天眼觑红尘。

前句一字比一字向上;后句一字比一字向下。有此思想者不知填词,会填词者无此思想,有此思想能填词者,又无此修辞功夫。唯静安先生兼而有之。

天末同云暗四垂。失行孤雁逆风飞。江湖寥落尔安归?
　　陌上金丸看落羽,闺中素手试调醯。今宵欢宴胜平时。
(《浣溪沙》)

　　首三句盖静安自道。一个人只要有思想;岂但有思想,只要
有点感情;岂但有点感情,只要有点感觉,便不能与一般俗人共
处。一个词人即使没有伟大思想,也要有点真情实感,最不济也
要有点锐敏感觉。静安先生名气很大,而同时在中国很难有人了
解他,但使有一个人了解他,也不会写出这样伤感的作品。岂是
写"失行孤雁",简直写他自己!在社会上是个"畸零人",在
"天末同云暗四垂"时,看不见光明,也看不见道路。静安先生有
感觉、有思想。"失行孤雁逆风飞",这种精神力量最可佩服,而如
此行去,结果非失败、幻灭、死亡不可。故静安先生曰"江湖寥落
尔安归"。

　　静安先生与前代词人比,不一定比前人好,而真有前人没有
的东西。静安以前人无此思想,无此意境。

　　下片"陌上"一句,缩得真紧,用少字表多意。以别人性命
为自己快乐——"今宵欢宴胜平时"。一将功成万骨枯。我们并不
反对人找快乐,不过我们所找的快乐,万不可是别人的痛苦和
悲哀。

　　若以"词"论,前三句胜后三句多矣。

　　六七四十二个字的小词,而表现得深刻,有曲折。若再责备
贤者,似太苛刻。

　　前词"试上高峰"三句,言中之物、物外之言都好;"天末
同云"前三句亦然,后三句思想虽深刻,而物外之言不够。"今
宵"句,思想够深刻,文字不够美,没有逼人的力。

　　**解评:**王国维具有"近代思想",这是肯定无疑的,因为他是较早介

绍，并且吸取康德、叔本华、尼采哲学和美学思想的中国文人。但近代思想在其词中不是以显性的方式存在，而似乎更多地体现为近代的宇宙观、新旧交替的迷茫感和孤独感。"试上高峰窥皓月，偶开天眼觑红尘"，这种将人置于宇宙中自我观照的鲜明意识，可能更多地来自康德和叔本华等西方哲学的影响，而非中国哲学。

顾随很重视《浣溪沙》（天末同云暗四垂）这首词。重要的是这首词反映的思想意识。"天末同云暗四垂。失行孤雁逆风飞。江湖寥落尔安归"，这三句有很强的象征意味，顾随以为是王国维夫子自道。"天末同云暗四垂"象征黑暗沉重的社会环境，"失行孤雁逆风飞"象征自己的处境，"江湖寥落尔安归"寄托无所归依的孤独感。此三句所写，从大到小，由外而内，且连续押韵，给人一种一句紧似一句的紧迫感。顾随说"失行孤雁"是一种"畸零人"的感觉。是啊，陶渊明在《咏贫士》中也曾抒发过"万族各有托，孤云独无依"的孤独感，王国维、陶渊明都有大孤独，陶渊明尚有儒家的真精神可以依托，王国维所感受的前途渺茫、无人了解的孤独，则是整个社会、文化、人生都失去了根基的惶恐感，所以王国维是"畸零人"，畸零人是现代社会的病人。"静安先生有感觉、有思想"，因而"静安先生与前代词人比，不一定比前人好，而真有前人没有的东西。静安以前人无此思想，无此意境"。"江湖寥落尔安归"，这是深刻的伤感，但迷茫。王国维有近代思想，而他的不足是缺乏近代的政治思想（如梁启超那样），他的政治思想是落后的、恋旧的，这便让他的精神至少有一半（另一半是文化）无法在近代立足，所以他更惶然、痛苦。

下片意思不易解。"陌上金丸看落羽，闺中素手试调醯"出自《列子·说符篇》"齐田氏祖于庭"的典故，这是一个残忍、无义的场面；"今宵欢宴胜平时"，这些公子、丽人的无义、无道，与失行孤雁的孤苦形成鲜明对照。也许，王国维是在隐喻、批判他所处的那个时代——志士仁人痛苦奋斗，王孙公子醉生梦死，把自己的快乐建立在他人的痛苦之上。若有此意，则此词可谓思想深刻。但可惜这几句文字不美，"没有逼人的力"。"天末同云"等三句，不用典故，直入人心，有逼人力。

月底栖鸦当叶看。推窗跕跕坠枝间。霜高风定独凭栏。　觅句心肝终复在，掩书涕泪苦无端。可怜衣带为谁宽。（《浣溪沙》）

"霜高风定独凭栏"，不但无人，连栖鸦都飞了。

前二首《浣溪沙》（山寺微茫、天末同云）词似旧而意实新；此首词似新而意实旧，只表现无可奈何之境，伤感而已。

**解评：**此首写伤感，并无新意，而其伤感、寂寞是真实的。王国维似乎只能通过读书、觅句来抵御寂寞。王国维的学术著作充满理智，其实，背后有许多压在心底的无可奈何的伤感。通过理智活动有意无意地压制情感，古今许多学术著作，或皆可作如是观。

顾随说："近代有两个寂寞的人，一个是静安，一个是鲁迅，我们从他们的作品中可以看出。鲁迅先生《彷徨》中写'孤独者'。他最喜欢小孩儿，听见小孩儿来赶快拿糖出来，可小孩儿一见他都跑了。"①"霜高风定独凭栏"，不但无人，连栖鸦都飞了。当然，连小孩儿都跑了更可怜。王国维和鲁迅的寂寞，各有不同。区别是：王国维企图以治学战胜寂寞，鲁迅则是挑战黑暗，燃烧自己，与寂寞同归于尽。顾随说："寂寞是文学、哲学的出发点，必能利用寂寞，其学问始能结实。"②

顾随也是寂寞之人，他说"处处追求寂寞，时时厌恶聪明"。只有寂寞者才能懂寂寞者。

静安先生有一种古人所无的象征的词：

> 本事新词定有无。斜行小草字模糊。灯前断肠为谁书。
> 隐几窥君新制作，背灯数妾旧欢娱。区区情事总难符。
> （《浣溪沙》）

这首词很怪，余所懂者未必是静安先生原意。
此词乃一女性所言，一个女性见丈夫写作而有此感。
一个词人有两重人格，一个我在创作，一个我在批评。一个

---

① 顾随：《论王静安》，载《顾随全集》卷六，第159~160页。
② 顾随：《太白古体诗散论》，载《顾随全集》卷五，第289页。

大作家都有此两重人格，否则不会好，因其没有自觉。

此词也可视为静安自己批评自己之作，两重人格。

静安先生亦有快乐之作：

似水轻纱不隔香。金波初转小回廊。离离丛菊已深黄。
尽撤华灯招素月，更缘人面发花光。人间何处有严霜。
（《浣溪沙》）

此词乃写月夜花间一美丽女性，也写得好。

**解评**：我同意顾随对王静安这首《浣溪沙》的理解。此词乃"代言体"，代替词人的夫人来看词人。其实，词中所代言之"夫人"出于假设，是自己用另一种身份反观自己，故这并非真正的"代言"。

词中，作者从妻子的角度描写了丈夫在灯前辛苦写作的情景，并为自己的受冷落而惆怅伤怀。这其中，既有对妻子的抱歉，又有对自己写作生活的感慨，二事相并，有种难言的落寞。① 借他人身份来反观自己的写作生涯，古人词中无此等境界。

顾随由此引出一个话题：一个大作家都有创作与批评两种人格，"否则不会好，因其没有自觉"。此说极是。

中国古代作家如曹丕、杜甫、韩愈、苏轼、元好问，画家如郭熙、董其昌、石涛，书家如卫夫人、孙过庭等，都不单是大创作家，也是杰出的理论家。此种创作与批评的兼备，在现代西方作家中尤为突出，如瓦雷里、艾略特、奥登、博尔赫斯、纳博科夫、纪德、布莱希特等。创作与批评之所以能重合于一人之身，非有意如此，而是写作活动的必然。联结此二事的枢纽，便是"自觉"。批评便是自觉。无论批评自己，或是批评他人，都

---

① 韩愈《秋怀》其三中有句："归还阅书史，文字浩千万。陈迹竟谁寻，贱嗜非贵献。丈夫意有在，女子乃多怨。"波德莱尔诗《晨光熹微》有句："空气中充满飞逝之物的震颤，男人倦于写作，女人倦于爱恋。"吴兴华诗曰："诗人以做梦的眼睛仰望天空/女人们难解的沉默男子的功勋/或者工作在她们所不知不闻/永远在目前像是最平凡的事情/两性间永远存在这双重的厚门。"（《有所赠》）以上诗句皆取用功读书、写作的男人和女人之间的隔绝，与王国维此词有异曲同工之妙，而无"角色置换"。

是对艺术的自觉。一个艺术家即使不写批评文章，也不可能没有批评意识。艾略特在《批评的功能》一文中说："的确，一个作家在创作他的作品时他的劳动的绝大部分或许是批评性质的劳动：筛选、化合、构筑、删除、修改、试验等劳动。这些令人畏惧的艰辛，在同样程度上，即是创造的，也是批评的。"① 修改，就是最典型的自我批评。越是高级的创作，自觉性越强。真正的创作，都是在对艺术规律的领悟之中进行的。但自觉性太强，会妨碍创作。苏轼云："出新意于法度之中，寄妙理于豪放之外。"即言最佳的创作是出乎自觉，而又超乎自觉。庄子笔下庖丁的"目无全牛"、游刃有余，就是形容在领略规律之后的自在状态。

唐代文章家李华云："力足者不能知之，知之者力或不足。"② 即谓创作和批评的难以兼备。兼备者，非俊杰不能办也。

顾随说"静安先生亦有快乐之作"，并举《浣溪沙》（似水轻纱不隔香）为例。此词轻快温柔，"更缘人面发花光"一句，真是精彩，想不到"老夫子"如静安先生也有如此情心，只是不知这位"发花光"的人面是妻子的，还是某位佳人的？

王静安词以忧患居多。没有忧患的人，其实没有真快乐。

静安先生论词，喜五代北宋之作，于有清一代独推纳兰《饮水词》，谓其以自然之眼观物，以自然之舌言情（《人间词话》）。然而，小孩子毕竟要长大。"词人者，不失其赤子之心者也。"（《人间词话》）但只有赤子之心还不成，还要加上成人的思想，"不失"只是消极一面。纳兰词只是"不失其赤子之心"，此外更无什么东西。如：

深巷卖樱桃，雨余红更娇。（《菩萨蛮》）

---

① 〔美〕托·斯·艾略特：《艾略特文学论文集》，李赋宁译注，百花洲文艺出版社，1994，第 72 页。

② （唐）李华：《赠礼部尚书清河孝公崔沔集序》，载（清）董诰等编《全唐文》卷三五〇，中华书局，1983。

最易引起人爱的是鲜，而最不耐久的也是鲜。如果藕、鲜菱，实在没什么可吃，没有回甘。作品要耐咀嚼，非有成人思想不可。纳兰除去伤感之外，没有一点什么；除去鲜，没有一点回甘。新鲜是好的，同时我们还要晓得苍秀。

静安先生能欣赏纳兰词，而他自己是富于成人思想的。这也许正是静安先生伟大处。一个常人爱忽略和抹杀别人长处。静安先生自己短处为别人长处，反能赞美，君子也。

静安先生词有时读之似觉不如《饮水词》来得容易，少自然之致。

人受别人影响可以，对别人欣赏可以，然受天性所限，有学不来的。

**解评**：王国维对纳兰性德的词评价甚高，以为"北宋以来，一人而已"。其优点在于"以自然之眼观物，以自然之舌言情"。所谓"自然"指纳兰词纯真少雕饰，包括心灵与语言两方面。原因则是"初入中原，未染汉人风习，故能真切如此"[1]。

我们读纳兰词，不难发现：其词很少用典，造境写情，多出于直观、直感。其佳句，如"红笺向壁字模糊，忆共灯前呵手为伊书"（《虞美人·秋夕信步》）、"背灯和月就花阴，已是十年踪迹十年心"（《虞美人》）、"衰杨叶尽丝难尽，冷雨凄风打画桥"（《于中好》）、"有个盈盈骑马过，薄妆浅黛亦风流。见人羞涩却回头"（《浣溪沙》）、"五夜光寒，照来积雪平于栈"（《点绛唇·黄花城早望》）、"塞马一声嘶，残星拂大旗"（《菩萨蛮》）等都有种自然天成的风流，感觉锐敏、不隔。纳兰词情调极为感伤，写爱情感伤，写边塞也感伤，几乎很少有感伤之外的情绪。纳兰性德出身贵胄，身居要职，其感伤情绪主要源自妻子卢氏的早逝，纳兰的悼亡词成为中国悼亡诗的高峰。顾随以为纳兰词的"自然"是一种"鲜"的感觉，可是"最易引起人爱的是鲜，而最不耐久的也是鲜"，此言深刻——"深巷卖樱桃，雨余红更娇"，写感觉真到位，可惜没有余味，没有"回甘"，此

---

[1] 陈鸿祥编著《〈人间词话〉〈人间词〉注评》，第149页。

二句可为纳兰词风格之写照。

　　"新鲜是好的，同时我们还要晓得苍秀。"所谓"苍秀"，顾随举王国维《浣溪沙》（山寺微茫）为例，"试上高峰窥皓月，偶开天眼觑红尘，可怜身是眼中人"，其中有思想，思想是千锤百炼而来的。苍者，老也，苍秀即其中既有成人的、成熟的、深沉的情思，又有漂亮的外表。王国维以为"词人者，不失其赤子之心者也"，赤子之心是天真之心。诚然，无真心则无诗心，李贽所谓"童心"，其着眼点也在于"真"。但仅有孩子般的纯真还不够，还要加上"成人思想"。文学很复杂，单纯而复杂，复杂而单纯。赤子之心的特点是感觉锐敏、情感纯真，但文学还要有思想，思想非成人心灵不能有。文学杰作都有成人思想。纳兰词的动人，在于其伤感及意境造语的自然秀丽，可是没有晏殊、东坡、稼轩词那样深刻的思致以及更为复杂的情感。这也许与纳兰的早逝（30 岁去世）有关，倘若我们不责诸贤者的话。

　　"静安先生能欣赏纳兰词，而他自己是富于成人思想的。"静安词和纳兰词相比，各有长短。静安词不如纳兰词自然天成。顾随说："人受别人影响可以，对别人欣赏可以，然受天性所限，有学不来的。"如苏轼效陶，黄庭坚学杜甫，西昆派学李商隐，可他们都不像陶潜、杜甫、义山。艺术中最根本的特质，是作者的天性决定的。人的天性，千差万别，"虽在父兄，不能以移子弟"（曹丕《典论·论文》）。天性是天生才华气质，是艺术中的元气。木心说："天性是唯一重要的——单凭天性是不行的。"①

---

　　①　木心：《琼美卡随想录》，广西师范大学出版社，2006，第 81 页。

三

补　编

# （一）

"子曰：'兴于诗。'"（《论语·泰伯》）诗是感发。

**解评：**参见前文讲《诗经》之"兴"。顾随说"诗是感发"，即谓"兴"是感发。感发，叶嘉莹解释为"兴发感动"。叶嘉莹的核心诗学理念从顾随来。顾随说："兴：感发志气。起、立，见外物而有触。"① 他说兴就是"生发"，即"有感而发"。"感"太重要了。顾随格外重视"感"。他说："诗根本不是教训人，是在感动人，是'推'，是'化'。"② 所以，诗是起于"感"，而终于"感"。感、发、兴，三位一体。

吟风弄月、发愤使情皆非诗义。
诗是使人向上的、向前的、光明的。

**解评：**顾随说："中国有所谓'诗教'，然余之意，不在诗教，而在诗义。（其实古所谓'教'即含有'义'，天地间必含有诗义。）吟风弄月、发愤使情皆非诗义。诗是使人向上的、向前的、光明的。"③ 所谓"诗义"即诗之本体、本义、核心。"向上的、向前的、光明的"，合而言之，即"理想性"，诗、文学要有理想性。顾随说："诗是引人向上的，故一民族之强弱盛衰可自文学中看出。英国之伟大不在属地遍全球，而在维多利亚时代诗人之多，其衰老亦不自此次大战（按：指第二次世界大战）看出，自其文学已看出，维多利亚而后便无大诗人出现。而中国民族之所以堕落，

① 顾随：《说〈诗经〉》，载《顾随全集》卷五，第14页。
② 顾随：《说〈诗经〉》，载《顾随全集》卷五，第3页。
③ 顾随：《说〈诗经〉》，载《顾随全集》卷五，第25页。

便因其诗堕落腐烂。'因过竹院逢僧话，又得浮生半日闲。'（李涉《题鹤林寺僧舍》）诗是唐人味，但我们不该欣赏这种诗；这种境界可以有，但我们不配过这种生活。如领袖人物一天忙于国家之事，要说两句这样诗还可以。我们常人已经太闲了，再闲更成软体了。"① 顾随对诗陈义甚高。诗，理应如此。

"货恶其弃于地也，不必藏于己；力恶其不出于身也，不必为己。"（《礼记·礼运》）"谁知盘中餐，粒粒皆辛苦"（李绅《悯农》）、"半丝半缕，恒念物力维艰"（朱柏庐《朱子治家格言》），皆此意，但皆不及《礼运》之大。

力，有一分力便要尽一分力，不必问为谁。一切诗人皆是如此。诗人该是无所为而为，这便是"力恶其不出于身也，不必为己"。只要将我自己的力量发挥出来了，理想实现了，不必为己。若明白此道理，虽作不出一句合平仄的诗，但行住坐卧无时不是诗，否则即使每日为诗，也仍不是诗人。似诗人，似则似，是则非是。

**解评：** 何为诗人？何为诗？在顾随看来，诗人在终极处，其实是为理想、为他人而奉献自己力量的人，此奉献就是诗。有此精神，则行、住、坐、卧无不是诗。那是超越文字的诗。禅、宗教精神，都是超越言语的，诗之极诣亦如此。顾随是站在超越文学的高度看待文学。所谓"诗"——文字之诗，尚有几分判断的依据，可什么是"诗人"就不好说了。诗人须具备内在的品性。能写出诗的人，未必有良好的品性。一定是先有诗心，才有诗，如同儿童随口就可以说出天真灵纯、如诗般的话语，是因为那是他们"诗化"心灵的外铄。顾随说："常人甚至写诗时都没有诗，其次则写诗时始有诗。诗人必须本身是诗。……或虽有沉痛情感而不能表现为诗，即因吾人本身非诗。如庄子所言——道在瓦砾，只要本身是诗，无往而非

---

① 顾随：《说〈诗经〉》，载《顾随全集》卷五，第25页。

诗，且真实。"① 故写诗的未必是诗人，不写诗的未必不是诗人。

"因过竹院逢僧话，又得浮生半日闲。"（李涉《题鹤林寺僧舍》）诗是唐人味，但我们不该欣赏这种诗，这种境界可以有，但我们不应过这种生活。

**解评**：见上。

诗人必须有冷静观察的功夫。

持身在己，不是放纵，是约束。由于约束便有反省功夫，反省是进德修业之路。

学道的人反省，发现自己缺陷想法补充；发现而补足之，使之完成完美人格。诗人发现自己缺憾，有时不是反省、补足，而是暴露，此与学道之人反省截然二事。诗人之暴露是下意识的——"拿不是当理说"。诗人写缺点有时是可爱的，如杜工部"麻鞋见天子，衣袖露两肘"（《述怀》）。

诗人、哲人，反省向内，观察向外。对天地间事物，须先有检点、观察功夫，然后始可言反省。否则，反省自何入手？以何对照？观察、反省此二步，诗人、哲人同。至第三步则不同：哲人是修正完成，诗人是自己欣赏。诗人、哲人第四步又相同，都是满足。

**解评**：此段论诗人和哲人"反省"的同异，甚佳。

通常都知道哲学来自反思（中国曰"反省"），苏格拉底名言为"未经省察的人生是不值得过的人生"。但我们可能会忽略，反省也是诗人写诗必不可少的功夫。冷静观察是第一步，接下来即须反省，即陆机《文赋》所言："其始也，皆收视反听，耽思旁讯。精骛八极，心游万仞。"把看到、

---

① 顾随：《杂谭诗人之修养》，载《顾随全集》卷六，第 225 页。

听到的东西在内心里进行返观、回味、反思，由此诗人心中便会生出新的东西来。而顾随洞察到了诗人的反省与哲人的反省的不同之处，"学道的人反省，发现自己缺陷想法补充；发现而补足之，使之完成完美人格。诗人发现自己缺憾，有时不是反省、补足，而是暴露，此与学道之人反省截然二事"。前者如"吾日三省吾身。为人谋而不忠乎？与朋友交而不信乎？传不习乎？"后者如"十年一觉扬州梦，赢得青楼薄幸名""塞上长城空自许，镜中衰鬓已先斑""无才可去补苍天，枉入红尘若许年"等。而"诗人之暴露是下意识的"，"拿不是当理说"。文学须先把人的真实状态呈现出来，理想性是第二步（只呈现真实状态，而没有理想性，也不好）。学道者是要把自己的问题在内心解决掉、消灭掉。

哲人补缺成全，诗人瑕瑜并现，顾随认为最终两者都是得到满足——虽然其满足状况又有不同。所以哲人的修炼过程是观察、反省、修正、完成；诗人的为诗过程是观察、反省、欣赏、满足。

顾随说诗人观察、反省，结果是"享乐"，并引佛家语所谓"法悦""法喜"形容之。[1] 他说："人若没如饥如渴的精神不能学文、学道，必有此精神然后得到之后是满足，自己满足。吃饱了，没人赞美，是为自己舒服。老杜'麻鞋见天子'（《述怀》），是苦，也是法喜。人是矛盾的，在矛盾中找到调和就是诗人；在矛盾中找不到调和，学道将成矣。"[2]

又论观察与反省的关系，"观察是向外的，反省是向内的反照。只有观察，没有反省，是浮浅；只有反省，没有观察，是狭小的狭隘，二者合二为一，才是完全的诗人。先观察而后反省，或先反省而后观察，皆可。所谓思想，皆由观察、反省而得"[3]。

顾随还强调，诗人的自我反照，不能只说小我，要由小我之欣赏扩大至大我，才是诗之高境。"沧海月明珠有泪，蓝田日暖玉生烟"是小我，"此身合是诗人未，细雨骑驴入剑门"也是小我；"塞上长城空自许，镜中衰鬓已先斑"则是大我，小我亦包括在内，与杜甫"花近高楼伤客心，万方多难此登临"相同。这是古代文学。近代文学呢？顾随说："近代文学太

---

① 顾随：《说〈诗经〉》，载《顾随全集》卷五，第 162 页。
② 顾随：《说〈诗经〉》，载《顾随全集》卷五，第 162 页。
③ 顾随：《说〈诗经〉》，载《顾随全集》卷五，第 16 页。

注意观察，而忽略了反省，近代文学应想出办法。"① 反省、批判，就是想办法的第一步。如果能够把理想、愿景也呈现于文学中，那便是更有力量的文学。

曾子"三省吾身"（《论语·学而》）是收，作反照；陶诗"采菊东篱下，悠然见南山"（《饮酒二十首》其五）亦是反照自我。然须能"自我扩大"，此非无自我的欣赏、观察、描写，而是扩张为"大我"。杜甫"花近高楼伤客心，万方多难此登临"（《登楼》），此伤感连他自己也在内，可不专是自己，所以为大我。是伤感，是悲哀，是有我，然不是小我，故谓之大我。

**解评：** 见上。

古有所谓"不得已"之说。"不得已"是内心的需要，如饥思食，如渴思饮。必须内心有所需求才能写出真的诗来，不论其形式是诗与否。

了解古人诗，最重要的是了解古人内心的需要。有的客观条件虽需要而非内心需要，所写亦不能为诗。诗人绝不写应景文字。

**解评：**"不得已"说最早出自班固《汉书·艺文志》：

鲁申公为《诗》训故，而齐辕固、燕韩生皆为之传。或取《春秋》，采杂说，咸非其本义。与不得已，鲁最为近之。三家皆列于学官。②

顾随说："班固所谓'本义'与'不得已'，即孟子所言'志'，余常

---

① 顾随：《说〈诗经〉》，载《顾随全集》卷五，第16页。
② （汉）班固：《汉书》卷三十，（唐）颜师古注，中华书局，2012，第1520页。

说之'诗心'。"① 所谓"诗心"就是发自内心的"不得已"的情思。"不得已"即不得不说，如骨鲠在喉，不吐不快。文学起源于人的表达欲望，此欲望是一种必须，如饥思食，如渴思饮。人不表达，会闷死。但人又常会言不由衷，生活中言不由衷的话语很多，但文学不允许言不由衷，文学必须出自内心真实的不得不说的表达需要。表达效果如何，是第二义，"不得已"是第一义。

所以，读诗时，必须努力去了解作者的表达需要——他（她）为什么要说这些？

"诗人绝不写应景文字"，但说实话，中国诗人中能免于应景者很少，李、杜、苏、陆都有不少应景文字（如酬答唱和之类）。早期的诗，应景文字少。顾随说："古代生活简单，不需要许多虚伪的应酬，所以人一说出就是那样。虽然简单，但是真实，故隽永，耐咀嚼。后来的诗人只渊明能少存此意。"②

诗里有"显说"、有"隐说"。如《诗·豳风·七月》首章：

> 七月流火，九月授衣。一之日觱发，二之日栗烈。无衣无褐，何以卒岁？三之日于耜，四之日举趾。同我妇子，馌彼南亩；田畯至喜。

前半言衣，是显说；后半言食，是隐说。在作者或原无意于显说、隐说，行乎其不得不行，止乎其不得不止。是"不得已"，且为发自内心，非自外来。在作者是行所不得不行，止所不得不止；在读者要行其所行，止其所止。

**解评**：此段见顾随讲《诗经》部分。这是《七月》的第一章。所谓"一之日""二之日""三之日""四之日"指周历一月、二月、三月、四

---

① 顾随：《说〈诗经〉》，载《顾随全集》卷五，第34页。
② 顾随：《说〈诗经〉》，载《顾随全集》卷五，第130页。

月。"鬖发""栗烈"都是形容寒风凛冽。先形容寒风之凛冽，然后就直说了：缺衣少穿，寒冷难耐！因此顾随说这是"显说"。"耜"是一种农具，"举趾"意谓下地耕田；"同我妇子，馌彼南亩；田畯至喜"：和妻子儿女一起劳动，管农事的田大夫也送来了酒。这几句讲的是种地之事。种地是为了吃食，但没直说吃食，而是描写种地，人物、动作、情绪都有了，这便是"隐说"。这章诗的内容，完全是按照生活过程如实记录的。先"显说"，后"隐说"，自然而然，作者没有想他何时"显说"、何时"隐说"，但我们阅读时可以分析出其艺术方法的变化。

顾随对《七月》评价很高，原因大约有四点。一、"惟有《七月》一类诗难写，没有一点儿幻想色彩，也没有一点儿传奇色彩，全是真实的，故难写成诗。"二、"《七月》又是'非个人'的。……近代作家提倡集团，但其作品仍是偏于个人而非集团性的。《七月》真是集团性的，不是写的一两个人，而是写豳地所有人民。《长恨歌》只是杨玉环，《琵琶行》只是商人妇；而《七月》是豳地所有人民，比前二者伟大。"三、"《七月》是平凡的。……平凡是难于写得伟大。"四、"《七月》又写出中国民族之乐天性。这是好是不好，很难说。……乐天是保守，不长进；而乐天自有其伟大在，不是说它消极保守，是说它的积极性，人必在自己职业中找到乐趣，才能做得好，有成就。《七月》写人民生活，不得不谓之勤劳，每年每月都有事，而他们总是高高兴兴的。这样的民族是有希望的，不会灭亡的。"①顾随讲这些话时，是抗日战争时期，令人动容。

作者的行止与天才、修养、情意有关。

一、天才。太白与老杜天才不同，李之不能为杜，亦犹杜之不能为李。佛说经常举狮象代表力，但狮是狮的力，象是象的力，不能说象强于狮或狮强于象。各有各的力量，亦犹人各有各的天才。

二、修养。天才是先天的，是基本；修养是后天的，是预备。

三、情意。此乃动机。

①　顾随：《说〈诗经〉》，载《顾随全集》卷五，第98~99页。

如伐树，一须有力——天才；二须有斧斤——修养、预备；然还须有情意。有此三者便是"不得已"。

然后读者更要看出其行、其止，何以显、何以隐……

**解评：**"行止"，这里当指一个诗人、作家的外在表现。顾随以为"作者的行止与天才、修养、情意有关"，这其实是对一切艺术创作的解说。

天才，即天赋。天赋不但是必需的，而且是前提。没有天赋，不是那块料，再用功也白搭。但每个作者的天赋又各自不同，如李、杜，"子美不能为太白之飘逸，太白不能为子美之沉郁"。艺术家的天才，先不论高低、大小，首先每个人的天赋的特性就不同，所谓气之所禀，"虽在父兄，不能以移子弟"。

修养。天才是先天的，修养是后天的，二者缺一不可。后天修养可补天赋不高者先天之不足，也可使天赋充足者得到更大的发展。天才是神秘的，没得说。而修养可以人为，极深、极复杂。

然而，天才加修养，并不能保证艺术的完全成功，因为还有"情意"，即动机。动机也甚重要，动机决定了天才发挥的方向，以及修养的境地。艺术应当是为真、美、善而作，有此情意，天才和修养才能得到最大发展。若自私自利、薄情寡义，则天才再高，或者用功至极，艺术境界也不可能高上。譬如宋徽宗赵佶，天才、艺术修养皆臻一流，然其书、画、诗皆无深厚韵味，即因他本身是个轻薄的人，"情意"不佳。

诗人对人生极富同情心，而另一方面又极冷酷、残忍，能言人之所不能言，欣赏人之所不敢欣赏，须于二者（同情心、冷酷）得一调和。极不能调和的东西得到调和，便是最大成功、最高艺术境界。后人作诗不是"杀人不死"，便是"一棍棒打死老虎"。后之诗人作品单调，便是不能于矛盾中得调和。

诗人应感觉锐敏，神经如琴弦，但应身体如钢铁，二者合起来，才是诗人的健康，缺一不可。前一条件不容易，而诗人凡成功者多能如此；而后者，则中国诗人多是病态的。由生理之不健康，影响到心理之不健康，此乃中国诗人最大毛病。

　　陶公心理健康，在这一点上老杜也不成。老杜就不免躁，躁是变态。

　　**解评**：诗人须对人生富于同情心，这是前提。没有同情心，什么都写不出来。但同时还要有"忍心"，能够观看并揭示黑暗、残酷、苦难、悲哀，不仅端出人生的真相，而且还要将其写成诗，这便是艺术——很难。曹操、陶渊明、杜甫便是在矛盾中能得到调和的诗人。木心有一俳句曰："一天比一天柔肠百转地冷酷起来。"经历过的冷酷越多，人对冷酷就越能正眼视之。要揭示残酷、黑暗、悲哀，就要兜底揭开，如"白骨露于野，千里无鸡鸣""亲戚或余悲，他人亦已歌"，否则就是"杀人不死"。文学最忌不痛不痒。但曹操吃苦归吃苦，照样"老骥伏枥，志在千里"；陶渊明看穿人生的可悲，仍旧"采菊东篱下，悠然见南山""纵浪大化中，不喜亦不惧"，没有彻底否定人生（一棍棒打死老虎）。

　　顾随说中国诗人多是病态的。身体不健康倒属次要，主要是心理不够强大，精神柔弱。看看那悲悲切切、哀哀怨怨的宋词，便可知晓。中国文人缺少挑战人生的精神。曹操有此意味。陶渊明尚不是挑战人生，他是超越之，仍是强者的姿态。杜甫就差一些，有忍辱负重精神，但时常仓皇不知所措。

　　文学要触到人生痛处、痒处，同时还要能以艺术眼光玩味、欣赏（反照）。

　　"文人相轻，自古而然。"（曹丕《典论·论文》）文人相轻，亦由自尊来；而以理智判断又不得不有所"怕"。欧阳修曰：东坡可畏，"三十年后，世上人更不道着我也！"（朱弁《曲洧旧闻》卷八）东坡又怕山谷（黄庭坚），盖山谷在诗的天才上不低于东坡，而功力过之，故东坡有效山谷体。而山谷又怕后山（陈师道），后山作品少，而在小范围中超过山谷，故山谷又曰："陈三真不可及。"（任渊《后山诗注》卷一）

　　**解评**："文人相轻"已成为中国成语。事实的确如此。文人的相轻大约由其自尊、自负来。但也不尽然，武人或其他职业之相轻者也比比皆是。而且，"文人相重"（互相倾慕、推尊）者也很多，如汉末士人对蔡邕的推崇，魏晋时期"竹林七贤"的友好，李、杜的情谊，韩、柳的交情，元、白之互敬，辛弃疾和陈亮的相互推许、长歌互答等。外国文学家也有很多"文人相重"者，如歌德与席勒、雨果与巴尔扎克、拜伦与雪莱、赫尔岑与屠格涅夫、魏尔伦和兰波等，都是相互推重的。

顾随讲的是另一种情形——文人之间的"怕"，即敬畏。通常是长者对晚辈的心理，所谓"后生可畏"，这是好事，说明"江山代有才人出"，长江后浪推前浪；说明长者、功成名就者能够慧眼识英。

# （二）

常言之动静、是非、善恶是相对的，而诗之最高境界是绝对的，真、美、善三位一体。

"雨中山果落，灯下草虫鸣"（王维《秋夜独坐》），是美是丑，是善是恶，很难说。

**解评：** "诗之最高境界是绝对的，真、美、善三位一体。"这是何种境界？顾随很敏锐。他举王维"雨中山果落，灯下草虫鸣"句为例，以为其中美丑、善恶，什么都不分明，又好像什么都有。这便是"绝对"，真假、美丑、善恶，浑融一片。文学最大的能事就是表现出世界的复杂性。复杂到极致，便超越了通常所谓真假、美丑、善恶，而进入什么都不是、什么都是的"绝对"境界，即佛家所谓"具足"。顾随说："王摩诘诗是蕴藉含蓄，什么也没说，可什么都说了。"①

我们无妨把"心"与"物"看为二，而须尊重物，尊重所写的对象。对物，要在物中看出其灵魂，"我见青山多妩媚，料青山、见我应如是。情与貌，略相似。"（辛稼轩《贺新郎》）陶渊明写鸟，并不是将鸟与自己看为二事，"是法平等，无有高下"（《金刚经》）。

**解评：** 文学在描写外物时，最好能做到"心物一如"，即心与物若有共

---

① 顾随：《王维诗品论》，载《顾随全集》卷五，第282页。

鸣。顾随说:"'心物一如'(《楞严经》),只陶渊明如此。"① 譬如陶渊明写鸟,"山气日夕佳,飞鸟相与还""众鸟欣有托,吾亦爱吾庐""日入群动息,归鸟趋林鸣"等,"并不是将鸟与自己看为二事",好像他就是鸟的代言人。心物一如,乃即心即物,即物即心。

虽然说"心物一如",但"心"与"物"终有分际。所以,顾随说:"我们无妨把'心'与'物'看为二,而须尊重物,尊重所写的对象。对物,要在物中看出其灵魂。"正如稼轩词所谓"我见青山多妩媚,料青山、见我应如是。情与貌,略相似"。即文学性的观察,不是纯客观的观察,而是带有精神性的。其例甚多,兹不赘举。

诗法之表现是人格之表现,人格之活跃。如"树树皆秋色,山山唯落晖"(王绩《野望》)数语,不要以为所表现的是心外之物,是心内,表现王无功之孤单寂寞。故曰"相顾无相识,长歌怀采薇",令人起共鸣。于此可悟"心外无物,物外无心"。即白乐天《琵琶行》之"转轴拨弦三两声,未成曲调先有情""东船西舫悄无言,唯见江心秋月白",亦是即心即物,即物即心。

**解评:**顾随说:"要在诗的字句上看出作者人格。"即文字是作者人格、精神、心理的表现。即使写物,好的诗句,也可见出作者人格、内心。顾随举王绩"树树皆秋色,山山唯落晖"句,这两句诗很隐约地包含着作者孤单寂寞的心情。诗中不见作者人格,是诗人的失败;诗如其人,张口见心,而我辈浑然不觉,此则是读者的失败。我们常说的陶渊明的平淡、李白的豪逸、杜甫的沉郁、李贺的怪诞等评语,都是其文学作风,也是其人格特征。

要在诗的字句上看出作者人格。老杜真要强,酸甜苦辣,亲口尝遍;困苦艰难,一力承当。

---

① 顾随:《杂谭诗人之修养》,载《顾随全集》卷六,第234页。

**解评**：见上。

Style，不但难翻，而且难讲。如曹、陶、杜之不同，即各人style（风格、风度）不同。

**解评**：美国文艺批评家苏珊·桑塔格说："谈论风格，是谈论艺术作品的整体性的一种方式。"① 风格，说到底是一种个性化的选择。怎样说、选择怎样的方式（结构、语言等），是选择；说什么、不说什么，当然也是选择。桑塔格说："对艺术作品来说，去拥有'内容'，本身就是一种非常特别的风格惯例。"② 人的意识与行为，从最细微的差异角度看，之所以没有绝对的重复，皆是选择之不同使然。如有人拿筷子高，有人拿筷子低；同样一句话，从不同的人口中说出，快慢高低皆有不同；描述同一事情，不同的人描述绝不一样；等等。说到底，差异就是风格。风格，就是与众不同之处——它也包括自我的变异。

风格是属于特定时间、特定空间的状态。在特定时空中选择的差异是不可穷尽的。当然，无限细微地区别下去，"风格"就不复存在了——风格毕竟不同于差异，风格既是差异，也是惯性——惯性既可以是传统的，也可以是个人的，而差异和惯性都是选择。木心说："敏于受影响，烈于展个性。"

顾随这里所说style乃合文与人之整体而言。顾随说："凡作品包括：一情感，二思想，三精神。前二者打成一片，而在诗中表现出来的作风即作者之精神。情感加思想等于作风，而作者精神从作风中表现出来。"③ 曹、陶、杜的作风是什么呢？顾随说："曹、英雄中的诗人；杜，诗人中的英雄；陶，诗人中的哲人。"④ 又说：

曹、陶、杜三人中，老杜生活最苦，他并不甚倔，常受人帮忙。人不能与社会绝缘，所以老杜有时也和无聊人在一起。而渊明没有，

---

① 〔美〕苏珊·桑塔格：《反对阐释》，程巍译，上海译文出版社，2003，第20页。

② 〔美〕苏珊·桑塔格：《反对阐释》，第24页。

③ 顾随：《魏武与陈王·力与美》，载《顾随全集》卷五，第186页。

④ 顾随：《说陶诗》，载《顾随全集》卷五，第199页。

因为他还有几亩地。然而也还是不行——还乞食。我们再看看老曹，没人帮他忙，只有自己干。天助自助者，非常时代造就出此非常人。生于乱世，只有自己挣扎。弄好，成功了；弄不好，完了。所以三人中最寂寞者仍为孟德。其思想、行为不易为人所了解、同情，其艰难也无人可代为解决。①

印象派与写实不同，印象派虽也有描写对象，但对对象的处理方法不同。写实，客观，太尊重对象，有时抹杀自己。印象派对物象之处理以自己做主。中国画家多是印象，不是如实的写实。

**解评**：中国画偏于写意，即画作者的印象。所谓"印象"，即主观化的客观物象，尤重物象之神。那么中国诗呢？有偏于主观者、有偏于客观者。究其根本，艺术既不能脱离客观，也不能脱离主观，而是主、客观的合一。但问题是，于诗而言，印象重要，还是写实重要？顾随认为：

> 若夫诗人作诗，则余以为完全是写他的内心，哪怕是写外物，也并不像寻常之写生画似的，支了画板，手执画刷，抬头先看一眼自己所要画的事物，于是低头着笔刷一下颜色。在这里应该用陆士衡《文赋》中的话——"收视反听"，曰"收"，曰"反"，则此视、听自然不是向外，而是向内了。若以此理推之，则老杜之赋鹰、赋马，简直就不是活的外界的鹰和马，而是内心的一种东西。说是印象有时也还不成，所以者何？印象也只是一种静止的观念，而并非诗的动机（motive）耳。故大谢山水诗并不妙，即因其诗中有画。
>
> 心活，才能写出活的诗。②

在主观、客观之间，艺术更偏于主观。顾随这里还说到"诗中有画"的局限性，值得我们警醒——论者盛谈所谓"诗中有画，画中有诗"，而往往被其误导。画中必须有诗，诗即诗意，或者意味，即活的精神性的东西。

---

① 顾随：《说陶诗》，载《顾随全集》卷五，第187页。
② 顾随：《杂谭诗人之修养》，载《顾随全集》卷六，第226页。

但"诗中有画"其实只是诗的一般标准而已。

诗之美是最大真实，而虚无缥缈、不可捉摸，可意会不可言传。

**解评**：诗与真的关系，太复杂，前文已经论及。顾随肯定诗中有最大真实。此真实非科学的真实，而是心理的真实。当然从哲学上追究，心理的真实也值得怀疑。世间无绝对的真实、真理。木心有句话可与顾随此言相印证，他说：

> 艺术家不反映"现实"。现实并不"现实"，在艺术中才能成为现实。现实是不可知的，在艺术中的现实，才可知。①

艺术的本质是真实的，但表象是美的。不真实，不是艺术；不美，也非艺术。艺术有虚无缥缈，不可捉摸之概。西方艺术有所谓"魔幻现实主义"——魔幻即现实，现实即魔幻。"魔幻"一词似不及"虚无缥缈""不可捉摸"形容得好。

中国诗太优美，太软性，缺乏壮美。

**解评**：不只文学，整个中国文化与西方相比，偏于阴柔。文学、绘画、音乐、建筑、雕刻，甚至哲学（如儒家与道家，及阴阳家）都可见之。木心说："中国文化是阴性的，以阴柔达到阳刚——西方是直截了当的阳刚（耶和华、丘比特、宙斯，是西方至高的神，中国人的始祖和保护神，则是女娲、王母娘娘、妈祖、观世音菩萨）。"② 除文学外，最典型的是音乐。听听中国的琴、箫之类，再听听西方的交响乐，优美阴柔与壮美雄强的反差异常强烈。儒家主张用所谓道德来治人，也是阴性的，西方则是法治，是阳刚的。

---

① 木心讲述，陈丹青笔录《文学回忆录》下册，第566页。
② 木心讲述，陈丹青笔录《文学回忆录》上册，第163页。

中国诗写恨（hate）少。诗中的恨只是悲哀。吾所言之恨是憎恶。由憎恶而生有二：一种消极的，是诅咒；一种积极的，是改革。凡改革皆对旧有憎恶。

**解评：**木心说："文学背后，有两个基因：爱和恨。"① 他有俳句云："我像寻索仇人一样地寻找我的友人"——这便是人的情感的复杂性，爱和恨具有同样的真实性和深度。诗可以怨。怨恨是很难避免的，除非是宗教的博爱境界。

《诗经》中尚有写恨的，如《硕鼠》，是诅咒。再如《巷伯》第六章：

> 彼谮人者，谁适与谋。取彼谮人，投畀豺虎。豺虎不食，投畀有北。有北不受，投畀有昊。

这也是诅咒。诅咒不如愤恨。《诗经》中有恨。我推想，民间本有许多表达"恨"的作品，可经过王官的采诗，以及诗的被删之后（"孔子删诗"说不可靠），大量"恨诗"被删汰了。屈原《离骚》中有对小人的恨。司马迁《报任安书》中也有恨，化而为发愤著述，是积极的。太史公外孙杨恽的《与孙会宗书》中也有恨。强烈的爱、恨，都是有力的。风气的转移，大约在汉以后。顾随说："中国文学经过六朝太柔美了，缺乏壮美。"② 中国的民族性缺少恨、愤怒，大约主要由儒家文化所致。儒家主张温、良、恭、俭、让。此外，道家、佛教都教人消解愤怒。顾随说："中国古圣先贤温柔敦厚的诗教、老庄哲学、印度哲学，都教我们逆来顺受。当然，'诗三百篇'的时代尚无老庄哲学、印度哲学，但诗教已是温柔敦厚，故中国诗文中无'恨'，只是'怨'。"③ 又说："恨较怨更进一步，最积极。恨，报复。《旧约全书》所谓'以牙还牙，以眼还眼'，即报复。'恨小非君子，无毒不丈夫'（《水浒传》），与西洋的报复同。在西洋可以看出复仇的文学来，中国不然。在中国通俗小说中尚可见报复之事，但一到知识阶层成为士大夫，

---

① 木心讲述，陈丹青笔录《文学回忆录》下册，第 1072 页。
② 顾随：《说〈诗经〉》，载《顾随全集》卷五，第 163 页。
③ 顾随：《说〈诗经〉》，载《顾随全集》卷五，第 138 页。

就'量小非君子'了。……太史公颇有恨意。"①

　　西方文学写"恨"多，如大仲马的小说《基督山伯爵》。诗歌如雪莱的《恨歌》《致大法官》《给一位批评家》等，都是直抒其恨。《致大法官》中有句云：

　　　　我诅咒你，凭着横遭蹂躏的慈父之心，
　　　　凭着长久怀抱、最近才失却的希望，
　　　　凭着你永远也不可能体验的高尚柔情，
　　　　凭着你铁石心肠从未感受过的忧伤。

　　后面是连续十几句"凭着——"的排比句，把对大法官艾尔登的愤恨表达得痛快淋漓。中国诗人很少这样怒不可遏地表达愤恨。中国文学中所谓"恨"，多是惆怅、悲哀的意思，最典型的是江淹的《恨赋》。白居易《长恨歌》之"恨"，说是"遗憾"，都不足以尽之——"天长地久有时尽，此恨绵绵无绝期"之"恨"，已几乎是"爱"的意思了。

　　法国作家左拉有篇散文 Mes Haines②，张秋红翻译为《恨赋》。此文所谓"恨"，即"憎恨"，与江淹《恨赋》形成有趣对比。

　　中国虽有"诗可以怨"之说，但要"怨而不怒"，而且统治者连"怨"都是不喜欢的。清代的"南山案"等文字狱就是证明。故古代"憎恨文学"的不发达，还有一个硬性的原因是政治——高度专制的政治以及舆论环境，使得文人无法"泄愤"，久而久之，就"顾左右而言他"了。"哀而不怨"也是一种阴柔的文化。

　　然憎恨情绪不易成为艺术，因其缺少美感。所以，憎恨之于文学，要恰到好处。

----

① 顾随：《说〈诗经〉》，载《顾随全集》卷五，第139~140页。
② 写于1866年。译自左拉《文学艺术杂谈》，《世界文学》2003年第5期，第44~51页。

# （三）

屈原被放，就世俗看是不幸的。但就超世俗看来，未始不是幸，否则没有《离骚》。再如老杜，值天宝之乱，困厄流离；老杜若非此乱，或无今日之伟大亦未可知。在生活上固是不幸，但在诗上说未始不是幸。（但若条件够了，自己没本领，有材料不会作，也没办法。）

**解评**：国家的灾难、个人生活的不幸，让文人遭遇了巨大的痛苦。假如其精神不倒的话，他们会因这痛苦而获得更深刻、更博大的心灵境界，从而使其艺术抵于更为成熟的境地。古今中外，其例甚多——此即清代赵翼所谓"国家不幸诗家幸，赋到沧桑句便工"（《题元遗山诗》）。

有一个故事，有人问海明威："成为一个作家最重要的是什么？"海明威说："不幸的童年。"这和"国家不幸诗家幸"是不同的角度，但都归因于"不幸"，而不是金光大道艳阳天式的生活经历。与屈原相似的是但丁。但丁假如没有经历政治失败、被流放，或许不会写出《神曲》。杜甫倘不曾身经离乱，能否有后来的诗歌成就，亦未可知，因为他在安史乱前尚未写出伟大作品。李煜如不亡国，大概不会唱出《浪淘沙》（往事只堪哀）、《虞美人》（春花秋月何时了）、《破阵子》（四十年来家国）那样深沉宏阔的词。张岱若未遇明亡，恐不会有《陶庵梦忆》《西湖梦寻》那样寄沉痛于悠闲的文章。"穷而后工"，"艺术是苦闷的象征"，对于文学家来说，在相当程度上的确是真理。"穷""苦闷"既是创作动力，也是创作素材。当然，无论是时代灾难，抑或个人困苦，经历不凡者多矣，能将痛苦经历转化为艺术者却是少数——因为这需要才能。伟大的文学需要伟大的痛苦（非平庸的痛苦），也需要伟大的才华。

曹孟德的诗在"三百篇"以后，异军突起，曹孟德的诗乃出于"变雅"。其《步出夏门行》：

> 东临碣石，以观沧海。
> 水何澹澹，山岛竦峙。
> 树木丛生，百草丰茂。
> 秋风萧瑟，洪波涌起。
> 日月之行，若出其中。
> 星汉灿烂，若出其里。
> 幸甚至哉，歌以咏志。

写荒凉易归于衰飒，写荒凉而能有力且表现出壮美者，唯有孟德。杜工部有一部分是得力于孟德诗，如：

> 浮云连阵没，秋草遍山长。
> 闻说真龙种，仍残老骕骦。
> 哀鸣思战斗，迥立向苍苍。（《秦州杂诗二十首》其五）

黄季刚先生说，后来人修辞能力高于前人，但未必佳于前人。"三百篇"共同色彩是笃厚，孟德是峭厉，"向上一路，千圣不传"（圆悟克勤禅师语）。

**解评**：《诗大序》："至于王道衰，礼义废，政教失，国异政，家殊俗，而变风变雅作矣。"《诗·小大雅谱》："《大雅·民劳》、《小雅·六月》之后，皆谓之变雅。"孔颖达疏："《民劳》、《六月》之后，其诗皆王道衰乃作，非制礼所用，故谓之变雅也。"可见，"变雅"是衰世、乱世的作品，但不是出自民间，故谓之"雅"。"变雅"与"正雅"相对而言，正雅是盛世的礼乐。曹操的四言诗，写乱世之政、王者心声，故可归于"变雅"。

说"曹孟德的诗在'三百篇'以后，异军突起"，此乃就四言诗而言。这要放在四言诗的历史背景中看。四言诗是中国最早的主流诗体，在《诗经》中达到极高成就。战国之后，辞赋渐兴，四言衰替。钟嵘说："自王扬枚马之徒，词赋竞爽，而吟咏靡闻。"（《诗品》）汉朝数百年，古老的四言诗失去了灵光，五言诗很迟钝地产生了，却未能放射诗的光华。因此，所谓曹孟德的异军突起，不仅是在四言诗系统内的突起，也是整个中国诗史自诗、骚之后产生的一个强大的诗人，曹孟德诗属于"三百篇"的谱系。

顾随举《步出夏门行》"东临碣石"篇，以为"写荒凉而能有力且表现出壮美者，唯有孟德"。荒凉、萧瑟、苦寒、艰苦，《苦寒行》写寒冷，《步出夏门行》第二首、第三首写"孟冬十月""河朔隆冬"的寒冷、"舟船行难，锥不入地"的逆旅之难，可是一切艰难困苦都无法阻止前进的脚步——"水竭不流，冰坚可蹈"，并且最后一再唱出"幸甚至哉，歌以咏志"。这不是乐观主义，这是硬汉精神，是勇猛的英雄气。曹操留下来的四言诗，其实只有几首，但其境界、格调，其荒凉壮美之概，连《诗经》中都没有。究其根源，在于曹孟德诗所表现的是一个乱世枭雄、治世能臣的英雄王者的精神气度。其在诗史上的"异军突起"，不在文字修养，而在于文字背后的壁立千仞的人格气度。

顾随所举老杜"浮云连阵没，秋草遍山长。闻说真龙种，仍残老骕骦。哀鸣思战斗，迥立向苍苍"确有孟德之风，并且看得出——杜甫的修辞更工致。杜甫的修辞功夫当然高于孟德，然孟德本无意于修辞，他是直抒胸臆，聊以咏怀，诗于他，只是余事。就诗的气度格局论，杜甫恐怕不及曹操。艺术的能事，归根结底还是人的能事。顾随对曹孟德诗的评价，乃着眼于其精神气象，故而他说——"三百篇"共同色彩是笃厚，孟德是峭厉，"向上一路，千圣不传"。所谓"峭厉"，是一种向上超拔、严峻有力的风格。借用禅宗说法，可谓之"向上一路"。"向上一路"原指不可思议的彻悟境界，顾随这里意指不断向上——此"上"非寻常之上，乃异乎寻常的远大之境。证之诗句，如"老骥伏枥，志在千里；烈士暮年，壮心不已""山不厌高，水不厌深，周公吐哺，天下归心"，岂不令人志存高远、精神振作耶？所谓"千圣不传"，意谓彻悟境界只能自证，而无法靠圣人、上师的传授或指点证得。曹公的"峭厉"，无法由文字的模仿而得，因其乃浩大强韧的禀性，及出生入死的战斗生活所致。其文字的"峭厉"比之其内心状态，已隐去不少锋利。曹操是奇才、强人。是故，曹孟德四言诗的成功，实为偶然现象。建安时代，俊才如云，四言诗并未在其他诗人手中放出异彩，包括曹操的儿子曹丕、曹植。天生之"气"，"虽在父兄，不能以移子弟"也。

陶公，乐天知命。乐天知命固是消极，然能如此必须健康，无论心理、生理。若有一点不健康，便不能乐天知命。乐天知命不但要一点儿功夫，且要一点儿力量。

陶公曰："审容膝之易安。"（《归去来兮辞》）陶公实际积极进取，唯在享受上只"容膝"而已。

**解评**：陶公的"乐天知命"，怎么讲？"天""命"，就是自然而然、无法抗拒的东西。顾随欣赏儒家所谓"天"这一说法，并引《孟子·万章上》"莫之为而为者，天也"来说明"天"。① 他说：

中国说"乐天知命"（《易传·系辞》），这是好的，这便是有所不为然后可以有为。现在国家破碎，该做的太多了，但能都做吗？最好抓住一样，这就行了，便是所谓不含糊的人。陶渊明想做县官就做，不想做就去，这便是陶公之伟大处，便是他不含糊之处。②

所以，陶公的"乐天知命"就是"能把不得不然看成自然而然"③，"有所不为然后可以有为"。渊明的"为""积极"是什么呢？首先，把自己安顿下来，自己养活自己；其次，进德修业，让自己在可能的限度内向理想境界发展。

那么，什么是健康呢？就心理而言，人多是不健康的。心理健康，大约就是佛家所谓"去昏散病，绝断常坑"，即精神集中，持之以恒。

① 顾随：《说陶诗》，载《顾随全集》卷五，第199页。
② 顾随：《说陶诗》，载《顾随全集》卷五，第199~200页。
③ 顾随：《说陶诗》，载《顾随全集》卷五，第228页。

男女在意义上、人格上、地位上是平等的，但各有长短。如老杜与李白之各有长短。虽然女人也有男性化的，男人也有女性化的。纤细中要有宏大，宏大中要有纤细；纷乱中要有清楚，清楚中要有模糊。女性纤细，不害其伟大，其纤细处男性绝到不了。莎氏作品便尽粗，如中国老杜。

人各有长短，不以是分优劣。

解评：太粗不好，太细也不好；太刚不好，太柔亦不佳——所以"纤细中要有宏大，宏大中要有纤细；纷乱中要有清楚，清楚中要有模糊"。盖因刚、柔、粗、细，无论对于人还是艺术，各有其必要性，各有其美感。莎士比亚的作品粗，粗是大处着眼，大处着笔，一片一片地像海浪一样冲击人心，而不是涓涓滴滴地渗透。木心认为陀思妥耶夫斯基那样的"粗"伟大，可是他本人一下笔，就精细——这就是天性，摆脱不掉（但木心有刚峻，也有宏大）。当代中国诗人中，昌耀堪称大诗人，他有一个其他诗人罕有的优点，即粗犷宏大。"粗"不是粗浅、粗疏，粗意味着大气磅礴，至少是不碎屑。我看古今文人，为细易，而为粗难。

最高的境界，是刚柔并济，疏密相间，雌雄同体，致广大而尽精微。

李端有《拜新月》诗：

> 开帘见新月，即便下阶拜。
> 细语人不闻，北风吹裙带。

诗不见佳，但意境好。拜月真是美事，女儿拜月真是美的修养。每夜拜月，眼见其日渐圆满，心中将是何种感情？但李端"开帘见新月，即便下阶拜"，写得像李逵，真写坏了。"细语"句尚可，"北风吹裙带"，绝不可用"北风"。

解评：李端是"大历十才子"之一，据说他才思很敏捷，但总体成就不高。

前两句，"开帘见新月，即便下阶拜"，顾随说"写得像李逵，真写坏了"，顾先生幽默。为何？因为拜月当有一份郑重和优雅，而不当如此鲁莽。"细语人不闻"，是说女子悄声说着怕人听见的话——什么话呢？这便有了情趣和可爱。末句"北风吹裙带"，女子的裙带是柔美的，而"北风"是刚烈之风，"北风吹"和"裙带"不搭。白居易《长恨歌》写杨太真"风吹仙袂飘飘举，犹似霓裳羽衣舞"，读来便有柔美飘逸之感。诗中"北风"，绝不是柔美之境，如曹操"树木何萧瑟，北风声正悲"（《苦寒行》）、高适"千里黄云白日曛，北风吹雁雪纷纷"（《别董大》）、刘基"城外萧萧北风起，城上健儿吹落耳"（《北风行》），北风所营造的是萧瑟刚烈之境。我想，李端不是不懂，而是粗心了。写作，要胆大心细。

崇拜月亮是全人类的文化现象，其起源甚早。汉族的拜月习俗由祭月而来，后来成为中秋节的固定习俗之一，拜月者，男女老少皆可。女子拜月，更平添一份柔美。李端《新拜月》写女子拜月，此情此景，本就动人。顾随看拜月，主要从审美角度着眼——"拜月真是美事，女儿拜月真是美的修养。每夜拜月，眼见其日渐圆满，心中将是何种感情？"面对圆满皎洁之月，心中有几许温暖和期盼，动人的是这情愫之美，正如同七夕节妇女乞巧时的情感之美一样。远古以来，人类就赋予了月亮许多意味，但我总觉得月亮最无与伦比的感觉，就是美。早期人类月亮崇拜中包含的女性生殖崇拜意味，后来不复存在，而月亮崇拜不曾衰歇，那维系人类对月亮的崇拜、喜爱之情的，就是它的美感。如果要将月亮神化，那么月亮就是美神。

易安词不甚佳，但有时她所写的，男人绝写不出来。

> 海燕未来人斗草，江梅已过柳生绵。黄昏疏雨湿秋千。（《浣溪沙》）

真调和，真美，尤其后一句"黄昏疏雨湿秋千"，不是女孩子不会感到这些。无论从修辞上、从女性美上说，都较前一首李端诗为高。

解评：顾随对易安词评价不高，我也一样。中国古代女性没有大作家，李清照已算是最高的了。然而易安词格局不大、深度不够。此点，对照珠玉词、六一词、东坡词、稼轩词等，便可知晓。其实易安的精神格局比她的词所展示的要大，但她格于所谓严格的"词律"观念，未能使其词扩大气象，舒展其才调。词是相当女性化的文学，李清照的优势是她时常可以写出男性作家道不出的女性的独特感受，除顾随所举"黄昏疏雨湿秋千"外，再如《如梦令》（常记溪亭日暮）写少女之欢欣情趣、《一剪梅》（红藕香残玉簟秋）写少妇之闺怨、《声声慢》（寻寻觅觅）和《永遇乐》（落日熔金）写饱经沧桑的妇女的国仇家恨，其中皆有一种敏慧的女性所独有的体验。男性词人以词写女性是"代言体"，非极深情、极敏感者不能为；而女性词人写女子，则是"直诉衷肠"。不过，我一直感到惊异的是，中国男性词人在词中对女性情态、心理的描写能够那么体贴入微，情致深刻。

# （四）

治文学亦须有科学脑筋，字字如铁板钉钉，句句如生铁制成，丝毫不可放松。

**解评：**顾随这里所说"治文学"指的是研究文学。文学是艺术，非科学。但文学作品中包含着很精确的东西，如字词的意思、语言的逻辑、思想的理路、结构的安排等，都有严谨性在内。好的文学，并不是天马行空、完全随意的，而是自由与严谨的结合。顾随说："文学与科学不同，但其章次步骤的分明是与科学相同。在层次分明、步骤严谨处上看，这不是软性的，一点儿糊涂不得。"① 创作要有准确性，杜甫云"文章千古事，得失寸心知"，"寸心知"即写时要心细如发。研究文学更需严谨性，即科学脑筋，对每一个字的意思、得失都不放松。除了解读字面意思，还须了解其内涵，其中涉及或显或隐的广泛的知识、文化，都需要研究者挖掘出来，此种工作含有相当的科学性。当然，也不完全是科学性，它也需要艺术感受力。

中国的文学"研究"，历来偏于艺术鉴赏。至清代乾嘉学派，对音韵、文字、训诂、典章、故实、文献的所谓"考证"渗入一切学术领域，文学研究的"科学性"大增，但其总体成就并不高，因为文学当中可以考证的东西只是其基础层面，而非高深层面。考证的精良，并不能提升艺术判断和思想分析的水平。现代以后，所谓"科学的学术方法"融合乾嘉考证传统，使得所谓"考证"方法继续在文学、史学等领域大行其道，俨然主流。审美与思想在文学研究领域的成就，却不尽如人意。

若是文学只是在床上架床，一点新的装不进去，那么文学只

---

① 顾随：《说〈诗经〉》，载《顾随全集》卷五，第114页。

有退步、没有进步了。

**解评：**文学的历史不是进化的历史，而是演变的历史。变是必须的。古典文学也是一部不断演变的历史。凡有新变，皆有发展，如诗、骚变为五言诗、七言诗，诗变为词，词变为曲，皆有进步。但至完全成熟，便往往出现床上架床的局面，如诗、文至明代以后，便无多进步了、衰朽了，因为没多少新东西了。及至白话文学出现，文学天地装进了很多新东西，文学便又向前发展，直到今日。问题是：许多人创作文学，并不知道自己是在床上架床。明代前后七子所谓"文必秦汉，诗必盛唐"不就是床上架床吗？清代桐城派、文选派文章亦然。床上架床，不但不能超越前辈，而且摇摇欲坠。

作诗要能支配诗之声音，由声音可表现气象。一、心中有此感；二、以音节表现之；三、气象。感觉不足，所成音节不对，气象也不是了。

**解评：**例如李白"登高壮观天地间，大江茫茫去不还"（《庐山谣寄卢侍御虚舟》），"登高""观"几字声音都很硬；"壮"音节有力；"茫茫"，音节暗示出一种阔大之感；"大江"，若换为"长江"，气象就差了；"壮观"若换为"远观"，气象则不雄。这些字的声音与意思共同形成了一种伟大的气象。汉字的好处是：形、义、音都有表达功能。字母语言的声音表达功能更强，汉字的声音表达功能是与字形、字义相配合的。

我国近代与翻译界甚有关者，鲁迅与严复。严复说译当"信、达、雅"。其实岂但译文，创作亦当如此。

信，便是自己不欺骗别人。

达，创作总是希望人懂，没有一个伟大作品是不"达"的。虽然《毛诗》现在需要训诂，此乃时代关系，实即当时方言。

雅，对俗而言。余不喜说雅，盖俗人把"雅"字用坏了。其实雅是好的。中国字方块单音，合二字为一词——好。雅，或曰雅正。正，不邪，"诗三百，一言以蔽之，曰：思无邪"（《论语·为政》）。无邪，即"诚"之意。又，雅或曰雅洁，就正而言是诚，就洁而言是简当。

不仅翻译、创作，讲书亦然。要信、达、雅。

**解评：**"我国近代与翻译界甚有关者，鲁迅与严复"，这是大判断。严复是近代中国翻译界第一功臣。顾随这里漏掉一个人，即林纾。文学界翻译第一人是林纾，鲁迅是后来者。鲁迅的翻译造诣未必很高，但他对翻译的极度重视以及用力之多，贡献颇著。

严复所谓"信、达、雅"很有名，这三个字是严复说的，但作为翻译观念，其实是严复对英国人泰特勒（A. F. Tytler）在《论翻译的原则》（*Essay on the Principles of Translation*）中提出的三大原则的提炼。这三大原则是：一、须将原作中的观念完整译出；二、译文的风格须与原作一致；三、译文须与原文同样的流畅。[1] 这已成为翻译理论的经典。而顾随又将"信、达、雅"三种概念引申到了创作，进而引申到了讲书（教学）。

"信，便是自己不欺骗别人。"创作也罢，讲书也罢，皆须从"诚"之一念出发。不诚无物。

"达，创作总是希望人懂。没有一个伟大作品是不'达'的。"自动机讲，所有的作品、作者都希望有人懂。所有作家都希望有人理解、欣赏其作品，哪怕除自己外，只有一个人懂。即便是被称为"天书"的，如《尤利西斯》，乔伊斯也一定希望人懂。鲁迅说："伟大也要有人懂。"诚然，越伟大，知音越少。但除作者外，倘没有一个人理解，那一定是不伟大。越是伟大的思想、艺术，其触动人心的力量越大，只不过伟大需要在更大的时空中存在。也有只写给自己的，自我欣赏，无求于外，那是极端情况。

雅，就翻译言，指不仅译得准确，而且译得有文采，有艺术性。创作也是如此：从真心出发，让人懂，且写得好，心思纯正，语言优美，这便是雅了。

---

① 转引自余英时《严复与古典文化》一文，载氏著《现代危机与思想人物》，生活·读书·新知三联书店，2005，第120~121页。

天下没有写不成诗的，只在一"出"一"入"。看你能出不能，能入不能。不入，写不深刻；不出，写不出来。

解评："天下没有写不成诗的"，这是就文学的表达能力而言。从前人见过、感受过，却没有写出的，后人写出了、写好了，不就说明写作题材可以无限地开拓吗？不过，这是从推理上说，而且是全称判断。问题是，语言真的能表达出一切吗？（言能否尽意？）中、西方的哲学家对此都明确地怀疑过。然而，很多文学家都认为，世间万象皆可以文学表现之。哲学家有哲学家的道理，文学家有文学家的道理。文学家所谓表达是相对的，哲学家是就"言"与"意"的绝对意义而言的。

王国维《人间词话》云："诗人对宇宙人生，须入乎其内，又须出乎其外。入乎其内，故能写之。出乎其外，故能观之。"顾随所讲"入"和"出"与王国维所讲同义。就文学而言，没有写不成诗的，只要能入乎其内，并出乎其外。

写长篇要波澜起伏，如老杜之五七言古，他人长篇多平铺直叙。然波澜越多，越难收煞。结本来是收，而善结者收处有放。

解评：任何长篇的艺术作品，诗、文、小说、音乐、电视剧等，都须波澜起伏。因为长篇作品需要有持续的吸引力，而任何单个的精彩段落都无法提供长久的刺激，必得有起有落，起了落，落了再起，再落，再起……这就如同水之"波澜起伏"。古诗中长篇作得最好的是杜甫，其五古如《北征》《自京赴奉先县咏怀五百字》《述怀》，七古如《醉时歌》《哀江头》，皆能波澜层叠、起伏跌宕、开合变化。而长篇结尾难在收束，即全篇之力贯注到了结尾，结尾要撑得住，如同骏马奔驰，渐勒其缰，忽然立定。不过，"善结者收处有放"，如杜甫《赠卫八处士》写与卫八处士久别重逢的惊喜，喋喋不休，情不能已，至结尾则曰"明日隔山岳，世事两茫茫"，点出了明日的离别，亦即总结了今日的相聚，然而又展现了不舍之意、忧患之情，这是从相聚中生发出的新的东西，这便是"收处有放"，所谓"宕开一笔"是也。如此，诗文才能在结束时留下余味、远意。

　　文字笔墨所能表现是有限的。故诗最怕意尽于言，没有余味。

　　修辞，避复。用笔如用兵，虚者实之，实者虚之。然诸葛亮遇曹操则实者实之，虚者虚之。胜者所用，即败者之兵。用兵无死法，行文亦然。修辞避复，有时故意"犯"。

**解评：**"文字笔墨所能表现是有限的。故诗最怕意尽于言，没有余味。"中国古语云："言有尽而意无穷。"顾随说当为"言有尽而韵无穷"——这样说更准确些，因为"意"清晰，而"韵"模糊，相对而言，"韵"更无穷。文学就是在"言有尽而韵无穷"的悖论中存在的。用西方语言学术语说，此即所指和能指的矛盾、张力。

　　修辞中的重复，一般来说是不好的，重复会显得不利索、不新鲜。但也不一定，有时词语甚至句子的重复，反而会增强表达效果，最典型的就是《诗经》中的重章叠唱手法。即使不用重章叠唱，字、词的重复，倘若使用得当，也会收得奇效，如张若虚《春江花月夜》开首"春江潮水连海平，海上明月共潮生。滟滟随波千万里，何处春江无月明？"四句中"春江""潮""明月"都出现了两次，但读来并不觉拖沓，反而觉得流转自然。后面"江畔何人初见月，江月何年初照人？人生代代无穷已，江月年年只相似。"四句中"江月""人"各出现了两次，也不觉得乱。再如李白"两人对酌山花开，一杯一杯复一杯"（《山中与幽人对酌》），一句七言中"一杯"共用了三次，然而这三次"一杯"自有其妙用，甚至似乎非如此不能表现饮酒的情态，真是恰到好处。这便是故意"犯"修辞避复的规则，结果却是好的。所以，文无定法，如用兵然。

# （五）

丈夫自有冲天志，不向如来行处行。（真净克文禅师语）

平常弟子学先生，像已难，能得师一长者，即受用不尽。颜回，孔门高第，亦不过"亦步亦趋"（《庄子·田子方》）。禅宗讲究超宗越祖，禅宗大师常说："见与师齐，减师半德"，成就较师小一半；"见过于师，方堪传授"（百丈怀海禅师语）。故禅宗横行一世，气焰万丈，上至帝王，下至妇孺，皆尊信之。

天地间无守成之事，学如逆水行舟，不进则退。

**解评**：讲为学之理，亦即修行之理、创造之理。顾随的一大本领是：他常拿禅道讲为文、为学，乃至修行之理。如他常引用的"丈夫自有冲天志，不向如来行处行"，及"见过于师，方堪传授；见与师齐，减师半德"两句话，即主张人要有禅宗那种不惧权威、勇猛创造的精神。顾随在其谈禅著作《揣龠录》中对此义可谓三复斯言，阐之甚切。试看此段：

禅者何？创造是。禅者何？象征是。何以谓之创造？试看作家为人，纵然千言万语，比及要紧关头，无一个不是戛然而止，一任学人自己疑去悟去，死去活去。"恁么也不得，不恁么也不得，恁么不恁么总不得"，无论已；甚者要"驱耕夫之牛，夺饥人之食"，诸如此类，更仆难数，罄竹难书。其意只要学人自己创造去也。其在学人，既不许稗贩师说，又不许向句下死去。甚者昨夕所说方蒙印可，今晨重述又遭痛棒。大师爱说："见过于师，方堪传授；见与师齐，减师半德。"初学发心更须具有"丈夫自有冲天志，不向如来行处行"底意态。无非要作一个上下古今不可无一，不可有二底人物。遮不可无一，不可有二，岂不是又要学人创造去，不许有丝毫因袭模仿去？此则创造之说。①

顾随又引禅宗两个譬喻——"兔出草中""鱼透网外"，以示此道。人必有此种廓然自信、超宗越祖、直趋无上、倜傥分明的精神，才能创造、进步。即便师者是位大师，弟子若只亦步亦趋，终不能成就自己，世界也不能进步。随举一例：晚清梁启超如果对其师康有为的思想、作为没有怀疑，没有叛逆，他就不会有立宪革命的思想，不会有"新民说"，不会成为风靡一世的舆论巨子、学术大师；而梁启超的思想，弟子后辈照样可以怀疑，可以超越他。五四以后之所谓大师，如胡适、鲁迅、赵元任、梁漱溟、熊十力、马一浮，乃至顾随诸贤，我们也不必唯唯诺诺，不敢道一个"不"字。我们照样应该，而且可以见出他们的短处、局限——如此，一代代人才能在历史上立足，文化才能进展。换言之，即顾随所谓"天地间无守成之事，学如逆水行舟，不进则退"。

① 顾随：《揣龠录》，载《顾随全集》卷三，第 429 页。

# 参考文献

## 古籍

（汉）班固著，（唐）颜师古注《汉书》，中华书局，2012。

（三国·魏）曹操：《曹操集》，中华书局，2009。

（南朝·梁）萧统选，（唐）李善注《文选》，上海古籍出版社，1986。

（唐）李肇等撰《唐国史补 因话录》，上海古籍出版社，1979。

（宋）胡仔：《苕溪渔隐丛话》，人民文学出版社，1962。

（宋）惠洪、（宋）朱弁、（宋）吴沆：《冷斋夜话·风月堂诗话·环溪诗话》，陈新点校，中华书局，1988。

（宋）黎靖德编《朱子语类》，王星贤注解，中华书局，1986。

（宋）罗大经：《鹤林玉露》，王瑞来点校，中华书局，1997。

（宋）普济：《五灯会元》，苏渊雷点校，中华书局，1984。

（宋）岳珂、（宋）王铚：《桯史 默记》，上海古籍出版社，2012。

（宋）张耒：《张耒集》，李逸安、孙通海、傅信点校，中华书局，1990。

（元）方回选评《瀛奎律髓汇评》，李庆甲集评校点，上海古籍出版社，2005。

（元）陶宗仪编纂《说郛》，中国书店，1986。

（明）胡应麟：《诗薮》，上海古籍出版社，1979。

（明）胡震亨：《唐音癸签》，上海古籍出版社，1981。

（明）李贽：《焚书》，张建业译注，中华书局，2018。

（明）张岱：《琅嬛文集》，岳麓书社，2016。

（清）陈廷焯：《白雨斋词话》，杜维沫点校，人民文学出版社，1983。

（清）陈廷焯：《词则》（影印本），上海古籍出版社，1984。

（清）陈衍：《石遗室诗话》，辽宁教育出版社，1998。

（清）丁福保编《历代诗话续编》，中华书局，1983。

（清）董诰等编《全唐文》，中华书局，1983。

（清）何文焕辑《历代诗话》，中华书局，1981。

（清）黄蓼园：《蓼园词评》，载唐圭璋编《词话丛编》，中华书局，1986。

（清）刘熙载：《艺概》，上海古籍出版社，1978。

（清）刘熙载：《刘熙载集》，华东师范大学出版社，1993。

（清）石涛：《画语录》，中州古籍出版社，2013。

（清）王夫之：《姜斋诗话笺注》，戴鸿森笺注，上海古籍出版社，2012。

（清）曾国藩：《曾国藩全集》，岳麓书社，2011。

（清）章学诚著，叶瑛校注《文史通义校注》，中华书局，1994。

## 近现代著作

陈鸿祥注评《人间词话 人间词注评》，江苏古籍出版社，2002。

陈世骧：《中国文学的抒情传统：陈世骧古典文学论集》，张晖编，生活·读书·新知三联书店，2015。

陈寅恪：《陈寅恪集·金明馆丛稿初编》，生活·读书·新知三联书店，2015。

陈寅恪：《唐代政治史述论稿》，唐振常导读，上海古籍出版社，1997。

陈子展：《楚辞直解》，江苏古籍出版社，1988。

邓广铭笺注《稼轩词编年笺注》，上海古籍出版社，2007。

高尔泰：《寻找家园》，花城出版社，2004。

葛兆光选注《唐诗选注》，浙江文艺出版社，1999。

顾随：《顾随笺释毛主席诗词》，顾之京、赵林涛整理校注，河北教育出版社，2009。

顾随：《顾随全集》（十卷本），河北教育出版社，2014。

顾随讲，刘在昭笔记《中国经典原境界》，北京大学出版社，2016。

郭绍虞：《中国文学批评史》，百花文艺出版社，1999。

郭绍虞校释《沧浪诗话校释》，人民文学出版社，1983。

郭绍虞主编《中国历代文论选》，上海古籍出版社，2001。

海子：《海子诗全编：把自由和沉默还给人类》，西川编，上海三联书店，1997。

何尚主编《窥探魔桶内的秘密》，广东经济出版社，2000。

胡怀琛：《中国八大诗人》，商务印书馆，2010。

胡适选注《词选》，刘石导读，中华书局，2007。

金克木：《金克木集》，生活·读书·新知三联书店，2011。

李怀宇：《访问历史——三十位中国知识人的笑声泪影》，广西师范大学出版社，2007。

李仲轩口述，徐皓峰整理《逝去的武林》，南海出版公司，2009。

李振声编《梁宗岱文集》，珠海出版社，1998。

梁启超：《清代学术概论》，上海古籍出版社，1998。

梁宗岱：《梁宗岱文集》，中央编译出版社，2004。

林语堂：《从异教徒到基督徒》，张振玉、工爻、谢绮霞译，湖南文艺出版社，2016。

刘若愚：《中国文学理论》，杜国清译，江苏教育出版社，2006。

吕正惠：《抒情传统与政治现实》，华东师范大学出版社，2011。

缪钺：《缪钺说词》，上海古籍出版社，1999。

缪钺：《诗词散论》，上海古籍出版社，1982。

木心：《即兴判断》，广西师范大学出版社，2006。

木心：《琼美卡随想录》，广西师范大学出版社，2006。

木心：《素履之往》，广西师范大学出版社，2007。

木心讲述，陈丹青笔录《文学回忆录》，广西师范大学出版社，2013。

潘运告：《张怀瓘书论》，湖南美术出版社，1997。

启功著，柴剑虹整理《启功讲唐代诗文》，中华书局，2009。

钱穆：《现代中国学术论衡》，生活·读书·新知三联书店，2001。

钱穆：《中国文学论丛》，生活·读书·新知三联书店，2002。

钱穆讲述，叶龙记述整理《中国文学史》，天地出版社，2016。

钱钟书：《谈艺录》（补订本），中华书局，1984。

饶宗颐：《饶宗颐二十世纪学术文集》，中国人民大学出版社，2009。

施议对编纂《文学与神明——饶宗颐访谈录》，生活·读书·新知三联书店，2011。

施蛰存：《北山楼词话》，华东师范大学出版社，2012。

施蛰存：《唐诗百话》，陕西师范大学出版社，2015。

水天中：《当代画家集评》，湖南美术出版社，2014。

孙玄常笺注《姜白石诗集笺注》，李安纲参校，山西人民出版社，1986。

闻一多：《笳吹弦诵传薪录——闻一多、罗庸论中国古典文学》，郑临川记录，徐希平整理，上海古籍出版社，2002。

闻一多：《唐诗杂论》，上海古籍出版社，1998。

吴梅：《词学通论》，复旦大学出版社，2005。

吴世昌：《吴世昌全集》，河北教育出版社，2003。

吴小如：《吴小如讲杜诗》，天津古籍出版社，2012。

吴兴华：《风吹在水上：致宋淇书信集》，广西师范大学出版社，2017。

辛更儒笺注《杨万里集笺校》，中华书局，2007。

熊秉明：《中国书法理论体系》，天津教育出版社，2002。

徐梵澄：《古典重温：徐梵澄随笔》，北京大学出版社，2007。

徐复观：《中国艺术精神》，华东师范大学出版社，2001。

许思园：《中西文化回眸》，华东师范大学出版社，1997。

许文雨：《〈人间词话〉讲疏》，当代中国出版社，2015。

杨景龙：《蒋捷词校注》，中华书局，2010。

杨明照校注《文心雕龙校注》，中华书局，1959。

杨义、邵宁宁：《〈诗经〉选》，岳麓书社，2005。

余虹：《中国文论与西方诗学》，生活·读书·新知三联书店，1999。

余英时：《现代危机与思想人物》，生活·读书·新知三联书店，2005。

张草纫笺注《二晏词笺注》，上海古籍出版社，2008。

张曼仪主编《现代英美诗一百首》，中国对外翻译出版公司、商务印书馆（香港）有限公司，1993。

章太炎讲演，曹聚仁整理《国学概论》，上海古籍出版社，1997。

赵林涛、顾之京编《顾随与叶嘉莹》，河北教育出版社，2010。

赵仁珪、万光治、张廷银编《启功讲学录》，北京师范大学出版社，2004。

郑骞：《从诗到曲》，商务印书馆，2015。

周汝昌、缪钺、叶嘉莹等：《唐宋词鉴赏辞典》，上海辞书出版社，1988。

周汝昌选注《杨万里选集》，上海古籍出版社，1979。

朱东润：《杜甫叙论》，人民文学出版社，2006。

朱东润：《陆游选集》，上海古籍出版社，1979。

朱光潜：《诗论》，生活·读书·新知三联书店，1998。

## 译著

〔德〕爱克曼辑录《歌德谈话录》，朱光潜译，人民文学出版社，1978。

〔苏联〕巴别尔：《骑兵军》，戴骢译，王天兵编，人民文学出版社，2004。

〔美〕巴恩斯通编《博尔赫斯八十忆旧》，西川译，作家出版社，2004。

〔德〕本雅明：《机械复制时代的艺术作品》，载汉娜·阿伦特编《启迪·本雅明文选》，张旭东、王斑译，生活·读书·新知三联书店，2008。

〔法〕波德莱尔：《波德莱尔全集》，巴黎：伽利马出版社，1975。

〔法〕程抱一：《中国诗画语言研究》，涂卫群译，江苏人民出版社，2006。

〔美〕哈罗德·布鲁姆：《西方正典：伟大作家和不朽作品》，江宁康译，译林出版社，2005。

〔美〕哈罗德·布鲁姆：《影响的焦虑——一种诗学理论》（增订版），徐文博译，江苏教育出版社，2006。

〔古希腊〕荷马：《伊利亚特》，陈中梅译注，译林出版社，2000。

〔俄〕赫尔岑：《赫尔岑论文学》，辛未艾译，上海译文出版社，1989。

〔日〕吉川幸次郎：《中国诗史》，章培恒等译，复旦大学出版社，2001。

〔美〕勒内·韦勒克、〔美〕奥斯汀·沃伦：《文学理论》，江苏教育出版社，2005。

〔德〕莎乐美：《在性与爱之间挣扎——莎乐美回忆录》，北塔译，上海人民出版社，2003。

〔英〕斯蒂芬·斯彭德：《作为作家的画家》，载奥登等《诗人与画家》，马永波译，山东画报出版社，2006。

〔美〕苏珊·桑塔格：《反对阐释》，程巍译，上海译文出版社，2003。

〔美〕托·斯·艾略特：《艾略特文学论文集》，李赋宁译注，百花洲文艺出版社，1994。

〔日〕小泉八云：《文艺谭》，石民译注，北新书局，1930。

〔波兰〕亚当·扎加耶夫斯基、〔美〕兰斯·拉尔森：《诗歌生长于矛盾之上——扎加耶夫斯基访谈》，李以亮译，2003，杨百翰大学，http：//blog. sina. com. cn/s/blog_ 4a5abe250102vead. html。

〔英〕以赛亚·伯林：《俄国思想家》，彭淮栋译，译林出版社，2003。

〔英〕约翰·伯格：《毕加索的成败》，连德诚译，广西师范大学出版社，2007。

## 刊物论文

管琴：《七律的放翁诗法——从"律熟"的评价说起》，《文学评论》2016 年第 4 期。

江弱水：《咫尺波涛：读杜甫〈观打鱼歌〉与〈又观打鱼〉》，《读书》2010 年第 3 期。

蒋寅：《韩愈诗风变革的美学意义》，台湾《政大中文学报》2012 年第 18 辑。

康正果：《晚唐诗人韩偓》，《陕西师范大学学报》（哲学社会科学版）1983 年第 1 期。

邵祖平：《韩偓诗旨表微》，《东方杂志》1945 年第 41 卷第 8 期。

吴世昌：《关于"苏词"的若干问题》，《文学遗产》1983 年第 2 期。

吴世昌：《宋词中的"豪放"与"婉约"》，《文史知识》1983 年第 9 期。

吴兴华：《现代西方批评方法在中国诗学研究中的运用》，陈越译，《中国现代文学研究丛刊》2013 年第 3 期。

杨俊杰：《也谈本雅明的 aura》，《美育学刊》2014 年第 4 期。

赵鲲：《论陈子昂的〈登幽州台歌〉》，《天水师范学院学报》2005 年第 2 期。

赵鲲：《死去何所道：陶渊明诗文中的死亡意识》，《解放军艺术学院学报》2013 年第 3 期。

赵鲲：《现代中国的文学"内、外"说》，《天水师范学院学报》2016 年第 3 期。

赵鲲：《中国文学中的两大文学变革运动——古文运动与五四新文学运动之比较》，《解放军艺术学院》2016 年第 1 期。

图书在版编目（CIP）数据

顾随《驼庵诗话》解评／赵鲲著. -- 北京：社会
科学文献出版社，2021.1（2022.12 重印）
ISBN 978-7-5201-6857-1

Ⅰ.①顾…　Ⅱ.①赵…　Ⅲ.①诗话-诗歌研究-中国
-现代　Ⅳ.①I207.22

中国版本图书馆 CIP 数据核字（2020）第 121493 号

顾随《驼庵诗话》解评

著　　者／赵　鲲

出 版 人／王利民
责任编辑／李建廷
文稿编辑／许文文
责任印制／王京美

出　　版／社会科学文献出版社·人文分社（010）59367215
　　　　　　地址：北京市北三环中路甲 29 号院华龙大厦　邮编：100029
　　　　　　网址：www.ssap.com.cn
发　　行／社会科学文献出版社（010）59367028
印　　装／北京虎彩文化传播有限公司

规　　格／开　本：787mm×1092mm　1/16
　　　　　　印　张：34.75　字　数：564 千字
版　　次／2021 年 1 月第 1 版　2022 年 12 月第 2 次印刷
书　　号／ISBN 978-7-5201-6857-1
定　　价／98.00 元

读者服务电话：4008918866